경관의 조건

警官の条件

경관의 조건

THE POLICEMAN'S LAW

사사키 조 장편소설

佐々木譲 | 김선영 옮김

자그마한 만灣이었다.

유심히 살펴보지 않았다면 그곳에 그들이 찾는 물굽이가 있는 줄도 모르고 지나쳐버렸을지 모른다.

남자들이 일하는 도쿄의 기관 본청에서 차로 약 세 시간 반 거리, 태평양을 향해 튀어나온 반도의 남단에 있는 만이었다. 만 입구는 겨우 100미터 폭으로, 그 안쪽에 날개를 펼친 나비 모양으로 얕은 바다가 들어와 있다. 어항 시설이 있지만 규모가 작고, 부두에 계류되어 있는 어선도 소형선들뿐이다. 똑같이 계류되어 있는 가느다란 선체의 소형선은 낚싯배이리라. 인적도 드물고, 어항 특유의 활기도 부족했다.

국도를 낀 만 반대편에는 비좁은 비탈에 민가가 들어서 있다. 가구는 스무 채 남짓 될까. 국도변에는 편의점 하나 없었다. 리조트 관광지로도 유명한 반도에 있으면서 멋도 활기도 없는 한적한 만이었다. 오히려 은밀한 분위기마저 있었다. 은거하기에는 확실히 좋은 곳이었다.

남자들은 어항 시설인 부두 위에 차를 세웠다. 만 입구를 정면에서

관찰할 수 있는 위치다. 그들이 차를 세운 지 벌써 한 시간 이상 지났다. 조수석에 앉은 초로의 남성은 몇 번이나 에어컨을 켜고 차창을 내려 차 안에 가득 찬 담배 연기를 내보내야만 했다.

하늘은 흐렸다. 일주일쯤 맑은 날이 이어지더니 이제야 서쪽 하늘이 수상해지고 있다. 하지만 만 입구에서 보이는 태평양의 해면은 구름 사이로 보이는 하늘빛을 반사하고 있었다. 바다도 평온했다.

조수석의 남성이 손목시계를 쳐다보았다. 운전석의 남자도 계기판의 디지털시계를 보았다. 오후 3시를 향하고 있었다.

조수석의 남성이 앞 유리창 너머로 눈길을 돌렸다. 만 서쪽, 곶 건너편에 한 척의 소형선이 나타난 것이다. 침로를 이쪽 만으로 잡고 있는 것처럼 보였다. 운전석의 남자도 눈치를 채고 소형선을 바라보았다. 소형선은 레저용 보트가 아니었다. 어선인가, 낚싯배인가. 어쨌든 투박하고 수수한 게 어디로 보나 업무용 배였다.

소형선은 만 입구에서 침로를 크게 바꾸었다. 그대로 만으로 들어올 태세였다.

남자들은 눈짓을 주고받은 뒤 제각기 웃옷을 손에 챙겨들고 차에서 내렸다.

배는 만 좌우에서 뻗어나온 방파제 사이를 지나 만 안으로 들어왔다. 조종실에 한 사람이 타고 있다. 다른 그림자는 보이지 않는다. 얼마 지나 그 배는 어항 동쪽 부두로 선회해 접안했다. 조종실에서 나온 사내가 배에서 부두로 올라와 익숙한 동작으로 밧줄을 부두에 묶었다. 거무튀튀한 모자를 눌러쓴 사내였다. 빛바랜 오렌지색 재킷을 입고 있었다. 모자 쓴 사내는 금세 갑판 위로 도로 내려가더니 갑판을 정리하기 시작했다.

차를 세우고 기다리던 남자들은 부두 위에서 재킷을 걸쳤다. 초로의 남성이 젊은 남자에게 고개를 끄덕여 보이고 부두로 걸어갔다. 구두 소리가 콘크리트에 딱딱하게 울렸다.

초로의 남성은 그곳에 음악이 흐른다는 것을 깨달았다. 오페라의 남성 아리아였다. 소형선 쪽에서 들려왔다. 배에 오디오 장치가 있는지도 모른다.

양복 차림의 두 사람이 그대로 다가가자 배 위의 사내도 기척을 알아차렸는지 등을 펴고 미심쩍은 눈빛으로 두 사람을 올려다봤다.

배 위의 사내는 일반적인 관청 기준으로 말하면 슬슬 정년을 바라볼 나이로 보였다. 하지만 바닷바람과 자외선에 노출된 탓인지, 얼굴에는 주름이 깊게 패어 있었다. 기록에 적힌 실제 연령보다 몇 살 더 많아 보였다. 다만 두 사람을 바라보는 눈빛이 강렬해, 유능한 경찰관이었던 과거의 그림자가 지금도 짙게 남아 있는 듯했다.

두 남자는 소형선 옆까지 다가와 걸음을 멈추었다. 소형선은 낚싯배였다. 갑판에 여섯 명이 앉을 수 있는 좌석이 설치되어 있다. 전용 어선은 아니다. 오늘은 손님이 없었던 것이리라.

초로의 남성은 그 낚싯배의 주인에게 형식적인 재회 인사를 건넬 생각이었다. 하지만 상대의 강렬한 시선에 주눅이 들어 제대로 말이 나오지 않았다.

머뭇거리고 있으니 모자를 쓴 사내가 불쾌한 기색으로 말했다.

"뭐야?"

질문이라기보다 물러나라는 경고처럼 들렸다.

초로의 남성은 인사를 생략했다.

"중요한 용건으로 왔다. 조금 복잡한 이야기야."

"그래서 뭐지?"

"당신 도움이 필요해."

배 위의 사내는 표정을 바꾸지 않고 시선을 돌렸다. 배 위에 요란하게 울려퍼지던 아리아가 때마침 절정에 다다른 듯 열기를 띠었다. 배 위의 사내는 그 아리아에 의식을 쏟고 있는 것 같기도 했다.

/ 1 /

지하 주차장에서 나와 외부의 큰길로 통하는 슬로프를 끝까지 올라갔을 때였다. 눈앞에 하얀 승용차가 달려오더니 급정차했다.

가가야 히토시 경부가 탄 세단의 앞길이 막혔다. 가가야는 세단을 세웠고, 승용차 바로 뒤에서도 검은 왜건이 멈췄다. 양쪽 다 남자들이 몇 명씩 타고 있었다. 백미러를 보니, 뒤에서 주차장 자동 셔터가 닫히는 참이었다.

출입구를 막은 두 대의 차량에서 앞뒤 문이 활짝 열리더니 남자들이 뛰어내렸다.

세단 조수석에서 나가미 유카가 당혹스러운 비명을 질렀다.

"어머, 이 사람들 뭐야?"

남자들은 모두 갑갑해 보이는 어두운 양복 차림이었다. 우락부락해 보이기는 하지만 조직폭력배들은 아니다. 더 자세히 말하자면 이들은 그의 동료였다. 경시청 사복 경찰관들이다. 순식간에 그 사실을 알아차릴 만한 후각은 가지고 있다.

"걱정 마." 가가야는 유카에게 말했다.

"경찰이다. 잠자코 있어."

사복 경찰들은 가가야의 세단을 반원형으로 에워쌌다. 오른편, 운전석 쪽에 있는 사내의 얼굴은 눈에 익었다. 단발, 햇빛에 그을은 얼굴, 거만한 사십대. 경시청 경무부 관리직이다.

그 남자는 운전석 차창을 두 번 두드렸다. 가가야는 창을 내렸다. 상대는 몸을 살짝 숙여 운전석의 가가야를 노려보며 경찰수첩을 꺼냈다. 신분증명서의 이름이 보였다. 하타케야마였다.

"가가야 히토시, 감찰이다."

승용차 뒤쪽의 검은 왜건 너머로 그의 젊은 부하가 보였다. 안조 가즈야 순사. 그는 긴장한 얼굴로 가가야를 바라보고 있었다. 그의 안색은 창백했다.

역시……. 가가야는 불쾌한 마음으로 사태를 파악했다. 녀석은 경무부의 개였다. 석 달 전, 교육을 핑계로 떠맡은 신인은 언제부턴가 그의 생활과 행동 전부를 감시하고 있었던 것이다. 몇 번인가 그렇지 않을까 의심한 적이 있었다.

하타케야마가 말했다.

"질문이 있다. 동행해주겠나?"

"용건은?"

"복무규정 위반 혐의다."

가가야는 시치미를 떼고 되물었다.

"복무규정 위반?"

"그것만으로 끝나면 다행이라는 생각도 하고 있지."

복무규정 위반. 가가야는 한 번 더 가슴속으로 그 말을 되뇌었다.

그는 경시청 형사부 수사4과 수사원으로서, 폭력조직을 상대로 정보 수집 임무를 맡고 있었다. 아슬아슬한 짓도 했다. 글자 그대로의 잣대를 들이댄다면 확실히 그의 수사 활동에는 복무규정에 저촉되는 부분도 있다. 하지만 지금 이 순간에 그것을 들이댄다는 것은, 즉 지금 이 차의 트렁크에 들어 있는 물건에 대해 경무부가 어떤 정보를 가지고 있다는 뜻이다. '그것'의 소지에 대한 합법성은 미묘한 문제다. 이번에 그는 그 합법성을 주장할 만한 수속 절차를 생략했다. 즉 합법인가 불법인가 판단하는 것은 경무부 마음이라는 뜻이다. 상당히 신중하게 행동할 필요가 있다. 실패할 경우, 그는 파멸한다. 경시청 수사4과 수사원에서 실각하는 것으로 끝나지 않는다. 사회인으로서도 끝나는 것이다. 아니, 혹시 경시청은 나를 자를 작정인가? 나는 이미 끝난 건가?

가가야는 확인했다.

"임의라고 하셨지요. 영장은 없습니까?"

"어떤 영장을 원하나?"

체포 영장은 없다는 뜻이다. 그렇다면 아직 게임 오버는 아니다.

"거부하면 어떻게 됩니까?"

하타케야마는 오른쪽 입가를 올리며 말했다.

"힘으로 나가야지. 기소하지 못한다고 해도 우리는 상관없어. 공판 유지도 목적이 아니야. 수속의 정당성 여부로 자네하고 싸울 생각도 없네."

가가야는 조수석의 나가미 유카를 턱짓으로 가리키며 말했다.

"이쪽 여성은 상관없습니다. 보내주시지 않겠습니까?"

"안 돼. 그쪽 아가씨도 소변검사를 해야겠어."

그렇다면 혐의는 단순한 복무규정 위반이 아니다. 역시 각성제 단속법 위반. 그것도 복용 혐의가 있다는 뜻이다.

조수석의 나가미 유카는 도쿄 소방청에 근무하는 응급구조사다. 전문적인 일을 하는 스물네 살의 공무원. 아무리 혐의만이라고 해도 위법 행위를 피해야 하는 입장이다.

가가야는 다시 한 번 경무부 직원들의 뒤에 있는 안조 가즈야를 쳐다보았다. 녀석은 내가 각성제를 한다고 경무부에 보고한 건가? 그 증거가 나오리라 믿고.

가가야는 하타케야마에게 물었다.

“꼭 그래야 합니까? 그녀는 임의일 텐데?”

“여기서 부정하는 것보다 냉큼 검사를 받는 게 빠르지 않겠나?”

“제가 받으면 되는 문제 아닙니까?”

“두 사람은 하룻밤을 함께했잖아. 한 명만 받으면 불공평하지. 두 사람 다 저쪽 차로 옮겨 타.”

더 버티기는 어려워 보였다. 가가야는 나가미 유카를 돌아보며 말했다.

“묘한 혐의를 쓰게 됐지만, 괜찮아. 당신은 금방 풀려날 거야.”

나가미 유카의 이지적인 얼굴에 실망과 의혹이 떠올랐다. 처음 보는 표정이다. 어째서 이런 일에? 그 얼굴이 묻고 있었다. 굳이 대답하자면 어젯밤 나와 함께 있었기 때문이다. 그 이유 하나뿐이다. 하지만 가가야는 그렇게 대답하지 않았다.

가가야는 사이드브레이크를 당기고 대시보드에 손을 뻗어 CD플레이어 전원을 껐다. 마침 그가 좋아하는 〈공주는 잠 못 이루고〉가 끝나가는 참이었다.

문을 열고 차에서 내리자 경무부의 젊은 직원 둘이 가가야의 양옆에 서서 팔을 가볍게 붙들었다.

하타케야마가 말했다.

“차를 수색해도 되겠나?”

"그러십시오."

경무부의 젊은 직원이 운전석 옆으로 손을 뻗어 트렁크를 열었다.

가가야는 안조 가즈야에게 고개를 돌려 물었다.

"처음부터 이럴 작정이었나?"

안조 가즈야가 굳은 목소리로 대답했다.

"예."

그러니까 내 복무규정 위반 행위를 적발하기 위해 내 부하가 되었다는 뜻이다. 부하로 배속된 뒤에 경무부의 개가 되라는 명령을 받은 게 아니라.

"어째서 오늘이지? 내일이라도, 다음 주라도 상관없었을 텐데."

순간 안조 가즈야의 시선이 옆으로 흔들렸다. 가가야는 시선이 가리키는 끝을 보았다. 나가미 유카도 조수석에서 내리는 참이었다. 경무부의 다른 직원들이 나가미 유카의 양옆에서 팔을 붙들고 있다.

가가야는 안조 가즈야에게 물었다.

"배신당한 건 내가 아니라 저 아가씨인가?"

나가미 유카는 얼마 전까지 안조 가즈야와 사귀고 있었다. 안조 가즈야에게 그들의 관계가 끝났다는 것을 알리지 않았을 테니, 형식적으로는 그녀가 양다리를 걸친 셈이다. 그 사실을 알고 안조 가즈야가 그녀에게 복수한 것인가? 나와 밤을 보낸 이튿날 아침인 오늘이라면 그를 버린 여자를 각성제 복용 혐의로 체포할 수 있을 거라 믿었나?

하지만 안조 가즈야는 이렇게 말했다.

"아닙니다, 대부님. 오로지 대부님이 문제였습니다."

그렇다면 안조 가즈야는 나를 경관이 아니라고 판단했다는 뜻이다. 나를 수사 대상과 유착해, 놈들과 똑같은 가치관으로 사는 일탈 경찰이라고. 이미 경관의 길에서 벗어난 낙오자라고.

퍼뜩 어떤 생각이 떠올랐다. 안조 가즈야는 혹시 그의 아버지와 비교해 나를 일탈 경관, 낙오 경관이라고 판단한 건가?

가가야는 말했다.

"너, 아버지가 모범 경관이었다고 믿나?"

안조 가즈야의 안색이 변했다.

"그게 무슨 뜻입니까?"

안조 가즈야가 한 걸음 다가서려 하자 경무부 직원이 그를 붙들었다.

하타케야마가 말했다.

"가가야, 소지품을 보여주겠나."

가가야는 안조 가즈야에게서 시선을 떼지 않고 고개를 끄덕였다.

안조 가즈야는 당혹스러운 모습이었다. 가가야의 말에 놀라, 열심히 그 의미를 더듬고 있는 듯했다. 그는 아버지의 어떤 면을 말하는 건지, 그것이 궁금하다고 말하고 있다.

경무부 직원이 안조 가즈야를 왜건 반대편으로 밀어냈다.

주차장 출구 슬로프에 바람이 불었다. 12월의 싸늘하고 건조한 바람이었다. 가가야는 바람에 얼굴을 돌리며 그의 세단 루프 끝에 두 손을 얹었다. 수차례 범죄 피의자에게 강요했던, 소지품 검사를 위한 자세였다. 피의자 입장에서 말하면 무저항의 표시.

하타케야마가 트렁크에서 꺼낸 나일론 가방을 가가야 앞에 들이밀며 물었다.

"자네 물건인가?"

"가방은 제가 수사 때 사용하는 물건입니다."

"내용물은 뭐지?"

가가야가 말했다.

"안조 가즈야가 보고한 정보가 들어 있을 겁니다."

"네 입으로 듣고 싶다."

"각성제. 1킬로그램."

순간 그 자리에서 모든 소리가 사라진 것 같았다.

왜건은 분쿄 구 도미사카에 있는 경시청 분청에 도착했다.

이곳은 원래 경시청 제5방면본부 청사지만, 경시청 본청의 몇 개 부서도 이 청사의 일부를 사용하고 있다. 수사4과도 이곳에 사무실이 있었다. 신문을 하거나 수사 거점이 필요할 때, 본청을 쓰면 관계자와 맞닥뜨리거나 정보 유출 등으로 지장이 생기는 경우도 있다. 특히 각성제나 권총 단속 수사를 할 때는 비밀 유지가 중요하다. 때문에 참고인이나 정보제공자로부터 이야기를 들을 때는 이쪽 도미사카 청사를 사용하는 경우도 많았다. 가가야도 몇 번인가 이 청사에서 피의자를 신문한 적이 있다.

왜건은 지하 주차장으로 들어갔다. 뒤에서 따라오는 차는 없다. 곤노스케자카 집합주택 앞을 출발한 후에 나가미 유카가 탄 승용차는 중간에 사라졌다. 아마 여성용 유치장이 있는 경찰서로 향했으리라. 안조 가즈야가 탄 차도 이 청사에 동행하지는 않았다. 이제 곁에 있을 필요가 없다는 뜻인가?

주차장 안쪽에 멈춘 왜건에서 내려, 엘리베이터를 타고 이층으로 올라갔다. 끌려간 곳은 복도 안쪽, 튼튼한 문을 두 개 지나서 있는 작은 취조실이었다. 테이블이 두 개, 파이프의자가 세 개.

가가야는 방 가운데까지 걸어가 뒤를 돌아보고 바지 주머니에 두 손을 찔러넣었다. 경무부 직원 둘이 취조실에 함께 들어왔다. 한 명은 가가야보다 너덧 살 많을까? 요즘은 공제회 매점에서도 팔지 않을 듯한 낡아빠진 검은 뿔테 안경을 쓰고 있다. 깐깐한 인상의 남자다. 다른 한 명은 삼십대 중반, 삭발에 가까운 짧은 머리였다. 입을 굳게 다물고 있다.

나이 많은 직원이 취조실 복판의 테이블을 가리키며 말했다.

"먼저 주머니에 들어 있는 물건을 전부 꺼내."

가가야는 말했다.

"이름부터 말씀하시죠."

나이 많은 직원은 눈을 희번덕거렸다. 가가야가 이렇게 나올 줄은 예상도 못 했으리라. 하타케야마의 감찰이라는 한마디면 누구나 벌벌 떨 줄 알았나?

가가야가 상대를 노려보자 그제야 이름을 밝혔다.

"경무1과의 사이토다. 저쪽은." 사이토라 이름을 밝힌 직원은 젊은 남자를 가리켰다. "이시하라."

"당신 계급은?"

사이토는 불쾌하다는 표정을 지었다.

"경부보."

"사이토 경부보. 혐의를 벗고 싶으니 신문에 협력하겠다. 다만 예의를 갖추자고."

사이토는 눈을 내리뜨고 작게 고개를 끄덕였다. 경찰은 계급사회다. 서로 연령이나 그 순간의 입장이 어떠하건 계급 차를 뛰어넘어 뻔뻔하게, 혹은 위압적으로 구는 행위는 용납되지 않는다. 게다가 아직 가가야는 복무규정 위반 혐의가 있을 뿐이다. 사이토는 언행을 조심해야 하는 것이다. 지금까지는 신병을 구속한 것만으로 형사사건 피의자로 취급했다고 하더라도 말이다.

가가야는 재킷 안주머니에서 먼저 경찰수첩을 꺼냈다. 이어서 휴대전화. 바지 뒷주머니에서 가죽 지갑. 그리고 동전 지갑과 손수건.

"지갑 속 내용물을 보여주십시오."

가가야는 지시를 따랐다. 현금 약 십오만 엔. 신용카드 두 장. 은행 현금카드 한 장. 고탄다에 있는 스포츠클럽 회원증. 영수증이 두 장 들어 있었다.

사이토가 그 영수증을 확인했다. 롯폰기의 CD 가게와 아자부의 이탈리안 레스토랑 영수증이다. 총 이만 팔천 엔. 의심을 살 만한 금액은 아니다.

젊은 경무부 직원 이시하라가 가가야의 양복 주머니를 빠짐없이 털었다. 가가야는 주머니 안감까지 뒤집어 보여주었다.

"허리띠." 사이토가 말했다.

가가야가 대꾸했다.

"팩이라도 들어 있을까봐?"

사이토는 대꾸하지 않았다. 가가야는 허리띠를 풀어 테이블 위에 올려놓았다. 젊은 직원은 그 허리띠의 안쪽 면을 손으로 훑었다.

허리띠 확인이 끝나자 사이토가 말했다.

"이제 소변을."

"진심으로 내가 약을 했다고 생각하나?"

사이토는 역시 질문에 대답하지 않았다.

이시하라의 재촉에 가가야는 함께 취조실에서 나갔다. 복도를 몇 걸음 걸어가자 화장실이 있었다. 화장실에 들어가자 이미 준비해놓았는지 이시하라가 소변검사용 용기를 내밀었다. 가가야는 용기를 받고 소변기 앞에 섰다.

소변검사에 사용하는 소변의 양은 몇 방울이면 족하다. 가가야는 용기의 오분의 일 정도 되는 소변을 받아 이시하라에게 건넸다.

취조실로 돌아가자 사이토가 가가야에게 의자에 앉도록 지시했다.

이시하라는 취조실 안쪽 테이블로 걸어갔다. 저 테이블 위에서 각성제 반응 검사를 하리라. 검사는 극히 간단하다. 시약을 바른 시트 위에 스포이트로 소변을 떨어뜨린다. 이것을 오 초 간격으로 네 번. 소변에 각성제 성분이 있을 경우 몇 분 후에 시트에 두 줄의 선이 생긴다. 성분이 없다면 한 줄. 선이 나타나지 않는 경우는 검사 자체의 실패를 의미한다. 가령 소변이 단순한 물로 바뀌었다거나. 간이 소변검사 시트 'X 체커'는 순찰차에도 상비되어 있다. 지역과 소속 경찰관은 모두 이 검사를 할 줄 알고, 경무부 직원의 필수 역량이기도 하다.

사이토가 이번에는 정중한 말투로 물었다.

"형식적인 질문부터 시작하겠습니다. 성명, 계급, 소속은?"

가가야는 대답했다.

"가가야 히토시. 경부. 경시청 형사부 수사4과, 특별정보분석2계, 계장."

"생년월일."

"1954년 8월 2일."

"49세?"

"그렇다."

"출생지."

"니가타 시."

"고등학교는?"

"니가타히가시."

"대학은?"

"주오 대학 법학부."

"소속장은 누굽니까?"

"알잖아?"

"당신 입으로 직접 확인하고 싶다는 말입니다."

"수사4과장, 우치야마 시게오."

"임관은?"

가가야는 그해를 떠올리려 했다. 그게 언제였는지, 최근에는 의식할 일도 없었다. 분명 마일드세븐 담배가 발매된 해였다. 당시 나카노의 경찰학교 기숙사에서 가까이에 있던 담배 가게까지 사러 갔었다. 그해라면…….

"1977년. 1977년 4월, 대졸 채용으로 경찰학교 입교."

"경부 승진은?"

"그것도 경무 기록에 있을 텐데."

"당신이 기억을 쉽게 떠올릴 수 있도록 묻고 있는 겁니다."

"칠 년 전. 1993년."

대답한 뒤에 그해에 있었던 일을 떠올렸다. 전직 프로야구 유명 투수가 각성제 소지 현행범으로 체포된 해였다. 신칸센 열차 안에서 각성제에 중독된 남자가 승객을 칼로 찌른 사건도 있었다. 그가 경부로 승진한 것은, 그런 해였다.

구석 테이블 쪽에서 이시하라가 말했다.

"반응 없습니다."

사이토는 놀란 기색으로 뒤를 돌아보았다.

"전혀?"

"한 줄입니다."

사이토는 눈을 휘둥그레 뜬 채 일어서서 이시하라에게 다가갔다.

"이건 틀림없이 가가야 본인의 소변인가?"

"제가 옆에서 받는 것을 보고 있었습니다."

"소변이 어디에서 나오는지 확인했나?"

"바로 뒤에 서 있었습니다. 바꿔치기할 상황이 아니었습니다."

"한 번 더 검사해. 시약은 새것을 받아와, 새 팩에서."

"예."

이시하라가 취조실에서 나갔다.

가가야는 사이토가 보인 희미한 낭패를 즐거이 바라보며 물었다.

"예상 밖인가?"

"아니, 당신은 각성제 1킬로그램 소지도 시인했습니다. 그것만으로도 조사할 이유는 충분합니다."

"나는 4과에서 폭력조직을 상대하고 있다. 정보를 수집하다 보면 때로는 총기나 약물도 다루지. 수사를 위해 수사원이 권총, 약물을 매매하는 건 위법이 아니야. 번데기 앞에서 주름잡는 꼴이겠지만."

"우치야마 과장에게 이미 확인했습니다. 이번 각성제 건에 대해 과장은 일절 보고를 받지 못했고, 사전 의논도 없었고 했으니 정당한 함정수사와는 관련 없는 물건입니다."

"사후 보고는 관례 아니던가?"

"사전 승인 없이 자금을 쓸 수 있었단 말입니까?"

"긴급한 경우라면 그럴 수밖에 없지. 내가 상대하는 건 폭력조직이다."

"저희는 관청입니다. 민간 개인 상점이 아닙니다."

"커다란 범죄를 앞에 둔 긴급한 경우에는 수속을 뒤로 미루게 돼."

"관청에서는 통하지 않는 주장입니다."

"관행이야. 알잖아?"

사이토가 가가야를 정면에서 바라보며 한 치의 유보나 의혹도 느껴지지 않는 목소리로 말했다.

"모릅니다."

가가야는 책상 밑에서 다리를 뻗으며 작게 한숨을 내뱉었다.

안조 가즈야 순사는 경시청 본청 빌딩 육층 수사4과 앞에서 경무부 직원들이 가가야 히토시 경부의 책상을 수색하는 모습을 지켜보고 있었다.

가가야가 소속된 특별정보분석2계는 4과에서도 그 외 담당자들의 책상과 조금 떨어져 있었다. 네 개의 책상이 붙어 있지만 2계에 속한 수사원은 계장인 가가야 히토시 경부와 그 부하 안조 가즈야 순사 두 사람뿐. 두 개의 책상은 비어 있는 상태였다.

이미 복도에 있는 가가야의 사물함은 조사가 끝났다. 조금 전부터 하타케야마 경무1과장이 지켜보는 가운데 책상 서랍을 수색하고 있는 참이었다.

안조 가즈야는 수색에 방해가 되지 않도록 벽에 붙어 이 상황을 바라보고 있었다. 지금 4과 사무실에 있는 십여 명의 직원은 모두 시치미를 뚝 떼고 있다. 적어도 시선은 절대 이쪽을 향하고 있지 않다.

경무부가 경시청 직원의 책상이나 사물함을 조사하는 데 수색영장은 필요 없다. 두 명의 경무부 직원이 서랍을 뽑아 책상 위에 얹어놓고 수납되어 있던 물건을 하나씩 점검한 뒤 상자에 담았다. 책상 위 물건도 싹 가져가, 유선전화기 외에는 노트북도 미결 기결 서류함도 없다. 액자도 탁상달력도 없었다.

서랍 안도 경시청 중견 간부의 서랍치고는 놀랄 정도로 물건이 적었다. 기본적인 필기구, 각종 서식의 미사용 서류, 명함집, 서류철은 물론 튀어나왔다. 음악 CD도 몇 장. 이탈리아 오페라 같았다.

경무부 직원들은 주소록과 일정표, 영수증, 자금 출납을 기록한 메모를 중점적으로 찾는 눈치였다.

서랍 안 내용물을 어느 정도 확인했을 때, 하타케야마가 안조 가즈야에게 다가왔다.

"왜 그러나?" 하타케야마가 의아하다는 듯이 물었다.

"예?" 안조 가즈야는 되물었다. "왜 그러십니까?"

"얼굴이 굳었는데."

"그럴 수밖에 없지요."

안조 가즈야는 사무실 안쪽을 쳐다보았다. 못 본 척 시치미를 떼고 있는 동료들이 신경쓰였다. 그들은 상사의 부정을 고발한 자신을 어떻게 볼까? 혐오와 적의까지는 느끼지 않을지도 모르지만, 칭찬하지 않을 것도 확실했다.

"어젯밤까지 아버지처럼 따랐던 상사였습니다."

"후회하나?"

대답을 망설이는 참에 하타케야마가 휴대전화를 꺼내 귀에 갖다댔다. 안조 가즈야가 그를 바라보았는데, 하타케야마의 얼굴이 어두워졌다.

"나오지 않았다?"

안조 가즈야에게 시선을 던진다. 그렇다는 것은 즉 도미사카 청사에 간 경무부 직원들의 연락이리라. 하지만 나오지 않았다니? 소변검사에서 약물 반응이 나오지 않았다는 뜻인가?

하타케야마가 상대에게 말했다.

"시약 유효기한을 확인한 뒤에 다시 한 번 검사해봐."

상대의 대답을 듣고 나서 하타케야마가 다시 말했다.

"알겠다. 그쪽으로 가지."

하타케야마가 휴대전화를 상의 주머니에 넣은 뒤 안조 가즈야를 바라보았다.

"소변검사 결과상으로는 결백하다. 자네, 어젯밤 틀림없이 할 거라고 보고했잖나?"

안조 가즈야는 동요했다. 가가야 히토시 경부는 방금 집합주택 앞에서 각성제 1킬로그램의 소지를 시인하지 않았던가? 그런데 복용하지는 않았다? 각성제를 복용하면 오 분 후에 혈액에 침투하고, 그다음 주로 소변과 함께 성분이 배출된다. 배출되는 양은 복용 후 약 열두 시간 뒤에 최대가 된다. 소변에서 반응이 사라지려면 적어도 나흘은 걸린다. 어젯밤 사용했다면 아직까지는 충분히 명확한 반응이 나올 터였다. 아니, 지금 시각이라면 최대치가 나와도 이상하지 않다.

안조 가즈야는 말했다.

"오늘 밤 시험한다는 말을 들었습니다."

"약물을 시험한다는 말을 했나?"

그렇게 묻는다면 분명 '시험한다'의 목적어는 듣지 못했다. 가가야가 한 말의 맥락에서 그것이 각성제를 의미한다고 판단했을 뿐이다.

"그렇게 판단되었습니다."

"시약을 바꾸어 두 번이나 시험했는데도 나오지 않았어. 놈은 어젯밤에는 하지 않은 거야."

"그럼 어떻게 됩니까?"

"상습적으로 소지했다면 과거에는 몇 번 했을 테지. 그쪽 흔적은?"

"저는 확인하지 못했습니다."

"그렇다면 임의 소변검사로는 증거를 잡을 수 없겠군. 영장을 받아 모발검사라도 하는 수밖에. 하지만……."

하타케야마는 입을 다물었다.

안조 가즈야는 그를 응시했다. 경무부는 소변검사에서 반응을 확인한 뒤에 현행범으로 체포할 계획이었다. 하지만 소변검사에서 반응이

나오지 않았다면, 남은 것은 각성제 불법 소지를 이유로 체포하는 수밖에 없다.

하타케야마가 책상을 조사하는 두 경무부원들을 향해 말했다.

"계속해. 나는 도미사카로 간다."

그러고는 안조 가즈야에게 고개를 돌렸다.

"함께 있던 그 도쿄 소방청 응급구조사 말인데 자네, 예전부터 아는 사이였나? 임무를 맡기 전부터?"

나가미 유카를 말하는 것이다. 지금 여성 유치장이 있는 경찰서에서 소변검사를 받고 있을 텐데, 그녀도 음성 반응일까? 혹은 가가야가 그녀만 사용하게 했나? 어느 쪽이지?

안조 가즈야는 말을 골라가며 대답했다. "경찰학교 강습 때 응급처치법을 가르치러 왔던 구조사입니다."

"전부터 아는 사이였군."

"예."

"자네." 하타케야마가 슬그머니 눈을 가늘게 떴다. "혹시 사적인 감정을 내세웠나?"

"아닙니다."

하타케야마는 그 말을 음미하듯 잠시 가즈야를 바라보았다. 가즈야가 다음 말을 기다리자 하타케야마는 몸을 돌려 걸어갔다.

안조 가즈야는 그 자리에 우뚝 얼어붙었다. 나는 지금 질문에 다시 한 번 아니라고 대답할 수 있나? 상사의 부정을 경무부에 고발한 이유가 그것이 임무이자, 그가 믿는 경관의 본질에서 가가야가 벗어났기 때문이라고. 사적인 감정은 일절 내세우지 않았다고. 나가미 유카를 함께 고발하는 꼴이 된 것은 그저 우연이라고.

말할 수 있다. 안조 가즈야는 흔들리는 마음을 억누르듯 가슴속으로 말했다. 나는 말할 수 있다.

가즈야는 약 반년 전, 이제 막 경시청 경찰관이 되어 초임 보충학과 연수를 마칠 즈음, 경무부1과장 하타케야마에게 이 임무를 맡으라는 지시를 받았다. 가가야 히토시라는 경시청 수사4과 경부의 부하가 되어 그의 소행을 내탐하라는 명령이었다.

가가야 히토시 경부는 폭력조직을 담당하는 수사원으로서 도쿄의 뒷세계에서 독자적인 정보 수집 루트를 구축했고, 권총 적발이나 각성제 거래 정보를 수집하는 데도 뛰어난 실적을 거두었다. 다만 사생활이 엉망이라 뒷세계와의 유착이 의심되었다. 아무리 눈부시게 활약하는 수사원이라도, 가가야의 경우 경무부의 눈에는 이미 용납할 수 있는 한도를 뛰어넘은 난행으로 비쳤던 것이다. 더는 간과할 수 없는 수준이다. 눈을 감아주면 다른 수사원들에게도 본보기가 되지 않는다. 언젠가 되돌릴 수 없을 정도의 큰 불상사가 일어날 수도 있다. 하지만 처분할 만한 복무규정 위반 증거도 찾아내지 못했다. 경무부는 계장이면서 부하가 없는 한 마리 늑대 같은 가가야 히토시에게 부하를 붙여, 그 소행을 조사하도록 지시했다.

경시청은 그런 가가야에게 회유당할 우려가 없는, 혈통이 확실한 젊은 경찰관이 필요했다. 임무냐, 돈이냐. 경찰관으로 있을 것이냐, 선을 넘을 것이냐. 그런 문제로 갈등할 리 없는 신입 경찰관을. 가즈야는 할아버지도 아버지도 경시청 경관이었으니 다른 적성도 포함해 적임이었으리라. 초임 보충학과 연수를 마친 뒤 두 달 정도 메구로 경찰서 형사과에서 근무하다가 그 뒤 본청 수사4과에 배속되었다. 특별정보분석2계다. 물론 상당히 이례적인 인사였지만 순직한 경찰관의 아들이라는 점도 있으니 주위에서도 받아들이는 분위기였다. 올가을부터 가즈야는 표면상 가가야의 부하가 되어 그의 일과 사생활을 낱낱이 경무부에 보고하는 임무를 맡았다.

솔직히 가즈야는 가가야 밑에서 그 활약을 보며 그의 유능함을 인정할 수밖에 없었다. 경관답지 않은 요란한 언동이나 소비 생활과 교제 범위도, 정보 수집 대상이 뒷세계나 폭력조직 사람들이라는 점을 고려하면 부분적으로는 부득이하다고 생각할 수 있었다. 좋은 정보를 얻으려면 다소는 그들의 세상에 발을 담그는 것도 허용될 수 있다. 그렇게 이해할 수 있었다.

가가야는 가즈야가 배속된 첫날에 이런 말을 했다.

'놈들은 가난한 공무원한테 경의를 표하지 않는다. 정보원으로 삼으려면 이쪽도 걸맞은 외견이어야만 해. 지하철을 타고 놈들 사무소에 가봤자 거들떠보지도 않는다, 이 말이야.'

'우리는 놈들도 알아볼 정도로 강해야만 해.'

주재 경관으로 순직한 아버지를 생각하면 찬동할 수만은 없는 의견이었지만, 가가야는 주재 경관이 아니었다. 소박하게 사는 일반 주민들을 상대하는 게 아니다. 벤츠를 타고 불법적인 사업으로 돈을 벌거나, 어쩌다 개미지옥에 빠진 일반 시민의 생혈을 빨아먹고 몸집을 불리는 놈들이 그의 상대였다. 그들을 회유해 정보원으로 삼고, 때가 되면 급습하고 적발해 검찰에 보내기 위해서는 공복으로서의 사명감이나 윤리관만으로는 역부족이라는 것도 알게 되었다. 가가야가 분수에 맞지 않는 생활을 직무수행이라는 명목하에 부득이하게 스스로에게 강요하는 한, 경무부에 고발해서는 안 된다고 믿게 되었다. 단지 그 일선을 넘지 않는 한은…….

방금 전 하타케야마의 질문이 가슴속에 메아리쳤다.

'자네, 사적인 감정을 내세웠나?'

아니, 나는 사적인 감정을 내세우지 않았다. 가가야는 선을 넘었다.

그래서 고발했다. 그 타이밍이 우연히 나가미 유카라는 여성과 함께 있던 밤이었다는 사실은, 우연에 지나지 않는다.

경시청 도미사카 청사 취조실, 경무부 직원들의 당혹스러움도 어느 정도 가라앉았다. 벌써 삼십 분은 족히 지났다.

두번째 소변검사에서도 당연히 각성제 반응은 검출되지 않았다. 그렇다면 그 이상 가가야를 이 분청에 붙잡아둘 근거가 희박하다. 가가야가 그 점을 지적하며 돌려보내달라고 요청했지만 사이토는 거부했다. 지금 하타케야마 경무1과장이 올 테니 그때까지 기다리란 것이었다. 가가야는 별수 없이 차라도 한 잔 달라고 했지만 그마저도 거절당했다. 차 대신 이시하라가 평범한 생수병을 하나 주었을 뿐이다. 이뇨 작용이 있는 음료는 줄 수 없다는 뜻이리라.

겨우 하타케야마가 취조실에 들어왔다. 청사에 도착하자마자 큰 걸음으로 걸어왔는지 숨이 약간 거칠었다. 가죽 서류가방을 들고 있었다.

상대가 경시정이라 가가야는 일어서서 하타케야마를 맞이했다.

하타케야마는 이시하라로부터 시약 시트를 받아들고 뚫어져라 쳐다보았다. 보고를 받았을 때는 없었던 두번째 선이 나왔기를 기대했으리라. 하지만 나왔을 리 없다.

하타케야마는 이시하라에게 시트를 돌려주고 책장 맞은편 의자에 걸터앉아 가가야에게도 앉으라고 지시했다.

가가야는 의자에 앉아 물었다.

"풀어주시는 거죠?"

"아직이다." 하타케야마가 고개를 저었다. "확인하고 싶은 사항이 산더미야."

"체포된 것도 아닌데?"

하타케야마는 손목시계를 흘깃 보며 말했다.

"임의동행이라도 앞으로 열두 시간은 더 붙잡아둘 수 있어."

"약물 복용 혐의는 풀렸을 텐데요."

"불법 소지. 자네도 인정했네."

"그 나일론백의 내용물이 각성제라는 걸 긍정했을 뿐입니다."

"그것만으로도 체포할 수 있어."

"그럼 왜 안 하시는 겁니까?"

하타케야마는 가가야의 질문에는 대답하지 않고 가방에서 서류를 꺼냈다. 2센티미터는 되는 두께에 검고 두꺼운 표지가 붙어 있다. 노란 찌지가 몇 장이나 붙어 있었다.

하타케야마가 서류를 펼치며 말했다.

"일 년 이 개월 전, 자네는 전임 경무1과장이 조사했을 때, 뭘 끄집어내게 될지 알고 있느냐고 으름장을 놓았지?"

"상황을 정확히 파악하고 있는지 확인했을 뿐입니다."

"상황은 이미 파악하고 있다. 자네는 전임 장관께서 시작한 권총 적발 캠페인의 에이스야. 경시청의 기대에도 부응했고, 우리 서의 실적에도 공헌했네. 그 점은 잘 알고 있어. 문제는 각성제 쪽이다."

"불법 복용 혐의는 방금 풀렸을 텐데요."

"최근 며칠은 하지 않았다는 것을 알았을 뿐이다. 상습 복용의 가능성은 남아 있어."

"가능성만으로는 현행범으로 체포할 수 없습니다."

"그래서 임의로 묻는 거다. 하는 김에 몇 가지 질문할 테니 대답해."

"그러시지요."

"그 각성제 1킬로그램이 가령 함정수사로 손에 넣은 물건이라 치자, 자금은 어디에서 나온 거지? 한두 푼으로 살 수 있는 물건이 아니었을 텐데."

"저는 어제도 권총을 하나 적발했습니다. 설마 그 무주물 권총을 공짜로 기부했다고 생각하시는 건 아니겠지요?"

무주물 권총이란 불법 소지 피의자를 알아내지 못한 채 적발한 권총을 뜻한다. 이 수사 기법은 십 년 전에 제도화되었다. 경찰관이 외부 협력자에게 권총을 코인로커 등에 숨겨놓도록 부탁하고, 첩보로 알아낸 척 권총을 압수하는 것이다. 권총의 주인은 알아내지 못한 것으로 처리하고 협력자는 검거하지 않는다. 권총 적발을 우선한다는 시점에서 벗어난다면, 대단한 범인은닉죄가 성립된다.

하타케야마는 그 점은 추궁하지 않았다.

"다음 질문이다. 자네 주소는 가마타로 신고되어 있는데, 실제로 거주하는 곳은 메구로의 곤노스케자카더군."

"거기는 아지트입니다."

"왜 집으로 가지 않지?"

"일하기 편한 쪽에 묵고 있으니까요."

"그 집은 월세가 이십오만 엔이라고 들었는데, 자네 월급은 수당을 다 합해도 오십오만 엔이야. 헤어진 아내에게 매달 보내는 위자료가 십이만 엔. 곤노스케자카 쪽 월세를 자네가 내고 있는 건가?"

"아니요."

"누가 내고 있지?"

"모릅니다."

"무슨 뜻인가?"

"그곳을 쓰라는 지시를 받았습니다. 그 아지트의 월세를 누가 내는지 저는 알 바 아닙니다."

"4과장의 지시란 말인가?"

"더 광범위한 지휘 권한을 가진 분입니다."

"똑바로 말해."

"제가 그 이름을 언급해도 되겠습니까?"

"뇌물수수 혐의를 피하고 싶다면."

"조사하면 쉽게 알 수 있을 텐데요? 월세는 아마 그분을 지원하는 누군가가 부담하고 있을 겁니다."

"집주인과 임대 계약자에 대해서는 이미 조사했다. 우리 쪽과는 상관없는 사람들이야."

"조사가 어설픈 것 같군요."

지난번 감찰을 받았을 때도 그는 그렇게 대답했다. 그 자금 출처를 조사하면 경시청에 불리한 정보를 폭로하게 된다. 관료 계급의 부정한 권익을 만천하게 드러내는 것이다. 그럴 각오가 있는가? 직업을 걸고 진실과 맞설 셈인가?

하타케야마는 잠자코 가가야를 바라보았다. 하타케야마는 그게 누군지 아마 알고 있을 것이다. 내사로 어느 정도는 파악하고 있을 터. 하지만 그것을 고발하려면 가가야의 협력을 빼놓을 수 없다는 것도 충분히 알고 있다. 때문에 하타케야마가 하는 이야기의 의미는 한 가지다. 자네, 그 인물을 팔아넘길 의향은 없나?

아니면 하타케야마는 속사정까지는 모르는 건가? 한 번 떠보는 것뿐인가?

판단을 내리지 못하는 사이에 하타케야마가 질문을 바꾸었다.

"그 외제차도 자네 명의가 아니더군."

"예. 중고차 딜러 소유입니다."

"어떻게 그런 차를 사용할 수 있는 건가?"

"임시 차량입니다. 제 차를 정기 검사하는 동안 사용하라더군요."

"팔백만 엔이나 하는 차를 임시로?"

"제가 요구한 게 아닙니다."

"차량 검사는 언제 적 이야긴가?"

"석 달 전이었습니다. 찾으러 갈 시간도 없어서."

"그 딜러는 사 년 전에 도품盜品 유상 양여로 서류 송치된 전적이 있다. 주인은 과거에 지정폭력조직 간토 유메이카이勇名会의 준조직원이었어."

"몰랐습니다."

"일 년 전 가부키초 소탕 작전에서는 유메이카이가 관리하는 카지노와 미용업소가 적발을 피했다. 정보가 새어나갔던 거지."

"그때는 이나즈미카이稲積会 쪽 업소도 적발을 모면했죠. 정보가 줄줄 샌 겁니다."

하타케야마는 다른 서류에 눈길을 떨어뜨리며 말했다.

"유메이카이 3대 보스가 즈시 마리나 회원으로 등록하면서 보증인이 필요했을 때, 자네가 이름을 빌려줬더군."

그것까지 파악하고 있을 줄은 예상치 못했다. 하지만 대답은 준비해두었다.

"그 석 달 전에 저는 아카사카의 한국 술집 총격 사건의 범인을 자수로 이끌었습니다."

"거래였단 말인가?"

"법에 저촉되지 않는 범위에서 3대 보스의 수사 협력에 보답하고자 했던 겁니다."

"그래서 보증인이 되었다?"

"이름을 빌려준 것뿐입니다. 금전은 오가지 않았습니다."

"아자부나 롯폰기의 유메이카이 계열 점포에서 떵떵거린다던데."

"정보를 수집하러 얼굴은 내밀고 있습니다."

"한 가지 더."

"그전에."

가가야는 하타케야마를 제지했다.

하타케야마는 불쾌한 기색으로 가가야를 쏘아보았다.

"이것저것 스토리를 날조하고 계신 건 잘 알겠습니다. 번거롭군요. 경찰은 제가 필요 없다는 뜻입니까? 이제 저는 쓸모없다는 뜻입니까?"

하타케야마는 조금 고민하는 표정을 보이더니 입을 뗐다.

"지난 일 년 사이 우리는 간부급 일곱 명이 징계면직 처분을 받았다. 그중 체포되어 유죄 판결을 받은 사람이 둘. 세 명은 공판중. 본청에서도 생활안전부 계장 하나가 며칠 전 감찰을 받은 뒤에 목을 매달았어. 소행은 다들 자네하고 비슷해. 솔직히 말해 자네 이름을 대며 버티는 자도 있었지. 가가야는 눈감아주면서 자기한테만 처분을 내리는 이유가 뭐냐면서."

"같은 취급은 곤란합니다."

"다를 바 없어. 다만 그들은 실적이 너무 적다는 차이뿐이야."

"결정적인 차이죠. 멋대로 유착해서 타락한 놈들입니다."

"이 일련의 간부급 불상사의 모델이 된 게 바로 자네다."

"그래서 이제는 필요 없다?"

"기강은 바로잡아야만 한다. 자네의 개인플레이는 실적을 고려하더라도 지나쳐. 이미 경찰의 수용 한도를 넘어섰네. 자네를 봐준다면 내년에 징계면직을 받는 간부는 두 배가 될 거야."

"무슨 수를 써서라도 저를 형무소에 처넣겠다는 뜻입니까?"

"청장님께서 간부의 불상사를 더는 확대시키지 않겠다고 결정하셨다. 경무부는 그 방침을 시달받았을 뿐이야. 오늘 각성제를 한 증거가 나오지 않았다 해도 자네의 경찰 인생은 끝났어."

경찰 인생은 끝났다…….

말을 돌리지 않고 직설적으로 대답해준 건 고마웠다. 그래도 가가야는 되물었다.

"경무부장님도 알고 계십니까?"

"당연히."

"제게 선택지는 있습니까?"

"없다. 이미 경무부 감찰 대상이야. 징계위원회에서 처분을 결정할 때까지 자네에게 운신의 자유는 없다."

징계를 받기 전에 의원依願퇴직할 길도 막혔다는 뜻이다. 그의 경우 그 각성제가 위법 소지가 아니라는 점을 증명하기란 상당히 어렵다. 그 점만 두고 보아도 징계는 피할 수 없으리라. 만일 체포 기소될 경우 그 위법성, 합법성 여부를 사법부에서 철저하게 따져줄지도 모르지만 혹시나 무죄가 된다 한들 체포 전의 징계처분은 철회되지 않는다.

경찰 인생은 끝났다…….

아무래도 각오를 다져야 할 듯했다. 어쨌든 이미 이런 생활에 한계를 느끼고 있지 않았던가. 뒷세계를 상대로 아슬아슬한 경계에서 경관의 입장을 고수해가며 상대의 가슴속에 팔을 찔러넣어 정보를 낚아챈다. 때로는 위태로운 거래도 한다. 주고받은 빚의 균형을 끊임없이 평균으로 유지하며 종합적으로는 법의 편에서 상대를 제압한다. 쉬운 일은 아니었다. 신경도 곤두서고, 스트레스도 많이 쌓인다. 위염은 이미 만성이 되었다. 이게 앞으로도 일이 년 단위로 이어진다면 결국에는 위궤양에 걸릴 것이다. 그건 자각하고 있었다. 때문에 지난 몇 달 동안 몇 번이나 퇴직을 고민했다. 좋아하는 바다에서 낚시에 빠져 사는 나날을 꿈꾸었다. 때마침 젊고 유능한 부하도 얻었다. 그를 가르쳐 일을 넘겨

줄 수 있다면 구체적으로 은퇴 계획을 세울 생각까지 하지 않았던가?

하물며. 가가야는 어제 권총 적발 단속을 떠올렸다. 경시청을 뛰어넘어 경찰청에서 그의 수사를 '지도'해준 인물들. 가가야의 수사 기법을 용인하고, 그 실적을 그들의 수훈으로 삼아 권력 확대에 이용한 관료들. 지금까지는 분명 업무에 대한 대가도 그런대로 받아왔다. 사실 일개 경시청 수사원은 엄두도 못 낼 생활도 누렸다. 하지만 얼마 전 긴자의 고급 클럽에서 요구해온 내용은 억지였다. 올해 안에 열 자루를 더 적발하라니, 그것도 세상의 이목을 끌 만큼 대규모 적발을.

불가능하다는 대답은 들어주지 않았다.

그래서 그는 자력으로 자금을 마련해 협력자에게 불법적인 돈을 지불하면서까지 급히 무주물 권총을 적발하려 열을 올렸다. 오늘 차에 실어두었던 각성제도 관료들의 그런 요구에 부응하기 위해 어쩔 수 없이 취한 수단 중 하나였다. 직접 마련한 각성제를 판매함으로써 권총 적발을 위한 자금을 확보하려 했다. 밑천은 그에게 빚을 진 폭력조직 간부에게 열흘에 일 할 이자로 빌렸다. 오늘 거래만 잘 풀리면 그 밑천은 별일 없이 갚을 수 있었다. 하지만 이제는 마음대로 움직이지 못하는 처지가 되었다.

객관적으로 보아도 지금이 한계였다는 뜻이다. 퇴직을 결심할 타이밍을 열흘 정도 잘못 계산했다. 열흘 전에 과장에게 사직서를 내야 했던 것이다.

가가야는 하타케야마에게 시선을 돌렸다. 하타케야마는 그의 갑작스러운 침묵이 이해되지 않는지 고개를 갸웃거렸다.

가가야는 하타케야마의 말을 완벽하게 알아들었다는 의미로 고개를 두 번 끄덕인 뒤 입을 열었다.

"제 입장은 잘 알겠습니다. 지금 이 임의 사정청취 중에 한 가지만 부탁해도 되겠습니까?"

"뭔가?"

"경시청의 가가야 히토시가 감찰을 받고 있다, 처분은 불가피한 것 같다고 경찰청 장관관방• 구보 다쓰아키 총괄심의관께 전해주셨으면 합니다."

"장관관방 소속?"

"예. 구보 심의관께서는 지금 이 단계에서 보고를 받았다는 사실을 대단히 기뻐하실 겁니다."

하타케야마의 입가가 살짝 일그러졌다. 역시 그 이름을 들먹이는구나, 하고 말하고 싶은 표정이었다.

"설마 장관님을 여기 인사 문제에 개입시키고 싶다는 말은 아니겠지?"

"천만에요. 그저 구보 심의관께서는 어제도 제가 무주물 권총을 한 자루 적발했다는 사실을 알고 계실 겁니다."

"경찰청이 뒤에 버티고 있다고 말할 셈인가?"

"아닙니다. 다만 제 근면한 태도가 어쩌다 구보 심의관의 눈에도 든 모양이라……."

하타케야마는 시선을 돌리고 잠시 고민하는 듯했다. 가가야의 말이 어떠한 협박의 의미를 품고 있는지, 이 남자는 정말 구보 심의관에게 보고를 요구할 수 있을 정도로 심의관과 친밀한지를.

하지만 만일 안조 가즈야가 내사 임무를 제대로 수행했다면 며칠 전 그가 구보 심의관을 포함한 세 명의 관료와 긴자에서 만난 사실은 파악하고 있을 터. 그 세 사람과 그의 관계도. 단순한 허세로 여기지는 않

• 일본 경찰청 내 감찰 및 기밀 사항, 회계 감사 등의 업무를 담당하는 국가공안위원회 특별기관.

으리라.

결국 하타케야마가 꺾였다.

"보고는 해주지."

"가급적 빨리 부탁드립니다. 신문은 그다음에 재개하지 않으시겠습니까? 최대한 협력하겠습니다."

"복용 혐의가 사라지니 뻔뻔하게 나오는군."

"처음부터 혐의 자체도 있을 수 없는 일이니까요."

하타케야마는 서류를 가방에 넣고 자리에서 일어섰다.

"심의관은 지금 바쁘시겠지만."

"알고 있습니다."

하타케야마는 사이토와 이시하라를 돌아보며 말했다.

"점심 들고 와. 화장실을 제외하고 가가야는 밖으로 내보내지 마라."

두 사람이 나란히 대답하고 고개를 숙였다.

하타케야마가 취조실에서 나가자 가가야는 의자에서 일어나 한껏 기지개를 폈다.

심의관은 바쁘다…….

그 말을 듣고서야 깨달았다. 얼마 전 그 관료 세 사람이 권총 적발을 집요하게 요구했던 이유. 무슨 짓을 해서라도 올해 안에 성과를 내놓으라는 말은 앞으로 약 이 주 기한이라는 뜻인데, 경시청에서만 열 자루의 권총을 적발하라는 지시였다. 이미 그는 올해 협력자를 닦달해 소위 무주물 권총을 다섯 자루 적발했다. 그의 수훈으로 챙긴 것이 세 자루. 총기대책과에 선심을 쓴 것이 두 자루다.

무주물 권총의 합법화로 적발 건수를 급증하게 만든 인물은 전임 경찰청 장관인 세키우치 유스케였다. 그는 경찰청 형사국 보안부장이었던 당시에 법안 개정을 추진해 일대 캠페인을 펼쳤다.

제도화된 후로 권총 적발에는 국가 예산이 배정되었다. 한 자루를 적발하면 경찰청에서 각 현경에 일백만 엔의 수사비를 지급하는 것이다. 물론 그 일백만 엔은 현장 수사원들의 주머니에 그대로 내려오지 않는다. 경시청이나 각 현경본부는 위에서 내려온 일백만 엔에서 본부별, 단계별로 절반씩 빼간다. 대략 관할서에는 일백만 엔의 팔분의 일이 내려온다. 즉 십이만 오천 엔. 여기에서 또 서장의 뒷주머니로 상당한 금액이 사라지지만 서장 재량에 따라서는 담당 부서에 오륙만 엔이 내려오는 경우도 있었다.

아자부 경찰서 형사과 시절 권총 적발에 집중하라는 상부 지시를 받고 처음 한 자루를 적발했을 때, 담당계에 오만 엔이 지급되자 가가야를 비롯한 수사원들은 뛸 듯이 기뻐했다. 과거에는 존재하지 않았던 '상여금'이었다. 순수하게 그들의 업적이 인정받았다고 생각했다. 담당계 직원 일곱 명이 나누면 한 사람당 만 엔도 되지 않는 상여금이었지만, 권총 적발에 대한 의욕은 크게 치솟았다. 다른 사건 수사는 그저 번거로운 일로 느껴질 정도였다.

이 무주물 권총 적발의 제도화와 발맞춰 권총 적발 조직도 변했다. 그전까지는 관할서 형사과 폭력조직 담당 섹션의 임무였지만, 권총 적발만 전문화되어 방범 부문에 신설된 총기대책과가 다루게 되었다. 이것도 당시 보안부장 세키우치 유스케가 주도한 개혁이었다. 가가야는 총기대책과로 이동했다.

이윽고 가가야는 무주물 권총으로 실적을 올리려면 꼭 팀워크를 이용할 필요가 없다는 사실을 깨달았다. 협력자나 스파이와 좋은 관계를 쌓을 수 있다면 자기 이름으로 권총을 적발할 수 있다. 그 적발이 가가야의 공적으로 인정된다면 현장에 내려오는 수사비 중 상당한 비율을 직접 손에 넣을 수 있다. 그 무렵부터 가가야는 뒷세계의 진창 속에 발을 담그는 일을 서슴지 않게 되었다. 몸을 깊이 담그고, 권총 적발 실적을 쌓기 시작했다. 물론 그러려면 비용도 들었다. 나중에 지급되는 수사비는 아무 짝에도 쓸모없을 정도로. 하지만 경찰청은 암묵적으로 권총만 적발할 수 있다면 다른 범죄는 다소 눈을 감겠다고 선언한 꼴이나 마찬가지였다. 경시청 수사원으로서 그가 가진 정보가 그들과의 거래 밑천이 되었다. 이리하여 차츰 가가야는 독자적인 네트워크와 그만의 수사 노하우를 만들어갔다.

칠 년 전, 가가야는 경부로 승진하면서 본청 형사부 수사4과 계장으로 임명되었다. 뒷세계의 정보 수집에 전념하라는 의미였다. 이미 그 분야에서도 가가야는 충분한 실적을 올리고 있었다. 이번에는 부하도 따로 없어, 조직의 간섭을 크게 받지 않고 정보 수집 활동에 집중할 수 있게 되었다.

방금 사이토 경부보와 나눈 대화에서 떠올린 것처럼 마침 그 무렵은 각성제에 얽힌 이야깃거리도 많았다. 폭력조직의 실체에 대한 정보 수집은, 동시에 각성제를 둘러싼 정보 수집이라는 뜻이기도 했다. 물론 권총 적발 자체를 방해할 요인도 없었다. 본청 경부가 된 지 칠 년, 가가야는 혼자만의 전문팀으로 경시청 안에서 누구도 선불리 건드릴 수 없는 힘을 갖게 되었다.

관료들의 세계에서도 뭔가 변화가 일고 있는 것이리라. 지난 육칠 년 사이 무주물이라도 좋으니 무조건 권총 적발 실적을 내놓으라고 전국 현경을 독촉한 것은 전임 경찰청 장관 세키우치 유스케와 그 일파다. 하지만 올 4월, 세키우치 장관은 주간지 스캔들 보도 때문에 궁지에 몰려 사임했다. 후임은 세키우치 장관이 키운 직계라는 말까지 듣는 나카타 후시오로, 세키우치 장관 밑에서 차관을 역임한 관료다. 그는 자신을 후계자로 지명한 세키우치 장관의 기대에 부응해 전임 장관의 스캔들 보도를 가라앉히고, 전임 장관의 불상사에 대한 수사도 중단시켰다. 전임 장관이 퇴직한 후에도 샌드백 신세가 되지 않도록 구한 것이다. 때문에 경찰청의 대다수가 세키우치 노선은 아무 변화 없이 그대로 이어지고 있다고 믿었다. 경찰 기구의 일선에 있는 그 역시 그랬다.

애초에. 가가야는 소문으로 들은 구름 위 관료들의 권력 대결 구도를 떠올렸다.

전임 장관 세키우치 유스케는 국장도 거치지 않고 오사카 부경 본부장으로 발탁되어 마침내 경찰청 수장의 자리에 앉은 남자였다. 야심가이며, 적이 많은 인물이었다고 한다. 소위 이 계급 특진으로 장관이 되었으니, 상당히 추악한 뒷공작이나 라이벌을 도태시킬 모략을 꾸몄을 게 틀림없다. 그 반동이 장관 취임 이 년 차에 터진 스캔들이었으리라. 가나가와 현경의 비리 은폐 문제에 대한 대응과, 장관 본인이 젊었을 때 여직원과 저질렀던 불륜의 발각, 오사카 부경 본부장 시절 이래저래 시커먼 소문을 몰고 다니던 간사이 실업가와의 유착, 골프 회원권 등 몇 건이나 되는 뇌물수수 혐의. 그런 문제들이 한꺼번에 보도되면서 그 결과 사임하게 된 것이었다. 세키우치 유스케는 끌려 내려오듯 경찰청 장관 자리를 내놓았다.

그 일련의 비리 발각, 스캔들 보도는 틀림없이 세키우치 장관의 적이 던진 공격이었다. 스캔들 보도의 선봉에 선 가십 잡지에 정보를 제공한 인물은 세키우치 장관의 반대 세력이 분명했다. 그래도 전임 장관은 어떻게든 측근인 나카타 후시오 차관을 후임에 앉힘으로써 완전한 실각은 피했다. 경찰청 내부에 영향력을 유지할 수 있었던 것이다. 사임 후 몇 달까지는.

하지만 지난가을 이래로 세키우치 전임 장관 밑의 간부들이 조금씩 경찰청 중추에서 밀려나고 있다는 소문이 돌았다. 노골적으로 세키우치 전임 장관과 대립했던 일파도 일 년이 못 되는 사이에 이동으로 착실하게 세력을 넓히고 있다. 새 장관이 내놓는 행정 지시도 미묘하게 변했다. 세키우치 노선의 탈피, 혹은 노선 수정이 조금씩 눈에 띄기 시작했다.

최근에는 나카타 후시오 신임 장관이 정말로 세키우치 전임 장관의 심복 부하가 맞는지 의심하는 목소리마저 나오고 있다고 들었다. 심복 부하처럼 보이지만 사실은 나카타 후시오야말로 세키우치 유스케 타도 세력이 떠받들고 있는 핵심 인물이 아니냐는 것이다.

그러므로 세키우치 전임 장관과 직접 이어져 있던 일파는 기사회생의 일환으로 그들이 추진해왔던 경찰 행정의 정의와 명예를 다시금 호소하기 위해 필사적이었다. 특히 권총 적발 실적. 때문에 전임 장관의 측근들은 가가야에게 올해 안에 앞으로 열 자루 이상, 언론이 덥석 물 만한 커다란 적발을 요구한 것이다. 똑같은 요구를 전국 현경본부에 내려도 성과가 나오려면 두 달은 걸린다. 하지만 그들은 가가야라면 못할 것도 없다고 판단했으리라.

구보 다쓰아키 관방 총괄심의관은 전임 장관이 임기 도중에 임명한 직계 부하였다. 그도 지금 나카타 신임 장관 밑에서 다음 발령처를 우려하고 있을 터였다. 하지만 그는 전임 장관의 방침을 현장에서 가장 충실하게 실행하여 실적을 올린 가가야를 조금은 배려해줄 수 있다. 아직 그만한 힘을 가지고 있다. 경시총감에게 장관관방으로서 온건한 처분을 기대한다는 의향을 전할 수는 있다. 일단 나카타 후시오 장관은 가가야의 이름 같은 건 알지도 못한다. 또한 현장 경찰관의 처분이 어떻게 되든 아무 관심도 없을 것이다. 그렇다면 구보 심의관의 지시는 나카타 장관의 의향을 거스르는 것도 아니다. 게다가 경찰청 관료들은 가령 주류에서 밀려났다 해도 앞으로도 전국 경찰본부에 어떤 형태로

든 지휘 감독 권한을 가질 게 틀림없다. 구보 심의관은 쓸모가 있다. 그는 경찰청 주류에서 탈락하기 전에, 적어도 한 번은 관료의 위세를 떨칠 수 있다.

거기까지 생각한 가가야는 입가를 일그러뜨렸다.

역시 나는 퇴직할 타이밍을 잘못 계산했다. 장관이 바뀌어 조류의 경계선이 변한 것처럼 보였던 지난여름에 인수인계 따위는 걱정하지 말고 냉큼 경찰 조직에서 벗어나야 했다.

취조실 구석에서 젊은 이시하라가 이상하다는 듯이 물었다.

"왜 그럽니까?"

"뭐가?"

"웃었잖아요."

내가 지금 웃었나? 그렇다면 그것은 쓴웃음이다. 수사원으로서 밀어붙일 때와 물러날 때를 가늠하는 감각이 둔해졌다는 사실을, 이제야 깨달은 것이다.

안조 가즈야가 느지막한 점심을 마치고 책상으로 돌아간 것은 오후 2시를 십 분 앞둔 시간이었다. 마침 자리에 앉았을 때 두 명의 경무부 직원이 사무실로 들어왔다. 가가야의 책상을 수색하던 사람들이다. 저마다 상자를 들고 있었다.

두 사람은 가가야의 책상 위에 상자를 내려놓았다. 안에는 가가야의 필기도구와 개인 물품이 들어 있었다. 경무부에서 직권으로 압수한 물품이었다.

"무슨 일입니까?" 안조 가즈야가 물었다. "그건 증거 물품 아닙니까?"

한 명이 대답했다.

"과장님이 돌려놓으라고 하셔서. 뭔가 사정이 바뀐 모양입니다."

"어떻게 변했습니까?"

"모르겠습니다."

두 사람은 묵례하고 가가야의 책상에서 떨어졌다.

또다시 사무실 안의 시선을 느꼈다.

아무래도 나는……. 가즈야는 생각했다. 당분간 이 사무실을 피하는 게 낫겠다. 이곳은 가시방석까지는 아니어도 남극 월동대원을 위한 내한 훈련 시설만큼 불편한 장소였다.

카페에서 대기해야겠군.

가즈야는 책상 위에 놓인 숄더백을 집어 사무실에서 나왔다.

본청 건물에서 나와 그가 향한 곳은 가가야가 주차 공간을 빌렸던 민간 사무실 빌딩이었다. 가가야와 임무를 수행할 때는 본청에서 이곳까지 함께 걸어와 지하 주차장에 세워둔 가가야의 세단을 타는 게 일반적이었다.

초임 보충학과 연수가 끝나고 메구로 경찰서 형사과에서 두 달 근무한 가즈야는 본청 수사4과로 이동했다. 관할서 두 달 배치 근무는 물론 예외적으로 짧은 기간이었지만 과장은 그날 아침 가즈야를 부하로 소개할 때, 유망주이니 형사부 각 섹션에서 순서대로 연수를 시킬 계획이라고 했다. 그렇게 설명하면 꼭 부자연스러운 인사도 아니었다.

가가야가 가즈야를 자기 밑에 붙이라고 요구한 것은 실제로 부하가 필요했던 점과, 가즈야가 순직한 안조 다미오 경부의 장남이자, 아무것도 모르는 신입 경찰관이었기 때문이리라. 경무부는 가가야가 그렇게 반응할 것을 계산했던 것이다. 과장이 승낙했고, 가즈야는 마치 가가야가 원한 것처럼 자연스러운 형태로 그의 부하가 되었다.

나중에야 가즈야는 가가야가 부친의 순직과도 접점이 있었다는 사실을 알았다. 그날, 폭력조직원 살해범이 닛포리에 숨어 있다는 정보를 입수한 인물이 가가야였다. 아버지는 그 남자에게 총을 맞고 숨을 거두었다. 어린 소녀를 구하기 위해, 스스로 몸을 던져 순직한 것이다. 가가야는 그 아버지의 경찰장에도 출석했다고 한다. 안조 가즈야 순사라는 이름을 들었을 때, 아마 가가야는 남 같지 않았을 것이다. 한 마리 늑대처럼 4과의 유군 형사로 임무를 수행하는 입장에서 스스로 가즈야를 자기 밑에 붙여달라고 말한 것은 그 때문이었다.

가가야의 부하가 된 그날부터 가즈야는 운전도 맡았다. 저 차라며 열쇠를 받았을 때, 안조 가즈야는 그게 독일제 고급 세단이라는 사실에 놀랐다. 가가야가 수사 대상으로 삼는 업계에서는 독일의 다른 회사에서 제조하는 세단이 간부들의 표준 장비였고, 중견 간부 이하라면 국산의 모 시리즈를 타는 게 규칙이라고 한다. 하지만 그 독일 차를 타는 사람은 적었다. 제법 성실한 이미지가 있는 자동차지만, 그래도 그 세단의 가격은 상당했다. 경시청 경부가 몰면 구입 비용을 어디에서 조달했는지 의심받아도 어쩔 수 없는 수준의 차였다.

가가야의 세단은 오늘 아침 경무부가 가가야에게 동행을 요구했을 때 트럭으로 도미사카 청사로 운반해갔다. 가가야가 차량 내부 수색에 동의했기 때문에 경무부가 내부를 철저하게 수색하기 위해서다. 다만 그 차량의 명의상 차주는 가가야가 아니다. 가즈야도 일단 차량검사증을 확인했지만, 차주는 이름도 모르는 인물이었다. 가가야는 예전에 빌린 차라고 말한 적이 있다. 그러므로 지금은 증거품으로 압수한 상태가 아니다. 어디까지나 임의 수색에 응한 차량으로 적당한 장소로 옮겼을 뿐이다.

그가 살고 있던 곤노스케자카의 집합주택도 똑같은 경우다. 그 집의 명의상 주인, 명의상 임차인도 가가야가 아닌 다른 인물이었다. 지금

단계에서 가택수색은 불가능하다. 체포를 기다리는 상황이다. 아무리 그곳에 경무부가 기대하는 위법적인 물품이 가득 은닉되어 있을 것으로 짐작되어도 말이다.

안조 가즈야는 카페로 들어가 가장 안쪽 테이블로 향했다. 자리에 앉아 커피를 주문하고 숄더백에서 두 권의 잡지를 꺼냈다.

한 권은 경찰 조직 내 잡지인《경찰시보》였다. 본청 수사4과에 배속되었을 때 정기구독을 신청했다. 또 한 권은 4과 서무계에서 빌린《수사연구》 최신호였다. 같은 조직 내 잡지이지만《경찰시보》는 경찰 대상 종합잡지에 가깝다. 간부 승진시험에 직접 도움이 되는 수험기사도 풍부한 잡지다. 이에 비해《수사연구》는 범죄수사의 분석, 연구가 중심이다. 대기하는 사이 시간을 때우기에는 이 두 권의 잡지가 딱 알맞다.

커피가 테이블에 나왔을 때, 가즈야는 잡지에 시선을 떨어뜨리고는 있었지만 마음이 영 딴 데 가 있다는 것을 깨달았다.《경찰시보》를 펼쳐놓았지만 글자가 눈에 들어오지 않는다. 의식이 그곳에 없었다.

하타케야마의 말을 떠올리고 있었다.

'자네, 사적인 감정을 내세웠나?'

하타케야마 경무1과장은 경무부장실 문을 두드리고 카펫이 깔린 실내로 들어갔다.

경무부장 다니구치 유야 경시장은 휴대전화로 통화중이었다. 하타케야마가 들어온 것을 보더니 한 손을 올린다. 잠깐 기다리라는 뜻이다. 하타케야마는 문 바로 안쪽에서 멈춰섰다. 다니구치는 검은 가죽 의자를 반 바퀴 돌려 몸을 창으로 돌렸다.

그가 말했다.

"그래. 아아, 그렇게 해주게."

창밖에 보이는 것은 붉은 벽돌로 지은 법무성 청사였다. 그 너머에 보이는 것은 최고검찰청, 공안조사청, 도쿄 고등검찰청 빌딩이다.

다니구치는 휴대전화 폴더를 접고 다시 의자를 반 바퀴 돌려 하타케야마 쪽으로 몸을 돌렸다. 하타케야마는 부장의 책상을 향해 걸어갔다.

경시청 인사를 장악하기 때문에 다른 부장보다 격이 높은 경무부장은 경시청 넘버 스리다. 당연히 관료 계급이 맡는다.

다니구치 경무부장은 이제 마흔다섯 안팎이었다. 하타케야마보다 다섯 살 많은 셈이다. 정확히 반으로 가른 푸석한 머리카락, 테가 가는 안경, 짙은 남색 양복을 입고는 있지만 그다지 관료 같은 인상은 없다. 만약 지방 술집에 혼자 가면 호스티스가 의사나 젊은 실업가로 착각하지 않을까?

하타케야마가 책상 앞에 서자 다니구치가 하타케야마를 올려다보았다.

"체포했겠지?"

희미하게 힐난하는 투였다. 문제가 생겼다고 말하는 건 아닐 테지, 하는.

"그게." 하타케야마는 작게 기침을 하고 말했다. "소변검사에서 반응이 검출되지 않았습니다. 때문에 현행범 체포까지 이르지는 못했습니다. 임의로 조사하고 있습니다. 다만 각성제를 1킬로그램 소지하고 있었습니다."

"1킬로그램?"

"예, 1킬로그램입니다."

"그럼 불법 소지로 체포할 수 있잖나. 체포한 다음 집을 뒤지면 사용 증거도 나오겠지. 뭔가 문제라도 있나?"

"가가야는 수사용 각성제라고 주장하고 있습니다. 또한 그가 감찰을 받고 있다는 사실을 경찰청 장관관방 구보 총괄심의관에게 전해달라고 합니다."

"자기가 경시청 직원이라는 걸 알고는 있는 건가?"

"예. 알면서도 보고하면 심의관이 분명 기뻐할 거라고."

"무슨 뜻이지?"

"단순한 허세로 보입니다. 무시해도 될 것 같긴 하지만, 일단 보고드리러 왔습니다."

고개를 숙이고 물러나는 시늉을 하자 예상대로 다니구치가 입을 열었다.

"기다려. 구보 심의관의 이름을 정확히 언급한 게 역시 마음에 걸리는군."

"어떻게 할까요? 봄에 그런 일이 있고 아직 얼마 되지 않았는데, 장관관방께 이런 저희 안건을 알리는 것도 조금……."

세키우치 전임 장관을 둘러싼 일련의 스캔들 보도와 사임 소동을 말하는 것이다. 그 시기는 장관 보좌관이었던 총괄심의관도 대응에 쫓겼다. 구보 심의관은 전임 장관 때부터 계속 그 자리에 있어, 당연한 일이지만 똑같은 불상사나 스캔들 발각에는 신경이 몹시 예민했다.

다니구치가 말했다.

"이런 때일수록 더 조심해야지."

다니구치는 다시 의자를 반 바퀴 돌려 창밖으로 시선을 던졌다. 생각을 정리하는 눈치였다. 하타케야마가 잠자코 기다리자 다니구치는 의자를 정면으로 돌리고 말했다.

"심의관과 접점이 있다는 보고는 며칠 전에 받았네. 긴자에서 술자리 장단이나 맞추는 줄 알았더니 그 이상인가?"

"구보 심의관이 우리 공안을 지휘했을 당시 가가야가 가져온 정보는 공안의 손이 미치지 못하는 부분을 보충했습니다. 상상 이상으로 깊은 관계를 쌓았을지도 모릅니다."

"가가야가 아직 보도되지 않은 전임 장관의 정보를 쥐고 있을 가능성은 없나?"

"놈의 정보 수집 대상은 광범위했습니다. 가능성은 존재합니다."

"우리 쪽이나 경찰청의 다른 간부에 대해선 어떤가?"

하타케야마는 질문의 진의를 헤아리려 했다. 다른 간부? 누굴 말하는 건가? 어느 정도 범위의 간부 정보를 염려하는 거지? 경무부장은 가가야가 어떤 종류의 정보를 쥐고 있다고 의심하는 건가? 하타케야마는 말을 잘 골라가며 대답했다.

"만일 뒷세계에서 숙덕거리는 정보가 있다고 가정한다면, 당연히 가가야의 귀에도 들어갔을 겁니다."

다니구치는 책상 위에서 왼팔을 굽혀 손목시계를 보았다.

"구보 심의관에게는 내가 직접 얘기하지. 오늘 만날 수 있을지는 모르겠지만, 가가야의 신병은 붙잡아둬."

"체포하지 않고 말씀이지요?"

"내 지시를 기다리게."

"예."

하타케야마는 고개를 숙이고 경무부장실에서 나왔다.

가즈야가 다시 본청 사무실로 돌아온 것은 세 시간 후였다. 오후 5시가 지났다. 지금 4과 사무실에 있는 사람은 고작해야 열 명 남짓. 거의 아무도 없다고 할 정도로 한산했다.

가즈야의 책상 위에 사무용 봉투가 놓여 있었다. 경무부에서 잊고 간 물건이 아니라 누가 일부러 가즈야에게 보낸 것처럼 보였다. 의자

바로 앞에, 자로 평행 각도를 맞춘 것처럼 놓여 있다.

무슨 서류지?

가즈야는 봉투를 들어 내용물을 꺼냈다. 안에는 잡지와 신문기사 사본이 들어 있었다. 열몇 장 묶음의 오른쪽 끄트머리를 클립으로 집어놓았다.

맨 위의 한 장은 잡지 기사 같았다. 제목은 이러했다.

세키우치 유스케 경찰청 장관의 검은 의혹

도입부에는 이렇게 적혀 있었다.

이래저래 소문이 많은 간사이 재계인과 장관의 지나치게 긴밀한 관계. 클럽 접대에 기온• 나들이, 골프 회원권 증여까지, 오사카 부경 본부장 시절의 '한계를 뛰어넘은' 우정.

가즈야는 그 사본이 마치 외설적인 사진인 것처럼 동요했다. 종이다발을 둘둘 말아버리고 사무실을 둘러보았다. 가즈야의 행동을 주시하는 시선은 없었다. 그렇다는 것은 이것을 두고 간 사람은 지금 이 사무실에 있는 사람이 아니라는 뜻인가?

선 채로 두번째 기사를 읽었다. 같은 잡지의 다른 호인 것 같았다.

장관 추문 속보. 부하와 튼 사랑의 보금자리는 롯폰기. 여직원은 임신해서 퇴직. 위자료의 출처를 둘러싼 온갖 소문.

• 고급 요정이 밀집해 있는 교토의 환락가.

생각났다. 이 화제는 꼭 일 년 전, 가즈야가 메구로 서 나카메구로 파출소에 배치되었을 무렵 주간지와 가십 잡지에 실렸던 기사다. 당시 경찰청 장관의 스캔들이 연달아 보도되어 경찰청 간부가 머리를 싸맸다고 한다. 보도의 물꼬를 튼 것은 거물 연예인의 스캔들부터 정계나 경찰 관계자의 범죄까지, 유력 신문에서 다루지 않는 뉴스만 다루는 월간지였다. 총회꾼 잡지가 기업 내부정보로 지면을 메우듯 그 잡지도 관계자에 의한 정보 제공을 바탕으로 기사를 쓴다던가. 업계에서 터부시하는 화제는 일단 그 잡지가 실마리를 던지면 그 후에 출판사 계열의 주간지가 뒤를 좇는다.

이 일련의 보도에 장관이 격노해 아무리 작은 죄라도 좋으니 잡지 편집장을 잡아들이라고 지시했다는 기사도 기억이 났다.

중간 기사는 넘어가고 다발 아래쪽의 사본을 보았다. 지난 4월의 신문기사였다. 세키우치 유스케 경찰청 장관의 사임이 담담하게 기록되어 있었다. 그 기사의 다음이 마지막 종이였다. 경찰청의 나카타 후시오 차관이 세키우치 장관의 후임이 되었다는 기사의 복사본이었다.

가즈야는 다시 한 번 사무실을 둘러보았다. 방금 전과 마찬가지로 가즈야에게 시선을 쏟는 인물은 없다. 아침의 비상사태는 이미 잊었는지, 아니면 의식적으로 무관심을 가장하는 건지, 가늠하기 어려웠다.

이 사본은 누가 무슨 목적으로 가즈야의 책상에 놓고 간 것일까? 이런 때이니 분명 가즈야가 읽도록 그런 것이겠지만, 어떤 반응을 기대한 것일까? 네가 팔아넘긴 가가야보다 악랄한 자가 있다고 알려주기라도 하는 건가? 아니면 가가야의 소행은 경찰청 장관도 했던 짓이라고 전하고 싶었던 걸까? 아니면 반대로 가가야를 고발한 것은 정당했다고 가즈야에게 확신을 주고 싶었던 걸까?

가즈야는 기사 묶음을 다시 봉투에 담아 책상을 뒤로했다. 기사를 두고 간 인물의 의도가 무엇이든, 일단 내용물은 한 차례 훑어보기로 했다.

가즈야는 본청에서 나와 아까와는 다른 길을 택했다. 히비야 도서관으로 갈 생각이었다.

히비야 도서관 일층 열람실에서 빈자리를 찾아 앉은 가즈야는 숄더백에서 서류봉투를 꺼냈다.

기사를 한 장씩 읽다 보니 전혀 몰랐던 정보가 있었다. 전임 장관이 오사카 부경 본부장이었을 때, 어느 부정 융자 사건의 수사를 중단시킨 건이었다. 당시 친밀했던 간사이 금융업계의 거물이 사이에 끼어 세키우치 본부장에게 수사 중단을 의뢰했다는 내용이었다. 기사에는 세키우치 본부장이 그에 응했다고 적혀 있었다.

이 경찰청 장관 스캔들이 터진 것이 마침 일 년 전 가을부터 겨울 사이의 일이었다. 기숙사에서 생활하던 가즈야도 경찰청 장관을 둘러싸고 그리 깨끗하지 못한 이야기가 오간다는 것은 알고 있었다. 하지만 그 일에 관심을 기울인 적은 없었다. 어엿한 경찰관이 되기 위해 훈련을 받는 자가 알아야 할 일은 아닌 것 같았기 때문이었다. 경찰청이나 관료 세계에 대한 지식은 그의 직업 인생에는 쓸모없는 일이었다. 뒷사정을 안다고 경찰관으로서의 사기나 의욕이 강화되는 것도 아니다. 동기들 사이에서도 전혀 화제에 오르지 않았다. 가즈야는 그 보도를 흘려들었다. 때문에 이 신문이나 잡지 기사가 전하는 것은 모두 신선한 정보였다.

사임 기사 해설을 읽다 보니 금시초문인 정보가 있었다. 세키우치 전임 장관이 무주물 권총 적발을 제도화해 적발 캠페인의 선봉에 선 관료이자, 총기대책과를 신설해 형사과에서 당시 보안과로 권총수사 권한을 이양한 인물이라고 하는 것이었다. 또한 전임 장관은 오 년 전,

저격당한 구니마쓰 장관의 뒤를 이어 장관에 취임한 뒤 당시 강력 수사중이던 컬트 교단 적발의 총지휘를 맡았다. 운용이 늘 문제가 되는 '도청법'을 도입한 것도 세키우치 장관의 공적이었다.

한 잡지 기사에 장관 사임에 대한 해설이 있었다. 그에 의하면 세키우치 전임 장관은 과거에 경찰청 이 년 선배인 오모리 야스히코라는 관료와의 격렬한 경쟁에서 이긴 인물이라고 한다. 오모리 야스히코는 경찰청을 떠났지만 과거에 오모리파였던 관료들은 아직 경찰청 내에서도 그럭저럭 힘을 가지고 있다던가. 애당초 일련의 스캔들 발각이 오모리파에 의한 보복이라는 견해도 있는 듯했다.

어쩌면, 가즈야는 생각했다. 이 일련의 보도는 일 년 반 전 도쿄 고등검찰청 검사장의 사임으로 발전한 스캔들 보도만큼 파괴력이 컸을지도 모른다. 그쪽 수장은 긴자의 호스티스를 공금으로 출장에 데려가거나, 임신중절 비용이나 위자료를 업자에게 떠넘겼다고 한다. 폭력조직과의 유착 의혹도 보도되었다. 설마 도쿄 고등검찰청 검사장이 스캔들로 실각할 리는 없다고 생각했지만, 끝은 의외로 허망했다. 분명 보도조차 되지 않았던 깊은 뒷사정이 있는 것이다. 그래서 검사장은 발각되기 전에 사임을 결심한 것이리라. 경찰청 장관 자리를 둘러싼 이 기사들로 유추하건대, 검찰청 내부에서도 관료들끼리 글자 그대로 칼부림 암투를 펼쳤던 것이다. 그 결과가 일 년 반 전의 도쿄 고등검찰청 검사장 사임이었다.

그렇다면?

가즈야는 등줄기를 훑는 서늘한 감촉을 느꼈다. 어쩌면 가가야의 내사와 감찰도, 검찰청의 소위 말단 조직인 경시청을 무대로 상부가 펼친 결투의 일부일 수 있지 않을까? 세키우치 장관의 실각으로 세키우치 장관 밑에 있었던 경찰청 관료들이 먼저 찬밥 신세가 되었다. 이어서 도미노처럼 그 관료들과 연결된 경시청이나 각 현경 간부들에게도 숙청의 손길이 뻗고 있다. 그 결과, 세키우치 노선의 수하였던 현장 경찰관들도 폐기 처분을 앞두고 있는 것이다. 과거에는 허용되었던 수사 기법의 재고를 이유로. 결국 그가 맡은 가가야의 내사 임무는 관료들의 권력 싸움의 마지막 뒷마무리로 기획되었던 게 아닐까? 가가야는 권총 적발 실적을 올리기 위해서라면 다소의 일탈도 허용하는 세키우치 노선의 가장 충실한, 그리고 가장 전형적인 실천가였으니까. 그렇다면 결국 나는 그 관료들의 결투를 위한 도구였나?

가즈야는 그럴 리 없다고 부정할 수 없었다. 이번 내사 임무에는 그런 의혹을 부정할 만한 이유가 있다고 믿을 수 있는데도 그러했다. 가즈야는 기사 사본을 앞에 두고 한동안 얼어붙었다.

하타케야마가 취조실로 돌아온 것은 오후 5시 20분이었다. 입술을 꾹 다물고 무언가에 화가 난 분위기였다. 그가 실내로 들어오자 사이토와 이시하라 두 사람이 문 옆 의자 위에서 허리를 꼿꼿이 폈다.

가가야는 하타케야마를 바라보았다. 경무부장을 통해 경찰청 장관관방 구보 총괄심의관에게 정보가 전달되었을까?

하타케야마는 가가야의 맞은편 의자에 걸터앉아 분한 기색으로 가가야를 쳐다보았다.

"총감님은 이 이상 현직 경부의 비리가 발각되는 것을 바라지 않으신다."

가가야는 하타케야마의 말뜻을 이해하려 애썼다. 어디가 요점이지? 현직 경부라는 부분이 키워드인가? 아니, 아니면 발각되는 것을 바라지 않는다는 부분이 이 발언의 핵심일까?

답을 찾지 못하고 잠자코 있자 하타케야마가 말했다.

"총감님은 자네에게 의원퇴직할 의사가 있다면 허락하겠다고 하셨다. 지금 당장 결정해."

의원퇴직. 총감이 내린 사실상의 지시라는 뜻인가?

감찰 대상이 된 경찰관은 경시청 내규로는 징계위원회에서 정식으로 처분이 결정될 때까지 의원퇴직은 불가능하다. 때문에 처분을 받기 전에 도망칠 수도 없다. 원칙적으로 처분이 내려올 때까지 기다리고, 그 처분을 받아들이는 수밖에 없었다. 하지만 예외 규정이 있다. 경시총감이 인정한 경우에는 허용될 수도 있는 것이다. 이따금 그 예외 규정으로 퇴직하는 직원이 있다. 예를 들어 세간의 눈총은 따갑지만 가벼운 불상사, 혹은 형식범形式犯인 직원에게 내리는 처분이다. 내규를 엄격히 따르자면 징계할 수밖에 없지만, 그러면 현장 사기가 떨어져 감독 책임자도 입장이 난처해질 경우, 예외 규정으로 처분 전 퇴직이 인정된다. 이번에는 그에 해당된다는 뜻이리라.

총감은 이 이상 현직 경부의 비리가 발각되는 것을 바라지 않는다…….

요컨대 징계하지 않는 대신 경시청에서 나가라는 말이다. 만일 이 거래를 받아들인다면, 앞으로 가가야의 수사 방법이나 사생활이 문제가 될 경우도 어디까지나 한때 경부였던 직원의 과거가 된다. 경시청으로서는 바야흐로 의혹을 파헤치려던 차에, 사실을 파악하기 전에 해당 경찰관이 의원퇴직했으므로 충분히 감찰하지 못했다고 변명할 수 있다.

"왜 그러지?" 하타케야마가 잠자코 있는 가가야에게 물었다. "총감님의 온정을 거부하는 건가?"

가가야는 결론을 내리기 전에 물었다.

"방금 전에 제 경찰관 인생은 끝났다고 말씀하셨지요."

"그래. 확실하게 끝났어."

"경찰은 이제 제가 필요하지 않은 겁니까?"

"필요 없다."

그 점이 변함없다면, 결론은 나왔다.

가가야는 신중하게 확인했다.

"다른 조건이 붙습니까?"

"총감님은 자네하고 거래하지 않으신다."

"조건은 없다는 말이군요."

"들은 바 없다."

가가야는 물었다.

"저는 풀려나는 건가요?"

"징계위원회는 없어."

경무 감찰은 사라졌다는 뜻이다.

"좋습니다. 의원퇴직하지요."

하타케야마는 고개를 기울였다. 철회할 수 없는데 괜찮은지 묻고 있는 것이다. 가가야는 고개를 끄덕였다.

사이토와 이시하라는 동요하는 기색이었다. 경시총감이 가가야의 의원퇴직을 인정했다는 사실을 믿지 못하는 눈치다. 가가야도 그것이 총감의 온정이라고 믿지는 않는다. 애초에 가가야는 총감과는 일절 면식이 없었다. 경부로 승진했을 때, 당시 경시총감에게 직접 사령장을 받았지만 현 총감에게는 30미터 이내로 접근한 적도 없다. 그 역시 측근에게 보고를 받기 전까지 가가야라는 남자가 누구인지 알지도 못했으리라.

이 온정은 경찰청 장관관방 측에서 조언해준 결과다. 총감이 현 경찰청 장관의 노선에 얼마나 가까운지 알 길은 없지만, 적어도 구보 관방 총괄심의관의 조언을 무시할 수 있는 입장은 아니었던 것이다. 계급으로 말하면 경시총감은 장관보다 두 계급 아래에 있는 부하인 셈이다. 구보 심의관이 전임 장관파로 분류된다 해도 현직 장관이 취임하자마자 경질할 만큼 적대적인 관료는 아니었다. 관방 총괄심의관의 말은 장관의 의지로 해석하고 대응하는 게 관료들의 행동 양식이다.

하타케야마가 사이토를 돌아보며 지시했다.

"가가야가 사직서를 쓰겠다고 하니 용지와 펜을 준비해주게."

이시하라가 일어나서 취조실 밖으로 나갔다.

가가야는 다시 하타케야마에게 물었다.

"사직서는 오늘 자로 쓰면 됩니까?"

"지난 주말이다. 토요일."

그 말인즉슨 가가야의 이번 주 행동은 전부 일개 개인으로, 일반 시민으로서 저지른 행위로 기록한다는 의미이리라.

거부해야 할 요구 같지는 않았다. 가가야는 고개를 끄덕였다.

이시하라가 돌아와 가가야 앞에 경시청 사무용 편지지와 만년필을 내려놓았다. 인주도 함께. 사직서에는 엄지손가락으로 지장을 찍으라는 의미이리라.

가가야는 사직서, 라고 쓴 뒤에 경시총감의 이름을 쓰고 상투적 표현을 썼다. 일신상의 사유로 경시청을 12월 9일 자로 퇴직하고자 하오니, 재가를 부탁드립니다.

그리고 소속, 계급과 성명. 그 옆에 날짜.

다 쓴 뒤에 만년필을 옆에 내려놓고 오른손 엄지에 인주를 묻혀 이름 옆에 지장을 찍었다.

손가락에 묻은 인주를 손수건으로 닦아내며 가가야는 생각했다. 지급품은 언제 반납해야 할까. 4과 책상이나 사물함에는 개인 물품도 조금 들어 있다. 그건 언제 챙기러 가야 하나? 어쨌든 경무1과는 오늘 아침 사물함과 책상 속 내용물을 전부 압수해 조사했을 것이다. 아마 지금쯤 개인용품은 상자에 담겨 경무1과 어딘가에 있으리라. 취조실에서 나가면 상자째 들이밀지도 모른다. 냉큼 갖고 돌아가라고. 지급품 반납은 형사과 총무계에 확인을 받아야 한다. 이대로 하타케야마와 그 부하들에게 손을 흔든다고 경시청과 인연이 끊기는 건 아니다. 필요한 수속은 아직 남아 있다.

자동차도 지금 이곳 도미사카 청사 주차장에 있을까? 그걸 타고 돌아갈 수 있을까? 돌아갈 수 있다 해도, 그 나일론백도 가지고 돌아가도록 허락해줄까? 내용물은 각성제다. 권총 적발 자금을 조달하기 위해 에토 구미에서 비싼 금리로 빌린 돈으로 산 물건이다. 빨리 팔아치우지 않으면 무거운 이자를 떠안게 된다.

거기까지 생각하다가 가가야는 쓴웃음을 흘렸다. 경무부가 그 위법적인 약물을 퇴직한 경부의 개인 물품이라고 돌려줄 리 없다. 압수되는 건 필연적인 일이다. 즉 매매 차익으로 에토에게 돈을 갚기란 불가능해졌다. 그쪽 업계는 특히나 돈거래에 엄격하다. 상대가 비록 경시청 형사라 해도 돈을 제때 갚지 않으면 보복은 각오해야 할 것이다. 하물며 그는 지난 주말부터 경시청 경찰관도 아니다. 지금은 든든한 방패를 잃어버린 일개 중년 실업자에 지나지 않는다. 상대는 가혹한 방식으로 자금을 회수하려 들 것이다. 지난 몇 년, 에토에게는 제법 은혜를 베풀었지만 상대 역시 그와는 다른 대차대조표를 가지고 있을 것이다. 에토 입장에서 보면 그의 일방적인 빚으로 셈할지도 모른다. 상쇄를 기대하기란 어렵다. 어떻게든 빨리 손을 써야 한다. 어찌 되든 오늘 밤 당장 녀석을 만나 사정을 설명할 필요가 있다. 오늘 신병 구속이 풀리면 일단 가야 할 곳은 에토의 사무소다.

하타케야마가 가가야가 쓴 사직서를 확인한 뒤에 봉투에 넣었다.

가가야는 손목시계를 보았다. 벌써 오후 5시 반이 넘었다.
가가야가 물었다.
"오늘 처리되는 겁니까?"
하타케야마는 봉투를 들고 일어나면서 대답했다.
"허가는 받았으니, 비서가 도장만 찍으면 끝나."
"전 그만 돌아가도 되는 건가요?"
"기다려. 정식 수리되기 전까지 자넨 여기에 있어."
하타케야마는 불쾌한 얼굴로 취조실에서 나갔다.
가가야는 뒤에 남은 두 경무부 직원을 쳐다보고 물었다.
"차가 안 되면 커피라도 안 될까?"
이시하라가 말했다.
"자동판매기 음료라도 괜찮다면."
"동전지갑을 돌려줘."
"안 됩니다."
"그럼 빌려줘. 블랙, 뜨거운 걸로."
사이토가 이시하라에게 눈짓하며 말했다.
"제가 사겠습니다."
"어째서?"
"이제 징계 대상이 아니니까요. 의원퇴직이라면, 가가야 씨는 저희 동료입니다."
"손바닥 뒤집듯 바뀌는군."
"대단히 큰 차이입니다."
"처음부터 나는 항상 자네들 동료였어. 반대편에 있었던 적은 한 번도 없다."
이시하라는 별다른 표정 변화 없이 취조실에서 나갔다.

가가야는 의자에서 일어나 기지개를 폈다.

오늘 아침에 있었던 일은 에토를 비롯해 그쪽 업계에 이미 퍼졌을까? 가가야가 추락했다고, 이미 업계에 소문이 났을까?

그렇다면 오늘 밤 거리에 모습을 드러냈을 때 놈들 얼굴이 볼만하겠군. 놈들은 가가야가 돌아왔다고 기겁하며 복잡한 얼굴로 고개를 숙일 것이다.

휴대전화가 울렸다. 경무1과장 하타케야마의 전화였다. 가즈야는 전화기를 오른손으로 감싸고 히비야 도서관 신문열람실 자리에서 일어섰다. 지금 가즈야는 몇 종류의 신문 축쇄판을 닥치는 대로 뒤지고 있었다. 세키우치 전임 장관에 관한 기사를 읽기 위해서였다. 폐관 시간이 지나 경찰수첩을 내밀고 공무로 열람하고 있었다.

열람실에서 계단실로 나가 층계참에서 멈췄다. 호출음은 이미 여섯 번째 울리고 있었다.

통화 버튼을 누르고 귀에 대자 하타케야마가 물었다.

"지금 어디야?"

가즈야는 대답했다.

"청사 밖, 근처입니다."

"그대로 대기해. 더 걸릴 것 같다."

"역시 복용 반응은 나오지 않았습니까?"

"그래."

"그럼 석방입니까?"

"지금 상부에서 검토중이다. 가가야의 처분은 이미 경무부의 손을 떠났어."

그렇다면 복무규정 위반은 이미 문제 삼지 않는다는 뜻인가? 각성제

복용 반응이 나오지 않은 이상, 각성제 단속법상의 불법 복용으로 체포할 수도 없다. 불법 소지는 문제가 되지만 경무부의 손을 떠났다는 말은, 약물대책과에서 다룰 안건이란 말인가?

"한 가지 여쭤봐도 되겠습니까?"

"뭔가?"

"제 내사는 실패했습니까?"

하타케야마는 한 뜸을 들이고 나서 대답했다.

"복용 여부를 두고 말한다면 자네는 실수했어. 결정적인 증거를 잡지 못했다."

"죄송합니다."

"그래도 징계처분이 가능할 정도로 조사해냈다. 상황을 고려하면 잘한 거야. 가가야의 신용을 얻어 품속에 파고들었으니."

나를 정말 신용했던 걸까? 가가야는 어젯밤까지 그에게는 많은 부분을 숨기고 있었다. 가가야가 혼자 힘으로 쌓아올린 뒷세계 네트워크도 가즈야가 목격할 수 있었던 것은 극히 일부, 고작해야 표면뿐이다. 그것은 가가야가 갖고 있는 인맥이나 정보원의 몇 퍼센트에 지나지 않을 것이다. 사생활도 마찬가지였다. 동료 여직원과의 교제도, 유흥 방식도, 가가야는 보여주어도 해가 없는 부분, 솔직히 말해 젊은 부하에게 과시할 수 있는 부분만 보여주지 않았던가?

가즈야는 말했다.

"성급했습니다. 반성하고 있습니다."

"됐어."

"한 가지만 더 여쭤봐도 되겠습니까?"

"그래."

"그 여성도, 복용 반응은 없었습니까?"

하타케야마는 전화 너머에서 의뭉스럽게 웃었다.

"신경쓰이나?"

"예."

"그 소방청 직원에게서도 각성제 반응은 나오지 않았다. 곧 신병 구속을 해제할 거야."

두 사람 다 약물은 복용하지 않았다. 그렇다면 가즈야가 어젯밤 그 집합주택 창문을 바라보며 상상했던 일은 없었다는 말이다. 각성제를 사용한 두 사람의 거칠고 격렬한 섹스는. 물론 성행위는 했겠지만 그것은 극히 일반적인 남녀 사이에 나누는 행위라는 뜻이다. 나가미 유카는 가즈야에게는 보이지 않았던 교태를 가가야에게 내보인 게 아니다. 그의 상상은 지나치게 야비했다.

"대기해."

"예."

전화를 끊고 화면의 시간을 확인했다. 오후 5시 45분이었다.

가가야의 처분에 대해서는 상부에서 검토중이라고 했다. 관련 간부들도 오늘 안에 결론을 내려고 정시 후에도 여전히 본청 안에 남아 있다는 뜻이다. 내일로 미룰 수 없을 만큼 중요 안건이라는 뜻일지도 모른다.

가즈야는 층계참에서 다시금 나가미 유카의 얼굴을 떠올렸다. 경찰학교에서 응급처치 실습 시간에 도쿄 소방청에서 전문 응급구조사가 온 적이 있었다. 그때 보조로 따라온 사람이 파란색 응급구조사 유니폼을 입은 나가미 유카였다. 조금 딱딱한 수재 같은 생김새로, 업무 출장이라 그런지 표정에 전혀 무르거나 해이한 구석이 없었다. 동작 하나하나가 씩씩하고 대범해서, 그것도 그녀의 딱딱한 인상에 잘 어울렸다. 인명구조의 일선에서 활약한다는 사실도 가즈야의 눈에 일종의 필터를 씌웠는지 모른다. 그때 그녀는 수업 내내 훈련에 집중하느라 자기를 뚫어져라 바라보는 한 명의 젊은 경찰관의 모습은 안중에도 없는 듯했다.

경찰학교 초임과 연수가 끝나고 석 달쯤 지났을 때였다. 배치받은 나카메구로 역 앞 파출소 바로 근처에서 교통사고가 있었다. 그곳에 구급차를 몰고 달려온 사람이 나가미 유카였다. 그녀도 가즈야를 기억하고 있었다. 두 사람은 서로 자신의 전문성을 가장 명료하게 발휘할 수 있는 임무 현장에서 재회한 것이다. 이튿날 가즈야는 도쿄 소방청 아자부 서에 전화해 나가미 유카와 데이트 약속을 잡았다. 그로부터 두 사람이 연인이 되기까지, 그리 긴 시간은 걸리지 않았다.

어느 날, 주말 휴일에 가가야의 호출을 받은 가즈야는 어쩔 수 없이 동행하고 있던 나가미 유카를 가가야에게 소개했다. 가가야는 가즈야에게 후추 경마장까지 운전을 명령했는데, 금방 끝나는 일이라며 나가미 유카의 동행을 허락했다.

실제로 그날 가가야의 부하로서 그가 한 일은 몇 시간 만에 끝나, 가가야는 가즈야와 유카를 미나미아오야마에 있는 이탈리안 레스토랑에 데려가주었다. 이때 비싼 양복을 입고 독일 차를 타는 위풍당당한 중년 남성의 모습이 나가미 유카에게는 강렬한 인상을 주었던 모양이다. 확실히 데이트 비용도 빠듯한 신참 경찰관과 비교하면 가가야는 매력적인 성인 남성이었다. 아직 가치관이 정립되지 않은 젊은 여성이라면 사귀고 싶은 대상으로 보여도 이상할 것 없었다. 풋내기였던 가즈야는 그 차이를 솔직히 인정할 수 있었다. 연인이 자기 상사의 침대로 뛰어드는 꼴을 허용할 수 있는가는 별개로 치더라도.

'사적인 감정을 내세웠나?'

아니야. 가즈야는 재차 자기가 한 행위의 의미를, 정당성을, 스스로 곱씹었다.

나는 가가야가 경찰관으로 걸어야 할 길을 일탈했다고 판단했기 때문에 경무부에 그 사실을 고발한 것이다. 가가야는 불법으로 각성제 거래에 손을 담갔다. 그는 대량의 각성제를 소지하고 있다. 아마도 오늘 밤 각성제를 사용할 것이다…….

그 타이밍에 고발하면 가가야와 함께 있는 나가미 유카가 동시에 신병을 구속당하게 되리란 사실은 충분히 예상할 수 있었다. 검사에서 만일 약물 반응이 나온다면 나가미 유카도 체포될 것이다. 그런 사태도 전부 예측했지만, 그 점은 개의치 않았을 뿐이다. 사적인 감정을 내세운 게 아니다, 어젯밤 일은.

본청 내 하타케야마의 책상에서 전화가 울렸다. 하타케야마는 재떨이에 방금 불을 붙인 담배를 비벼 끄고 수화기를 들었다.

"하타케야마입니다."

"방금 전 그 건 말이네만."

상대는 이름을 말하지 않았지만 목소리와 말투로 알 수 있었다. 다니구치 유야 경무부장이다. 다니구치는 총감실에서 재가를 받은 뒤 각 관계부처와 조정하겠다고 했다. 그러니 석방은 잠시 기다리라고.

그랬던 다니구치가 말했다.

"조정은 끝났다. 오늘 밤 11시에 신병을 풀어주게."

하타케야마는 다시 확인했다.

"오늘 오후 11시에, 도미사카 청사에서 석방이란 말씀이시지요?"

"그래. 수속할 때 유류품이 없도록 조심해. 정리할 문제가 있으면 11시 시점에 완벽하게 끝내도록."

"예."

"석방 때 관계부처 직원들도 참석할 예정이다. 청사에서 풀어주고 나면 우리는 가가야하고는 아무 관계도 없는 거야."

"예."

전화는 거기에서 끊겼다.

수속에 유류품이 없도록…….

경부 이상의 간부 경찰관의 인사를 관장하는 인사1과에서 해야 할 일은 정해져 있다. 이번 경우는 소속부처를 뛰어넘어 인사1과가 대신 끝낼 수도 있었다. 먼저 급여 정산부터 공제보험 해약을 비롯한 몇 가지 서류 수속이 있다. 지급품 반납 수속과 그 처리도 해야 한다.

하타케야마는 방금 전 가가야의 책상과 사물함의 조사를 명했던 두 사람의 1과 직원을 불렀다.

"잠시 와주게. 부탁할 일이 있어."

지금이 오후 7시 반, 가가야의 처분이 확실히 결정될 때까지 부하들을 대기시킨 것이다.

그 두 사람이 안쪽에 있던 그들 책상 앞에서 일어섰다.

신문열람실에서 또 휴대전화가 울렸다. 발신자는 하타케야마였다.

가즈야는 신문 축쇄판에서 고개를 들어 휴대전화를 귀에 댔다.

하타케야마가 말했다.

"신병 구속을 해제한다. 안조, 자네도 그만 가보게."

"의원퇴직을 받아들였다는 뜻이군요?"

"지난 주말 자로. 이번 주에 가가야는 경관이 아니었다. 경무부가 나설 일도 사라진 거지. 그만 돌아가."

가즈야는 한 가지 마음에 걸리는 일을 물어볼까 말까 망설였다.

하타케야마가 덧붙였다.

"나가미 유카리는 여성도 마찬가지다. 오늘 안에 집으로 돌아갈 수 있어."

그렇다면 그녀는 계속 소방청에서 근무할 수 있을 것이다. 오늘은 무단결근을 하게 되었지만 내일 사정을 설명하면 도쿄 소방청 아자부서의 상사는 이해할 것이다. 일자리를 잃지는 않으리라. 만일 그녀에게 계속 박봉 지방공무원으로 일할 마음이 있다면 말이지만.

어젯밤, 몇 번이나 뇌리에 그렸던 그 아리아의 선율과 가사가 떠올랐다. 가가야가 좋아하는 이탈리아 오페라 중에서도, 그가 특히나 좋아해서 차에서 자주 틀었던 곡.

별이여, 사라져라! 날이 밝으면 나는 승리하리. 나는 승리하리! 나는 승리하리라!

어젯밤에는 마치 자신을 위한 아리아 같다고 생각했다. 날이 밝으면, 사태는 가사처럼 바뀌었어야 했다. 하지만 가가야는 의원퇴직을 했다. 경무부의 처분은 사라진 것이다.

나는 이기지 못했다. 그 사실은 확실했다. 그렇다면 졌나? 나는 패배했나? 이 승부는, 가가야의 승리인가?

아니. 가즈야는 생각을 바꾸었다. 날은 아직 밝지 않았는지도 모른다. 승부의 시기가 미루어진 것일지도 모른다. 언젠가 다른 형태로, 나와 가가야는 다시 한 번 맞서게 될지도 모른다…….

도미사카 청사의 작은 취조실에 세 남자가 들어왔다.

두 명은 낯이 익었다. 오늘 아침, 곤노스케자카 집합주택 앞에서 길을 막은 남자들이었다. 경무1과 직원들이리라. 또 한 명은 삼십대 초반으로 보이는 실팍한 사내였다. 풍모와 분위기로 보아 경무부 직원은 아닐 것 같았다. 아는 얼굴은 아니지만, 어느 쪽인가 하면 가가야의 수사영역에 어울리는 남자다. 그 세 사람은 상자 몇 개를 쌓은 밀차와 함께 안으로 들어왔다.

마지막으로 들어온 사람은 하타케야마 1과장이었다. 불만스러운 표정이다. 가가야의 의원퇴직이 받아들여진 게 못마땅하리라. 경무과가 처분할 사안이라는 생각에 총감의 재가를 순순히 받아들이지 못하는 것이다.

세 남자는 구석의 책상 옆에 밀차를 세웠다.

하타케야마가 책상 맞은편에서 가가야에게 말했다.

"사직서는 수리되었다. 자네는 지난 주말 자로 경시청 경찰관 자리에서 물러난 거야. 퇴직 수속 때문에 써야 할 서류가 제법 많으니, 당장 쓰도록."

가가야는 말했다.

"인감도 필요하겠군요."

"개인 물품도 전부 여기로 가져왔다. 가지고 돌아가. 지급품은 반납할 것."

"거의 사물함 속에 있습니다."

"다 가지고 왔네."

빠르기도 하다. 가가야는 일어나서 밀차 쪽으로 다가갔다. 젊은 경무1과 직원들이 상자 내용물을 전부 책상 위에 쏟는 참이었다. 개인 물품에서 가가야는 필기도구 세트와 인감을 찾아 책상으로 돌아갔다.

일고여덟 장의 서류에 서명하고 인감을 찍었다.

하타케야마가 일일이 확인한 다음 말했다.

"좋다. 다음은 저쪽 압수품에서 지급품과 개인 물품을 분류해."

이 경우 압수품이라는 표현은 정확하지 않다. 하지만 무슨 뜻인지는 안다. 가가야는 다시 구석 책상 앞으로 걸어갔다.

지급품은 경시청 제복이나 경찰수첩 같은 물건이었다. 권총도, 권총집과 함께 테이블 위에 있다. 경무부는 가가야가 지급품으로 받은 권총을 제대로 소지하고 있는지 확인하고 싶었던 것이리라.

오늘 아침, 신병 구속 때 제출한 지갑과 동전지갑, 휴대전화는 작은 상자에 담겨 있었다. 같은 상자 속에는 필기구와 MP3 플레이어, 명함집 같은 물건도 있었다. 명함은 이미 전부 복사해갔을 것이다. 개인 물품으로 분류해도 되겠지.

호루라기가 나왔다. 이 역시 제복과 함께 지급된 물품이다. 하지만 가가야는 이십여 년을 경관으로 살면서 이 호루라기를 분 적이 한 번도 없었다. 가가야는 그 하얀 플라스틱 호루라기를 들고 잠시 바라보다가 갑甲종 제복 위에 내려놓았다.

실팍하게 생긴 사내가 검은 나일론백을 테이블 위에 내려놓았다. 내용물은 오늘 거래할 예정이었던 약물이다.

실팍한 사내가 물었다.

"이건 반납품입니까?"

지급품이냐 개인 물품이냐를 묻는 것이라면, 개인 물품이라는 답밖에 없다.

"개인 물품입니다."

"내용물도?"

가가야는 가방의 지퍼를 열었다. 검은 비닐백 꾸러미가 들어 있다. 설탕 두 봉지쯤 되는 크기의 꾸러미다.

"예." 가가야는 그렇게 대답하며 지퍼를 채웠다.

돌려줄 줄은 예상도 못 했다. 경시청은 가가야를 퇴직시킨 이상, 지금 이 시점에서는 괜한 혐의는 씌우지 않겠다는 뜻인가? 어쨌든 이것으로 빌린 자금은 갚을 수 있다.

경무1과 직원 한 명이 물었다.

"개인 물품은 이 상자 중 하나에 담아주십시오. 지급품은 이쪽에서 정리하겠습니다."

시키는 대로 나일론백을 상자 하나에 담고, 그 위에 자잘한 개인 물품을 던져넣었다.

방금 전까지 가가야의 신문을 담당했던 사이토가 자동차 열쇠를 건네주었다.

"차는 지하 주차장에 있습니다."

하타케야마가 말했다.

"배웅해주지."

가가야는 미소를 지으며 고개를 꾸벅 숙였다.

실제로 주차장까지 여섯 명의 남자가 가가야를 에워싸듯 따라왔다. 가가야는 지하 주차장 안에 세워둔 독일제 승용차로 걸어가 문을 열고 상자를 조수석에 실었다.

운전석에 올라타자 밖에 서 있던 하타케야마가 분한 표정으로 말했다.

"두 번 다시 얼씬거리지 마라."

가가야는 사내들의 얼굴을 힐끗 쳐다보고 차를 출발시켰다. 통로를 지나며 룸미러를 보니 그 실팍한 사내가 휴대전화로 뭐라 말하고 있었다.

저 녀석, 정말 경무부 직원이었을까?

완만한 슬로프를 올라 지상으로 나갔다. 이 도미사카 청사는 좁은 일방통행 골목길 안쪽에 있어 간선도로로 나가려면 그 골목길을 한참 지나야 한다. 길을 따라가면 고이시카와 고라쿠엔 서쪽 뒤편, 우시텐진 시타 교차점이 나온다. 가가야는 청사 부지에서 골목길로 나가 왼쪽으로 꺾었다.

바로 앞에 하얀 왜건 차량이 서 있었다. 좁은 골목길을 막고 있다. 주차 위반이다.

경적을 짧게 울리자 그 차량에서 네 명의 사내들이 내렸다. 척 봐도 경찰관이다. 오늘만 벌써 두번째 겪는, 똑같은 상황이었다.

룸미러를 보았다. 마침 도미사카 청사 부지에서 한 대의 세단이 나와서 골목길 뒤를 막아버렸다.

네 명의 사내들이 가가야의 승용차로 다가왔다. 가가야는 차창을 내렸다.

초로의 남자가 운전석 바로 옆에 섰다. 아는 얼굴이었다. 분명 생활안전부다.

그는 경찰수첩을 내보이며 말했다.

"가가야 히토시 맞지? 약물대책과다. 차 안을 살펴봐도 되겠나?"

약물대책과? 난 지난 주말 자로 의원퇴직이라는 형태로 처리된 것이 아니었나? 징계위원회는 열지 않는다고, 경시총감이 용서한 게 아니었나?

가가야는 동요한 기색을 숨기고 물었다.

"무슨 혐의라도?"

"각성제 불법 소지다. 그 조수석에 있는 게 자네 소지품이라고, 방금 직접 시인했다고 들었다."

이거였나. 이런 덫이었나!

각성제 사용 반응이 나오지 않은 이상, 이 각성제는 현직 형사가 수사 필요상 우연히 자가용에 싣고 있던 물건이라는 주장에 힘이 실린다. 그렇다면 가가야를 체포해도 송검은 어렵다. 송검한다 해도 공판에서 유죄 판결까지 끌고 갈 수 있는지는 미지수다. 그래서 경시청 상부는 가가야를 결정적으로 배제하기 위해, 요구를 들어주는 척하고 가가야에게서 현직 경찰관이라는 속성을 벗겨낸 것이다. 단순한 무직자가 각성제를 소지하고 있다면 수사 때문이라는 주장은 성립하지 않는다. 입건할 수 있다. 가가야를 형무소로 보낼 수 있는 것이다. 경찰관의 길에서 크게 벗어난 가가야에게 경시청은 벌을 내릴 수 있는 것이다.

아니, 정말 그렇게 해석해도 되는 상황일까? 구보 심의관이나 경시총감 측근들도 그런 궁리까지 하고 가가야에게 지난주 날짜로 의원퇴직을 허락한 것인가? 그들은 그토록 한가한가?

아니면 경찰청과 경시청 하급 관료 사이에 더 처절한 결투가 벌어지고 있었나? 그들 중 누군가에게는, 어떻게 해서든 가가야라는 희생양이 필요했다는 뜻 아닐까? 그래서 미리 덫을 쳤다?

운전석 문밖에서 초로의 약물대책과 직원이 다시 입을 열었다.

"가가야 히토시, 소지품 검사, 거부할 텐가?"

도리가 없다. 체포는 확실하다. 그의 다음 싸움은 취조실에서 시작될 것이다.

가가야는 자동차 엔진을 끄고 운전석 밖으로 나갔다.

초로의 수사원이 말했다. "뒤를 돌아 지붕에 손을 얹도록."

지시를 따르자 두 명의 수사원이 가가야를 가두듯이 양쪽에 섰다.

또 한 명이 조수석에서 상자를 꺼내 보닛 위에 내려놓고 덮개를 열었다. 그가 꺼낸 것은 검은 나일론백이었다.

등 뒤에서 실팍한 남자의 목소리가 들렸다.

"그 가방, 자기 물건이라고 시인했습니다."

초로의 남자의 목소리.

"내용물을 확인해."

실팍한 남자가 가방을 들어 왜건 차량 쪽으로 걸어갔다. 그쪽에 각성제 반응을 확인할 수 있는 시약 키트가 실려 있을 것이다.

다른 수사원들이 가가야의 주머니 속 소지품을 뒤지는 사이, 실팍한 남자는 검사를 마쳤다. 오른손에 시험관, 왼손에 가방을 들고 가가야의 승용차 앞으로 돌아왔다.

시험관 속 내용물은 가로등 불빛 아래에서도 파란색으로 보였다.

남자가 말했다.

"반응 나왔습니다. 각성제입니다."

초로의 남성이 가가야의 뒤에서 말했다.

"각성제 불법 소지 혐의. 가가야 히토시 체포."

양옆에 있던 수사원들이 가가야의 몸을 강제로 돌려 초로의 남성을 마주 보게 하더니 두 손에 수갑을 채웠다.

가가야는 수사원들에게는 들리지 않게 한숨을 작게 내쉬었다. 어느 쪽이든 체포였나? 시시한 수고나 들이고.

2000년 12월, 바람이 싸늘한 밤이었다.

가가야는 수사 차량으로 끌려가면서 지난 몇 달 그의 부하였고, 어젯밤에 자신을 배신한 젊은 경찰관을 생각했다.

안조 가즈야, 내가 네 녀석의 아버지와 비교해 그렇게나 몹쓸 경찰관이었나? 나는 타락한 경관인가? 이렇게 배신당해야 할 정도로?

/ 2 /

아침 점호가 끝나자 과장 우치야마가 안조 가즈야를 불렀다.

"안조, 따라와."

안조 가즈야는 상의 앞 단추를 잠그며 자리에서 일어섰다. 그에게만 특별한 지시, 혹은 특별한 이야기라는 뜻이다. 같은 과 직원들의 시선이 따가웠다.

그의 직속 상사였던 남자가 체포된 12월의 그날 이후로 넉 달여가 지났다. 그동안 안조 가즈야는 수사4과 특별정보분석2계의 유일한 수사원으로 상사가 도쿄의 뒷세계에 만들었던 정보망을 잃지 않도록, 그들과 계속 접촉해 관계를 유지하려 애써왔다. 하지만 그 정보망은 수사4과 특별정보분석2계에 속한 게 아니었다. 상사였던 가가야가 사라지자 그 사실은 확연히 드러났다. 정보망은 가가야 개인에 속한 것이었다. 그러므로 가가야가 경시청을 떠난 순간 그 네트워크도 사라졌다. 적어도 정보를 낚아주는 그물의 역할은 사라졌다. 그것은 가가야와 다소나마 교류가 있던 인물들의 목록에 지나지 않았다. 가즈야가 아무리 파고들고 매달려도 과거에 그 정보망의 일부였던 남자들, 여자들은 새로이 가즈야의 정보망에 들어가기를 거부했다. 노골적으로 접촉을 거부하는 자도 적지 않았다. 즉 가가야가 추방된 시점에서 수사4과 특별정보분석2계는 존재 이유를 잃었다.

아마도 과장이 꺼낼 이야기는 그 건이리라.

애초에 가가야의 소행을 내사하라는 진짜 임무를 숨기고 4과에 들어갔을 때, 4과에는 가즈야의 발령이 형사부 각 섹션에서 차례로 연수시키기 위한 첫걸음이라고 설명했다. 경시청 관행으로 생각하면 이례적인 발령이다. 하지만 경찰학교를 차석으로 졸업한 우수한 경찰관을 가급적 빨리 어엿한 수사원으로 키우기 위한 배치라는 이유라면 그리 이상할 것도 없다. 가가야도 경무부의 의도를 의심하지 않고 얼씨구나 신입 교육을 떠맡았을 정도였으니. 가가야가 체포된 후에도 가즈야는 석 달 남짓 4과의 유군으로 연수를 받았다. 다음에도 반년쯤 되는 단기간, 형사부의 다른 섹션에서 연수를 받게 되리라.

4과장 책상 앞에 서자 우치야마가 말했다.

"경무2과에 오라는 지시다. 오이카와 2과장이 찾는다는군."

오이카와는 1과장 하타케야마와 함께 경찰학교에 와서 가가야 내사 임무를 지시한 간부였다. 경무2과는 경부 이상의 인사를 다루는 1과와 달리 경부보 이하, 소위 하급 경찰관의 인사를 담당한다. 즉 예상대로 새 사령을 받는다는 뜻이다.

가즈야는 우치야마 앞에서 물러나 본청 청사 내 경무2과 사무실로 올라갔다.

오이카와의 책상은 유리 파티션으로 나뉜 작은 방 안에 있었다. 안에서 블라인드를 내릴 수 있는 구조였다. 기밀성 높은 정보를 다루는 자리다. 불필요한 눈이나 귀는 차단해야 하리라.

문을 두드리고 방으로 들어가자 서류에 시선을 떨어뜨리고 있던 오이카와가 고개를 들더니 안경을 썼다.

"실례하겠습니다." 가즈야가 말했다.

오이카와는 평소보다 다소 유쾌한 표정으로 가즈야에게 책상 앞 의자에 앉도록 지시했다.

자리에 앉자 오이카와가 물었다.

"지난 일곱 달은 어땠나?"

가즈야는 대답을 망설였다. 처음 석 달은 가가야 히토시 경부의 부하를 연기하며 그 소행을 내탐했다. 가가야의 체포 이후로는 4과의 유군이 되어 어중간하기 짝이 없는 일을 도왔다. 그것도 상사를 배신한 남자로 4과의 싸늘한 시선을 의식하면서. 뭐라 대답할 말이 없다. 지난 일곱 달이 그가 바랐던 경찰관 생활과는 전혀 달랐다는 점은 분명했다.

가즈야는 겨우 목소리를 짜냈다.

"본청 근무는 처음이라 익숙지 않은 일이 많았습니다."

"소임을 훌륭하게 해냈어. 오늘은 첫 공판이다. 알고 있겠지?"

"예."

알고 있다. 오늘 오전 10시부터 도쿄 지방재판소에서 가가야 히토시의 각성제 불법 소지 사건 공판이 시작된다.

오이카와가 말했다.

"우리 직원도 몇 명 보고 오라고 보냈다. 어쩌면 추첨으로 방청권을 받아야 할지도 몰라."

"언론도 그렇게 주목하고 있습니까?"

"아니, 주목하고 있는 건 가가야의 인맥이었던 놈들 쪽이다. 가가야가 공판에서 무슨 소리를 할지, 지난 넉 달 동안 전전긍긍했을 테지."

"조사 때는 아무 말도 하지 않았다고 들었습니다."

"그러니까 공판에서 무슨 말을 할지 궁금한 거지. 어차피 이제 와서 무슨 말을 하든, 무엇을 숨기든, 유죄라는 사실은 바뀌지 않아." 오이카와는 화제를 바꾸었다. "공식 발령은 아직이지만, 새해부터 배치가 바뀔 거다. 이번에는 수사3과."

절도범을 다루는 부서다. 통상 형사 부문으로 나가는 경찰관은 처음에는 이곳 수사3과에 배속되는 경우가 많다. 흉악범과 달리 발생 건수도 많고 수법도 다양하다. 초동수사부터 감식, 탐문, 잠행, 신문 등 수사의 기본 경험을 단기간에 쌓을 수 있다. 가즈야는 일곱 달을 멀리 돌아온 끝에 겨우 본래의 형사과 수사원 훈련 코스로 돌아온 셈이다.

"감사합니다." 가즈야는 물었다. "통상 업무만 하는 거겠지요?"

오이카와는 쓴웃음을 흘렸다. 가즈야의 말에 담긴 비난을 깨달은 것이다.

"그래, 이제 그런 임무는 없다. 가가야를 체포한 효과지. 그 후로 오늘까지, 세 사람의 간부, 다섯 명의 하급 경찰이 감찰에 걸리기 전에 자발적으로 사임했다. 경시청은 단번에 정화된 거지. 자네 공적이야. 이 임무를 자네에게 맡긴 건 정답이었어."

가즈야는 말없이 고개를 숙였다.

그곳은 원래 근무처인 경시청 본청 건물에서 겨우 한 블록 떨어진 곳에 있는 기관이었다. 도쿄 지방재판소. 지금 가가야 히토시는 도쿄 지방재판소의 수많은 법정 가운데 오층에 있는 이 방 피고인석에 앉아 있다. 방청석은 서른 남짓, 도쿄 지방재판소 안에서는 작은 축에 드는 법정이다. 가가야 히토시 각성제 단속법 위반 사건의 첫 공판이다.

가가야 히토시는 기소장을 낭독하는 검사를 똑바로 쳐다보며 따분함이 더는 감추기 어려울 정도로 강해지는 것을 느꼈다.

지금 기소장을 낭독하는 중년의 검사는 심문 담당 검사와는 다른 사람이다. 법정을 담당하는 지방검찰청 검사일 테지만, 그의 말투에서는 열의를 거의 찾아볼 수 없었다. 심문을 담당하는 검사였다면 사안을 기소로 끌고 가려는 직업적 투쟁심도 끓어오를 테고, 피고인과의 승부에서 이기느냐 지느냐 하는, 소위 게임 감각도 느낄 수 있으리라.

그의 담당 검사도 예외는 아니었다. 하지만 지금 장장 이십 분 넘게 기소장을 읽는 검사에게서는 유죄 판결을 쟁취하려는 강한 열의가 느껴지지 않았다. 배정받은 사안을 그저 소화해야 할 업무로 받아들이고 있는 건지도 모른다. 사안 자체에 대한 관심조차 없다는 말은 지나친 표현이라 해도. 혹시 이게 미국의 재판이라면 변호 측이 그 부족한 투쟁심을 지적하며 마음껏 들쑤셔 판사나 배심원에게 동정을 사지 않을까? 적어도 그에게는 그렇게 보였다. 날 유죄로 몰고 싶다면 비록 연기라도 부정이나 범죄에 대한 분노와 역정을 보이는 게 낫다. 이래서야 열세 번째 기제사에서 수행승이 대독하는 경문에 지나지 않는다. 판사들의 가슴에 반복 업무 이상의 의욕을 불러일으키지 못한다.

검사의 기소장 낭독이 이어졌다.

검사는 피고인 가가야 히토시가 저지른 위법 행위로 두 가지를 들었다. 첫번째는 넉 달 전인 작년 12월, 지바 현 지바 시 파친코 가게 주차장에서 각성제 1킬로그램을 구입한 사실. 두번째는 그 각성제를 그가 실제 점유하는 독일제 세단의 트렁크에 숨겨두었다는 사실이다.

죄목 및 저촉 조항은 다음과 같았다.

1. 영리 목적의 각성제 소지 · 양수

각성제 단속법 위반, 동법 41조 2의 제2항

"……이상입니다."

검사는 기소장을 접고 의자에 앉았다.

피고석에서 볼 때 왼쪽이 판사석이다. 그 판사석 중앙에서 재판관이 말했다.

"피고인, 앞으로 나오시오."

가가야는 정리의 재촉에 자리에서 일어났다. 허리띠가 없어 바지가 조금 내려갔지만 어쩔 수 없었다. 가가야는 증언대로 걸어갔다.

방청석의 시선이 따가웠다. 약 사십오 분 전, 정리에게 이끌려 이 법정으로 들어오면서 방청석을 볼 수 있었다. 피고의 출입구는 판사석이 있는 벽의 오른쪽 끝에 있다. 피고석까지 걸어가는 사이에 방청인과 피고는 마주 보게 되는데 방청석에 지인이 있으면 그 얼굴을 볼 수 있다.

오늘 이 첫 공판에는 예상대로 경시청 경무부 직원들이 와 있었다. 사이토와 이시하라, 처음 그를 감찰한 담당자들도 맨 앞줄 중앙에 앉아 있었다. 그 외에도 경찰로 보이는 풍채의 남자들이 서너 명 보였다. 두번째 줄에 있는 어두운 양복 차림의 사내들도 경시청 관계자이리라.

경시청 관계자들과 미묘한 거리를 두고 방청석 뒷자리에 앉아 있는 사람들은 한눈에 그쪽 사람들이라는 걸 알 수 있는 사내들이었다. 초크 스트라이프 양복에 지나치게 화려한 넥타이. 혹은 넉넉한 재킷에 세번째 단추까지 푼 셔츠. 대부분이 조금씩 긴장한 표정이다. 그들이 무엇이 궁금해 오늘 이곳까지 방청하러 왔는지 알고 있다. 그가 각성제 소지에 대해 그 출처나 그들과의 관계를 순순히 증언하지 않을까, 이 법정이 가가야가 가진 뒷세계 정보, 불법 비즈니스 정보의 전면적인 공개의 장이 되지 않을까 우려하는 것이다. 그 사실을 확인하기 위해, 그리고 동시에 무언의 압박을 가하기 위해 이곳에 왔다. 지방재판소 또한 법정 안에서 가가야의 입을 막는 어떤 사건이 벌어지지나 않을까 걱정하고 있다. 아마 법정 밖에서는 이중으로 엄격한 소지품 검사까지 했을 것이다.

낯익은 사람도 몇 명 있었다. 그가 이용한 협력자들이다. 이케부쿠로에서 흥신소를 하는 도박꾼은 눈이 마주치자 비굴한 표정으로 뭔가 부탁해왔다. 제발 자기 이름은 언급하지 말아달라는 뜻인지도 모른다.

방청석 앞쪽 왼편에는 언론 관계자로 보이는 남녀가 몇 명 있었다. 몇 명이라는 건 이 사건이 그리 큰 뉴스는 아니라는 뜻이다. 경시청은 가가야를 체포하면서 미디어에 발표할 때, 그 정보를 훌륭하게 관리한 것이다. 사실 현직 경부의 각성제 불법 소지 사건으로 자극적으로 보도되어도 이상하지 않은데, 조사 결과 이미 퇴직한 경찰관이 과거에 저지른 일로 충격을 최대한 줄여 사실을 밝힌 것이리라. 다른 중대 사안과 병행해서 발표했는지도 모른다. 어쨌든 경시청 혹은 사법 담당 기자 중에 이 첫 공판에 관심을 가진 사람은 몇 명뿐, 경시청의 작전은 일단 성공한 듯했다.

재판장이 가가야를 쳐다보았다. 나이는 마흔 전후일까. 7대3으로 가르마를 탄 머리에, 검은 테 안경. 가스미가세키라면 어디에나 있을 법한 중년 남성이었다.

재판장이 말했다.

"피고인이 이 법정에서 하는 말은 전부 증거가 됩니다. 피고인은 대답하고 싶지 않을 때는 대답하지 않아도 되니, 숙고해서 진술하도록."

가가야는 순순히 예, 라고 대답했다. 알고 있다. 하지만 과거의 그는 그 권리를 피의자 모두에게 알려주지는 않았다.

"그럼 피고인은 지금 기소장의 내용을 인정합니까?"

소위 죄상인부라 부르는 절차다. 가가야는 재판장을 바라보고 조금 큰 목소리로 말했다.

"부인합니다. 저는 각성제 단속법을 위반하지 않았습니다."

변호사와 의논했을 때도 부인하기로 했다.

법정 안에 놀라는 기색은 없었다. 적어도 그 말에 수런거리지는 않는다. 가가야의 성격을 아는 사람들은 죄목을 부인할 거라 예상했으리라. 경시청 관계자는 그가 신문 때도 중요한 부분은 부인하거나 묵비로 관철한 사실을 알고 있다. 공판에서도 결백을 주장할 방침이라는 것을 알고 있다. 기자들이 노트에 펜을 놀리는 소리가 가가야의 귀에 들려왔다.

가즈야는 그날 저녁, 경무부 이시하라에게 첫 공판 소식을 들었다. 공판을 방청한 이시하라가 오늘 폐정 후에 휴대전화로 알려준 것이다.

"예상대로야. 가가야는 죄상인부에서 전면 부인했어. 그런 다음 오후에 증거 조사 수속과 모두진술이 있었어."

가즈야는 마음에 걸리는 점을 물었다.

"저를 증인으로 요청하던가요?"

이시하라는 웃었다.

"겁먹었나? 한 번은 배신했잖아. 증인으로 불려가면 철저하게 해."

자기 입으로 말하는 거라면 또 몰라도, 이시하라에게 '배신했다'는 말을 들으니 불쾌했다. 마치 완전히 윤리에 어긋나는 행위처럼 들렸다. 게다가 가즈야 자신의 자발적인 행위인 것처럼도 들린다. 가가야를 고발한 순간에 가즈야의 자발성과 자주적인 판단이 전혀 없었다고 할 수는 없지만, 기본적으로 그것은 경시청 경찰관인 자신에게 조직이 명령한 임무였다. 고발의 윤리성도 그것이 만일 문제가 된다면 책임은 조직에 있다. 그가 이시하라에게 상사를 배신한 남자란 말을 들을 이유는 없다.

입을 다물고 있자 이시하라가 덧붙였다.

"안심해. 검찰은 자네를 증인으로 요청하지 않았어. 자금을 마련한 방법이나 양도 목격에 대해서도 마찬가지야."

"증인은 필요 없다는 뜻입니까?"

"몇 명 낯선 이름이 나왔어. 아마 가가야의 스파이들이겠지. 그런 놈들 증언으로 충분하다는 뜻 아닐까? 어쨌든 재판은 길어질 것 같아."

전화를 끊은 뒤, 가즈야는 이 사안에서 증인으로 법정에 서기를 기대하고 있었다는 사실을 깨달았다. 가가야의 신병 구속 이래로 그들은 얼굴을 마주한 적이 없다. 당연히 말도 섞지 못했다. 고발한 일을 변명할 생각은 없다. 하지만 한때는 부하로서 그를 존경하고, 단순한 호칭 이상의 의미를 담아 대부님이라고 불렀던 상대다. 가가야가 경찰관 자리를 잃고 범죄자로 벌을 받는다면 처음부터 끝까지 그 과정을 곁에서 지켜보는 것도 그의 의무다. 그가 가가야의 소행에서 어느 부분에 의혹을 품고, 무엇을 목격하고, 무엇을 경찰관답지 않은 비행으로 판단했는지, 본인 앞에서 말하는 것도 의무일 것 같았다. 애당초 그것은 가가야에 대한 사죄가 아니다. 변명도 아니다. 오히려 날카로운 규탄, 혹은 뜨거운 규탄으로 눈앞의 가가야에게 전해야 했다. 나는 경찰관인 당신을 끝장내기 위해 고발했다고, 법정에서 똑바로 가가야의 눈을 보고 말할 필요가 있다. 그렇지 않으면 이 고발에서는 아무래도 불순한 냄새가 떨어지지 않는다. 사적인 감정에 기반한 사적인 원한에 의한 상사 추방극이라는 인상을 씻을 수 없다. 그렇지 않다는 사실을 주위에, 특히 당사자인 가가야에게 알리고 싶었다.

증인으로 법정에 설 수만 있다면 그러기에 좋은 기회다. 그를 증인으로 부른다면 두 팔 벌려 환영할 것이다. 한 번 더 대치할 수 있다는 사실을 기뻐하리라. 가가야 고발을, 티끌 한 점 없이 마무리 짓기 위해서.

하지만 그런 일은 없었다. 가즈야는 단 한 번도 증인으로 불려가지 않았고 공판은 결심을 맞이했다.

다만 공판 자체는 오래 걸렸다. 요즘은 한 달에 한 번 개정이 일반적이기는 하지만, 도중에 검찰 측이 변호 측이 신청한 증인을 몇 차례나 동의하지 않는 등 결심까지 의외로 시간이 걸린 것이다.

처음에는 검찰 측이 유리하게 끌고 나가는 것처럼 보였다. 가가야와 변호사는 각성제 거래와 소지는 인정했지만, 그것은 어디까지나 직무 때문이었다고 주장했다. 하지만 굳이 증인까지 불러서 합법성을 주장하지는 않았다. 불법 입증 책임은 전면적으로 검찰 측에 있다는 뜻이다. 게다가 가가야가 검찰 측 질문에 종종 묵비권을 행사했기 때문에 재판장의 눈에는 가가야가 법정을 모독하고 있는 것처럼 보이는 듯도 했다. 고집스러운 가가야가 공판이 열릴 때마다 재판관의 심증을 해치고 있는 꼴이었다.

그러는 사이, 방청석을 메운 조폭처럼 보이는 풍채의 사내들이 줄어드는 일은 없었다. 이런 성격의 재판에서는 첫 공판 이후에는 차츰 방청객 수가 줄어드는 게 일반적인데, 이 재판에서는 방청객 수가 거의 줄지 않았다. 물론 경무부도 매번 예닐곱 명의 직원을 방청석에 보냈다.

검찰의 논고 구형은, 징역 육 년이었다.

판결 언도는 첫 공판으로부터 일 년 후였다.

"주문, 피고를 징역 삼 년 육 개월에 처한다. 미결 구류일수 중 이백팔십 일을 형에 포함시킨다."

기소장을 사실상 고스란히 인정한 판결이었다. 가가야는 그날 바로 항소했다. 가즈야는 그 판결 내용을 경무부 이시하라에게 들었다. 이때 가즈야는 수사2과에 배속되어 도내 신용금고를 둘러싼 부정융자 사건 내사에 종사하고 있었다.

"평범하네." 이시하라가 전화로 말했다. "양형이야 어쨌든, 지방재판소는 놈의 죄목을 인정한 거야. 이해 못 할 판결이 아니야. 철창신세도 이 년 반이면 돼. 가가야한테도 그리 나쁘지 않은 판결일 텐데, 배짱이군."

가즈야는 별다른 대꾸 없이 전화를 끊었다.

미국에서 동시 항공기 테러 사건이 벌어지고 반년밖에 지나지 않았다. 일본에서도 공안부서의 강화, 재편성이 활발하게 거론되었다. 군마에서는 동거 여성 아사 사건이 발생해 간토 지방의 언론들이 대대적으로 보도했다. 기타큐슈 시에서는 훗날 일본 범죄사에서도 유례를 찾기 힘든 잔인한 대량 살인 사건으로 기록된 소녀 감금 사건이 발각된 직후였다.

작은아버지는 닛포리 역 개표구에 약속보다 조금 일찍 나타났다.

오후 6시 20분. 요즘 같은 계절에는 해가 질락 말락 한 시각. 아직 닛포리 역 앞은 대낮같이 밝았다.

가즈야는 벽에서 등을 떼고 작은아버지 마사키에게 고개를 숙였다. 마사키는 가즈야를 알아보고 환하게 웃었다. 정월과 오봉*, 제사 때 말고는 거의 볼 일이 없지만 가즈야는 작은아버지 마사키가 좋았다. 대학 진학도 마사키가 뒤를 봐주었다. 그리고 이 닛포리 역 서쪽에 펼쳐진 야나카는 작은아버지와 돌아가신 아버지가 나고 자란 장소였다. 지방 사람들은 고향이라고 부를지도 모르겠다. 그 말이 가리키는 뜻처럼 야나카가 넓은 지역은 아니지만.

작은아버지는 갈색 재킷에 회색 바지 차림이었다. 낡아빠진 가죽 숄더백을 어깨에 메고 있었다. 길게 자란 머리카락은 거의 백발에 가까웠고, 얼굴에는 주름이 많았다. 전체적으로 과거 노동조합 활동가였던 분위기가 남아 있었다. 눈매는 아버지와 쏙 닮았고, 전체적인 얼굴 인상에는 할머니의 유전자가 뚜렷이 보였다.

그런 마사키가 가즈야를 눈부신 듯 바라보며 말했다.

"네가 전화를 했다는 말을 듣고 깜짝 놀랐어. 뭐 나쁜 소식은 아니겠지?"

"아닙니다." 가즈야는 마사키를 안심시키려 조용히 웃으며 말했다. "오랜만에 집에 들르려다 보니, 작은아버지도 뵙고 싶어서요."

가즈야의 어머니와 여동생은 이 근처에 살고 있다. 아버지가 덴노지 주재소에서 근무하다 순직한 뒤로, 가족들은 한동네인 야나카의 아파트로 이사했다. 가즈야는 그 아파트에서 대학을 다니다가 경찰학교에 들어가면서 야나카를 떠났다. 작은아버지 마사키는 지금 고토 구 가메이도에 살고 있다.

* 8월 15일 전후, 일본의 큰 명절.

"혼자니?" 작은아버지가 물었다.

"네?"

"애인이라도 소개해주려나 했지."

"아, 아니에요." 이 년 전에는 슬슬 그럴 때라고 생각하기도 했지만. "아직입니다."

"술은 이제 좀 마시고?"

"조금은요."

"맥주나 마시러 가자꾸나. 형님도 자주 가던 가게가 저 위에 있어."

"산책 겸 조금 걸을까요?"

작은아버지는 고개를 끄덕였다.

"그래. 오랜만에 주재소 앞으로 지나갈까?"

작은아버지는 역에서 나가 바로 왼편에 있는 계단으로 향했다. 이 작은 언덕 위에 야나카 묘지가 펼쳐져 있다. 벚나무 가로수 길을 빠져나가면 이웃고 덴노지 주재소가 나온다. 그 교차점을 오른쪽으로 꺾어 야나카 묘지를 지나면 좁은 일방통행 골목길이 나온다. 야나카 고텐자카와 야나카 산사키자카를 잇는, 하쓰네 길이라고도 부르는 골목이다. 그 길에서 한 골목 들어간 곳에 작은 술집 거리가 있고, 술을 끊은 뒤에도 아버지가 자주 가던 어묵 가게가 있다. 가즈야도 전에 갔던 곳이다.

벚나무 아래 돌길을 걸으며 작은아버지가 물었다.

"일은 어떠니?"

"부서가 바뀌었어요. 같은 수사과이긴 하지만."

"본청 근무지?"

"예."

"즐겁니?"

대답이 한 박자 늦었다.

"……예."

작은아버지는 슬그머니 웃었다.

"비뚤어져서는."

"예?"

"비뚤어져서, 경관이 되다니."

"그게 무슨 말씀이에요?"

대답이 없어 가즈야는 그대로 계속 걸었다. 이윽고 묘지 중앙길이 나왔다. 벚나무 길이라는 이름이 붙은, 자동차도 다닐 수 있는 길이다. 길 왼편에 덴노지 주재소 건물이 보였다. 야마노테 선 안쪽에서는 유일한 경시청 주재소다. 이층짜리 목조 건물로, 일층에는 비좁은 주재소 사무 공간이 있다. 그 뒤편과 이층이 주재소 직원 가족의 거주 공간이었다. 작은아버지도 겨우 석 달이었지만 이 주재소에서 산 적이 있다고 한다. 즉 할아버지가 덴노지 주재소에서 근무하다가 그 후 의문사를 당하기까지의 짧은 기간이다.

할아버지가 시체로 발견된 장소는 주재소 모퉁이 왼쪽, 은행나무 길로 300미터쯤 들어간 곳이다. 그곳에는 길이 30미터쯤 되는 육교가 있고 JR철로가 그 밑을 지난다. 도호쿠 고속열차부터 조반 선까지, 수많은 노선의 철로가 집중되어 있다. 가즈야의 할아버지, 안조 세이지는 덴노지 오층탑이 불에 탄 아침, 육교 밑에서 시체로 발견되었다.

또한 가즈야의 아버지, 안조 다미오가 각성제에 중독된 살인범의 총에 맞아 죽은 장소도 육교 앞, 덴노지 뒤편 주택가 안이다.

주재소가 가까워지자 작은아버지의 걸음이 느려졌다. 가즈야도 속도를 맞추었다.

작은아버지가 말했다.

"형님이 피폐했던 시절에 어땠는지는 알아. 형수님께 손찌검을 한 적도 몇 번 있었지?"

잠자코 있자 작은아버지가 다시 말을 이었다.

"공안 잠입 수사니 인격이 갈가리 찢겼을 거야. 형님은 고통스러워했어. 참혹했지. 네가 형님을 증오했다는 것도 알아. 힘든 시기였다."

"전 아버지를 증오하진 않습니다. 그야 어렸을 때는 견디기 힘들 때도 있었지만, 아버지가 주재소에서 근무하면서 안정을 되찾은 뒤로는 아버지의 고통도 이해하게 되었으니까요."

"형님을 이해했다고?"

"예."

"그럴까? 네가 경시청에 들어간 건 형님을 용서할 수 없었기 때문 아니니? 형님이 네가 경관이 되길 바랐더냐?"

"그런 말씀을 하신 적은 없습니다."

"형님은 형수님께 폭력을 휘두른 자신도, 잠입 수사를 명령한 경시청도 증오했어. 아들이 경관이 되길 바랐을 리 없다."

"아버지는 경관이라는 직업을 자랑스럽게 여기셨어요. 그래서 순직하신 겁니다."

"넌 형님을 자랑스럽게 여겼느냐?"

"예." 이번에는 곧바로 대답할 수 있었다. "당연하죠."

"자랑스럽게 여겼다라……." 마사키가 비꼬는 기색이 담긴 목소리로 말했다. "거짓말은 아니겠지. 그래도 역시 내가 볼 때 넌 비뚤어졌어. 다른 아이들이 아버지에 대한 반발로 비행을 저지르거나 깡패가 되는 것처럼, 넌 비뚤어져서 아버지가 가장 싫어했던 경관이 된 거야."

"그렇지 않아요, 그런 마음으로 경관이 된 게 아닙니다. 전 아버지가 순직하신 현장에 있었어요. 비번인데도 제복을 입고 주재소를 나가는 모습을 보았어요. 그때 아버지의 모습을 보고……."

"따라서 경관이 되고 싶었다?"

"예."

"과연 그럴까? 난 네가 최악의 복수를 했다고 보는데. 형님이 살아계셨다면 네가 경시청에 들어가는 것보다 더 형님 자신을 저주하고 싶은 비행은 없었을 거야. 넌 그런 짓을 한 거야. 형님이 이미 죽어 반대할 사람이 없는 틈을 타서."

"아닙니다."

작은아버지는 또 가만히 웃었다.

"일 때문에 고민하고 있다면 때려치우면 그만이야. 오늘은 그것 때문에 날 만나고 싶었던 거지?"

그럴지도 모른다. 왠지 작은아버지의 얼굴이 떠오른 것은 그런 까닭이리라. 오래도록 적당한 거리를 유지하며 자신과 어머니를 지켜봐준 작은아버지가 생각난 것은 분명 그가 지금 고민하고 있기 때문이다. 업무 선택에 확신을 잃고, 실수한 게 아닌가 흔들리는 탓이다. 작은아버지의 직감은 옳을 것이다.

작은아버지는 걸어가면서 뒷말을 이었다. 방금 했던 말의 반복이었다.

"형님은 네가 경관이 되길 바라지 않았을 거야. 자기와 같은 직업을 선택하는 건만은 결사반대했을 게다. 그러니 네가 경시청에 들어간 건 비행이야. 엇나간 거지. 너는 형수님께 손찌검을 한 형님에게 최대의 복수를 한 거야."

"아니라니까요. 아버지는 뉘우쳤어요. 저는 그런 아버지를 이해했고요. 저희는 바람직한 부자였습니다."

"글쎄다. 넌 사실 살아 있는 형님 앞에서 당당하게 말하고 싶었던 것 아니니? '저는 경시청에 들어갈 겁니다, 경관이 되겠습니다' 하고. 바로 그 순간 형님의 슬픈 얼굴을 보고 싶어서."

"아버지는 주재경관이 된다면 찬성하시고도 남았을 겁니다."

"주재경관이라면 그렇지. 하지만 넌 지금 주재경관이 아니다. 만일 그때 형님이 찬성했다 해도 마지못해 내린 조건부 찬성이었겠지."

"작은아버지는 저를 꽤나 오해하고 계시군요."

"너에 대해서는 오해하고 있을지도 모르지. 조카니까. 하지만 형님에 대해서는 제대로 알고 있다. 형제니까. 그리고……."

작은아버지가 말을 끊었다. 가즈야는 작은아버지의 옆얼굴을 바라보았다.

"형님이 지금도 살아계신다면 뭘 가장 슬퍼하실까? 네가 경시청에서 씩씩하게 일하는 모습이겠지. 경시청에 순식간에 적응해버린 모습일 거야. 형님은 할아버지처럼 올곧은 주재경관이 되고 싶었지만, 그 꿈은 꺾이고 말았어. 형님은 결코 경시청을 용서하지 않았다. 형님의 순직이 자신을 망가뜨린 경시청에 대한 복수라는 걸 너도 알잖니?"

"아니요." 가즈야는 고개를 저었다. "아버지의 죽음에 그런 의미는 없습니다."

아니, 지금은 안다. 아버지는 꼭 직업의식이나 사명감으로 그날 권총을 든 흉악범 앞에 맨몸으로 뛰쳐나갔던 게 아니다. 권총 앞에 몸을 드러낸 행위의 의미는 훨씬 복잡해서, 한마디로 설명할 수는 없었다. 작은아버지의 말에도 조금이나마 사실이 들어 있다. 그 설명할 수 없는 복잡한 의미까지 포함해, 그는 아버지를 이해한다고 말할 수 있다. 지금은.

"어쨌든." 작은아버지는 고개를 가로저었다. "고민하고 있다면 그만두어라. 자신이 망가진다고 느낀다면 그런 직장은 때려치워. 내가 지금 네 얼굴을 보고 해줄 수 있는 말은 그것뿐이다."

작은아버지의 주머니에서 휴대전화가 울렸다. 작은아버지는 걸음을 멈추고 휴대전화를 꺼냈다.

가즈야도 걸음을 멈추었다. 바로 왼편에 과거에 가족들이 함께 거주했던 덴노지 주재소가 있었다. 주재소는 외벽 색이 조금 밝아진 것 같았다. 새 주재경관이 부임한 뒤에 칠을 새로 했는지도 모른다.

언젠가 다시 이곳에 돌아올까? 가즈야는 문득 생각했다. 경시청에 들어간 뒤에는 괜히 도쿄 동부를 멀리했다. 경찰학교를 졸업한 뒤 졸업 배치 때에도 메구로 경찰서를 희망했다. 그리고 지금도 메구로 독신자 기숙사에 살고 있다. 하지만 가가야의 부하가 된 후에 알았다. 그는 도쿄의 서쪽 땅이 맞지 않는다. 어울리지 않는다. 살기 힘들다. 거기에서 아버지의 피와 무관한 새로운 인생이 시작될지도 모른다고 한순간이나마 생각했던 게 잘못이었다. 가가야나 나가미 유카에게 녹아들지 못했던 것처럼, 도쿄의 저쪽은 그에게 어울리지 않았던 것이다.

다음에 주거지를 고를 수 있는 기회가 생긴다면, 다시 이 동네에서 집을 찾아보자고 가즈야는 결심했다. 언제가 될지는 모르겠지만.

작은아버지는 가즈야를 흘깃 쳐다보더니 휴대전화를 주머니에 넣었다. 뭔가 난처한 일이 생겼다는 표정이다. 심각한 문제는 아닌 듯했지만.

가즈야는 말했다.

"작은아버지, 바쁘실 텐데 죄송했습니다. 볼일 있으시면 먼저 들어가세요. 저도 집에 들렀다 돌아갈게요."

"섭섭한 소리. 나도 나중에 어머님을 뵈었다 가련다."

할머니도 역시 야나카 한동네에 살고 계신다. 가즈야는 오래 못 만났지만.

"하쓰네 길에서 맥주 딱 한 잔만 하자."

가즈야는 고개를 끄덕였다. 지금 화제는 여기서 끝낸다는 조건으로.

항소심은 일심 판결 다섯 달 후에 시작되었다.

도쿄 고등재판소는 가스미가세키 합동청사 안에 있다. 도쿄 지방재판소와 같은 건물이다. 그 때문인지 가가야에게는 항소심 시작도 어딘가 지방재판소 공판의 연속으로 느껴졌다. 지금 이렇게 입정한 법정도, 지방재판소에서 되풀이한 공판 때와 거의 다름없어 보였다. 면적도, 자리 배치도, 방청석 수도. 방청석에 과거 가가야가 수사 대상으로, 정보원으로 삼았던 관계자들이 죽 앉아 있는 것도 똑같았다.

가가야는 피고석으로 향하며 변호인 측 좌석을 바라보았다. 이쪽에는 일심 때부터 신세를 지고 있는 초로의 변호사. 온화하면서도 일에 대해서는 상당히 만만찮은 실적을 쌓아온 남자다. 미즈타니 도모아키. 그리고 그 조수인 가와시마 히로시. 두 사람 다 테이블 위에 서류를 펼치고 있는 참이었다.

미즈타니 변호사의 설득이 아니었다면 이 항소도 하지 않았을 것이다. 솔직히 판결을 들었을 때 가가야는 상당히 자포자기한 심정으로, 그 실형 판결을 받아들일 생각까지 했다. 경시청이나 지검과 정면에서 싸워봤자 헛수고로 끝날 뿐이다. 그냥 기운만 닳고 지쳐서 마지막에는 일신의 불운을 한탄하는 것으로 끝날 줄 알았다.

하지만 미즈타니가 말했다. 어차피 앞으로 이 년 반 형무소에 있을 셈이면 항소해봐도 나쁘지 않잖습니까? 진다 한들 당신에게 더 잃을 게 남아 있습니까?

그 말에 수긍한 가가야는 항소를 결심했다.

피고석에 앉아 검찰석을 바라보았다. 항소심이라 그런지 지검은 일심 때보다 세력을 강화한 듯했다. 검찰관이 세 명 앉아 있다. 사법연수원에서 갓 나온 것처럼 보이는 젊은 남자와 활력 넘치는 삼십대 남자, 척 보기에 베테랑 같은 백발의 중년 남자다. 이 항소심에서는 절대 질

수 없다는 의사 표현일지도 모른다.

재판장이 개정을 선언한 뒤에 가가야에게 말했다.

"피고인은 앞으로 나오시오."

/ 3 /

자동차 뒤에서 경적이 들렸다.

다케이 쇼타는 룸미러를 확인하고 혀를 찼다. 독일제 고급 승용차가 좁은 뒷골목에서 경적을 울리고 있다. 선팅 때문에 운전자의 모습은 보이지 않는다. 하지만 뒷세계 사람은 아니리라. 이 부근은 그쪽 관계자들보다 외교관 가족이나 연예인, 스포츠 관계자가 많다. 실제로 거울에 조그맣게 비치는 건물에는 거물 연예인 부부가 살고 있다는 소문을 들었다. 다케이는 며칠 전에도 이 길에서 어느 방송국 여성 리포터의 모습을 보았다.

다케이는 길이 조금 넓어지는 곳까지 경차를 몰아 왼쪽 벽돌담에 바싹 붙여 세웠다. 독일제 고급차는 조심스러운 운전으로 옆을 빠져나갔다.

다케이는 시계를 흘깃 보았다. 오후 4시가 넘었다. 유리 너머로 본 3월의 하늘은 흐릿했다. 기온은 아마 8도나 9도쯤 될까. 아침 기온과 별 차이 없다.

다케이는 다시 내비게이션 화면을 보았다. DMB를 보고 있었다. 방금 전 뉴스는 처음에 총리대신 아소 다로의 지지율이 또 내려갔다는 소식을 전했다. 반대로 민주당 지지율이 착실히 올라가고 있다던가. 민주당은 아소 총리에게 빨리 해산 총선거를 감행하도록 압박하고 있다고 했다.

그다음은 일 년 반 전에 나고야에서 발생한 불법 사이트 살인 사건 뉴스였다. 오늘 나고야 지방재판소는 일면식도 없는 귀갓길의 여성 회사원을 습격해 살해한 세 남자에게 판결을 언도했다. 세 명 중 두 사람이 사형. 자수한 남자는 무기징역이었다.

다케이는 코웃음을 쳤다. 애초에 위험한 일을 하는데 불법 사이트에서 동료를 모집하는 이유를 이해할 수 없었다. 이사 작업을 맡는 것과는 차원이 다르다. 위험한 일일수록 동료는 신중하게 선택해야 하지 않나?

뉴스가 끝났다.

마침 그때 시프트레버 앞주머니에 넣어두었던 휴대전화가 울렸다. 업무용 휴대전화다.

화면을 확인했다. 오렌지라는 상대의 이름이 떴다. 상대가 그런 이름으로 등록해달라고 했는데, 벌써 두 달 전의 일이다.

다케이는 휴대전화를 귀에 댔다.

"여보세요."

여자 목소리가 대답했다.

"도착했어요. 바로 올 수 있어요?"

"일 분이면. 혼자지?"

"혼자예요. 기다릴게요."

"한 봉지?"

"네."

휴대전화를 끊고 다케이는 차에서 내렸다. 여기에서 상대가 기다리는 공원까지 50미터쯤 된다.

뒷골목을 지나 조금 넓은 이차선 도로로 나갔다. 오른쪽으로 가면 아리스가와노미야 기념공원과 아자부 운동장이 나온다. 왼쪽으로 가면 메이지 대로다.

여자는 그 공원 입구에서 담배를 물고 서 있었다. 서른 중반, 붉은 재킷에 하얀 니트 모자. 오른손은 주머니 속에 찔러 넣었다. 짙은 색 렌즈의 안경을 쓰고 있다. 이 부근에서 흔히 볼 수 있는, 유복한 가정의 전업주부 같은 모습. 집 안이나 베란다에서는 담배를 피울 수 없어 이 공원까지 나온 것처럼 보인다. 다케이도 준비해둔 담배를 물었다.

다케이가 다가가자 여자가 그를 알아보았다. 좌우를 얼핏 살피는 게 보였다. 다케이도 여자를 향해 걸어가면서 공원 안이나 대로변 좌우를 살폈다. 딱히 수상한 인물은 보이지 않는다. 아니, 애초에 이 추위 때문인지 눈에 들어오는 범위에서 돌아다니는 사람은 하나도 없었다. 공원에도 사람이 없다. 주차 구역을 위반한 은색 승용차 한 대가 저 멀리 있을 뿐이다.

다케이는 여자의 코앞까지 다가가서 말했다.

"불 좀 빌릴 수 있을까요?"

"그러세요." 여자는 오른손을 주머니에서 꺼내 라이터를 꺼냈다.

그 손바닥 위에 일만 엔짜리 지폐가 작게 접혀 있다. 다케이는 서서 그 라이터와 함께 지폐를 받았다.

"고맙습니다." 대답할 때 이미 그의 오른손에는 작은 지퍼백이 있었다. 여자는 라이터를 받으며 그 봉투를 손바닥으로 감쌌다.

다케이는 담배를 입에 고쳐 물고 길 반대편으로 건너갔다. 여자는 공원을 뒤로하고 걸음을 뗐다. 다케이는 방금 온 길을 되돌아갔다.

스스로도 어리석은 연극이라고 생각하고 있다. 요즘 세상에 담뱃불을 빌리는 일이 그렇게 자연스러울 리 없다. 하물며 알지도 못하는 남녀 사이에서는. 하지만 그것은 단골인 여자가 안전하다고 믿게 만들기 위한 연기이기도 했다. 아무리 사람들 눈이 적은 장소를 골라도, 역시 공공장소에서 노골적으로 돈과 상품을 교환할 수는 없었다. 만일 거기에 제3자가 있었다면 분명 수상한 행위로 비쳤을 것이다. 때문에 여자는 거래를 할 때는 이 작은 연기를 해달라고 다케이에게 요구했고, 그 또한 응했다. 이 장사는 단골에게 안전하다는 이미지를 심어주는 것에서 시작되고, 안전은 단골을 붙잡아두는 중요한 요소였다.

다케이는 길을 꺾어 세워둔 차로 돌아갔다. 그리고 출발하려는데 별안간 앞쪽 골목에서 승용차가 나타났다.

"일방통행인데." 다케이는 중얼거렸다. "왜 이러실까."

그 은색 소형차는 아랑곳없이 길을 전진해 다케이의 경차 바로 코앞에서 멈췄다.

"이 새끼가." 다케이는 욕지거리를 하다가 말끝을 삼켰다. 남자 한 명이 조수석에서 내린 것이다.

낯익은 남자였다. 투실한 몸집, 넉넉한 블루종에 니커보커스처럼 통이 큰 바지. 나이는 마흔 안팎일까. 머리카락은 갈색으로 염색했다.

저 풍채에 분위기. 세무서 직원이나 학원 강사일 리는 없다. 그와 마찬가지로 인허가나 세무신고와는 인연 없는 상품을 매매하거나, 서비스를 제공하는 남자가 아닐까? 폭력의 냄새는 희박했지만 그쪽 관계자라 해도 이상하지 않았다.

뭔가 실수라도 저질렀나?

다케이는 다가오는 남자를 바라보며 머리를 굴렸다. 혹시 조직의 화를 살 만한 짓을 했나? 이곳은 도립중앙도서관에 가까운 주택가 안이다. 동업자 간 경쟁이 격렬한 번화가가 아니다. 소소하게 움직이는 한 마음대로 낄 수 있는 구역이다. 상납금을 바쳐야 할 일도 없을 터였다.

남자가 경차 옆에 서서 운전석 차창을 툭툭 두드렸다.

다케이는 순순히 창을 내렸다.

"여어." 다케이는 억지 미소를 지으며 남자에게 말했다. "무슨 일입니까?"

"다케이 씨?"

상대 남자의 목소리는 의외로 온화했다.

"그렇습니다만."

"다 봤어. 장사가 잘되나 보던데."

방금 전 거래를 감시당했나?

"아무 짓도 안 했는데요."

"시치미 떼지 마. 잠깐 얘기 좀 했으면 하는데 시간 있나?"

"지금 말입니까?"

"응."

"여기서요?"

"조금 길어질지도 몰라. 저쪽 차로 가서 얘기하지."

"미안한데, 나에 대해선 벌써 이것저것 알고 있는 것 아닙니까?"

이 남자는 그의 이름과 하는 일을 알고 있었다. 그렇다면 그가 어떤 조직과 연결되어 있는지도 알 터였다.

"훤히 알지." 남자는 니시아자부에 있는 풀 바•의 이름을 댔다. "단골이지?"

폭주족 출신 망나니가 경영하는 가게다. 가게 단골은 아니지만 주인과는 면식이 있다. 아니, 주인이 그의 뒤를 봐주는 관계다. 이 남자는 그것도 알고 있는 듯했다. 그렇다면 위험한 이야기는 아닐지도 모른다. 적어도 그 패거리, 즉 도도 연합東都連合과 한 판 붙을 셈은 아니라는 뜻

• 당구대를 설비하고 있는 술집.

이리라.

혹은.

다케이는 말했다.

"길을 막고 있을 수 없으니 다른 곳에서."

남자는 길 앞뒤를 보며 말했다.

"한동안 아무도 안 올 거야."

"다른 사람 차 안이라는 게 불편해서요. 대화를 다 녹음해놓고 실은 경찰이었습니다, 이러면 웃기지도 않잖습니까?"

함정수사는 아니냐는 의미로 물었다. 그에게는 그것을 상상할 만한 감이 있었다. 남자는 미소를 지었다. 다케이의 주장이 옳다고 생각했는지도 모른다.

"방금 전 그 공원으로 갈까? 녹음은 안 해. 다른 사람 귀도 없어. 그네라도 타지."

"그네는 봐주세요."

"벤치에 앉아도 상관없어."

다케이는 눈앞의 승용차를 보았다. 운전기사는 아직 차 안에 있다. 젊은 남자 같았다. 2대1. 거절하고 달아나기란 어려워 보였다. 다케이는 공원에서 이야기하기로 했다.

차를 옮기고 공원 안 벤치 앞에 섰다. 날이 추워서 앉을 기분이 아니었다.

블루종을 걸친 남자는 담배를 물고 다케이 곁에 섰다.

남자가 말했다.

"그렇게 지질한 장사는 힘들지 않아?"

방금 전 거래를 말하고 있다.

다케이는 조심스럽게 대답했다.

"그야……."

"그때마다 상대 상황에 맞춰주는 건가?"

"보시다시피."

"세상이 이러니 어쩔 수 없긴 하지. 배달서비스까지 해줘야 겨우 팔린다니까."

남자는 역시 이 장사에 다소 지식이 있는 것 같다. 다만 판매상은 아닌 듯했다. 판매상의 외견은 보통 지극히 수수하다. 눈에 띄지 않는다. 한눈에 그쪽 사람이라는 걸 알 수 있는 차림도 하지 않는다.

다케이가 잠자코 있자 남자는 공원 전체를 훑어보고 말했다.

"꼭 이렇게 추운 곳에서 장사할 필요가 있나?"

그건 다케이도 느끼는 바다. 유명한 클럽을 거점으로 삼는 장사는 수주도 납품도 편하다. 장사 효율도 좋다. 같은 값에 팔아도 이익률은 훨씬 높다. 하지만 그런 가게에는 이미 이권 구조가 형성되어 있다. 단골 업계에도 인맥이 있는, 상재가 있는 남자들이 독점하고 있는 것이다. 다케이처럼 재주 없는 장사꾼이 새로 진입할 수 있는 여지는 없었다. 그래서 그는 어쩔 수 없이 전화로 주문을 받아 상대가 지정한 곳으로 배달한다. 한 봉지 0.25그램을 만 엔에 파는 장사다. 시세 그대로다. 배달 요금은 붙이지 않는다. 그 정도면 통상 여덟 번 내지 아홉 번 사용할 수 있는 분량이다.

블루종을 입은 남자가 말했다.

"물건은 도도 놈들한테 받아오나?"

얼씨구, 위험한 질문이다. 만일 이 남자가 경찰 협력자라면 대답했다가는 그대로 치명상이 된다.

상대는 다케이가 대답하지 않을 줄 예상했던 모양이다. 이어서 말했다.

"만일 그쪽에 지킬 의리가 없다면 당신에게 누굴 좀 소개시켜줄까 해서. 당신은 이렇게 지질한 장사로 끝날 인물이 아니야. 한몫 크게 챙기고 싶지?"

그런 이야기였나? 확실히 그때마다 전화로 주문을 받아 잘게 나눈 봉지를 배달하는 장사로는 앞으로도 큰 비약은 바랄 수 없다. 다케이는 약 십 년 전, 불법 DVD 배달을 한 적이 있는데 이 일도 그것과 똑같은 일이다. 아르바이트로도 할 수 있는 일이지만 위험은 혼자 감수해야 한다. 약물 판매상이 불법 DVD보다 훨씬 수입이 좋을 뿐이다. 미래는 없다.

"이런 일에는." 남자가 혼잣말처럼 말을 이었다. "적성이 중요해. 당신에게는 그게 있어. 언제까지고 판매상을 할 필요는 없잖아? 중간에서 도매를 할 수 있다니까. 그래야지. 그렇게 생각하지 않나?"

남자는 고개를 두리번거리더니 공원 옆에 세워둔 다케이의 경차를 보았다.

"차가 꾀죄죄하군, 얼마에 샀어?"

화제가 바뀌어 다케이는 반사적으로 대답했다.

"십오만 엔."

남자는 국산차 이름을 하나 댔다. 업계에서는 중간관리직급이 타는 걸로 알려진 자동차. 그 차를 탄다는 사실이 소위 명함을 대신한다는 고급 세단.

"바꿀 때네."

다케이는 물었다.

"나한테 물건을 대줄 사람이 있다는 뜻인가?"

"비즈니스 파트너가 되어줄 사람이 있다는 뜻이지. 관심 있나?"

"지금 바로 대답해야 해?"

"아니, 이삼 일 생각해봐. 번호를 알려주지."

남자는 휴대전화를 꺼냈다. 다케이도 휴대전화를 꺼내 적외선 수신 기능을 켰다. 전화번호 교환은 금방 끝났다.

다케이는 휴대전화 화면을 보며 물었다.

"당신 이름은?"

"야마모토라고 등록해줘. 그냥 야마모토."

야마모토라고 이름을 밝힌 남자는 자리를 뜨려 했다. 다케이는 황급히 불러세웠다.

"하나만 알려줘. 내게 관심이 있다는 그 상대는 일본인인가?"

야마모토는 실눈으로 다케이를 바라보았다. 그제야 진짜 얼굴이 드러난 것처럼 보였다. 다케이는 등줄기에 서늘한 감촉을 느꼈다.

"신경쓰이나?"

"조금."

"신경쓸 거 없어."

야마모토는 미소를 지으며 등을 휙 돌렸다.

신바시의 그 술집은 직속 상사인 홋타 고지 계장이 고른 곳이었다. 오늘 한잔하지, 하고.

기업과 달리 경찰에서 상사가 한잔하자는 말은 업무 명령에 가깝다. 거절할 수는 없다. 안조 가즈야는 정시에서 십 분 지나 퇴근해 신바시로 향했다.

가게 미닫이문을 열자 홋타는 길쭉한 가게의 가장 안쪽 테이블 석에 있었다. 가즈야를 알아보고는 여기라는 듯이 손가락을 세웠다.

맞은편에 앉아 맥주를 주문하고 홋타가 이야기를 꺼내길 기다렸다. 일부러 부하인 그를 혼자 불러냈다. 가즈야에게만 들려줄 말이 있다는 뜻이다.

웨이트리스가 가즈야 앞에 놓인 글라스에 맥주를 따랐다. 짧게 건배 인사를 하고 가즈야는 맥주를 한 모금 마신 뒤 잔을 테이블 위에 내려놓았다.

홋타가 물었다.

"어제는 뒤풀이라도 했나?"

가즈야는 홋타를 올려다보며 대답했다.

"예. 다른 사람들이랑 조용히."

"고생했어. 입건할 수 있어 다행이었네."

가즈야가 지난 반년간 수사를 담당했던 사기 사건을 말하는 것이다. 어느 지정폭력조직이 운영하는 회사가 다마에 있는 신용금고가 얽힌 부동산 거래에 개입, 수수료로 사억 엔을 사취했다. 토지권리자, 채권자가 많아 개중에는 폭력조직 관계자도 있었다. 신용금고는 폭력조직 산하 회사에 해결을 의뢰했지만 상대는 돈만 챙겨갔고 신용금고가 기대한 해결에는 미치지 못했다. 신용금고는 이 문제를 숨기려 했지만 내부 고발이 있었다. 가즈야가 수사를 맡았다.

애초에 피해 신고가 없었던 사안이라 처음에는 입건도 위태로웠다. 주범은 그밖에도 여러 경제 범죄로 이름이 알려진 남자였다. 어느 지정폭력조직의 뒷세계 사업 고문이기도 했다. 경제범을 다루는 경시청 수사2과는 전부터 이 남자를 주시하고 있었다. 입건하지 못한 사안이 연이어서 세 건인 탓도 있어, 내부 고발이 들어왔을 때 가즈야는 과장에게 반드시 입건하라는 엄명을 받았다.

신용금고의 협조를 받을 수 없어 수사는 난항을 겪었지만 며칠 전 겨우 사기죄로 남자를 체포하기에 이르렀다. 어제 체포한 남자의 신병을 송검했다.

가즈야가 말했다.

"조금이긴 하지만 사기나 부정융자 경험이 있었으니까요."

홋타가 말했다.

"자네 덕분에 우리는 2과의 핵심 부서가 되었어. 자네가 주포主砲야."

"부하를 치켜세워서 어디에 쓰시려고요."

"주변 평판이 그래. 안조도 슬슬 때가 됐다는 말이 나오고 있네."

"그 말씀은."

"승진시험 말이야. 이만한 실적을 쌓았으니 이제 경부가 되어야지. 과장님께 진언했어. 동의하시더군. 승진시험을 추천해주실 거야."

은근히 기대하던 이야기였다. 가즈야는 지금 경부보로, 2과 내 한 계의 주임이라는 지위지만 관리직은 아니다. 사실상 수사 지휘 권한은 없었다. 지난 이 년 동안 그 때문에 분한 경우도 있었다. 하지만 경부가 되면…….

홋타는 말을 이었다.

"뭐 문제라도 있나?"

"아닙니다. 그렇게 말씀해주신다면 시험을 치를 의향이 있습니다."

"공부도 하고 있겠지?"

"아니요, 실은《경찰시보》만 훑어보는 정도라."

"그럼 오늘부터 한동안 공부에 전념해. 이번 일이 정리됐으니 편의는 봐줄 수 있어."

가즈야가 고개를 숙이자 홋타가 목소리를 바꾸었다.

"그런데 사적인 질문 좀 해도 되겠나?"

"무슨 질문이신지."

"재혼할 예정은 없나?"

그건가. 별로 듣고 싶지 않은 이야기였지만 그 자체는 대답하기 쉬운 질문이다. 사실을 말하면 그만이다.

"없습니다."

"헤어진 지 몇 년 됐지?"

"이 년 됐습니다."

"얼마 안 됐군."

"결혼 생활은 삼 년이었습니다."

"이유는 묻지 않겠네만, 심각한 문제가 있어 이혼한 건 아니겠지?"

"예를 들어 어떤 문제 말씀입니까?"

"자네의 불륜이라거나 가정 내 폭력이라거나."

가정 내 폭력. 그런 견해가 있다니 뜻밖이었다. 혹시 홋타는 아버지가 거칠었던 한때의 사정을 들었을지도 모른다. 그 무렵 그들 가족은 다카시마다이라의 직원주택에 살았으니 이웃 사이에 소문이 났어도 이상하지 않은 일이다. 그 아버지의 피를 이어받아, 혹은 아버지를 보고 자라 그도 아내에게 손찌검을 한 게 아닌가, 홋타는 그 점을 우려한 것이리라.

가즈야는 대답했다.

"둘 다 아닙니다. 그런 소문이 돌고 있습니까?"

"아니, 다만 삼 년 만에 이혼한 건 조금 짧은 느낌이라 말일세. 중매는 당시 2과장이 섰지?"

"예, 이혼 사실도 보고 드렸습니다."

"아이는 있나?"

"아닙니다. 갖기 전에 헤어졌습니다."

"경부가 되면 바빠질 게야. 스트레스도 늘겠지. 혼자서는 힘들어, 부인이 필요하다고. 경무부도 요즘 세상에 그걸 승진 조건으로 삼지는 않지만, 그래도 유심히 살펴보는 점 중에 하날세."

"예."

혹타는 가즈야를 바라보며 말했다.

"불쾌한 이야기였나?"

"아닙니다. 하지만 솔직히 그 이상 깊이 물으시면 대답하기 어렵습니다."

"그럼 마지막으로 한 가지만 묻겠네. 간단한 질문이야. 대답하기 싫으면 하지 않아도 되네. 면접 예행연습이라고 생각하고 들어."

"예."

"삼 년 만에 이혼한 이유를 간단히 말하면?"

대답은 딱히 고민할 것도 없이 나왔다.

"성격 차이입니다. 질질 끄는 것보다 둘 다 새로 출발할 수 있을 때 헤어지는 게 낫다고 판단했습니다."

"모범 답안이군."

혹타가 가즈야의 글라스에 맥주를 따라주었다. 가즈야는 잔을 입으로 가져갔다.

확실히 결혼 생활은 짧았다. 지금 삼 년이라고 대답한 것은 허영심이었다. 실제로 결혼식으로부터 이혼신고서를 제출할 때까지는 이 년 십 개월이었다. 식전에 동거한 기간은 없었으니 법률상의 결혼 기간이 실제 결혼 기간과 정확히 일치한다. 아니, 법률상의 결혼 기간보다 일주일쯤 짧은가? 이혼신고서를 제출하기 일주일 전에 아내는 집을 나갔다.

그녀, 나중에 아내가 된 여성과 만난 것은 그전에 겪은 실연의 기억이 아직 생생할 때였다. 상사 가가야 히토시의 각성제 불법 소지 사실을 경무부에 고발한 날부터 일 년쯤 지났을 때였다.

연인이라고 믿었던 여성이 자기가 소개한 상사와 어느새 깊은 관계를 맺고 있었다. 그 사실에 가즈야는 크게 좌절했지만 그 때문에 여성 불신에 빠지는 일은 없었다. 나중에 시기를 자세히 따져보니 그녀는 소위 말하는 양다리를 걸친 것은 아니었다. 그녀는 새로운 연인의 존재를 가즈야에게 알리지는 않았지만, 새로운 연인이 생긴 순간부터 가즈야와 잠자리를 갖지 않았다.

또한 상대가 가가야라면 어쩔 수 없다고 생각하는 부분도 있었다. 한때는 가즈야도 감화되어 그 업무 능력과 인간적인 여유에 매료되었다. 그의 소행을 내사하라고 명령한 경무부가 오해하고 있다고 생각한 적도 있었다. 그가 가진 자금도 권력도, 조직을 마음껏 휘둘러 손에 넣은 것이었다. 그런 일이 가능하다는 사실이 그의 커다란 그릇을 증명하는 것처럼 느껴진 적도 있었다. 그렇게 남자인 자신이 끌릴 정도의 남자였으니, 젊은 여자가 가가야를 든든하게 느낄 만도 했다.

게다가 가가야에게는 무엇보다 폭력적인 세계에서 사는 자 특유의 위험한 향기가 있었다. 젊은 지방공무원은 도저히 가질 수 없는 퇴폐한 분위기도 풍겼다. 그것도 그녀에게는 모험이나 비일상으로 이어지는 매력으로 비쳤던 게 아닐까?

일의 순서야 어쨌든 그녀는 눈앞의 두 선택지 가운데 가가야를 선택했다. 그 실연을 요약한다면 그뿐이었다. 가즈야가 모든 여성을 증오하거나 거절할 이유는 되지 않았다.

경시청에서 나가미 유카에게 임의동행을 요구한 지 일 년쯤 지났을 때, 가즈야는 도쿄 지방재판소 복도에서 훗날 결혼하게 될 여성에게 말을 걸었다.

"다음에 점심식사라도 함께 하시겠습니까?"

맞은편 자리에서 홋타가 고개를 들었다. 가게 안쪽 텔레비전을 힐끗

거리는 눈치였다.

가즈야도 뒤를 돌아 텔레비전을 보았다. 뉴스 프로그램이었다. 아나운서가 소식을 전하고 있다.

"……에게 사형 판결을 언도했습니다. 나머지 한 명은 무기징역입니다."

홋타가 말했다.

"그 나고야 불법 사이트 살인 사건이야. 피해자 한 명에 두 명이 사형이라니 드문 일이군."

가즈야도 감상을 말했다.

"꼭 예외라고 할 수는 없겠지요. 나라 소녀 살해 사건 판결도 피해자 한 명에 사형이었고, 피해자 두 명에 세 명이 사형 판결을 받은 적도 있습니다. 하지만 나가야마 기준•은 이제 없어졌다고 봐야겠군요."

홋타가 가즈야에게 시선을 돌리고 미소를 지었다.

그 기세로 경부 승진시험을 돌파하라는 의미일 것이다.

4월 1일, 안조 가즈야는 후추에 있는 경찰대학교에 입학했다. 경부 승진시험에 합격한 것이다.

앞으로 넉 달, 이 대학교에서 경부 임용과 훈련을 받게 된다. 초임과 훈련과는 달리 이 경부 임용과에서는 전국의 경찰본부 경부 승임 시험 합격자와 함께 교육을 받는다. 여기에서 간부 경찰관으로서의 자세를 배우고 필요한 법률지식과 일반교양, 관리기술을 배우는 것이다.

기숙사는 4인실이었다.

• 일본 형사재판에서 사형을 적용할 때 사용한 판단 기준으로, 1983년 피고인 나가야마 노리오의 상고심 판결에서 살해된 피해자가 여러 명이었던 점 등 아홉 가지 근거를 바탕으로 2심의 무기징역 판결을 기각하고 사형 판결을 내린 점에서 나가야마 기준이라는 이름이 붙었다.

"경시청, 안조 가즈야입니다."

지정된 방에서 가즈야는 같은 방에 배정된 남자들에게 인사를 했다. 나머지 세 명은 각각 홋카이도, 야마나시 현, 도키시마 현 경찰관이라고 했다. 서른셋의 가즈야가 최연소였다.

/ 4 /

주위의 지정석에 앉아 있던 남녀가 차례로 일어나 매표소로 들어갔다. 오늘 여섯번째 레이스가 끝난 참이었다. 이미 오이 경마장 레이스 코스 전체에 야간 조명이 쏟아지고 있다. 코스 안쪽 잔디의 초록빛이 싱그러웠다. 태양은 완전히 저물어 이곳 스탠드에서 보는 하늘에는 별이 떠 있었다.

구리타 히로키는 지정석 맨 앞줄에서 다시 손목시계를 보았다. 오후 7시 35분이었다.

너무 늦다.

구리타는 고개를 돌려 지정석 뒤를 보았다. 지금 오이 경마장 2호 스탠드는 육 할 정도 찼을까. 개최 첫날 평일이라 주말만큼 관객이 많지는 않다. 일반석도 꽤 한산할 것이다. 하지만 구리타는 그와 만날 때 항상 이 2호 스탠드 지정석을 이용해왔다. 어제도 문자를 받아 7시에 이곳에서 만나기로 했다. 문자 내용에 딱히 이상한 점은 없었다.

그런데 벌써 약속 시간이 삼십오 분이나 지났다. 어떤 상황인지 슬슬 휴대전화로 확인해야 할지도 모른다. 지금까지도 그리 시간에 허술한 상대가 아니라서, 늦는다 해도 기껏해야 십오 분 안팎이었다.

상대는 어차피 여기서 만날 바에야 다이아몬드 턴에서 술과 스테이크 정도는 사달라고 은근히 요구한 적도 있었다. 유감스럽게도 조직은 그런 비용을 인정하지 않고, 구리타 개인에게도 그런 여력이 없다. 사례로 정보를 흘려주는 게 고작이다.

주머니에서 휴대전화를 꺼냈을 때였다. 옆자리에 한 남자가 털썩 앉았다. 약속한 상대의 자리다. 구리타는 남자를 쳐다보았다. 사십대, 덩치가 큰 남자였다. 구리타는 대번에 남자가 일반인이 아니라는 것을 간파했다. 직업상 늘 만나는 사람들과 같은 부류의 남자다.

남자는 지독한 골초인지 얼굴 피부가 거칠었다. 모공이 커서 그런지 얼굴 전체가 감자처럼 보였다. 눈은 부어 있었는데, 눈빛에는 뚜렷한 적의가 있었다.

"뭐야?"

구리타는 남자에게 물었다.

남자와는 반대편, 통로를 사이에 두고 오른쪽 자리에 누군가 걸터앉는 기척이 느껴져 구리타는 오른쪽을 보았다. 이쪽 남자는 서른 전후, 눈에 위압적인 빛이 있다.

구리타는 다시 감자처럼 생긴 남자를 쳐다보며 말했다.

"뭐냐고?"

방금 전보다 날카로운 목소리가 나왔다.

상대는 실실 웃으며 말했다.

"형씨는 어디 사람이야?"

형씨라는 소리에 구리타는 당황했다. 구리타는 서른다섯. 그가 속한 조직에서는 이미 젊은 나이가 아니다. 이 남자와 비교해도 애송이 취급을 받을 만큼 나이 차가 나지는 않을 텐데. 게다가 이 낯선 남자에게 반말을 들을 이유도 없었다. 무엇보다 이런 일을 하고 있으니 그가 풍기는 분위기도 이 남자와 비슷할 것이다. 남자가 구리타를 넓은 의미에서 동업자로 보아도 이상할 이유는 없었다.

"대답도 안 하네." 남자는 초조한 기색을 내비치며 말했다.

"내가 왜 당신한테 말해줘야 하지?"

"오호, 그렇게 나오시겠다?"

"나한테 볼일이 있으면 당신부터 먼저 말해."

"와카바야시하고는 어떤 사이야?"

와카바야시란 구리타가 오늘 이곳에서 만나기로 했던 남자의 통명通名이었다. 와카바야시 데쓰오. 아마 그 본명을 아는 사람은 가족 아니면 사법 관계자뿐이리라.

구리타는 무난한 대답을 생각하다가 대답했다.

"경마 친구."

"그게 다야?"

"뭘 의심하는 거지? 와카바야시를 알고 있나?"

상대는 구리타의 질문에 대답하지 않았다.

"경마 외에는 와카바야시하고 뭘 하는 사이지?"

구리타는 신분을 밝혀야 하나 고민했다. 그러는 편이 번거롭지 않다. 신분을 밝히면 이 남자들은 무슨 용건인지는 몰라도 냉큼 물러날 것이다. 이곳에서 제 발로 위험에 뛰어들지는 않으리라.

하지만 그렇게 되면 와카바야시의 신변에 위험이 미친다. 그와의 관계는 비밀이다. 와카바야시도 주변의 누구에게도 그와의 관계를 밝히지 않았을 터. 만일 그 사실을 털어놓으면 와카바야시는 지금 서식지에서 먹고살 길이 막힌다. 자칫하면 제재를 받을 수도 있다. 즉 그가 하는 일에도 지장이 생긴다.

구리타는 최대한 거만하게 말했다.

"와카바야시한테 직접 물어."

이 정도로 알아들으라고 눈치를 준 셈이다.

오른쪽의 젊은 남자가 일어섰다.

"어이."

화난 목소리다.

그러자 감자처럼 생긴 남자가 다급히 젊은 남자를 말렸다.

"기다려. 됐어."

구리타는 오른쪽을 슬쩍 보았다.

자리에서 일어난 젊은 남자는 당황한 기색이었다. 주먹을 치켜들지는 않았지만 그의 운동신경은 이미 구타 태세에 들어간 듯했다. 육체의 움직임을 억지로 멈춘 탓인지 자세가 부자연스러워 보였다.

감자처럼 생긴 남자는 구리타를 바라보며 일어섰다.

"착각한 모양이군. 미안했어, 형씨."

구리타도 상대에게서 시선을 떼지 않고 고개를 끄덕였다.

감자처럼 생긴 남자는 젊은 남자에게 눈짓을 하더니 통로 계단을 잰걸음으로 올라갔다. 마치 거기에서 시한폭탄이라도 발견한 것처럼 갑작스러운 퇴장이었다.

구리타는 두 사람의 모습이 통로 안 엘리베이터 앞쪽으로 사라질 때까지 지켜본 다음 다시 휴대전화를 꺼냈다.

와카바야시 데쓰오. 지금 저 남자들은 구리타와 와카바야시의 관계를 주목하고 있었다. 즉 와카바야시 데쓰오의 관계자나 인맥이 그 업계의 누군가, 혹은 어느 조직의 관심사가 되었다는 뜻이다. 하지만 그게 어떤 종류의 관심사란 말인가? 적어도 뭔가, 누군가의 이해에 관계된 일이겠지만.

발신 기록을 찾아 와카바야시의 휴대전화로 전화를 걸었다.

받지 않는다. 신호음이 한참 이어진 뒤에 음성 메시지가 흘러나왔다.

지금 거신 번호는 전원이 꺼져 있거나 전파가 닿지 않는 곳에 있습니다.

지금 저 남자들과 이런 일이 있은 직후다. 통화가 되지 않는다니 마음에 걸렸다. 혹시 녀석은 지금 꼼짝도 못하고, 전화도 불가능한 상태인 건가?

결국 구리타는 그날 메인 레이스 출주 직전까지 기다리다가 지정석에서 일어섰다. 와카바야시는 메인 레이스가 시작될 때까지도 오지 않았다. 이보다 늦게 올 일은 없으리라. 약속은 취소되었다고 생각하는 게 맞다. 그렇다면 레이스가 끝날 때까지 경마장에 있을 필요는 없다. 끝난 뒤에는 귀갓길이 혼잡하다. 한시라도 빨리 오이 경마장을 빠져나가야 한다.

정문을 나오자 제1주차장 안에 제복 경관의 모습이 너덧 명 보였다. 경찰차도 두 대 서 있었다. 경관들이 한 중년 남자를 에워싸고 있었다. 중년 남자가 경관들에게 뭔가 설명하는 기색이었다.

구리타는 경관들 쪽으로 걸어가 그에게 시선을 던진 경관 한 명에게 경찰수첩을 보여주었다.

"무슨 일입니까?"

젊은 경관은 중년 남자 쪽을 쳐다보며 말했다.

"뭔가 납치 행위가 있었던 모양입니다."

"납치?"

"예. 말다툼을 하는 남자들이 있었는데, 그중 한 명을 왜건인지 미니밴인지, 차에 강제로 태웠다고 합니다. 신발 한쪽이 벗겨져 떨어져 있었으니 사건일지도 모릅니다."

"납치당한 건 어떤 남자였습니까?"

"잘 모르겠습니다."

"납치한 쪽은?"

"조폭처럼 생긴 남자였다던가."

"목격자는 저 남자 하나뿐입니까?"

"아니요. 두 건, 신고가 들어온 모양입니다."

젊은 경관은 그 이상 물어오면 난처하다는 듯 구리타에게서 떨어졌다.

구리타는 주차장의 차를 둘러보았다. 안쪽에 기억에 익숙한 차가 있었다. 겨자색 독일 차다. 요즘 세상에 이 차에 이런 색은 드물다. 구리타는 그 세단으로 다가가 앞으로 돌아가서 번호판을 확인했다. 틀림없다. 와카바야시의 승용차다.

지금 막 도착한 걸까?

구리타는 다시 한 번 그의 휴대전화에 전화를 걸었다. 반응은 방금 전과 똑같았다.

구리타는 손수건을 꺼내 운전석 쪽 문을 당겨보았지만 열리지 않았다. 안에서 자고 있나? 구리타는 유리에 이마를 붙이다시피 해서 안을 들여다보았다. 좌석 위에 주차권이 있다. 눈을 잔뜩 찌푸리고 입장 시간을 확인했다. 오후 6시 51분으로 찍혀 있다.

구리타는 차에서 떨어져 경관들 곁으로 돌아가 제복의 계급장을 재빨리 비교했다. 이 자리에서는 중년 남자 옆에 선 순사부장이 책임자인 것 같았다.

구리타는 순사부장 앞으로 나가서 다시 경찰수첩을 내밀며 말했다.

"조직범죄대책부1과 구리타입니다. 제가 아는 사람이 피해자일지도 모릅니다."

그 자리에 있는 경관들의 시선이 일제히 구리타에게 쏠렸다.

인터폰이 울렸다.

가와바타 루미는 읽고 있던 만화책을 책상 위에 내려놓고 모니터를 보았다. 젊은 여성의 상반신이 비쳤다.

"누구세요?"

여자는 마이크에 얼굴을 살짝 들이대며 말했다.

"아까 전화했던 미즈노예요."

"예, 잠시만요."

루미는 열림 버튼을 눌렀다. 뒤쪽 유리문이 열리자 여자는 바로 현관 홀에서 빌딩 안으로 들어갔다. 모니터가 순간 흐려지더니 어두워졌다.

루미는 재빨리 실내를 둘러보았다. '서양 점성술과 타로 루미의 저택'이 소위 이 사무실의 상호다. 저택이라고 하기에는 다소 작은 원룸 맨션이지만 장사 성격상 이보다 넓은 사무실은 필요 없다. 사람 한 명의 고민 상담을 받기에는 이 공간이면 충분했다.

인테리어는 전부 직접 고안했다. 창에는 검은 비로드 커튼, 스테인드글라스 갓을 씌운 전기스탠드. 책상과 손님용 의자는 로코코 풍이었다. 문이 달린 선반 안에는 점성술과 흑마술 관련 외서. 그녀의 의자 뒤에는 요쓰야 시몬의 인형을 장식했다. 벽 한쪽에는 액자에 넣은 천구도.

점성술사의 방에 어울리지 않는 물건은 없겠지? 읽던 만화책은 서랍 속에 넣었다. 또 뭔가…… 홍차 페트병도 발밑에 숨겨야겠지.

문을 두드리는 소리가 들렸다.

"들어오세요."

문을 연 사람은 이십대 중반 여성이었다. 짧은 보브 스타일의 머리카락은 갈색으로 염색했다. 명품 가방에 티셔츠와 레깅스. 쇼핑백은 최근 하라주쿠에 문을 연 미국 염가판매 매장 물건이었다.

의자를 권하며 루미는 다시 그 손님을 관찰했다. 손님이 입을 열기 전에 최대한 본인에 대한 정보를 파악하는 것은 이 장사의 철칙이다.

손님의 태반이 여성이다. 말을 하지 않아도 여자라면 패션이나 화장, 소지품이 상당한 정보를 말해준다.

우선 평일 오후 3시의 방문. 캐주얼한 패션. 쇼핑을 마치고 오는 길. 즉 회사원은 아니다. 일반적인 기업에 근무하지 않는다. 결혼반지는 없다. 학생도 아니다. 화장도 연하니 유흥업소에서 일하는 건 아니겠지. 판매직일까? 물장사 쪽일 가능성도 있다. 음식점에서 야간 근무하는 여성으로 보기에는 가방의 브랜드가 어울리지 않는다.

"어서 오세요." 루미는 살갑게 말했다. "걱정거리가 있군요."

여자는 쑥스러운 기색으로 말했다.

"맞아요."

"이 향기가 신경쓰이나요?"

"어머, 어떻게?"

"그렇게 보여서요."

"향기가 좋아요."

"베네치아의 아로마 캔들이랍니다. 갈 때마다 같은 가게에서 사오지요."

"베네치아에는 자주 가시나요?"

"일 년에 몇 번은요. 이런 일을 하니 공부도 소홀히 할 수 없거든요."

"굉장하네요."

말과는 달리 그리 부러워하는 표정은 아니었다. 경제적으로도 풍족하리라.

"인간관계로 고민이 있군요."

"고민이랄까." 여자는 고개를 갸웃거리며 말했다. "어쩌면 좋을지 몰라서……."

"망설이고 있군요. 생년월일을 알려주시겠어요?" 여자의 대답을 준비해둔 종이에 적으며 물었다. "여긴 어디서 듣고 오셨나요? 광고를 봤나요?"

"아니요. 소개받았어요."

여자는 유명 헤어 디자이너가 있는 미용실 이름을 댔다. 거기에서 소개해줬다면 어쩌면 점성술이 목적이 아닐지도 모른다.

"거기 마미 씨가 여길 소개해줬어요. 허브도 잘 아신다고."

역시 목적은 그쪽인가.

"분명 이런저런 일 때문에 울적해진 걸 거예요. 그 사람은 손님의 그런 부분에 민감하니까."

"맞아요. 그래서 점을 한 번 보라고 하더군요. 이쪽에 오면 그밖에도 마음을 달래주는 좋은 허브티도 권해주신다고."

"여기서 파는 건 아니에요. 전문점을 소개해드릴 뿐이죠."

"여기에는 없나요?"

"전 별만 읽을 뿐이에요. 여기는 소매점이 아니니까요."

"저……." 여자의 목소리가 바뀌었다. 다소 절박한 기색이 묻어났다. "점성술은 다른 날이라도 상관없어요. 그 허브티 전문점을 소개해주실 수 없나요? 지금 당장요."

루미는 쓴웃음을 흘렸다.

"그것만?"

"네. 오늘은 일단."

"심신을 달래주는 허브티 말이죠?"

"맞아요. 기운을 북돋아주는 허브티요."

"제 본업하고는 상관없는 일이라 소개비를 내셔야 하는데."

"얼마죠?"

"이천 엔."

여자는 바로 가방에서 지갑을 꺼내 천 엔짜리 지폐 두 장을 책상 위에 내밀었다.

루미는 지폐를 노트 사이에 끼우고 여자에게 말했다.

"지금 말씀드리는 번호를 저장하세요."

여자는 장식줄이 몇 개나 달린 휴대전화를 꺼냈다.

루미는 암기하고 있는 전화번호를 말했다.

"공, 구, 공, 팔, 팔……."

여자는 중간에 등록하다 말고 요란하게 한숨을 쉬었다.

"이 번호라면 알고 있어요. 토미잖아요?"

"뭐야, 소개할 필요도 없었네."

"토미는 행방불명이에요. 요 네댓새 사이 연락이 안 돼." 여자가 갑자기 소리를 질렀다. "그러니까 다른 가게를 소개해달란 말이야!"

안조 가즈야는 골목 입구에 서서 새로운 거주지가 될 건물을 바라보았다.

이삿짐을 가져온 트럭은 반입 작업을 마치고 골목을 떠난 참이었다.

8월, 경찰대학교에서 넉 달의 경부 임용교육을 수료하고 지난해 그대로 쌓인 대체휴가를 쓰고 있다. 어쨌든 새로운 직장에 발령을 받기 전에 가즈야가 할 일은 없다. 그 직장도 경부 인원에 정원이 있는 한 바로 결정되지는 않는다. 쉬는 것 말고는 할 일도 없는 것이다. 가즈야는 이 기간에 몇 달 전부터 생각했던 이사를 하기로 결심하고 교육이 끝난 이틀 뒤에 집을 정했다. 그리고 오늘, 이사를 했다.

대학교를 나온 직후에 언론이 광희난무할 사건이 터졌다. 각성제 소지 혐의가 있던 유명 연예인이 경찰서의 임의동행 요청을 무시하고 행방을 감춘 것이다. 그 남편은 이미 소지 현행범으로 체포되었다. 와이

드쇼에서는 지난 나흘간 이 뉴스를 보도하는 데 방송 시간의 칠팔 할을 할애했다. 그와 동시에 다른 남성 연예인이 여성 변사 현장에서 경찰에 붙잡히는 사건도 발생했다. 이쪽은 합성 약물이 사건의 소도구였다. 사람이 한 명 죽었는데도 보도에서 다루는 수준은 비교적 평범했다.

경시청 직원의 눈으로 그 보도들을 보면, 수사를 둘러싸고 경찰 조직상의 혼란이 있다는 인상이었다. 두 사건에 조직은 깔끔한 방침을 제시하지 못하고 있다. 입건할 것인가, 하지 않을 것인가. 배경을 파헤칠 것인가, 이름이 나온 사람들 수준에서 수사를 종료할 것인가. 시스템 전체를 무너뜨릴 각오를 할 것인가, 그렇지 않으면 표면화된 사안만 요란하게 광고해 소위 말하는 범죄 소탕 캠페인을 벌일 것인가. 그 주된 방침이 보이지 않았다. 요 며칠 동안 이미 벌어진 일에 그저 임기응변으로 대처하고 있는 것처럼 보였다. 소동이 조금 가라앉으면 약물대책과에 있는 가까운 직원에게 뒷소문이라도 들을 수 있겠지.

그때까지 일단 이사를 마치고 새로운 생활에 질서를 잡아야 한다.

가즈야는 손수건으로 땀을 닦았다. 이제 들여온 이삿짐을 풀어 제자리에 배치하고 수납할 작업이 기다리고 있었다. 아무리 한 사람의 짐이라 해도 저녁까지 정리해야 할 것이다.

가즈야는 새삼 새로 이사 온 아담한 집합주택을 바라보았다.

삼층짜리 철근 콘크리트 구조의 건물이지만 외견을 보면 과거 이 일대에 많았던 공동주택이 떠오른다. 골목에 접한 외벽의 인상도, 골목 쪽으로 난 미닫이문도 창문도, 이층과 삼층 복도의 양식도. 때문에 그 집합주택은 실제로 아직까지 공동주택이 남아 있는 이 지역에 아무런 위화감 없이 녹아들어 있다. 건물은 오십 년 전부터 거기에 있었다고 해도 믿을 정도로 주위와 조화를 이루고 있었다. 소개해준 부동산업자의 말로는 이 일대의 분위기를 사랑하는 도쿄 예술대학 출신 건축가가

설계했다고 한다.

가즈야가 빌린 집은 삼층 맨 앞이었다. 엘리베이터는 없지만 가즈야의 나이라면 삼층 정도 오르내리는 건 고생도 아니다. 방이 두 개라 어린아이가 있는 가정도 살 수 있는 크기다. 실제로 총 열두 개 중에 일곱 집은 어린아이가 한둘씩 있는 가정이라고 했다. 네 집은 부부만 산다고 했으니 독신자는 가즈야뿐인 셈이다.

가즈야는 지금까지 도쿄 도내에서 다섯 군데에 살아보았다. 처음은 다카시마다이라의 공무원 주택. 가즈야는 그곳에서 태어나 초등학생 때까지 살았다. 아버지가 시타야 경찰서 덴노지 주재소에 배속된 뒤로 이곳 야나카, 경시청 경찰관으로 임관한 뒤에는 메구로의 독신자 기숙사, 결혼했을 때는 유텐지, 짧은 결혼 생활이 끝난 뒤에는 도립대학의 원룸이었다. 지금, 십 년 만에 도쿄의 이 지역으로 돌아온 셈이다.

"가즈야." 뒤에서 부르는 소리에 가즈야는 고개를 돌렸다.

어머니인 준코와 할머니 다즈였다. 두 사람은 가즈야가 야나카로 이사한다는 말에 그날 청소를 도와주러 가겠다고 했다. 일단 사양은 했지만 거부할 일도 아니었다.

골목 입구는 낡은 창고를 개조한 카페였다. 그 카페 옆에 서 있는 두 사람도 이 땅의 분위기와 잘 어울렸다.

어머니가 의아한 기색으로 물었다.

"이삿짐은?"

"벌써 다 날랐어. 짐이 적어서."

"먼저 청소해두려고 했더니."

그 옆에서 할머니 다즈는 깜짝 놀란 듯 주위를 둘러보고 있었다.

"정말 여기니?"

가즈야는 안쪽 집합주택을 가리키며 말했다.

“여기예요, 할머니. 저기 삼층. 할머니가 전에 살던 곳도 이 근처죠?”

“근처가 다 뭐니, 바로 여기야. 이 골목에 살았단다. 그 셋집을 헐고 새로 지은 거구나.”

“이 건물이라고요?”

“그래.” 할머니는 골목으로 들어와 그리운 듯 또 주변을 둘러보았다. “바로 여기야. 미노와에서 할아버지하고 이사를 왔단다. 네 아버지는 여기에서 태어났어.”

어머니가 눈을 휘둥그레 떴다.

“하쓰네 길이란 말은 들었지만, 여기였어요?”

“덴노지 주재소로 옮길 때까지 여기서 살았어. 그때는 골목 안에 펌프가 있었지.”

“그때 살던 이웃들은 아직 있을까요?”

“없겠지.”

할머니의 얼굴이 갑자기 흐려졌다. 뭔가 싫은 기억이라도 떠오른 눈치였다.

“왜 그러세요?” 어머니가 물었다.

“이 뒤쪽에 살던 사람이 생각나서 그런다. 전쟁미망인이었지. 자살했어. 사내아이가 있었는데, 그 애가 나중에 다미오를 쐈다.”

가즈야는 할머니를 바라보았다.

“아카시바 다카시 말인가요?”

“그래. 뒤쪽 셋집에 살던 아이였어. 다미오를 쏜 폭력배가 아카시바 다카시란 말을 듣고 그 아이인 줄 바로 알았다. 특이한 성이니까.”

가즈야는 그날 일을 떠올렸다. 아카시바 다카시는 그 직전에 아사쿠사의 폭력배를 권총으로 쏴 죽이고 아라카와 구내에 숨어들었다. 아버지가 비번이었던 날, 그는 경찰에 쫓겨 닛포리에서 덴노지초로 들어와 어린 소녀를 인질로 붙잡고 농성했다. 아버지는 휴일이었는데도 제복을 갖춰 입고 농성 현장으로 출동했다. 인질과 스스로를 맞교환하겠다는 작전이었다. 소녀가 풀려난 뒤 체포 과정에서 아버지는 아카시바 다카시가 쏜 총탄을 머리에 맞았다. 순직이었다.

이 계급 특진으로 아버지의 사망 당시 계급은 경부, 장례식은 경찰장으로 치렀다.

아카시바가 닛포리에 숨어 있다는 정보를 얻어 관계부서에 전달한 것이 가가야였다. 훗날 경시청 경찰관으로 가가야 히토시 경부 밑에서 근무할 때 가가야에게 들었다. 가가야는 경찰장에도 참석했다고 한다.

할머니가 아카시바 다카시라는 소년을 알고 있었다는 말은 전에도 들었다. 어렸을 때 근처에 살았다고. 그 '근처'가 말 그대로 아버지가 태어난 골목 바로 뒤였을 줄이야. 그렇다면 체포 당시 닛포리에서 모미지자카를 지나 덴노지초로 도망친 것은 목적지가 이 부근이었다는 뜻인가? 사람을 죽이고, 각성제 상습 복용으로 판단력까지 잃은 아카시바는 본인이 얼마나 의식했는지는 몰라도 어렸을 때 어머니와 살다가, 어머니가 자살한 이곳으로 돌아오려 했던 게 아닐까? 거기에서 딱히 무엇을 하려던 것도 아니었겠지만.

어머니가 불쑥 말했다.

"이상한 인연이구나."

할머니가 고개를 끄덕였다.

"사람은 인연이라는 것에서 벗어날 수 없단다. 가즈야가 여기에서 살기로 결정한 것도 어떤 인연이 있는 거겠지."

어머니가 말했다.

"이제야 다시 야나카로 돌아왔구나."

그때 가즈야의 휴대전화가 울렸다.

바지 주머니에서 휴대전화를 꺼내 화면을 보니 상사인 홋타 고지였다. 대체휴가 중인데, 급한 용건인가?

"예."

홋타는 속을 내다본 것처럼 말했다.

"휴가 중인 건 아네만, 지금 도쿄겠지?"

"예."

"갑작스럽겠지만 오늘 밤 식사라도 하지 않겠나? 자네 다음 배속처 때문인데."

거절할 수 없었다.

"예, 어디서 뵐까요?"

"마쓰모토 루松本楼."

히비야 공원 안에 있는 오래된 레스토랑이다. 경시청에서도 가까워 공적인 의미가 강한 회식 때는 경시청 관리직들도 이 레스토랑을 자주 이용한다. 그곳에서 회식을 한다는 것은 비밀 회합이 아니라고 강조하는 셈이기도 하다.

"6시에 삼층. 프렌치 레스토랑이다."

"이따 뵙겠습니다."

전화를 끊자 어머니가 물었다.

"지금 가야 해?"

"아니, 밤에."

"그럼 얼른 정리하자."

"대충 해도 돼."

가즈야는 어머니와 할머니에 앞장서서 셋집처럼 생긴 집합주택 현관으로 향했다.

마쓰모토 루에서의 회식은 홋타 계장과 가즈야 두 사람만 만나는 자리가 아니었다. 가즈야가 레스토랑 좌석으로 안내를 받아 기다리고 있자니 홋타가 또 한 사람의 남자와 함께 나타났다. 홋타와는 동년배로 보였다. 중년의 남자는 분위기로 보건대 경찰관이 틀림없었다. 짧은 머리에 건강하게 볕에 그을린 사십대의 남성.

"조직범죄대책부 마쓰바라1과장님이시다." 홋타가 그 남자를 소개했다. "알고 있나?"

"아니요." 가즈야는 자리에서 일어나 고개를 깊이 숙였다. "안조 가즈야입니다."

조직범죄대책부1과장이 동석하다니 뜻밖이었다. 가즈야의 배속과 관련된 이야기라고 들었는데, 다른 화제인가?

맥주가 나오자 홋타는 다시 가즈야를 마쓰바라에게 소개했다.

"경찰대학교를 갓 수료한 신참 경부입니다. 저희 쪽에서는 기업 조직 관련 경제 사안을 중심으로 담당했습니다. 전에 4과가 있었을 때는 '가가야' 밑에서 현재의 조직범죄대책부 일도 처리했습니다."

"가가야라……." 마쓰바라가 그 이름에 반응했다. "지금 경찰에 가가야를 그리워하는 목소리가 나오고 있어."

"알고 있습니다. 그래서 말입니다만, 안조에게 오늘 용건을 설명해도 되겠습니까? 아직 이야기하지 않았습니다만."

"내가 하지." 마쓰바라는 가즈야 쪽으로 고개를 돌렸다. "조직범죄대책부, 그것도 특히 5과의 퍼포먼스가 저조하다."

그런 외래어가 튀어나오다니 뜻밖이었다. 민간 기업의 전문 마케터 같았다.

"수사4과를 따로 떼어내고, 생활안전부에서 총기약물 수사를 분리해 조직범죄대책부를 만들었지만 상부에서 기대한 만큼 기능하지 못하고 있어. 5과라는 전문부서를 만들어 총기나 약물수사를 맡긴 것도 당시에 이미 비판하는 목소리가 있었다. 정보도 수사도 낭비하고, 옆에서 하는 일에 무관심해지지. 이런 안건은 투망을 크게 던져 정보를 수집해 입건할 수 있는 건부터 처리하는 게 효율적이야. 가가야는 그런 식으로 일했겠지?"

확실히 당시 형사부 수사4과의 가가야는 폭력조직이나 기업조직의 동향에 대한 정보를 폭넓게 수집했다. 안테나를 넓게 세운 덕분에 그에게는 총기나 약물 정보까지 들어왔다. 가가야는 그중 입건할 수 있는 사안을 차례대로 처리해갈 뿐이었다. 정보를 다른 부서에 흘리는 것도 개의치 않았다. 자기가 전부 다루지 못하는 정보를 수전노처럼 억지로 끌어안는 일은 없었다. 아마도 지금은 상당히 다를 것이다. 조직범죄대책부5과의 수사원들이 매뉴얼만 따르는 편의점 점원 같다는 험담은 가즈야도 들은 적이 있다.

마쓰바라는 말을 이었다.

"그런 상황에 요 며칠 일이 한꺼번에 터졌다. 아자부 서의 변사 사안 대응. 시부야 자동차 경비대의 불심검문. 조직범죄대책부5과는 함정수사가 탄로나 S의 이름까지 들키고 말았어. 각 부서는 공을 다투느라 상대를 깎아내리고, 책임자들도 머릿속에는 제 수훈밖에 없다. 요 며칠, 경시청은 너무나 추한 꼴을 드러내고 있어."

가즈야는 끼어들지 않고 그 분석을 듣기만 했다. 그것은 일반적인 경시청 직원들의 마음을 대변하고 있었다.

마쓰바라는 맥주잔에 입을 대며 말했다.

"4월에 부임한 조직범죄대책부 도도 부장님이 마침내 조직 개혁에 손을 댈 생각이다. 4월은 시기상조였지만 지금이라면 가능해."

홋타가 마쓰바라에게 말했다.

"지금이라면 개혁에 반대할 간부도 없습니다."

"아니, 그렇지 않아. 조직 개혁이라고 해도 5과에 지금 손을 대기란 불가능해. 거기는 언터처블이다. 어지간한 불상사라도 발각되지 않는 한, 5과를 개혁하기는 어려워."

가즈야는 내사라는 말을 떠올렸다. 어쩌면 전에 그가 상사인 가가야의 소행을 조사한 것처럼, 이번에는 5과의 조직적 부패를 내사하라는 명령이라도 내릴 셈인가?

그럴 리는 없다고 금세 부정했다. 지금 그의 눈앞에서 말하고 있는 사람은 조직범죄대책부1과장이다. 경무부장이 아니다. 그런 지시를 내릴 리 없다.

마쓰바라가 말을 이었다.

"부장님은 일단 1과를 강화할 방침이다."

조직범죄대책부1과장에게는 크게 네 가지 임무가 있다. 2대책계가 맡는 정보 수집, 3계부터 6계까지가 맡는 조직 실태 해명, 7계부터 14계까지의 단속 업무. 거기에서 독립 섹션으로 외국인 불법체류 대책. 즉 과거에 가가야가 했던 일은 1과 2계부터 6계까지가 담당했던 업무에 가깝다.

"수사원의 삼분의 일을 교체한다. 2계 계장도 마침 이동 시기야. 경부가 한 명 필요해."

홋타가 말했다.

"1과장님께서 자네는 어떤지 여쭤보시더군. 적임이라고 추천드렸어. 보통은 경부로 승진해 관할서로 가야겠지만."

조직범죄대책부1과에서 정보 수집을 담당하는 2계장. 그렇게 설명을 듣고 보니 그 배치는 가즈야에게 그리 뜻밖이거나 엉뚱한 이야기가 아니었다. 이미 당시 수사4과의 가가야 밑에서 경험한 업무였다.

마쓰바라가 말했다.

"2계는 조폭 관련 정보를 넓고 깊게 수집해 관계부서에 제공하는 역할이야. 3계부터 6계까지 하는 업무와 겹치지만 경계를 넘는 것도, 간섭도 허락하겠다. 단독 행동밖에 모르는 5과와는 다른 조직으로 만든다는 게 부장님의 방침이다."

홋타가 말했다.

"기동력과 유연성이라는 뜻이야. 대대적인 개혁이 될 테지."

마쓰바라가 말을 이었다.

"이 체제 개혁은 루틴 이동으로는 불가능해. 관할서에서도 의욕 있는 직원만 골라서 데려올 예정이다. 이미 인선은 시작했어. 그뿐만이 아니야. 상당히 대담한 인사가 감행되겠지. 의욕이 있다면 부장님께 자네 이름을 전할 테니, 솔직한 생각을 말해보게."

가즈야는 확인차 물었다.

"2계의 업무는 정보 수집만입니까? 계가 단독으로 적발할 만한 정보를 수집했을 경우, 입건할 수 있습니까?"

"상관없다. 방해하지 않겠다."

"사안의 성격은 따지지 않습니까?"

"총기든 약물이든 상관없다. 다만 주 임무는 어디까지나 정보 수집이야. 손대기 어려운 장기 수사는 할 필요 없어. 다른 부서와 조정해야 할 경우에는 부장님이 판단하겠지."

홋타가 또 옆에서 끼어들었다.

"좋은 비유가 떠오르는군. 움직임이 날쌔진 5과가 식충식물이라면, 1과는 벌이 되는 셈이야. 가볍게 날아다니며 꿀을 모으지만, 필요할 경우에는 그 자리에서 침을 쏘는 거지."

마쓰바라가 슬그머니 웃으며 말했다.

"우리가 원하는 건 우수함 플러스 모티베이션이다. 평범한 관리직 업무를 평범하게 마치고 정년을 맞이하고 싶은 인원은 필요 없어. 어떤가?"

그런 말까지 듣고 못한다고 말할 수 있는 경시청 직원은 많지 않다. 가즈야는 대답했다.

"시켜만 주신다면."

마쓰바라는 고개를 끄덕였다.

"한 명은 정해졌군."

그곳은 나카메구로 역 근처에 있는 골프 연습장이었다. 테니스 교습소도 병설되어 있다.

설비가 그리 호화로운 곳은 아니었지만, 고객층은 근처에 사는 부유층이 대부분인 것 같았다. 주차장에 있는 자동차는 대부분 유럽산이었다. 삼 할 정도가 국산차였지만, 그것도 죄다 고급차였다.

하라구치 다카시는 입구 앞에서 감색 양복의 단추를 채우고 선배 수사원 세나미 히로시를 보았다. 그는 갈색 재킷에 퍼머넌트프레스가공을 한 바지를 입고 있었다.

세나미는 접수처에 경찰수첩을 내밀며 이름 하나를 댔다.

"지금 와 있지?"

접수처의 젊은 여성은 컴퓨터 모니터를 보며 대답했다.

"네."

"어디?"

"이층 왼쪽 끝이에요."

"계단은?"

접수처 여성은 깜짝 놀란 얼굴로 물었다.

"여기에서 체포하려고요?"

"아니, 한두 가지 물어보기만 할 거야."

여자는 난처한 기색을 보이며 말했다.

"저기, 안쪽이에요."

클럽하우스 카페를 통과하자 계단이 보였다. 세나미는 바지 주머니에 왼손을 찔러 넣고 계단 쪽으로 걸음을 뗐다. 하라구치도 뒤를 따랐다. 카페에 있는 여성 손님들이 미심쩍은 얼굴로 두 사람을 쳐다보았다. 여성 손님들은 하나같이 온몸으로 멋들어지게 유한계급이라는 분위기를 풍기고 있었다. 오후 4시 30분. 저녁식사를 준비해야 할 주부라면 슬슬 골프 연습장이나 테니스 교습소에서 나갈 때였다.

이층 타석은 완만한 호를 그리며 그물로 싸인 공간과 마주 보고 있었다. 정면의 그물까지 50미터쯤 될까. 그리 넓은 골프레인지는 아니었다. 타석은 스무 개 정도 있었는데 군데군데 비어 있었다. 손님은 그 삼분의 이 정도만 차 있었다.

타석 뒤에는 둥근 기둥이 늘어서 있다. 기둥 뒤쪽이 통로다. 세나미는 통로 왼편으로 걸어갔다.

왼쪽 끝 두 개의 타석에 골프웨어를 입은 남녀가 있었다. 두 사람의 모습으로 보건대 함께 온 손님 같았다.

안쪽 타석에 있던 중년 남성이 세나미를 보더니 클럽을 바닥에 세웠다. 앞쪽에 있던 여자도 움직임을 멈추고 돌아보았다. 장신의 젊은 여성이었다.

세나미가 중년 남성의 뒤에서 걸음을 멈추었다. 하라구치도 세나미를 따라 그의 오른쪽에서 그 남성과 마주했다.

중년 남성은 선바이저를 벗고 이마의 땀을 닦았다. 볕에 그을린 얼굴에 피하지방이 별로 없는 남자였다.

남자는 불쾌한 기색으로 말했다.

"심술부리는 겁니까, 세나미 씨?"

세나미가 평소처럼 장난스런 기색으로 말했다.

"아니, 전화를 해도 받지 않으니 그러지. 여기 있겠거니 짐작하고 찾아와본 것뿐이야."

"지금 바쁩니다."

"골프 칠 시간은 있으면서?"

"일 때문에 필요해요. 골프를 못 치면 업무 상담도 잘 안 풀립니다."

"십오 분만 시간 좀 내줄 수 없겠어, 구마가이?"

구마가이라고 불린 사내는 요란스럽게 한숨을 쉬며 말했다.

"꼭 여기가 아니더라도 괜찮죠?"

"사무소? 상관없어."

"다음 약속이 있어서요." 구마가이는 에비스에 있는 외국계 고급 호텔 이름을 댔다. "그곳 스파에서 땀 좀 씻으려는데 그 후라도 괜찮습니까? 스파 뒤에 십오 분 정도라면."

"로비에서?"

"민감한 얘기가 아니라면 상관없잖습니까."

"민감한 얘기가 되어도 이쪽은 상관없어."

구마가이는 주위의 눈치를 살피며 말했다.

"알겠습니다. 사무소로 돌아가죠. 이쪽은?"

구마가이가 눈짓으로 하라구치를 가리켰다.

세나미가 대답했다.

"부하야. 명함 필요해?"

"아뇨. 하지만 이름은 알아두죠."

하라구치는 이름을 밝혔다.

"하라구치입니다. 세나미 선배 밑에서 일하고 있습니다."

"제 얘기는 세나미 씨에게 벌써 들으셨겠지요?"

"예, 인맥이 넓으시다고."

"인맥만 넓은 건 아니지만요. 구마가이라고 합니다."

구마가이는 옆 타석의 키 큰 여성에게 말했다.

"선생님, 급한 볼일이 생겨서 오늘은 여기까지 하겠습니다. 사무소로 돌아가시죠."

선생님이라고 불린 여성은 클럽을 고쳐쥐었다.

알겠습니다, 라는 발음이 묘하게 깔끔하게 들렸다. 선생님이라고 하는데, 분위기는 그렇게 보이지 않았다. 생김새는 스포츠 전문가라기보다 오히려 긴자의 호스티스처럼 보였다.

구마가이가 타석에서 벗어나 세나미에게 말했다.

"먼저 사무소에 가 계시겠습니까? 옷만 갈아입고 여기서 바로 나갈 테니."

세나미가 손목시계를 보며 말했다.

"삼십 분 뒤면 될까?"

"예."

세나미가 하라구치에게 눈짓을 보냈다. 구마가이의 말을 따르자는 뜻이리라. 하라구치는 세나미를 따라 골프 연습장 이층 타석을 뒤로 했다.

"저 녀석, 요즘 중국 여자한테 빠져 있군."

하라구치는 세나미와 나란히 걸어가면서 물었다.

"아까 그 여성 말입니까?"

"그래. 전에 사귀던 여자도 중국인이었어."

"선생님이라고 부르던데요."

"중국어 가정교사야."

"골프 연습장에서 중국어 레슨을 하는 겁니까?"

"구마가이가 가르쳐줄 수 있는 일도 조금은 있겠지."

하라구치는 밖으로 나와서 물었다.

"구마가이의 사무소는 니시아자부였죠?"

"그래."

"삼십 분 만에 갈 수 있을까요?"

여기까지 오는데 지하철 히비야 선 나카메구로 역에서 십 분 넘게 걸었다.

"약속했으니 그 녀석은 우리가 늦어도 기다릴 거야."

그 기대는 지나치게 안일했다.

"늦었어요." 구마가이는 사무소 사장실에서 불쾌한 기색으로 세나미에게 말했다. "무슨 일 있었습니까?"

구마가이는 이미 짙은 감색 상하의로 갈아입었다. 넥타이는 하지 않았지만 다소 격식 있는 자리에 가는 듯했다.

선생님이라는 여성이 구마가이 뒤에 있었다. 그녀도 감색 양장 차림이었다. 긴 머리를 뒤로 묶었다. 이렇게 보니 선생님이라 불려도 이상하지 않은 분위기다. 구마가이의 유능한 비서처럼 보이기도 했다.

구마가이는 부하로 보이는 젊은 남자에게 서류철을 건네며 말했다.

"오 분 후에 출발한다. 용건이 뭡니까?"

세나미가 구마가이의 불만스러운 태도에는 개의치 않는 기색으로 말했다.

"사람들을 물려."

"그런 얘기입니까?"

"다 당신을 위한 거야."

구마가이는 중국인 여성을 향해 눈짓으로 문을 가리켰다. 여자는 바로 눈치를 채고 방에서 나갔다.

"짧게 말씀하세요." 구마가이가 말했다.

"도쿄 도내 유통 사정의 변화에 대해 뭔가 아는 바가 있나?"

"무슨?"

"약."

"제가 알 리 없잖아요."

"시부야 루프란. 베이사이드 21."

"그게 뭡니까?"

"베이사이드 21을 모른다는 소리는 못할 텐데. 출자처잖아."

"경영하는 회사에서 출자한 거지, 가게에 대해선 모릅니다. 요점만 말해요."

세나미는 말투를 바꾸었다.

"매매 루트가 엉망이야. 죽거나 행방불명된 사람이 늘고 있다. 지난 반년 사이 무슨 일이 벌어진 거야. 아니, 뭐가 벌어지고 있는 거지?"

"폭력조직이 결투라도 시작했다는 겁니까?"

"결투가 아니야. 적어도 결투를 인정하는 조직은 하나도 없었어. 하지만 어디와 어디가 싸움을 시작한 것 같다는 정보는 들어왔지. 그 정보를 전부 신용한다면 지금 도쿄는 모든 조폭이 모든 조직과 전면전을 벌이고 있는 셈이야."

"그런 정보는 저 같은 다른 업계 사람이 아니라 조직범죄대책부가 가장 빠삭하잖습니까."

"당신 귀가 밝다는 건 모두가 아는 사실이야."

"당신들보단 못하지요. 이변이 있으면 당신들이 감시하는 누군가가 움직이고, 정보가 전달되죠. 당신들이 아무것도 모를 리 없잖습니까?"

"뭔가 일어나고 있다는 건 알아. 배경과 연결고리에 대한 정보를 알고 싶다."

"제가 알 턱이 있습니까." 구마가이는 시계를 보았다. "그만 가봐야 합니다."

"십오 분이라고 약속했잖아. 아직 오 분밖에 안 됐어."

"그쪽이 지각했잖습니까. 제가 하는 일은 스피드가 생명입니다. 그런 용건에 빼앗길 시간은 없어요."

구마가이는 그렇게 말하며 사장실 문으로 향했다.

"하나만 더. 예스, 노로 대답하면 돼."

"뭡니까?" 구마가이는 손잡이를 잡으며 대꾸했다.

"외국인이 얽혀 있나?"

"몰라요."

구마가이는 문을 열고 사장실에서 사무소로 나갔다. 그대로 똑바로 엘리베이터로 향하는 듯했다.

세나미가 구마가이의 뒤를 쫓았다. 하라구치도 뒤를 따랐다.

엘리베이터 앞에서 구마가이의 사무소에서 일하는 젊은 사원이 문을 잡고 있었다. 안에는 그 중국인 여성이 먼저 타고 있었다. 구마가이의 뒤를 따라 세나미와 하라구치도 올라탔다.

엘리베이터가 내려가기 시작하자 구마가이가 방금 전보다 더 노골적으로 불쾌한 얼굴로 말했다.

"비즈니스맨하고 한 약속은 지켜주십시오. 지각하지 않는 게 사회인의 기본 아닙니까? 경찰수첩을 내밀면 지각했다고 따지는 사람은 없겠지만."

"지하철이 늦었어." 세나미가 대답했다. "그래서 시간을 맞추지 못한 거야."

"그 골프 연습장에서 지하철역까지 걸어간 겁니까? 차는 어쩌고요?"

"수사 차량은 다 나가고 없었어."

"그쪽 사람들 사무실에 갈 때도 당신들은 지하철을 탑니까?"

"정보 수집 정도라면."

"정보 수집 정도?" 구마가이가 웃었다. "그게 가장 중요한 일 아닙니까? 그런데 지하철로 다닌다?"

"공무니까."

"그렇게 구질구질하게 굴면 정보 수집도 어려워질 거요. 훌륭한 공무원이라는 소리는 들어도, 힘이 되어주고 싶은 남자란 소리는 못 듣지. 그러니 애송이들한테도 얕보이는 것 아닙니까?"

세나미는 그 말에는 대답하지 않고 말했다.

"다시 시간을 내줘. 늦지 않을 테니."

"오늘 밤 10시는 어떻습니까?"

구마가이는 롯폰기에 있다는 고급 클럽의 이름을 댔다. 연예인이나 스포츠 선수가 모이기로도 유명한 가게다.

"거기로 오면 조금 더 대답해드릴 수 있습니다. 업계 정보통도 부를까요? 와인이라도 함께 들어요. 단, 드레스코드가 있는 클럽입니다."

"뭐라고?"

"그런 재킷으로 오지 말란 말입니다. 정보를 원하면 이쪽 업계 매너를 지켜주세요. 배지만 내세워서 뻗대지 말고."

"알잖아. 접대는 받을 수 없어."

"그런 남자를 두고 배짱이 없다고 하는 겁니다. 전에는 경시청도 조금 달랐는데."

엘리베이터 문이 열렸다. 빌딩 지하 주차장이었다. 밖에서 어두운 양복을 입은 초로의 사내가 기다리고 있었다.

"이쪽입니다, 사장님."

운전기사일 것이다. 구마가이는 운전기사의 뒤를 따라 성큼성큼 지하 주차장 안으로 걸어갔다. 중국인 여성의 딱딱한 구두 소리도 구마가이를 쫓아가고 있었다.

세나미는 엘리베이터 앞에 그대로 멈춰 있었다.

하라구치는 다음 지시를 물으려고 세나미를 바라보았다.

세나미는 불쾌한 얼굴로 말했다.

"거품만 잔뜩 낀 놈이."

"어떻게 할까요? 10시라는데."

"어떻게 가?" 세나미가 내뱉었다. "자릿값만 이만 엔이나 하는 클럽이야. 저 녀석은 정보를 주겠다고 한 게 아니라 그럴싸한 말로 정보 제공을 거절한 거야."

여태 잘 참았던 하라구치가 끝내 약한 소리를 했다.

"대체 무슨 일이 일어나고 있는 겁니까? 어디에서도 핵심에 닿을 정보가 들어오질 않아요. 주변을 파헤치면 이런 취급이나 받고. 슬슬 힘이 빠집니다."

"투덜대고 싶은 쪽은 오히려 나야. 지난 일 년 내내 이런 꼴이라고, 젠장."

"돌아갈까요?"

"그래. 벌써 퇴근 시간이네. 한잔하러 가지, 따라와."

예, 하고 겉으로는 솔직하게 대답했다. 어차피 세나미가 데려가는 곳은 신바시 부근의 프랜차이즈 술집이다. 합석이 당연한 가게로, 삶은 풋콩과 닭꼬치 세 개 세트를 주문하고 맥주를 마시는 것이다. 하라구치는 가끔은 하다못해 요릿집에서 좋은 안주로 조용히 술을 마셔보고 싶었다. 자릿세만 이만 엔이라는 클럽은 바라지도 않는다.

그것은 세나미가 어울리는 협력자들도 마찬가지일 터였다. 재미있는 소식이 없는지 불러내놓고 늘 그저 그런 술집에서나 만나면 흥이 깨질 것이다. 한두 번이면 몰라도 매번 그러면 상대가 제공하는 정보의 질도 그 수준으로 떨어진다. 그들이 지금 각성제 매매를 둘러싼 말단의 동향을 파악하지 못하고 있는 원인은 정보 수집 태세가 약하기 때문이다.

상습 복용자에 대한 조사만으로는 파악할 수 없는 변화가 분명히 일어나고 있다. 구마가이의 말을 들을 것도 없이, 배짱 없는 수사로 조롱당하다 보면 들어올 정보도 들어오지 않는다. 이제 한계인 것이다.

경시청 인사이동은 정기 인사가 4월과 10월, 소규모 이동이 1월과 7월에 있다. 하지만 그것은 원칙일 뿐이다. 필요하면 이동은 언제든지 있다. 시기를 기다리지 않는다.

9월 초, 지난달의 연예인 약물소지, 복용 사건의 기억이 생생한 가운데 안조 가즈야는 조직범죄대책부 제1과 제2대책계장으로 발령을 받았다.

가즈야의 앞에 현재 두 개 팀 열네 명의 수사원들이 있다. 1과장 마쓰바라 유스케가 회의실에 2계 전원을 소집한 것이다. 이십대 후반부터 오십대 후반까지, 연령 폭은 넓었다.

수사원들의 얼굴을 훑어보던 가즈야는 그 안에서 낯익은 얼굴을 발견했다. 히구치 마사토. 경찰학교 동기. 계급은 현재 순사부장이었다. 가즈야가 경찰대학교에 입학하기 직전에도 잠깐 만나서 술을 마셨다. 계속 다치카와 경찰서 형사과에 있었다. 시선이 마주치자 히구치는 씨익 웃었다. 동기생의 부하가 되었다는 사실에 연연하지 않는 표정이다. 오히려 그것을 기뻐하는 것처럼 보이기까지 했다.

마쓰바라가 가즈야의 옆에 앉아 말했다.

"신체제 2계의 발족이다. 소개하지. 이번에 계장이 된 안조 가즈야 경부."

가즈야는 의자에 앉은 채로 고개를 숙였다.

마쓰바라가 말을 이었다.

"안조라는 이름을 기억하는 사람도 있을 것이다. 십오륙 년 전일까, 다이토 구에서 각성제에 중독된 폭력배가 아이를 인질로 농성을 벌인 사건이 있었다. 그때 인질 대신 총에 맞아 순직한 안조 다미오 경부의 아들이다."

수사관의 절반이 감탄 어린 얼굴로 가즈야를 바라보았다. 그렇게 소개할 줄은 예상도 못 했던 가즈야는 다소 쑥스러웠다.

마쓰바라가 계속했다.

"자네들 가운데는 안조 계장이 너무 젊다고 생각하는 사람도 있을지 모른다. 하지만 그의 부친은 약물에 중독된 폭력배의 권총에 맞아 돌아가셨다. 안조 계장은 개인적인 사정을 말하기 거북할 테니 내가 말하겠다. 1과에서 이 일을 맡길 누구보다 강하게 원한 이가 안조 계장이다. 폭력조직 범죄를 증오하는 마음이 그를 이 나이에 경부로 만든 것이다."

마쓰바라는 잠시 말을 끊고 앞에 놓인 페트병의 녹차를 마신 뒤에 다시 입을 열었다.

"알다시피 조직범죄대책부가 기대만큼 성과를 올리지 못하고 있다는 목소리가 경시청 안팎에서 퍼지고 있다. 분명 일시적인 결투는 줄었다. 총검법 개정도 거들어 권총 관련 사안은 감소 경향을 보이고 있다. 폭력조직 구성원 수도 분명히 줄고 있다. 하지만 한편으로 기업조직을 앞세운 경제 범죄, 지능 범죄는 오히려 증가하고 있다. 더욱이 약물 사용은 오히려 심각한 수준으로 퍼지고 있다. 지난달 모든 언론을 떠들썩하게 만든 그 사건이 좋은 사례다.

조직범죄대책부는 유감스럽게도 이들 풍조의 변화에 제대로 대응하지 못하고 있지만, 1과에 의한 조직 실태 해명만큼은 상당한 성과를 거두고 있다. 쉽게 말해 폭력조직 간부의 승격이나 이동과 같은 인사 정보와, 조직간 해체와 병합에 따른 소위 M&A 정보다."

가즈야는 그 경영학 용어가 수사원들에게 통할지 의문스러웠다. 하지만 통한 모양이다.

마쓰바라는 거듭 말했다.

"2계의 지역별 정보 수집과 3, 4, 5, 6계의 조직 실태 해명 덕분에 7계 이하의 단속이 효과를 거두고 있다. 대규모 결투를 억누르고 있는 것은 1과의 업무 덕분이다. 하지만 지난달 연예인 약물 사건을 보면 알 수 있듯 부서 전체로 볼 때는 정보가 공유되지 않고 부서 내 각 과와 계는 각기 다른 S를 이용해 피의자를 몇 명씩이나 풀어놓고 서로 제멋대로 수사하다가 예전처럼 충돌하고 있다. 그 결과……." 마쓰바라는 다소 연극적인 태도로 책상 위의 서류철을 두드렸다. "도쿄 지하 세계의 동향은 지금 파악할 수 없는 상태다. 지난 반년, 약물을 둘러싸고 명백히 어떤 변화가 있는데도 말이다. 매매인의 의문사가 줄을 잇고, 행방불명된 매매인도 우리가 아는 것만도 여섯 명이다. 물밑에서 무슨 일이 벌어지고 있는데 결투의 낌새를 파악하지 못하고 있다. 롯폰기에도 가부키초에도 수상한 낌새는 없다는 보고다. 며칠 전 과장 회의에서 이야기가 나왔지만, 약물을 다루는 조직이 서로 짜고 일제히 입을 다문 것처럼 보이기도 한다. 기존 조직의 핵심적인 자금 조달 방법이 바뀌어, 약물 유통 루트가 바뀌었다고 생각하는 게 타당하다. 지난달 그 사안에서 제군들도 눈치챘겠지만, 거물 연예인을 풀어놓은 5과의 함정수사도 그 배경을 밝히기 위한 일시적인 대응이었다고 한다. 하지만 자동차 경비대의 섣부른 수사로 이 루트는 이제 더는 쓰지 못하게 되었다. 앞으로 몇 달은 관계자도 얌전히 숨어 있겠지. 조금 대담하게 결론을 말한다면 약물수사에만 매달리는 조직범죄대책부5과 같은 수사 방법은 이미 시대 변화에 대응하지 못하고 있다는 뜻이다."

회의실 뒤쪽에서 수사원 중 누군가의 의자가 넘어지는 소리가 났다. 요란한 금속음이 울리자 마쓰바라는 불쾌한 기색으로 말을 끊었다. 마쓰바라는 이야기 속도를 조금 올렸다.

"그래서 2계가 필요하다. 담당을 지역 단위로 나누기는 했지만 조직 성격상 자네들이 할 수 있는 업무 범위는 넓다. 검거 건수나 적발 수에 악착같이 매달릴 필요도 없다. 지금 약물을 둘러싸고 무슨 일이 벌어지고 있는지, 누가 무슨 짓을 하고 있는지, 실태 해명과 정보 수집에 전념해주기 바란다. 관할서에서도 실적 있는 여섯 명의 수사원을 발탁했다. 안조 계장 밑에서 하나가 되어 이 임무에 임해주기 바란다. 이상."

거기까지 말한 마쓰바라는 질문도 받지 않고 회의실에서 나갔다.

가즈야는 다시 수사원들 쪽을 바라보면서 인사 자료를 가까이 끌어당기며 말했다.

"여러분의 얼굴과 이름을 빨리 외우고 싶습니다. 각자 자기소개를 해주겠습니까? 성명과 담당 임무를. 이번에 배속된 사람은 이전 소속을 말씀 부탁합니다."

맨 앞줄에 있는 두 명의 주임이 먼저 말했다. 오른편에 앉은 머리가 희끗한 초로의 수사원이 일어나서 이름을 밝혔다.

"가리베 이치로. 여기에서 일한 지 오 년째 됩니다. 저희 팀은 도심과 조난 지역을 담당합니다."

장인 기질이 느껴진다. 초로의 협객은 마음을 터줄 것 같았다.

이어서 고풍스러운 조폭 담당 형사처럼 생긴 남자. 격투기 유단자이리라. 나이는 마흔 초반일까.

"오가와라 히로시. 저희는 동부와 북쪽 방면을 맡고 있습니다. 삼 년 차입니다."

가즈야는 그 뒤에 앉은 수사원들을 한 명 한 명 지목해 마찬가지로 자기소개를 지시했다.

히구치 마사토를 가리키자 그는 동기의 친분은 찾아볼 수 없는 표정으로 말했다.

"히구치 마사토. 다치카와 경찰서 형사과."

삼십대 수사원이 말했다.

"구리타 히로키입니다. 조난 지역을 담당하고 있는데, 제가 맡고 있는 S 한 명도 납치되었습니다. 행방불명입니다."

가즈야는 그 수사원의 얼굴과 발언을 다른 사람들보다 강하게 기억했다. 한눈에 봐도 분위기가 조폭 담당 형사 같았다.

자기소개가 한차례 끝나자 가즈야는 수사원 리스트를 다시 보았다. 가리베 팀이 그 밑으로 세나미, 구리타, 하라구치, 이케하타, 호리우치, 곤노. 오가와라 팀은 주임 밑에 이즈카, 야마모토, 구가, 모로타, 야오이타, 거기에 히구치가 붙은 편성이다. 가즈야는 이제 막 부하가 된 수사원들을 둘러보며 말했다.

"저희 과제는 지금 과장님이 말씀하신 바와 같이 약물과 관련해 도쿄 지하에서 무슨 일이 벌어지고 있는지, 그 실태와 배경을 밝혀내는 일입니다. 의문사나 실종이 이렇게 이어지고 있는데 단순한 우연일 리 없습니다. 해명에 전력을 쏟아주십시오. 2계의 신체제는 그 목적으로 생겼으니까요."

수사원들의 표정에는 야유도 조소도 조롱도 없었다. 젊은 그의 말을 솔직하게 들어주고 있다. 마쓰바라가 순직한 안조 경감의 아들이라고 소개한 것이 효과를 거두었는지도 모른다. 물론 마쓰바라가 말한 계급은 이 계급 특진 후의 지위였다. 사망 당시, 아버지의 계급은 순사부장이었다.

가즈야는 말을 이었다.

"새 수사원도 들어와 2계는 한층 충실한 팀이 되었습니다. 이 정예팀의 계장으로 제가 할 일은 여러분이 편하게 일할 수 있도록 환경과 지원 태세를 갖추는 일입니다. 가리베 주임, 오가와라 주임을 통해 요청, 상담, 불만, 뭐든지 말씀해주십시오."

오가와라 주임이 말했다.

"수사원 배치서 문제를 먼저 현실에 맞게 고쳐주셨으면 합니다."

수사원 배치서란 민간기업의 업무일지에 해당하는 서류다. 수사원은 아침에 배치서에 그날의 수사 예정, 방문지를 기입하고 상사의 승인을 받는다. 경찰서로 돌아온 후에는 실제 행동의 상세 내용을 배치서에 기입해 보고한다. 2계의 이전 계장은 이 배치서를 엄격하게 지켰다고 한다. 과거 폭력조직 담당 섹션에서 배치서는 적당히 처리했다. 폭력조직 수사원을 민간기업의 전형적인 세일즈맨처럼 관리할 수 있다는 발상 자체가 억지스럽다. 하지만 어느 시기를 계기로 수사원의 관리가 유독 엄격해졌다. 그것이 벌써 몇 년째 이어지고 있다.

가즈야는 말했다.

"2계 근무에 배치서는 무의미합니다. 주임 전결로 적절히 운용해주십시오."

오가와라는 미소를 지으며 고개를 끄덕였다.

둘째 줄에서 손을 드는 수사원이 있었다. 세나미 히로시라는 이름이었나. 오십대 후반. 아마 2계에서 최연장자일 것이다. 가즈야는 세나미를 가리키며 발언을 허락했다.

"저는 칠 년 차인데, 요즘 자주 한계를 느낍니다. 정보 수집이 지난 일 년 사이 극단적으로 어려워졌습니다. 전에는 놈들과 어딘가 같은 세계에서 산다는, 서로 이해할 수 있는 부분이 있었는데 요즘은 단절을 느낍니다. 놈들은 별세계에 있어요."

가리베가 농담을 던졌다.

"세대 차이가 아니고?"

수사원들이 슬그머니 웃었다.

세나미가 울컥한 표정으로 말했다.

"그렇게 생각하는 게 나쁜인가? 다들 평소에 투덜거렸잖아."

"단순 폭력배가 줄었으니까." 가리베가 또 대꾸했다. "이제는 협박도 인정도 통하지 않아."

하라구치라는 젊은 수사원이 말했다.

"저도 느낍니다. 놈들도 스마트해졌다고 할까, 열심히 발품을 파는 것만으로는 속마음을 열지 않아요. 변변한 얘기를 해주지 않습니다."

오가와라가 뒤를 돌아보며 물었다.

"2계 수사 기법도 한계라는 말인가?"

구리타가 대답했다.

"요즘은 성과가 거의 없습니다."

세나미가 물었다.

"신체제에서 수사비 증액 예정은 있습니까?"

그 문제는 앞으로 마쓰바라에게 의논할 예정이었다. 가즈야는 말문이 막혔다.

그때 누가 회의실 문을 두드렸다.

문 가까이 있던 가리베가 일어나 문을 열었다. 1과에서 서무를 담당하는 1계 여직원이 가리베에게 뭔가 메모를 건넸다.

가즈야는 말을 끊었다. 뭔가 긴급 연락이라도 들어온 모양이다.

가리베는 메모에 시선을 떨어뜨리더니 자리로 돌아가 뒤쪽을 돌아보며 말했다.

"구리타. 어제 그 건, 신원이 확인되었다. 그 녀석이 맞다는군."

구리타의 안색이 살짝 변했다. 조금 긴장한 기색이었다.

가즈야는 가리베와 구리타의 얼굴을 번갈아 보며 물었다.

"무슨 일입니까?"

구리타가 일어나서 대답했다.

"어제 도쿄 만에 변사체가 한 구 떠올랐는데, 납치되었던 제 S로 판명되었습니다."

회의실에 있는 수사원들 모두가 얼굴을 마주 보았다.

살인이란 뜻인가?

가즈야는 구리타에게 물었다.

"그 S에게서는 어떤 정보를 받고 있었지?"

구리타가 대답했다.

"최근의 약물 관련 정보입니다. 약물 유통 루트가 늘었고, 매매인도 일부 교체된 것 같다고 해서 조금 더 자세한 정보를 달라고 부탁한 상태였습니다."

"그는 조직인가?"

"아닙니다." 구리타는 주저했다. 자기 S의 정체를 상사나 동료들에게 밝혀도 될지 고민하는 것이다. "자칭 예능 브로커입니다. 전과가 있습니다. 그런 일을 하다 보니 위험한 놈들과도 인맥이 있어, 그럭저럭 신용도 사고 있었습니다."

"우리 S라는 걸 들킨 건가?"

"아마 들키지 않았을 겁니다. 전임자가 제게 넘겨준 자인데, 그의 본명은 납치 사실을 알 때까지 주임님께도 밝히지 않았습니다."

가즈야는 가리베와 오가와라 주임의 얼굴을 보면서 말했다.

"일단 쉬었다가 계속합시다. 새로운 2계는 지금 이 순간부터 과제에 착수한 겁니다."

이리에 노리아키는 검은 옷을 입은 흑인 청년을 향해 고함을 질렀다.

"책임자 나오라고 해! 나는 이리에다! 이리에라고 하면 아니까 당장 불러 와!"

입구에 선 두 명의 흑인 청년 중에서 이리에 앞을 막은 길쭉한 얼굴의 남자가 입구 안쪽으로 사라졌다. 남은 것은 체중이 120킬로그램은 되어 보이는 거한이었다. 국적은 모르겠지만 만약 미국이라면 틀림없이 고등학교 때 미식축구부에 들었을 것이다.

미나토 구, 다케시바 워터프런트에 있는 클럽 입구였다. 과거에 창고였던 창문 없는 빌딩은 지금 전국에 고급 클럽을 낸 부동산 회사의 소유물이었다. 내부를 개장해 거품경제 시절이 연상되는 호화로운 클럽으로 꾸몄다. 거짓말인지 진짜인지 모르겠지만, 홍콩 연예인이나 상하이 부호들도 놀러 온다던가. 물론 일본인 고객도 대부분 연예계 사람들이다. 흑인 DJ가 인기라 그와의 친분이 고객의 순위를 정한다는 소문이다. 이리에는 오픈 당시에 한 번, 자릿세를 받을 수 있나 확인하러 간 적이 있다. 그때 만난 매니저가 이미 본사에서 대응하고 있다면서 어느 경영 컨설턴트 회사의 이름을 댔다. 그 이름을 들은 이리에는 물러났다. 그 컨설턴트 회사가 얽혀 있다면 자릿세를 뜯을 여지는 없다. 가게 내부의 트러블도 지금 눈앞에 있던 흑인 경호원들이 단숨에 처리해버릴 게 틀림없다.

지금 이리에라고 하면 안다는 말은 허풍이었다. 다만 모르는 이름이라도 그렇게 말하면 알 사람은 안다. 이쪽 정체가 무엇인지. 항균 아로마 매트 판매상으로 오해할 일은 없다.

오후 8시가 넘은 시각이었다. 지금 이리에는 사무소의 젊은 직원이 운전하는 차에서 막 내려섰다. 번화가가 아니라서 가게 주변은 한산했다. 통행인은 보이지 않는다. 가게 간판도 얌전하다. 이런 곳에 세계적으로 유명한 클럽이 있다니, 좀처럼 믿기 어려운 일이다.

일 분쯤 지나 얼굴이 긴 흑인 청년이 그 자리로 돌아왔다. 뒤에 있는 검은 옷의 남자는 이리에가 전에 만난 매니저였다. 호리호리한 체격에 호텔맨처럼 동작이 세련된 삼십대 남자다. 실제로 호텔맨이었을지도 모른다.

"이리에 님." 매니저가 말했다. "요시즈미입니다. 지난번에는 실례했습니다. 오늘은 무슨 용건으로?"

"들여보내줘." 이리에가 말했다. "나도 손님이야. 당신한테 볼일이 있는 게 아니야."

"일행이 있으신지요?"

"혼자면 안 돼?"

"아닙니다."

요시즈미는 재빨리 이리에의 옷차림을 확인하는 눈치였다. 운동복을 입고 온 것은 아니다. 양복 차림이다. 연예계 말단으로는 보일 터였다. 흑인 경호원들은 소란을 일으킬 우려가 있는 업계 남자라고 판단했을 것이다.

"들어가시지요." 요시즈미가 말했다. "어텐드를 지시해놓겠습니다."

"어텐드?"

"저희는 남자 혼자나 남자분들끼리만 오신 손님은 받지 않아서."

"사내들이 놀러 오기 어려운 곳이군."

"하지만 이리에 님은 단골 여성 손님께 동석을 부탁드리겠습니다."

그건. 이리에는 당황했다. 내게 여자를 알선하겠다는 뜻인가? 이 가게는 그런 짓까지 하고 있었나? 비합법적인 물품을 파는 것은 알고 있었지만.

붉은 카펫이 깔린 로비로 들어가자 요시즈미가 보관소 앞으로 안내했다. 벽 쪽에 의자가 다섯 개 놓여 있었다.

"여기에서 기다리십시오."

이리에는 순순히 의자에 앉았다. 가게 영업시간에 들어가보기는 처음이다. 어떤 가게인지 소문은 익히 들었지만 자기가 너무 꿔다놓은 보릿자루처럼 보이지는 않을지 걱정도 되었다. 일반인들 사이에서 눈에 띄거나 빈축을 사는 것은 상관없다. 이런 일을 하면 당연한 일이다. 하지만 유한계급 사이에서 구질구질해 보이기는 싫었다. 그렇게 되지 않을까? 오늘 입은 마직 양복은 일단 롯폰기의 그쪽 업계 전문점에서 나름대로 값을 치르고 산 옷인데.

요시즈미가 젊은 여성을 데리고 바로 돌아왔다. 늘씬한 몸매에 어깨에서 자연스럽게 늘어지는 드레스를 입고 있다. 이런 가게에서 놀기에는 어울리지 않는 옷이다. 탈색한 짧은 머리에 부분 염색. 긴 속눈썹.

"나오미예요." 여자가 혀짤배기소리로 말했다. "잘 부탁해요."

요시즈미가 말했다.

"마침 심심해하던 차였답니다. 자, 안내하겠습니다. 일층 자리라도 괜찮으시지요?"

이층 중간 자리에는 유리벽으로 둘러싼 VIP석이 있다고 한다. 하지만 오늘 이리에의 용건은 좋은 자리에서 느긋하게 처리할 일이 아니다.

"일층. 뒤쪽."

가죽을 바른 쌍여닫이문을 열자 별안간 커다란 음량으로 팝이 울려 퍼졌다. 이리에는 이런 음악은 전혀 몰랐지만, 요컨대 이것이 지금 세상에서 가장 세련된 음악이라는 것이리라. 어림잡아도 농구 코트만 한 면적의 플로어 중앙에서는 수십 명의 남녀가 춤을 추고 있었다. 젊은 가부키 배우가 금방 눈에 띄었다.

요시즈미는 이리에를 플로어 왼쪽, DJ 부스가 정면에 보이는 벽 쪽의 좌석으로 안내했다.

"부디 편히 즐기시기를."

이리에가 물었다.

"고자 요시노부도 있지?"

"저희 종업원은 아니지만, 있습니다."

"지금도 그 일을 하나?"

"예."

요시즈미는 정중하게 고개를 숙이고 물러났다.

젊은 웨이터가 바로 다가왔다.

"맥주."

"찾으시는 제품이 있으십니까?"

"국산으로 아무거나." 이리에는 나오미라는 여자에게 말했다. "아무거나 시켜."

"진저에일."

웨이터가 떠나자 이리에는 자리에서 일어섰다. 입구 쪽으로 통로를 걸어가자 웨이터 하나가 입구 오른쪽 통로를 가리켰다.

"화장실은 저쪽입니다."

문을 하나 지나니 갑자기 조용해졌다. 하지만 통로의 조명은 가게

댄스플로어 쪽과 똑같다. 상당히 어둑했다. 5-6미터 나가니 막다른 벽에 붉은색과 검은색으로 나타낸 화장실 표시가 있었다. 이리에는 검은 표시 쪽으로 꺾었다.

시커먼 인테리어가 펼쳐졌다. 세면소다. 진짜인지 가짜인지, 대리석 같은 돌을 아낌없이 썼다. 왼편에는 커다란 거울. 그 앞에 세면대가 세 개 붙어 있었다.

입구 쪽에 검은 양복을 입은 초로의 남자가 서 있었다. 핸섬하고 품위가 있는 남자였다. 백인과의 혼혈이라고 한다. 고자 요시노부. 이름으로 알 수 있듯 오키나와 출신이었다.

"이리에 씨." 고자가 깜짝 놀란 표정으로 말했다.

"오랜만이야." 이리에는 고개를 끄덕였다. "볼일 좀 보고."

안쪽 화장실에서 용무를 마치고 세면소 쪽으로 돌아갔다. 고자가 바로 옆에 있는 철제 상자에서 돌돌 말려 있는 물수건을 꺼내더니 펼쳐서 이리에에게 건넸다. 이리에는 다 쓴 물수건을 미리 준비해두었던 천 엔짜리 지폐와 함께 고자에게 돌려주었다.

"감사합니다."

고자는 이리에가 사용한 물수건을 세면대 밑 바구니에 넣었다.

이것이 그가 하는 일이었다. 화장실을 이용하는 손님에게 물수건을 내민다. 손님은 그 서비스에 팁을 준다. 오백 엔짜리 동전을 주는 손님도 있는 모양이지만 보통은 천 엔 지폐다. 팁을 생각하지 못하는 손님도 있다. 팁을 아끼는 손님도. 즉 이 가게에는 촌뜨기와 짠돌이도 오지만, 대부분의 손님은 세계 대도시에서 이런 서비스를 받고 있다. 세면소를 사용할 때는 팁이 필요하다는 사실을 알고 있고, 팁을 아끼지 않는다.

물수건을 받기 전에 만 엔 이상의 돈을 내미는 손님도 있다. 혹은 물수건을 건넬 때 고자의 눈을 보며 만 엔짜리 지폐를 내미는 손님도 있다. 그런 손님에게 고자는 다른 서비스를 추가한다. 주머니 속에 준비해둔 작은 비닐봉투를 가만히 내미는 것이다. 비닐봉투를 받은 손님은 VIP룸의 양초로 비닐봉투 속의 가루를 태운다. 가게에서는 사용하지 않고 밖으로 가져가는 손님도 많다고 한다.

이리에는 경험한 적 없지만 미국의 이런 클럽에서는 세면소에 화장지처럼 마음대로 가져가도록 그런 비닐봉투를 비치해둔 곳도 있다고 한다. 그런 가게에서는 아마 그런 작은 봉투를 대량으로 입수해 장부에 경비로 기입하고 있을 것이다.

고자가 물었다.

"저를 만나러 오셨군요."

"그래." 이리에는 세면소 문을 살피며 말했다. "어떻게 된 거야? 요즘 얼굴 구경하기 힘들다던데. 다른 곳에서 물건을 떼오는 건가?"

"아닙니다." 고자는 고개를 저었다. "요새 손님 발길이 뜸합니다. 하루에 한두 명, 있을까 말까 합니다."

"손님이 없어? 가게는 불경기처럼 보이지 않는데."

"제 단골손님들도 가게에는 계속 오시지만 이제 사지를 않습니다. 그렇다고 제 쪽에서 영업할 수 있는 일도 아니고."

"다른 곳에서 사는 건가?"

"저는 모르겠습니다. 다른 곳에서 싸게 구하는 걸까요? 뭔가 알고 계십니까?"

"내가 묻고 싶어."

고자가 조금 목소리를 낮추고 물었다.

"장사 씨가 마른 건 저뿐입니까?"

세면소 문이 열렸다.

고자는 냉큼 그 새 손님을 바라보며 미소를 지었다.

이리에는 세면소를 나가면서 짧게 말했다.

"다 똑같아."

자리로 돌아가니 나오미가 핸드백을 테이블 위에 올려놓았다.

"나도 잠깐 다녀올게요."

나오미는 백을 열고 보란 듯이 속을 뒤지더니 또 혀짤배기소리로 말했다.

"잔돈이 없네. 여기 화장실은 팁을 내야 해서 짜증나."

이리에는 주머니에서 지갑을 꺼내 천 엔짜리 지폐를 나오미에게 건넸다. 나오미가 천 엔을 보고 입술을 비죽거렸다. 눈치 없는 영감이라고 말하고 싶은 거겠지.

알아. 이리에는 코웃음을 쳤다. 이럴 때는 만 엔짜리 지폐를 내주는 게 상식이라고 말하고 싶은 것이리라. 안됐지만 내 장사도 지금 어려워. 어떤 물품의 도매상으로 일하는데 요즘 소매상들의 주문이 확 줄었거든. 넉넉한 시늉도 어려우니, 나쁘게 생각 말라고.

나오미는 토라졌는지 자리에서 거칠게 일어섰다.

이리에는 웨이터를 불렀다. 이곳에 오래 있을 필요는 없었다.

계원들이 저마다 손에 종이컵을 들고 회의실로 돌아왔다.

1과장 마쓰바라 유스케가 마지막으로 들어왔다. 그는 입구 근처의 의자에 걸터앉아 가즈야의 솜씨를 보겠다는 듯 다리를 꼬았다.

가즈야는 2계 수사원들을 둘러보고 구리타를 향해 말했다.

"사망한 협력자에 대해 자세히 보고하도록. 거기에 돌파구가 있을지도 모른다."

"예." 구리타가 일어나서 화이트보드 앞으로 걸어갔다.

2계 수사원들의 눈이 구리타에게 쏠렸다.

"변사체로 발견된 이는 통칭 와카바야시 데쓰오라는 자입니다."

구리타는 그 이름을 한자로 기입했다.

"본명은 가토 요시오. 1962년 마에바시 출신으로 올해 47세. 사기 복역 전과가 있습니다."

구리타는 와카바야시의 본명도 한자로 화이트보드에 적었다.

"작년 관할서로 이동한 선배가 소개해준 협력자입니다." 구리타는 그 선배 수사원도 전임자에게 소개받았을 거라고 말했다. "직업은 연예계 브로커지만 주로 필리핀인 호스티스를 알선했습니다. 그 외에도 정보부터 중고 외제차까지, 돈만 되면 닥치는 대로 중개했던 모양입니다. 폭력조직 구성원은 아니지만 그럭저럭 교류는 있었습니다."

구리타는 사기를 전문으로 하는 지정폭력조직의 이름을 말했다. 가마타에 사무소가 있는 조직이다.

"그쪽이 관리하는 필리핀 술집과는 업무상 교류도 많았던 모양입니다. 와카바야시의 사무소는 고탄다에 있었고, 필리핀에 자주 건너갔습니다. 유흥업소 뒷사정에 밝아 한 달에 한 번꼴로 만나서 이야기를 들었습니다."

구리타가 일단 말을 끊자 가즈야가 물었다.

"와카바야시의 이름을 주임에게는 얘기했나?"

"통명만 보고했습니다."

가리베 주임이 그렇다는 듯이 고개를 끄덕였다.

구리타가 말을 이었다.

"주소는 도고시긴자. 재혼한 아내와 함께 살았습니다. 형무소 동료 중에 공갈 전과가 있는 남자가 있습니다. 지금 보수파 국회의원의 개인 비서 명함을 들고 와카바야시와 마찬가지로 뭐든 닥치는 대로 중개하고 있습니다. 그가 와카바야시의 정보원 중 하나일 것으로 추측되는데, 와카바야시 본인은 그와의 관계를 저희에게 잘 숨기고 있다고 믿는 눈치였습니다."

"와카바야시는 약물 쪽에도 밝았나?"

"예. 뒷세계 경계에 있던 남자였으니, 정보 정도는 입수하고 있었습니다. 롯폰기, 시부야 인근의 판매상도 제법 알고 있었고, 유명인이 복용한 소문도. 실은 납치당한 날도 이쪽이 부탁한 밀매 루트의 변화에 대해 이야기해줄 예정이었습니다."

"밀매 루트의 실태를 알고 싶다고 부탁했나?"

"예. 판매상들이 움직이는 것 같은데 무슨 일이 있었느냐고 물었습니다. 새 조직이 장사에 참가한 건지, 어디가 분열한 건지, 그렇게 물었습니다. 와카바야시는 살펴보겠다고 약속하고 다시 만나자고 했습니다. 전날 주고받은 문자메시지나 당일 나눈 짧은 대화로 볼 때 좋은 이야기를 들을 수 있을 것 같았습니다."

구리타는 휴대전화를 꺼냈다. 문자 내용을 확인할 셈이다.

"내일, 항상 만나는 자리에서.
이건 오이 경마장의 2호 스탠드 지정석을 가리키는 말입니다. 항상 거기에서 만났습니다. 그 뒤에 이렇게 이어집니다.

가끔은 스테이크라도 사주시지요.
좋은 정보가 있을 때면 와카바야시는 흔히 이런 문자를 보냈습니다."

"하지만 실제로 그는 오이 경마장 주차장에서 납치당해 약속 장소에 나타나지 못했고, 나중에 변사체로 발견되었다……."

"예. 그리고 저는 와카바야시와의 관계를 의심하는 조폭 풍채의 두 남자에게 가벼운 협박을 당했습니다. 상대가 저를 형사인 줄 바로 알아차리지 못했다면 스탠드 뒤로 끌려갔겠지요. 그 시점에는 와카바야시가 납치당했다는 사실을 몰랐습니다."

또 한 명의 주임 오가와라가 말했다.

"자네 풍채를 보면 누구나 한눈에 동업자 아니면 조폭 담당 형사인 줄 알 거야."

2계 수사원들이 슬그머니 웃었다. 그렇게 말하는 오가와라야말로 아무리 봐도 폭력배처럼 생겼다.

가리베 주임이 요약했다.

"와카바야시는 내막을 캐내다가 당사자와 마주쳤거나, 혹은 상당히 가까운 라인과 접촉했을지도 몰라. 그래서 반대로 상대가 와카바야시의 뒤를 캔 거겠지."

구리타가 말했다.

"그렇다면 와카바야시가 살해당할 만한 정보를 알아냈다고 상상해 볼 수 있습니다."

가즈야는 무심코 중얼거렸다.

"그만한 정보가 대체 뭘까."

오가와라가 말했다.

"갑자기 조직 중추까지 알아내버렸다거나."

가즈야가 말했다.

"그렇다고 해도 살인까지 저지를까요? 흉악한 조직이거나, 배경에 깔린 사정이 심각한 걸까요?"

오가와라가 뒷말을 받았다.

"어쨌든 말단 판매상을 서로 빼가는 수준의 문제는 아닙니다. 거대한 이권이 얽혀 있을 겁니다."

"우리 쪽 다른 계에서 뭔가 파악한 사실은 없습니까?"

"과장님 지시로 그 점을 중점적으로 수사하고 있습니다. 이란인이

어쨌다느니, 파키스탄인이 어쨌다느니 말은 있는데, 아직은 불법 주차 신고 수준에 그치고 있습니다."

"이해가 직접적으로 얽혀 있는 다른 조직에서 무슨 말이라도 흘러나올 법한데."

"상황을 지켜보는 걸지도 모릅니다. 자멸하기를 기다리거나, 혹은 협력이 가능한지 기회를 보는 걸지도."

"협력이 가능한 일입니까?"

가리베가 말했다.

"만일 안정적인 공급원을 가진 상대라면 손을 잡는 게 이득입니다. 상대도 대규모 거래처를 잡으면 그편이 비즈니스로는 안전하고 이익도 확실하니까요."

"그렇다면 벌써 그랬어야 할 텐데요."

"이제 겨우 말이 오가고 있는 걸지도 모릅니다. 그러니 정보가 나돌지 않는 거죠."

가즈야는 잠시 생각하다가 말했다.

"그렇다면 와카바야시 사건을 해명하기 위해서는 관련된 여러 사안을 적발해야겠군요."

구리타가 말했다.

"제게 명령해주십시오."

"가마타 경찰서가 자기 사건이라고 우길 텐데."

"그러라지요. 이쪽은 관계자로 보이는 남자들과 접촉했습니다. 와카바야시의 인맥도 파악하고 있습니다. 한 걸음 앞서 나가고 있습니다."

"우리 쪽에서 수사합시다. 피의자에게 수갑을 채워야 하는 사람은 구리타 씨니까."

구리타가 헤벌쭉 웃었다.

가즈야가 물었다.

"구리타 씨, 지금 파트너는? 누구와 함께 움직이고 있지?"

"선배가 이동한 뒤로는 거의 혼자 움직이고 있습니다."

"누구하고 같이 행동하는 게 좋겠군. 히구치는 어떤가?"

가즈야와 마찬가지로 1과에 이제 막 배속된 히구치가 좋다는 듯이 가즈야를 쳐다보았다.

그때까지 잠자코 있던 과장 마쓰바라가 입을 열었다.

"그쪽에서는 아직 히구치의 얼굴을 몰라. 구리타와 달리 폭력배 같은 분위기도 없지. 고도의 정보 수집에 써먹을 수 있다. 폭력조직 사무소를 돌며 통상적인 탐문을 시키기에는 아까워."

가즈야는 마쓰바라를 쳐다보았다. 지금 마쓰바라의 발언에서 문득 정체를 알 수 없는 불안을 느꼈다. 나는 지금 무엇을 걱정했나? 생각났다. 아버지다. 신분을 감추고 정보 수집 임무를 맡았던 아버지가 떠오른 것이다. 가즈야는 치밀어오르는 불안을 억누르며 물었다.

"그건 히구치를 잠입 수사에 이용하겠다는 말씀입니까?"

"아니, 그렇게까지 대단한 건 아니지만 경찰수첩을 내밀지 않는 수사에도 써먹을 수 있는 인재란 뜻이다."

"구리타 씨를 혼자 두는 것도 염려됩니다."

구리타가 말했다.

"필요할 때는 계장님이 동행해주십시오. 히구치는 확실히 폭력배처럼 거친 분위기가 없어요. 달리 써먹을 길이 있을 겁니다."

가즈야는 다시 한 번 히구치를 보았다. 히구치는 고개를 살짝 끄덕였다. 그가 동의한다면.

"알겠습니다." 가즈야는 결론을 내렸다. "필요할 경우 구리타 씨에게는 제가 붙지요."

마쓰바라가 말했다.

"히구치는 당분간 와카바야시 건으로 필리핀 술집에 보내야겠군."

"필요 경비가."

오가와라가 말했다.

마쓰바라가 쓴웃음을 지으며 말했다.

"고탄다 쪽 술집이라면 어떻게든 되겠지."

누군가 회의실 문을 두드렸다.

서무담당 1계 여직원이 고개를 내밀었다.

"계장님, 가마타 경찰서 형사과의 연락입니다. 도쿄 의과치과대학에서 가토 요시오라는 남성의 사법 부검 결과가 곧 나온다고 합니다. 전화가 와 있습니다."

그를 협력자로 이용한 1과도 입회하라는 뜻이다. 가즈야와 구리타가 가야 하리라.

마쓰바라가 일어섰다.

"일단 해산."

가즈야는 회의실에서 나와 전화기 쪽으로 가면서 구리타에게 말했다.

"사법 부검 결과는 나도 함께 가서 듣지. 아마 가마타 경찰서는 그 자리에서 구리타 씨의 이야기를 듣고 싶은 걸 거야."

구리타가 반문했다.

"제가 무슨 대답을 할지 걱정되십니까?"

"아니, 구리타 씨의 파트너가 되었기 때문이야. 그리고 가마타 서의 수사 방침이 어떤지 궁금하기도 하고."

"일단 교우 관계부터 파악하겠지요."

"오이 경마장에 왔다는 두 남자에 대해서는 아직 아무 데도 말하지 않았지?"

"전혀요."

가즈야는 책상에 앉아 보류 상태였던 수화기를 들었다.

"조직범죄대책부1과, 안조입니다."

해부대는 법의학 교실 안에 있었다.

법의학 교실은 새하얀 타일을 바른 정돈된 공간이었다. 중앙에 스테인리스 받침대가 있고 가동식 조명 기구가 그 주위에 설치되어 있다. 왜건도 두 대. 이 해부대를 굽어보는 구조로 계단식 교실이 있었다. 교실과 해부실 사이는 유리로 나뉘어 있다. 유리에서 해부대까지는 기껏해야 3미터나 될까.

가즈야가 구리타와 함께 계단식 교실로 들어갔을 때, 이미 사법 부검 작업은 끝나가고 있었다. 교수로 보이는 남자와 두 명의 조수가 해부대 위의 시체를 비닐봉투에 담고 있었다. 지퍼를 올리기 직전에 언뜻 시체의 하얀 얼굴이 보였다. 시체를 감싼 비닐봉투는 해부대에서 들것 위로 옮겨졌다. 두 명의 조수가 들것을 해부실 밖으로 운반했다.

교실 뒤쪽 문이 열렸다. 가즈야가 뒤를 돌아보니 두 명의 남자가 계단식 통로를 내려왔다. 초로의 남자와 삼십대 중반쯤 되는 남자. 풍채로 보니 이 둘이 가마타 서의 형사인 듯했다.

초로의 남성은 가마타 서 형사과장 대리였다. 우에다라고 했다. 가즈야와 구리타도 자기소개를 했다.

우에다는 손에 든 메모를 보며 말했다.

"지금 검시의에게 설명을 듣고 왔습니다. 하네다 공항 부근에서 나온 변사체의 신원이 가토 요시오인 줄은 알고 있었는데, 사인이 밝혀졌습니다. 폐에 물이 차 있었습니다. 외상도 상당합니다. 폭행을 가한 뒤에 수조 같은 데 얼굴을 처박은 듯합니다. 질식사. 타살입니다."

납치당했다는 사실에서 그 정도는 예상하고 있었다. 실제로 지금 조직범죄대책부1과는 가토 요시오, 통칭 와카바야시 데쓰오 건을 살인 사건으로 수사하기로 결정한 참이었다. 가마타 서의 수사와는 별개로.

가즈야가 물었다.

"살아 있을 때 바다에 빠뜨린 게 아닙니까?"

"폐 속에 든 물이 담수더군요."

가즈야는 구리타와 얼굴을 마주 보았다.

"고문한 걸까요?" 구리타가 중얼거렸다.

우에다가 말을 이었다.

"통칭 와카바야시 데쓰오가 오이 경마장에서 납치되었을 때, 구리타 씨 본인의 협력자라는 사실을 오이 경찰서 경관에게 알리셨더군요. 그래서 오늘 이쪽까지 오시라고 했습니다. 말씀 좀 여쭙고 싶은데 괜찮겠습니까?"

"괜찮습니다." 가즈야는 그렇게 대답하고 물었다. "수사본부는 설치되었습니까?"

"아니요. 방금 전에야 타살로 판명된 터라. 내일 설치될지도 모르지만, 그전에 확인할 수 있는 점은 짚어두고 싶습니다."

우에다가 한 장의 사진을 꺼내 가즈야와 구리타에게 내밀었다. 얼굴이 기묘하게 붓고 머리카락이 흐트러진 남자의 얼굴 사진이었다. 와카바야시가 익사체로 발견된 당시의 사진이리라. 그 사진에서 생전의 윤곽을 상상하기란 어려웠다. 구리타의 말로는 제법 살가운 남자라고 했는데.

우에다가 물었다.

"구리타 씨가 아는 가토 요시오, 통칭 와카바야시 데쓰오가 틀림없습니까?"

구리타는 사진을 보며 대답했다.

"틀림없습니다."

"8월 25일, 와카바야시와 만날 약속을 하셨다고 들었습니다만."

"예. 정기적으로 정보를 교환하는 날이었습니다. 오이 경마장 2호 스탠드에서."

"몇 시 약속이었습니까?"

"7시."

"평소와 똑같았습니까?"

"다르지 않았습니다."

"그날, 뭔가 특별한 정보를 주겠다고 하던가요?"

"아니요, 딱히 그런 말은 없었습니다."

"약속은 휴대전화로 했습니까?"

"그렇습니다. 전날 짧은 문자를 받았습니다. 내일도 평소처럼 만나자고."

"문자 내용은 그게 전부였습니까?"

"그것뿐이었습니다."

"협력자라고 했는데, 언제부터 이용했습니까?"

"선배가 넘겨주었습니다. 선배는 오 년쯤 도움을 받았을 겁니다."

구리타가 이동한 선배의 이름과 현재 배속처를 말했다. 젊은 수사원이 수첩에 받아썼다.

초로의 수사원이 또 물었다.

"와카바야시의 사생활을 얼마나 알고 있습니까? 주소, 직업, 교우 관계."

"그리 자세히는 모릅니다. 연예계 브로커라고는 했지만, 외국인 호스티스나 알선하지 않았을까요? 주소는 도고시긴자. 사기 전과가 있습니다."

"폭력배인가요?"

"아닙니다."

"준조직원도 아니고?"

"아무 관계도 없었습니다. 하는 일은 비슷했을지 몰라도."

"협력자로서는 어디의 어떤 정보를 주었습니까?"

구리타는 가즈야에게 슬쩍 시선을 던졌다. 이 질문은 파울이라고 말하는 표정이다.

가즈야가 초로의 수사원에게 말했다.

"민감한 부분입니다. 저희 수사에 지장이 생길 우려도 있어요. 꼭 대답해야만 합니까?"

"교우 관계부터 파헤쳐야 하니까요."

"그의 직업과 경력으로 짐작해주시면 안 되겠습니까? 연예계 브로커이고, 사기 전과도 있습니다. 그쪽 관련 정보에 강했습니다."

"구역만이라도, 혹시 있다면 말입니다만."

"롯폰기와 시부야, 고탄다 부근. 긴자 북쪽과 동쪽은 영역 밖이라고 했습니다."

"그렇다면……." 수사원이 슬그머니 웃었다. "관계를 조금 좁힐 수 있겠군요."

그는 다시 구리타 쪽으로 시선을 돌리고 물었다.

"문제가 있었다는 이야기는……?"

"듣지 못했습니다."

"씀씀이는 좋았습니까?"

"본인은 근근이 먹고산다고 했습니다."

"고탄다 사무소는 월세가 석 달이나 밀렸다고 하던데요."

"무슨 일에나 아슬아슬할 때까지 돈을 내지 않는 게 신조인 남자였으니까요."

"와카바야시의 업무 동료를 알고 있습니까?"

"이름은 몇 명 들었습니다."

"가르쳐주시겠습니까?"

가즈야는 구리타를 곁눈질했다. 구리타가 작게 고개를 끄덕였다. 이쪽 수사에 영향이 없는 이름만 가르쳐주겠다는 눈빛이었다. 그의 판단에 맡겨도 될 것이다.

또 젊은 수사원이 구리타가 말한 이름과 연락처를 메모했다. 한 명은 프랜차이즈 술집의 주인, 또 한 명은 중고 외제차 딜러라고 했다. 방금 전 수사회의 때는 나오지 않았던 이름이다. 가마타 서에 가르쳐줘도 해가 없는 정보이리라.

우에다가 이제 충분하다는 표정으로 마무리를 했다.

"협조 고맙습니다. 참고가 되었습니다."

"또 언제든지, 그럼." 구리타가 대답했다.

"그러겠습니다. 어제 피해자의 부인 이야기도 들었는데, 조만간 목돈이 들어온다고 했다더군요. 뭔가 아는 바 없습니까?"

구리타는 뜻밖이라는 표정을 지었다. 그 표정은 연기가 아니었다.

"몰랐습니다. 목돈이라니 얼마나?"

"그건 모릅니다. 아, 맞다." 우에다는 메모를 다시 쳐다보고 덧붙였다. "통칭 와카바야시 데쓰오의 왼쪽 손가락이 두 개 부러져 있었습니다. 어떻게 생각하십니까?"

구리타가 방금 중얼거렸던 말을 반복했다.

"고문당한 걸까요?"

"상대는 뭔가를 캐내려고 했겠지요. 와카바야시는 대체 뭘 알고 있었을까요."

가즈야와 구리타가 입을 다물고 있자 우에다는 묵례를 하고 통로 위로 올라갔다. 젊은 수사원도 바로 뒤를 따랐다.

계단식 교실의 문이 닫힌 뒤에 구리타가 작은 목소리로 말했다.

"상대의 관심사는 뭘 알았는가보다 어디까지 알았는가가 문제였을 겁니다."

"그래." 가즈야는 동의했다. "뭘 알고 있었는지는 우리도 짐작 가는 바가 있으니까."

"목돈이 들어온다고 부인에게 말했다는 점도 마음에 걸립니다."

"상당한 정보를 파악했다고 봐도 되겠지."

"협박에 쓸 만한 정보였겠지요. 실제로 저질렀는지도 모릅니다. 단순히 정보를 알아낸 것만으로는 살해당할 리 없으니까요."

가즈야가 생각을 정리하려고 입을 다물자 유리 너머, 해부대가 있는 방의 조명이 꺼졌다.

/ 5 /

안조 가즈야가 큼직한 수첩을 손에 들고 회의실 문을 열자 이미 자리는 칠 할 정도 차 있었다.

자리는 서로 마주 보는 ㅁ자가 아니라 교실처럼 모든 자리가 정면을 향하도록 마련되어 있었다. 조직범죄대책부의 오십 명에 가까운 경부급 이상의 직원들이 모인 것이다. 의례적인 회의가 아니라 그런지 앞자리를 차지하고 있는 사람들은 경시정급, 즉 각 과의 과장들이다. 가즈야는 자리를 살피다가 가급적 앞쪽에서 빈자리를 찾아 앉았다.

긴급소집이었다. 도쿄의 약물 거래를 둘러싼 상황이 변화하고 있다는 분석을 접수한 것이다.

그렇지 않아도 지난 반년, 약물 거래 루트에 새로운 동향이 있다는 추측이 나왔다. 상습 복용자 일부가 약물 입수에 어려움을 겪고 있다는 정보도 사방에서 들어오고 있었다. 말단 판매상들이 재편성되었다고 추측해볼 수 있는 상황이었다. 조직범죄대책부는 관련된 폭력조직 사이의 결투를 경계하기 시작했다. 외국인 조직이 전보다 대대적으로 약물 거래에 뛰어들었는지도 모른다.

거기에 8월의 유명 연예인 사건이 겹쳤다. 세상의 이목을 끈 사건이라 약물을 취급하는 조직은 일제히 경계 태세에 들어갔다. 대량 거래가 완전히 사라졌다. 조직범죄대책부가 그때까지 확보한 협력자들도 정보 제공에 소극적인 태도를 보였다. 경찰과의 접촉을 거부하고 있다. 일부 상습 복용자들은 별개로 치고 장난삼아 손댔던 놈들은 자숙하는 분위기였다. 판매상에게 연락을 삼가고 있다.

반대로 소위 '질 나쁜' 정보는 늘었다. 일부 폭력조직들이 약물의 이권을 둘러싸고 대립하고 있다느니, 결투에 들어갔다느니, 어느 조직 사무소나 조직원의 자택에 약물이 대량으로 은닉되어 있다느니. 경력이 있는 수사원이라면 대개 금방 경쟁 조직을 파멸시키기 위한 거짓 정보라는 걸 안다. 하지만 개중에는 진짜인지 거짓인지 판별하기 어려운 정보도 섞여 있었다. 담당 부서는 그 정보의 신빙성을 확인하기 위해, 보다 솔직하게 말하자면 확실한 거짓임을 확인하기 위해 수사원을 할애해야 했다. 수사의 효율성은 몹시 떨어졌다.

급기야 경찰청에서 약물 사안에 대해 새로운 지시가 내려왔다. 언론 발표였다. 이례적인 일이지만 그만큼 경찰청의 위기의식이 강하다는 뜻이었다.

오늘 이 간부 회의는 경찰청 장관의 그런 지시에 따른 것이었다.

가즈야가 자리에 앉고 이 분도 지나지 않아 조직범죄대책부 부장들, 상급 간부가 회의실에 들어왔다. 가즈야를 포함해 자리에 앉아 있던 직원들은 자세를 바로잡고 도도 부장 외 세 명의 간부를 맞이했다.

도도는 간단한 인사를 마치고 지금 가즈야가 되짚고 있던 경찰청의 지시를 전했다.

"어제부로 경찰청 장관께서 새로운 지시를 내리셨다. 지난날 발각된 연예인 각성제 오용 확산에서 보듯 각성제는 간과할 수 없는 수준으로 시민사회에 퍼져 침투한 상태다. 각 경찰본부는 전력을 다해 오용 확산을 방지하기 위해 노력해야 한다. 적발을 강화하고 거래에 관련된 범죄조직을 철저하게 파헤쳐 약물 범죄를 근절해야 한다, 이상." 도도가 다시 말을 이었다. "지금 전달한 지시는 전 경찰본부에 내려온 지침이지만, 여기에 가장 부응해야 할 책임과 의무를 가진 것이 우리 경시청이라는 사실에 이론은 없다. 금년도 각성제 단속법 위반 적발 건수는 물론 압수한 약물의 양에서 경시청이 다른 현경에 뒤처져서는 안 될 것이다. 흔히 파벌주의에 빠져 타 부서의 수사에 간섭하지 않는 것이 조직범죄대책부의 약점이라는 평을 들어왔지만, 지금 이 순간부터 파벌주의는 없다. 조직은 하나가 되어 정보를 공유하고 결코 공명을 다투는데 급급할 게 아니라 큰 목표를 달성하기 위해 조직을 완전하게 가동시켜야 한다.

경찰청 장관께서 직접 언론 앞에서 발표한 방침이다. 목하 약물 단속을 국가적 긴급 과제로 일반사회에 고지한 셈이다. 특히 직접 이 사안을 담당하는 우리 부서에서는 급히 처리해야 할 안건 및 본연의 업무를 처리할 최소 인원을 제외하고 전부 이 과제에 집중하도록 한다. 필요경비, 인원, 혹은 조직적인 지원 태세에 대해서도 조속히 대응한다. 모두, 정신을 더욱 바짝 차리고 임무에 임하도록."

부장이 자리에 앉았다.

그는 박수라도 기대한 듯한 표정이었다. 하지만 회의 의제가 이렇다 보니 박수를 치는 사람은 아무도 없었다.

가즈야는 테이블 위의 수첩을 끌어당기며 생각했다. 확실히 조직범죄대책부는 각 과마다 파벌주의가 강하다. 육 년 전에 과거의 형사부 수사4과와 생활안전부 총기약물대책과를 통합한 조직이라 애초에 기질이나 수사 스타일도 상당히 다른 수사원들이 함께 있는 것이다. 특히 나이가 많은 수사원들은 그들이 몸담았던 부서의 문화를 그대로 따르며 일하고 있었다. 체력으로나 기백으로나 상대에게 지지 않는 수사원들과, 꾸준히 거리의 정보 수집에 힘쓰는 수사원들의 차이다.

또한 섹션별로 세분화된 임무가 미묘하게 다른 섹션의 임무와 중복되는 조직 체계였다. 때문에 계와 과를 초월한 협력도 뜻대로 되지 않았다. 극단적으로 말하면 다른 섹션이 얻은 수사 정보는 그대로 그 섹션이 수사 상대와 거래할 재료로 사용했다. 5과 안에서도 약물수사계가 바로 이웃한 총기수사계의 수사 정보를 사례 삼아 사용했고, 그 반대의 경우도 있었다.

때문에 부서 내 수사원들은 정보 공유를 무엇보다 싫어했다. 간부가 정보를 위에 보고해 공유하라고 입이 닳도록 명령해도 수사원들은 중요한 정보일수록 가슴속에 꽁꽁 묻어두었고, 그것은 계나 과 단위에서도 마찬가지였다. 2003년, 조직범죄대책부가 갓 생겼을 때는 합동수사회의도 자주 열렸지만 지금은 그런 일도 거의 없다. 어차피 그 자리에서는 가치가 떨어지는, 아무래도 상관없는 정보만 발표하기 때문이다.

그러니까. 가즈야는 생각했다. 도도 부장의 의욕적인 연설도 모두 흘려듣는다. 섹션을 초월한 협력 태세도, 정보 공유도, 간부의 머릿속에

만 존재한다.

도도가 조금 뜸을 들인 뒤 5과장을 불러 과제에 대한 대처 방침과 사태 분석을 요구했다.

5과장 기자키 히로시 경시정이 그 자리에 섰다. 한눈에 격투기 유단자임을 알 수 있는, 어깨가 떡 벌어진 오십대 남자다. 기자키는 도도 쪽으로 몸을 돌리고 말했다.

"약물수사 1계부터 6계까지 이 지침을 전력으로 수행해왔습니다만, 8월의 여배우 사건으로 일부 수사를 중단해야 할 상황도 생겼습니다. 다만 그 외에 지금까지 신중하게 내사를 진행한 건에 대해서는 조기에 입건할 수 있도록 수사 속도를 높이겠습니다. 연내에 도내 대규모 밀매 루트를 끊어버릴 각오를 하고 있습니다."

도도가 물었다.

"밀매 루트가 변화하고 있다고 들었네만."

"예. 내사 도중이라 단정할 수는 없지만 새로운 밀매 루트가 추가되었다고 추정해볼 수 있는 정보를 얻었습니다. 더욱이 이 루트가 판매하는 각성제 공급원도 종래의 루트에서 벗어나 있습니다."

"그렇게 판단하는 근거는?"

"금년 반기분의 압수 분량 때문입니다. 전국 경찰본부 통계로는 전년도의 1.5배를 압수한 것으로 환산되었는데, 도내의 말단 거래 가격은 오르지 않았습니다. 또한 판매상들의 구역이 미묘하게 변화하고 있습니다. 신규 공급원에 의한 새로운 밀매 루트가 생긴 모양입니다."

"그 신규 공급원을 구체적으로 설명한다면?"

기자키 5과장은 순간 주저하는 기색을 비쳤다. 거기까지 밝혀도 될지 망설인 것이리라.

그는 결국 입을 열었다.

"두 가지로 추측해볼 수 있습니다. 국내에 공장이 생겼거나, 새로운 밀수입 루트가 생겼거나."

"자네들은 사실 이미 상당한 증거를 잡았겠지?"

기자키는 확답하지 않았다.

"내사를 진행하고 있습니다."

가즈야는 5과장의 말을 재빨리 음미했다. 국내에 각성제 공장이 생겼다는 정보는 처음 듣는다. 만일 그것이 사실이라면 그 사린가스 테러를 일으킨 교단 사건 이래로 처음이다. 공장은 작은 양조장 규모일 테고, 건설을 위해서는 화학 전문가가 필요하다. 제조 과정에서 독한 냄새가 발생하므로 시민들의 생활권에서 격리된 부지가 있어야 한다. 원재료 조달이 수상해 보이지 않도록 다소의 위장 공작도 빼놓을 수 없다. 중학교 조리실 정도의 규모로도 제조는 가능하지만 오히려 비효율적이다. 북한에서 밀수입하는 편이 빠르고 비용도 저렴하다. 즉 현실적으로 일본 국내에 각성제 밀조 공장을 만들 의미가 없다. 혹은 감기약이라도 대량으로 입수해 수제 잼을 만들듯 정제하는 수법도 있지만, 그래서야 장사가 성립되지 않는다. 적어도 경시청 관할 내의 거래 루트에 영향을 미칠 만한 수준은 아니다. 기껏해야 용돈벌이에 쓸 수 있을 뿐이다.

하지만 기자키 5과장이 굳이 그 선을 언급했다는 것은 그런 까다로운 조건을 전부 해결하고 국내에 그럭저럭 규모가 되는 공장이 생겼을 가능성이 있다는 뜻일까? 그렇다면 그 공장을 만든 이는 대단한 자금력을 가진 조직이나 단체라는 뜻이다.

또 한 가지. 새로운 밀수 루트란 대체 무엇을 가리키는 것일까? 북한 이외의 국가에서 제조한 각성제가 들어온 것일까? 하지만 그렇다면 그건 어디에서 제조한 약물인가? 중국? 아니면 한국인가, 타이완인가, 필리핀인가? 어쨌든 일본에서 제조하는 것보다는 쉬울 것이다.

가즈야가 배경을 상상하고 있을 때 도도가 4과장을 불렀다. 4과는 폭력 사건 정보와 광역 폭력조직 대책, 그리고 폭력 범죄 수사를 담당한다. 4과장은 정보 공유에 힘쓰겠다는 무난한 말로 발언을 마쳤다.

이어서 3과장. 3과는 규제와 배제, 행정명령, 특수 폭력 수사를 중심으로 다룬다. 3과장도 정보 공유와 다른 섹션의 지원에 힘쓰겠다고 말했다.

이어서 2과장은 외국인 범죄와 외국 범죄조직의 동향에 대해 극히 일반적인 분석을 늘어놓았다.

"1과의 방침은?" 도도가 1과장 마쓰바라 유스케를 지명해 물었다.

마쓰바라는 도내 지정폭력조직 간부의 교체와 서열 변화에 국한해 이야기했다. 1과의 협력자가 살해당한 사실도, 1과가 관심을 가지고 있는 각성제 매매 말단 조직의 동향에 대해서도 입을 열지 않았다.

마쓰바라의 발언으로 알아차린 사실이 있었다. 이 자리에서는 역시 다른 과도 마쓰바라가 말한 정도의 표면적인 정보밖에 발표하지 않았다는 사실이다. 가즈야는 그걸로 족하다고 이해했다. 경찰청 장관의 지시야 어쨌든, 또한 도도 부장의 지휘감독이 어쨌든, 그들은 과와 계 단위로 독자적으로 정보를 수집하고 대상에 접근해 사냥감을 잡으면 그만이다.

도도는 다섯 과장들의 알맹이 없는 발언이 불만스러운 눈치였다. 입을 비죽이 다물고는 팔짱을 끼고 있다. 자기 지시를 흘려들었다고 생각하는지도 모른다. 하지만 이것은 경찰 조직의 기본적인 체질인 동시에 관료 조직 전반이 숙명적으로 갖는 배타성일지도 몰랐다. 그렇다면 아무리 조직 개혁을 구상하는 마쓰바라라 해도 지금은 얌전히 지켜보는 수밖에 없다.

도도는 작은 한숨을 내쉬며 일어나 과장급 간부들을 둘러보며 말했다.

"각 과의 현안 과제와 향후 방침에 대한 결의는 잘 알겠다. 하지만 지금 요구되는 것은 구체적인 성과다. 특히 기자키 과장."

5과의 기자키가 예, 하고 군인처럼 짧게 대답했다.

"자네 부서가 적발, 검거의 최전선에 있다. 필요한 정보, 필요한 태세가 있을 경우 요청한다면 전부 자네에게 몰아주겠네. 다른 부서의 수사와 상충될 경우 조정도 하고. 내게 편히 요청하게."

"예."

"공장과 새로운 공급원, 성과는 언제쯤 나오겠나?"

기자키는 조금 뜸을 들이다가 대답했다.

"두 달 내에."

"사 주 내에 일단 한 건, 경시청이 전력을 쏟은 성과라고 말할 수 있는 결과를 보여주게."

"예."

"다른 부서도 협력을 아끼지 말도록. 이는 조직범죄대책부 전체가 임해야 할 과제야. 적발에 앞장서는 게 어느 부서인지는 중요한 문제가 아니다. 팀이 하는 일이고. 조직범죄대책부는 하나의 팀이다."

도도가 일어섰다. 회의는 끝났다. 참석자도 일제히 일어났다.

아침 회의를 마친 수사원들은 뿔뿔이 흩어졌다.

가즈야는 다소 피로가 쌓인 것을 느끼며 책상에 앉아 여직원이 끓여준 일본차에 손을 뻗었다.

부임한 지 사 주. 각성제 밀매 시장을 둘러싼 정보 수집과 분석은 제자리걸음이었다. 와카바야시 데쓰오 살해 사건의 해결도 전망이 보이지 않았다.

하지만 며칠 전 경찰청의 방침과 경시청 수뇌의 지시는 조속히 단속 성과를 내놓으라는 내용이었다. 표현을 바꾼다면 8월에 체포한 인기 연예인처럼 언론이 대대적으로 보도할 만한 거물, 혹은 사회적 지위도 명성도 있는 인물을 체포하라는 뜻이다. 혹은 한 봉지 수준의 적발이 아니라 밀매 조직에 큰 타격을 줄 만한 대량의 각성제를 압수하라는 뜻이었다.

변두리에서 거래하는 무명의 가난한 상습 복용자나 말단 판매상은 잡아봤자 성과라고 할 수 없다.

5과는 중압감 때문에 상당히 초조해하고 있다고 들었다. 며칠 전 각성제 상습 복용자 두 명을 연달아 체포했다고 발표했지만 한 명은 별로 유명하다고 할 수 없는 전직 프로 야구선수였고, 또 한 명은 오십대 선원이었다. 언론도 냉담해 경찰청이 단속을 강화한 성과라고 당당하게 자랑하기에는 다소 억지스러웠다.

5과에 대한 실망은 이윽고 다른 과에 대한 압력으로 바뀌었다. 담당 업무로 볼 때 다음으로 '성과'를 닦달당하는 것은 1과였다.

인기척 없는 사무실에 히구치 마사토가 들어왔다. 그는 지금 불규칙적인 임무를 맡고 있어 정시 출근에서 면제되었다.

아침 인사를 하며 들어온 히구치는 어디까지가 연출인지 모르겠지만 경찰관 냄새가 전혀 나지 않았다. 지방 공무원이라는 인상조차 없다. 일단 일반인이기는 하지만 상당히 망가진 회사원 같은 분위기다. 살짝 갈색이 도는 안경에 구겨진 양복. 숄더백은 일단 브랜드 제품처럼 보이지만 짝퉁이다. 원래 경찰관이 들고 다녀서는 안 될 물건이다. 그는 지금 경시청이 수사원에게 가짜 신분을 부여하기 위해 만든 회사의 영업사원으로 꾸미고 있다. 명함에 적힌 번호에 전화를 걸면 직원이 받지만, 사실 채팅 서비스와 같은 시스템을 사용하고 있을 뿐이다. 똑같은 직원이 몇 개나 되는 가짜 회사의 사원인 척 대응하고 있다.

히구치가 가즈야의 책상 앞 의자에 걸터앉았다. 얼굴이 부어 보였다.

"어때?" 가즈야는 물었다. "피곤해 보이는데."

"간도 좀 쉬는 날이 있으면 좋겠어."

"매일 마셔?"

"시시한 질문 하나에도 미즈와리• 한 잔은 필요해. 한 잔으로 두 가지를 물으면 수상하게 여기거든."

"알아. 무리는 하지 마."

"그렇다고 언제까지고 버틸 수 있는 일은 아니야. 구리타 씨 쪽은 어때?"

"아직."

구리타는 수사원으로서 정공법대로 탐문 수사를 계속하고 있다. 하지만 아직 와카바야시 데쓰오 살해 사건과 관련된 유력 정보는 찾지 못했다.

"나도 와카바야시 사건에 대해서는 아직 전혀 감을 못 잡겠어. 하지만 상대도 조금씩 내 처지를 신용하고 있어. 슬슬 그쪽에서 뭔가 말을 걸어올 것 같아."

"무슨 뜻이야?"

"난 늘 돈에 허덕이는 블랙 기업의 인테리어 영업사원이야. 조건에 따라서는 위험한 장사에도 손을 댈 타입의 남자지. 실제로 어제 내게 연락하고 싶다며 명함 전화번호로 누가 연락을 했어. 신원을 조사한 거지. 다음 주에 만나기로 했어."

• 위스키 등에 물을 타서 희석한 것.

"와카바야시 건이 아니라?"

"약 장사 얘기를 하지 않을까 싶어. 하지만 나처럼 낯선 사람에게 말을 걸 정도니, 그쪽도 신규 조직 아닐까?"

"모쪼록 무리는 하지 마."

문득 가즈야는 새삼스럽게 아버지를 떠올렸다. 아버지도 젊었을 때 잠입 수사에 가담했다. 1960년대 말부터 1970년대 중반에 걸친 임무였다. 학생운동이 과격화되어 일부는 총기를 든 무장투쟁이나 폭탄투쟁에 돌입했다. 아버지는 신분을 숨기고 그런 집단 속에 잠입해 데모와 조직의 정보를 수집했다. 그 가혹한 임무 때문에 신경이 닳아 인격이 무너지기 직전까지 내몰렸다. 아니, 실제로 무너졌는지도 모른다. 시타야 경찰서 덴노지 주재소 근무로 바뀌고 나서야 겨우 정신적인 안정을 찾았지만 잠입 수사의 후유증은 재발했다. 그 직후 벌어진 인질 사건에서 아버지는 소녀 대신 총에 맞아 사망했다. 주위에서는 모범적인 영웅이라고 칭송했지만 그는 그것이 PTSD 재발에 따른 사실상의 자살이었다는 사실을 알고 있다. 잠입 수사는 그토록 경찰관의 인격을 분열시키고 파괴하는 것이다.

가즈야는 경찰학교 동기 히구치에게 말했다.

"제발 무리하지 마. 상황이 급박해지면 정체를 밝히고 당장 물러나라고."

"왜 그래?" 히구치가 웃었다. "그렇게 심각한 얼굴로."

"자넬 걱정하는 거야."

"이제 막 시작했어." 히구치는 그렇게 말하며 가슴주머니에서 휴대전화를 꺼냈다. 진동이 오고 있다. "봐, 왔어. 날 신용하는 거야."

히구치는 휴대전화 화면을 보면서 가즈야 앞을 떠났다.

회의실에 고함이 쩌렁쩌렁 울렸다.

"어떻게 됐나! 벌써 사 주가 지났어!"

사 주 전과 똑같은 얼굴이 모인 조직범죄대책부 간부 회의다. 고함을 지른 이는 부장인 도도 경시장이다. 지난번과 달리 오늘은 제복 차림이었다. 제복을 입고 있으면 이 자리에서의 계급 차가 명료하게 인식된다. 명령은 한층 강력하고 절대적인 의무로 들린다.

도도는 미간을 찌푸리며 참석자들을 노려본 뒤에 말을 이었다.

"오사카 부경과 가나가와 현경이 지난 한 달 사이에 10킬로그램 단위로 각성제를 압수했다. 필요할 때 언제든지 적발할 수 있을 만큼 평소 내사를 추진했다는 뜻이겠지? 어째서 우리 경시청은 그걸 못했던 거지? 이유가 뭔가, 기자키 과장?"

호명당한 5과장이 회의실 앞쪽에서 일어섰다. 용수철처럼 튀어오른 것처럼 보였다.

"예. 실은, 그게……."

우물쭈물하고 있다.

가즈야는 생각했다. 저래서야 오늘 회의가 또 무의미하게 길어질 뿐이다. 이 자리가 끝나면 과별 회의. 이쪽도 일단 불만과 불평을 다 쏟아낼 때까지 한참 이어질 것이다.

고위 간부가 기대할 만한 성과를 거두지 못하기는 1과도 5과와 마찬가지였다. 마쓰바라는 이다음에 계장들에게 어떤 지시를 내릴까? 물론 도도의 지시에 반하는 업무 명령이 떨어질 리는 없다. 내용은 똑같다. 다만 표현이 애원조로 바뀔 뿐이려나.

이제 막 시작되었는데 가즈야는 벌써 손목시계에 시선을 떨어뜨렸다. 같은 책상 왼쪽 옆자리에 앉은 5과 계장이 가즈야의 손목시계를 슬쩍 훔쳐보았다.

자리로 돌아온 가즈야를 1과장 마쓰바라가 불렀다. 마쓰바라도 방금 전 회의에서 5과장과 마찬가지로 실컷 잔소리를 들었다. 어째서 성과가 나오지 않느냐고.

가즈야가 마쓰바라의 사무실로 들어가 책상 앞에 서자 마쓰바라는 드물게 의기소침한 표정으로 말했다.

"해결은 멀었나?"

와카바야시 건을 말하는 건지, 각성제 시장의 변화를 말하는 건지, 아니면 둘 다 묻는 건지. 알 수 없다.

가즈야는 대답했다.

"한걸음 앞까지 왔다는 감촉은 수사원 모두가 느끼고 있습니다만."

"무턱대고 달려들기만 해서는 성과가 나지 않아. 폭력조직 담당 신인이 여섯 명이나 있어. 자네가 돌봐주게. 자네는 수사4과에서 일한 경험이 있지?"

일 년도 채 못 되는 기간이었지만, 가즈야는 굳이 언급하지 않았다.

"예. 되도록 탐문을 같이 나가겠습니다."

"계속 회의만 이어져 힘들겠지만."

"괜찮습니다."

"자네, 가가야가 있었을 때 활용하던 인맥은 지금 어쩌고 있지? 그쪽은 선이 닿지 않나?"

가가야의 인맥? 가가야 히토시 경부의 정보망이나 인맥은 경시청 수사4과가 아니라 가가야 개인에 속해 있었다. 그가 독자적으로 개척하고 키운 것이었다. 타인이 이용할 수 있는 자원도 아니었고, 물려받는 것도 불가능했다. 때문에 그것은 가가야가 체포된 순간 사라졌다. 소실된 것이다. 물론 몇 명의 이름과 연락처는 기억한다. 가즈야의 얼굴을 기억해줄 만한 상대도 몇 명 없지는 않지만.

"조금 시간이 지나긴 했지만 접촉해보겠습니다."

"이제야 말하는 거지만, 가가야의 정보망은 대단했어. 그는 혼자서 5과 하나에 필적하는 일을 하고 있었던 셈이야."

가즈야는 잠자코 있었다. 그가 평가할 수 있는 문제가 아니다. 평가할 수 있는 입장도 아니다. 하지만 지금 가가야의 이름을 들은 것이 다소 분하기도 했다. 가가야를 배반한 너는 가가야의 후계자도 되지 못한 무능한 경찰이라고 비난하는 것 같았다. 아니, 마쓰바라가 정말 그렇게 의식했는지는 별개로 치더라도 그런 의미가 포함된 말이었다.

"어떻게든 해보겠습니다."

"여기 온 지 한 달이야. 예열은 끝났다. 기대에 부응하도록."

"예."

가즈야는 고개를 숙이고 물러났다.

히구치 마사토는 입구 쪽을 바라보았다.

남자 둘이 필리핀 호스티스의 뒤를 따라 가게 안으로 들어왔다.

히구치는 노래방 기계 모니터로 시선을 돌리고 뒤 소절을 불렀다. 노래는 듀엣곡이다. 시즈오카인지 하마마쓰에 사는 소꿉친구이자 애인과 헤어져 신칸센을 타고 상경해 호스트가 되었다는 뜻의 남자 파트의 가사. 이어서 그의 파트너인 필리핀 호스티스 마리아가 여성 파트를 부르기 시작했다. 도시에서 변해가는 당신 모습이 안타까워. 당신이 쉽게 번 돈으로 산 반지는 필요 없어. 다만 눈물을 닦을 손수건이 필요해.

노래를 마치자 다섯 명쯤 되는 호스티스가 예의상 박수를 쳤다. 히구치는 입구 쪽 손님을 의식하면서 제자리로 돌아갔다.

세 명 가운데 하나가 자리에서 일어섰다. 이미 반주기에 노래가 예약되어 있다. 모니터 화면이 하얀 양복을 입은 남자가 항구의 잔교를 걷는 장면으로 바뀌었다. 히구치가 모르는 오래된 엔카를 부르는 듯했다.

소파에 앉아 호스티스가 내민 수건으로 얼굴을 닦자 이 가게의 매니저급 필리핀 호스티스가 다가왔다. 결혼해서 일본 국적을 땄다는 사십대 여자로 이름은 멜리사라고 했다. 일본어가 상당히 유창했다.

"히구치 씨." 멜리사가 히구치의 오른쪽에 걸터앉았다. "소개할게요, 사쿠마 씨예요."

히구치의 맞은편, 마리아의 오른쪽에 마흔쯤 되어 보이는 남자가 앉았다. 눈썹이 옅고 눈빛이 날카롭다. 골초인지 얼굴 피부가 거칠고 모공은 곰보 수준이었다. 전체적으로 감자처럼 생겼다. 조직폭력배? 혹시 아니라고 해도 그쪽 분야에서 흔히 찾아볼 수 있는 타입의 남자다. 불법사채업자, 혹은 알선업자.

멜리사가 말했다.

"사쿠마 씨, 전에 얘기했죠? 이 사람이 히구치 씨예요."

"안녕하쇼." 사쿠마라는 남자는 입술만 비죽여 미소를 지었다.

멜리사가 말했다.

"히구치 씨는 우리 가게 단골이에요. 인테리어 회사에서 영업 일을 하고 있는데, 언젠가 독립해서 무역업을 시작하고 싶대. 우리 가게 아가씨들하고도 영어로 말할 줄 알아요."

히구치는 쑥스러운 척했다.

"아니, 그냥 떠들어본 거지. 꿈이에요, 꿈."

"사쿠마 씨도 이것저것 무역업을 하고 있어요. 좋은 파트너를 찾는다고 전에 그랬거든."

사쿠마가 말했다.

"무슨 회사? 명함 좀 주겠어?"

히구치는 재킷 주머니에서 명함집을 꺼내 상대에게 건넸다. 이런 임무를 위한 위장 회사다. 사무실은 아카사카의 복합빌딩 주소로 되어 있다.

"사쿠마 씨는 어떤 일을 하십니까?"

사쿠마가 멜리사에게 눈짓을 했다. 멜리사는 고개를 끄덕이고 파우치 속에서 한 장의 명함을 꺼냈다. 사쿠마의 명함이었다.

(주)도에이 개발 흥산

대표이사 사쿠마 신이치佐久間真一

그렇게 적혀 있었다. 회사 이름만 봐서는 어떤 종류의 기업인지 판단이 서지 않았다. 사무실은 시나가와에 있었다.

히구치는 명함을 보며 물었다.

"어떤 업무를 하십니까?"

"동남아시아 제품 무역."

히구치는 술이 들어가 입이 가벼워진 남자 행세를 했다.

"무역회사인가요? 멋지네요."

"당신은 독립하고 싶다고?"

"네. 지난달에 계약을 두 건 따내서 지금은 용돈이라도 있지만, 이번 달은 어찌 될지. 좀 더 벌이가 좋은 일을 하고 싶어서."

"인테리어 회사에서 영업을 한다고?"

"실적 영업이라서요. 평판이 안 좋은 회사라 요즘 계약 따내기가 어려워요."

"인테리어 사기로군."

히구치는 웃었다.

"표현이 너무 적나라한데요. 예, 그 비슷합니다. 계약을 따내면 한몫

잡는 거죠. 평범한 집에서 삼백만 엔은 뜯어내니까."

"즐거운 목소리로 말하는군. 피해자한테 미안하지는 않아?"

"먹고살자고 하는 짓인데요. 사쿠마 씨는 구체적으로 무엇을 취급하십니까?"

"닥치는 대로. 조개껍질부터 사람까지."

"조개껍질부터, 사람?"

"동남아시아 특산품이라면 뭐든지."

"일손이 필요하십니까? 어느 쪽이죠? 저도 싱가포르나 홍콩은 가본 적 있는데. 지사에서 일하는 건가요?"

사쿠마가 코웃음을 쳤다.

"수입품 판매를 돕는 일이야. 영업을 제대로 할 줄 아는 사람이 아니면 못하거든. 어법과 예의범절을 알고 사무 능력도 있는 사람이 필요한데."

"루트 세일즈•?"

"일단 시장만 형성되면."

"완전 인센티브제만 아니면, 그러니까 월급을 받을 수 있다면 내용에 따라서는 저도 할 수 있는데요."

"고용인을 찾는 게 아니야. 업무 파트너가 필요한 거지. 독립해서 직접 위험을 떠안을 사람 말이야. 독립할 마음은 있어?"

"그럼 프랜차이즈란 말입니까?"

"그렇게 표현할 수도 있지. 편의점 창업하고도 비슷하려나."

히구치는 슬쩍 애를 태워보았다.

"무슨 장사인지, 일에 따라서는 해보고 싶기도 한데. 불법이나 위험

• 일정한 스케줄에 따라 판매원이 고정 고객을 직접 순회하며 상품을 공급하거나 판매하는 일.

한 일은 아니겠지요?"

"예를 하나 들면." 사쿠마가 씨익 웃으며 말했다. "여기 마리아도 내가 취급한 상품 중 하나야."

히구치는 깜짝 놀라 마리아의 얼굴을 보았다. 검은 단발머리의 마리아가 미소를 지으며 히구치를 향해 고개를 끄덕였다.

"엄밀하게 말하면 입국관리법 위반인가, 불법 밀수입이지만. 본인도 허락한 일이고, 여기에서 일한다고 누가 피해를 입는 것도 아니야. 오히려 사람을 돕는 일이지. 어때? 그래도 역시 싫은가?"

"갑작스러운 얘기라 조금 생각해봐야겠네요. 게다가……."

"게다가?"

"만일 프랜차이즈로 독립하려면 밑천도 제법 필요하겠죠?"

"독립하고 싶다면서. 저축해둔 돈은 있겠지?"

"그야 조금은. 정말 푼돈이지만요."

"며칠 생각해봐. 그리고 동시에 독립을 고민한다면 미리 고객 평가를 해둬."

"고객 평가가 뭡니까?"

"당신의 고정 손님이 될 사람들 말이야. 만일 건강식품을 판다면 몇 명이 사줄지, 자동차라면 몇 명일지."

"상품에 따라 다르죠."

"아니야, 고객을 평가할 때 중요한 점은 상대가 그 상품을 필요로 하는가가 아니야. 당신이 판다고 했을 때 아무 조건 없이 사주는 사람만 고객으로 치는 거야."

"꽤 어려운데요."

"어쨌든 독립해서 먹고산다는 게 쉬운 일은 아니야. 싫으면 그 인테리어 사기 영업이나 계속하던지."

"사쿠마 씨가 하는 일, 보수는 좋습니까?"

사쿠마는 또 코웃음을 쳤다.

"증명하란 건가? 밖에 내 차가 있어. 운전기사가 기다리고 있지. 얼만지 물어보지그래?"

"아니, 됐습니다."

마리아가 사쿠마에게 미즈와리 글라스를 내밀었다. 대화는 끊겼다. 여기에서 물고 늘어지면 오히려 의심만 산다. 조금 더 망설이는 척하는 게 낫다. 합법적인 일에서 비합법적인 사업에 뛰어드는 것이다. 더 거부감이 들어도 전혀 이상하지 않다.

마리아가 입을 열었다.

"히구치 씨, 한 잔 더 줄까?"

"그래."

"노래방 기계도 비었네."

"노래할까?"

마리아가 테이블에 놓인 리모컨을 밀었다.

히구치는 이번에는 타이완 여가수가 일본 엔카 가수와 듀엣으로 부른 곡을 골랐다. 돈을 벌기 위해 아시아에서 일본으로 온 여성들에게 인기가 있을 법한 곡.

"부를 줄 알아?" 히구치는 마리아에게 물었다.

"응." 마리아는 바로 마이크 하나를 히구치에게 건네더니 자기도 마이크를 들고 일어섰다.

히구치는 휴대전화를 꺼내 멜리사에게 건네며 말했다.

"마담, 나하고 마리아가 듀엣 부르는 모습 좀 찍어줘."

"이걸로?" 멜리사가 휴대전화를 받아들며 물었다. "안 어려워?"

"휴대전화가 다 거기서 거기지."

사쿠마의 눈이 휴대전화로 쏠렸다. 그 휴대전화에는 대단한 비밀이 없다고 가르쳐주기 위한 행동이었다. 남이 메모리나 통화 기록을 봐도 상관없다는 시늉.

모니터 앞에 나란히 서서 노래를 부르기 시작하자 멜리사가 휴대전화를 히구치 쪽으로 돌렸다. 히구치는 휴대전화 카메라를 향해 브이 사인을 했다.

노래를 마친 히구치는 작은 목소리로 마리아에게 말했다.

"이번에는 사쿠마 씨하고 불러."

"좋아." 마리아는 아무 의심 없이 대답했다.

자리로 돌아온 히구치는 멜리사가 내미는 휴대전화를 받았다. 화면에는 마리아와 뺨을 맞대고 브이 사인을 하고 있는 히구치가 찍혀 있었다. 히구치는 유난스럽게 기뻐했다.

마리아가 사쿠마 옆에 무릎을 꿇고 노래를 부르자며 꾀었다.

"사쿠마 씨, 가수 빰치잖아요. 같이 노래해요."

히구치는 휴대전화를 들어 카메라를 준비했다. 두 사람이 노래를 부르면 마리아에게 관심이 있는 척하며 사쿠마의 얼굴을 찍을 셈이었다. 하지만 최대한 자연스럽게 해야 한다. 사쿠마의 얼굴을 기록하고 싶은 마음은 조금도 들켜서는 안 된다.

하지만 사쿠마는 마리아의 유혹에 넘어가지 않았다.

"그럼 히구치 씨, 찬찬히 생각해봐. 나도 너무 가벼운 마음으로 하겠다는 사람은 싫으니까."

사쿠마는 자리에서 일어나 출입구로 걸어갔다.

멜리사가 히구치에게 말했다.

"저 사람, 사람 보는 눈이 있어요. 히구치 씨를 좋게 봤나봐."

히구치는 쓴웃음을 지으며 말했다.

"실적이 부진한 영업사원일 뿐인데."

"하지만 뭐든지 할 수 있는 사람이잖아요. 나도 그렇게 생각해."

"뭐든지라, 예를 들면?"

"장사든 은행원이든, 공무원이라도."

"그래?" 히구치는 자리에서 일어섰다. "사쿠마 씨가 모는 자동차는 뭘까? 한 번 구경하고 와야지."

히구치는 천천히 출입구로 다가가 문을 빠져나가 계단을 뛰어올라갔다. 지상으로 나간 순간, 자동차 발진음이 들렸다. 왼쪽을 쳐다보니 은색 세단이 고탄다의 밤거리를 전철역 쪽으로 멀어져가는 참이었다. 번호판은 보이지 않는다. 히구치는 어깨를 으쓱했다.

사진도 못 찍고, 놈이 모는 자동차 번호판도 따지 못했다. 하지만 끌어들일 가치가 있는 남자라는 인상은 심어준 모양이다. 이대로 가면 아마 다음 주 안에 한 번 더 만나고 싶다고 연락해올 것이다.

가즈야는 히구치의 보고를 듣고 말했다.

"사진도 그렇고 번호판도, 너무 무리하지 마. 분위기로 보아 그쪽에서 부를 테지. 서두를 필요 없어."

히구치가 말했다.

"그가 구리타 씨를 협박한 감자 녀석과 동일 인물이라는 것만 알아내면 빙고입니다. 와카바야시 살해 피의자를 잡은 것이나 다름없어요."

"이미 무르익은 감이나 마찬가지야. 가만히 있어도 떨어지겠지. 느긋하게 때를 기다리기만 해도 돼."

"그나저나 나 같은 사람까지 발탁하려 하다니 대체 어떻게 된 걸까요?"

가즈야는 한 달 전 간부 회의 때 5과장이 보고한 분석 결과를 떠올리며 대답했다.

"말단의 약물 판매가가 오르지 않았다고 했어. 이만큼 단속이 엄격해졌는데도, 역시 물건이 남아도는 거겠지. 공급과잉. 새로운 공급자가 시장을 넓히려고 중개상이나 판매상을 잡으려고 혈안이 되어 있는 거야."

"저도 이러다가는 말단 판매상을 건너뛰어 그 위의 중개상으로 영입당할 것 같습니다."

"다단계 판매와는 달라. 그럴 만한 능력이 있는 남자를 중개상에 붙이지. 판매상은 언제든지 경찰에 넘길 수 있는 사람에게만 시켜."

지금은 아침의 1계 회의였다. 가즈야의 경우 회의는 매일 두세 개씩 이어졌다. 아침 점호와 뒤이은 1계 회의. 그것이 끝나면 1과 계장 회의. 때때로 관련 부서의 계장이 출석하는 연락 회의. 거기에 조직범죄대책부 계장급 이상 직원이 참석하는 간부 회의. 거기에 또 다른 부서의 관련 간부들만 모이는 임시 회의가 있고, 1과에서도 한 명 보내달라는 정도의 긴급성이 떨어지는 회의에 참석해야 하는 역할도 가끔 돌아온다. 하루 중 회의 시간만 네 시간, 어쩌면 그 이상이다. 보고 서류를 읽는 업무가 한 시간. 가즈야가 직접 제출할 보고서도 작성해야 하고, 각종 기안에 관한 서류 작업도 있었다. 조직범죄대책부1과라는 현장 부서 소속이니 설사 간부가 되어도 조금 더 수사에 관여할 수 있을 줄 알았던 기대는 짓밟혔다. 이래서야 이름 그대로 관리직에 지나지 않는다. 더군다나 경시청이라는 거대한 관료기관의 최하급 관리직이니 재량권은 없는 것이나 마찬가지다. 하는 일은 종종 허무하고 무의미했다. 하지만 부하 앞에서는 그런 마음을 한순간도 겉으로 드러낼 수 없었다.

가즈야는 베테랑 수사원인 세나미 히로시를 쳐다보았다.

"오늘은 저와 동행해주시겠습니까? 예전 인맥을 되찾아볼까 합니다."
세나미는 머리를 긁적이며 말했다.
"실은 며칠 전 가석방된 남자가 있습니다. 지바에 사는 남자인데, 이번 사건과 접점이 있을 것 같아 그쪽에 가보려던 참이었습니다."
"하라구치와 함께?"
"아뇨, 저 혼자 가도 상관없습니다."
가즈야는 세나미의 파트너인 젊은 하라구치 다카시를 쳐다보았다.
"자네가 나하고 같이 가지."
"예."
하라구치가 기쁜 목소리로 대답했다. 계장의 인맥이 궁금한 것이리라.

그 사무소는 십 년 전과 똑같이 노기자카 복판에 있었다.
가즈야는 하라구치와 나란히 길 건너편에 서서 빌딩 전체를 둘러보았다. 입구에 노상 주차되어 있는 은색 독일제 세단. 번호도 바로 조회했다. 에토 아키라의 소유다. 운전기사가 타고 있었다. 그렇다는 건 에토는 지금 확실히 사무소 안에 있다는 뜻이었다.
기둥으로 둘러싸인 일층 공간에는 그밖에도 두 대의 세단이 서 있었다. 입구 위에는 두 대의 감시 카메라가 있다. 이층 유리창 안쪽에는 다이세이 개발 흥산이라는 큼직한 글씨가 붙어 있다. 그 글씨 틈새로 거리를 굽어보는 그림자가 보였다.
십 년 전과 달리 빌딩 벽에 튀어나온 간판들은 거의 사라지고 없었다. 과거에 이 빌딩에 입주해 있던 다른 임차인들이 철수했는지도 모른다.
일단 어디 빌딩이나 거리에 사무소를 차린 폭력조직은 행패를 부리거나 주차 위반 등으로 철저하게 주위와 트러블을 일으킨다. 그것이 싫어 임차인이나 주민들이 떠나면 임대료도 부동산 가치도 떨어진다. 그

때 폭력조직이 매수해서 손에 넣는다. 에토구미江藤組의 에토 아키라는 정석대로의 수법으로 이 빌딩을 차지했을 것이다.

가즈야는 하라구치에게 고개를 끄덕여 보이고 길을 가로질러 빌딩 입구로 들어갔다. 바깥쪽 유리문 안에 유리문이 또 하나 있고, 그보다 더 깊이 들어가려면 안에서 문을 열어주어야만 하는 구조였다. 인터폰이 문 옆에 있기에 가즈야는 통화 버튼을 눌렀다.

"예." 낮은 남자 목소리.

"경시청 조직범죄대책부 안조다." 가즈야는 모니터 카메라를 향해 경찰수첩을 펼쳐 보이며 말했다. "에토 아키라를 만나고 싶다."

"용건은?"

"그냥 만나러 왔어."

"삼층으로."

에토의 사무소는 이층에 있었던 걸로 기억하는데.

잠시 후 유리문이 열렸다. 가즈야는 하라구치를 데리고 안으로 들어가 엘리베이터 앞으로 향했다. 엘리베이터는 마침 일층에 멈춰 있었다.

삼층에서 내리자 작은 홀에서 남자 두 명이 기다리고 있었다. 경호원이리라. 운동복 차림의 중년 남자와 화려한 실크 셔츠를 입고 팔뚝을 걷어붙인 젊은 남자였다.

운동복 차림의 남자가 가즈야 앞을 막아섰다.

"신분증을 다시."

"조심성이 늘었군." 가즈야는 경찰수첩을 꺼내 배지와 신분증명서를 남자에게 보여주었다.

운동복 차림의 남자는 신분증명서를 확인하고 말했다.

"이쪽으로."

홀에서 복도로 나가 왼쪽으로 걸어가자 눈앞에 문이 나왔다. 운동복 차림의 남자는 그 문 옆의 인터폰에 얼굴을 가져다댔다.

안으로 들어가자 정면 책상 안쪽에서 셔츠를 걸친 중년 남성이 일어섰다. 에토 아키라다. 햇볕에 잘 그을린 피부, 풍성한 머리카락에는 정발료를 발랐다.

에토는 웃음을 비쳤다.

"안조 씨. 오랜만입니다."

에토는 거품경제 시절에 모 유명 은행을 사칭한 가짜 회사를 통해서 토지 매수로 암약해 뒷세계에서 지금의 지위를 쌓아올렸다. 그때까지는 경찰 분류에 따르면 불량 토건회사에서 파생된 약소 폭력조직에 지나지 않았지만, 지금은 롯폰기를 중심으로 하부 조직을 몇 개나 거느린 채 겉으로는 드러나지 않으면서도 자금을 빨아들이는 시스템을 구축하고 있었다.

가즈야는 아직 수사4과에 있을 때 그를 마지막으로 보았다. 상사인 가가야 히토시 경부 밑에서, 가가야의 인맥 중 한 명인 에토를 만났던 것이다.

그 무렵에는 에토의 몸에도 폭력의 냄새가 짙게 남아 있었다. 이미 폭력을 수단으로 삼는 사업에서는 거리를 두기 시작했다고 해도, 그가 풍기는 분위기는 틀림없이 음지에 사는 인간 특유의 것이었다. 섣불리 접근하면 위험한 결과가 기다릴 것이다. 수사4과에 들어간 지 얼마 안 되었던 가즈야는 그를 처음 만났을 때 기가 눌려 위축되었다. 이 남자 앞에서는 경찰수첩이 통하지 않는다는 생각마저 들었다.

하지만 지금, 오십대 중반에 접어든 에토에게 이미 폭력조직 보스라는 분위기는 없었다. 패션도 뒷세계 스타일이 아니었고, 다소 독불장군 타입이기는 해도 능력 있는 실업가처럼 보였다.

에토는 책상을 돌아 사무실 중앙으로 나왔다. 경호원 둘은 응접세트

양쪽에 팔짱을 끼고 버티고 섰다.

"날 기억하나?"

에토는 조금 요란스러운 목소리로 대답했다.

"오, 말투를 보아하니 지금은 경부보이신가?"

"경부." 가즈야는 준비해두었던 명함을 에토에게 내밀었다.

"이거 실례." 에토가 의자를 권했다. "조직범죄대책부1과인가?"

가즈야는 하라구치에게 눈짓해 응접 소파에 앉았다. 에토도 정면에 앉았다.

"십 년 만인가."

"그쯤 되나. 경기가 좋은가 보군."

"그냥저냥 그렇소."

에토는 다리를 꼬더니 주머니에서 담배를 한 대 꺼냈다. 젊은 경호원이 재빨리 라이터를 꺼내 불을 붙였다.

연기를 한 번 내뱉은 뒤 에토가 말했다.

"이런 시간에 어린애도 아니고 커피는 아니지. 버번이나 브랜디 어떤가?"

하라구치가 곁눈질로 가즈야를 살폈다.

가즈야는 대답했다.

"버번."

"뭘로?"

"아무거나. 온더록스."

젊은 경호원이 사무실 구석에 마련된 바 카운터로 향했다.

에토가 물었다.

"오늘은 무슨 용건으로? 승진을 알리러 왔다면 소소한 축하연이라도 마련하지."

"필요 없어. 세상 돌아가는 이야기나 할까 하고 온 거니까. 최근 뒷세계에 별다른 일은 없나? 업계에서 돌고 있는 소문이나."

에토가 웃었다.

"뒷세계라니, 십 년 전의 내가 아니야. 지금은 떳떳한 비즈니스를 하고 있어. 투자가란 말이지. 이제 그쪽 판 사정은 몰라."

"어떤 곳에 투자하는지 다 파악하고 있으니 깔끔한 척할 필요 없어. 한 가지만 알려준다면 오늘은 그만 돌아가주지."

"뭘 말이지?"

"약물 시장에 변화가 있다. 사업에 새로 뛰어든 조직이 있어. 어떤 조직이 뛰어들었지? 아니, 중심인물은 누군가?"

"내가 그런 사정을 알 것 같나?"

"확신해."

"5과 소관 아닌가?"

"5과에게는 말하겠다?"

젊은 경호원이 글라스 세 개를 응접 테이블에 내려놓았다.

에토는 제 앞에 놓인 글라스를 들고 왼손에 낀 반지로 잔을 두드렸다.

"어째서 내가 당신한테 나불나불 불 거라고 생각하지? 그리고 내가 말해야 하는 이유는 뭔가?"

"나는 경찰이다. 그걸로는 부족한가?"

"부족하고말고."

"지금까지도 정보는 제공했잖아. 라이벌을 없앨 목적이었는지도 모르지만."

에토는 글라스의 버번위스키에 입을 대며 말했다.

"그야 그렇지. 나도 뭔가 정보를 내놓을 때는 손익을 따져. 사람이 좋아서 정보를 제공했던 게 아니라고. 손익은 누구보다도 철저하게 계산해. 이쪽은 사업이 걸린 일이니까. 더군다나 목숨을 건 사업이니."

"이 건에 대해서는 정보를 제공할 경우 불이익이 너무 크다고 말하는 건가?"

"사업이 걸린 정보라면 설령 경찰 상대라 해도 사람을 가린다는 뜻이야. 전에 왔을 때 안조 씨는 가가야 경부의 부하였지."

또 그 이름이 나왔다. 가즈야는 에토가 무슨 말을 꺼낼지 긴장했다.

"가가야에게는 정보를 제공했던 내가 어째서 당신에게는 주지 않는지 궁금한가? 간단히 말해 그는 최악의 경우에도 믿을 수 있었기 때문이야. 실제로 당신의 배신으로."

가즈야는 날카롭게 말했다.

"난 배신하지 않았어."

에토는 눈을 끔쩍거렸다. 그렇게 단호하게 부정할 줄은 예상하지 못했으리라.

에토는 바로 정신을 차린 듯 말을 이었다.

"실제로 각성제 소지로 밀고당해 조사를 받을 때도 가가야는 입수 경로, 자금 마련 방법을 한마디도 발설하지 않았어. 신문 때도 일절 입을 열지 않았지. 재판에서도. 다만 가가야는 임무의 일환으로 각성제를 소지하고 있었다고 시인했을 뿐이야. 가가야는 조직의 암부를 전부 털어놓고 결백을 주장할 수도 있었어. 하지만 조직의 관여도, 상사의 구체적인 명령과 그때까지 사용한 뒷돈의 출처에 대해서 한마디도 하지 않았어. 그는 일하면서 얻은 뒷세계의 정보도, 썩은 조직의 실태도 무덤까지 가져갈 작정이었지."

가가야의 신문 태도와 공판 상황에 대해서는 가즈야도 들은 바가 있었다. 가가야는 분명 순순히 털어놓으면 결백을 증명할 상당히 유력한 근거가 되었을 텐데도 각성제 소지를 둘러싼 뒷사정에 대해서는 끝까지 입을 다물었다. 조직적 관여의 실태나 상사의 지시에 대해서도 상세한 정보는 밝히지 않았다. 다만 압수당한 각성제는 임무의 일환으로 가지고 있었던 것이며, 그것이 위법임을 증명하는 것은 검찰이 해야 할 일이라고 주장했다.

공판 때는 가가야가 각성제 입수 경로와 밀매원에 대해 증언하지 않을까 우려한 뒷세계 관계자들도 제법 방청했다. 하지만 마지막까지 그의 자세는 변하지 않았다. 결과적으로 1심이 징역 삼 년 육 개월의 유죄 실형 판결, 가가야가 항소한 2심에서는 무죄 판결이 나왔다. 가가야의 역전 승리였다. 검찰은 상고를 단념했고 무죄가 확정되었다. 하지만 가가야는 복직하지 않고 미우라 반도의 작은 항구에 칩거했다. 최근에는 소식도 듣지 못했다.

가가야가 체포되었을 당시는 경시청 내부는 물론, 뒷세계에서도 쾌재를 부르는 이들이 있었다. 적을 만들기 쉬운 임무를 맡아 화려한 생활을 누려왔으니 당연한 일이기도 했다. 하지만 2심이 시작되면서 가가야에 대한 평가가 달라졌다. 각성제 수사나 권총 적발을 둘러싼 조직의 속사정을 끝까지 밝히지 않고, 상사 명령이나 상사와의 관계에 대해 증언을 거부함으로써 오히려 경찰의 위신을 지켰다는 것이었다. 그와 연관되었던 뒷세계나 폭력조직 관계자도 가가야를, 제 몸을 챙길 수 있었을 텐데도 그들을 팔아넘기지 않은 남자로 보기 시작했다. 폭력배들의 말에 따르면 가가야야말로 조폭 담당 형사의 귀감이라는 것이었다.

가가야의 실각과 경시청에서 그를 추방한 사정에 대한 기억이 머릿속에 되살아났다. 가즈야는 그사이 몇 초쯤 저도 모르게 침묵했다.

"가가야는 딱히 우리와 서약을 나눈 것도 아니었어. 솔직히 마지막 순간에는 우리를 팔아넘기고 자기는 살아남지 않을까 하는 예상도 했지. 하지만 그는 배신하지 않았어. 비밀을 품은 채로 경시청에서 얌전히 쫓겨난 거야. 난 우리를 담당했던 게 가가야였다는 사실이 기뻐. 그라서 다행이었어. 그런 형사니까 어울릴 가치도 있었던 거지."

에토가 다시 글라스를 입에 댔다.

가즈야가 물었다.

"그래서 결론은 뭐지? 조직범죄대책부1과에는 협력 못 하겠다는 건가?"

"아니, 조직범죄대책부1과는 아무래도 상관없어. 문제는 당신이야. 내가 당신을 신용할 이유가 없단 말이야."

"뭔가 알고 있더라도 지금 질문에는 대답할 마음이 없다?"

"정 궁금하면 내가 신용하게 만들어보라고. 날 믿으라고 한마디 해보란 말이야. 미리 말해두겠는데 이쪽 세계에서는 서약서 따위는 아무 의미도 없어. 믿으라고 할 때는 목숨을 걸고 하는 거지. 할 수 있겠나?"

그렇게까지 거창한 문제일까? 그것은 수사원에게 목숨까지 요구할 정보인 것일까?

가즈야가 입을 다물자 에토는 테이블에 글라스를 내려놓고 일어섰다.

"못하겠으면 가가야를 데려오든가."

에토를 불러세우려는데 나이 많은 경호원이 말했다.

"출구까지 안내하겠습니다."

지금은 물러나는 수밖에 없다.

가즈야는 하라구치에게 눈짓을 하며 응접 소파에서 일어섰다.

그 건물은 항구에서 국도를 건너면 나오는 마을 어귀에 있었다. 단층으로 된 목조 건물로, 다다미 열 장 크기의 방이 두 개 있다. 거기에 생선을 손질하기 위한 널찍한 다용도실. 바닥은 콘크리트다. 안쪽에 부엌. 생활의 흔적은 없었다. 다만 낚시꾼들이 쪽잠이나 쉴 때 사용하는 곳이리라. 낚싯배 관리 사무소로도 사용하는 듯했다.

남자는 아이스박스를 메고 건물 안으로 들어갔다.

경시청 경무1과장 사이토 마사루도 남자의 뒤를 따랐다. 부하 이시하라도 함께였다.

남자는 다용도실 콘크리트 위에 접이식 의자를 꺼내 펼치고 앉았다. 사이토는 그가 앉을 의자가 없는지 둘러보았지만 보이지 않아 별 수 없이 서 있었다.

사이토는 남자를 똑바로 쳐다보며 가슴주머니에서 명함을 꺼냈다.

"이제 와서 자기소개도 뭐하지만, 경무1과장 사이토다. 이쪽 이시하라는 기억하나?"

사이토 옆에서 이시하라가 남자에게 고개를 숙였다.

남자는 받은 명함을 흘깃 쳐다보고 말했다.

"십 년 전, 날 감찰했던 두 사람이지. 안 잊었어. 승진했나?"

"하타케야마 과장의 후임이다."

"그래, 용건이 뭔지 다시 말해봐. 도움이 필요하다고?"

"그렇다, 가가야. 경시청으로 다시 돌아와다오."

가가야라 불린 남자는 눈을 휘둥그레 떴다. 예상도 못 한 말이었던 모양이다. 그럴 만도 했다. 사이토 역시 며칠 전, 경무부장과 조직범죄대책부장 두 사람이 그 가능성을 타진했을 때는 기겁했다.

가가야라는 남자는 이해 못 하겠다는 표정으로 말했다.

"나는 경시청에서 쫓겨났어. 당신들 경무과가 쫓아냈잖아."

"아니야." 사이토는 고개를 저었다. "당신은 자진해서 의원퇴직했다. 경무부는 그것을 수용했지. 퇴직한 뒤 일개 시민인 당신을 체포한 것은 생활안전부 약물대책과였어."

"무슨 차이가 있지? 똑같은 경시청이 한 짓이야. 나는 체포당했고,

각성제 불법 소지 혐의로 송검당해 구치소에 이 년 반을 처박혀 있었어."

"하지만 2심에서 무죄 판결을 받았지. 당신 행동은 법적으로는 죄가 아니라고 증명된 거야. 경시청은 사법부의 판단을 존중한다."

"그러니까 복직하라고? 그런 게 가능하기는 한가?"

그 목소리에서 복직하고 싶은 의지는 찾아볼 수 없었다. 다만 순수하게 궁금해서 하는 소리였다.

사이토는 대답했다.

"경시청 직원의 복직규정은 지방공무원법에 준한다. 당신은 의원퇴직이지, 징계면직이 아니야. 복귀하는 데 법률상의 문제는 없다. 복귀할 경우 사직 당시의 계급 혹은 그 이하의 대우로 복귀할 수 있어. 즉 당신은 경부로 경시청에 복귀할 수 있다는 뜻이다."

가가야가 파이프의자에 앉은 채 다리를 꼬았다.

"법률문제는 알겠어. 하지만 이제 와서 이런 낙오자를 복직시키려는 이유가 뭐지? 현장을 떠난 지도 오래됐는데."

"조직이 바뀌었어. 당신이 있었을 때의 수사4과는 사라졌고 생활안전부의 일부로 통합된 조직범죄대책부가 탄생했다. 하지만 육 년이 지난 지금도 제대로 기능하지 못하고 있어. 특히 폭력조직 정보 수집 능력이 현저하게 떨어졌다. 소문도 못 들었나? 때문에 지금 경시청에는 베테랑의 도움이 필요해."

"권총을 적발하려고?"

"그것을 포함해 조직범죄대책 전반을 원활하게 추진하기 위해서다. 특히 정보 수집 능력을 높이기 위해."

"그건 누가 하는 소리야? 당신들을 여기로 누가 보냈지?"

"조직범죄대책부장과 경무부장. 이것은 내 독단이 아니다. 이미 조직에서 검토한 사안이야."

가가야는 시선을 옆으로 던졌다. 시선 끝, 창문 유리 너머로 비샤몬만灣이 보였다. 어항이 있다. 방금 전 가가야가 작은 배를 타고 돌아온 항구. 아마도 이곳 미우라 반도 안에서도 가장 작고 한적한 어항일 것이다.

사이토도 가가야의 시선을 따라 눈길을 돌리며 말했다.

"가가야를 찾는 목소리는 결코 작지 않아. 당신이 사라지고 나서야 당신이 이룬 업적의 가치를 간부들이 겨우 이해했어. 당신은 경시청에 필요한 인재였어. 당신도 낚싯배 선장보다 경시청에서 일하는 게 좋지 않나?"

가가야가 다시 사이토에게 시선을 돌렸다. 그 눈에는 뚜렷한 분노의 빛이 감돌았다.

가가야는 감정을 억누른 나직한 목소리로 말했다.

"돌아가. 두 번 다시 찾아오지 마라."

"조금만 더 얘기를 들어봐. 듣고 나면 분명히 당신도."

"알고 싶지 않아, 꺼져." 가가야는 의자에서 일어나 입구 미닫이문을 가리켰다. "꺼지라고."

사이토는 진정하라는 듯이 두 손을 펼치며 말했다.

"조직범죄대책부에 자리를 마련해뒀다. 특별수사대야. 당신은 거기에서 단독으로 하나의 팀으로 행동하는 경부가 되는 거야. 수사4과 때처럼."

"꺼지라고 했어."

"다시 찾아오지. 뭐하면 조직범죄대책부장과 함께 올까? 하타케야마더러 무릎이라고 꿇으라고 할까?"

"화내기 전에 꺼져."

사이토는 뒷걸음질을 치면서 말했다.

"조직범죄대책부1과에 안조 가즈야가 배속됐다. 애송이가 계 하나를 맡고 있지. 거기도 무능한 놈들뿐이야. 조직범죄대책부의 짐짝이다."

한순간, 가가야의 표정에서 분노가 사라진 것처럼 보였다. 하지만 곧바로 도끼눈을 떴다.

"나는 낚싯배 선장에 만족하고 있어. 나가."

사이토는 포기하고 입구를 통해 건물에서 나왔다. 이시하라가 입구에서 나오자 미닫이문이 요란하게 닫혔다.

사이토는 어깨를 움츠리며 그들이 타고 온 차를 향해 걸어갔다.

이시하라가 나란히 서서 말했다.

"가망이 없나요?"

"아니." 사이토는 고개를 저었다. "갑작스런 제안이니, 가가야도 마음의 준비를 못 했던 것뿐이야."

"꽤나 화내던데요."

"나라도 그 입장이라면 화가 날 거야. 하지만 오늘 밤은 차분히 우리 제안을 음미하겠지. 경부로 복귀할 수 있으니 나쁜 조건은 아니야."

"하지만." 이시하라는 우물거렸다. "공백이 구 년이나 됩니다. 아무리 베테랑이라지만 정말 쓸모가 있을까요?"

"지금 수사원으로서의 능력이나 감이 문제가 아니야. 묵비로 무죄를 쟁취했어. 조폭들 사이에서는 전설의 형사가 된 거지. 어떤 의미로 경시청 최강의 조직폭력배 전문 형사야. 당연히 쓸모가 있어."

사이토는 걸어가면서 휴대전화를 꺼냈다. 지금 나눈 이야기의 전말을 경무부장과 조직범죄대책부장에게 보고해야 한다. 갑작스러운 제안이라 좋은 대답은 듣지 못했다고 전한다, 그리고 이렇게 덧붙일 것이다. 하지만 일언지하에 거절한 것은 아닙니다, 계속 설득해보겠습니다, 라고.

남자가 빌딩 입구에서 나왔다.

하라구치 다카시는 미리 삼각대에 고정시켜놓은 소형 비디오카메라를 켰다.

옆에서 세나미가 가슴께의 핀 마이크에 대고 말했다.

"간다. 준비."

남자는 사십대, 떡 벌어진 몸에 베이지색 블루종을 걸치고 있다. 앞단추는 채우지 않았다. 두 손은 바지 주머니에 찔러넣고 있었다. 남자는 유리문 밖에서 잠깐 멈추더니 얼굴을 찌푸렸다. 바람이 생각보다 강하다고 생각했는지도 모른다.

그 뒤에서 또 한 남자가 나왔다. 나이는 블루종을 입은 남자와 비슷한 또래일까. 빡빡머리에 키도 비슷하다. 다소 호리호리한 체격에 거무스름한 재킷을 입고 있다. 표정이 어딘지 모르게 사나워 아무 때나 싸울 시빗거리를 찾고 있는 것처럼 보였다.

하라구치는 비디오카메라 모니터를 보며 말했다.

"한 명 더. 빡빡머리. 검은 재킷. 조직폭력배 같은 풍채입니다."

렌즈는 줌을 최대한으로 당긴 상태다. 육안으로는 보이지 않는 세세한 생김새까지 확인할 수 있었다.

빡빡머리 남자는 입구 앞에서 휴대전화를 꺼내 통화하기 시작했다. 처음에 나온 남자는 빌딩 바로 앞에 서 있던 세단 옆으로 걸어갔다. 은색 국산 세단, 토요타 최고급 차량이다. 그 차는 약 오 분 전에 빌딩 주차장에서 나와 입구 앞에서 대기하고 있었다.

오후 7시에서 십오 분이 지난 참이다. 빌딩은 JR 시나가와 역 근처,

시나가와 프린스 호텔 서쪽에 있었다. 대사관도 산재해 있는 거리지만 거품경제 시절에 살아남은 낡은 민가도 눈에 띄는 지역이었다. 빌딩은 히구치 마사토에게 접촉한 남자의 명함에 적혀 있던 건물이었다. 남자의 사무실이 있다는 빌딩. 건물 분위기로 보건대 집합주택이 아니라 완전히 임대용 사무실 빌딩일 것이다. 다만 숙박도 제한하지 않는 건물이다. 사쿠마라는 남자는 사실상 사무실이 있다는 사층에 거주할지도 모른다.

빌딩 앞 도로는 좁고 남쪽으로 일방통행이었다. 사무실 건물로는 불편하겠지만 행정 지역으로는 다카나와에 속한다. 할증된 임대료를 내더라도 다카나와의 유명세 덕을 보려는 수요도 있을 것이다.

하라구치와 세나미가 버티고 있는 곳은 도로를 사이에 둔 맞은편 빌딩 이층, 손님이 뜸한 미용실 창가였다. 커튼 틈새로 비디오카메라를 내밀고 하라구치도 이따금 야시경을 들고 맞은편 빌딩 입구를 감시하고 있었다.

"사쿠마가 조수석에 타고…… 출발했습니다."

세나미가 하라구치 뒤에서 말했다.

"크라운, 출발했다. 사쿠마는 조수석."

세단이 떠나자 다음 차가 다가와서 멈췄다. 색도 외관도 비슷하지만 사쿠마의 차보다는 조금 연식이 낡아 보였다. 셀시오인가. 빡빡머리 남자가 조수석 쪽으로 돌아가 차에 올라탔다.

"한 대 더 왔습니다." 하라구치가 말했다. "아마 토요타 셀시오. 빡빡머리 남자가 탔습니다. 출발."

차종을 전하고 뒤를 돌아보자 세나미가 마이크로 보고하는 참이었다.

"계장님, 이 차도 쫓을까요?"

하라구치는 야시경을 통해 출발한 차량 두 대가 나란히 앞쪽 교차점에서 좌회전한 것을 확인했다.

계장님, 이라고 불린 안조 가즈야는 지금 세나미 팀이 있는 미용실에서 남쪽으로 약 3킬로미터 떨어진 장소에 있었다. 시나가와 구 가쓰시마에 있는 경시청 제2방면본부 빌딩 이층의 한 곳이다. 와카바야시 데쓰오의 납치 현장인 오이 경마장과도 가까운 경시청 시설이었다. 본부 빌딩 뒤편에는 제6기동대 막사가 있다.

오늘 오후부터 1과 제2대책계는 이곳에 임시 전선 기지를 마련했다. 사쿠마라는 남자의 신원을 밝히고 와카바야시 데쓰오 살해 사건과의 관련성을 수사하기 위함이다. 사쿠마의 행동 범위가 시나가와, 고탄다, 시부야, 롯폰기 주변으로 짐작되므로 경시청 본청사보다 이곳 제2방면본부가 기지를 설치하기에 적합했다.

이 공간은 회의실로도, 창고로도, 필요하다면 신문에도 사용할 수 있는 창문 없는 구조로 열 평쯤 되는 면적이었다. 오후에 경시청 조직범죄대책부 총무과 기술요원이 컴퓨터, 통신설비를 반입해 필요한 설정을 끝냈다. 답답하기로는 구급차 내부 같고, 투박한 기계가 케이블을 늘어뜨리고 빼곡히 들어차 있다는 점으로는 옛날 방송국 중계차 내부 같기도 했다.

이 사무실에서 안조 가즈야는 접이식 파이프의자에 앉아 인터폰 헤드셋을 쓰고 모니터를 바라보고 있었다. 지금 이곳에서 쓰는 무선은 본부와 외부를 구분하는 것이 아니라 수사팀 단위로 쓸 수 있는 최신 시스템이었다.

가즈야는 세나미의 보고를 듣고 재빨리 다른 수사원들에게 지시했다.

"2반이 두번째 차량을 추적해. 번호 확인하고. 조회는 이쪽에서 한다."

"알겠습니다." 잡음이 섞인 목소리. 오가와라다.

"1반, 준비는?"

"오케이." 이쪽 대답은 가리베였다. 그들의 차량은 지금 일방통행 길에서 동쪽으로 들어간 아메리칸클럽• 앞 도로에 있었다. "지금 사쿠마의 세단이 내려갔습니다. 추적하겠습니다."

"번호판을 확인해주십시오. 조회는 이쪽에서 하겠습니다."

"알겠습니다."

가즈야는 하라구치에게 말했다.

"하라구치, 자네는 조금 더 그대로 대기해. 동영상 송신도 완벽했어."

지시를 마친 가즈야는 생각했다. 전에는 피의자나 중요 참고인을 미행하기가 어려웠다고 한다. 어디에 있는지 눈으로 확인해야 했고, 그러려면 미행을 들킬 줄 뻔히 알면서도 상당히 가까이 접근해야 하는 경우도 있었다. 미행의 경우 설사 상대에게 들키지 않아도 놓치는 일이 허다했다. 일단 시야에서 놓친 상대는 더 추적할 방법이 없었다. 그러다가 발신기 같은 기계도 나왔지만 너무 커서 사용하기 불편했다. 가즈야는 베테랑 수사원들에게 과거의 미행과 추적이 얼마나 힘든 일이었는지 지겹도록 들었다. 예전에 비하면 지금 그들이 하는 일은 텔레비전 게임처럼 쉽다는 것이었다.

확실히 누구나 휴대전화를 가진 세상이 되었으니 피의자나 참고인을 추적하기가 꽤나 편해졌다. 휴대전화 위치 정보 확인 시스템 덕분에 경시청은 어느 유괴범을 간사이에서 체포한 적도 있다. 고성능 휴대전화뿐만이 아니다. 지금은 보급형 휴대전화로도 위치 정보 확인 시스템

• 1928년에 설립된 일본의 회원제 사교클럽으로 미나토 구에 있다.

을 쉽게 사용할 수 있게 되었고, 인터넷 지도에 그 위치를 표시점으로 정확히 나타낼 수도 있다.

오늘 감시 대상인 사쿠마 신이치라는 남자에 관해서는 사무실 소재지와 휴대전화 번호를 알고 있다. 그가 히구치에게 새로운 사업에 관심이 있으면 연락하라며 명함을 건넸기 때문이었다. 명함만 봐서는 사쿠마의 정체를 알아낼 수 없어, 오늘 감시와 미행을 하게 되었다. 그의 행동과 접촉 상대를 알아내 사쿠마 본인의 정체를 파악하려는 것이다. 거기에서 와카바야시 데쓰오와의 접점이 나오면 다음은 살인 사건 피의자로 철저하게 조사하게 된다. 히구치에게 제안한 사업 내용도 판명될 것이다. 각성제가 얽혀 있을 것이라는 2계의 추측이 옳다면, 지난 반년의 각성제를 둘러싼 시장 동향에 대해서도 많은 정보를 얻을 수 있을 터였다.

모니터 속 지도 위에서 사쿠마의 휴대전화 위치를 나타내는 표시점이 이동했다. 일방통행 도로를 남쪽으로 내려가고 있다. 가즈야는 마우스를 움직여 동시에 열려 있던 또 하나의 지도를 선택했다. 이쪽에는 1반 가리베의 휴대전화 위치 정보가 표시되어 있다. 가리베 팀은 사쿠마를 쫓기 위해 일방통행에서 317번 도로, 고텐야마 교차점 남쪽에서 대기하고 있었다.

가즈야는 그 밑에서 또 하나의 지도 정보 화면을 불렀다. 이쪽에는 오가와라의 휴대전화 위치. 가리베와는 다른 장소에 배치했다. 빡빡머리 남자가 탄 세단을 오가와라 팀이 쫓는다.

가즈야가 모니터 옆에 있던 커피 잔을 들자 왼쪽에서 마찬가지로 모니터를 보고 있던 히구치 마사토가 가즈야를 바라보았다. 그 너머에는 구리타 히로키. 두 사람 다 추적반에는 들어가지 않고 이 전선 기지 안에 있다.

히구치는 사쿠마와 안면이 있고, 사쿠마는 오이 경마장에서 구리타를 협박한 남자일 가능성이 높다. 두 사람을 오늘 미행에 붙일 수는 없었다. 만일 상대가 추적 차량 안을 들여다보기라도 한다면 감시 사실을 들킨다. 수사는 그 즉시 실패다. 두 사람은 추적반에 투입할 수 없었다.

구리타 앞의 모니터에서는 방금 전 하라구치가 송신한 빌딩 입구 앞의 녹화 동영상이 반복 재생되고 있었다. 히구치에게 사쿠마 신이치라고 소개한 남자가 크게 찍혀 있었다.

구리타가 모니터에 시선을 고정한 채로 말했다.

"몇 번을 봐도 틀림없이 그 감자 녀석입니다. 오이 경마장 2호 스탠드에서 저를 그쪽 업계 사람으로 착각한 남자예요."

가즈야가 물었다.

"빡빡머리 쪽은 어때? 함께 있던 남자인가?"

"아닙니다, 그쪽은 훨씬 젊었습니다." 히구치가 같은 모니터를 바라보며 말했다. "카메라로는 확인할 수 없지만 세단을 운전하는 게 그 젊은 남자일 겁니다. 필리핀 술집에서도 사쿠마는 차를 그대로 밖에 두고 왔어요. 운전기사가 있는 겁니다."

가즈야는 잠시 고민한 뒤 말했다.

"오이 경마장 때야 그렇다 쳐도 사쿠마는 이동할 때 반드시 차에 운전기사를 남겨둔다."

"드문 일입니까?"

"사쿠마는 보디가드보다 운전기사가 필요한 거야. 차를 허술하게 방치하기 싫은 거겠지. 차량 도난을 걱정하거나, 뭔가 중요한 물건이 실려 있다는 뜻이다."

헤드폰에 오가와라의 보고가 들어왔다.

"두번째 차량, 셀시오. 뒤에 따라붙었습니다. 다마 지역 번호입니다.

말하겠습니다."

히구치가 재빨리 받아썼다.

"조회해." 가즈야가 히구치에게 말했다.

가리베의 목소리가 들어왔다.

"지금 멈췄습니다. 317번 도로, 히가시고탄다 교차점. 전방 신호 청색. 우회전할 모양입니다."

또 오가와라의 보고.

"이쪽도 같은 교차점에 접근합니다. 이쪽은 직진하는 듯합니다."

목적지는 다르다. 사쿠마와 빡빡머리 남자의 관계는 모르겠지만 용건은 이미 빌딩 안에서 마쳤다는 뜻이리라.

"1반 차량은 그 앞에 있나?"

"셀시오는 두 대 뒤에 있습니다." 가리베가 말했다.

"각기 그대로 추적하기 바란다."

가즈야는 자기 모니터로 세 사람의 위치를 확인했다. 사쿠마도, 가리베도, 오가와라도 지금 317번 도로, 야마테 길의 지선을 고탄다 역 방향으로 달리고 있다. 빡빡머리 남자가 모는 셀시오의 위치 정보는 없지만 오가와라의 차량 바로 앞에 있을 터였다.

가리베의 목소리가 들어왔다.

"사쿠마 차량 출발. 히가시고탄다에 들어갔습니다. 쫓겠습니다."

이어서 오가와라의 목소리.

"셀시오도 출발. 직진."

모니터를 주시하고 있는데, 한 대의 컴퓨터를 바라보고 있던 히구치가 말했다.

"다마 번호판 소유자를 알아냈습니다. 나카지마 도루中島徹." 나카지마 도루라는 이름이었다. "하치오지로 등록되어 있습니다."

"그 이름으로 조회해."

"예."

거기에 하라구치가 끼어들었다.

"지금, 사쿠마의 빌딩 앞에 와 있습니다. 입구는 자동잠금장치. 관리인은 없습니다. 주차장은 옆으로 들어오는 기계식, 엘리베이터 구조입니다. 제일 윗자리가 사쿠마의 주차 구역이었습니다. 여기에도 게이트가 있습니다. 수동 게이트. 쉽게 안으로 들어갈 수 있습니다."

"관리회사를 확인해. 임대계약도."

"예."

또 가리베의 보고.

"사쿠마의 크라운, 번호를 확인했습니다. 말씀드릴까요?"

히구치가 고개를 끄덕였다. 가즈야는 말했다.

"말씀하세요."

"시나가와 번호입니다."

가리베가 번호를 불렀다.

구리타가 그 번호를 자기 키보드로 입력했다.

삼십 초 후, 구리타가 입을 열었다. "소유자는 사쿠마 신이치. 본인입니다. 아……."

"왜 그래?"

"신이치의 한자가 명함과 다릅니다. 펼 신伸에 한 일一 자를 씁니다."

이제야 알겠다. 히구치가 받은 명함의 이름으로 데이터베이스를 조회했지만 해당자는 나오지 않았다. 제법 수라장을 경험했을 법한 남자였다. 전과나, 적어도 체포 이력은 있을 줄 알았는데 사쿠마 신이치라는 범죄자는 경시청에도, 경찰청 데이터베이스에도 기록되어 있지 않았다. 가명이 아닐까 슬슬 의심이 들었는데 한자만 바꾼 통명이었던 것이다. 나오지 않을 법했다.

"당장 그 한자로 조회해."

"예. 차량 등록은 올해 2월 9일. 등록 주소는……."

그 빌딩이었다.

히구치가 말했다.

"사쿠마 신이치, 본명으로 한 건 나왔습니다. 1990년에 각성제 불법 소지로 체포. 실형을 받았습니다. 삼 년 육 개월."

"조직은?"

"별다른 기록은 없습니다."

조직폭력배는 아니다. 하지만 실형 판결을 받을 만한 양의 각성제를 소지하고 있었다면 상당히 그쪽 세계에 가까운 남자로 봐도 무방하리라. 어느 조직과 가까웠는지 데이터베이스로는 미처 조사할 수 없는 상세 내용에 대해서는 내일 본청에서 베테랑 수사원들을 만나보는 게 좋겠다. 체포한 섹션과 관할서만 알면 신문 담당자도 알 수 있다. 조금 더 자세한 정보를 얻을 수 있을 터였다.

히구치가 다른 컴퓨터 모니터를 보면서 말했다.

"셀시오 소유주 나카지마 도루로 조사했더니, 각성제 불법 소지로 체포 이력이 있는 자가 한 명 나왔습니다. 이 년 육 개월에 집행유예 판결. 지금 스물아홉이니, 그 빡빡머리는 아니겠군요."

"하지만 스물아홉 살에 전과가 있는 셀시오 소유주라면 관계자가 틀림없어."

이때 가리베의 보고.

"사쿠마의 차량이 히가시고탄다로 들어가 유흥가를 서행하고 있습니다."

가즈야는 모니터로 사쿠마의 위치 정보를 화면에 띄웠다. 히가시고탄다 음식점 거리 복판에 화살표가 있었다. 고탄다 주변 구역을 둘러보려는 것일까? 히구치와 접촉한 필리핀 술집처럼.

오가와라도 보고했다.

“셀시오는 고탄다 역 가드레일 밑을 통과. 오사키히로코지로 향하고 있습니다.”

“끝까지 추적하도록.”

빡빡머리 남자의 휴대전화 번호는 모른다. 그의 감시는 오가와라 팀의 미행 능력에 달렸다는 뜻이다.

다시 오가와라.

“오사키히로코지 우회전. 야마테 길로 들어갔습니다.”

하라구치의 보고가 들어왔다.

“사쿠마 신이치 정보입니다. 부동산업자와 연락이 닿았습니다. 올해 1월 입주. 사무실로 계약했다고 합니다. 면적 50제곱미터, 월세는 주차장을 포함해 사십만 엔. 보증금이 이백사십만 엔. 사무실에서 기거도 하고 있을 거라고 합니다. 자동잠금장치 설비에 주차장이 붙어 있는 사무실을 찾았다고 합니다.”

“월세라면 본인의 주민등록, 회사 등기부 또는 보증인은?”

다시 가리베의 보고가 들어왔다.

“사쿠마의 차량, 정지할 것 같습니다. 이 이상 접근하면 위험하니 이케하타를 보내겠습니다.”

이케하타는 1반 수사원 중 한 명이다. 그도 어느 쪽인가 하면 조폭 담당 형사라고 얼굴에 쓰여 있었지만 2계에는 그렇게 보이지 않는 수사원이 더 적다. 어쩔 수 없다.

가즈야는 미리 한 팀 더 짜놓았던 추적반에게 지시했다. 1반 가리베의 부하들이다. 호리우치와 곤노라는 두 명의 수사원이 타고 있다.

“히가시고탄다로 출동. 가리베 팀과 교대한다.”

“예.” 짧은 대답이 돌아왔다. 그들은 지금 뒤편의 제6기동대 주차장에서 대기하고 있었다. 당장이라도 출발할 것이다.

감시나 추적은 미행이라는 형태로 따라붙는 경우와, 상대도 알도록 노골적으로 따라붙는 경우가 있다. 결투가 예측되는 상황에서는 종종 대상의 행동을 막기 위해 노골적으로 감시하거나 미행한다. 하지만 이번 경우는 경찰이 감시하고 있다는 사실을 결코 들켜서는 안 된다. 차량을 자주 바꾸어 미행당하는 줄 꿈에도 모르게 하는 것이 중요했다. 사쿠마가 다시 차를 세우면 처음 추적반을 뺀다. 상대가 새로 출발할 때 같은 차량이 미행을 재개하면 예민한 상대는 알아차린다. 그렇게 되면 이 작전은 그 자리에서 끝난다.

또다시 가리베.

“사쿠마가 호텔에 들어갔습니다. 차량은 앞길에 노상 주차. 운전기사는 내리지 않았습니다.”

행선지는 필리핀 술집이 아니었다. 차를 길가에 세웠다면 숙박도 아니고, 길게 머물지도 않는다는 뜻이다.

“접촉 상대가 누군지 확인할까요?”

“무리하지 마세요. 절대로 미행을 들켜선 안 됩니다.”

“아, 잠깐 기다리십시오. 이케하타가.”

잠깐 헤드폰에 작은 잡음이 흘렀다. 차량 안의 가리베와 차에서 내린 이케하타는 휴대전화로 서로 연락하고 있을 터였다.

히구치와 구리타가 가즈야를 바라보았다. 잠깐 기다리라는 의미로 가즈야는 고개를 가로저었다.

가리베가 말했다.

“사쿠마의 차량에 접근한 남자가 있었지만 이케하타를 보더니 그대로 지나갔습니다."

그렇다면 이케하타는 사쿠마의 차량 운전기사의 눈에도 수상한 남자로 비칠 것이다.

"이케하타는 그대로 돌아다니게 하십시오."

가즈야는 가리베의 위치 정보가 표시된 지도를 확인했다. 이케하타는 그대로 골목에서 왼쪽으로 꺾으면 추적 차량으로 돌아갈 수 있다.

"호텔 앞 사쿠마의 차량을 감시할 수 있는 위치로 차를 옮길 수 있습니까?"

"이동하겠습니다."

사쿠마의 차량은 히가시고탄다 음식점 거리에 멈춰 있었다.

히구치가 말했다.

"셀시오 등록 주소를 조사해봤는데, 항공사진으로는 건설회사 자재소나 산업폐기물처리업소의 공터 같은 느낌입니다."

"주차 공간만 빌린 건가? 회사 이름은?"

"거기까지는 아직."

가리베의 보고.

"지금 이케하타를 차에 태웠습니다. 사쿠마의 차량이 있는 시장 길에서 약 100미터 뒤에 있습니다."

"접촉하려던 남자는?"

"젊은 건달 같았습니다. 지금은 보이지 않습니다."

경계하는 건가. 분위기만 들어도 말단 판매상이라는 추측이 떠오르는데.

또다시 가리베의 목소리.

"그 건달이 건물 그림자에서 나왔습니다. 사쿠마의 차량으로 다가가 뭔가 주고받은 것 같습니다."

틀림없다. 약물 매매를 한 것이다. 사쿠마의 차량 운전석에 있는 남자는 운전기사이면서 동시에 실제로 약물 거래도 하고 있는 것이리라.

"건달이 차로 이동할 것 같으면 번호판을 확인하도록."

"로터리 쪽으로 걸어갑니다. 이번에는 제가 내려서 추적하겠습니다."

가리베는 장인이나 직공 같은 풍채의 사나이다. 이케하타는 경계했을지 몰라도 가리베라면 다소 접근할 수 있을지도 모른다.

삼 분쯤 지나 가리베가 가즈야의 휴대전화로 연락했다.

"건달이 유료 주차장으로 들어갔습니다. 아, 지금 나왔습니다. 차종은 알리온, 시나가와 번호판, 번호를 부르겠습니다."

가즈야는 가리베가 말하는 번호를 하나씩 반복했다. 구리타가 곧바로 번호를 입력했다.

"아, 통행인이 다가옵니다. 잠시 피하겠습니다."

삼 분 후에 구리타가 보고했다.

"알리온 등록은 다케이 쇼타." 다케이 쇼타竹井翔太라고 썼다. "올해 6월 등록. 메구로 구 고혼기."

"체포 이력도 조회해봐."

"예."

그리고 일 분 후. 가리베의 연락이 들어왔다. 이번에는 휴대전화가 아니라 수사용 무선이었다.

"여기는 가리베, 차로 복귀했습니다. 사쿠마가 나왔습니다. 남자 한 명이 함께 있습니다. 사쿠마와 남자는 뒷좌석에 탑승, 지금 출발. 추적할까요?"

가즈야는 지시했다.

"다른 팀도 그쪽으로 향하고 있습니다. 일단은 가리베 씨 팀이 추적하도록. 아까보다 거리를 두고, 목표 차량이 다음에 장시간 정차하면 교대하세요."

"알겠습니다."

연락을 마친 가즈야는 히구치와 구리타에게 말했다.

"사쿠마는 호텔에서 금방 나왔어. 미리 약속을 했던 거겠지."

하라구치의 연락이 들어왔다.

"사쿠마 신이치의 주민등록을 확인했습니다. 시나가와에 전입하기 전에는 도코로자와였습니다."

하라구치가 주소와 생년월일을 불렀다. 히구치가 받아썼다.

"보증인은?"

"주민등록 기록은 없습니다. 야마기와 세이지. 한자는?"

야마기와 세이지山際誠司라고 쓰는 이름이었다. 주소는 니시아자부, 근무처는 역시 니시아자부에 있는 마루와 기획이라는 회사였다.

"그 보증인을 찾아내. 무슨 사업을 하는지 알아보되, 직접 접촉하지는 말도록."

"예."

가리베가 분한 목소리로 보고했다.

"놓쳤습니다. 역 앞 로터리 출구 쪽입니다."

가즈야는 당장 사쿠마의 휴대전화 위치 정보를 띄웠다.

"사쿠라다 길입니다. 시로카네 방향." 그리고 다른 팀의 차에 지시했다. "사쿠마의 차량이 고탄다를 빠져나갔다. 사쿠라다 길 시로카네 방향. 그쪽으로 간다."

두 대의 차량에서 알겠다는 대답이 들어왔다.

히구치가 사무실 구석에 놓인 프린터를 가리키며 말했다.

"생년월일로 사쿠마 신이치의 출국 기록을 조사했습니다. 그놈이 전자여권을 쓴 이후의 기록뿐이지만 역시 아시아 각지에 제법 자주 나갔습니다."

히구치가 인쇄한 종이를 건넸다.

확실히 지난 오 년 사이 사쿠마는 타이완, 필리핀, 태국 여행을 반복했다. 일 년에 열 번 가까이 나가는 듯했다. 아시아 제품을 다루는 무역업이라는 말을 뒷받침하는 것이다. 문제는 그가 다루는 제품이 불법적인 것일지도 모른다는 점이다.

이어서 구리타가 말했다.

"다케이 쇼타는 전과가 없습니다."

그와 거의 동시에 오가와라의 목소리가 들렸다.

"셀시오, 놓쳤습니다. 이케지리오하시 바로 앞입니다."

다소 초조한 목소리였다.

가즈야는 오가와라의 위치 정보를 띄웠다. 이케지리오하시 나들목 앞에서 갓길 쪽에 정차한 것 같았다. 빡빡머리 남자의 차는 야마테 길을 직진했을까, 나들목으로 들어갔을까? 판단하기 어려운 문제였다.

그래도 가즈야는 지시했다.

"직진하세요. 신호 앞에서 따라잡을 수 있을지도 모릅니다."

"알겠습니다."

가리베의 목소리.

"사쿠마는 지금 어디쯤 있습니까?"

가즈야는 모니터를 확인하고 대답했다.

"시로카네다카나와." 그 직후, 화살표가 사쿠라다몬 길로 들어가지 않고 그대로 교차점을 직진했다. "다니마치시다마치 선을 탔습니다."

이 길은 행정상으로는 41번 국도이지만 도쿄 도내의 수많은 도로들과 마찬가지로 통칭이 없다. 다카나와아자부 선이라고 불리기도 하지만 경시청 지도로는 다니마치시다마치 선이다. 롯폰기 방향으로 향한다는 뜻이다.

제2방면본부를 출발한 교대 차량은 야마테 길과 사쿠라다 길 교차점에 진입한 참이었다. 가즈야는 그쪽 팀의 호리우치에게 지시를 내렸다.

"사쿠라다 길에서 다니마치시다마치 선으로 진입하십시오. 거리는 약 3킬로미터입니다."

"예."

가즈야는 모니터를 계속 쳐다보았다. 가리베 팀은 지금 니노하시를 통과했다. 곧 아자부주반에 진입한다.

휴대전화가 울렸다. 세나미였다.

"보증인 야마기와 세이지, 알아냈습니다. 데이터베이스 정보가 아니라서 정확도는 미묘합니다만."

정보에 밝은 동료에게 물어보았다는 뜻이리라.

"보고하세요."

"공갈 전과가 있습니다. 계장님, 옛날 도오 은행 아카사카 지점 부정 융자 사건을 알고 계십니까?"

거품경제 때이리라. 들은 적은 있지만 가즈야는 아직 초등학생 때였다. 사건 당시의 기억은 아니다.

"그때는 아직 어렸습니다."

"그 사건으로 체포되었던 무리 중 한 명입니다. 타이완으로 도망갔다가 현지에서 붙잡혔지요. 조직폭력배는 아닙니다."

"지금 하는 일은?"

"예전과 똑같습니다. 무면허 부동산업. 니시아자부, 아카사카에 음식점을 가지고 있다는 소문도."

"사쿠마하고는 옛날부터 교류가 있었을까요?"

"수감 시기가 일치합니다. 도치기 현 구로바네 형무소."

보는 관점에 따라서는 상당히 깊은 접점이다.

가즈야는 휴대전화를 끊고 중얼거렸다.

"조직폭력배는 아니라고 해도, 사쿠마란 남자는 완전히 음지의 인간이군. 조직 간판 없이 충분히 혼자 힘으로 먹고살 수 있는 남자 같아."

히구치와 눈이 마주쳤다. 보고할 타이밍을 살피는 눈치였다.

"방금 전 셀시오 등록 주소 말인데……."

"하치오지의 공터?"

"예, 뭐가 생각나서요. 다치카와 서에 있을 때 들은 이야기가 있습니다. 산업폐기물 처리업자 중에 장물보관죄인지 장물취득죄인지로 가택수색을 했던 주소입니다. 당시는 마에하라 흥산이라는 회사가 소유하고 있었고요."

"조폭 기업인가?"

"그건 확인하지 못했을 겁니다."

"어쨌든." 가즈야는 말했다. "오늘 사쿠마의 관계를 조사해 알아낸 정보만 봐도 놈은 비합법적인 사업 분야에 상당히 발이 넓다."

구리타가 말했다.

"하지만 조직의 그림자가 보이지 않습니다. 본인의 경력에도 없고, 주변 사람들 중에도 조폭이 없어요."

"놈의 사업은 그 틈새시장이 대상이라는 뜻이겠지. 사무실만 보면 영세기업이야. 큰 조직 단위로 하는 일은 아니야."

"하지만 저를 조폭으로 착각해서 협박했습니다. 부딪혀도 이길 자신이 있는 것 아닐까요?"

"방금 전 출국 기록을 감안하면 외국에 다소 강력한 동맹 상대가 있을지도 모르겠군."

히구치가 말했다.

"그전에 놈의 핵심 사업이 무엇인지도 아직 확실치 않습니다. 정말 각성제를 취급하기는 하는 건지."

"외국인 호스티스 이상으로 위법성이 있고, 권총보다 수요가 많은 물건이다. 그러니 지금 판매상이 모자란 거지. 영업소를 늘리고 싶은 거야."

그때 오가와라의 연락이 들어왔다.

"지금 신주쿠입니다. 셀시오는 완전히 놓쳤습니다."

"수고 많았습니다." 가즈야는 말했다. "롯폰기로 가주시겠습니까? 사쿠마는 롯폰기로 간 듯합니다."

"알겠습니다."

가즈야는 모니터 위치 정보를 확인했다. 사쿠마의 위치를 나타내는 화살표는 롯폰기 교차점에서 약간 남쪽으로 도로에서 떨어진 곳을 가리키고 있었다. 차에서 내린 모양이다. 가리베 팀의 차는 거기에서 남쪽으로 100미터 떨어진 곳에 있었다.

가즈야는 가리베에게 전했다.

"사쿠마는 차에서 내렸습니다. 가리베 씨는 차를 따라잡으면 그쪽을 추적해주시겠습니까? 사쿠마는 호리우치 씨 팀에 맡길 테니."

"차는 어디에?"

가즈야는 롯폰기의 랜드마크로 유명한 빌딩 이름을 전했다.

"저희도 바로 그 앞입니다."

"차는 알아보겠습니까?"

"너무 많은데……." 잠시 침묵. "있습니다. 출발했습니다."

"사쿠마는 보입니까?"

"아니요."

화살표는 방금 전과 마찬가지로 도로 옆에 있었다. 사쿠마 본인은 빌딩에 들어갔는지도 모른다.

가즈야는 손목시계를 보았다. 오후 8시를 바라보고 있었다. 비합법적인 장사라도 그 상류 쪽은 가게 문을 닫고 거래도 정리할 시간이다. 이제부터는 오히려 사업 밑바닥에서 소매상과 손님들의 거래가 활발해진다. 사쿠마의 사업은 어떨까? 호텔에서 손님을 만나 롯폰기로 향했다. 그때 금지 물품도 수령한 모양이지만, 사쿠마 본인은 그 일에는 관여하지 않았다. 그는 고객을 자기 차에 태우고 롯폰기로 향했다. 접대라는 의미다. 히가시고탄다 음식점 거리의 타이완 관광객이 많은 호텔에서 고객과 만났으니, 아마 타이완 거래처의 상대이리라.

가즈야는 커피 잔에 손을 뻗었다. 잔 속의 커피는 이미 차갑게 식어 있었다.

2계 수사원 전원이 제2방면본부 빌딩의 임시 기지에 모인 것은 새벽 3시가 넘었을 때였다.

사쿠마는 롯폰기에서 클럽 두 곳을 돈 뒤에 고탄다의 호텔에 손님을 내려주고 다카나와의 사무실로 돌아갔다. 새벽 1시 55분이었다. 가리베, 오가와라 두 팀이 이따금 차례를 바꾸어 앞서거니 뒤서거니 추적해 여기까지 확인했다.

자기 사무실 겸 주거지가 있는 빌딩 앞에 도착한 사쿠마는 두랄루민 케이스를 들고 차에서 내려 입구로 들어갔다. 그때까지 얼굴을 드러내지 않았던 젊은 운전기사가 차를 주차장에 세웠다.

운전기사 남자는 거기에서 택시를 잡아타고 나카메구로로 이동했다. 나카메구로 역 근처 집합주택에 들어간 것이 새벽 2시 20분. 그의 자택으로 보였다. 그는 그곳에서 취침할 것이다. 호리우치 팀의 추적

임무는 거기에서 끝났다.

새벽 2시 25분, 사쿠마의 집에서 불이 꺼지자 세나미, 하라구치 팀의 감시도 마무리되었다.

지금 회의실 안은 열다섯 명의 남자들이 발하는 열기 때문에 에어컨이 필요할 만큼 후덥지근했다.

가즈야는 각 팀의 보고를 들은 뒤 화이트보드를 향해 섰다.

"오늘 반나절, 수확이 컸다. 구리타 씨가 오이 경마장에서 접촉한 남자가 히구치에게 접근한 남자와 동일 인물, 사쿠마 신이치라는 사실을 확인할 수 있었다. 와카바야시 데쓰오 살해와의 관련성은 아직 보이지 않지만, 사쿠마는 지금까지 조직범죄대책부가 거의 주목하지 않았던 남자치고는 상당히 씀씀이가 헤프다. 게다가 오늘 알아낸 관계만 봐도 그의 주위에는 전부 수상한 작자들뿐이다. 솔직히 말해 직업적 범죄자라고 판단해도 무방한 놈들뿐이야. 즉 그가 하는 일은 비합법적이며 고수익 사업이다. 그런 사쿠마의 사업을 일부 알아버린 탓에 구리타 씨의 S는 살해당했다."

가즈야의 신호로 하라구치가 십여 장의 인쇄물을 들고 자리에서 일어나 자석으로 화이트보드에 붙였다. 한복판에 사쿠마 신이치의 얼굴 사진. 비디오에서 뽑은 이미지다. 그 밑에 운전기사였던 젊은 남자. 이쪽은 선명하지 않았다.

사쿠마의 사진 오른쪽에는 빡빡머리 남자의 사진.

그 오른쪽에 또 셀시오를 뒤에서 찍은 사진.

사쿠마의 사진 왼쪽에는 그의 임대 사무실 보증인, 아직 젊어 보이는 야마기와 세이지의 사진. 이십여 년 전, 사기죄로 체포한 당시의 모습이다.

사진 없이 사인펜으로 토요타 알리온이라고 적은 종이가 운전기사의 사진 밑에 붙어 있었다.

그리고 중국인의 이름이 적힌 종이가 한 장. 리에이시李永志. 고탄다 호텔에 있던 손님이다.

가즈야는 화이트보드를 돌아보며 말했다.

"먼저 관계를 정리해보자. 중앙이 사쿠마 신이치. 구리타 씨를 협박한 남자다. 그 밑에 있는 건 운전기사. 구리타 씨가 오이 경마장에서 본 사쿠마의 일행인지는 사진이 선명하지 않아 구리타 씨도 확신하지 못하지만 그럴 가능성이 높다.

사쿠마는 자기 사업이나 신변이 알려지는 것에 예민했다. 구리타 씨의 부탁으로 약물거래 최신 정보를 살피던 와카바야시가 아마 사쿠마를 자극했을 것이다. 사쿠마가 직접 살해했는지는 알 수 없지만 와카바야시는 납치당했고, 같은 날 같은 현장에서 구리타 씨가 사쿠마 일행에게 협박당했다."

가즈야는 잠시 말을 멈추고 수사원들의 얼굴을 둘러본 뒤에 말을 이었다.

"5과는 지금 각성제를 둘러싼 뒷세계 시장 변화의 이유로 국내에 공장이 생겼거나, 완전히 새로운 밀수입 경로가 생긴 게 아닌가 추측하고 있다. 추측이라는 말은 소극적인 표현이고, 내사로 어느 쪽인지 수사하고 있다. 어쩌면 둘 다 맞을지도 몰라. 어느 쪽이든 사실이 밝혀지면 관계자에게는 사활이 걸린 문제다. 사망자도 나올 테지. 와카바야시는 아마도 이 문제와 사쿠마의 관계에 대한 중대 정보를 입수했을 것이다."

베테랑 수사원 세나미가 손을 들고 발언했다.

"사쿠마가 처음에 구리타를 조폭으로 오해한 이유를 모르겠습니다. 사쿠마 본인은 조직원이 아닙니다. 조폭이 정보를 캔다고 외려 협박을 하다니 이해가 가지 않습니다. 조폭을 협박할 수 있는 건 저희를 빼면 조폭뿐입니다. 보통은 불법적인 사업을 캐고 다닌다고 조폭에게 싸움을 걸지는 않습니다."

가리베가 말했다.

"단순히 놈이 구성원이라는 정보를 아직 못 찾은 걸지도 몰라. 각성제 매매는 아마추어가 손댈 수 있는 장사가 아니야."

하지만 가능성이 없는 것은 아니다. 전후 얼마 되지 않아 시부야에 안도구미가 생겼을 때는 그때까지 활개를 쳤던 협객이나 사기꾼으로 분류되지 않는 새로운 타입의 폭력조직의 등장에 술렁거렸다. 최근에도 지정폭력조직과는 상관없는 곳에서 형성되어 그대로 조직을 형성하지 않고 불법적인 사업에 손을 담그는 그룹이 생겼다. 도도 연합이 좋은 예다. 가즈야는 가리베의 견해에 이의를 제기했다.

"오늘 알아낸 관계자 중 어느 누구도 조폭이 아니었습니다. 우연일까요?"

"셀시오를 탄 빡빡머리, 그의 신원은 모릅니다. 놈이 조폭일지도 모릅니다."

하라구치가 물었다.

"보증인이라는 야마기와 세이지는?"

"확인이 불가능해. 사쿠마와는 형무소 동기다. 서로 신용하겠지. 야마기와도 자금은 넉넉하니 사쿠마에게 출자했을 가능성도 있어."

오가와라가 말했다.

"타이완 사람 같던 그 남자가 신경쓰입니다. 사쿠마의 출국 이력도. 놈은 국외 조직과 연결되어 있는 게 아닐까요?"

확실히 정보가 이토록 들어오지 않는다니, 경시청이 감시하는 폭력조직과 상관없는 조직이 얽혀 있을 가능성이 높다. 그것이 외국인 조직이라 해도 이상하지 않다.

오가와라가 말을 이었다.

“사쿠마가 구리타를 조폭으로 오해하고 협박한 건에 대해 몇 가지 추측이 가능합니다. 하나는 사쿠마의 배후가 일본의 폭력조직과 붙을 만큼 큰 조직일 경우. 혹은 사쿠마가 이미 도내 폭력조직에게 허가를 받아, 훼방꾼에게 으름장을 놓을 수 있는 경우.”

가리베가 말했다.

“각성제는 거대한 이권이야. 허가를 받으려면 상당한 웃돈을 얹어주거나 상납을 약속해야 해.”

“지금 각성제는 넘쳐나고 있어.” 오가와라가 대꾸했다. “말단 가격이 전혀 오르지 않고 있어. 이런 상황에서는 졸개들을 부려 푼돈을 버는 것보다 소매는 다른 사람에게 맡기고 상납금을 버는 게 이득이라고 판단했는지도 몰라.”

가즈야는 오가와라의 추측에 자기 의견을 하나 덧붙였다.

“기존 조직에게서 약물을 공수한다면 그 조직도 재미를 보겠군요. 위험은 적고.”

히구치가 말했다.

“와카바야시가 출몰하던 곳을 기웃거렸더니 사쿠마가 일을 도와달라고 제안했습니다. 놈은 판매상이 부족한 겁니다.”

가리베가 말했다.

“운전기사가 약물을 직접 주고받았지. 만일의 경우 사쿠마도 직접적인 피해를 입는다. 위험한 도박을 하고 있는 거야. 판매상이 절실히 필요하겠지.”

“앗.” 회의실 뒤쪽에서 누가 소리쳤다.

가즈야가 고개를 돌려 쳐다보니 오늘 도중에 가리베와 교대로 사쿠마를 추적한 호리우치였다. 올해 삼재라는 중견 수사원이다.

그 호리우치가 말했다.

"다케이 쇼타라는 이름이 나왔지요?"

가리베가 호리우치를 돌아보며 말했다.

"히가시고탄다에서 사쿠마의 차에 접근한 건달, 그 자의 차량 등록 명의가 다케이 쇼타였습니다."

"다케이 쇼타. 시부야의 건달 중에 합성마약을 판매하던 다케이 쇼타라는 자가 있었습니다. 체포는 하지 않았습니다. 상습 복용자의 진술에서 나왔던 이름입니다."

"시부야에서 합성마약을 팔았던 건달이라면……."

"아마 시노야마구미篠山組의 가마타쯤 되는 놈들이 물건을 대줬겠군."

세나미가 또 말했다.

"말단 판매상들이 지금까지의 경로에서 벗어나 있어요. 히구치의 수사로 알아낸 거지만 사쿠마가 판매상들을 낚고 있습니다. 최대한 많은 판매상들을 제 도매 경로 밑에 넣으려는 거겠지요."

가리베가 말했다.

"히구치는 판매상으로 오라는 얘기를 들은 게 아니야."

"판매상이 늘면 판매상을 대상으로 하는 영업사원도 필요해져. 히구치에게 기대하는 건 아마 그런 역할이겠지. 너무 판매상처럼 생긴 사람은 중개 영업에 맞지 않아. 바꾸어 말하면 사쿠마는 물건은 잔뜩 확보하고 있겠지. 원천 경로를 손에 넣었다는 뜻이야."

"슬슬 갈무리합시다." 가즈야가 말했다. "각성제 거래 양상의 변화에 사쿠마가 얽혀 있는 것은 아무래도 확실한 것 같다. 어느 조직이 방패인지는 모르지만, 사쿠마의 신규 진입을 달갑게 여기지 않는 조직도 있다. 때문에 놈은 지금 그 업계에서 발판을 다지려고 혈안이 되어 있어. 와카바야시 살해는 그게 표면화된 거겠지. 사쿠마는 그렇게 업계에서의 입지를 다진 것과 동시에 자기 조직도 키우려 하고 있다. 그래서 사기 영업사원을 가장한 히구치에게 눈독을 들인 거야."

히구치가 유쾌하다는 듯이 말했다.

"절 어지간히 신용하나 보군요."

세나미가 고개를 저었다.

"아직 모르는 일이야."

"그런가요? 새로운 사업을 해볼 마음이 있으면 전화하라고 하던데요."

"히구치." 세나미가 고개를 가로저으며 말했다. "자네, 중학교, 고등학교, 다 좋은 곳에 다녔지? 일진도 없는 곳 말이야."

히구치가 어리둥절한 표정으로 고개를 끄덕였다.

"네, 그런 건 없었는데요."

"나쁜 놈들이 누군가를 동료로 삼을 때는 반드시 시험을 해. 가게에서 물건을 훔치게 하고, 삥을 뜯어오게 하고, 누군가와 맞짱을 뜨게 하지. 사쿠마도 반드시 그럴 거야."

"다들 그러나요?"

"당연하지. 면접만 보고 한 번에 채용될 줄 알았어?"

오가와라가 세나미에게 동의하듯 말했다.

"미국 스트리트 갱은 실제로 총으로 사람을 쏘는 시험을 치른다더군. 사쿠마가 그런 짓까지 시키지는 않겠지만."

"자네 이력서는." 세나미가 다시 말했다. "너무 깨끗해서 위험해. 소년원, 감별소, 구치소, 형무소. 어디든 들어간 기록이 있으면 그쪽 관계를 조사해서 신원을 확인하지. 자네 경우는 이력이 너무 깨끗한 만큼 실기 시험이 엄격해질 거야."

가즈야가 말했다.

"조폭이 부하를 영입하는 것과는 다릅니다. 영업 매니저 모집이니, 신원조사는 그리 철저하게 하지 않겠지요. 실제로 위장용 회사에 두 번 문의가 들어왔어요. 신원조사는 이미 끝났다고 봐도 될 겁니다."

세나미는 동의할 수 없다는 듯한 얼굴이다.

"그래도 시험은 치를 겁니다."

"어느 정도야 하겠지요. 하지만 심각한 시험이 아닌 이상 속일 수 있을 겁니다. 절도, 약물 밀매, 협박, 경호. 만일 수습할 수 없는 지시를 할 경우에는 그때 정체를 밝히면 됩니다. 사쿠마도 상대가 경찰인 줄 알면 무모한 짓은 하지 않겠지요."

하라구치가 말했다.

"S가 이미 살해됐는데요."

"그야 S였으니까. 효과적인 협박이겠지. 경쟁 상대에게도 좋은 선전이 되었을 거야. 우리 쪽에는 혈기왕성한 특공대가 있다고 말이야. 이번 살인은 그런 의미가 더 컸을지도 몰라. 하지만 경시청을 상대로 그런 짓은 못할 거다."

"그래도 살인입니다. 놈들은 상당한 위험을 안고 있는 겁니다."

구리타가 말했다.

"우리가 오늘 같은 미행 수사를 계속하면 조만간 5과나 수사1과가 냉큼 다른 경로로 얻은 정보로 사쿠마를 찾아낼까봐 걱정입니다. 단숨에 사쿠마 본인을 덮치는 게 낫지 않을까요?"

가즈야는 고개를 끄덕이고 수사원들을 둘러보며 말했다.

"히구치를 잠입시킵시다. 사쿠마의 신변을 철저하게 수사하는데 그리 오랜 시간은 걸리지 않을 겁니다. 밀착해서 빡빡머리나 판매상들의 신원을 알아낼 단서를 조사하고, 위법적인 지시를 유도하는 겁니다. 각성제를 거래한다면 현장에서 사쿠마를 체포할 수 있습니다. 기껏해야 일주일이면 될 겁니다. 확실히 세나미 씨 말씀대로 히구치의 신분이 탄로나 상대가 예기치 못한 행동을 할 우려도 있습니다. 무슨 일이 있어도 히구치의 신변에 위험이 미치지 않도록 만전의 태세로 임합시다."

히구치가 물었다.

"사쿠마에게는 언제 대답하면 될까요?"

"오늘." 가즈야가 대답했다.

회의실에 모여 있던 모든 수사원이 제 손목시계를 들여다보았다.

가즈야도 자기 손목시계를 보았다. 새벽 3시 40분이었다.

남자는 작은 어항의 부두에 정박한 배 위에 있었다. 조타실 바로 앞, 전방 갑판 위에 직접 만든 듯 거친 덱체어를 두고 그 위에서 몸을 뻗고 있었다.

계절은 10월 중순도 이미 지나, 그늘보다 햇볕 아래가 쾌적하게 느껴지는 오후였다. 그래도 남자는 얼굴 위에 빛바랜 거무스름한 모자를 쓰고 있었다. 배 위에 요란하게 음악을 틀어놓은 것만 봐도 자고 있는 것은 아니다. 스피커는 뱃머리 가까이에 설치되어 있는지, 금방 눈에 띄지는 않았다. 흘러나오는 곡은 이탈리아 오페라 같았다.

데라와키 다쿠는 그 남자가 이탈리아 오페라를 좋아했다는 사실을 새삼 떠올렸다. 딱히 음악적 소양이 있는 남자는 아니었지만 어째선지 오페라, 특히 이탈리아 오페라를 즐겼다. 그가 몰던 독일제 승용차 안에서 나오던 음악도 대개 이탈리아 오페라였다. 해외 오페라하우스의 일본 공연에도 자주 다녔다.

데라와키는 배 바로 옆까지 걸어가서 발길을 멈추었다.

남자가 모자를 슬쩍 들고 데라와키에게 시선을 던졌다.

데라와키는 과거에 같은 과 선배 수사원이었던 남자에게 인사를 했다.

"오랜만입니다, 계장님. 수사4과에 있었던 데라와키입니다."

남자는 모자를 완전히 벗고 귀찮은 기색으로 윗몸을 일으켰다.

"지금은 계장이 아니야." 남자는 불쾌한 목소리로 말했다.

"하지만 가가야 씨라고 부르기는 거북해서요. 반말 같잖습니까."

"용건이라도 있나?"

"인사차 왔습니다."

"무슨 인사?"

"가가야, 씨가, 그, 다시 본청으로 돌아오신다는 말씀을 들어서."

"모르는 일이야."

"예?" 데라와키는 눈을 껌뻑거렸다. "계장님이, 가가야 씨가 본청으로 돌아온다는 소식이 5과에 돌고 있습니다. 저는 지금 조직범죄대책부5과에 있습니다. 약물대책계. 그럼 복귀 소식은 뜬소문입니까?"

가가야는 덱체어에서 일어나 리모컨을 들었다. 오페라 음악이 그치고, 대신 항구의 잡다한 소리가 들려왔다.

데라와키는 말했다.

"다시 가가야, 씨, 밑에서 일할 수 있다니 기쁩니다. 지금 5과는 성적이 부진합니다. 아니, 조직범죄대책부 전체가 엉망이라, 가가야 씨가 돌아오길 바라는 목소리가 전부터 높았습니다."

가가야는 잠자코 있었다. 그는 다시 덱체어에 걸터앉아 오렌지색 바람막이 주머니에서 담배를 꺼냈다.

데라와키는 상대를 불쾌하게 만들까봐 조심스럽게 말을 이었다.

"인사 쪽하고는 이야기가 마무리되었다고 들었습니다. 곧 복귀하신다고."

"경무부 놈들이 오긴 했지. 하지만 거절했어."

데라와키는 예상과 전혀 다르게 흐르는 대화에 곤혹스러웠다. 복귀는 이미 확정된 사실이라고 생각했고, 가가야 본인도 복귀를 기뻐하는 줄 알았던 것이다.

데라와키는 어째섭니까, 라는 질문을 꿀꺽 삼키고 말했다.

"경무부가 탐탁지는 않으시겠지요. 하지만 본청, 특히 조직범죄대책부는 가가야 씨의 복귀를 기다렸습니다."

"난 쫓겨난 몸이야."

"이제 조직범죄대책부 일은 할 마음이 없는 겁니까?"

"없어. 경시청에서 일할 일은 없을 거다."

낙담한 데라와키는 머리를 긁적였다. 가가야가 경시청에 복귀해 조직범죄대책부5과에서 팀을 꾸려준다면 지금보다 더 제대로 활약할 수 있을 텐데. 가가야 밑에서 지금까지와는 다른 수사 기법으로 거물 조직을 적발해 관계자를 하나도 남김없이 체포하고, 종국에는 괴멸시킬 수 있을 텐데.

데라와키는 투덜거렸다.

"1과에 계장님을 팔아넘긴 안조가 들어왔습니다. 어찌나 의욕이 넘치는지, 5과를 제치려고 한다지 뭡니까."

가가야가 곁눈으로 데라와키를 보았다. 역시 안조라는 이름에 반응한 것이다. 부하로서 가가야 밑에 들어가 조폭 담당 형사로 지도를 받았으면서 종국에는 그를 경무부에 팔아넘긴 젊은 경시청 직원. 아니, 처음부터 그럴 의도로 부하를 가장하고 가가야를 내사한 남자. 역시 아직도 그 일을 용서하지 않은 것이리라.

"그 녀석, 가가야 씨 뒤라도 이을 속셈인지, 비싼 양복에." 데라와키는 안조의 트레이드마크라는 고급 시계 브랜드를 말했다. "안조는 2과에 있을 때 상당히 위태로운 수사까지 하며 점수를 땄다고 합니다. 가가야 씨를 팔아넘긴 주제에 똑같은 행세를 하고 있으니."

"그만 됐어." 가가야가 짜증스러운 기색으로 말했다.

데라와키는 움찔 입을 다물었다. 비위에 거슬리는 소리라도 했나? 그렇다면 어느 부분일까? 가가야 씨하고 똑같은 행세라고 말한 게 마음에 들지 않았나?

가가야가 반대로 질문했다.

"뭘 하러 온 거야? 경무부 심부름인가?"

"아닙니다." 데라와키는 고개를 저었다. "본청에서 가가야 씨 이름을 들으니 아무래도 뵙고 싶어서."

"근무중 아니야?"

"특별 임무를 맡고 있어서 낮에는 시간이 좀 납니다."

가가야가 배 위에서 고개를 두리번거렸다. 그 시선이 향한 곳은 항구의 광장으로, 데라와키가 타고 온 승용차가 서 있었다. 조직범죄대책부가 준비해준 특별 차량. 건설업 쪽 자영업자가 즐겨 타는 대형차다.

가가야가 데라와키 쪽으로 다시 시선을 돌리고 말했다.

"그 복장은?"

데라와키는 자기 양복 가슴께로 흘깃 시선을 떨어뜨렸다. 검은색에 회색 초크스트라이프. 줄무늬 폭이 1.5센티미터는 될 것 같았다.

"연극 의상입니다. 안 어울린다는 건 알지만."

"잠입 수사인가?"

"네. 저는 4과에서 일단 관할서로 가면서 조폭 수사에서 손을 뗐거든요. 그래서 얼굴을 알아보는 사람이 없다는 이유로."

가가야는 담배를 바다에 던지고 덱체어 옆 아이스박스 옆에 몸을 숙여 안에서 알루미늄 캔을 두 개 꺼냈다. 맥주 아니면 발포주 같았다.

가가야가 던진 알루미늄 캔 하나를 데라와키는 두 손으로 받았다.

가가야는 자기 알루미늄 캔 꼭지를 따고 입으로 가져갔다.

데라와키는 알루미늄 캔을 바라보았다. 맥주가 아니다. 맥주 맛 발포주다. 알코올 도수가 그럭저럭 되는 술이었다.

가가야가 말했다.

"마셔."

데라와키는 쓴웃음을 지으며 알루미늄 캔을 가가야에게 내밀었다.

"운전을 해야 해서 좀."

"그만둬."

"예?"

가가야는 알루미늄 캔을 받으며 말했다.

"잠입 수사 말이야, 자네한테는 무리야."

데라와키는 이야기의 맥락을 알 수 없어 가가야에게 물었다.

"무슨 뜻입니까? 계장님, 아니, 가가야 씨, 저 때문에 화나셨습니까?"

가가야는 그 질문에는 대답하지 않고 다시 덱체어에 걸터앉았다. 데라와키는 그 표정에서 분노를 읽어낼 수 없었다. 다만 무관심만 있을 뿐이었다. 어쩌면 지어낸 것일지도 모를 무관심. 데라와키가 아직 말을 더 해도 될지 망설이고 있자 가가야가 리모컨을 들었다. 다시 큰 음량으로 이탈리아 오페라가 흘러나왔다.

이 이상 방해하지 말라는 뜻일지도 모른다.

데라와키는 가가야에게 고개를 숙이고 말했다.

"갑자기 찾아와서 죄송했습니다. 그만 실례하겠습니다. 조직범죄대책부5과 일동, 계장님의 복귀를 기다리고 있겠습니다."

가가야가 오른손을 슬쩍 든 것처럼 보였다. 잘 가라는 뜻이리라. 아니, 그만 가라는 뜻일까.

데라와키는 한 번 더 가가야에게 고개를 숙였다. 오늘 밤부터 임무가 조금 어려워진다. 그도 여기에 그리 오래 머물 수는 없다.

데라와키는 미우라 반도 비샤몬 만의 항구 광장을 가로질러, 특별 임무를 위해 대여한 차로 향했다.

/ 6 /

회의실에 2계 수사원이 모두 모인 것은 오후 3시였다.

회의실에는 새벽 회의 때 그대로 컴퓨터가 몇 대 놓여 있고, 이 수사만을 위한 전용 통신설비가 설치되어 있다. 화이트보드에 프린트한 얼굴 사진이 붙어 있는 것도 똑같았다. 거기에 오늘은 화이트보드가 하나 더 들어와 있었다. 여기에는 고탄다, 롯폰기, 시부야 일대의 대축척 지도가 붙어 있었다.

가즈야가 커피가 든 스테인리스 텀블러를 손에 들고 회의실에 들어갔을 때, 마침 가리베와 오가와라 두 주임이 부하들의 권총 장비를 점검하고 있었다. 오늘은 위험한 체포전이 벌어질 가능성도 있다. 가즈야는 히구치를 제외한 전원에게 권총 휴대를 지시했다.

세나미와 야마모토 두 수사원이 히구치의 양쪽에서 속사포처럼 질문을 쏟아대고 있었다. 히구치는 여기에 한 치의 망설임도 없이 대답하고 있었다.

세나미가 물었다.

"중학교는 어디였지?"

"무사시노 제6중학교입니다."

히구치의 대답이 끝나기도 전에 반대편에서 야마모토가 물었다.

"다이마이 설비산업에 입사한 건?"

"일 년 반 됐습니다. 작년 3월."

다시 세나미.

"아버님은 지금 뭘 하시지?"

"자영업입니다. 세탁소."

야마모토.

"회사 상사는?"

"소노다. 소노다 유조."

세나미.

"형이 있다고 했던가?"

"아니요. 외동입니다."

야마모토.

"출근할 때 무슨 노선을 타지?"

"마루노우치 선."

세나미.

"아버님 연세는?"

"쉰아홉."

"몇 년생이야?"

"1950년."

"무슨 띠?"

"호랑이."

상대에게 연령을 물은 뒤 띠를 묻는 것은 경찰 불심검문의 기본이다. 당연히 상대 업계 관계자도 그 노하우를 알고 있다. 여기에 걸리면 가짜 신분이 탄로난다. 사람의 연령과 생년은 띠와 세트로 기억해야 한다.

야마모토가 물었다.

"고등학교 때는 축구부라고 했나?"

"아니, 농구."

"죽마고우 이름은?"

"동아리 친구 구리타."

"지금도 만나나?"

"해마다 두세 번은 만나서 한잔합니다."

친구에게 신원을 확인할 가능성은 상정해두었다. 구리타의 이름을 그대로 써서, 휴대전화에도 등록해두었다. 그래도 사쿠마가 히구치의 신원을 의심할 경우, 구리타에게 전화를 할 것이다. 그 경우 구리타는 고등학교 동창을 가장해 그럴싸한 대답을 한다. 고등학교 졸업 후의 진로와 지금 무슨 일을 하는지 질문할 것이다. 모 사립대학 입학, 건축자재 회사에 취직했다는 대답을 준비해놓았다.

경찰 신문도 마찬가지지만 피의자에게는 몇 번이나 똑같은 질문을 던진다. 거짓으로 진술할 경우 결국에는 대답에 오류가 생긴다. 수사원은 그 점을 파고들어 거짓 진술을 시인하게 만들고 사실대로 말할 수밖에 없다는 것을 가르쳐준다. 때문에 이런 잠입 수사를 할 경우, 신분이나 이력을 전부 허구로 날조하지는 않는다. 적어도 고향이나 가족, 고등학교까지는 수사관 본인의 기록을 그대로 사용한다. 몇 번을 물어도, 아무리 자세히 파헤쳐도 대답할 수 있도록 하는 것이다. 다만 경찰학교 입학 이후의 경력은 다른 내용으로 교체한다. 허구라는 사실을 쉽게 간파할 수 없는 그럴싸한 경력을 지어내는 것이다. 신분을 증명하기 위한 위장 회사나 아지트도 경시청이 소유한 자산을 활용한다. 때로는 위법에 가까운 방법으로 공문서까지 위조한다.

지금 세나미와 야마모토가 히구치에게 되풀이하는 질문은 히구치가 허구의 신분을 조사받을 경우 제대로 대처할 수 있는지 알아보는 마지막 시험이자 훈련이었다.

가즈야가 말했다.

"그 정도로 하시죠. 사쿠마는 이미 히구치의 신원을 의심하지 않습니다. 그러니 동료가 되어달라고 부탁했겠지요."

세나미가 말했다.

"조심해서 나쁠 건 없습니다. 상대는 사쿠마 한 명이 아니에요. 표면에 드러난 인물이 사쿠마일 뿐입니다."

"압니다. 하지만 시간이 다 됐어요."

가즈야가 화이트보드 앞에 서자 수사원들은 모두 자리에 앉아 가즈야를 바라보았다.

가즈야가 말했다.

"오늘, 히구치가 사쿠마의 제안을 수락한다. 우리의 오늘 목표는 히구치를 미끼로 써서 사쿠마와 와카바야시 데쓰오 살해의 접점과, 사쿠마의 약물 매매 증거를 잡는 일이다. 둘 중 어느 쪽의 혐의 혹은 약물 소지 현행범으로 체포할 수 있다면 상당히 중요한 사안을 해결할 단서가 된다. 오늘 하루로 사쿠마의 혐의를 찾아낼 수는 없을지도 모르지만, 오늘 히구치가 신용을 사면 뒷일은 빠르게 끝난다. 관계자 일제 검거도 가능할 것이다."

히구치가 말했다.

"책임이 막중하군요."

회의실에 있는 사람들이 나지막이 웃었다. 지금 그 말이 히구치의 긴장과 약간의 공포에서 나온 너스레라는 사실은 다들 알고 있다.

가즈야는 히구치를 향해 고개를 끄덕인 뒤에 말했다.

"실제로 위험한 작업이야. 히구치의 목숨이 달려 있다. 그러니 신중하고 조심스럽게, 한 치의 빈틈도 없는 태세로 임해야 한다. 어제와 마찬가지로 휴대전화 GPS로 히구치와 사쿠마의 위치는 완벽하게 확인할 수 있다. 우리는 항상 두 사람의 50미터 범위 내에 있어야 해. 또한 행선지로 예상되는 범위에 선행할 팀이 세 개. 이인 일 조, 수사 차량 여섯 대로 감시 태세를 갖춘다."

가즈야는 화이트보드의 지도를 돌아보며 파란 자석 세 개를 지도 위에 붙였다.

"히가시고탄다, 롯폰기, 시부야. 이쪽은 오가와라 팀. 대기해주십시오."

붉은 자석 하나를 다카나와에.

"지금 사쿠마는 시나가와 프린스 호텔에 있다. 사무실 바로 옆. 차량은 호텔 지하 주차장에 있을 것이다. 이것을 추적하는 차량이 한 대."

그리고 지도 밖에도 붉은 자석을 붙였다.

"히구치를 추적하는 차량이 한 대. 여기에서 대기할 유군이 한 팀. 이 세 대는 가리베 팀."

가리베가 말했다.

"세나미 씨는 여기 남아서 계장님을 도와."

세나미가 불만스러운 표정으로 말했다.

"늙다리는 현장에 나오지 말란 뜻이야?"

"마지막에 멋진 역할을 해줘야지. 지난번 사격 훈련 성적은 어땠지?"

세나미는 대답하지 않았다.

하라구치가 손을 들고 말했다.

"위치 정보를 휴대전화로만 알 수 있다니 조금 불안합니다. 휴대전화를 빼앗기면 추적할 수가 없는데요."

"사쿠마의 휴대전화로 추적할 수 있어."

"따로 GPS 발신기를 쓰지 않는 이유가 있습니까?"

"몸수색을 상정하고 있기 때문이다. 발견되면 거기서 끝이야. 하지만 아무것도 나오지 않는다면 히구치는 안전하게 신용을 얻겠지."

하라구치는 입을 다물었다.

가즈야는 이어서 지시를 내렸다.

"아마 한 번 더 신원조사를 할지 모른다. 위장 회사 쪽 여직원은 배치해놓았다. 구리타 씨는 히구치의 고등학교 친구라는 설정이니 휴대전화로 연락이 올 가능성이 있어."

구리타가 말했다.

"히구치? 친구는 맞는데 그 녀석, 수상한 짓만 하고 돌아다녀."

사쿠마의 질문을 상정한 대답이었다. 수사원들이 이번에는 거리낌없이 웃었다.

가즈야는 손목시계를 보았다. 슬슬 마무리할 때다.

"한 번 더 반복한다. 히구치의 잠입 목적은 사쿠마의 살해 사건 관여 혐의 또는 각성제 불법 소지 혐의의 증거를 잡기 위한 것이다. 오늘 신병 확보가 가능한 증거를 잡는다면 그 시점에서 잠입 수사를 끝내도 좋다. 그렇지만 수사보다 히구치의 안전을 우선해야 한다. 히구치가 위험하다고 판단되면 즉각 신분을 밝히고 잠입 수사를 종료한다. 사쿠마는 나중에 체포해도 돼."

가즈야는 말을 끊고 수사원들의 얼굴을 둘러보았다. 그들의 표정에서 희미한 고양감이 엿보였다. 눈빛이 똑같이 날카로웠다. 시합 개시 직전 라커룸의 축구선수들 같았다.

히구치가 일어나서 말했다.

"한 가지만 여쭙겠습니다. 만일 제게 약을 내밀며 시험해보라고 하면 어떻게 할까요? 팔려면 어떤 물건인지 알아둬야 한다거나, 그런 이유로."

가즈야는 말이 떨어지기가 무섭게 대답했다.

"안 돼. 하지 마. 약물을 내놓으면 그 자리에서 신분을 밝혀도 좋다."

"그 경우 일 회분밖에 압수하지 못하는데요."

"충분해." 가즈야는 그 화제는 끝이라는 듯이 말했다. "이제 사쿠마에게 전화해. 일을 하겠다고."

수사원들이 자리에서 일어나 회의실 한쪽, 통신기기가 놓인 책상 앞으로 모였다. 여기에는 소형 모니터 스피커가 준비되어 있었다.

히구치는 책상 위에서 검은 휴대전화를 집었다. 본체에 연결된 케이블이 분배기에 연결되어 있다. 분배기에서 나온 케이블은 다시 스피커와 헤드폰에 접속되어 있었다.

히구치가 가즈야를 돌아보며 말했다.

"시작할까요?"

가즈야는 헤드폰 위치를 조절하며 고개를 끄덕였다.

히구치가 휴대전화 버튼을 연달아 눌렀다. 회의실 안이 잠잠해졌다.

신호음이 두 번 울렸다.

그리고 불쾌한 기색의 탁한 쇳소리.

"여보세요?"

상대도 누구의 전화인지 알고 있을 터였다.

"히구치입니다. 사쿠마 씨 맞으시죠?" 히구치가 넉살 좋은 목소리를 지어냈다.

"그래, 나야."

"일전에 그 얘기 말인데요, 해보고 싶어서요. 결심했습니다."

"히구치 씨 맞지? 진심이야? 일단 시작하면 없었던 일로 무를 수는 없어."

"알고 있습니다."

"잘 들어, 당신에게 일을 제안한 이상 이쪽도 위험을 떠안은 거야. 투자도 하지. 정말 진심으로 하는 소리겠지?"

"진짜라니까요. 진지합니다. 저도 이래저래 급한 사정이 있어서."

"좋아, 이야기를 마무리 짓지. 삼십 분 후에."

헤드폰으로 대화를 듣고 있던 가즈야는 무심코 제 시계를 보았다. 오후 3시 20분이다. 삼십 분 만에 감시 태세를 갖출 수 있을까? 가쓰시마에 있는 이 회의실에서 사쿠마가 있는 시나가와까지 십오 분은 걸린다. 고탄다나 롯폰기에 대기 차량을 배치하는 데 삼십 분.

가즈야는 히구치를 보며 고개를 저었다.

히구치는 가즈야의 시선을 받고 사쿠마에게 대답했다.

"너무 급한 것 아닙니까? 전 아직 회사에서 일하는 중인데요."

"히구치 씨, 그 일을 그만둔다는 거 아니었어?"

"하지만 삼십 분 안에 갈 수 있을까 모르겠네요. 지금 가마타에 있는데요."

"그럼 한 시간 뒤에. 내가 있는 곳으로 와."

덫이다. 히구치도 이 정도는 알아차릴 것이다.

히구치가 되물었다.

"사쿠마 씨가 있는 곳이라니, 명함에 있는 사무실 말입니까?"

"그래. 일단 그쪽으로 와. 차로 오나?"

"아니요, 전철을 탑니다."

"시나가와에 도착하면 다시 전화해."

"알겠습니다."

히구치가 휴대전화를 끊었다.

가즈야는 헤드폰을 벗고 수사원들에게 지시했다.

"킥오프다. 각자 위치로."

모두 일어섰다.

히구치가 재킷을 걸치고 다시 가즈야를 바라보았다. 가즈야는 무리하지 말라는 마음을 담아 히구치를 마주 보았다.

히구치 마사토는 시나가와 역 중앙 개표구에서 나가 사쿠마에게 전화를 걸었다.

사쿠마가 말했다.

"역에서 나와 퍼시픽 도쿄 메인 로비 앞에 서 있어."

제1게이힌 도로 건너편에 병풍처럼 솟아 있는 호텔이다. 사쿠마는 지금 시나가와 프린스 호텔에 있을 텐데, 그곳 주차장에서 제1게이힌 도로로 나와 차에 태워가겠다는 뜻인가?

히구치는 역에서 나와 오른편에 있는 파출소 앞을 지나 제1게이힌 도로를 건넜다. 지금 사쿠마의 지시를 제2방면본부에 있는 안조 계장에게 전할 필요는 없다. 그쪽 전선 기지에서는 히구치의 휴대전화 위치를 완벽하게 파악하고 있다. 어디로 가라는 지시를 받았다고 굳이 전하지 않아도 그의 행동을 알 수 있다. 게다가 일일이 안조에게 보고하다가는 발신 기록이 남는다. 만일 사쿠마가 아직 히구치의 신원을 의심해 휴대전화를 빼앗아갈 경우, 사쿠마의 전화를 받자마자 연락을 취한 상대가 누구인지 추궁당한다. 그런 위험을 무릅쓸 필요는 없다.

횡단보도를 가로질러 오른쪽으로 꺾어, 퍼시픽 도쿄 부지 안으로 들어갔다. 메인 로비는 삼층일 터였다. 히구치는 전파 상태를 고려해 이층 입구로 향하지 않고 굳이 차량용 슬로프로 올라갔다.

벨보이가 다가왔지만 히구치는 손을 저어 사양했다. 아마 사쿠마는 금방 올 것이다.

밖에서 이 분쯤 기다리자 국산 고급 세단이 슬로프로 올라와 멈추었다. 문 옆에 서 있던 벨보이가 즉시 다가왔다.

뒷좌석에 사쿠마의 얼굴이 보였다. 타라는 듯이 고개를 반대편으로 기울였다. 히구치는 세단으로 다가갔다. 벨보이가 뒷좌석 문을 열어주었다.

사쿠마가 뒷좌석 안쪽으로 비켜주었다. 히구치는 빈자리에 올라탔다. 문은 밖에서 얼른 닫아주었다. 세단은 매끄럽게 출발했다.

히구치는 운전기사의 얼굴을 확인하려 했다. 젊은 남자였다. 머리카락은 짧고 어깨가 떡 벌어졌다. 거무스름한 재킷을 입고 있다. 룸미러로 눈을 보았지만 어제 운전기사와 동일 인물인지 확신은 가지 않았다.

사쿠마가 몸을 틀어 뒤를 보았다. 미행을 염려하는 눈치였다. 감시가 탄로났나? 히구치는 덩달아 몸을 틀어 뒤를 돌아보고 싶은 충동을 겨우 억눌렀다. 안조가 감시팀은 반드시 50미터 이내에 있을 거라고 했다. 그 말인즉 주의를 기울이면 육안으로 확인 가능한 범위 안에 있다는 뜻이었다.

세단은 제1 게이힌 도로를 왼쪽으로 꺾었다.

차가 달리기 시작하자 사쿠마가 물었다.

"날 만난다고 누구한테 말했나?"

히구치는 말을 골라가며 대답했다.

"아니, 아무한테도 안 했는데 왜 그러십니까?"

"아니, 아무것도 아니야."

"이제 어디로?"

"인수인계야. 앞으로 당신이 거래할 상대를 한 바퀴 도는 거지."

"갑작스럽네요."

"내가 말했잖아. 사람 손이 모자란다니까. 당장 써먹을 수 있는 사람이 필요해."

"뭘 취급하는지 저는 아직 모르는데, 괜찮은 겁니까?"

사쿠마는 곁눈으로 히구치를 쳐다보았다. 아니, 노려보았다. 히구치는 입 닥치라는 소리를 들은 기분이었다.

"곧 알게 돼. 뭔지 짐작했으니 하겠다고 한 것 아닌가?"

"물론이지요. 그래, 한 달에 얼마나 벌 수 있습니까?"

"당신 하기 나름이야. 인테리어 사기보다는 훨씬 낫지."

그때 사쿠마의 양복 어디선가 휴대전화가 울렸다. 오래된 록 음악의 전주 부분 같았다.

사쿠마가 휴대전화를 꺼내 화면으로 발신자를 확인한 뒤에 귀에 댔다. 그는 상대가 입을 열기 전에 빠르게 말했다.

"다시 걸 테니 조금 기다려."

사쿠마는 전화를 끊더니 운전기사에게 지시했다.

"옆길로 들어가서 잠깐 세워."

운전기사가 고개를 살짝 돌리고 물었다.

"다카나와 2번가 교차점에서 좌회전해서 세울까요?"

"그래."

차는 다카나와 2번가 교차점에서 왼쪽으로 꺾었다. 직진하면 다카나와 경찰서가 나오는 길이다. 좌회전해서 20미터쯤 가다가 멈추자 사쿠마는 도로 쪽 문을 열고 차에서 내렸다. 히구치에게 들려주기 싫은 대화가 오간다는 뜻이리라.

감시 차량이 마음에 걸렸다. 그들도 이미 이 교차점을 좌회전했을 것이다. 눈앞에 감시 대상 차량이 서 있는 셈인데, 설마 뒤에 바짝 붙여 세웠을 리는 없다.

그렇게 생각하고 있을 때 선팅 유리를 바른 소형 밴이 세단 오른쪽을 통과했다. 저거다. 가리베 팀이 타고 있을 터였다.

히구치는 인도 쪽을 보았다. 사쿠마는 인도에서 휴대전화로 통화하고 있다. 목소리는 들리지 않지만 표정이 썩 좋아 보이지는 않았다. 상대를 몰아세우고 있는 것 같기도 했다. 뭔가 트러블이 생겼나? 물론 각성제를 팔고 사람까지 죽였으니 트러블이 없을 리 없다. 사업 자체가 트러블을 뿌리고 다니는 꼴이니.

사쿠마는 일단 전화를 끊고 다시 다른 번호에 연락을 취하는 것 같았다. 휴대전화를 귀에 대고 뭐라고 하면서 몸을 틀었다. 도로 앞쪽에 시선을 던졌다. 히구치도 앞 유리창 너머로 도로 앞을 바라보았다.

심장이 바짝 오그라들었다. 50미터 앞에 감시 차량이 서 있었다. 주위에는 빌딩 입구도, 편의점도, 공중화장실도 없다. 아무리 봐도 부자연스러운 정차였다.

사쿠마는 그 밴이 지금 막 그들의 세단을 추월한 차량이라는 것을 알아차렸을까?

표정만 봐서는 판단이 서지 않았다. 시선은 밴을 향하고 있지만 의식은 전화 통화에 집중하고 있는 것 같기도 했다.

이윽고 사쿠마가 전화를 끊고 차로 돌아와 도로 쪽 문을 열었다. 그때, 앞쪽 감시 차량이 출발했다.

사쿠마가 운전기사에게 지시했다.

"하코자키."

"하코자키 말씀이십니까." 운전기사가 같은 단어를 되풀이하며 물었다. "고속도로를 탈까요?"

"그래."

운전기사는 룸미러를 흘깃 보더니 그 자리에서 차를 틀었다.

히구치는 잠자코 있었다. 그가 꽤나 긴장하고 있었던 것을 사쿠마도 눈치챘을 것이다.

하코자키. 먼저 가서 대기하는 팀은 없다. 쫓아오는 수밖에 없다. 다행히 이 세단에는 그와 사쿠마, 위치 정보를 송신하는 사람이 둘이나 있다. 방금 전 밴은 바로 쫓아오지 못하더라도 다른 한 대가 따라올 터였다. 2계가 그를 놓치는 일은 없을 것이다.

고속도로를 타자 사쿠마가 입을 열었다.

"왜 그래? 뭐 걱정거리라도 있나?"

히구치는 억지웃음을 띠며 말했다.

"큰 결심을 했으니까요. 아무래도 앞으로의 일이 이것저것 신경쓰이죠."

"다른 일을 한다고 혹시 누구한테 말했나?"

"아니요. 아무한테도."

사쿠마의 휴대전화가 울렸다. 히구치는 이윽고 그 발신음이 무슨 곡인지 기억해냈다. 광고에도 자주 쓰였던 유명한 곡이다. 사쿠마란 남자는 기타라도 치는 걸까?

사쿠마가 전화 상대에게 말했다.

"아니, 하얀 미니밴이야."

세단을 따라오는 차를 말하는 걸까? 하지만 지금 2계가 사용하는 수사 차량 중에 미니밴은 없다. 준비해놓기는 했지만 그것은 누군가를 체포하게 될 때, 제2방면본부에서 출동할 계획이다. 2계의 감시가 탄로 난 것은 아닌 듯했다. 그렇다면 누가 사쿠마를 쫓고 있는 것인가? 어디서 사쿠마를 미행 감시한다는 말인가?

세단은 하코자키 분기점에서 고속도로를 빠져나갔다. 신오하시 길로 나갈 때 사쿠마가 고개를 돌려 뒤를 보았다.

"왜 그러십니까?" 히구치가 물었다.

"아니, 아무것도 아니야." 사쿠마가 대답했다.

세단은 신오하시 길을 스미다가와 방향으로 달려 강 앞에서 왼쪽 도로로 들어갔다. 바로 옆이 스미다가와 강이다. 수도고속도로 바로 밑에서 좌회전하면 왼쪽은 하마초 공원이었다.

앞쪽에 희멀건 세단이 서 있다. 사쿠마의 세단이 속도를 늦추었다.

사쿠마가 말했다.

"차를 바꿔 탄다. 이쪽 차에는 다른 손님을 태우게 됐어."

"저 차에?" 경계해야 할 순간이었다. "누가 타고 있는데요?"

"사업 파트너라고 했잖아."

여기에서는 불안해하지 않는 게 부자연스럽다. 히구치는 질문했다.

"매일 이런 식입니까?"

"뭐라고?"

"누가 쫓아오거나 하냐고요."

사쿠마가 입을 다문 사이 세단이 정지했다. 앞에 서 있던 차의 바로 뒤였다. 조수석에서 검은 양복을 입은 빡빡머리 남자가 내렸다. 키가 크고 호리호리한 사십대 남자였다. 어제 사쿠마와 함께 있던 남자. 동료일까, 부하일까. 빡빡머리 남자는 밖에서 뒷좌석 문을 열었다.

"내려." 사쿠마가 재촉했다.

히구치가 차에서 내리자 사쿠마도 같은 쪽 문으로 내렸다. 사쿠마와 빡빡머리는 서로 묵례를 했다. 말은 한 마디도 하지 않았다.

히구치는 두 남자 사이에 껴서 앞쪽 세단 뒷좌석 앞까지 걸어갔다.

사쿠마가 문을 열고 말했다.

"이 남자는 고이즈미. 당신 얘기는 이미 해뒀어."

히구치는 빡빡머리 남자에게 고개를 숙였다.

"히구치입니다."

"운전기사는 후쿠다."

전 총리대신 이름이 연속으로 나왔다. 고이즈미와 후쿠다라. 가명일 것이다.

"타." 사쿠마가 말했다. "이 차가 앞장선다. 나는 중간에 손님을 태울 거야."

"어디로 갑니까?"

"몇 번을 말해? 사업 현장이라니까." 사쿠마는 히구치를 안심시키려는 듯 목소리를 바꾸었다. "오늘은 중요한 거래야. 우습게 보이지 않으려면 이쪽도 머릿수를 맞춰 가야 해."

그렇게 말한 사쿠마는 도로 뒤쪽을 쳐다보았다. 역시 미행을 우려하고 있다. 걱정되기는 히구치도 마찬가지지만 기대하는 미행 차량은 보이지 않았다. 위치 정보는 파악하고 있다지만 미행이 따라오지 못하고 있는 것이다.

히구치는 뒷좌석 안쪽에 탔다. 고이즈미라는 빡빡머리 남자가 뒷좌석 왼쪽에 올라탔다. 상석에 앉혔다기보다는 달아나지 못하도록 가둔 셈이다.

차가 출발했다.

그대로 스미다가와 강변을 따라 달리는데 얼마 안 지나 히구치의 휴대전화가 울렸다.

이 휴대전화에 개인 전화가 걸려올 리 없다. 그렇다면 2계 관계자 중 누가 전화를 했다는 뜻이다. 이 타이밍에, 대체 무슨 일일까?

잠시 망설인 끝에 히구치는 주머니 속 휴대전화를 꺼냈다. 불안을 억누르고 화면을 보자 사쿠마의 전화였다.

"여보세요?"

"나다. 먼저 손님을 태워야겠어. 한 시간 후에 합류한다."

"어디서요?"

"후쿠다를 바꿔."

휴대전화를 넘겨야 하나? 그래도 되나? 그대로 못 돌려받는 게 아닐까? 상대가 휴대전화를 빼앗아가 등록된 번호를 임의로 누른다면 히구치의 위장 신분은 증명된다. 상대를 완벽하게 속일 수 있다.

히구치는 휴대전화를 자리에서 운전석으로 내밀었다.

"후쿠다 씨, 사쿠마 씨가 바꿔달라고 합니다."

후쿠다가 의외라는 듯 살짝 고개를 갸웃거렸지만 바로 왼손으로 휴대전화를 받았다.

"후쿠다입니다, 예, 예."

통화를 끝내고도 후쿠다는 휴대전화를 돌려주지 않았다.

"후쿠다 씨, 전화기." 히구치의 말에 후쿠다가 대답했다.

"또 나한테 걸려올 거야. 난 휴대전화가 없어서."

설마. 불법적인 사업에 관여하는 인간이 휴대전화가 없다니, 말도 안 된다. 자동차 전화나 휴대전화가 시장에 나왔을 때 가장 먼저 달려든 사람이 바로 이런 무리들이다. 휴대전화가 없다는 말은 거짓말이다. 하지만…….

히구치는 굳이 돌려달라고 하지 않았다. 전원만 켜져 있으면 맡겨놓아도 된다. 그의 위치는 곧 이 자동차의 위치와 동일한 의미였다.

전선 기지인 회의실에서 하얀 셔츠를 팔뚝까지 걷어붙인 세나미가 말했다.

"어라, 사라졌어."

그는 모니터 한 대로 히구치의 휴대전화 위치 정보를 체크하고 있었다.

자기 앞에 놓인 모니터를 보고 있던 가즈야는 오른쪽 옆자리, 세나미의 모니터로 눈을 돌렸다. 가즈야는 사쿠마의 위치 정보를 확인하고 있었다. 똑같은 차를 타고 있으니 히구치와 사쿠마의 위치는 방금 전까지는 동일 지점을 나타내며 이동하고 있었다.

세나미의 눈앞에 있는 모니터는 하코자키 분기점부터 하마초 공원 부근을 나타내고 있다. 하지만 히구치의 휴대전화 위치를 나타내는 화살표는 확실히 사라졌다.

가즈야는 자기 모니터로 사쿠마의 위치를 보았다. 하마초 공원에서 메이지자 극장 방향으로 꺾었다.

어떻게 된 걸까? 바로 이삼 분 전 히구치 팀이 탄 차가 하마초 공원 옆에서 정차했다. 그 이후 약 삼십 초 정도 미묘하게 두 개의 화살표 위치가 어긋났다. 어느 한쪽이 차에서 내려 바꿔 탄 것으로 추측된다. 하지만 히구치의 위치 정보가 사라졌다면 그것은 휴대전화 전원이 꺼졌다는 것을 의미한다. 전원이 꺼질 만한 이유로 어떤 경우가 있을까? 아니면 전원을 꺼야만 할 이유라면?

가즈야는 마이크로 가리베를 호출했다.

"가리베 씨, 지금 어딥니까?"

가리베의 차는 수도고속도로에서 겨우 사쿠마와의 거리를 1킬로미터까지 줄였다. 하지만 육안으로 확인할 수 있는 범위까지 접근하지는 않았다. 하코자키 분기점에서 나간 것도, 하마초 공원 옆에서 정차한 것도 가즈야의 지시에 따른 행동이었다.

오른손으로 마우스를 움직여 가리베의 위치 정보를 모니터에 띄웠다. 하마초 공원 동쪽, 스미다가와 강변 도로 위였다. 지켜보는 사이에 화살표는 북쪽으로 쭉 움직였다.

"하마초 공원, 끝나가는 지점입니다." 대답이 돌아왔다. "차량은 보이지 않습니다."

"사쿠마의 차는 공원 북쪽에서 그 도로를 좌회전. 지금 메이지자 극장 부근입니다. 기요스바시 길로 꺾었습니다."

기묘한 움직임이다. 기요스바시 길로 들어가는데 어째서 굳이 하마초 공원의 스미다가와 강변을 달려서 일단 멈췄다가 좌회전을 되풀이한 걸까? 한 번 정지했을 때 뭔가 중요한 용건을 마쳐야 했다? 그 직후 히구치의 휴대전화가 꺼졌다. 차를 옮겨 탔다고 판단해볼 수 있다. 그리고 사쿠마 본인은 다시 하코자키 분기점에서 수도고속도로를 탈 셈인가?

가즈야는 가리베에게 말했다.

"히구치의 휴대전화가 꺼졌습니다. 정차했을 때 다른 차로 옮겨 탔는지도 모릅니다. 짐작 가는 차량은 보이지 않습니까?"

"어떤 차량을 말씀하시는 겁니까?"

가즈야는 어젯밤 감시 결과를 떠올리며 말했다.

"셀시오. 알리온."

"못 찾겠습니다."

"기요스바시 길로 들어가세요. 사쿠마는 신오하시 길로 나가고 있습니다."

"알겠습니다."

가즈야는 하라구치 팀의 차량 위치를 확인했다. 그쪽 팀에게도 가리베 팀의 뒤를 쫓으라는 지시를 내린 터라 아직 수도고속도로 위에 있었다. 하코자키 분기점으로 접어드는 참이었다.

"하라구치." 가즈야가 말했다. 그도 헤드폰으로 가리베와 가즈야의 대화를 들었을 것이다. "하코자키 휴게소에서 일단 대기한다. 사쿠마가 다시 수도고속도로를 탈지도 모른다. 히구치의 휴대전화는 꺼졌지만,

계속 사쿠마를 추적하도록."

"알겠습니다." 하라구치도 대답했다.

갑갑한 마음에 헤드폰을 벗자 세나미가 걱정스러운 얼굴로 가즈야를 바라보았다.

"히구치가 제 손으로 휴대전화를 껐을 리 없습니다."

"네." 가즈야는 동의했다. "빼앗겼거나, 혹은……."

그 뒷일은 아직 생각하고 싶지 않았다. 아니, 실제로 추측할 만한 근거도 전혀 없었다.

어디로 향하는 걸까?

히구치는 창밖을 주시했다. 차를 바꿔 탄 지 약 한 시간. 에도바시에서 다시 수도고속도로를 타고 그대로 중앙 고속도로로 들어갔다. 방금 빠져나간 곳은 하치오지 나들목이다. 중앙 고속도로를 달리는 동안 하늘은 완전히 캄캄해졌다.

다치카와 경찰서에서 근무한 경험이 있어 이 부근이 영 낯설지는 않았다. 방금 16번 국도에서 왼쪽으로 꺾은 것은 알겠다. 즉 대충 소카 대학 쪽으로 가고 있다고 짐작할 수 있었다.

분명 목적지에 다가가고 있을 텐데, 고이즈미와 후쿠다는 딱히 그 경로를 히구치에게 감추려는 기색이 없었다. 완전히 신용했기 때문이라고 해석할 수도 있지만, 어차피 들켜도 별 상관없기 때문이라고 생각할 수도 있었다. 처음에는 낙관이 조금 더 우세했지만 나들목에서 빠져나온 뒤로는 불안과 공포가 커졌다. 목적지에 도착했을 때는 그 아지트를 안다는 이유로 살해당하는 게 아닐까?

하지만 사쿠마는 중요한 거래가 있다고 했다. 그래서 머릿수가 필요하다고. 만일 신원을 의심받지 않고 그 거래 현장을 목격할 수 있다면,

그는 각성제 밀매 관계자들의 얼굴을 상당수 볼 수 있다. 지금 이 자리에서 신원을 밝히고 게임오버를 선언하기는 너무 아까웠다. 공포는 조금 더 견딜 수 있고, 상황을 파악한 것도 아니다. 조금 더 잠자코 따르는 편이 좋다.

야노마치미나미 삼거리에서 직진했다. 민가의 불빛이 눈에 띄게 줄었다. 오른쪽은 산림, 왼쪽은 농지다. 이제부터는 소카 대학 캠퍼스까지 건물도 인적도 거의 없다.

히구치는 지루한 기색을 내비치며 하품을 하고는 왼손을 눈앞으로 뻗어 손목시계를 보았다.

오후 5시 50분이었다.

가즈야는 하라구치의 보고를 들으며 시계를 보았다. 오후 5시 52분이다.

"없습니다." 하라구치가 다시 한 번 말했다. "지금 사쿠마가 차에서 내려 사무실 빌딩 현관으로 들어갔습니다. 차는 그대로 서 있습니다. 운전기사는 있지만 히구치의 모습은 보이지 않습니다."

그는 어젯밤과 마찬가지로 사쿠마의 사무실이 있는 빌딩 옆에 있었다. 오늘은 미용실이 아니라 수사 차량 안이다.

세나미가 옆에서 한층 불안한 표정으로 가즈야를 바라보았다.

가즈야는 하라구치에게 물었다.

"뒷좌석에 누워 있는 건 아닌가?"

"차를 들여다볼 수 있는 상황은 아니지만, 딱히 그런 낌새는 보이지 않습니다."

사쿠마의 차는 일단 하코자키로 나가 하마초 공원에 정차한 후에, 다시 하코자키에서 수도고속도로를 탔다. 행선지는 우라야스의 디즈니 리조트 밖, 대규모 시티 호텔이 밀집해 있는 지역이었다. 그곳 외국계 호텔 주차장에 들어가서 한 시간 뒤에 나왔다. 그 시점부터 추적을 재개해 하라구치 팀의 차량이 뒤를 쫓았다. 만일 전원이 끊긴 후에도 히구치가 사쿠마의 차에 타고 있었다면 호텔 주차장에서 내렸다는 뜻이다. 하지만 주차장의 상황은 가리베 팀이 이미 조사했다. 이상 상황은 목격되지 않았다. 사쿠마는 카페에서 사람을 만났는데, 그때도 히구치는 없었다.

그렇다면 히구치는 어디에서 사라졌나? 역시 그 하마초 공원에서 정차했을 때인가? 거기에 다른 차량이 기다리고 있다가 히구치를 그쪽에 태웠나? 그때 어떤 이유로 휴대전화의 전원이 끊겼다. 그렇다면 사쿠마는 자기에게 미행이나 감시가 붙어 있다는 사실을 알고 있었다는 뜻인가?

하라구치가 가즈야의 지시를 재촉하듯 말했다.

"곧 가리베 주임의 차도 여기에 도착합니다. 사쿠마를 붙잡아 진술을 받아낼까요? 위법이라는 건 알지만 한시를 다투는 사태가 아닐까 우려됩니다."

가즈야는 재빨리 판단하고 말했다.

"아니, 아직 이른 시간이니 사쿠마는 더 움직일 거야. 풀어놓는다."

잠깐의 침묵 뒤에 하라구치가 말했다.

"예."

세나미가 다시 가즈야를 바라보았다.

가즈야는 겨드랑이에 땀이 차는 것을 느끼며 말했다.

"오늘 보이지 않은 남자가 열쇠를 쥐고 있습니다."

"예?"

"빡빡머리. 그 자가 없어요. 사쿠마와 찰싹 붙어 다니던 남자인데."

"놈은 어디에 있습니까?"

"하치오지." 가즈야는 어제 히구치가 했던 말을 떠올리며 말했다. "놈의 셀시오 등록 주소. 자재소나 공터 같은 곳이라고 했지요. 전에도 범죄에 사용된 곳입니다. 히구치는 지금 거기로 향하고 있거나, 이미 도착했을 겁니다."

"곤란한 상황이 아니어야 할 텐데."

"히구치는 신원을 밝힐 타이밍을 재고 있을 겁니다. 즉 아직 정체를 들키지 않은 겁니다. 소식을 모르는 것도 그 때문입니다. 다만 상당히 위태로운 입장이라는 건 확실하겠지요."

"혹시." 세나미가 고개를 갸웃거렸다. "우리 감시를 눈치챈 걸까요?"

"구리타 씨 때를 생각해보세요. 사쿠마가 신경질적으로 경계한 건 경찰이 아니라 폭력조직입니다. 사쿠마는 어느 조직이 자기를 감시하고 있다고 신경을 곤두세우고 있어요."

가즈야는 마이크 위치를 바로잡고 다시 지시를 내렸다.

"오가와라 팀은 전원 하치오지로 향하십시오."

가즈야는 어제 확인한 공터 주소를 덧붙이고 한 번 더 되풀이했다.

바로 오가와라가 대답했다.

"바로 향하겠습니다. 도착하면 돌입할까요? 그 경우 근거는?"

"그 지시는 다시 내리겠습니다. 그 시점까지 히구치의 연락이 없으면 돌입합니다."

"공판 유지가 아닌 히구치의 구출을 최우선으로 한다는 뜻이군요."

"그렇습니다."

"알겠습니다."

아주 조금, 오가와라의 목소리가 들뜬 것처럼 들렸다.

끌려간 곳은 골함석과 철판으로 둘러싸인 폐차장 같은 장소였다. 뒤에서 슬라이드식 철문이 닫히자 빡빡머리가 내리라고 명령했다. 내리자마자 오른팔에 충격을 느꼈다. 느닷없이 못이라도 박힌 듯한 통증. 충격은 다음 순간 온몸을 덮쳤고, 히구치는 격렬하게 몸을 뒤틀었다. 전기 충격기. 그것도 상당히 강력한 것이었다. 히구치는 그 자리에 무릎을 꿇고 앞으로 쓰러졌다.

들켰나? 정체가 탄로난 건가?

그때 누가 등에 올라탔다. 저항조차 못하는 히구치의 손을 뒤로 돌려 수갑을 채웠다. 아메야요코초 시장에서 파는 장난감 수갑이리라. 하지만 충분히 실용적인 강도를 가진 장난감이다.

고이즈미와 후쿠다가 다짜고짜 그를 일으켜 세우더니 거의 끌다시피 해서 공터 안쪽 창고에 처박았다. 천장의 불이 켜지자 기계와 금속 폐품이 잡다하게 쌓인 공간이 눈에 들어왔다. 분류 및 해체 작업을 하는 곳이리라. 면적은 시골 초등학교 체육관쯤 될까? 구석에 노란색 토요타 지게차가 있었다.

두 사람이 자꾸 안쪽으로 몰아세우려 하기에 히구치는 목소리를 쥐어짜냈다.

"경찰이다. 당장 풀어!"

두 사람은 걸음을 멈추었다. 빡빡머리 고이즈미가 히구치 앞으로 돌아와 눈을 들여다보았다. 깜짝 놀란 눈빛이었다.

"경찰? 증명할 수 있나?"

"경시청에 연락해서 조직범죄대책부1과 히구치 마사토하고 통화하고 싶다고 해. 일 분 내에 내 휴대전화로 전화가 올 거다."

고이즈미가 후쿠다에게 말했다.

"기둥에 묶어둬."

히구치가 날카롭게 외쳤다.

"당장 풀어! 이런 짓을 하고도 무사할 줄 알아?"

"묶어."

고이즈미가 다시 팔에 뭔가를 댔다. 충격이 온몸을 꿰뚫었다. 히구치는 다시 창고 바닥에 무릎을 꿇었다. 몸이 저려 꼼짝도 할 수 없었다. 후쿠다가 수갑 사슬을 붙들고 히구치를 잡아끌었다. 저항할 수가 없다. 히구치는 철제 기둥 앞에 엉덩방아를 찧은 꼴로 주저앉았다. 후쿠다가 익숙한 손놀림으로 히구치를 묶었다.

간신히 충격을 떨쳐내고 정면을 보았다. 고이즈미가 누군가에게 전화를 하고 있었다.

"그래. 경찰이라는데? 경시청 조직범죄대책부1과에 전화해보라는군. 걸어봐?"

"알았어. 삼십 분 안에?"

"그래. 그때까지 알아낼 수 있는 건 다 불게 하지."

전화를 마친 고이즈미가 후쿠다에게 말했다.

"호스하고 양동이 준비해."

후쿠다는 대답하지 않고 잠자코 있었다. 히구치에게는 후쿠다의 눈에 서린 비난과 곤혹스러운 감정이 보였다. 고이즈미가 하려는 짓에 찬동하지 않는 것이다.

"어쩔 수 없잖아." 고이즈미가 사나운 목소리로 말했다. "사고야."

"하지만." 후쿠다가 말했다. "경찰을 적으로 돌리고 무사할 리 없어."

"다 알고 하는 짓이야." 고이즈미가 고함치듯 말했다. "이미 선은 넘어버렸다고."

후쿠다가 고이즈미 앞에서 물러나 창고 입구 옆으로 걸어갔다. 고이즈미는 양복 재킷을 벗고 셔츠의 팔을 걷어붙였다. 팔꿈치 위로 문신이 슬쩍 보였다.

히구치는 고이즈미를 올려다보며 말했다.

"경찰을 해치겠다는 건가? 열 배로 돌아올 거다. 당장 풀어!"

"몇 가지 질문이 있다."

"풀어."

"언제부터 사쿠마를 감시했지?"

"풀어."

고이즈미는 히구치 앞에 몸을 숙이고 씨익 웃으며 말했다.

"말 안 하면 괴로울 거야."

"풀라니까. 이게 마지막 경고다."

왼쪽 위팔에 또다시 전기 충격기가 닿았다. 충격 때문에 숨이 턱 막혔다.

"사실 전기는 별로 좋아하지 않아." 고이즈미가 말했다.

고이즈미가 히구치의 옆으로 이동하더니 그의 오른손으로 손을 뻗었다. 아직 저린 손끝에 고이즈미의 손이 닿는 감촉이 느껴졌다. 다음 순간, 히구치는 절규했다. 전기 충격기의 충격이 차라리 나았다. 이것이 격통이라 부르는 충격임을 바로 깨달았다. 히구치는 기억해냈다. 와카바야시의 시체는 손가락이 두 개 부러져 있지 않았던가? 히구치는 격통 속에서 실금한 것을 의식했다. 바지 속에 뜨뜻한 물기가 퍼져나갔다.

"난 진지해." 고이즈미가 말했다. "언제부터 사쿠마를 추적했지?"

히구치는 고통에 헐떡대며 말했다.

"풀어."

다시 오른손에 격통이 치달았다. 이번에는 자기가 지르는 절규조차 들리지 않았다. 의식이 아득해졌다.

완전히 의식을 잃지는 않았던 모양이다. 얼굴에 물을 맞고 강제로 의식을 되찾았다. 고이즈미가 눈앞에 버티고 서 있었다. 물인지 눈물인지 모를 물기가 히구치의 눈을 덮고 있었다. 눈을 뜨는 데 노력이 필요했다. 오른손의 격통은 다소 누그러들었지만 심장 박동에 맞추어 증폭과 수축을 되풀이하고 있었다.

고이즈미가 다시 물었다.

"사쿠마를 언제부터 추적했지?"

히구치는 말하려 했다. 하지만 흘러나온 것은 신음뿐이었다.

고이즈미가 또 물을 끼얹었다. 대답을 거부했다고 생각한 모양이다.

"지난주부터." 히구치는 간신히 대답했다.

"와카바야시에게 못 들었나?"

"듣지, 못했다. 듣기 전에, 네가 죽였으니."

"내가 죽였다는 걸 알고 있었나?"

"지금 알았다."

"또 누굴 쫓고 있지?"

"아무도."

"세 개째 맛을 봐야겠군."

고이즈미가 몸을 숙이는 시늉을 하자 히구치는 반사적으로 비명을 질렀다.

"거짓말이 아니야! 아무도, 사쿠마뿐이다!"

"하얀 미니밴을 탄 남자는 누구지?"

"누구?"

고이즈미가 히구치의 오른손을 걷어찼다. 그것으로 충분했다. 부러진 손가락에 새로운 충격이 더해지자 마침내 히구치는 완전히 의식을 잃었다.

오가와라 팀의 위치를 모니터로 확인하는데 오가와라 본인에게서 연락이 왔다.

"지금 도착했습니다. 정면은 철문입니다. 담으로 둘러싸여 있어 안은 보이지 않습니다."

가즈야가 말했다.

"어떤 장소입니까?"

"주변은 산림. 인가는 거의 없습니다."

"수사 차량 두 대가 몇 분 안에 도착합니다. 세 대로 출입구를 에워싸면 다음 지시를 내리겠습니다."

"그전에 한 가지. 방금 전 제 차를 추월한 두 대가 여기로 들어갔습니다. 사쿠마입니까?"

"아니." 사쿠마의 위치 정보를 보았다. "놈은 지금 덴노즈에 있습니다. 무슨 클럽에 들어갔어요. 두 대라고 했습니까?"

"하얀 세단과 검은 사륜구동."

"사쿠마의 동료인지, 원래 그쪽 회사의 종업원인지 몰라도 조심하십시오. 안에 사람이 많을 것 같습니다."

"예."

대화를 마치자 세나미가 말했다.

"계장님. 지원을 부탁할까요? 과장님을 통해서 하치오지 경찰서에 도움을 받는 게."

가즈야는 손목시계에 시선을 떨어뜨렸다. 오후 7시 40분이었다.

"지원이 올 때까지 기다릴 수 없습니다. 일 분 일 초를 다투는 사안입니다. 히구치 구출은 저희가 합시다. 일제 검거 때는 부탁하겠지만."

"과장님께 보고는?"

"내일 하겠습니다. 오늘 일은 제가 책임집니다."

그렇게 말하는데 왼손이 무의식적으로 셔츠 가슴주머니로 뻗었다. 주머니 속에 작고 단단한 감촉. 할아버지가 사용했던 낡은 철제 호루라기다. 자신의 몸속에 흐르는 경관의 피를 의식한 뒤로 늘 목에 걸고 있다. 가즈야는 호루라기를 움켜쥐고 그 감촉을 재차 확인했다.

모니터로 시선을 돌렸다. 오가와라 팀의 나머지 두 대 중 하나가 목적지에 도착을 앞두고 있었다.

얼굴에 물벼락을 맞았다. 숨을 쉴 수가 없어 그 고통에 히구치는 의식을 되찾았다.

겨우 눈을 떴다. 목소리는 나오지 않는다. 고통스러운 숨만 흘러나왔다.

왼쪽 문이 열리더니 남자 네 명이 들어오는 것이 보였다. 고이즈미와 후쿠다가 짧게 체대 학생처럼 인사를 했다.

네 사람은 히구치를 보고 놀라는 눈치였다. 바닥에 주저앉아 기둥에 묶인 남자. 물에 빠진 생쥐 꼴로 통증에 숨이 다 끊어져가는 남자가 있으면 누구든 조금은 놀랄 것이다.

고이즈미가 네 사람에게 말했다.

"쥐새끼가 기어들어왔군."

네 명 가운데 통통한 중년 남자 하나가 당혹스러운 기색으로 말했다.

"어쩌려고?"

"여기까지 했으니 끝을 봐야지. 그러라는 지시를 받았어."

통통한 남자가 서른쯤 되어 보이는 남자를 가리키며 말했다.

"이쪽이 신입이다."

스포츠 선수처럼 생긴 짧은 머리의 남자가 긴장한 얼굴로 서 있었다. 어두운 색의 양복을 입고 있었다.

고이즈미가 말했다.

"채용시험을 치르라는 지시다."

고이즈미가 뒤를 돌아 신호를 보내자 후쿠다가 뭔가 거무스름한 물건을 건넸다. 절반밖에 뜨이지 않는 눈으로도 그것이 반자동 권총이라는 것을 알았다. 아마도 러시아제 아니면 그 제품을 따라 라이선스 생산한 중국제.

고이즈미가 짧은 머리의 남자에게 다가가 권총을 가리켰다.

"사용법은 간단해. 자."

후쿠다가 탄창과 한 발의 카트리지를 고이즈미에게 건넸다. 고이즈미는 권총을 후쿠다에게 맡기고 탄창에 한 발만 들어 있는 카트리지를 밀어넣었다. 익숙한 손놀림이었다. 고이즈미는 다시 후쿠다에게서 권총을 받아들어 그립 밑에 탄창을 넣고 노리쇠를 잡아당겼다. 카트리지가 탄창에서 권총 본체의 약실에 장전되었다.

"이제 총알이 나오는 상태야. 그냥 방아쇠만 당기면 된다. 저 녀석 이마나 가슴, 좋을 대로."

고이즈미는 총구로 히구치를 가리켰다. 나를 죽이라고 말하고 있다. 테스트로.

뜻밖에도 무섭지는 않았다. 이걸로 끝난다. 편해질 수 있다. 환영할 만한 일이었다.

짧은 머리의 남자는 그대로 서 있었다. 권총에 손을 뻗지 않는다. 받으려 하지 않는다. 얼굴이 창백했다.

고이즈미는 권총 자루를 짧은 머리 남자에게 내밀며 말했다.

"자, 중요한 테스트다. 해. 저 남자는 경찰이다. 살려둘 수 없어."

짧은 머리 남자가 눈을 휘둥그레 떴다.

"경찰?"

"그래. 쥐새끼가 숨어 있었지."

짧은 머리 남자가 겨우 마음을 놓은 듯 권총에 손을 뻗었다. 고이즈미가 권총에서 손을 뗐다. 씩 웃은 것처럼 보였다.

짧은 머리 남자는 권총을 오른손에 들더니 고이즈미를 마주 보고 한 걸음 물러섰다. 다른 네 사람은 깜짝 놀라 그 자리에 얼어붙었다.

짧은 머리 남자가 말했다.

"나도 경찰이다. 조직범죄대책부5과, 데라와키다. 권총 불법 소지, 공무집행방해로 체포한다. 손을 들고 한 줄로 서!"

고이즈미가 이번에는 껄껄 웃음을 터뜨렸다.

"둘 다 경찰이었나?"

"손들어!"

"경찰 나리, 쏠 수나 있겠어?"

고이즈미는 데라와키라는 경찰에게 한 걸음 다가갔다. 데라와키가 허리를 낮추고 한 걸음 더 물러났다. 기 싸움에서 눌리는 것이다. 고이즈미가 오른손을 휙 흔들었다.

데라와키가 짤막한 외마디 비명을 지르며 우뚝 멈췄다. 전기 충격기에 당한 것이다. 고이즈미가 재빨리 데라와키의 오른손에서 권총을 낚아챘다.

데라와키가 비틀거리며 고이즈미에게 손을 뻗었다. 맞붙어 싸우려는 태세 같았다.

뒷걸음으로 데라와키에게서 벗어난 고이즈미가 웃음기 서린 목소리로 말했다.

"난 쏠 수 있거든."

파열음이 났다. 창고 안에 먼지가 흩날리는 환영이 보일 정도로 큰 소리였다.

부하 야오이타 하지메가 공터 안의 상황을 확인하러 갔다. 그는 오가와라 히로시의 팀에서 최연소 수사원으로 몸이 날랬다. 동료의 도움도 없이 높이 2미터가 넘는 담을 훌쩍 뛰어넘어 안쪽에 내려섰다.

얼마 지나지 않아 오가와라의 이어폰에 나직한 목소리로 보고가 들어왔다.

"문제의 셀시오가 있습니다."

안조 계장의 추측이 정확히 적중했다. 그 빡빡머리 남자의 세단이 여기에 있다. 히구치 마사토는 아마 그 세단을 타고 이곳에 끌려왔을 것이다. 히구치의 정체는 이미 발각됐을지도 모른다. 경찰이라는 사실을 알고도 풀어주지 않는다면, 히구치는 상당히 위험한 상황이다.

오가와라가 물었다.

"사람은?"

"보이지 않습니다. 창고 안에 있는 것 같습니다."

"게이트 잠금장치는 열 수 있나?"

"지금 바로."

십 초 후, 게이트가 열리기 시작한 직후였다. 그 공터에 도착한 1과 수사원들의 귀에 짧은 파열음이 들렸다.

총성?

가까운 곳은 아니다. 먼 곳도 아니고, 소리가 탁했다. 실내? 건물 안에서 난 총성인가? 게이트 밖에서 오가와라는 이어폰 마이크로 말했다.

"총성입니다."

한 박자 늦게 안조 가즈야 계장의 지시가 돌아왔다.

"놈들이 일선을 넘었다. 히구치 구출을 최우선으로 합니다. 할 수 있습니까?"

"할 수 있습니다. 폭력배 한둘쯤 여섯 명이면 제압할 수 있습니다."

"지원을 기다리는 게 나으면 그렇게 말씀해주십시오."

"지금 총성 때문에 사태가 바뀌었습니다. 기다리면 상황만 나빠집니다. 시켜만 주십시오."

"그럼 권총 사용을 허가합니다. 발포는 현장 판단에 맡기겠습니다."

"알겠습니다. 일단 공터 안으로 들어가겠습니다."

이미 이 게이트 앞에는 팀의 차량 세 대도 도착해 있었다. 수사원들 모두가 돌입을 기다리고 있는 참이었다. 두 대의 차량이 게이트를 막는 위치에 서 있었다. 그 뒤에 한발 늦게 도착한 한 대.

문이 활짝 열렸다. 부지 안을 비추는 옥외 조명이 켜 있다. 안쪽에 폐차들이 산더미처럼 쌓여 있고 게이트 오른편에 창고로 보이는 건물. 창고 벽에는 높은 곳에 창문이 몇 개 있어 안에서 새어나오는 불빛이 보였다. 창고 앞에 세 대의 승용차가 서 있었다. 사람은 보이지 않는다. 타고 온 놈들이 창고 안에 있다는 뜻이다.

창고 옆에는 공사 현장용 가건물이 있었다. 사무소 대용인가. 하지만 이쪽에는 불빛이 없었다.

야오이타가 손짓으로 신호했다. 자기는 걸어서 창고 오른쪽 건물로 돌아가겠다는 뜻이다.

오가와라는 고개를 끄덕였다.

운전석의 이즈카 히데키가 차를 급발진시켰다. 여기까지 왔으니 소리를 죽일 필요도 없다. 빛은 오히려 강하게 쏘는 편이 낫다. 많은 수가 포위하고 있다고 착각하게 만들어야 한다.

부지 안에는 모래가 깔려 있었다. 타이어가 모래를 긁는 소리가 요란하게 울렸다. 10미터쯤 달려 주차해 있던 차 바로 뒤에서 급정지. 오가와라는 발밑에서 핸드 마이크를 꺼내 들고 조수석에서 내렸다.

그를 포함한 다섯 명이 차에서 내려 문 뒤에서 권총을 움켜쥐었다.

오가와라는 핸드 마이크 스위치를 켜고 큰 소리로 말했다.

"경시청이다. 안에 있는 놈들은 십 초 안에 손을 들고 밖으로 나와!"

그 목소리는 어두운 공터에 상상 이상으로 크게 울렸다. 안에 있는 놈들이 못 알아들었을 리는 없을 것이다.

셔터 옆에 있는 출입구 유리에서 빛이 사라졌다. 창문도 어두워졌다.

오가와라는 말을 이었다.

"너희는 포위되었다. 당장 손을 들고 나와라!"

그때 자동차 헤드라이트가 공터 안을 훑었다. 오가와라는 뒤를 돌아보았다. 간선도로에서 이 공터 입구로 통하는 길로 한 대의 차가 돌진해오는 참이었다.

오가와라는 눈을 가늘게 뜨고 그 차를 보았다. 하얀 미니밴이었다.

우리 쪽 차인가? 아니면 놈들 쪽?

"조심해. 뒤에도 있다."

오가와라는 그 자리에서 허리를 낮추고 두 손으로 권총을 움켜쥐고 경계했다. 미니밴은 게이트 앞에서 급정지했다.

앞뒤를 막은 건가? 우리를 가둔 건가?

부하들이 창고와 미니밴을 번갈아 보며 당황하고 있었다.

오가와라는 상체를 세우고 미니밴의 정면에 맞서서 왼손으로 경찰수첩을 들어 보였다. 지금 라이트가 비쳤을 때, 상대가 오가와라 팀이 입고 있는 짙은 남색 점퍼의 등판을 보았을까? 그 등에는 커다란 글자가 박혀 있다.

'경시청 POLICE'라고. 방금 공터 게이트 앞에 멈췄을 때 전원에게 착용 지시를 내렸다.

미니밴의 헤드라이트가 꺼졌다. 조수석에 탄 남자가 창에서 손을 내밀었다. 경찰수첩이다.

오가와라는 자기 경찰수첩을 내렸다.

누구지? 1과 2계 수사원은 아니다. 하치오지 경찰서인가?

미니밴에서 세 남자가 뛰어내렸다. 양복 차림이 한 명, 재킷 차림이 두 명.

조수석에서 내린 남자는 양복 차림의 사십대로, 오가와라와 거의 동년배로 보였다. 그 남자가 말했다.

"조직범죄대책부5과, 약물대책7계 나가미네다."

그렇게 말한 남자는 경찰수첩을 내밀었다. 신분증명서의 계급은 경부보였다. 오가와라와 같았다. "그쪽은?"

오가와라가 대답했다.

"조직범죄대책부1과 2계. 주임 오가와라다. 이곳에는 어떻게?"

"우리 수사원이 끌려갔다."

오가와라는 희미한 전율을 느끼며 말했다.

"우리 수사원도 마찬가지야. 지금 총성이 들렸다."

"총성?" 남자의 안색이 변하는 것이 보였다. 어둠 속에서도 뚜렷이.

"상대는 몇 명이지?"

"최소 셋. 여섯 명일지도 몰라."

"그쪽은?"

"여섯 명."

"어쩔 작정이야?"

"돌입한다."

"무모해."

"이제 아홉 명이야."

"우리 수사원이 안에 있다. 여긴 이쪽에 맡겨."

오가와라는 상대의 거만한 말에는 대답하지 않고 반대로 지시를 내렸다.

“그쪽 자동차 라이트를 사무소 쪽으로 돌려. 저쪽 문을 맡아줘.”

이 녀석들은 지원군으로 사용해야겠다. 써먹을 수 있다. 몇 명 여유가 생겼다.

오가와라는 그의 차 조수석 문 뒤로 돌아가 이어폰 마이크로 안조 경부에게 말했다.

“들으셨습니까? 5과가 왔습니다. 약물대책7계. 안에 수사원이 한 명 있다고 합니다.”

“들립니다.” 안조 경부가 대답했다. “안에 있는 수사원들이 서로 그 정보를 모른다면 일이 까다로워집니다.”

“밖에 경찰이 왔다는 건 알고 있습니다.”

“놈들이 패닉이라도 일으키면 위험합니다. 현장 지원을 5과에 맡기십시오.”

그 말인즉 현장 지휘는 오가와라가 하라는 뜻이다.

“예.”

“지금 다치카와 경찰서 절도 담당 수사원과 연락하고 있습니다. 전에 그쪽 현장을 조사한 적이 있어요. 건물 구조를 알 수 있습니다. 오가와라 씨 휴대전화로 연락하라고 하겠습니다.”

“예.”

휴대전화가 울렸다. 오가와라는 휴대전화에 귀를 댔다.

“다치카와 서 사카이라고 합니다. 마에하라 흥산 공터 말씀이시죠?”

“지금 현장에 있습니다. 조직폭력배가 창고 안에서 버티고 있습니다. 입구는 어디인가요?”

“사무소가 있는 가건물 쪽에 하나. 셔터 두 개 사이에도 문이 하나 있습니다.”

"뒤쪽에는? 주차장에서 보이지 않는 쪽."

"증축한 자재 창고가 있는데, 그 뒤에도 문이 하나 있습니다. 밤에는 찾기가 어려울 겁니다."

"뒤로 도망갈 수 있습니까?"

"펜스가 있습니다. 뛰어넘어도 도로를 걸어 결국 게이트 앞으로 나오게 됩니다."

"부지 뒤쪽은?"

"산림입니다. 도립 다키야마 자연공원. 그쪽으로 달아나면 잡기 힘들지도 모릅니다."

"고맙습니다."

오가와라는 통화를 끝내고 뒤로 돌아 큰 소리로 지시했다.

"구가, 모로타, 창고 왼편 안쪽으로 간다. 그쪽에도 출입구가 있어. 손도끼 챙겨 가."

구가와 모로타가 곧바로 차에서 떨어져 오가와라가 지시한 방향으로 달려갔다. 슬쩍 뒤를 돌아보니 조직범죄대책부5과의 세 형사가 사무소 옆으로 돌아가는 게 보였다.

일 분 늦었다. 오가와라는 울화통이 터졌다. 이 미니밴 때문에 십 초를 주겠다는 조건을 이쪽에서 어긴 셈이 되었다. 안에 있는 놈들의 동요도 잦아들었을 것이다. 반격할 기회를 내주고 말았는지도 모른다.

그때 5과의 나가미네가 허리를 낮추고 다가왔다. 그도 이미 권총을 뽑아쥐고 있었다.

"지원은 오나?" 나가미네가 물었다.

"올 거야. 시간은 좀 걸리겠지만."

"총성은 한 발뿐인가?"

"귀에 들린 건."

"정말 이 인원으로 할 셈인가?"

"지원을 기다릴 때가 아니야."

"상대의 무기는?"

"몰라!" 오가와라는 짜증스러운 목소리로 나가미네에게 말했다. "하지만 군대를 상대하는 것도 아니야."

"한 팀이 십오 분 내로 도착해."

오가와라는 급기야 버럭 소리를 질렀다.

"놈들은 벌써 한 발 쐈단 말이다!"

나가미네가 기죽은 표정으로 물었다.

"어쩌려고?"

"플래시뱅flashbang을 사용한다." 셔터 옆쪽 문을 가리켰다. 유리창이 달려 있었다. "저기로 플래시뱅을 던져넣는다. 그걸 신호로 두 개의 출입구로 수사원이 돌입하고, 저항하는 자는 쏜다."

플래시뱅은 스턴 그러네이드stun grenade라고도 부르는 섬광탄이다. 인질 사건에서 종종 사용하는 섬광과 폭음을 쏘아내는 수류탄이다. 이것이 가까이서 폭발하면 수십 초 동안 눈과 귀가 마비된다. 후쿠오카 현경이 버스 납치 사건에서 사용하면서 유명해졌다.

나가미네가 의외라는 듯이 말했다.

"기동대 기법이잖아?"

"그래서?"

"미리 준비했던 건가?"

"당연하지."

"우리는 어쩌지?"

"사무소 쪽 문만 맡아줘. 돌입하지는 않아도 돼. 나오는 놈이 있으면 붙잡아. 정면과 뒤쪽은 우리가 맡는다."

"우리 수사원은 우리가 구출한다. 동시에 들어가겠어."

"그러지. 실수로 경찰이나 쏘지 마."

"그쪽도."

나가미네는 고갯짓도 않고 말없이 원위치로 돌아갔다. 일단 반대는 하지 않는다. 본의는 아니지만 승낙하겠다는 뜻이리라. 오가와라는 말투를 바꾸어 부하들에게 지시했다.

"들었지? 플래시뱅을 사용한다. 그 소리를 신호로 세 방향에서 내부로 돌입. 무기를 가진 상대는 쏘아도 좋다."

오가와라는 뒤쪽으로 돌아간 구가와 모로타에게 물었다.

"도착했나?"

"예." 나직한 목소리. 이미 뒤쪽 문 바로 옆에서 대기하고 있는 것이리라.

"이즈카와 나머지 인원이 정면 출입구의 유리를 깨고 플래시뱅을 투입한다. 폭발이 신호다. 문이 잠겨 있으면 부수고 들어가."

이즈카가 작은 두랄루민 케이스를 들고 창고 정면 출입구로 다가갔다. 건물 앞쪽 중앙 기둥 바로 옆이다. 문은 알루미늄제였다. 그리 튼튼하지는 않다. 야마모토와 야오이타도 허리를 낮추고 차량 사이를 지나 이즈카의 뒤를 따랐다.

오가와라는 좌우를 확인한 뒤에 마이크로 안조 계장에게 말했다.

"삼 분 내에 돌입할 수 있습니다."

"돌입 지시는 제가 내리겠습니다." 계장이 대답했다. "일단 다시 한 번 투항을 권해보십시오. 일 분 단위로. 구리타 씨와 이케하타 씨도 그쪽으로 보내겠습니다."

"예."

오가와라는 다시 핸드 마이크로 손을 뻗었다.

안조 가즈야는 제2방면본부 빌딩 안 임시 지령실에서 부하들의 얼굴을 보았다. 구리타와 이케하타는 이미 일어나 있었다.

가즈야는 구리타에게 말했다.

"현장으로."

채비를 시작한 두 사람을 곁눈으로 보며 가즈야는 세나미 히로시의 얼굴을 보았다. 그의 얼굴은 창백하게 굳어 있었다. 가즈야와 똑같은 상상을 하고 있는 것이다. 히구치 마사토가 총에 맞았다면.

오가와라에게서 직접 보고는 받지 못했지만 지금 현장에서 오간 대화는 들었다. 5과 약물수사7계가 같은 조직에 수사원을 잠입시켰다. 현장에서 혼선이 생길 가능성이 있다. 몇 분 전의 총성이 불안했다. 서로 상대의 정체를 알지 못하는 수사원들이 상대를 조직폭력배로 착각한 채로 뭔가 예기치 못한 사태가 벌어진 게 아닐까?

가즈야는 숨을 꿀꺽 삼키고 이어폰 마이크를 벗은 뒤 휴대전화를 들었다.

버튼을 두 번 누르자 바로 상대가 받았다.

"무슨 일인가?"

1과장 마쓰바라 유스케다. 음악이 들려왔다. 웃음소리도. 술집인가?

"안조입니다. 5과장과 연락이 되십니까? 긴급 상황입니다. 저희 쪽과 5과 수사가 충돌할 가능성이 있습니다. 분담을 정해서 움직이는 게 유리한 상황입니다."

마쓰바라가 불쾌한 기색으로 말했다.

"그걸 지금?"

"상대가 거절하리라는 건 예측되는 바입니다. 다만 이 시각에 요청했다는 사실만이라도 5과장의 기억에 심어주고 싶습니다."

가즈야는 그렇게 말하며 손목시계를 보았다.

오후 8시 15분으로 접어들고 있었다.

마쓰바라가 잠시 말을 삼켰다.

가즈야는 마쓰바라가 질문할 경우 어디까지 설명할지 고민했다.

"5과장에게는 지금 전화하겠다. 우리가 긴급하게 수사 분담을 조정하고 싶다고 요청하라는 말이지?"

"예."

"일단 끊게."

"예."

이어폰 마이크를 다시 끼자 오가와라의 목소리가 들렸다. 계속 마이크로 범죄자들에게 투항을 요구하고 있다.

"손을 들고 나와라. 일 분, 시간을 주겠다. 인질을 풀어주고 손을 들고 나와라."

구리타와 이케하타가 벽에 걸린 짙은 감색 점퍼를 들고 지령실에서 나갔다. 당연히 두 사람의 옆구리에도 권총이 든 가죽 권총집이 장착되어 있었다.

두 사람이 나가자 세나미가 조금 거북한 표정으로 말했다.

"지원을 요청하는 게 낫지 않을까요?"

가즈야는 고개를 저었다.

"삼 분 안에 결판이 납니다. 특수부대를 기다리면 해결까지 몇 시간이나 걸려요. 그럴 여유는 없습니다."

그때 가즈야의 휴대전화가 울렸다. 발신인을 확인하니 마쓰바라 과장이었다.

"5과장은 지금은 무리라고 거절했다. 내일 아침 일찍 하자는군. 이걸로 됐나?"

"예. 5과가 요청을 거절한 것으로 기억하겠습니다."

"지금 어떤 상황이지?"

가즈야는 짧게 설명했다. 부하 수사원이 약물 밀매 신흥 세력으로 추정되는 그룹과 접촉했다. 오늘, 그 수사원의 소재가 파악되지 않았는데 하치오지의 공터로 끌려갔다는 사실을 알아냈다. 방금 전 수사원들이 현장에 도착했다. 거기에 한발 늦게 5과 수사원들이 도착했다. 5과도 같은 그룹에 수사원을 잠입시켰던 모양이다. 방금 전 총성이 들렸다.

가즈야는 수사원을 구출하기 위해 돌입을 지시했다고 전했다. 부하들이 현재 공터 부지 밖에 있는지, 창고 바로 옆에 있는지는 확실하게 알리지 않았다. 아직 밖에 있다고 오해하게 내버려두는 게 낫다.

마쓰바라는 순간 신음을 흘리고 말했다.

"돌입 지시는 알겠다. 현장에서는 누가 지휘를?"

"오가와라 주임입니다. 5과도 포함해 현장 지휘를 맡고 있습니다."

"우리가 총괄하고 있나?"

"예."

"우리가 맡은 현장에서 5과 수사원에게 사고가 생긴다면 자넨 본청을 떠나게 될 거야."

생각해보지도 않았다. 하지만 그들은 수사원 구출을 최우선으로 5과를 몰아세웠다. 이제 와서 지휘를 양보할 수는 없었다. 하물며 한시를 다투는 사태다. 더 윗선의 판단을 청할 수도 없다.

"상황을 수시로 보고하도록."

"예."

전화를 끊자 바로 착신이 들어왔다. 발신자를 확인한 가즈야는 깜짝 놀랐다. 히구치였다.

하지만 그는 지금…….

그때 세나미가 모니터 한 대를 보며 말했다.

"히구치의 휴대전화가 켜졌습니다. 위치는 하치오지 공터, 예상이 맞았습니다."

가즈야는 마이크를 통해 오가와라에게 명령했다.

"돌입은 일시 대기. 히구치의 휴대전화 번호로 연락이 들어왔다."

가즈야는 숨을 가다듬고 휴대전화를 귀에 댔다.

"안조다."

돌아온 대답은 히구치의 목소리가 아니었다.

"히구치를 데리고 있다. 차를 전부 빼."

"뭐?"

"들었잖아. 네가 누군지는 여기 히구치에게 들었다. 차를 거기서 빼. 멀리 떨어져라. 쫓아오지 마. 그러면 히구치는 돌려보내주겠다."

그 빡빡머리 사내가 전화한 걸까? 목소리는 그 덩치에 걸맞을 것 같았다. 다만 조금 신경이 곤두서 있는 듯했다.

그리고 지금 놈은 이렇게 말했다. **거기**서 빼.

놈은 하치오지 현장에 전화 상대, 즉 안조 가즈야가 있다고 믿고 있나? 그 오해가 득이 될지 해가 될지는 알 수 없다. 하지만 지금 이쪽에서 바로잡을 필요도 없을 것이다.

또 한 가지, 판단하기 어려운 점. 이 전화번호의 상대가 누군지 정말 히구치가 말했을까? 그렇다면 언제? 지금인가? 아니면 좀 더 이른 단계에? 지금 캐낸 정보라면 히구치는 살아 있다는 뜻이다.

어떻게 반응해야 할지 망설이고 있자 상대가 말을 이었다.

"들었지? 일 분 내에 차를 전부 치워. 뭉그적거리면 일 분마다 이 놈 손가락을 하나씩 부러뜨리겠다. 협박이 아니야."

"기다려. 네 이름은?"

"누구든 무슨 상관이야."

"부를 때 이름이 필요하잖아. 누구냐?"

남자는 지난 총리대신의 이름을 말했다.

"그런 줄 알아."

"고이즈미, 포기해. 벌써 열 대의 차량이 포위하고 있다. 지원도 오고 있다. 일 분 안에 움직이기란 불가능하다. 이미 내가 어떻게 할 수 있는 사안이 아니야."

"빨리."

"그보다 고이즈미. 형사가 또 한 명 있을 텐데. 그는 어디에 있지?"

"여기에 있다."

"방금 전 총성은 뭐였나?"

"그냥 협박한 거야."

"인질을 둘이나 잡고 있으면 거추장스러울 텐데. 게다가 둘 다 형사다. 풀어주는 게 상책이야."

"지금부터 일 분 기다린다. 일 분 후에 다시 전화하지. 히구치라는 부하의 비명을 들려주마."

"기다려, 기다려, 고이즈미."

"아직 할 말이 있나?"

"경찰을 다치게 하거나 죽이면 잠자코 있지 않을 것이다. 재판에 보내기 전에 끝장낼 거야. 그건 알고 있겠지?"

물론 허세였다. 하지만 그런 전설이 조직폭력배들 사이에 나도는 것도 사실이었다.

고이즈미가 대답했다.

"아아."

"차는 뺄 수 없다. 지원도 오고 있어. 라이플을 든 특수부대도 향하고 있다. 나를 아무리 협박해도 소용없으니, 너희는 결국 히구치를 죽이겠지."

"그럴 셈이야."

"잘 들어, 경찰이 한 명 죽으면 너희 중 한 명이 확실하게 죽는다. 경관이 두 명 죽으면 너희도 둘 죽는다. 관리직이 뭐라 하던 현장의 경찰은 그렇게 셈한다. 알겠나?"

고이즈미가 코웃음을 쳤다. 때때로 지나치게 기고만장해진 남자는 이 전설을 잊는다. 결과적으로 끔찍한 보복을 당한다.

"특수부대는 훨씬 비정해. 거래는 절대로 불가능하다. 투항하려면 지금이야. 지금밖에 없다. 고이즈미, 손을 들고 먼저 나와라. 먼저 나오면 너는 살아남는다. 재판을 받을 수 있어. 만일 경관이 한 명 죽었다면, 너희 중 마지막에 남는 자는 반드시 죽는다."

이번에는 코웃음을 치지 않는다. 가즈야의 말이 확실한 의미로 상대의 가슴에 닿은 것이다. 가즈야는 몰아붙였다.

"처음에 나오는 자는 산다. 두번째도. 너희는 몇 명이지? 세 명인가?"

침묵. 상대는 가즈야와 협상을 거부하는 게 아니다. 아니, 이미 그들은 협상을 시작했다. 이 침묵 자체가 대답이다. 이쪽 페이스로 끌어들였다는 뜻이기도 했다.

"네 명인가?"

"아니."

"다섯?"

"그래."

"히구치는 살아 있겠지?"

"그래."

"다른 한 명은?"

대답이 한 박자 늦었다.

"그래."

"죽였군." 가즈야가 차갑게 말했다. "우리는 다섯번째로 나오는 놈을 쏘겠다."

대답은 없다. 죽였다는 사실을 인정했다는 뜻이다.

"고이즈미, 가장 먼저 나와라. 적어도 너만은 살 수 있다. 호송차로 경시청 유치장에 보내주겠다. 지금 네게 안전한 곳은 유치장뿐이야."

고이즈미는 계속 침묵했다.

"이제 곧 특수부대가 거기에 도착한다." 실수했다. 그만 **거기**라고 말하고 말았다. 상대가 눈치챘을까? "그전에 끝내자. 히구치를 앞장세우고 뒤따라 나와라. 손을 들고 무기 없이."

"히구치라는 놈은 다쳐서 못 걸어."

누가 그랬지? 튀어나오려는 질문을 꾹 삼켰다.

"살아 있는 거겠지?"

"목소리를 들려주겠다."

몇 초의 침묵이 있었다. 세나미가 숨을 삼키고 가즈야를 쳐다보았다.

"말해." 고이즈미의 목소리가 들렸다.

하지만 곧 휴대전화에서 흘러나온 것은 고통스러운 숨소리뿐이었다.

고이즈미가 말했다.

"죽지는 않았어."

"정면 출입구까지 조심스럽게 부축해. 문을 열고 히구치를 내보내라. 이쪽에서 히구치의 신병을 인수한 다음 네가 가장 먼저 나오는 거다."

통화는 상대가 먼저 끊었다.

세나미는 아직도 가즈야를 바라보고 있었다. 지금 가즈야의 대화가 불만스러운 기색이었다.

"놈들이 정말 히구치를 죽이지 않을까요?"

"괜찮을 겁니다. 이미 거래 재료도 되지 않는다는 것을 알고 있어요. 다만 5과 수사원은 이미 죽었을지도 모릅니다. 대답하는 말투가 이상했어요."

오가와라의 목소리가 이어폰에 들어왔다.

"통화 들었습니다. 앞으로 얼마나 기다릴까요?"

"따로 지시하겠습니다. 상대도 몇 분 안에 움직일 겁니다. 상대에 따라 대응합니다."

"정말 투항할 작정일까요?"

"아니, 허점을 노리겠지요. 협상 조건을 받아들이는 시늉은 할 겁니다."

"지시를 기다리겠습니다."

가즈야는 테이블 위의 커피 잔으로 손을 뻗었다. 커피는 싸늘하게 식어 있었다.

창고 안에는 지금 한 개의 거치식 회중전등 불빛뿐이다. 빛이 창밖으로 새어나가지 않도록 지게차 차체를 칸막이처럼 썼다.

눈도 어둠에 익어 불빛 하나만으로도 창고 안이 제법 보인다. 만일 지금 이 순간 경찰이 들이닥친다 해도 영화관에 중간에 들어오는 꼴이다. 놈들에게는 아무것도 보이지 않는다. 게다가 이쪽은 상대방을 한 명 한 명 똑똑히 구분할 수 있다.

"왜 그래?" 엔도 슈스케가 물었다. 방금 전 히구치라는 형사에게는 후쿠다라는 이름으로 알려준 남자다. 동생뻘로 그와는 벌써 삼 년이나 함께 악행을 저질러온 사이다. "인질을 죽이든 말든 맘대로 하래?"

엔도가 그의 표정을 읽은 듯했다. 처음 협박이 통하지 않았다는 것을 알고 있다.

"아니야."

"그럼 뭐야, 미나가와?"

그의 본명은 미나가와 다카오. 오늘 경찰에게는 고이즈미라는 가명을 썼다.

미나가와는 나중에 이 공터에 도착한 동료 세 명을 보았다. 그중 두 명은 전부터 아는 사이지만 젊은 한 사람은 최근에야 보았다. 분명 사쿠마가 일주일 전에 끌어들인 남자였다. 의심할 여지없는 악당이라고 해서 아직 테스트도 하지 않았다. 마쓰모토 준이라 했던가. 칠부바지를 허리께에 걸치고 모자를 비스듬히 눌러쓰고 있다. 슬럼가의 흑인 불량소년 같은 꼬락서니다.

미나가와는 히구치라는 형사의 휴대전화를 가슴주머니에 넣고 엔도에게 말했다.

"투항하라는군."

"창으로 봐도 아직 경찰 수가 적어. 모 아니면 도지, 해볼 가치는 있어. 단숨에 뛰쳐나가자."

"차는 네 대인가? 담 밖에 더 있겠지?"

"안 보여."

알고 있다. 전화 상대는 방금 전 어리석게도 **거기**라고 했다. 놈은 훨씬 먼 곳에 있다. 즉 이곳에 있는 경찰은 네 대의 차로 달려온 인원이 전부일 가능성이 높다. 기껏해야 열 명이리라. 이쪽은 다섯 명이다. 놈들은 아군이 서른 명쯤 모이기 전에는 꼼짝도 하지 않을 것이다.

"뒤쪽 폐차장은 깜깜해. 어둠 속으로 달리면 도망칠 수 있어."

미나가와는 지게차 그림자 속으로 들어가 재킷 왼쪽 주머니에서 권총을 꺼냈다. 아까 잠입 형사를 쏜 권총이다. 그 후에 엔도가 탄창에 카트리지를 갈아끼웠다. 미나가와는 손수건을 꺼내 권총을 싹싹 닦았다. 지문이 남지 않도록. 그렇게 닦은 권총 자루에 손수건을 감아 주머니에 도로 넣었다.

불빛 속으로 돌아온 미나가와는 히구치라는 형사의 휴대전화를 다시 꺼냈다.

"고이즈미다."

상대가 말했다.

"이제 투항할 텐가."

"그래. 순서를 확인하고 싶다. 정면 셔터 옆쪽 문으로 일단 히구치라는 남자를 내보내면 되나?"

"그렇다. 문을 열고 히구치를 풀어줘라."

"이 형사, 제 발로 못 걸어. 넷이서 부축해서 나가겠다."

"밖에서 인수하겠다."

"쏘지 않을 거지?"

"동료를 끌어안고 있는데 쏠 것 같은가?"

"넷이서 끌어낼 거야."

"네 명이란 말이지?"

"그래."

다섯번째 인물은 마음대로 해라, 재판도 초월한 개인적 복수를 위해 한 명을 바치겠다, 그런 의미다.

상대가 말했다.

"앞으로 정확히 일 분 후다."

"이 분만 줘."

손목시계를 보았다. 8시 21분.

"좋다, 이 분. 특수부대가 바로 코앞에 와 있다. 특수부대가 도착하면 협상은 일절 없는 줄 알아."

"알고 있어."

통화를 끝내자 동료 가운데 통통한 몸집의 후지타가 물었다.

"항복할 거야?"

"그게 가능할 것 같아? 머저리!" 미나가와는 후지타에게 고함을 질렀다. "난 형사를 죽였어. 달아날 거다. 다른 아지트는 들키지 않았어."

"어떻게 할 건데?"

"뒤쪽으로 달아난다. 그쪽에 문이 있는 줄은 모를 거야. 뒤쪽은 자연공원이니 북쪽으로 빠져나가 차를 훔친다. 둘로 갈라져 달아나는 거야."

미나가와는 젊은 신입에게 다가갔다.

"마쓰모토. 네가 도와줘야겠어. 우리가 안쪽 문까지 가면 넌 이 회중전등을 정면 문 앞까지 가져가는 거야. 바닥에 내려놓고 와. 뒤에는 아무도 없으니 우리 뒤를 쫓아 달아나."

미나가와는 권총을 거꾸로 쥐고 마쓰모토에게 내밀었다. 마쓰모토는 거의 반사적으로 그 권총을 잡았다.

"이건?"

"여기서 나갈 때 저 형사를 쏘고 와. 테스트다. 그러면 진짜 채용되는 거야."

마쓰모토는 미나가와의 얼굴과 권총을 번갈아 바라보았다. 이해가 잘 안 된다는 표정이다. 지금 테스트를 받아야 한다는 사실에 수긍하지 못하는 건지도 모른다.

미나가와가 말했다.

"합격하면 돈이 들어오는 거야. 자동차, 맨션, 여자. 알지?"

마쓰모토가 겨우 얼굴을 들고 미나가와에게 고개를 끄덕였다. 얼굴이 헤벌쭉하다. 자동차, 맨션, 여자. 그 말에 반응한 것이다. 애초에 미나가와는 지금 말한 세 개가 이 마쓰모토라는 청년이 바라는 인생의 소원이 맞는지 아닌지도 모른다. 하지만 그중 적어도 하나는 사람을 죽여서라도 손에 넣어야 할 꿈일 것이다.

미나가와는 창고 정면의 문을 가리키며 턱짓으로 지시했다. 가라.

마쓰모토는 왼손에 회중전등, 오른손에 권총을 들고 지게차 그림자 속에서 걸어나갔다.

미나가와는 엔도에게 눈짓을 보내 창고 가장 안쪽에 있는 문으로 향했다. 조명이 멀어진 탓에 중간부터 신중하게 발을 미끄러뜨리듯 걸어야 했다. 엔도와 나머지 두 사람도 따라왔다. 걸어가면서 미나가와는 가까이 있던 공구함에서 스패너를 뺐다. 길이 40-50센티미터쯤 되는 묵직한 공구였다.

슬슬 이 부근이겠다 싶은 곳에서 바닥의 폐자재 같은 것에 발을 부딪혔다. 이미 불빛은 닿지 않았다. 문까지 몇 미터만 더 가면 될 텐데. 뒤따라오던 세 명도 걸음을 멈추었다.

뒤를 돌아보니 정면 쪽 문 앞에서 마쓰모토가 회중전등을 바닥에 내려놓고 있었다.

오가와라의 이어폰에 구가의 연락이 들어왔다.

나직한 목소리였다.

"이쪽 문 안쪽에 인기척이 느껴집니다."

이즈카도 보고했다.

"불빛이 이쪽 문으로도 다가왔습니다."

이것은 오가와라도 확인할 수 있었다. 상대는 둘로 갈라졌다. 투항할 의사는 없다.

오가와라는 안조 계장에게 말했다.

"놈들이 움직였습니다."

"들었습니다. 지금입니다. 들어가겠습니다."

"알겠습니다."

오가와라는 이즈카 쪽으로 고개를 돌리고 말했다.

"플래시뱅, 투입!"

"예!"

야마모토가 손도끼로 문에 붙어 있는 유리를 깼다. 쨍그랑, 요란한 소리가 났다. 깨진 구멍으로 이즈카가 검은 원통형 물체를 집어던졌다. 캔 커피만 한 크기의 수류탄이다.

오가와라가 큰 소리로 외쳤다. 5과 수사원들에게도 들리도록.

"눈 감고 귀 막아!"

한 박자 뒤에 폭발음이 울렸다. 쿠웅, 격렬한 충격파. 눈을 감고 있는데도 망막에 지금 이 부근을 가로지르는 강렬한 섬광이 느껴졌다. 창이나 문의 유리를 통해 새어나온 것이다. 안에 있던 사람들은 지금 아무것도 보이지 않고 귀울림 때문에 꼼짝도 못할 것이다. 다만 부상을 입은 것은 아니다.

오가와라는 정면의 문으로 달려가면서 큰 소리로 지시했다.

"돌입! 권총을 가진 자가 있으면 쏴도 좋다!"

이즈카가 문 정면에서 허리를 낮추고 두 손으로 권총을 움켜쥐었다. 야마모토가 손도끼로 자물쇠를 부쉈다. 이즈카가 그 문을 발로 걷어찼다. 문이 열리자 먼저 야오이타가 허리를 숙이고 창고 안으로 뛰어들었다.

오른쪽, 5과가 맡은 방향에서도 소리가 났다. 저들도 돌입한 것이다.

총성이 났다. 정면 문 바로 근처다.

단 한 발.

오가와라가 몸을 숙일 새도 없이 달려가 문 옆에 섰다.

창고 왼편 안쪽에서 요란한 소리가 났다. 우르르, 뭔가 무너지는 소리. 짧은 충격음도 몇 번 겹쳤다. 구가와 모로타가 격투를 벌이고 있나? 짧은 비명도 들렸다.

저쪽에 혹시 움직일 수 있는 사람이 있었나? 플래시뱅을 예측한 자가 있었나?

오가와라는 창고 안으로 들어가 외쳤다.

"무사한가?"

안은 어두웠다. 섬광탄의 효과는 이미 사라졌다.

이즈카의 목소리.

"괜찮습니다. 한 명 쐈습니다."

거의 동시에 창고 안에 불이 들어왔다. 형광등이 몇 번 깜빡거리더니 환한 불이 켜졌다. 야오이타가 스위치를 발견하고 불을 켠 것이다.

안쪽, 문밖에서 고함이 들렸다.

"멈춰! 쏜다!"

구가의 목소리 같았다.

이어서 총성 두 발.

5과 수사원들이 눈앞을 가로질렀다.

오가와라는 재빨리 창고 안을 둘러보았다.

눈앞에 반바지 같은 하의를 입은 젊은 남자가 쓰러져 있다. 붉게 물든 복부. 괴로워 보였지만 숨은 쉬고 있다. 야오이타가 그 젊은 남자에게 수갑을 채우고 있었다.

안쪽 기둥 옆에도 한 명 쓰러져 있었다. 그리고 기둥에 묶인 남자. 히구치였다. 바로 옆에 이즈카가 있다.

오가와라도 히구치 곁으로 달려갔다.

얼굴이 말이 아니었다. 구타당한 것이리라. 옷가지는 흠뻑 젖어 있었다. 고개를 떨어뜨리고 있다. 그래도 숨은 붙어 있는 것 같았다.

오가와라는 히구치 앞에 무릎을 꿇고 말했다.

"히구치. 나다. 오가와라다. 이제 괜찮아."

히구치가 반응했다. 고개를 들려고 한 것이다.

이즈카가 말했다.

"괜찮습니다. 살아 있어요. 다만 오른손의 부상이 심각합니다."

오가와라 뒤에서 나가미네가 달려왔다. 뒤를 돌아보자 나가미네가 바닥에 쓰러져 있는 남자 곁에서 몸을 웅크리고 절규했다.

"데라와키!"

오가와라는 쓰러진 남자를 보았다. 나가미네가 그의 윗몸을 일으켰는데, 이마에 구멍이 뚫려 있었다. 검시를 기다릴 필요도 없이, 그것은 이미 죽은 자의 얼굴이었다.

안쪽 문 근처에서 계속 소리가 들렸다.

"숙여. 쏜다!"

구가의 목소리가 다시 이어폰에 들어왔다.

"한 명 놓쳤습니다."

"놓쳤어?" 오가와라가 일어섰다. "전원 체포하지 못했나?"

안쪽 문으로 시선을 돌렸다. 세 남자가 바닥에 주저앉아 5과 수사원들에게 둘러싸여 있었다. 벌써 모두 등 뒤로 수갑을 차고 있는 듯했다. 거기에 셀시오를 타고 있던 빡빡머리 남자의 모습은 없었다.

창고 안을 한 번 더 둘러보았다.

수갑을 찬 젊은 남자는 전혀 저항하지 않았다.

체포한 일당은 네 명. 아까 안조 경부와 이쪽 우두머리의 대화로 보아 일당은 다섯 명이었을 터. 뒤로 달아난 한 명을 더해야 다섯 명인가.

이어폰에 목소리가 들어왔다.

"안조입니다. 지금 상황은 어떻습니까?"

오가와라는 분한 마음을 삼키고 말했다.

"히구치는 괜찮습니다. 고문당한 것 같은데, 의식은 있습니다. 5과 잠입 수사원은 사망한 것 같습니다. 한 명 놓쳤습니다. 그 빡빡머리 남자입니다. 구가와 모로타가 쫓고 있습니다."

"그렇다면 네 명 체포한 겁니까?"

"예. 한 명은 총으로 쐈습니다. 생명에는 지장 없습니다."

"히구치를 구했다니 다행입니다. 저도 그쪽으로 향하겠습니다. 관계자들에게는 제가 연락하겠습니다."

가즈야는 일단 이어폰 마이크를 벗고 세나미에게 말했다.

"히구치는 구출했습니다."

"5과 수사원이 총에 맞았다면서요."

"제일 처음에 울린 총성이 그거였겠지요."

"게다가 한 명 놓쳤습니다."

"무슨 말씀을 하고 싶은 겁니까?"

"여섯 명으로는 부족했습니다."

"가리베 씨 팀은 사쿠마를 쫓고 있습니다."

"지원을 말하는 겁니다. 저는 히구치를 구출하기에는 적절한 타이밍이었다고 생각합니다. 하지만 상부는 지원을 요청하지 않았던 것을 문제 삼을 겁니다."

"압니다." 무심코 목소리가 거칠어졌다. "제 책임입니다."

"그런 말을 하려는 게 아닙니다."

가즈야는 다시 이어폰 마이크를 끼고 말했다.

"가리베 씨, 들으셨지요? 하치오지에서 히구치를 구출. 한 명 달아났습니다. 현장으로 향해주시겠습니까? 가리베 씨 팀 전원."

가리베가 대답했다.

"이쪽은 종료하는 겁니까?"

"중지입니다. 오가와라 팀을 지원해주십시오."

"알겠습니다."

가즈야는 이어서 실내에 있는 본부계 무선기로 다가가 마이크를 들었다.

"본청 조직범죄대책부1과 2계, 안조 계장입니다. 하치오지에서 발포 사건이 발생했습니다. 경관이 두 명 부상당했습니다. 구급차를 수배해주십시오. 두 대."

통신지령실 담당자의 목소리.

"하치오지 어딘지 정확한 위치를 아십니까?"

가즈야는 벽에 붙여둔 메모를 보면서 정확한 위치를 전했다.

"부상당한 경관의 이름은?"

"히구치 마사토. 조직범죄대책부1과 2계. 그리고 5과 약물대책7계의 데라와키."

대답하고 나서 갑자기 생각이 미쳤다. 5과의 데라와키라면, 데라와키 다쿠 말인가?

그렇다면 그는 가즈야가 수사4과였을 당시, 가가야 히토시 경부 밑에서 수사원으로 같이 있었던 남자다. 가가야의 직계 부하라기보다는 같은 4과의 젊은 수사원으로, 그 역시 가즈야와 마찬가지로 가가야가 눈여겨보던 인물이었다.

가즈야는 당시의 수사4과를 떠올리며 말했다.

"현장에는 저희 조직범죄대책부1과와 5과가 있습니다. 제가 지금 현장으로 향하겠습니다. 나머지는 차량 내 본부계 무선으로."

차량 번호를 전하고 가즈야는 무선통신을 끊었다.

그와 동시에 휴대전화가 울렸다. 꺼내보니 상대는 마쓰바라 1과장이었다.

가즈야가 말했다.

"지금 보고 드리려던 차였습니다."

"이미 들었어." 마쓰바라의 목소리에는 뚜렷한 노기가 서려 있었다. "5과에서 연락이 왔다. 5과 수사원이 한 명 죽었다더군. 상대는 한 명 도주했고."

"추적하고 있습니다. 아직 완전히 놓친 건 아닙니다."

"어째서 지원을 부르지 않았지? 어째서 지원을 기다리지 않았나?"

"총성이 났습니다. 한시도 지체할 수 없다고 판단했습니다."

"상대는 다섯 명. 게다가 권총을 가지고 있는데도?"

"어쨌든 시간과의 싸움이었습니다. 현장에 있는 수사원들로 할 수 있는 데까지 해보려 했습니다."

"감찰은 각오해."

"예."

"기동수사대가 현장으로 향한다. 다른 부서에 요청할 사항은 없나?"

가즈야는 모니터의 지도에 시선을 던졌다.

"도립 다키야마 자연공원을 포위할 수 있도록 긴급 배치를……."

"요청하겠다."

"저도 지금 현장으로 향하겠습니다."

"괜찮겠지. 나는 본청으로 간다."

"예."

가즈야는 이어폰 마이크를 벗고 분배기에서 연결기를 뽑아 케이블을 감았다.

"세나미 씨, 가시죠."

세나미는 이미 일어나 있었다.

5과에서 두 대의 차량이 도착했다. 눈에 띄지 않는 흰색 수사 차량이었다. 이 차도 아마 5과 잠입 수사원의 뒤를 계속 추적했으리라. 1과의 그들과 마찬가지로 어디선가 상대에게 들키는 바람에 감시 대상을 놓쳤을 것이다.

그 차에서 두 명의 남자가 내렸다. 오가와라는 조수석에서 내린 탄탄한 체격의 사십대 남자를 본 기억이 있었다. 본청 안에서도 물론 본 적이 있지만 그보다 텔레비전에서 보았던 인상이 더 강했다. 그는 바르셀로나 올림픽 때 활약한 일본의 국가대표 유도선수였다. 출전 당시, 그는 이미 경시청 직원이었다. 이름은 분명 야스나카 마코토라고 했다.

오가와라는 창고 앞 주차장에 있었다. 수사 차량은 이미 주차장 가장자리로 치워 구급차가 지나갈 수 있게 길을 터놓았다. 5과의 나가미네가 오가와라 옆에서 줄곧 휴대전화로 뭔가 말하고 있었다. 말투로 보건대 상사에게 보고하는 것이리라.

야스나카가 다가와 오가와라를 노려보며 꾸벅 고개를 숙였다.

통화를 마친 나가미네가 야스나카에게 말했다.

"데라와키가 죽었다. 총에 맞았어."

야스나카의 응회암 같은 얼굴에 충격은 드러나지 않았다. 이미 연락을 받았을 것이다.

"누가 쏜 겁니까?"

"몰라. 권총을 쥐고 있었던 건 젊은 남자였다. 그 녀석은 1과가 쐈어.”

야스나카가 오가와라를 돌아보았다.

“1과가 그놈을 쫓고 있었습니까?”

내게 묻는 건가? 오가와라는 당혹스러웠지만 대답했다.

“이 그룹을 쫓고 있었어. 우리도 잠입 수사원이 중태다.”

“그렇다는 건.” 야스나카는 다시 나가미네 쪽으로 고개를 돌렸다. “1과가 쓸데없는 짓을 해서 데라와키의 정체가 탄로났다는 뜻입니까?”

나가미네는 고개를 저었다. 하지만 확실하게 부정하는 것 같지도 않았다.

“겹친 거야.” 오가와라가 말했다. “쌍방이 같은 조직을 쫓고 있었다.”

“1과가 여기에 도착했을 때 데라와키는 살아 있었습니까?”

“몰라. 도착했을 때 총성이 들렸다.”

야스나카는 다시 나가미네에게 고개를 돌렸다.

“데라와키는 어디에 있습니까?”

“창고 안에.”

“놈들은?”

“모두 창고에 있다. 수갑을 채워서 던져놓았어.”

“권총을 들고 있던 남자도?”

“안에 있어. 반바지를 입고 있는 젊은 남자다.”

멀리서 구급차 소리가 들렸다. 빠르게 다가오고 있다. 그 뒤에 또 다른 사이렌 소리. 기동 수사대도 달려오고 있을 것이다. 아마도 하치오지 경찰서 지역과 차량도 서둘러 오고 있으리라.

야스나카는 점퍼 속에 손을 넣어 옆구리의 권총집에서 권총을 꺼냈다.

오가와라는 반사적으로 야스나카 앞으로 나가 두 팔을 벌렸다.

“잠깐.”

야스나카는 오가와라에게 정면으로 몸을 날려 다리를 걸었다. 반응할 새도 없었다. 오가와라는 맥없이 바닥에 나동그라졌다.

나가미네가 뒤에서 외쳤다.

"그만둬, 야스나카!"

야스나카는 멈추지 않았다. 권총을 오른손에 든 채로 정면의 문으로 향했다.

오가와라는 이즈카 쪽을 향해 외쳤다.

"저 녀석을 붙잡아! 피의자를 쏠 셈이다!"

이즈카가 문 앞을 가로막고 권총을 쥐었다.

야스나카가 걸음을 멈추고 물었다.

"경찰을 쏠 테냐?"

"쏜다." 이즈카가 대답했다. "개인적 복수는 용납할 수 없어."

"동료가 죽었어."

"판가름하는 건 경찰이 아니다."

"비켜."

"한 걸음 더 다가오면 쏜다. 진심이다."

나가미네가 다시 뒤에서 야스나카를 말렸다.

"야스나카, 어리석은 짓 그만해. 5과하고 1과가 서로 총질할 셈이야?"

야스나카의 잔뜩 굳은 어깨에서 순간 힘이 빠진 것처럼 보였다. 거기에 5과의 세 수사원들이 달려왔다. 한 명이 야스나카 앞에서 두 팔을 붙잡고, 나머지 두 사람이 옆에서 팔짱을 꼈다. 야스나카는 콧김을 씩씩거렸다.

오가와라는 일어나서 다시 부하들에게 지시했다.

"구급차와 호송차가 올 때까지 아무도 들여보내지 마. 5과 형사도 마찬가지다."

이즈카가 권총을 살짝 내리고 끄덕였다.

가즈야는 하치오지 방향으로 중앙고속도로를 달리고 있었다. 뒷좌석에 팀 수사용 통신설비를 탑재하고 있는 미니밴이다. 물론 컴퓨터도 있고, 간이 화장실까지 있었다. 제2방면본부에 설치된 임시 지령실의 이동식 타입이라 할 수 있는 차량이었다. 하치오지 현장으로 서두르려면 사실은 배기량이 큰 세단이 더 적당하다. 하지만 오늘, 그들 조직범죄대책부1과 2계가 쓸 수 있는 수사 차량은 전부 작전에 투입했다. 이 무거운 미니밴을 쓸 수밖에 없었다.

그 수사 차량을 운전하는 것은 세나미였다. 가즈야는 자기가 운전하겠다고 했지만 세나미가 상사에게 운전대를 맡길 수는 없다며 거부했다. 솔직히 주말에나 운전하는 세나미에게 운전을 맡기려니 내키지 않았지만 세나미는 운전과 수사 지휘, 한 사람이 두 가지 일을 동시에 완벽하게 해내기는 불가능하다고 말했다. 그 말을 들으니 세나미의 말을 따를 수밖에 없었다. 가즈야는 안전벨트를 단단히 매고 조수석에 앉아 있었다.

다카이도 나들목을 통과한 지 십 분쯤 지났을 때, 오가와라의 목소리가 이어폰에 들어왔다.

"지금, 히구치가 구급차로 호송되었습니다. 의식은 있었습니다."

가즈야는 물었다.

"병원은?"

"무사시노 적십자 병원이라고 합니다. 야오이타가 따라갔습니다."

"하치오지 도쿄 의대 의료센터가 아니라?"

하치오지에서 야간에 긴급 외래환자를 받을 수 있는 3차 의료기관이라면 도쿄 의대 하치오지 의료센터가 있다. 가즈야는 아무 의심도 없이 히구치가 그쪽으로 호송되었을 거라 생각했다.

"그쪽에는 5과의 데라와키라는 수사원이 호송될 예정입니다."

가즈야는 무심코 안도한 목소리로 물었다.

"목숨은 구했습니까?"

"아니요. 심폐정지라는 말을 들었습니다. 일단 조치하겠다는 의미일 겁니다."

"총에 맞은 피의자는?"

"다치카와입니다. 국립 병원기구 재해 의료센터. 저희 쪽에서 구가, 모로타를 붙였습니다."

"부상 정도는?"

"복부를 관통했습니다. 구급대원 말로는 사나흘이면 질문에 대답할 수 있을 거랍니다."

가즈야는 운전하는 세나미를 바라보았다. 세나미는 어쩌겠느냐고 물었다.

가즈야는 오가와라에게 말했다.

"저는 무사시노 적십자 병원부터 먼저 들르겠습니다. 현장에는 그 후에……."

가즈야가 마이크를 끊고 말했다.

"무사시노 적십자 병원으로 가주십시오. 목숨은 건진 모양입니다."

세나미는 내비게이션을 보고 말했다.

"조후 나들목에서 빠지겠습니다. 우리가 먼저 도착할지도 모르겠군요."

그 말이 맞았다. 미니밴이 무사시노 시 무사시노 적십자 병원 응급출입구 앞에 도착했을 때 구급차는 아직 도착하지 않았다. 통신지령실을 통해 확인하니 그때 구급차는 무사시사카이 노자키 교차점 부근을 달리고 있다고 했다. 가즈야는 출입구 옆에 미니밴을 세우고 도착을 기다리기로 했다.

오가와라에게서 또 연락이 들어왔다.

"도주한 피의자는 아직 체포하지 못했습니다. 5과 과장대리가 이쪽으로 오고 있다고 합니다."

"자연공원 주변에서는 검문을 시작했습니까?"

"예. 하치오지 경찰서에서 눈에 불을 켜고 검문하고 있습니다. 경찰이 총에 맞았으니까요."

그때, 구급차 사이렌 소리가 들렸다. 제법 가깝다.

"히구치가 도착한 모양입니다. 일단 끊겠습니다."

일 분도 지나지 않아 입구 앞에 구급차가 멈췄다. 뒷문을 출입구 쪽에 대고 있었다. 가즈야는 이미 세나미와 함께 미니밴에서 내려 기다리고 있었다. 구급차에서 두 명의 구급대원이 뛰어내려 차에서 들것을 내렸다. 환자의 얼굴에는 인공호흡기 같은 장치가 붙어 있고, 링거가 꽂혀 있었다. 얼굴을 알아볼 수 없었다.

가즈야는 달려가 구급대원에게 물었다.

"하치오지에서 오신 거죠? 경관 맞습니까?"

"맞습니다. 비키세요."

뒤를 돌아보니 여성 간호사가 두 명, 출입구 유리문 안쪽에서 기다리고 있었다. 그 뒤에 의사 복장의 여성이 있다. 간호사들에게 뭔가 지시하고 있었다.

들것 뒤를 따라 출입구로 향하던 가즈야는 눈을 깜빡거렸다. 의사로 보이는 여성은, 그가 아는 인물이었다. 상대도 눈을 휘둥그레 뜨는 것이 보였다.

나가미 유카. 과거 그의 연인이었던 여성. 도쿄 소방청의 여성 구급대원이었다. 가즈야가 가가야 히토시 경부의 각성제 소지 사실을 경무부에 고발한 아침, 그녀도 가가야와 함께 있었다. 메구로 역 부근의 집합주택에서 가가야가 독일제 세단을 타고 나왔을 때, 그녀는 조수석에 있었다. 가가야와 마찬가지로 임의동행을 요구받아 소변검사를 받았을 것이다. 체포되지 않았으니 각성제 사용 증거는 나오지 않았다는 뜻이다. 그 후 그녀는 도쿄 소방청에서 징계면직 처리되었다고 들었다. 도쿄 소방청은 각성제 소지 혐의가 있는 남자와 함께 있었다는 사실 하나만으로도 구급대원을 징계할 이유로 충분하다고 판단한 것이다. 그 후의 소식은 듣지 못했다.

나가미 유카는 바로 시선을 떼고 간호사들에게 지시했다.

"이쪽으로."

그렇다면 그녀는 역시 의사다. 오늘 이 병원의 응급실 담당의인가?

간호사들이 들것을 밀었다. 나가미 유카는 구급대원들에게 받은 서류철을 쭉 훑어보고 간호사 한 명에게 뭐라 말했다. 약품명 같았는데 가즈야는 알아듣지 못했다.

가즈야는 복도를 성큼성큼 걸어가는 나가미 유카 옆에서 말했다.

"내 동료야. 괜찮을까?"

의식하지 않았는데도 아는 사람을 대하는 편한 말투가 튀어나왔다.

나가미 유카는 가즈야의 얼굴을 흘깃 보고 말했다.

"괜찮습니다. 골절은 오른손 제5, 제4 기절골뿐인 것 같습니다. 열상은 없고요. 내출혈도 육안으로 보는 한 그리 심하지 않습니다. 출혈도 적습니다."

그녀의 목소리는 그가 기억하는 것보다 딱딱하게 들렸다. 그것이 이런 상황 탓인지, 아니면 세월 탓인지, 가즈야는 판단하기 어려웠다.

"신경이 걱정돼. 고문을 당했어."

나가미 유카가 다시 가즈야를 쳐다보았다. 아니나 다를까 충격이 얼굴에 드러났다.

가즈야는 말을 이었다.

"잠입 수사였는데 정체가 탄로나 고문을 받았어. 그런 부상이야. 단순한 외상이 아니야. 과연 회복할 수 있을지……."

그러니 정성껏, 전력으로 치료해달라고 부탁할 셈이었다.

나가미 유카가 단호하게 말했다.

"사람은 어지간한 일은 견딜 수 있어. 회복할 수 있어. 그러니 안심해도 돼."

들것이 멈췄다. 마침 쌍여닫이 철문이 좌우로 열렸다.

"여기서부터는 못 들어와." 나가미 유카가 말했다.

가즈야는 들것 뒤를 따라 안으로 들어가려는 나가미 유카를 불러세웠다.

"하나만."

나가미 유카가 고개를 돌려 가즈야를 바라보았다. 거기에 있는 것은 타협도 흐트러짐도 없는, 현장에 있는 직업인의 얼굴이었다. 과거에 그가 사랑했던 점도 그녀의 이런 얼굴이었다. 메구로 서에서 근무했던 신참 경찰관 시절, 교통사고 현장에서 그녀는 지금과 똑같은 얼굴로 부상자의 응급치료에 임하고 있었다.

가즈야는 물었다.

"언제 의사가 됐지?"

나가미 유카의 입매가 살며시 누그러졌다. 어쩌면 무의식적인 미소였는지도 모른다. 나가미 유카가 말했다.

"작년부터 연수의야. 새로 시작하겠다고 결심하고 죽어라 공부해서

의대에 새로 들어갔어. 구급의료 일을 포기하기는 싫었으니까."

안쪽에서 간호사가 불렀다.

"나가미 선생님!"

나가미 유카는 가즈야에게 살짝 고개를 숙이고 걸음을 돌려 응급치료실로 들어갔다. 눈앞에서 문이 닫혔다.

옆에 선 세나미가 의아한 기색으로 물었다.

"아는 분입니까?"

가즈야는 세나미에게 시선을 돌리지 않고 대답했다.

"예. 하지만 구 년 만에 봅니다."

가즈야가 도착했을 때, 헌화는 이미 시작되고 있었다.

아오야마 장례식장이었다. 정면의 제단에는 정복 차림의 데라와키 다쿠 순사부장의 얼굴 사진. 아니, 그는 순직으로 이 계급 특진해 경부로서 경찰장을 치르게 되었다.

승려가 참석한 불교식 고별식은 가족들끼리 이미 마쳤다고 했다. 지금은 종교색 없는 음악과 헌화로 장례식이 이어지고 있었다. 제단 밑에 소규모 편성으로 경시청 음악대가 줄서 있었다. 그들이 반복해서 연주하는 곡은 느린 템포로 편곡된 〈경시청의 노래〉와 〈경시청 경찰학교 교가〉였다.

제단 정면에 통로가 있고 좌석은 그 좌우에 있었다. 조직범죄대책부1과 수사원들은 앞줄 왼쪽에 있었다. 대부분이 경시청 정복을 입고 있었다.

통로 오른쪽에 5과 동료 경찰들이 있었다. 좌석 뒤쪽에는 다른 과 제복 경관이 도합 백 명은 될까. 지금 중앙 통로에 줄 서 있는 사람들은 친족들이리라. 모두 상복 차림이다. 순서대로 왼쪽에 있는 여성 경찰부터 카네이션을 받아 제단 정면으로 나가 사진 앞에 꽃을 바쳤다. 헌화를 마치고 고개를 숙이자 모두 두 손을 모았다. 염주를 쥔 손을 모으는 이도 있었다.

친족들의 헌화가 대강 끝났다. 이어서 왼쪽 자리에서 제복 경관들이 일어섰다. 가장 먼저 일어난 사람은 1과장 마쓰바라 경시정이었다. 그 뒤에 1과 동료들.

가즈야는 제모를 벗어 옆구리에 끼고 중앙 통로를 걸었다.

오른쪽 자리에 있는 조문객의 시선이 따가웠다. 5과 사람들이다. 안조다, 라는 목소리도 들리는 것 같았다. 목소리에는 비난의 기색이 서려 있었다.

5과의 말을 따르자면 데라와키의 순직은 가즈야의 책임이다. 5과를 제치려고 각성제 밀매 신흥 세력에 수사원을 접촉시켰다. 정보는 다른 부서에 일절 흘리지 않고, 독자적으로 공을 세우려 했다. 그 결과 5과의 잠입 수사를 실패에 빠뜨렸고 수사원 한 명이 살해당했다. 무엇보다 그 현장에는 데라와키 살해 전에 1과가 도착해 있었다. 그런데도 살해를 막지 못했다. 그 일련의 수사를 지휘한 것이 신임 계장인 안조 가즈야 경부인 것이다.

가즈야를 비롯한 2계의 인식과는 달랐지만, 그것이 5과의 생각이었다.

물론 데라와키의 가족들은 그렇게까지 자세한 정보나 경위는 모른다. 가즈야를 책임자라고 원망할 일은 없다.

신경쓰지 마. 가즈야는 스스로를 타일렀다. 경시청 동료 직원들로부터 그런 시선을 받는 게 오늘이 처음은 아니다. 같은 과 사람들이 모두 그와 거리를 두고, 무시하고, 대화조차 거부하던 시기도 있었다. 그래도 버티지 않았던가. 경시청 직원으로 살아남지 않았던가. 가즈야는 애써 무표정을 가장하고 헌화를 기다리는 줄의 마지막에 섰다.

세나미가 가즈야의 뒤에 슬며시 붙어 작은 목소리로 말했다.

"안 오시는 줄 알았습니다."

"설마요." 가즈야도 작은 목소리로 대답했다. "감찰이 길어졌습니다."

"끝났습니까?"

"계속되겠죠."

마쓰바라 1과장은 묵례를 하고 사진을 향해 경례했다. 그 뒤를 이은 제복 차림의 남자들도 모두 똑같이 따랐다.

가즈야는 조금씩 움직이는 줄을 따라 앞으로 나가 카네이션을 받고 제단 앞으로 걸어갔다. 데라와키의 사진은 아마도 순사부장 승진 때 신분증명서용으로 찍은 것이리라. 카메라 렌즈를 노려보고 있다. 카메라를 너무 의식했는지 표정이 딱딱했다.

가즈야는 그 사진 앞에서 두 손을 모으고 고개를 숙였다.

잠입 수사원, 데라와키 다쿠 경부. 그는 총에 맞았을 때 자신의 임무를 저주했을까? 목숨을 구걸하려 했을까? 아니면 의지의 힘으로 공포를 억누르고, 태연히 상대를 노려볼 수 있었을까?

고개를 들어 경례하고, 뒤로 돌아 출구를 향해 중앙 통로를 걸어나왔다. 이번에는 5과 수사원들의 얼굴이 눈에 똑똑히 들어왔다. 그 시선에는 뚜렷한 적의가, 증오가 있었다. 데라와키 다쿠 경부의 순직은 네 탓이라고 가즈야를 비난하는 눈이었다.

좌석 끝까지 왔을 때였다. 왼편에 있던 제복 경관들 가운데서 한 명이 일어섰다. 체격이 좋은 경관이었다. 가즈야는 다음 순간에 일어날 일을 예상했다. 아마 이 남자는…….

다음 순간, 그 체격 좋은 경관이 가즈야 앞으로 뛰어들어 주먹을 휘둘렀다. 주먹을 피하려고 몸이 절로 반응했지만 왼뺨에 충격이 느껴졌다.

1과 동료들이 우르르 가즈야를 에워쌌다. 구리타가 그 경관에게 몸을 날려 가즈야에게서 떼어내려 했다. 장례식장의 경관들이 전부 일어섰다. 5과 수사원들이 그 자리에 몰려들어 처음에 주먹질한 경관에게 가세했다. 난동이 벌어졌다.

"그만해!"

누군가 고함을 쳤다.

"여기가 어딘 줄 알고!"

"유족분들이 계신다!"

여자의 비명도 들렸다.

가즈야의 몸은 릴레이 바통처럼 뒤편의 1과 수사원들 쪽으로 밀려났다. 콧구멍에 뜨뜻한 감촉이 느껴졌다. 피가 난 것 같다. 가즈야는 몸을 웅크린 채로 손수건으로 코를 눌렀다.

고작 몇 초 후였다. 문득, 고요해졌다. 소리가 나지 않는다. 난동이 잠잠해진 모양이다.

어째서?

허리를 세우고 고개를 들자 통로에 있는 경찰관들의 시선이 모두 한곳을 향하고 있었다. 가즈야도 그쪽으로 시선을 돌렸다. 장례식장 입구였다. 밖에서 들어오는 빛 때문에 실루엣만 드러난 남자가 보였다.

남자는 통로를 똑바로 걸어왔다. 가즈야는 두번째 주먹을 맞은 느낌이었다.

그 남자는, 가가야 히토시였다.

가즈야의 고발로 인해 의원퇴직으로 경시청을 떠난 남자. 아니, 의원퇴직을 강요당한 뒤 각성제 단속법 위반으로 체포당한 전직 수사4과 경부. 지금은 미우라 반도 어디서 근근이 낚싯배나 빌려주며 살고 있다고 들었다. 모두가 완전히 은거했다고 생각하던 남자였다. 하지만 옛 부하의 장례식이라 지금 이 자리에 나타난 것이리라.

가가야가 걸어오자 통로 가운데가 뚫렸다. 1과도 5과도 물러나 가가야에게 길을 터주었다.

가가야는 머리카락이 조금 희끗해진 대신 얼굴은 바닷바람에 시달려 그을렸는지 가무잡잡했다. 낡은 아웃도어용 회색 재킷에 거무스름한 셔츠, 회색 바지를 입고 있었다. 지난날의 멋스러운 흔적은 없다. 하지만 날카로운 눈빛은 예전 그대로였다. 가슴속에 어떠한 우환을 품고 있는 것처럼 보인다. 인생을 즐기는 낚싯배 주인으로는 보이지 않았다.

딱 한순간 가즈야와 눈이 마주쳤다. 가즈야는 표정을 바꾸지 않으려 애썼다. 그의 입장에서는 묵례하는 것도 이상하다. 잠자코 있는 수밖에 없다. 가가야는 가즈야와 시선이 마주쳤을 때도 표정을 바꾸지 않았다. 가즈야를 못 알아보았나 싶을 정도였다. 잊을 수 없는 얼굴일 텐데.

카네이션을 받아 제단 앞에 선 가가야는 꽃을 올리고 고개를 숙였다. 장례식장에 있는 모든 사람들이 가가야의 그 모습을 주시했다. 경찰이 아닌 사람들도.

묵도는 오래 이어졌다. 가가야는 거의 일 분이 넘어서야 고개를 들어 경례를 하고 몸을 돌려 통로를 되돌아왔다. 그 얼굴에 들어왔을 때보다 뭔가 강한 감정이 드러나 있었다. 불쾌한 것 같기도, 분노를 참고 있는 얼굴 같기도 했다.

가즈야 앞 3미터쯤 되는 곳까지 왔을 때 왼쪽 좌석에서 두 남자가 나와 가가야 앞에 섰다. 양복 차림의 남자들이다. 그 두 사람의 얼굴은 눈에 익었다. 가가야가 신병 구속되던 날, 그 현장에 있던 경무부 직원들이다. 가가야가 걸음을 멈추었다.

"가가야 씨." 나이 많은 쪽이 말했다. "보다시피 이런 꼴이야."

무슨 소리지? 하치오지 공터 사건을 말하는 건가? 아니면 장례식장에서 동료들끼리 옥신각신한 이 상황을 두고 하는 소린가?

경무부 직원이 말을 이었다.

"다시 생각해주시지 않겠나? 부디 돌아와주게."

가즈야는 놀랐다. 이것은, 복직 요청인가? 경시청은 전에도 그에게 복직을 타진했던 건가? 지금 한 말은 그런 뜻으로 들렸다.

가가야 주위에 있던 경찰들은 다들 숨을 죽이고 가가야의 대답을 기다렸다.

가가야는 경무부 직원의 눈을 노려보듯이 쏘아보며 말했다.

"복귀하겠다."

/ 7 /

본청의 그 공간에는 미세한 유리 조각이 무수히 떠다니는 듯했다. 한 걸음 내디딜 때마다 훤히 드러난 살갗이 따가웠다. 조직범죄대책부1과장의 사무실로 향하는 동안 얼굴에 온통 상처를 입어 피투성이가 된 착각마저 들었다. 사무실에 도착하기까지, 누구와도 시선이 마주치지 않고 누구의 미소도 볼 수 없었다.

안조 가즈야는 문 앞에 멈춰 서서 작게 숨을 들이켜고 문 너머를 향해 말했다.

"안조입니다."

대답을 기다릴 필요는 없었다. 1과장 마쓰바라 유스케가 호출한 것이다. 가즈야는 손잡이를 잡고 문을 열었다.

"안녕하십니까."

안에는 마쓰바라 1과장 외에 간부로 보이는 또 한 명의 남자가 있었다. 가즈야가 모르는 얼굴이다. 마쓰바라는 정면의 책상 안쪽 의자에 앉아 있었고, 오십대쯤 되어 보이는 양복 차림의 다른 남자는 그 앞에서 바지 주머니에 두 손을 찔러넣고 있었다. 그 모습으로 보아서는 두 사람의 계급 차를 가늠할 수 없었다.

오십대 간부가 가즈야를 쳐다보았다.

남자는 머리숱이 적고, 눈은 부은 것처럼 불거졌다. 마뜩잖아 보이는 입매는 사람을 부리는 데 익숙한 남자 특유의 표정이었다.

"이게 3대째 경찰인가?" 남자가 마쓰바라에게 물었다.

마쓰바라가 대답했다.

"삼십삼 세, 경부. 맷집이 좋아."

"듬직하군."

그 간부는 이름도 밝히지 않고 가즈야 옆을 지나 방에서 나갔다.

가즈야는 마쓰바라의 책상 앞으로 걸어갔다. 지금 저 사람은 누군지 묻고 싶었지만 소개할 필요가 있다면 마쓰바라가 이미 말했을 것이다. 괜한 질문일지도 모른다.

가즈야를 바라보는 마쓰바라의 표정은 딱딱했지만 화난 기색은 보이지 않았다. 적어도 가즈야에게 화가 난 것 같지는 않았다. 어쩌면 화를 내고 있다 해도 그 대상이 가즈야는 아닐 것이다.

"10시부터 과장 회의다. 먼저 자네를 철저하게 추궁할 거야. 각오해둬."

각오라면 이미 다졌다. 오늘 과장 회의에서는 1과 제2대책계장 가즈야와 5과 제7계의 나가미네를 따로 호출할 예정이다. 그 하치오지 공터 사건에 대해 물으려는 것이다. 이미 경무부에서도 실컷 묻고 난 뒤라 그의 지휘에 특별히 과오가 있었다고 판단하지는 않을 거라는 자신

감을 되찾은 상태였다. 때문에 오늘은 경무부에 답한 것과 똑같이 대답하면 족할 터였다. 물론 5과장의 질문은 상당히 호될 것이다. 마치 가즈야를 피의자처럼 취급하리라.

"잘 들어." 마쓰바라가 말했다. "그렇지 않아도 위에서는 자네를 곱게 보지 않아. 입을 열면 주위에 화만 살 뿐이야. 자네는 질문에만, 필요한 최소한의 말로 대답하면 돼. 반론은 내가 하겠다. 자네는 공손한 태도만 보이고 있어."

즉 싸움은 마쓰바라가 대신 맡아주겠다는 뜻이다. 상사가 그럴 작정이라면 부하인 그가 괜히 앞에 나설 필요는 없다. 맡겨두면 된다.

마쓰바라는 가즈야에게 앉으라는 지시도 않고 계속 말했다.

"5과에는 몇 가지 약점이 있다. 타이밍은 미묘했지만 우리가 요청한 수사 협력을 거절했어. 정보를 공유하라는 상부의 지시도 외면했다. 그 결과 지난여름……."

마쓰바라는 8월에 발생한 연예인 부부의 각성제 단속법 위반에 따른 체포 사건을 입에 담았다. 조직범죄대책부에서 그 사건은 거물 체포의 성공 사례가 아니라 함정수사의 실패로 인식되고 있다. 의욕이 넘친 자동차 순찰대가 남편 쪽을 검문했는데, 이것을 경찰 조직이라는 틀 안에서 조용히 처리하지 못했다. 거물 연예인인 아내까지 그 자리에 달려와 기자들에게 꼬리를 잡혔다. 결과적으로 연예인 약물 상습 복용자들을 감싸주는 역할로 위장했던 협력자의 존재까지 공공연하게 드러나고 말았다. 5과는 연예인 루트를 통한 조직 적발과 협력자의 정보에 따른 상습 복용자 적발이라는 두 가지 가능성을 망쳐버린 것이다.

"우리 S도 살해당했다. 그 시점에서 5과에게 충분한 정보를 받았다면 그런 사태는 벌어지지 않았을 거라는 주장에 설득력이 있어. 자네를 이쪽으로 불렀을 때 말했듯이 이 무참한 실수는 조직범죄대책부를 개혁할 하나의 근거로 삼을 수 있다. 아니, 그러지 않으면 데라와키도 편히 눈을 감지 못할 테지. 시시한 부서 존폐론이나 책임자 색출만으로 끝나게 내버려두지는 않겠다. 자네는 우리야말로 조직의 결함으로 인한 피해자라는 얼굴로 있도록 해. 당당하게."

당당한 피해자. 가즈야는 어려운 역할이라고 생각했지만 입에 담지는 않았다.

마쓰바라가 시계를 쳐다보았다. 9시 40분이다. 과장 회의 시작까지 다소 여유가 있다.

"그 후로는?" 마쓰바라가 물었다.

가즈야가 대답했다.

"사쿠마를 검거할 예정입니다. 계속 감시하고 있습니다."

"사쿠마는 5과도 쫓고 있을 텐데?"

"5과의 목표는 데라와키를 살해한 미나가와 체포입니다."

세단에 남아 있던 지문으로 빡빡머리 남자의 정체가 미나가와 다카오라는 사실을 밝혀냈다. 상해 전과가 있는 남자다. 가나가와 조직폭력배였지만 복역중에 조직이 해산했다. 지금 소속은 알 수 없는 상태다.

가즈야는 말을 이었다.

"다만 그러기 위해서라도 5과는 사쿠마의 신병을 노릴 겁니다."

"선수를 빼앗기지 않겠나?"

"놈은 하치오지 사건 당일 밤부터 모습을 감췄습니다. 어디 있는지 저희만 파악하고 있습니다."

"언제든지 잡을 수 있다는 뜻인가?"

"머지않았습니다."

"죄목은?"

"공갈. 술집에서 난동을 부린 적이 있습니다."

"사쿠마가 속한 조직의 전모는 아직 보이지 않나?"

"유감스럽게도 관계자들의 입이 한층 더 무거워졌습니다."

"사쿠마가 처분당할 우려는?"

"가능한 일입니다. 처음에 사쿠마 일당을 신흥 세력으로 추측했지만, 기존의 거대 조직이 배후에 있을 가능성도 있습니다."

"놈들이 죽이도록 내버려둬선 안 돼."

"그럴 위험이 생기면 감시반을 통해 즉각 신병을 확보하겠습니다."

"사쿠마를 잡으면 데라와키 사살범도 잡을 수 있겠지?"

"확실합니다."

"5과와 경쟁하고 있는 이상, 너무 시간은 끌지 말도록."

"예."

마쓰바라가 책상 뒤에서 일어섰다.

경무부 인사1과 사이토 마사루는 경시청 본청사 일층 로비에서 손목시계로 시선을 떨어뜨렸다.

오전 9시 50분.

출근 때와 달리 로비에는 사람이 별로 없다. 게다가 오히려 건물로 들어오는 직원이나 수사원보다 빌딩을 나가는 사람 수가 많았다.

지금 사이토는 그저께 데라와키 다쿠 경부의 경찰장에 모습을 드러낸 가가야 히토시 전 경시청 직원을 기다리고 있었다. 가가야는 그날, 복직을 승낙했다. 승낙을 받아 오늘 사령을 내렸다. 배속처는 경시청 조직범죄대책부5과 특별수사대. 계급은 경부, 계장이다. 다만 부하는 없다. 계장이라고 해도 그 한 사람뿐인 팀이다. 임무는 5과의 역할인 폭력조직 정보, 특히 각성제와 권총에 관한 정보를 조직의 틀에 얽매이지 않고 수집해 관계부서에 제공하는 일이다.

가가야는 경찰장 때도 양복 차림이 아니었다. 경시청에서 의원퇴직한 뒤에 그는 양복이 필요 없는 생활을 보내고 있었다. 아마 오늘 복직하더라도 양복은 입고 오지 않을 것이다. 만일 경찰장 때와 똑같은 차림새로 현관에 나타난다면 입구를 지키는 젊은 제복 경관은 십중팔구 가가야의 앞을 막고 성명과 용건을 물을 것이다. 그 경우 가가야가 고분고분 순순히 대답할 리 없었다. 경관들을 자극하는 말로 비키라고 요구할 것이다. 그렇게 되면 문을 지키는 경관들은 오히려 절대로 청사 안에 들여보내지 않으려 할 것이다. 지원을 요청해 당장 검문을 실시할지도 모른다.

VIP로 대접할 필요는 없지만 경시청이 가가야의 복직을 환영한다는 태도는 보일 필요가 있었다. 때문에 오늘 사이토와 그의 부하 이시하라는 경시청 본청사 현관 안에서 가가야를 기다리고 있었다. 마찰 없이 가가야를 경무부가 있는 층으로 데려가려는 것이다.

사이토 옆에 있던 이시하라가 말했다.

"데라와키의 죽음이 복직 계기가 될 줄은 생각도 못 했습니다. 옛날 부하가 죽었다고 인생을 바꿀 타입으로 보이지는 않았거든요."

"그런가?" 사이토는 고개를 저었다. "녀석은 정이 많은 타입이야. 험상궂어 보이지만 사실은 의리파의 감상주의자였던 거지."

"의리가 두터웠습니까?"

"생각해봐. 공판에서도 각성제 소지는 경찰 조직의 지시였다고 하면서 구체적으로 누가 어떻게 지시했는지에 대해서는 증언을 거부했어. 경시청에 복수할 마음은 없었던 거지. 덕분에 목숨을 부지한 윗분들이 꽤 있겠지. 물론 각성제 입수를 둘러싼 폭력조직과의 관계에 대해서도 일절 입을 다물었어. 상대가 폭력조직이라도 인의는 지킨 거지. 유죄 판결을 받아들일 각오로. 의리파지?"

"확실히 자기를 잘라버린 조직인데 가가야는 경시청에 대해서도 충성심이 두터웠습니다. 그 결과로 복직하는 거니까요."

사이토가 주의를 주었다.

"가가야 경부다."

"실례했습니다. 가가야 경부님이죠."

"간부의 이름도, 폭력조직 이름도 진술하지 않은 덕에 녀석은 경시청 최강의 경부로 부활하는 거야. 본인도 이런 사태는 예상하지 못했겠지만."

"왔습니다."

사이토는 현관 밖으로 시선을 던졌다. 마침 현관 앞쪽의 계단 밑에서 가가야가 걸음을 멈추었을 때였다. 아웃도어용 바람막이 차림이다. 긴 머리카락은 빗질도 하지 않았고, 오른손을 재킷 주머니에 찔러넣고 있다. 바람막이 밑에 약간 캐주얼한 재킷을 입고 있는지도 모른다. 조직폭력배로 보이지는 않지만 그 생김새 때문에 아무도 그를 온후하고 무해한 사회인으로 보지 않는다. 입구를 지키던 경관들도 움직이려는 기색을 보였다.

사이토는 이시하라를 불러 현관을 빠져나가 계단을 뛰어 내려갔다.

제복 경관들이 그 앞을 막아서기 전에 사이토와 이시하라는 가가야 앞에 섰다. 가가야는 걸음을 멈추고 희미하게 어리둥절한 표정을 지었다. 앞길을 막는 것처럼 보였는지도 모른다.

"안녕하십니까, 경부님." 이시하라가 경례하며 말했다. 제복 경관들에게도 들릴 만한 목소리다. "기다리고 있었습니다. 안내하겠습니다."

가가야가 고개를 끄덕였다.

사이토는 경무부장실 문을 두드렸다.

"들어와." 또렷한 남자 목소리가 돌아왔다.

문을 열자 경무부장 오타 신야 경시장이 양복 단추를 채우며 책상 안쪽에서 일어나는 참이었다. 사십대 초반의 경찰 관료다. 한때 외무성 파견으로 주 프랑스 대사관에서 근무한 경험도 있다고 한다. 그런 경력이 잘 어울리는, 어디로 보나 유능해 보이는 외모의 사내였다.

사이토와 이시하라는 가가야를 사이에 두고 책상 앞에 섰다.

"경무부장 오타입니다." 오타가 자기소개를 했다. "복직, 축하합니다."

사이토는 가가야를 곁눈질로 보았다. 가가야는 아무 말도 없었다. 살짝 고개를 끄덕였는지도 모르지만 상급직을 눈앞에 두고도 그의 불손한 표정은 그대로였다.

오타가 쓴웃음을 지으며 말했다.

"축하한다는 말은 맞지 않나요. 가가야 씨에 대한 이야기는 많이 들었습니다. 현역 시절의 활약, 공판의 자존지종도요. 무죄로 결판이 나서 정말 다행입니다. 애초에 경무부에서 체포한 것 자체가 큰 실수였던 거죠."

사이토가 바로 정정했다.

"체포한 건 생활안전부입니다. 경무부는 그를 감찰했을 뿐입니다. 그의 수사는 위법성은 물론, 복무규정 위반도 아닌 것으로 확인되었습니다. 체포는 가가야 경부가 의원퇴직한 뒤의 일입니다."

"그랬던가요? 그때의 상세한 사정은 모르겠지만 당시 생활안전부가 사실 파악 측면에서 다소 과욕을 부린 거겠지요. 사법 판단은 무죄였으니까."

그것은 사이토를 포함한 경무부의 업무 능력에 대한 비판이기도 했다. 확실히 경무부가 파악한 정보를 근거로 생활안전부가 가가야를 체포했지만 결국 유죄를 이끌어내지 못했던 것이다. 체포, 입건이 과실이었다고 판단하는 것도 어쩔 수 없다. 실제로 2심에 들어간 뒤로 경시청 내부에서조차 피고 가가야의 태도를 칭찬하는 사람들이 늘었다. 수사 지휘 인물도, 협력자와의 관계도, 가가야는 완고하게 증언하지 않았다. 그야말로 경시청 직원의 귀감, 조폭 담당 형사의 모범이 아니냐고들 했다. 그 일변한 평가가 오늘 그의 복직으로 이어졌다. 그것도 경시청은 가가야의 복직을 허락한 것이 아니다. 복직을 청해서 모셔온 것이다.

가가야가 입을 열었다.

"사령은 언제 내려옵니까?"

그때까지 오타가 한 말은 전혀 귀담아듣지 않은 듯한 말투였다.

오타도 가가야와 살가운 잡담을 나눌 생각은 버렸는지 표정을 싹 바꾸었다. 유능하고 권력 행사에 익숙한 경찰 관료의 얼굴로 돌아왔다.

"이미 내려왔다. 조직범죄대책부 소속이다. 나는 그전에 이 복직을 승인한 책임자로서 자네 얼굴을 보고 싶었을 뿐이야. 체포 이력이 있는 직원의 복직은 경시청 역사에서도 유례가 드문 경우일 테니."

가가야는 그래도 여전히 어딘가 불손한 표정으로 서 있었다. 적어도 이번 복직에 은혜를 느끼지는 않는 표정이다.

사이토가 오타에게 말했다.

"혹시 복직에 있어 뭔가 당부하실 사항이 있다면……."

"아아." 오타는 사이토를 향해 고개를 끄덕인 뒤 가가야 쪽으로 고개를 돌렸다. "장난삼아 복직을 인정한 게 아니다. 보상도 아니고 실업 대책도 아니야. 역전의 일격을 기대한 조치다. 기대에 부응해주길 바라네."

가가야가 계속 잠자코 있자 사이토가 황급히 채근했다.

"가가야 씨."

가가야가 말했다.

"제 수사 기법을 이해한다고 생각해도 되는 겁니까?"

오타가 말했다.

"아니, 그때 자네가 떠난 뒤로 벌써 구 년이 흘렀어. 그 방법은 이제 경시청에서는 통하지 않아."

"그럼 제가 할 수 있는 일은 없습니다."

"그렇지 않아. 복직했다는 사실만으로도 자네는 그쪽 업계에 존경을 받는다. 달리 말하면 정보 수집 면에서 조직범죄대책부의 어느 누구보다도 유리한 위치를 차지했어. 그 점을 살리게."

"혼자서? 빈손으로?"

"뭘 바라나?"

"자유."

"복무규정 범위 안에서 마음껏 움직여. 당분간 자네에게 이래저래 지시하거나 임무에 대해 잔소리할 상사는 없다. 명목상 감독 책임자가 붙을 뿐이야."

"당분간이라면 언제까지입니까?"

"조직범죄대책부의 추태를 만회할 때까지. 그리 오래 걸리진 않을 테지?"

그것은 질문이 아니었다. 가가야도 잠자코 있었다.

오타가 말했다.

"그만 가봐. 복직 수속도 해야 할 테니."

사이토가 가가야를 재촉했다.

"갑시다."

사이토는 경무부장실에서 나와 경무1과를 빠져나왔다. 방금 전 들어왔을 때와 마찬가지로 흥미진진한 시선으로 쳐다보는 경무과 직원들이 있다. 확실히 오타의 말처럼 경무부원들도 호기심을 느끼는 드문 경우다. 각성제 단속법 위반으로 체포되었던 전직 경시청 직원이 무죄 판결을 받고 복직하다니.

사이토 역시 경무1과에서 근무한 경력은 길지만 비슷한 복직 사례는 기억에 없었다. 있다 하더라도 징계처분 미만의 실수로 의원퇴직한 간부가 불씨가 꺼질 즈음 온정으로 조직 중심에서 떨어진 부서로 복직한 경우다. 가가야도 아마 분명 그런 자신의 입장을 충분히 인식하고 있을 것이다.

회의실에서는 조직범죄대책부5과장 기자키 히로시가 고함을 질러대고 있었다.

"우리 수사원이 하나 죽었단 말이다!"

기자키는 가즈야를 쏘아보고 있었다. 가즈야는 거듭 1과 2계의 당일 수사에 문제가 없었다는 사실을 호소한 참이었다. 도발적이거나 다른 부처를 비난하는 말투가 되지 않도록 조심하면서 겸허하게, 다소 반성하는 기미도 섞어가며.

하지만 기자키는 노성을 질렀다.

"그 따위 변명은 귀에 못이 박혔어. 수사원이 죽었다는 것만으로도 큰 손실이다. 수속의 정당성을 따지는 게 아니야. 어째서 수사원이 총에 맞아 죽었지? 그 시점에 요청한 수사 협조가 알리바이 공작이라는 건 누구나 아는 사실이야. 이미 일이 터진 뒤였겠지!"

기자키의 고함을 듣는 것은 이번이 두번째다. 하치오지 사건 이튿날 1과와 5과의 합동 수사회의에서도 들었다. 아무리 윽박지르건 힐난하건, 한 번은 불가피한 일이라고 생각했다. 하지만 두 번이나 그러면 반발심도 생긴다. 똑같은 소리만 하면서 고함을 질러대면 사태가 개선될 거라 생각하는 걸까? 하지만 가즈야는 그 마음이 털끝만큼이라도 표정에 드러나지 않도록 자제했다. 지금은 오로지 고분고분한 태도로 버티는 수밖에 없다. 기자키 역시 절반은 다른 과 간부들에 대한 항의, 그들이 피해자라는 사실을 호소하기 위한 연기임을 의식하고 있을 터였다. 말하자면 이 회의에서 그가 가즈야에게 분노를 쏟아내는 것도 형식에 지나지 않는다. 시나리오의 일부인 것이다.

정면 테이블에서 달그락 소리가 났다. 회의실에 있는 남자들의 의식이 그 테이블로 쏠렸다. 조직범죄대책부장 도도가 지긋지긋하다는 표정으로 기자키를 바라보았다. 기자키도 도도의 시선을 깨닫고 입을 다물었다.

기자키의 노성이 사라지자 도도가 말했다.

"내 지시를 무시한 결과가 이 꼴이다. 장관님이 지시하신 긴급 과제에 파벌주의는 버리고 똘똘 뭉쳐 임해야 할 조직범죄대책부의 수사가 이런 꼬락서니라니. 더군다나 존엄한 경찰관의 목숨까지 잃었다. 경위는 이제 알았는데, 앞으로 어떻게 되는 거지? 이 사태에 어떻게 대처할 셈인가?"

도도가 기자키 쪽으로 고개를 돌렸다.

기자키는 헛기침을 하고 입을 열었다.

"예정하고 있던 일제 가택수색을 내일로 앞당겨 실시하겠습니다. 세 군데의 조폭 사무소와 아지트입니다."

"5과 단독으로?"

"이 자리에서 다른 과에도 도움을 청할 계획이었습니다."

"이번의 데라와키 살해와 직접적인 관계가 있는 곳인가?"

"그것을 확실하게 알아내기 위한 가택수색입니다. 지금까지의 수사로 모든 각성제 밀매 거래에 관여했다는 사실을 밝혀냈습니다. 오늘 아침, 승인해주신 바와 같이 이미 네 명의 체포 영장을 받아놓았습니다."

4과장이 물었다.

"이름은?"

기자키가 대답했다. 네 명 가운데 두 명은 외국인 이름이었다. 이란인이라고 했다.

다른 참석자들이 그 정보를 메모했다. 만일 그중에 자기 부서에서 쓰는 협력자가 있을 경우, 체포 영장의 집행을 미루는 등 대응이 필요하다.

도도가 이번에는 가즈야의 오른쪽에 있는 마쓰바라 1과장 쪽으로 눈을 돌렸다.

"1과는?"

마쓰바라가 허리를 꼿꼿이 폈다. 오늘 도도의 날카로운 언성 때문인지 조금 긴장한 것처럼 보였다.

"하치오지에서 체포한 네 명은 5과에 인도했습니다. 이는 수사 협력의 성과이므로 신문은 5과에게 맡겼습니다."

5과는 수사원을 한 명 잃었다. 체포자 전원을 5과에 넘기라는 요구를 받아들일 수밖에 없어서 1과는 부득이하게 체포자의 신문에서 손을 뗐다.

"내일 실시할 5과의 가택수색에 협력하겠습니다. 또한 계속해서 협력자가 살해당한 건으로 수사를 속행하고 있습니다. 5과와 지난번 수사가 충돌한 것도 그 수사 과정에서 발생한 일이었습니다."

기자키가 코웃음 치는 소리가 들렸다.

마쓰바라는 말을 이었다.

"내일, 관계자 한 명을 체포할 계획입니다."

"누군가?"

"사쿠마 신이치."

기자키가 뜻밖이라는 눈빛으로 마쓰바라를 쳐다보았다. 사쿠마는 5과의 감시 대상이기도 했다. 하지만 하치오지 사건 당일 밤 이래 행방을 놓쳤을 터였다. 그런데 1과가 체포할 수 있는 상태에 육박했다니 예상 밖이었을 것이다.

마쓰바라가 계속 말했다.

"또한 이미 관계부서에는 리포트 형식으로 배포했습니다만, 지난 한 달, 저희가 감시하고 있는 도내 남부를 거점으로 하는 폭력조직의 조직적인 동향에 대해 상세한 정보를 정리해 공유했습니다. 어제 4과가 적발한 신바시 투자 컨설턴트 회사의 특별 배임 건에서는 4과장에게 저희 정보가 결정적인 도움이 되었다는 말도 들었습니다."

4과장이 고개를 끄덕였다.

마쓰바라는 거듭 발언했다.

"정보 공유와 파벌주의 배제에 대해서는 가시적인 성과를 거두고 있다는 느낌입니다. 지난번 하치오지 사안은 쌍방이 수사원의 신분을 숨기고 상대와 접촉을 시도한, 소위 기밀성 높은 수사 기법을 취한 탓에 발생한 일입니다. 예외 중의 예외이고, 두 번 다시 그러한 일은 일어나지 않을 것입니다."

도도가 빈정거리듯 확인했다.

"이제 절대로 일어나지 않는다?"

"그렇습니다."

"그렇다면 좋다." 도도가 시선을 가즈야에게 돌렸다. "안조."

가즈야는 놀란 마음으로 대답했다.

"예."

부장에게 무슨 말을 들을 것인가? 질책? 처분?

도도가 말했다.

“자네는 같은 부서 수사원의 생명을 잃었다는 돌이킬 수 없는 실책을 저질렀다.”

돌이킬 수 없는 실책…… 맞는 말이다. 그가 지휘하고 부하들이 담당한 현장에서 순직자가 나오고 말았다. 하급 관리직이라고는 해도 수사 지휘의 직접 책임자는 가즈야다. 책임은 그가 혼자 지는 게 낫다. 처분도 각오했다. 다만 이 사안이 일단락될 때까지, 즉 관계자들의 체포, 입건에 이를 때까지는 이 직책에 머물고 싶었다. 그가 이번 실패를 갚을 방법은 사안을 해결하는 길밖에 없다.

“부친이 각성제 중독 폭력배의 총을 맞고 순직했다는 사정은 잘 알고 있다. 자네가 조직범죄대책부에서 업무에 거는 열의도 이해한다. 하지만 의욕이 겉돌고 있지는 않나? 만일 자네가 이 일을 부친 안조 경부의 복수나 보복이라고 생각한다면 위험해. 경찰관이 임무에 있어 가져서는 안 될 동기다. 만일 그런 마음을 버리겠다고 약속하지 못한다면 자네를 지금 직책에서 물러나게 할 수밖에 없어.”

가즈야는 황급히 말했다.

“아닙니다, 그런 개인적인 감정은 관계없습니다. 복수나 보복은 생각한 적도 없습니다. 제 업무 수행에 그것은 어떤 영향도 끼치지 못합니다.”

“사실이겠지?”

“예.”

“마무리를 짓게. 그렇지 않아도 자네는 여기서 특별 대우하는 게 아닌가 하는 소리도 있다고 들었다. 순직한 부친의 위광으로 조직의 규율에서 벗어나 있다는 말도.”

무슨 소리지? 가즈야는 어리둥절했다. 도도 부장은 무슨 말을 하는 걸까? 아버지의 위광? 규율에서 벗어나? 설마 이 나이에 경부로 승진한 걸 두고 하는 소리는 아닐 텐데.

겨우 짐작 가는 게 하나 있었다. 한 번 그의 수사 기법을 둘러싸고 경무부에서 감찰을 한 적이 있었다. 그걸 말하는 건가? 가즈야는 확실히 당시 경시청의 중추에 가까운 간부와 직접 담판을 지었고, 감찰은 중단되었다. 경시청 최상급 간부의 어두운 과거를 알고 있다는 사실을 밝히고 비밀리에 나눈 거래였다. 그 후 이 년이나 지났으니 관계자들의 입이 가벼워져 그때 일도 소문을 타게 된 건가. 자세한 사정이야 어쨌든 가즈야가 경무부와 맞붙어 감찰을 누른 적이 있다는 식으로.

그렇다 해도 특별대우라니……. 특별대우. 규율에서 벗어났다. 그 말은 한 남자를 떠올리게 했다. 가즈야의 내사가 직접적인 근거가 되어 경시청을 떠난 남자. 며칠 전 데라와키 다쿠의 장례식장에서 구 년 만에 만났다. 가가야 히토시. 복직한다는, 과거의 민완 경부. 그 역시 특별대우라고 뒷말을 들으며 규율을 어지럽힌다고 일부 간부들의 눈총을 샀다. 지금 주위에서는 가즈야를 당시의 가가야와 같은 입장으로 보는 걸까?

마땅한 대답을 찾기도 전에 도도가 입을 열었다.

"이번 건으로는 처분하지 않겠다. 하지만 자네는 이 실책을 결과로 메워야 해. 조직범죄대책부, 아니, 경시청 사만 직원의 사기를 유지하기 위해서도 그럴 필요가 있다. 명심하도록."

"예."

가즈야는 고개를 숙였다.

결과를 낼 때까지는 일단 이 직책에 머무를 수 있다는 뜻이다. 도도가 생각하는 시한이 언제까지인지는 모르겠지만.

도도가 이번에는 회의실 전체로 시선을 돌리며 말했다.

"5과에는 인원 한 명을 보충한다. 예전 수사4과에서 실적을 올렸던 가가야 히토시다. 불행한 일이 있어 의원퇴직으로 경시청을 떠났지만 이번에 복직이 결정되었다."

회의실이 약간 술렁거렸다. 이 자리에 있는 대다수가 그 정보를 이미 들었을 테지만, 역시 사실이었다는 것이 놀라웠으리라.

"직접 아는 바는 없지만, 수사4과 때는 가가야 혼자서 하나의 계에 필적했다는 소문을 들었다. 대단한 인맥과 뛰어난 정보 수집 능력을 가지고 있다고 하니 마음이 든든하군." 도도는 5과장 기자키에게 물었다. "5과 밑으로 들어가나?"

기자키가 대답했다.

"아니요, 특별수사대입니다. 5과 지원 담당입니다. 그렇지만 가가야는 혼자서 움직일 예정입니다."

"자리는?"

"본청이 아니라 도미사카 청사 조직범죄대책부 사무실입니다. 조직수사에 넣는 것보다 어느 정도 유연한 근무 형태를 인정해주는 게 좋은 실적을 낼 수 있을 것 같다는 판단에……."

"모처럼 이례적인 인사를 했으니 잘 활용하도록."

"예."

도도가 테이블 위에 다시 볼펜을 굴렸다. 다음 화제로 넘어가라는 뜻이다.

경무부 사무실에서 복도로 나온 사이토는 가가야에게 서무계 사무실로 들어가라고 지시했다.

세 사람이 작은 사무실에 들어가자 이시하라가 가가야를 보고 책상을 가리켰다.

"서명해야 할 서류가 많습니다."

가가야는 순순히 의자에 앉았다. 이시하라가 맞은편 의자에 앉아 책상 위에 미리 준비해둔 서류더미에서 한 통을 먼저 가가야 앞에 내밀었다.

그 서류를 받은 가가야는 실눈을 뜨고 얼굴을 찌푸렸다. 사이토는 서명하는 게 마음에 들지 않아 그런가 보다 생각했지만 다음 순간, 착각이라는 것을 깨달았다. 가가야가 서류를 얼굴에서 떼고 쳐다보았던 것이다.

노안이다.

쉰다섯 살이니 다소 노안이 왔어도 이상하지 않다. 실제로 가가야보다 두 살 연하인 사이토 역시 책상 서랍에는 노안경을 두고 다닌다.

사이토는 설명했다.

"주택은 도미사카 경찰서의 독신자 기숙사다. 주민등록을 옮길 필요는 없어. 전화번호는 휴대전화 번호를 적으면 돼."

서류에 서명하는 작업은 삼십 분 가까이 걸렸다.

"이게 마지막입니다." 이시하라가 책상 위에서 서류를 밀었다. "지급품 및 대여품 인수증입니다. 물품과 대조하고 빠진 게 없으면 서명을 해주십시오."

이시하라는 책상 옆 수레를 가리켰다. 그 위에 경시청 제복과 제모 한 벌을 비롯한 물품들이 수북이 쌓여 있었다.

가가야는 흘깃 쳐다보고 서류에 서명했다.

사이토는 시계를 보았다. 오전 11시가 가까웠다. 슬슬 조직범죄대책부 과장 회의도 끝날 무렵이다. 사이토는 말했다.

"일단 5과로 내려가지. 5과장이 사령장을 줄 걸세. 사물함도 지정해 줄 테니 이 물품들은 가가야 씨가 가져가게. 그 후에 건강검진을 받도록."

가가야는 다가서서 수북이 쌓여 있는 지급품을 내려다본 뒤에 손을 뻗었다.

가가야는 제모 앞에 놓인 경찰수첩과 호루라기만 집어들었다.

이시하라가 말했다.

"신분증명서를 확인해주십시오. 임시 증명서이지만요."

가가야가 경찰수첩을 펼쳐 코팅된 신분증명서에 눈길을 돌렸다.

"언제 적 사진이야?" 가가야가 이상하다는 듯이 물었다.

"체포 당시 사진입니다. 그게 저희가 가지고 있는 최신 사진이라. 사진은 며칠 내에 새로 찍으셔야 합니다."

가가야는 아무 말 없이 경찰수첩과 호루라기를 재킷 안주머니에 넣었다. 그 외에는 권총에도 제모에도 관심을 보이지 않았다.

"나머지는?" 사이토가 물었다.

가가야가 대답했다.

"사물함에 처박아놔."

이시하라가 난감한 표정으로 사이토를 바라보았다. 괜찮다. 가가야에게 지급품을 옮기게 하는 건 5과장이 정식 사령장을 수여한 다음이라도 상관없으니까.

"가지." 사이토는 가가야를 재촉했다.

5과장실에 들어가 기다리고 있으니 오 분쯤 지나 기자키 히로시가 들어왔다.

사이토는 가가야, 이시하라와 함께 일어섰다.

기자키는 가가야 앞에 서서 흥미진진한 얼굴로 머리부터 발끝까지 훑어보았다. 나이는 기자키가 가가야보다 다섯 살가량 젊다. 본청에서 오래 근무한 기자키는 예전에 생활안전부에 있었다. 수사4과였던 가가야와는 근무한 층이 다르다. 면식은 없을 것이다.

"가가야 씨인가." 기자키가 말했다. "기자키일세."

사이토가 덧붙였다.

"5과장 기자키 경시정."

가가야가 기자키에게 꾸벅 고개를 숙였다.

"가가야입니다."

사이토는 가가야의 인사를 듣고 깜짝 놀랐다. 방금 전 경무부장 오타에게는 무례한 태도를 보였는데. 다만 기자키는 어디로 보나 조폭 담당 형사다운 풍채와 풍모를 가진 중년 남자다. 경시청 일반 채용 경찰이기도 하다. 오타 경무부장과 달리 기자키에게 다소 친근감을 느꼈는지도 모른다.

사이토는 가가야의 말에 한마디 덧붙였다.

"경부로 복직했습니다."

기자키는 책상 뒤로 돌아가 서류함 맨 위에서 사무용지를 꺼내 책상 위로 밀었다.

"형식적인 절차는 필요 없겠지. 가가야 씨는 특별수사대 계장으로 임명한다. 내 지휘하에 속하고, 자리는 도미사카 청사 안에."

가가야가 책상 앞에 서서 그 사령장에 시선을 흘깃 떨어뜨리고 말했다.

"혼자서 자유롭게 수사해도 되겠지요?"

"그래. 부하는 없다. 경부이니 시간 기록에 얽매이지 않아도 돼. 근무 내용은 직속 상사인 내게만 보고하면 된다."

"임무는?"

"못 들었나?"

"자세히는……."

"도내 약물 매매를 둘러싼 정보 수집. 상황이 바뀌었어. 신흥 조직이 생겼다. 판매상들을 스카우트해갔어. 더군다나 데라와키 때처럼 경찰 살해도 서슴지 않는 놈들이다. 다만 정체와 전모가 아직 모호하다. 기존 조직과의 관계도 마찬가지야. 서로 합의한 건지, 결투 전인지, 아니면 이미 결투에 들어갔는지."

"그 정도도 모른다?"

"정보가 뒤엉켜 있다."

"신흥 조직이라고 해도 구성원은 알 것 아닙니까?"

"몇 명은."

"구성원을 알면 소속도 알 수 있습니다. 어려운 일도 아닌데."

"5과가 감시하지 않았던 놈들이야. 관계된 조직이나 공급 루트를 모른다."

"잡아와서 불게 하면 되잖습니까?"

기자키가 복잡한 표정을 지었다.

"당연히 해봤지. 정말 모르는 건지, 어영부영 넘어가려는 건지, 그도 아니면 거짓말을 하는 건지, 아직 알아내지 못했어."

"변화는 언제부터……?"

"올봄부터 말단 판매상들이 도매 루트를 바꾸었다는 정보가 들어왔어."

사이토가 끼어들었다.

"오늘은 발령 첫날이라 가가야에게는 서무 관련 업무가 조금 남아 있습니다. 잠시 데려가도 되겠습니까?"

기자키가 고개를 끄덕였다.

"업무에 관해 상세히 이야기할 게 남아 있으니 여기로 돌아오도록."

"사망한 데라와키는 어디 소속이었습니까?"

"7계."

"7계장이나 주임의 이야기도 들을 수 있습니까?"

"이리로 부르지. 아니, 여기가 아니라 도미사카 청사에서 만나는 게 좋겠군. 훼방꾼이 없을 테니." 기자키는 책상 위에 있는 전화로 손을 뻗으며 가가야를 다시 쳐다보았다. "내일, 대대적인 검거가 있다. 세 군데에서 일제 가택수색을 할 거야. 4과와 1과의 지원도 받는다. 롯폰기 팀을 지원해주길 바란다."

"어디를 덮칠 겁니까?"

"사와지마 흥업. 알고 있나?"

"몇 명은."

사이토가 옆에서 끼어들었다.

"죄송합니다. 금방 돌아올 테니."

기자키가 고개를 끄덕이며 여기로 다시, 라고 말하듯 손가락을 돌렸다.

5과장실에서 나온 사이토가 말했다.

"순서가 바뀌었지만 다음으로 건강검진을 받는다. 형식적인 절차야. 지병은?"

"없어. 딱히 생각나는 것도 없고."

"부럽군. 나는 만성위염이야."

이시하라가 사이토에게 물었다.

"자리는 여기가 아니라 도미사카 청사인 거지요?"

사이토가 가가야에게 말했다.

"대여품, 지급품은 그쪽으로 가져가지. 돕겠다."

가가야는 말없이 고개만 끄덕였다. 대답하기도 귀찮다는 태도는 여전했지만 그래도 조금씩 반응이 눈에 보이기 시작했다. 고갯짓도 조금 큼직한, 알기 쉬운 동작으로 바뀌었다.

사이토 일행은 엘리베이터 쪽으로 걸어갔다.

가즈야는 마쓰바라와 나란히 복도를 걸었다. 과장 회의가 끝난 뒤에도 회의실에 잠깐 남아 있었다. 내일 5과의 일제 가택수색에 어느 팀의 누구를 보낼지 마쓰바라와 의논해야 했다.

마쓰바라가 말했다.

"오가와라 팀은 보내지 마. 5과 놈들이 예민해진다. 가리베 팀을 보내."

"예. 전원 투입할까요?"

"얼굴을 숨겨야 할 수사원이 있다면 빼."

"그러겠습니다."

회의실에서 나와 복도를 걸어 엘리베이터 앞까지 왔을 때였다. 세 명의 남자가 마침 문이 열린 엘리베이터를 타는 참이었다. 안에 있던 남자들이 입구 쪽을 돌아보았다.

가운데에 있는 남자가, 가가야였다. 가가야와 시선이 마주쳤다. 그저께 장례식장에서도 눈이 맞았지만 그때는 짜증스러우면서도 몹시 불쾌해 보였다. 그것이 가즈야를 향한 반응인지는 모르겠지만 어쨌든 거기에는 생생한 감정이 드러나 있었다. 가즈야가 무심코 움츠러들었을 정도로.

하지만 지금, 문이 닫히기까지 짧은 순간에 본 가가야의 얼굴은 평온했다. 노여움이나 분노는 가라앉은 것처럼 보였다. 오히려 그의 얼굴에는 과거에 가즈야가 알고 있던 수사원의 표정이 돌아온 것처럼 보이기까지 했다. 사냥을 즐기는 개과 동물의 눈 같기도 했다.

마쓰바라가 엘리베이터 앞을 지나며 말했다.

"지금 엘리베이터에 가가야가 타고 있더군."

마쓰바라도 장례식장에서 가가야를 보았다.

"예."

"낚싯배 주인으로 지냈다더니, 저건 누가 봐도 형사야."

동감이었다. 가가야는 이미 과거의 본모습을 되찾았다. 달리 표현하자면 그에게는 짧은 시간에 감을 되찾을 만한 바탕이 남아 있었다는 뜻이다.

/ 8 /

그 복합빌딩은 롯폰기라기보다 오히려 아자부주반에 가까운 위치에 있었다. 도리이사카시타 교차점에서 100미터쯤 남서쪽으로 내려간 위치다. 일층에 초밥집, 이층에 금융업자 간판이 나와 있는 작은 사층짜리 빌딩으로 사와지마 흥업이 전체를 소유하고 있다. 사무소가 삼층에 있고, 보스의 자택이 사층에 있다.

열 대 넘는 수사 차량이 길을 메우듯 빌딩 앞에 섰다. 아자부 경찰서 지역과 경관이 교통정리를 시작했다. 길에 진입하려는 자동차를 우회하도록 유도하고 있다. 통행인들이 그 심각한 분위기에 놀라 잰걸음으로 길에서 멀어져갔다.

방송국 직원들이 이미 카메라로 주변을 촬영하기 시작했다. 대형 스틸카메라를 든 카메라맨의 모습도 열 명 넘게 보였다. 5과가 오늘의 일제 체포, 일제 수색 정보를 각 보도기관에 배포한 것이다. 이 대대적인 체포, 수색 실황을 미디어가 방송해준다면 지난날의 대실책에 대한 기억을 지울 수 있다. 경시청이 잘하고 있다는 평가도 나올 터였다. 이 자리에 보도진은 빼놓을 수 없었다.

오전 8시. 수사원들이 일제히 차량에서 내렸다. 5과 7계 계장, 오시마 이사오와 부하 나가미네 다이스케가 먼저 건물 정면 입구 앞으로 다가갔다.

셔터가 닫힌 입구에서 오시마 계장이 인터폰을 향해 말했다.

"경시청 조직범죄대책부다."

인터폰에는 모니터가 없었다. 오시마는 셔터 위 처마 밑을 올려다보았다. 거기에 감시카메라가 있다. 오시마는 카메라를 노려보며 말했다.

"각성제 단속법 위반 혐의로 사와지마 요시오 앞으로 체포 영장이 나왔다. 사와지마, 얌전히 나와라. 동시에 가택수색을 실시하겠다. 방해하는 자는 공무집행 방해로 전원 체포하겠다. 들었나, 사와지마?"

잠시 후 인터폰에서 대답이 돌아왔다.

"언제 그렇게 된 거야? 윗선은 알고 있나?"

"사와지마 본인 맞나?"

"그래. 너무 갑작스러운 것 아니야?"

"시기는 이쪽이 정한다. 자, 당장 열어."

"치사한 놈들, 네놈들은 다 똑같아!"

"취조실에서 듣겠다. 문 열어!"

"목욕중이야. 기다려."

"십 초 주겠다."

"목욕하고 있다니까."

"상황이 이러니 벌거숭이라도 상관없어. 십 초다."

"아랫도리 정도는 입게 해줘야지."

"십 초 안에 열지 않으면 셔터를 부수겠다."

"그러시든지!"

오시마가 나가미네에게 고개를 끄덕였다.

나가미네는 고개를 돌려 후방에서 대기하고 있던 부하들에게 신호를 보냈다. 망치와 도끼, 거기에 금속 절단기를 들고 있던 젊은 부하 세 명이 한 걸음 앞으로 나섰다.

오시마가 시계를 보고 말했다.

"열어."

도끼를 쥔 경관이 셔터 끝을 내리찍었다. 요란한 금속음이 울렸다. 길에 있던 많은 사람들이 얼굴을 찌푸렸다.

아무리 허술한 폭력조직이라도 조직 사무소에 각성제를 대량으로 보관하지는 않는다. 5과장도 오늘 여기에서 각성제를 압수할 수 있다고 기대하지는 않았다. 각성제는 다른 곳에 있다. 다른 곳에서 나올 것이다. 오늘 이곳에서는 사와지마 요시오 체포가 핵심이고 셔터를 부수는 것은 그 과정에서 오는 심술이었다.

그 빌딩 앞에 폭력배로 보이는 남자들이 쫓아왔다. 가택수색 소식을 들은 조직원들 일부가 이곳에 도착한 모양이다. 입구 앞을 에워싼 수사원들과 바로 맞붙었다.

"비켜, 멍청아!"

"사람 다니는 공공도로를 막다니!"

"사무소에 볼일이 있단 말이다, 비키라니까!"

먼저 세 명. 바로 네 명으로 늘더니 다섯 명이 되었다.

도끼와 나무망치로는 셔터를 열 수 없었다. 전동 절단기가 나설 차례다. 귀에 거슬리는 날카로운 금속음이 울리기 시작했다. 그 자리에 있는 대다수의 사람들이 이번에는 노골적으로 얼굴을 찌푸리고 소리가 나는 곳에서 고개를 돌렸다. 금속 절단기는 삼 분 넘게 간헐적으로 울려퍼졌다.

거기에 또 조직원들이 나타났다. 도리이사카시타 교차점 방향에서 달려왔다. 이 세 사람도 현장을 에워싼 5과 수사원들에게 막혀 엎치락뒤치락했다. 그중 삼십대 후반으로 보이는 남자가 고함을 질러댔다.

"내 사무소에 가겠다는데 뭐가 문제야? 건드리지 말라고 했지!"

희끄무레한 양복을 입은 남자다. 예능 관계자처럼 보이기도 했다.

그 옆에서 수사원이 젊은 남자를 한 명 쓰러뜨렸다. 또 다른 젊은 남자가 그 수사원에게 달려들었다. 고함을 지르던 남자가 거기에 가세하려고 움직였다. 거기에 대여섯 명의 수사원이 쇄도했다. 접촉은 몸싸움으로 변했다.

수사원들의 숫자가 폭력배들을 압도했다. 세 남자에게 각각 두 명의 수사원이 달려들어 두 팔을 붙잡아 뒤로 꺾었다.

현장 지휘를 맡고 있던 오시마가 세 남자를 수사 차량으로 연행하도록 지시했다.

가가야 히토시는 길에 세운 5과 수사 차량 조수석에서 그 과정을 처음부터 끝까지 지켜보았다.

폭력배들은 길 반대편 왜건 차량으로 끌려갔다. 가가야는 수사 차량에서 내려 재킷 단추를 잠그며 끌려가는 폭력배를 쫓아갔다.

수사원을 비롯해 아직 몸싸움을 벌이고 있던 폭력배들이 가가야의 기척을 알아차렸다. 폭력배들이 몸싸움을 멈추었다. 옆을 지나갈 때 폭력배 하나가 눈을 휘둥그레 뜨며 흘린 말이 들렸다.

"가가야인가?"

몸싸움이 그쳐서 그런지 현장이 고요해졌다. 절단기를 쓰던 수사원도 손길을 멈추고 돌아보았다. 길에 있던 남자들이 가가야의 앞길을 터주었다.

세 명의 폭력배를 몰아세우던 수사원들도 그 자리의 분위기가 바뀐 것을 깨달았다. 놀라움과 당혹감이 그 자리에 침묵을 가져왔다. 놀란 얼굴로 입을 벌린 사람도 몇 명이나 되었다.

가가야는 희끄무레한 양복을 입은 남자를 향해 걸어갔다. 두 팔을 붙들린 남자도 믿을 수 없다는 표정으로 입을 열었다.

"돌아온 건가?"

가가야는 남자 바로 앞으로 다가가 대답했다.

"그래."

"경시청으로?"

"그래. 오랜만이군, 이리에."

수사원들이 곤혹스러운 얼굴로 가가야를 바라보았다.

가가야는 경찰수첩을 꺼내 그중 나이 많은 수사원에게 보이며 물었다.

"이 녀석 앞으로도 체포 영장이 나왔나?"

수사원이 대답했다.

"아니요, 공무집행 방해 현행범으로."

요컨대 현장 수사원의 재량에 달렸다는 소리다.

"특별수사대 가가야다. 내가 맡아도 될까?"

그 말투는 이 남자는 내 협력자라는 뉘앙스로도 들렸다. 체포 영장 집행 상대도 아니고, 엄연한 권한을 가진 경찰관이 그리 말한다면 하급 경찰은 승낙할 수밖에 없다.

"예."

수사원은 나머지 한 명에게 고개를 끄덕이고는 남자에게서 손을 뗐다.

가가야가 이리에라고 부른 남자는 보란 듯이 구겨진 양복을 펴면서 가가야를 쳐다보았다.

"정말 돌아온 겁니까?"

"보다시피. 잠깐 봐."

"지금 저희 집을 가택수색한다잖아요."

"네가 막을 수 있는 일이 아니야."

이리에는 작은 한숨을 흘리며 말했다.

"어디로 가면 됩니까?"

"차 안."

"그러지 마세요. 체포당하는 거하고 뭐가 다릅니까?"

"이야기만 들을 거야."

"그럼 넓은 곳에서."

"그러지."

이리에는 가가야를 바라보았다. 이 남자도 가가야가 말하는 '이야기'가 정보 요구라는 것을 이미 알고 있다. 문제는 얼마나 가치 있는 정보를 제공하느냐다.

이리에가 말했다.

"어린놈들은 풀어주십시오. 저 정도로 체포하면 너무하잖아요."

"기다려."

가가야가 마침 폭력배들을 밀어넣고 있던 왜건 차량으로 다가가 7계 수사원들에게 말했다.

"그 녀석들도 풀어줘. 그만하면 충분하잖아."

수사원들은 가가야를 바라보더니 어쩔 수 없다는 듯 어깨를 움츠리고 두 명의 젊은 폭력배들을 풀어주었다.

가가야는 이리에 옆으로 돌아와 말했다.

"이제 됐나? 따라와."

두 사람은 도로를 사이에 두고 사와지마 흥업 빌딩을 마주 보는 집합주택 옥상에 있었다. 가가야는 관리인에게 경찰수첩을 보여주고 이리에도 동료인 것처럼 행세해 엘리베이터를 타고 옥상으로 올라갔다.

가가야는 철제 난간에 몸을 기댔다. 이리에는 반대로 난간에 팔꿈치를 얹어 자기 사무소를 굽어보고 있었다.

가가야가 입을 열었다.

"갓 복귀해서 정보가 부족해. 이해하기 쉽게 설명해줘."

이리에는 가가야 쪽을 쳐다보며 물었다.

"예를 들면?"

"약물 매매 사업의 최신 정보. 판도가 바뀌었다던데."

"저희는 그쪽 장사에는 관여 안 합니다. 오해하시는 모양인데."

가가야는 입을 비죽이며 코웃음을 쳤다. 그것이 사실인지 아닌지 이 자리에서 확인할 마음은 없었다.

"일반적인 상황 말이야."

이리에는 다시 길을 굽어보았다.

"일반론으로 말하면 올봄부터 도쿄의 사정이 바뀌었죠."

"구체적으로는?"

"물건이 증가한 것 같아요. 아, 아니, 증가한 것 같다는 얘기를 몇 번 들었습니다."

"약이 넘친다?"

"말단 판매상들이 물건이 안 팔린다고 투덜댄다는 소문입니다. 비슷한 시기에 판매상들이 조금 구역을 바꿨다는 얘기도 들었고요."

"공급원도 바뀠단 소린가?"

"그럴 것 같은데, 정확한 건 모르겠습니다."

"새로운 조직이 생긴 건가?"

“그렇겠지요. 지금까지 도쿄에서 장사하던 조직도 처음에는 황당했던 모양입니다. 무슨 일이 벌어지고 있는 건가 하고요.”

“새로 생긴 조직은 어떤 곳이지? 간사이에서 올라온 건가?”

“그 점이 불확실해요. 간사이 조직이 진출했다면 도쿄 업계도 잠자코 있지 않겠지요. 하지만 눈에 띄는 결투도 없습니다.”

“너희도 결투에 들어가진 않았다?”

“저희는 그런 장사 안 한다니까요.”

“물건이 안 팔리면 그쪽 장사를 하는 조직에게는 사활이 걸린 문제야. 총력을 기울여 없애려 들 텐데.”

“지금은 그런 시대가 아닙니다. 표면적인 사업도 그렇잖아요? 신규 진입을 거부할 수는 없어요. 경쟁 원리가 그렇습니다. 그게 시장 원리죠. 좋은 물건을 싸게 공급할 수 있고, 확실한 유통 경로를 확보하는 쪽이 이기는 겁니다. 그게 마음에 안 든다고 결투를 벌여봤자 아무도 득을 못 봐요.”

“어느새 그런 말을 할 줄 알게 됐군.”

“요즘에는 저희도 이 정도 얘기는 합니다.”

가가야는 목소리를 바꾸었다.

“오늘 가택수색, 짐작 가는 바가 있지?”

“보스가 각성제 단속법 위반에 걸린 것 아닙니까?”

“시치미 떼지 마. 5과는 충분히 뒷조사를 했어.”

“뒤져봤자 아무것도 안 나옵니다. 한마디 덧붙이겠는데 그 하치오지 형사 살해가 저희와 뭔가 있다고 의심한다면 착각하시는 거예요.”

“어째서 그 사건 때문이라고 생각하지?”

“타이밍이 이러니까요.”

“상관없다고 확신하는 이유는 뭐야? 부하 놈들을 다 불러놓고 탐문

조사라도 했나?"

"안 해도 압니다. 상관이 없으니까요."

"누가 쐈는지는 알고 있군?"

"모릅니다."

대답이 너무 빠르다.

가가야는 사와지마 흥업과 라이벌 관계에 있는 폭력조직 간부의 이름을 꺼냈다.

"사카모토 마사키."

"예?"

정말 놀라는 눈치였다.

"거짓말이군. 누군지 아는 거지?"

"아뇨, 전혀."

"사카모토가 아니라는 걸 알고 있었잖아."

"아니, 설마, 놈이 그런, 사카모토가 그럴 리 없어서."

횡설수설이다.

"미나가와 다카오란 놈이다. 알고 있지?"

"아니요."

"가나가와 우키타구미浮田組."

"그쪽은 해산했잖습니까?"

"미나가와가 별장에서 나왔을 땐 이미 사라졌지. 그만 인정해. 미나가와란 걸 알고 있었지?"

이리에의 이마에 땀이 맺혔다. 십일층 빌딩 옥상에서 10월의 아침 바람을 맞고 있는데 이렇게나 땀을 흘리다니, 뭔가 강한 스트레스를 받고 있는 것이다.

"미나가와에 대해 아는 대로 불어."

"그게……."

아래쪽 도로가 갑자기 시끌시끌해져 가가야도 길을 내려다보았다. 마침 빌딩 입구에서 수사원 두 명에게 양쪽 팔을 붙잡힌 뚱뚱한 중년 남자가 나오는 참이었다. 회색 운동복 차림으로 수갑을 차고 있다. 사와지마 요시오이리라. 보도진이 그 주변으로 우르르 몰려들었다. 사와지마 요시오와 교대하듯 밖에서 대기하고 있던 대여섯 명의 수사원들이 빌딩 안으로 들어갔다.

가가야는 이리에 쪽으로 다시 고개를 돌리며 말했다.

"미나가와란 걸 어떻게 알았지?"

"우연히 들었습니다."

이리에가 난처한 기색으로 말했다.

"무슨 얘기를?"

"판매상을 스카우트하는 사람이 미나가와 같다고."

"그래서 너는?"

"저하고는 상관없는 일입니다. 아무 짓도 안 했어요."

"미나가와의 배후 정도는 조사했겠지?"

"여러 조직이 주목하고 있다는 얘기는 들었습니다."

"결과는?"

"그 무렵 연예인 부부 체포 사건이 있었잖습니까. 도쿄의 약물 사업에 발을 담그고 있던 놈들은 모두 한동안 장사를 접었어요. 자기 루트에 경찰의 스파이가 숨어 있지는 않나 의심에 눈이 멀었고요. 다들 미나가와도 그냥 그렇게 내버려뒀을 겁니다."

"배후 조직에 대해선 아무 정보도 없다?"

"예."

"너희라면 미나가와란 이름 석 자만 듣고도 짐작 가는 게 있는 것 아니야?"

"예를 들면?"

"그걸 묻고 있잖아. 인맥. 관계. 배경. 미나가와가 고독한 장사꾼이라는 말은 아무도 안 믿어."

"정말 모른다니까요. 다만 어느 조직에서 가짜로 내세운 위장 조직이거나, 적어도 이 바닥의 도리를 무시한 조직 아니겠습니까? 꽤나 당당하게 판매상을 스카우트했으니까요."

"완전히 신참은 아니란 뜻인가?"

"나름대로, 그쪽, 그 사업의 뒷사정을 아는 놈들이겠지요. 하지만 형사까지 쐈으니 아마추어 같기도 합니다. 선을 넘었어요."

"외국인 조직이라는 견해는 어때?"

"잘 모르겠지만 공급원이 그쪽이라 해도 이상할 건 없죠."

"구체적인 얘기는?"

"전혀 못 들었습니다." 이리에는 애원하듯 말했다. "가가야 씨하고 이렇게 오래 얘기하면 제가 보스를 팔아넘겼다고 오해를 삽니다."

"그대로 체포당하는 게 좋았나?"

"이쯤 했으니 되지 않았습니까."

이리에는 그렇게 말하며 난간에서 몸을 뗐다.

미나가와 다카오가 이들 사이에서는 신흥 밀매 조직 관계자로 알려져 있었다. 그 사실을 확인할 수 있었던 것은 성과다. 결투가 벌어지지 않은 이유에 대한 이리에의 해석도 흥미로웠다. 위장 조직이거나, 도리를 무시한 조직. 달리 말하면 모든 것을 아는 조직이나 조직 간부가 기존 업계 안에 있다는 뜻이다.

"내려가도 되지요?" 이리에가 재차 물었다.

가가야는 고개를 끄덕이고 옥상 끝에 있는 출입구로 걸음을 뗐다.

안조 가즈야는 지휘 차량 안에서 다시 한 번, 부하들의 배치를 확인했다.

오늘 가리베 팀은 5과를 지원하고 있다. 이란인을 포함해 네 명을 체포할 예정이라는데, 그중 롯폰기 폭력조직 사무소의 가택수색과 보스 체포를 지원하러 간 것이다. 그렇지만 실제로 하는 일은 거의 없을 것이다. 아니, 5과에서 손을 못 대게 할 것이다. 단지 롯폰기라는 장소 특성상 이곳에는 보도진이 몰려들 수 있다. 그때 동원된 수사원들 수가 조금이라도 많아 보이는 편이 나은 것이다. 경시청의 약물 대책에 대한 진지한 자세를 호소할 수 있다. 때문에 오늘 지원 업무에 현장의 병풍 이상의 의미는 없다. 하지만 이러한 소위 홍보 활동에 대한 협력도 그들의 업무 중 일부인 것은 분명했다.

게이큐 가마타 역 부근이었다. 상점가에서는 떨어져 있지만 그래도 그 길에는 편의점이나 작은 음식점의 간판이 줄지어 있었다. 목조 임대 아파트는 눈에 띄지 않는다. 그런 건물은 지난 이십 년 사이에 사오층짜리 빌딩으로 바뀌었을 것이다. 재건축 빌딩 중 하나가 오늘의 목표다. 건물 이름은 가마타 플랫. 어느 회사에서 사택으로 쓰려고 빌딩 삼층을 통째로 빌렸다는데, 그 회사 종업원 일고여덟 명이 방 네 개에서 공동생활을 하고 있다. 며칠 전까지만 해도 외국인 여성들만 산다고 했는데 사흘 전부터 일본인 남자 한 명이 추가되었다.

사쿠마 신이치다.

왜건 차량 안에 있는 가즈야의 이어폰에 오가와라의 목소리가 들어왔다.

"배치 완료했습니다. 지시해주십시오."

오가와라 팀은 얼마 전에 이어 단속 업무로 출동했다. 거기에 가리베 팀의 젊은 수사원 두 명도 가세했다. 며칠 전 하치오지에서 체포한 일당을 모조리 5과에 넘겨준 탓도 있어 오가와라 팀은 오히려 의욕이 상승했다. 협력자였던 와카바야시 데쓰오 살해범은 반드시 그들이 체포하겠다는 각오다. 그게 만일 미나가와 다카오의 범행이라면 1과는 동시에 데라와키 다쿠 살해범도 검거하는 셈이 된다. 사쿠마는 그 미나가와 체포로 직접 연결되는 중요 참고인이었다.

가즈야가 마이크에 대고 말했다.

"조심하십시오. 놈도 필사적일 겁니다."

가즈야는 오늘도 수사원 전원에게 권총 휴대를 지시했다. 하치오지에서는 실제로 총격이 있었다. 사쿠마가 권총을 소지했다는 정보는 없지만 가지고 있어도 이상하지 않다. 데라와키 다쿠 살해 공범으로 입건된다면 가벼운 죄가 아니다. 어떻게 해서든 체포를 피하려 할 것이다. 권총을 쓸 가능성도 결코 낮지 않았다.

"알겠습니다." 오가와라가 대답했다.

가즈야는 다시 한 번 전체 상황을 되짚었다.

사쿠마는 지금 저 빌딩 안에 있다. 그는 하치오지 사건 당일 밤 일단 행방을 감추었다. 휴대전화는 그날 심야부터 전원이 꺼져 있다. 가리베 팀도 추적을 중단했다. 이튿날부터 가리베 팀은 예상되는 거점을 감시했고, 그저께 가와사키 역 부근 필리핀 술집에서 다시 찾아내는 데 성공했다. 그 후의 추적으로 잠복 장소를 알아냈다. 가리베 팀은 오늘 새벽까지 이곳 잠복 장소를 감시해, 사쿠마가 다시 달아나지 못하도록 경계하고 있었다.

한편 2계는 고탄다의 필리핀 술집에 있던 호스티스를 입국관리법 위반 혐의로 현장에서 체포, 사쿠마의 입국관리법 위반 증거를 잡아 체포 영장을 신청했다. 그리고 오늘, 2계는 잠복 지점인 가마타의 집합주택으로 향했다. 어제 심야에도 사쿠마의 휴대전화에 전원이 들어와, 그가 빌딩 안에 있다는 점은 확실했다.

휴대전화의 위치 정보로는 삼층 호수까지 알아낼 수 없었다. 몇 미터의 오차는 발생하니 목표를 네 집 중 절반까지밖에 줄이지 못했다. 하지만 빌딩 주인의 설명을 듣고 예비실로 사용하는 집이 있다는 사실을 알았다. 계단참에서 볼 때 오른쪽 집이라고 했다. 남성 범죄자 혼자서 여러 여성들이 모여 사는 집에서 편히 쉴 수 있을 리 없으니, 있다고 한다면 자주 비는 예비실 쪽일 것이다.

관리인 말로는 이층에도, 사층에도 호스티스로 보이는 아시아 여성들이 있다고 했다. 다만 임차한 회사의 명의는 사쿠마와는 상관이 없었다.

여섯 명의 수사원이 빌딩 정면으로 향했다. 예비실 베란다에서는 비상계단으로 나갈 수 없고, 옆집으로 옮겨갈 수만 있다. 때문에 정면에 여섯 명만 배치해도 놓칠 일은 없다. 다만 베란다에서 샛길로 뛰어내려 뒤쪽 노미가와 강으로 달아날 가능성은 있었다. 이쪽에는 1과 7계 한 팀이 지원을 나와 있었다. 수사 차량은 빌딩 정면 입구와 뒤쪽, 노미가와 강 쪽에 세워두었다.

그때 이어폰에 오가와라 팀 이즈카의 목소리가 들어왔다.

"창문에 사람 그림자, 남자입니다. 밖을 살피고 있습니다."

들켰나?

돌격 지시를 내리려던 찰나, 사쿠마의 휴대전화 위치 정보를 나타내는 컴퓨터 모니터에 표시점이 떴다. 전원이 켜진 것이다. 사쿠마가 누군가와 통화하고 있다.

"놈이 지금 누군가에게 전화하고 있다. 돌입한다."

"예."

가즈야는 오늘 아침 왜건 차량을 운전하는 하라구치 다카시를 불렀다.

"출발해."

"예."

하라구치가 지시대로 왜건 차량을 몰았다. 빌딩까지 약 50미터이다.

다시 오가와라의 목소리.

"필리핀 여성 두 명, 건물에서 나갑니다."

"외출?"

"아뇨, 쓰레기를 버리러 가는 모양입니다."

"사쿠마의 방에서 나왔습니까?"

"확실하지 않습니다."

"방해는 하지 말고 집으로 돌아가려 하면 막아주세요."

앞 유리창 너머로 길 쪽으로 나온 그 필리핀 여성들의 모습이 보였다. 간편한 차림에 샌들을 신고 있었다. 웃는 얼굴로 이야기를 나누고 있다. 두 사람 다 손에 비닐봉투를 들고 있었다. 확실히 쓰레기장으로 가는 것 같았다. 빌딩 입구 앞에 이미 오가와라 팀의 모습은 없었다. 세단형 수사 차량은 빌딩 입구를 가로막듯 서 있었다.

하라구치가 그 세단 바로 앞에 왜건 차량을 세웠다. 아침 시간이라 길에는 출근하는 회사원들이 많이 보였다. 그들은 왜건 차량에서 내린 가즈야 일행을 미심쩍은 눈으로 보았다. 필리핀 여성들도 눈을 깜빡이며 가즈야를 쳐다보았다. 가즈야는 재빨리 두 사람을 훑었다. 멀리 외출하는 차림새는 아니다. 입국관리법 위반 검거가 두려워 도주하는 것은 아니리라. 두 여성은 길가 가드레일 옆에 있는 쓰레기더미에 비닐봉투를 얹었다. 가연성 쓰레기인 것 같았다. 봉투 속에는 쓰레기가 제법 들어 있었다. 아무래도 그녀들은 그들이 경찰이라는 사실을 아직 모르는 눈치였다.

오가와라의 목소리가 들렸다.

"집 앞입니다. 개시하겠습니다."

가즈야는 빌딩으로 시선을 돌리고 말했다.

"시작하십시오."

다음 순간, 오가와라의 목소리가 바뀌었다.

"사쿠마 신이치. 경시청이다. 밖으로 나와. 안에 있는 줄 알고 있다."

그 목소리는 계단실을 통해서도 울려퍼졌다.

문을 힘차게 두드리는 소리도.

안에서 대답을 한 모양이다.

오가와라가 말했다.

"경시청이다. 나와. 당장 나와라."

잠시 후 다시 오가와라의 목소리.

"입국관리법 위반이다."

약 삼 초 뒤에 오가와라가 가즈야에게 보고했다.

"옷을 입을 때까지 기다려달라고 합니다."

고분고분하다. 이 타이밍에 체포될 줄 각오하고 있었나? 아니면 이미 감시를 눈치채고 있었나?

가즈야는 마이크에 대고 말했다.

"경계하십시오. 달아난다면 이 타이밍을 노릴 겁니다."

가즈야는 계단실 위를 쳐다보며 귀를 쫑긋 세웠다. 별다른 소리는 들리지 않는다. 빌딩 안쪽에서도, 바깥쪽에서도. 하라구치는 길 반대편으로 이동해 빌딩 전체를 감시하고 있다.

일 분 후, 오가와라의 목소리.

"사쿠마 신이치인가?"

"경시청이다. 사쿠마 신이치 앞으로 체포 영장이 나왔다."

"입국관리법 위반이다."

상대의 목소리는 들리지 않는다. 가즈야의 이어폰에는 오가와라의 목소리만이 들려왔다.

"오전 8시 12분. 사쿠마 신이치 체포."

"수색영장이다. 집 안 좀 살펴봐야겠어."

"너도 지켜봐."

빌딩 옆을 지키고 있던 이즈카 일행이 건물 입구 쪽에 나타났다. 지원하러 온 7계 수사원도 있었다. 그들은 모두 짙은 감색 모자를 눌러쓰고 점퍼를 입고 있다. 저마다 숄더백과 박스를 들고 있었다. 대형 디지털카메라를 목에 건 사람도 한 명.

가즈야는 고개를 끄덕였다. 사쿠마의 신병은 확보했다. 남은 일은 집 안을 수색해 그의 소유물을 전부 압수해야 한다. 어느 것이 그의 물건이고 필리핀 여성들의 물건인지, 사쿠마에게 일일이 확인을 받아야 했다. 물론 본인이 자기 물건이라고 시인하지 않아도 금제품이나 범죄에 연관된 것으로 보이는 물품이 있다면 전부 압수한다. 이즈카 일행은 계단을 올라갔다.

"실내, 수색 들어갑니다." 오가와라.

"부탁합니다."

물론 사쿠마는 모습을 감추었을 때 비합법적인 물품들은 전부 처분했을 터였다. 각성제, 권총은 물론이고 이 은신처에서는 위법 DVD도 가짜 명품도 나오지 않을 것이다. 만일 미처 숨기지 못한 물품을 찾아낸다면 그것은 요행이다. 그 가능성은 고작해야 일 퍼센트 정도겠지만.

가즈야는 퍼뜩 고개를 돌려 하라구치에게 신호를 보냈다. 하라구치는 달음질로 길을 건너 다가왔다.

가즈야는 길 뒤쪽을 바라보며 말했다.

"아까 필리핀 여성들은 어디 갔지?"

하라구치도 같은 방향을 쳐다보았다.

"그대로 어디로 가버린 걸까요?"

"아까 그 쓰레기봉투를 회수해. 기억하나?"

"대충은."

하라구치는 쓰레기장으로 달려갔다.

그 직후, 계단실에 구두 소리가 울렸다.

곧바로 오가와라를 포함한 네 명의 수사원들이 사쿠마 신이치를 사이에 끼우고 계단을 내려왔다. 사쿠마는 자다 일어나 덥수룩한 머리에 검은색 운동복 상하의를 걸치고 있었다. 가즈야와 눈이 마주치자 비아냥거리는 웃음을 내비쳤다. 치졸한 체포 혐의를 비웃은 건지도 모른다.

가즈야는 오가와라에게 말했다.

"제2방면본부로."

오가와라 팀이 입구 앞에 세워둔 세단의 뒷좌석에 사쿠마를 밀어넣었다.

다른 수사원들이 종이상자를 다른 수사 차량에 다 실었을 즈음, 하라구치가 돌아왔다.

"쓰레기봉투가 사라졌습니다." 하라구치가 보고했다. "쓰레기 위에 얹혀 있던 봉투가, 없습니다."

가즈야가 물었다.

"여자들은? 이 빌딩으로는 돌아오지 않았는데."

"교차점까지 가봤지만 보이지 않습니다. 그 차림새 그대로 사라진 모양입니다."

가즈야는 등줄기에 한기를 느꼈다. 지금 눈앞에서 뭔가 중대한 증거품이 은닉, 처분된 건가? 설마 오늘까지 가지고 다닐 리는 없다고 판단했는데, 놈은 예상보다 훨씬 어설펐나? 아니, 제대로 처분했다면 사쿠마는 오히려 교활한 남자라는 뜻이다.

수사 차량의 행렬이 제2방면본부로 향하는 길이었다. 5과를 지원하러 갔던 가리베가 가즈야에게 전화를 걸었다.

"롯폰기 사와지마 흥업, 가택수색을 마쳤습니다. 복귀하겠습니다."

가즈야는 물었다.

"사와지마 요시오는 체포했습니까?"

"예. 그것과는 별개로 마음에 걸리는 정보를 들었습니다."

"뭡니까?"

"다른 팀이 출동한 곳입니다. 가와사키에서 각성제 밀조 공장을 적발했다고 합니다."

"밀조 공장?"

5과장 기자키는 이전 회의에서 국내에 밀조 공장이 존재할 가능성을 언급했다. 하지만 가즈야는 밀조 공장은 있을 수 없다고 판단했다. 소매가격에 영향을 주는 대규모 시설이 국내에 있을 리 없다. 그런데 오늘 5과가 가택수색을 실시한 곳에 밀조 공장이 있었다면…….

신흥 조직은 상당한 규모이며, 5과가 그 조직의 실태를 제법 상세히 밝혀냈다는 뜻인가? 회의에서는 수사에 진전이 없다는 듯이 보고했으면서.

졌나. 그런 생각이 문득 가슴을 스쳤다.

가가야는 인터폰을 향해 말했다.

"에토를 만나고 싶다."

"어떤 놈인데 그 따위로 입을 놀려!"

인터폰에서 고함에 가까운 목소리가 돌아왔다.

가가야는 아랑곳하지 않고 이름을 밝혔다.

"가가야다."

"가가야?" 한 호흡 뒤에 상대가 말했다. "아, 어서 오십시오. 지금 열겠습니다."

가가야는 몸을 90도로 틀어 유리문으로 향했다. 문은 자동으로 열렸다. 복도 안쪽에서 남자 둘이 허겁지겁 달려왔다.

사십대 남자가 고개를 깊이 숙이며 입을 열었다.

"가가야 씨, 오랜만입니다."

"에토는 있나?"

"예, 나가시려는 참이지만."

엘리베이터를 타고 삼층으로 올라가 남자가 안내해주는 방으로 들어갔다. 더블슈트를 입은 남자가 야단스럽게 웃으며 다가왔다.

"가가야 씨, 돌아오셨군요."

에토다.

가가야는 걸음을 멈추었다. 에토가 오른손을 내밀었지만 가가야는 주머니에서 손을 빼지 않았다. 에토는 안색을 바꾸지 않고 오른손을 거두었다.

"신세를 졌어. 돈도 못 갚고."

"뭘 그러십니까. 무죄 방면되었을 때 말씀드렸잖아요. 오히려 저희를 많이 배려해주셨으니 서로 빚은 없는 거라고. 그래, 이번에는 어느 쪽입니까?"

"조직범죄대책부 특별수사대."

"아깝군요. 이쪽 세계로 돌아올 마음이 있다면 저희가 모셨을 텐데."

"바쁘다고?"

"마침 나리타로 가야 해서…… 하지만 잠깐이라면 괜찮습니다."

정면의 책상 옆에 물결무늬 철판 모양의 슈트케이스가 두 개 놓여 있다. 젊은 부하가 흥미진진한 표정으로 가가야를 쳐다보고 있었다.

가가야가 말했다.

"형사가 총에 맞았어. 5과에서 약물수사를 맡았던 녀석이다."

"뉴스로 봤습니다. 경시청에 싸움을 거는 놈이 있을 줄이야."

"경시청은 화가 단단히 났어. 미나가와란 남자를 쫓고 있다. 미나가와의 조직도 진심으로 부숴버릴 거야."

"알고 있습니다. 그러는 게 당연하죠."

"미나가와의 배후에 대해 정보를 수집하고 있어. 아는 걸 말해줘. 아무리 사소한 정보라도 좋아."

"지금은 아무것도 모릅니다만, 험한 일을 시작하시는군요. 시간 좀 주시겠습니까? 최대한 조사해볼 테니."

"얼마나?"

"지금 서울에 가거든요. 일 박 이 일로 짧은 일정인데, 그 후에. 그때까지 직원들한테도 정보를 모아보라고 하겠습니다. 자리를 마련하지요."

"간사이 조직이 틀림없나?"

에토는 가가야의 눈을 들여다보았다. 말 뒤에 숨은 뜻을 헤아리려는 눈이다. 시치미를 떼는 건지, 정말 모르는 건지, 그것을 꿰뚫어보려는 것이다.

"잘 모릅니다." 에토의 대답도 똑같았다.

"외국인 조직이라는 말도 들리던데."

"글쎄요. 그런 점도 포함해서 조사해두겠습니다."

"내일이라."

"죄송합니다." 에토는 고개를 돌려 부하에게 말했다. "짐 실어."

가가야가 뒤를 돌아보았다.

"그럼 내일."

에토가 말했다.

"연락처는? 휴대전화 번호를……."

"이쪽에 남겨두지."

"모셔다 드리겠습니다. 경시청이지요?"

"아니, 도미사카 청사 쪽이야."

"그럼 밖에 차를 댈 테니 천천히 내려오세요."

에토는 다시 부하에게 말했다.

"노지마한테 가가야 씨를 모셔다 드리라고 해."

가가야는 인사도 하지 않고 그대로 방에서 나갔다.

에토의 부하 노지마는 삼십대 후반쯤 되어 보이는 키가 큰 남자였다. 검은 양복도 잘 어울렸다. 그러면서도 그리 폭력적인 인상은 없다. 클럽 종업원 출신 같은 분위기도 있었다. 경호원으로 쓸 때 장소에 따라서는 쓸 만하겠다, 검은 가방을 들려주면 비서로 착각할지도 모른다.

독일제 세단 조수석에 올라탄 뒤로 가가야는 노지마의 질문에 변변히 대답하지 않았다. 노지마는 금세 질문과 탐색을 일체 멈추었다. 눈치도 나쁘지 않다는 뜻이다.

가스가 길 도미사카우에 교차점에 다다랐다. 도미사카 청사는 이 교차점에서 좌회전해서 일방통행 샛길을 남쪽으로 가면 나온다. 노지마는 세단을 도로 끝에 세우더니 사이드브레이크를 당기고 가가야에게 말했다.

"사장님께서 이 차를 사용하라고 하셨습니다. 대시보드 안에 카드가 들어 있습니다. 기름도 그걸로 넣으십시오."

가가야는 고갯짓도 않고 잠자코 조수석에서 내렸다.

노지마는 운전석에서 내려 가가야에게 고개를 살짝 숙이고 때마침 지나가던 택시를 붙잡았다. 택시는 노지마를 태우고 바로 덴즈인 방향으로 달려갔다.

가가야는 에토가 제공한 세단 운전석에 올라타 시트 위치를 제 몸에 맞추어 조절했다.

내비게이션 일체형 텔레비전을 켰다. 마침 정오 뉴스가 나오고 있었다. 경시청이 오늘 아침 실시한 대규모 약물 관련 사건의 일제 검거, 일제 적발이 보도되고 있었다. 롯폰기 사와지마 흥업 사무소와는 별개로 이란인이 제작한 각성제 밀조 공장 적발 소식도 언급하고 있었다.

그 뉴스가 끝나자 가가야는 사이드미러를 확인하고 세단을 몰았다.

/ 9 /

안조 가즈야는 제2방면본부 청사 안에 있는 2계 임시 지휘실에서 오늘 두 잔째 커피를 비운 참이었다. 탕비실 옆에 있는 자동 추출기의 커피로, 딱히 입에 맞지는 않았다. 하지만 캔 커피보다는 낫다. 종이컵에서 사분의 일 정도를 탕비실 싱크대에 흘려버리고 대신 뜨거운 물을 더해 마시고 있다.

한 잔 더 마실까. 잠시 고민하던 가즈야는 그만두기로 했다. 그는 지금 정말 커피를 마시고 싶은 게 아니다. 흡연자와 마찬가지다. 빈 시간을 주체 못할 뿐이다. 오늘 아침, 사쿠마 신이치의 체포 결과가 아직 나오지 않은 것이다.

시계를 보니 1시가 조금 지났다. 텔레비전을 보니 민영방송 뉴스에서 오늘 아침 일제 적발 당시의 영상이 나오고 있었다. 처음에는 도리이사카시타의 사와지마 흥업 사무소 앞에서 찍은 영상. 이어서 가와사키 시 주택가 이란인 각성제 밀조 공장의 가택수색 영상. 음성은 삭제 처리했지만 오늘 경시청 홍보 발표를 본 가즈야는 그 내용을 알고 있었다.

오늘 아침, 5과가 각성제 밀조 공장도 찾아냈다는 정보를 접했을 때, 결국 사건은 5과가 전부 해결했나 싶어 낙담했다. 하지만 경시청의 상세 발표를 듣고 가즈야는 안도했다. 그것은 '공장'이라 부를 만한 수준의 시설이 아니었다. 중학생 이과 실험 수준의 '각성제 밀조' 정제 설비였다. 이런 '공장'을 굳이 오늘 적발했다는 것은 5과가 얼마나 초조한지 보여주는 것이다. 이만한 내사를 추진했다고 오늘의 톱뉴스로 다뤄주길 바랐겠지만 오히려 뉴스의 인상은 '초라'했다. 그것이 현재 도쿄 각성제 밀매 판도가 재편성된 이유가 아니라는 것도 확실했다.

혹시 5과는 아직도 거물 또는 큰 조직의 내사 정보를 숨기고 있나? 내사 대상이 방심하도록 고작 이런 적발을 대대적으로 발표한 걸까?

그때 휴대전화가 울렸다. 부하인 하라구치 다카시였다.

가즈야는 휴대전화를 귀에 대고 물었다.

"어땠나?"

하라구치가 분하다는 듯이 대답했다.

"말이 안 통합니다. 모른다고 딱 잡아떼네요. 깊이 파고들면 일본어를 못 알아듣는 척합니다."

사쿠마 신이치를 체포했을 때, 그가 체포 직전까지 사용했던 휴대전화를 찾아내지 못했다. 아니, 분명 한 대는 있었다. 하지만 가즈야를 비롯한 2계도 파악하지 못한 번호였고, 전화번호부에 등록된 번호는 음식점이나 자동차 딜러처럼 상관없는 번호들뿐이었다. 통화 기록도 지난 일주일에 단 두 번뿐이었다. 히구치에게 알려준 것과는 다른 번호였다.

체포 직전, 사쿠마가 숨어 있던 빌딩에서 쓰레기를 버리러 가는 듯한 행색의 필리핀 여성 두 명이 나왔다. 그때는 사쿠마가 있는 층에서 내려왔는지 확실치 않았고, 오히려 경찰이 왔다고 소란을 피울까봐 그대로 보냈다. 사쿠마도 검거할 때 의외로 고분고분했다. 수사원 살해 관계자로 경찰이 쫓고 있는 줄 알 텐데도 지나치게 고분고분했다. 가즈야는 바로 검거 직전에 빌딩에서 나온 필리핀 여성을 추적하도록 지시했고, 쓰레기봉투도 회수하려 했다. 하지만 두 사람은 모습을 감추었고 한 번 폐기되었던 쓰레기봉투도 사라졌다. 돌입하기 직전, 사쿠마가 여자들에게 처분을 명령했다고 짐작해볼 수 있다. 그것은 사쿠마와 데라와키 형사 사살범 미나가와 다카오의 관계를 증명할 중요한 증거품이었을 가능성이 높다.

검거 후 가즈야는 하라구치와 함께 수사원 한 명을 현장에 남겨 필리핀 여성을 찾도록 지시했다. 여성들은 두 시간 후에 빌딩으로 돌아왔지만 사쿠마와의 관계는 부정했다. 사쿠마가 숨어 있던 집과 같은 층에 살던 여성들이었는데 사쿠마라는 일본인 남성은 모른다고 주장한다는 것이다. 여권과 비자를 요구했지만 여자들은 서류상으로는 합법 체류라 체포해 집을 수색할 수도 없었다. 거기에 지금 하라구치의 보고가 더해진 것이다.

"알겠다. 복귀해."

휴대전화를 끊고 화이트보드를 보았다. 1과 2계에게 와카바야시 데쓰오 살해를 기점으로 시작된 일련의 사건에 얽힌 관계자, 당사자들의 관계를 차트로 그려놓았다. 사진을 입수한 인물의 경우 사진도 붙여놓았다. 하치오지 공터에서 체포한 인물은 붉은 선으로 묶어놓았다. 붉은

동그라미 밖, 오른쪽에 외따로 아직 체포하지 못한 미나가와 다카오의 사진이 있다.

그 미나가와의 사진과 점선으로 연결된 것이 사쿠마의 사진. 사쿠마의 사진 밑에는 그의 운전기사와 필리핀 술집 경영자인 세 남녀의 얼굴 사진이 나란히 붙어 있다.

와카바야시 데쓰오를 살해한 범인도 데라와키를 죽이고 히구치의 손가락을 부러뜨린 미나가와로 추측된다. 그리고 와카바야시 실종 당시, 거기에 사쿠마가 있었다는 사실도 존재한다. 사쿠마를 감시하면서 미나가와와의 접점도 알아냈다. 즉 사쿠마도 미나가와도 같은 범죄 그룹의 구성원이라는 뜻이다. 하지만 현재 2계는 그 그룹의 전모를 해명하지 못했고, 심지어 배후에 대해서는 단서조차 파악하지 못하고 있었다. 다만 사실로 확인된 것은 사쿠마가 그룹의 섭외 담당이자 표면에 드러난 회사와의 접점이고, 미나가와가 시위 행위를 담당하는 이면의 대장 격이라는 역할 분담뿐이다.

또한 사쿠마는 폭력배가 아니고, 그렇다고 불법적인 사업으로 성공한 부호도 아니다. 각성제 공급이라는 사업에는 어울리지 않는 소인배다. 그 배경에 자본력이 있는 상당한 규모의 조직이 있다는 점은 확실했다. 다만 그렇다고 해도 사쿠마가 속한 그룹이 완전히 조직의 산하에 있는지, 아니면 거대 조직에서 독립된 단체인지, 혹은 소위 제휴라는 형태를 취하고 있는지는 분명하지 않았다.

지금 2계는 그런 의문의 진상을 어느 하나 밝혀내지 못했다. 그룹 구성원 중 간신히 사쿠마를 검거할 수 있었지만 5과는 하치오지에서 미나가와를 제외한 네 명을 검거했다. 진상 규명에는 5과가 조금 더 유리했다.

가즈야가 화이트보드를 바라보고 있는데 오가와라 히로시가 사무실에 고개를 내밀었다.

"사쿠마의 변호사가 도착했습니다."

경찰은 체포한 피의자에게 변호인 선임권과 묵비권에 대해 고지한다. 고문 변호사가 있는 피의자라면 그 변호사를 택할 테지만, 의지할 데 없는 피의자는 국선변호인을 고른다. 사쿠마는 제2방면본부로 연행될 때 주저 없이 변호사를 지정했다. 나카자와 다쓰오. 검사 퇴직 후 변호사가 된, 소위 '검사 출신'이다. 고객은 폭력조직의 거물 간부나 총회꾼이 대부분으로, 경시청에서는 '저쪽 세계로 가버린 검사'로 유명한 남자다. 그런 검사 출신 변호사를 선임한 사실이 오히려 사쿠마의 소행을 부각시켰다. 다만 나카자와는 예상보다 늦게 도착했다. 사쿠마의 체포 소식을 듣고 뭔가 조정해야 할 사안이 있었는지도 모른다.

가즈야가 말했다.

"오 분 기다리게 하십시오."

"예."

가즈야는 그대로 사무실에서 나가 취조실로 향했다. 취조실에는 세나미 히로시와 구리타 히로키가 있었다. 세나미가 책상 맞은편에 걸터앉아 인정 많은 형사 역을 맡고, 구리타가 사쿠마 옆에 앉아 사나운 형사 역할을 맡고 있는 듯했다.

가즈야는 그를 돌아본 두 사람에게 말했다.

"변호사가 왔습니다. 잠시만 교대해주십시오."

세나미가 의자를 비워주었다.

가즈야가 걸터앉자 사쿠마가 뜻밖이라는 표정으로 물었다.

"당신이 상사야?"

"계장이다. 일단은 책임자야."

"입국관리법 위반이라면 인정하겠다고 이미 여기 두 사람한테 말했어. 진술 녹취서에 서명도 하겠다고 했고."

신문에 익숙한 티가 났다. 전과는 1범이지만 신문은 여러 번 경험했으리라. 체포 이력이 세 번이었던가.

"혐의를 인정하겠다?"

"그렇다니까. 그런데 기록하려는 시늉은커녕 엉뚱한 것만 묻잖아."

"예를 들어?"

"당신이 지시한 거잖아. 미나가와란 남자가 어쩌니, 와카바야시가 어쩌니, 휴대전화가 어쩌니."

"아무래도 그쪽 혐의와 연관이 있는 것 같거든."

"없어. 다른 혐의로 체포하는 건 위법이라고. 변호사가 왔으니 그 점을 강조해달라고 해야겠군."

"그보다 이대로 석방해도 될지 확인을 받고 싶은데."

"거봐, 석방할 수밖에 없지? 그 정도로 불확실한 혐의였던 거잖아?"

"알다시피 얼마 전 하치오지에서 조직범죄대책부5과의 수사원 한 명이 이마에 총탄을 맞고 사망했다. 조직범죄대책부5과는 상당히 화가 나 있어."

"그건 들었어."

"5과는 당신이 관여했다고 생각하는 모양이야. 당신을 석방할 경우, 5과는 당장 뭐든 다른 혐의로 당신을 본청으로 연행하겠지. 굉장히 모질게 신문할 거야. 비디오로 촬영해달라고 울며 매달릴 정도로 말이야. 당신, 취조실에서 무사히 나갈 수 있을 것 같아?"

사쿠마가 얼굴에서 미소를 거두었다.

"무슨 뜻이야?"

"몇 년 전, 가나가와 현경 취조실에서 조폭이 권총으로 자살한 사건이 있었지."

"그 사건이 자살이었다고?"

그 사건은 권총 불법 소지 혐의로 한 남자가 체포된 것에서 시작되었다. 그 피의자는 취조실에 있던 형사에게서 문제의 권총을 빼앗아 자기 입 안에 총구를 들이밀고 방아쇠를 당겼다. 가나가와 현경은 자살로 처리했고 검찰도 그 주장을 받아들였다. 하지만 폭력배들 사이에서 가나가와 현경의 발표를 믿는 이는 아무도 없었다. 아니, 경찰관 중에도 없었다. 경찰관이라면 취조실에서 그때 무슨 일이 벌어졌는지 쉽게 상상할 수 있다. 수사원이 총구를 피의자의 입에 쑤셔넣고 윽박지른 것이다. 수사에 협력해라, 순순히 불어라. 하지만 약실에는 카트리지가 장전되어 있었다. 수사원이 과도한 연기로 방아쇠를 당겼더니, 혹은 '그만 실수로 방아쇠에 건 손가락에 힘을 주었더니' 당연하게도 실탄이 튀어나갔다……. 폭력조직이나 현장 경찰관의 그런 상상은 진상과 크게 다르지 않을 터였다.

가즈야가 말했다.

"그게 정말 자살인지, 나는 몰라. 하지만 수사원 하나를 잃은 부서가 참고인을 과연 법률대로 공판에 내세울지, 나도 확신이 없어. 경시청도 가나가와 현경도, 문화가 같거든. 경시청에서 비슷한 사건이 벌어져도 이상할 건 없지."

"협박하는 건가?"

"아니. 이 문제로 조기 석방을 원하는지, 당신 생각을 묻는 거야. 입국관리법 위반으로 송치하는 건 그리 급하지 않아. 이십삼 일을 쓸 수 있지. 당신이 원한다면 그 후에 사기죄로 다시 체포할 수도 있어."

"사기죄?"

"부동산을 빌릴 때 다른 명의를 썼잖아. 당신에게는 다행스럽게도 사기죄가 성립돼. 다시 이십삼 일 동안 우리가 당신을 감시하면서 지켜주겠다. 이쪽 사건을 신문하는 동안은 5과에 신병을 넘기지 않겠어."

"만일 당장 석방하라고 한다면?"

"각 관련 부처에 연락한 뒤에 오늘 안에 석방하겠다."

사쿠마는 가즈야의 눈을 뚫어져라 바라보았다. 그 말의 의미를 필사적으로 해석하려는 얼굴이다.

가즈야가 몰아붙였다.

"당신이 석방된다는 소식을 듣고 움직이는 게 5과 하나뿐일까? 너무 빨리 석방되면 당신 배후에 있는 놈들은 당신이 전부 털어놨다고 생각할지도 몰라. 전부터 경찰의 S였다고 의심할지도 모르지. 태연한 얼굴로 모조리 경찰에게 정보를 넘겼다고 말이야."

"오해할 리 없어."

"그러면 다행이지만, 속았다는 걸 알았을 때 당신의 동업자가 어떻게 반응할지는 알고도 남을 테지?"

"몰라."

"5과도 사실 취조실에서 사고가 났다는 번거로운 짓은 하지 않을지도 몰라. 동료 살해범에게 복수하려면 여기에서 석방된 당신을 다시 체포하지 않는 것만으로도 충분해. 바로 당신 관계자가 당신을 데리러 오겠지. 5과가 바라는 행동을, 당신 동료가 해줄 거야."

사쿠마는 불안한 기색으로 눈을 좌우로 굴리며 물었다.

"만일 계속 붙잡혀 있어도 상관없다고 한다면 어떻게 되는 거지?"

"법률에 따라 엄격하게 처리하겠다. 당신이 무슨 짓을 했건 간에 말이야. 피의자로서의 인권을 보호하고 규정대로 검찰에 보내주지."

"난 뭘 하면 되는데?"

"입국관리법 위반 사건에 대해 진술하는 사이 문득 생각난 잡담이나 하면 어떨까? 자발적으로 말하면 돼. 귀는 기울여주지."

사쿠마의 눈동자에 격렬한 갈등이 보였다. 협박이 통한 모양이다.

사쿠마가 말했다.

"어쨌든 변호사를 만나게 해줘."

"무슨 말을 하려고?"

"난 입국관리법 위반에 대해서는 결백해. 경찰이 믿지 않는다면 검사에게 항의하겠다고 할 거야."

"좋은 결단이군. 설마 별건으로 체포했다는 말은 흘리지 않겠지?"

"아니라면서?"

"물론 절대 아니야. 그래, 잡담은 변호사가 돌아간 뒤에 바로 시작할 텐가?"

"아니." 사쿠마는 또렷하게 고개를 저었다. "오늘은 아직 머릿속이 멍해. 잡담할 상태가 아니야."

"어떻게든 마음을 가라앉혀봐. 같은 계는 아니지만 동료가 살해당했어. 우리 수사원들도 신경이 곤두섰다고."

"변호사. 그리고 점심."

좋다. 가즈야는 받아들였다. 어쨌든 별건 체포인 줄 알면서 구류에 동의한 것이다. 충분하다. 다소의 협력은 기대해볼 수 있겠다. 변호사 나카자와가 쓸데없는 잔꾀만 불어넣지 않는다면.

가즈야는 구리타에게 변호사를 들여보내라고 눈짓을 보냈다.

십 분 뒤, 변호사를 돌려보내고 일단 사쿠마를 유치장에 보낼 수속을 밟았다. 유치장은 이곳 제2방면본부에 가까운 시나가와 경찰서다. 오후에는 다시 사쿠마를 이곳으로 데려와 신문할 예정이다.

가즈야는 오후에 본청으로 돌아가 1과 계장 회의에 출석했다. 회의는 오후 5시까지 이어졌다.

오후 6시 넘어 제2방면본부 2계 사무실로 돌아가니 수사원의 태반이 모여 있었다. 탐문 수사를 나갔던 인원도 돌아왔다. 세 명만 없었다. 가즈야는 수사원들의 보고를 전부 들었다. 미나가와 다카오의 소식에 관한 직접적인 정보는 아무도 얻지 못했다. 사쿠마 일당의 배후에 있는 조직의 정체에 대해서도 아직 확실한 사실은 아무것도 파악하지 못했다.

사쿠마도 오후 신문이 시작되자 묵비권을 행사하겠다고 선언하고는 미꾸라지처럼 답변을 피하기 시작했다고 한다. 나카자와의 조언을 받아들인 게 분명했다. 시간을 끄는 것이다. 신문은 벽에 부딪혔다. 오후 6시, 그날 신문은 속행을 단념하고 사쿠마를 유치장으로 돌려보내는 수속을 밟았다는 보고가 들어왔다.

해산을 지시하자 부하 중 몇몇이 본청으로 돌아가겠다고 했다.

가즈야는 부하들을 불러세워 말했다.

"사쿠마 감시부터 시작해 오늘 체포까지 수고하셨습니다. 일단락되었으니 신바시에서 한잔 어떠십니까?"

가즈야는 경시청 직원들이 자주 가는 가드레일 아래의 선술집 이름을 말했다.

슬그머니 시선을 돌리는 사람이 있었다. 얼굴에 뚜렷하게 곤혹스러운 기색을 드러내는 사람도 있었다.

오늘 술을 마시는 것이 싫은가? 아니면 나를 거부한 건가?

세나미가 가즈야를 쳐다보며 말했다.

"아직은 회식을 자중하는 게 좋을 것 같습니다. 그 가게에는 저희 쪽 사람들 눈도 있어요. 무슨 소리를 들을지 모르니까요."

경시청 조직범죄대책부 직원들이 가즈야를 바라보는 눈이 매섭다는 뜻이리라. 아니, 형사부 직원들도 마찬가지일지 모른다.

세나미의 말이 고마웠다. 그는 지금 간부들에게만 미움을 받는 게 아니다. 동료나 직원들도 그의 일거수일투족을 주목하고 있다. 그 시선은 지지나 지원의 의미인 것만은 아니었다. 만일 또다시 실책을 저지르면 언제든지 끌어내리겠다는 의지가 담긴 시선이었다. 그래도 부하들은 그렇게까지 상사로서의 가즈야에게 반발한다고 생각하지는 않지만, 그래도 가깝게 술을 마시는 장면은 가급적 다른 직원들에게 보이고 싶지 않은 것이리라. 그 심정은 이해 못 하는 바가 아니다. 2계는 지금 자살골로 상대에게 1점을 내준 축구 선수 같은 처지다. 얌전히 자중할 때다.

부하들이 한 명씩 묵례를 하고 사무실에서 나갔다.

세나미만 남았다.

"저라도 괜찮으면 한잔 거들겠습니다. 여기, 다치아이이가와 부근에서."

가즈야는 문득 마음이 놓이는 것을 느꼈다.

"제가 한잔 사겠습니다."

가가야 히토시 경부는 경시청 도미사카 청사 이층으로 계단을 걸어 올라가 조직범죄대책부5과 7계가 쓰는 공간에 들어갔다.

조직범죄대책부5과는 조직상 본청에 속해 있지만 오늘 아침은 일제 적발로 네 명을 체포하느라 수사원 대다수가 취조실에 여유가 있는 이 도미사카 청사 쪽에 와 있었다. 용의자를 교대로 신문하고, 공술의 진위 여부를 바로 파악하기 위해서다.

사무실에 설치된 텔레비전에서 마침 저녁 뉴스가 나오고 있었다. 몇몇 수사원들이 뉴스를 보고 있다. 가가야도 걸음을 멈추고 텔레비전 화면을 바라보았다.

오늘 아침 일제 적발 현장이 방영되고 있었다. 도리이사카시타 빌딩 입구에서 사와지마 흥업의 사와지마 요시오가 수사원들에게 두 팔을 붙들려 끌려나오는 참이었다. 수갑 부분에는 모자이크를 넣었다. 사와지마는 보도진을 보고 뻔뻔하게 웃었다. 체포 사실을 두려워하기는커녕 수치나 굴욕으로도 느끼지 않는 태도였다. 반쯤은 허세이겠지만 폭력조직 보스에게 체포 현장이 전국에 방송되어 이름이 자꾸 거론되는 것은 결코 불이익이 아니다. 오히려 조직의 이름을 알릴 수 있어 그 후 사업이 순탄해지는 일면이 있다. 형무소에 들어간 기간에 따라서는 화려한 체포와 그에 얽힌 보도는 오히려 환영할 일이다. 노름꾼 집단이라고는 해도 조원이 서른 명도 되지 않는 작은 조직이니 오늘의 적발과 우두머리 체포는 얼마든지 플러스 카드로 바꿀 수 있다.

더군다나 가택수색으로 자택에서 발견한 각성제는 고작 한 봉지뿐이었다. 그렇다면 개인용이지, 각성제 밀매에 손을 댄 것은 아니라고 주장할 수 있다. 판결은 집행유예를 포함해 기껏해야 이 년 반일까. 오늘의 적발이 전부 그렇지만 특히 사와지마 요시오의 체포는 보다시피 5과가 이렇게 열심히 일하고 있다는 호소의 의미가 강했다.

뉴스는 다음으로 가와사키 시의 이란인 체포와 그 아파트의 가택수색 상황을 보도했다. 아나운서는 아파트가 각성제 밀조 공장이었다고 설명했다. 수입한 감기약에서 각성제를 정제했다는 것이다. 이 검거도 역시 이름만 요란했다. 밀조 공장이라는 말이 우스꽝스러울 정도였다.

뉴스가 끝나기 전에 수사원들이 가가야를 알아보고 일어나서 묵례했다. 거기에는 계장 오시마 이사오도 섞여 있었다. 그는 가가야에게 다가와 보고하듯 말했다.

"사와지마는 잠시 휴식 조치를 취했습니다. 아직 딱히 진술한 건 없습니다."

가가야는 오시마의 얼굴을 바라보며 물었다.

"무슨 얘기를 기대하는 거지?"

오시마의 얼굴에 민망한 기색이 떠올랐다.

"혐의 사실에 대한 진술입니다만."

"잠깐 봐도 될까?"

"상관없습니다. 지금 나가미네가 붙어 있습니다."

가가야는 책상 위에 놓인 한 장의 메모지를 발견했다. 다가가서 들어보니 남성적인 필체로 이렇게 적혀 있었다.

전직 아사쿠사 경찰서 소속, 우치보리 님이 본청에 전화.

가능하면 연락 바람.

그 뒤에 열한 개의 숫자.

가가야는 메모를 재킷 가슴주머니에 넣었다. 우치보리는 가가야가 체포된 후에 경시청에서 징계 면직된 조폭 담당 형사다. 우치보리 다이조. 직접적인 면식은 없다. 면직 당시 경부보였을 것이다. 폭력배와의 유착이 이유라고 나중에야 들었다. 가가야 체포에서 시작된, 일련의 숙청 인사 사례 중 한 명이었다.

그나저나 퇴직자들 사이에도 복귀 소식이 벌써 퍼졌나? 무슨 용건인지는 모르겠지만 가가야의 복귀 사실을 알고 있으니, 복귀 이유도 알고 있다는 뜻이다. 그에 관한 용건이리라. 나중에 전화해봐야겠다.

오시마가 앞장서서 사무실에서 나갔다. 사와지마가 있는 취조실은 복도 맞은편이었다. 가가야는 문 앞에서 유리 너머로 내부 상황을 확인했다. 사와지마는 벽을 등지고 책상 앞에 앉아 있었다. 책상 위에는 거의 빈 편의점 도시락이 놓여 있었다. 그는 지금 페트병에 든 녹차를 마시는 참이었다.

가가야가 들어가자 나가미네와 또 한 명, 야스나카가 놀라는 기색을 보였다.

사와지마가 고개를 들고 유쾌한 기색으로 말했다.

"가가야 씨, 옛날에 죽은 줄 알았는데."

가가야는 사와지마의 맞은편 파이프의자에 걸터앉으며 말했다.

"나도 마찬가지야."

"날 각성제 한 봉지로 체포하다니, 무슨 생각을 하는 거야?"

"몰라." 가가야는 나가미네에게 고개를 돌리고 말했다. "잠시 자리 좀 비켜줘."

나가미네는 순간 망설이는 기색을 보였지만 거역하지는 않았다. 바로 야스나카와 함께 취조실 밖으로 나갔다.

물론 어차피 옆방 유리 너머로 취조실 상황을 감시할 것이다. 마이크도 있다. 음성도 나가미네와 야스나카에게는 전해진다. 단지 사와지마의 심리적 부담을 덜어준 것뿐이다.

사와지마는 예상대로 책상 위로 몸을 내밀었다.

"그동안 내가 얼마나 도와줬는데 이런 대우를 해?"

"내가 정한 일이 아니야."

"무슨 연극을 하는 거야?"

"홍보 활동이겠지."

"그 형사 살해에 대한 보복이라면 번지수 잘못 짚었어."

"알아."

"총에 맞은 형사, 당신 부하였다면서?"

"수사4과 시절에."

"잠입 수사였다고 들었는데."

"글쎄."

"당신을 배신한 부하도 같은 현장에 있었다지?"

"미나가와란 남자를 쫓고 있었어."

"얄궂은 일이야. 당신 입장에서 보면 아들을 잃은 기분이려나? 자기를 배신한 부하와 아끼던 부하가, 한쪽의 실수 때문에 다른 한쪽이 죽었으니."

뭔가 반응을 기다리는 눈이었다.

가가야가 말했다.

"제대로 키웠어야 했는데."

"그랬다면 그런 꼴은 피할 수 있었다는 건가?"

"쓸데없는 참견 마. 내 질문에나 대답해."

"당신을 본받으려고 그러는 거야. 당신이 신문이나 공판에서도 아무 말도 하지 않았다는 건 조폭들 세계에서도 유명한 얘기거든."

"말조심 해." 가가야는 날카롭게 쏘아댔다. "날 조폭하고 같이 취급하지 마."

사와지마는 산통이 깨진 얼굴로 허리를 폈다.

"네가 가진 것 중에 뭐가 소중한지 순위를 매겨봐. 속세의 공기인지, 구역인지, 부동산인지. 그렇지 않으면 다른 무엇인지."

"뜬금없이 무슨 소리야?"

"무엇을 앗아가면 입을 열겠느냐고 묻는 거다."

"아는 건 뭐든 말하겠지만, 모르는 건 말할 도리가 없어."

"압수한 건 한 봉지, 불법 소지. 집행유예가 붙을지도 모른다. 다만 5과는 네놈의 여죄를 얼마든지 파악하고 있어. 송치하기가 귀찮을 정도로."

"뭘 얘기해야 불법 소지 한 건으로 끝내줄 거야?"

"네가 말하기 싫은 정보. 각성제 공급원."

"우린 그런 장사 안 한다니까. 압수당한 물건은 우연히 내가 개인적으로 쓰려고 가지고 있었던 거야. 롯폰기 길가에서 처음 보는 이란인한테 샀어."

"매뉴얼은 접어둬. 우리 수사원이 한 명 살해당했다. 그동안의 취조와는 달라."

"법을 무시하겠다는 거야?"

"가족이 살해당했어. 네놈이라면 어떨지 상상해봐."

사와지마는 잠시 가가야의 눈을 바라보다가 결심을 굳힌 듯 입을 열었다.

"간사이 쪽이야."

"누구야?"

사와지마는 책상 위에 오른손 집게손가락으로 십자를 그었다. 아니, 십자가 아니다. 손가락을 마지막에 위로 튕겼다. 로마자도 아니다. 한 자였다. 간사이 공급원이라고 했으니, 다시 말해 정丁 자가 들어가는 조직이다.

"말귀를 잘 알아듣는군." 가가야는 질문을 바꾸었다. "이리에한테도 물어봤어. 우리 수사원을 쏜 남자가 누군지 짐작도 안 가나?"

"사쿠마라는 남자하고 어울렸다는 정보는 알고 있나?"

"그래. 사쿠마도 오늘 체포했다."

"그럼 금방 알겠지. 난 그 이상은 몰라. 업계 사람은 아무도 몰라. 외부 놈들이겠지."

가가야는 일어섰다.

사와지마가 의아한 표정으로 물었다.

"끝났어?"

"더 아는 게 있나?"

"아니."

"그럼 충분해."

가가야는 왼쪽 벽에 붙어 있는 거울을 향해 고개를 끄덕였다. 거울 건너편에서는 나가미네가 가가야와 사와지마의 대화를 주시하고 있을 터였다. 이야기가 끝났다는 것도 알 것이다. 가가야는 취조실에서 나갔다.

복도를 걸어가는데 나가미네와 야스나카가 쫓아왔다.

나가미네가 물었다.

"간사이의 누구랍니까?"

가가야는 걸어가면서 대답했다.

"조바야丁場家."

한국 각성제를 밀수입하는 폭력조직이다. 가가야가 아직 수사4과였을 때, 도쿄에도 진출해 수급 루트를 만들었다. 그 당시보다 조직이 다소 커졌을지도 모른다.

"아무나 바로 잡아들일까요?"

"아직 일러."

"조바야라면 한두 명은 언제든지 잡아들일 수 있습니다."

"지금 잡으면 사와지마가 흘린 정보라는 게 탄로난다. 놈은 나가자마자 살해당할 거야."

"조폭인데 무슨 상관입니까?"

가가야는 걸음을 멈추고 나가미네를 쳐다보며 물었다.

"진심으로 하는 소린가?"

"뭐가 말입니까?"

"조폭은 살해당해도 상관없다?"

나가미네는 부루퉁한 얼굴로 불만스럽게 말했다.

"데라와키가 총에 맞아 죽었단 말입니다."

"살해한 건 미나가와다."

"똑같은 놈들 아닙니까?"

"서로 다른 남자야."

"곱게 봐줄 필요 없어요. 십 년 전하고는 상황이 다릅니다."

"난 이쪽 요청으로 돌아온 거다. 내 방식대로 해. 지금 조바야 이름을 알아내긴 했지만 잡아들이는 건 나중에 할 일이야."

나가미네는 입을 다문 채로 대답도 하지 않았다.

"알아들었나?"

나가미네가 겨우 고개를 끄덕였다.

"예."

가가야는 야스나카에게도 시선을 던졌고, 그 역시 고개를 끄덕였다.

그곳은 오이 경마장에 다녀온 손님들이 자주 들를 법한 가게였다. 역으로 이어지는 상점가 안에 자리한 곳으로, 싸구려 테이블과 짝이 맞지 않는 의자와 스툴이 놓여 있다. 조명은 밝은 형광등으로 나뭇결무늬가 들어간 벽지에는 추천 안주를 적은 종이가 빼곡하게 붙어 있었다. 가격을 보아하니 경마로 한몫 챙긴 손님이 주 고객은 아니다. 오히려 소지금의 대부분을 날린 손님이 많을 것이다. 천 엔만 있으면 소주 두 잔과 안주 한 접시를 시킬 수 있다. 이 골목에는 비슷한 가게가 몇 군데나 있었다. 단지 경마 시합이 없는 날이라 그런지, 저녁식사 때라 그런지, 테이블 여섯 개 중 절반이 비어 있었다.

가즈야와 세나미는 입구에 제일 가까운 테이블에 앉았다. 가즈야는 맥주를, 세나미는 따뜻한 미즈와리 소주를 주문했다. 두 사람은 한동안 말없이 술을 목에 털어넣었다.

이윽고 세나미가 입을 열었다.

"어제, 우연히 신바시 술집에서 5과 친구를 만났습니다."

가즈야는 맥주잔을 테이블에 내려놓았다.

"7계 말입니까?"

"아니요. 다른 계인데, 저하고는 동기나 다름없는 놈입니다."

"뭔가 저에." 정정했다. "이번 일에 대한 이야기라도 나왔습니까?"

"이번 일이야 당연히 나오죠. 지금 조직범죄대책부의 관심사는 팔할이 그 얘기니까요."

"나머지 이 할은?"

"가가야 경부의 복귀."

예상 못한 바는 아니었다.

"이 타이밍에 복귀했으니, 다들 기대가 크겠지요."

"조직범죄대책부에서 소문이 돌고 있습니다. 가가야 경부가 복귀한 이유에 대해."

"조직범죄대책부를 지원한다는 이유 말고요?"

세나미는 삶은 곱창을 젓가락으로 집어먹었다. 어떻게 대답할지 고민하는 눈치였다. 가즈야는 세나미의 말을 기다렸다.

세나미는 곱창을 삼키고 교과서라도 낭독하는 것처럼 억양 없이 말했다.

"부하였던 데라와키가 살해당한 것에 대한 앙갚음이 한 가지."

"앙갚음이라니, 경찰이 할 말이 아닙니다."

"제가 하는 말이 아닙니다."

"또 한 가지는?"

"계장님께 대한 보복. 복수."

"가가야 경부가 그렇게 말했다는 겁니까?"

"아니요, 그냥 그런 소문이 돈다는 겁니다. 데라와키 장례식장에서 가가야 경부가 그런 결심을 했다고."

가즈야는 웃었다. 웃는 것 말고는 달리 반응할 수가 없었다. 농담으로 흘려들어야 한다.

"앙갚음이니, 보복이니, 복수니. 경찰 조직에서 할 이야기는 아니군요."

"저도 그런 소문을 믿는 건 아니지만, 주의하는 게 좋겠습니다."

"뭘 말입니까?"

"가가야 경부의 동향. 아니, 5과 7계의 동향이라고 해야겠군요. 계장님을 끌어내리는 게 놈들의 암묵적인 목표입니다."

"끌어내리다니, 어떻게요?"

말하고 나서야 생각이 미쳤다. 내사? 소행을 감시해 복무규정 위반의 증거를 모아 경무부에 고발할 건가? 아니면, 이미 시작되었나? 평소 행동에 티끌 하나 없다고 당당하게 말할 수는 있다.

"짐작해볼 수 있는 건." 세나미가 소주를 한 모금 마시고 고개를 저었다. "업무상 과실을 유도할지도 모릅니다. 처분이나, 최소 자리를 내놓아야 할 정도의 과실을……."

"구체적으로 어떤 걸 말씀하시는 겁니까?"

"흉악범의 검거 실패. 오인 체포. 강경한 수사 지휘와 그에 따른 입건 중단. 혹은 1심 무죄. 그런 게 아닐까 싶습니다."

이번에는 수수하게 웃을 수 있었다. 확실히 그런 실수를 하면 처분은 피할 수 없겠지만, 5과나 가가야가 원한다고 할 수 있는 일은 아니다. 실제 수사 활동에 덫을 치기란 불가능하다.

"의도적으로 할 수 있는 일은 아닌데요."

"하지만 기대해볼 수는 있지요. 저희가 미나가와가 잠복한 장소를 알아냈을 때, 5과가 검거를 방해할 수는 있습니다. 놈에게 정보를 흘리면 그만이니까요."

"정보를 흘릴 수 있을 정도라면 5과가 체포하러 가겠지요."

"한시를 다투는 경쟁에서 패배가 예상될 때, 놈들이 그런 짓을 할 것 같아 걱정입니다."

"그러니까." 가즈야는 맥주잔을 들었다. 저도 모르게 목이 바짝 탔다. "조직범죄대책부가 그 정도로 저를 눈엣가시로 여긴다는 말씀인가요?"

세나미는 직접적인 대답은 하지 않았다.

"저희는 실점을 회복하는 게 급선무입니다. 하치오지 공터 사건은 큰 실점이었습니다."

세나미가 소주잔을 비웠다. 한 잔 더하겠느냐고 묻자 세나미는 고개를 저었다.

"아침에 일찍 나와서, 오늘은 이쯤 하겠습니다."

가즈야는 고개를 끄덕이고 계산서를 끌어당겼다.

게이힌 급행 다치아이가와 역 플랫폼에 나가자 마침 가마타 방면으로 가는 전철이 들어오고 있었다. 가와사키에 사는 세나미는 그 전철을 탄다. 가즈야는 시나가와에서 환승한다. 10월의 바람이 플랫폼 위를 훑고 지나갔다.

세나미가 말했다.

"저희는 계장님을 믿습니다. 방금 전 술자리를 거절한 것은 계장님과 마시기 싫어서 그런 게 아니에요. 지금은 자중하자는 뜻입니다."

"고맙습니다." 가즈야는 답례를 했다. "세나미 씨가 그리 말씀해주신 덕에 고민하지 않아도 될 것 같습니다."

"저는 계장님이 가가야 경부를 고발한 게 올바른 행동이라고 생각합니다. 저는 관할서를 포함해 조폭 수사를 담당한 지 오래되었지만, 가가야 경부 같은 수사 방법에는 찬성할 수 없었습니다. 개인적인 거래를 하기 시작하면 그건 더는 경찰이 아닙니다. 제 양복은 싸구려지만, 정보를 얻기 위해 명품 옷을 걸치고 맞설 생각은 하지 않아요."

도착한 전철이 플랫폼 정위치에서 멈추었다. 세나미는 가즈야의 눈을 바라보더니 주제넘은 소리를 했다는 듯 고개를 숙였다. 가즈야는 고개를 저었다. 개의치 마십시오, 그런 마음을 담았다.

세나미는 다시 한 번 가즈야를 바라보고 몸을 획 돌려 문이 열린 차량으로 걸어 들어갔다.

사실상의 복귀 첫날이 저물고 있었다. 가가야는 손목시계를 힐끗 확인하고 지하철 아사쿠사 역 개표구를 통과했다.

남자는 지하철 아사쿠사 역 1번 출구 앞에 서 있었다. 누군가를 기다리는 듯한 사람은 그 남자밖에 없었다. 이 사람이 우치보리 다이조이리라.

이곳을 약속 장소로 지정한 것은 우치보리였다. 차가 없어야 할 이유가 있을 것이다. 가가야는 그렇게 짐작하고 지하철로 왔다. 에토에게 빌린 세단은 도미사카 청사 주차장 안에 두었다.

우치보리는 마르고 다소 왜소한 남자였다. 나이는 육십대 중반쯤 될까. 숱 없는 머리카락이 바람에 나부끼고 있었다. 의심 많아 보이는 작은 눈. 낡은 코트 밑으로 화학섬유로 짠 폴로셔츠 옷깃이 엿보였다. 무릎이 튀어나온 바지. 형태가 일그러진 캐주얼슈즈. 짐은 없었다. 직업정신이 조금 투철한 제복 경찰이라면 불심검문을 하고도 남을 행색이었다.

우치보리가 먼저 가가야에게 다가왔다. 우치보리에게는 낚시용 재킷을 입고 있다고 전화로 전했다. 물론 전직 경시청 경부가 체포되었다는 보도로 가가야의 얼굴 사진 정도는 보았을지도 모르지만.

남자가 말했다.

"가가야 경부인가? 아까 전화했던 우치보리일세."

숨결에 섞인 담배 냄새가 고약했다.

가가야는 간신히 얼굴을 찌푸리지 않고 말했다.

"가가야입니다. 좋은 정보가 있다고 하셨는데."

"암." 우치보리는 조금 비굴한 웃음을 지으며 말했다. "이래 봬도 전직 조폭 담당 형사라 경시청을 그만둔 뒤에도 그쪽 일은 이것저것 귀에 들어오거든."

"뭔가 범죄에 관한 정보라도?"

"지금 5과가 열심히 찾는 정보일걸."

"어째서 그런 정보를 제게?"

"가가야 경부니까 그렇지. 정보의 가치를 아는 형사 아니던가?"

그런가. 가가야는 이해했다. 정보에 돈을 내라는 뜻이다.

전직 경시청 수사원이라는 우치보리의 행색은 과거 가가야가 이용했던 몇몇 정보원들의 분위기와 똑같았다. 하지만 우치보리의 경우 길에서 완전히 벗어나 수사 대상이었던 업계에 한쪽 발을 담근 탓에 그쪽 분위기가 몸에 배고 만 것이리라. 경마와 싸구려 술, 정보 거래. 혹은 갈취할 수 있는 사냥감의 탐색. 그런 하루하루가 어느새 과거의 수사원을 이런 남자로 바꾸었다. 수상하면서도 적적한 기운이 뒤섞인, 타락한 남자의 인상.

우치보리가 주위를 둘러보며 말했다.

"이렇게 서서 이야기하기도 그러니 가까운 곳에 들어갈까? 싸고 맛 좋은 초밥집이 있어."

한 턱 내라는 뜻이다. 술도 사줘야겠지. 그렇게 되리라 예상은 했다.

"앞장서시죠."

정보원이기는 하지만 경시청 직원으로서는 선배였던 상대다. 가가야는 우치보리에게 존댓말을 썼다. 어쩌면 그는 가가야 추방의 불똥을 맞은, 어떤 의미로는 그 숙청의 피해자 중 한 사람일지도 모른다. 유감스럽게도 우치보리에게는 가가야만큼의 실적도, 버팀목도 없었으리라.

그 초밥집은 아사쿠사의 랜드마크가 된 거대 빌딩의 뒤편에 있었다. 가격이 전부 벽에 표시되어 있는 대중적인 가게다. 가가야는 우치보리를 테이블석으로 몰았다. 우치보리는 주춤거리며 소나무, 대나무, 매화 세 종류 중에서 대나무 코스를 주문했다. 가가야도 같은 메뉴를 시켰다. 거기에 찬술.

우치보리는 겨우 오 분 만에 초밥세트를 먹어치웠다. 가가야는 좋아하는 걸 추가 주문하라고 권했다. 우치보리는 이번에는 거리낌 없이 흰살 생선으로만 세 접시를 주문했다.

초밥을 먹으며 우치보리가 물었다.

"지난번에 죽은 데라와키란 형사, 수사4과가 있었을 때 가가야 씨 부하였지?"

가가야는 대답했다.

"제가 직속상사는 아니었습니다."

"현장에는 조직범죄대책부1과 안조란 녀석도 있었다면서? 그 녀석 가가야 씨를 배신한 부하 맞지?"

가가야는 대답하지 않았다. 대신 초생강에 젓가락을 뻗어 집어먹었다.

가가야는 초밥을 먹어치우고 다시 찬술을 시키려는 우치보리에게 물었다.

"그래서 5과가 원하는 정보라는 게 뭡니까?"

우치보리는 약간 불콰해진 얼굴로 말했다.

"딱 반년 전일까, 아니, 2월이었어. 아카사카 쪽." 우치보리는 아카사카를 구역으로 삼는 도박꾼 계열의 폭력조직, 세이케이카이誠敬会의 이름을 댔다. "거기 어린놈이 각성제 판매원을 소개해달라며 휘젓고 다니던 남자를 납치했어. 경찰도 아니고, 그렇다고 그냥 약을 원하는 것도 아니었던 모양이야. 납치하는 현장을 다른 폭력조직에게 들켰다더군. 아카사카의 또 다른 조직."

우치보리는 장사치 계열의 폭력조직, 사쿠라이구미桜井組의 이름을 꺼냈다. 서로 계열은 다르다.

"그래서 어느 날 밤, 아카사카가 일촉즉발 상태에 빠진 적이 있었어."

"어째서입니까?" 가가야는 고개를 갸웃거렸다. "남자가 사쿠라이구미의 조직원이었던 겁니까?"

"아니, 사정은 아무도 몰랐지만 혹시 어느 조직에서 보낸 돌격대가 아닌가 싶어 사쿠라이구미도 경계한 거지. 뭔가가 시작된다, 아카사카에서 설치도록 내버려둘 순 없다, 이렇게."

"그래서 결국?"

"한밤중에 남자가 풀려나면서 끝났어. 남자는 상당히 두들겨맞은 모양이었지만, 그가 속한 조직에서는 보복전도 벌이지 않았고."

"남자는 어느 조직 소속이었습니까?"

"정확히는 몰라. 조폭이 아닐지도 모르지. 하지만 도쿄의 뒷세계 상층부가 움직였어. 타협, 혹은 중재를 한 거지. 아니면 내 상상이지만 사실은 이미 합의가 끝난 사안이었는데 세이케이카이 말단까지는 전달이 되지 않았거나."

가가야는 우치보리를 바라보았다. 그가 가진 정보가 이것뿐이라면 초밥 대나무 코스는 걸맞지 않다. 이렇게 막연한 정보에 돈을 낼 사람은 없다.

그런 생각이 얼굴에 드러났는지, 우치보리가 말을 이었다.

"그때 얻어맞은 게 미나가와란 남자였어."

가가야는 무표정을 가장했다. 하치오지 사건에서 경찰관을 쏜 남자가 미나가와 다카오라는 사실을 이미 발표했던가? 5과는 지금 그를 열심히 추적하고 있다. 우치보리는 그 정보까지 알고서 그 이름을 꺼낸 건가?

우치보리가 말했다.

"안 놀라나?"

"어째서 놀랄 거라 생각하십니까?"

"그 하치오지 형사 살해 사건 이후로 미나가와 다카오란 남자의 정보를 열심히 캐고 다니잖아."

알고 있었나.

"그 미나가와와 미나가와 다카오가 동일 인물이라는 말씀이군요."

"거기까진 모르지. 다만 내가 하고 싶은 말은 그 이후의 일이야. 감금 현장까지 미나가와란 남자를 데리러 간 사람이 롯폰기의 유명 클럽 매니저였다고 해. 트렌트라는 곳이야."

귀에 익은 이름이었다. 연예인이나 신흥기업 사장들이 많이들 놀러 가는 클럽이다. 수사4과 시절, 그 가게의 단골이라는 사람을 한 명 체포한 적이 있다. 각성제 소지 혐의였는데, 그가 가지고 있었던 것은 코카인이었다. 그의 주장에 따르면 그 가게 손님들은 각성제는 수준이 낮아서 사용하지 않는다는 것이었다. 그는 코카인이 폼이 난다고 웃으며 말했다.

당연하지만 트렌트라는 클럽의 배경이나 자본 상황도 조사했다. 모회사의 사장은 구마가이 후유키라는 젊은 실업가였다. 부동산업자지만 그룹 기업 안에는 연예기획사도 있고 의류 브랜드도 있었다. 사장 본인이 연예인들 사이에서는 다소 알려진 인물이었다. 그가 자기 클럽에서 개최한 본인의 생일 파티에 젊은 연예인, 배우, 모델이 백 명 넘게 모였다던가. 몇몇 연예인의 후원회장 노릇도 하고 있다고 들었다. 새로운 타입의 스폰서란 뜻이리라.

미나가와를 데리러 간 사람이 그 구마가이가 소유한 가게의 매니저였다……. 그 두 사람 사이에서 완결되는 단순한 관계일까, 아니면 트렌트라는 가게를 통해 구마가이 후유키까지 엮이는 관계일까? 지금 이 정보만으로는 짐작이 가지 않는다. 평범한 실업가나 일반인이라면 폭력배로 보이는 남자가 감금된 사건에 엮이려 하지 않는다. 피하려 한다. 구마가이도 그런 점에서는 신중하게 굴 텐데.

가가야가 우치보리에게 물었다.

"5과가 그날 밤 사건을 모르는 이유가 뭡니까?"

"글쎄? 알고 있을지도 모르지. 다만 납치 후 세 시간인가 네 시간 만에 결판이 나서, 경찰이 끼어들 새가 없었어. 뒤끝도 없었고. 관심이 없는 건지도 모르지. 나도 한참 지난 뒤에야 들었어. 미나가와 다카오라는 남자에 관해 탐문 수사를 벌이니 연상 작용으로 기억이 난 거지."

"그 외에 제게 들려주고 싶은 정보는 없습니까?"

"5과가 필요로 하는 정보는 이 정도이려나. 만일 당신이 좀 더 알고 싶다면 발품 좀 팔아줄 수도 있어. 당신이 경시청을 그만둔 뒤로 뒷세계 사정도 꽤나 바뀌었어. 당신 지식은 이제 안 통할 테니까."

가가야는 테이블 위의 계산서를 들며 우치보리에게 말했다.

"좋은 정보 감사했습니다."

"쓸 만한가?"

"아마도. 또 뭔가 있으면 연락 주십시오. 여기는 제가 계산하겠습니다. 혹시 한잔 더 마실 거라면 그래도 상관없습니다만."

우치보리는 처량한 얼굴로 가가야를 바라보았다. 지금 정보에 아무 가치가 없다고는 생각도 못 했던 듯하다. 적어도 초밥 대나무 코스로는 부족했던 모양이다.

"잠깐." 우치보리가 황급히 말했다. "하나 더, 5과가 원하는 정보는 아니지만 꼭 말해주고 싶은 게 있어."

"뜸 들이지 말고 말씀해주시죠."

"개인적인 정보야. 아사쿠사 뷰 호텔 근처까지 걸어가야 하는데."

우치보리는 가가야의 반응을 살폈다. 가가야가 계속 말하라는 듯이 고개를 기울이자 안심한 표정을 지었다.

"거기에서 말해줄게. 혹시 그, 그 정보에 가치가 있다고 생각한다면 자금 좀 대주지 않겠어? 정보 수집에는 선행 투자가 필요하거든."

"지금 말씀하실 순 없습니까?"

"가보면 알아."

우치보리는 따라오라는 듯이 자리에서 일어나 가게 출입구로 향했다.

그곳은 아사쿠사 최고의 고층 호텔 옆이었다. 빌딩가는 아니었다. 목조 민가도 아직 남아 있는 거리였다. 오래전, 이 길에 있었던 칵테일바에 탐문을 갔던 적이 있다. 아사쿠사를 근거지로 삼는 폭력배의 행방을 추적할 때였다. 거리에 드문드문 작은 바와 술집 간판이 나와 있었다.

앞장서서 걸어가던 우치보리가 어느 가게의 묵직해 보이는 목제 출입문을 열었다. 가가야는 문 위의 간판을 보았다.

카페&바 매스커레이드.

안에서 여자 목소리가 들려왔다.

"어서 오세요, 우치보리 씨."

단숨에 기억해냈다. 안다. 이 목소리를 안다. 이 목소리의 여자를 알고 있다.

가가야는 자신이 충격받았다는 사실을 의식하면서 가게 안으로 한 걸음 들어갔다.

카운터밖에 없는 비좁은 바였다. 그 카운터 안에서 여자가 눈을 휘둥그레 뜨고 입을 벌리고 있었다. 하지만 표정을 자세히 읽을 수는 없었다. 놀란 것은 분명하다. 당혹스러울지도 모른다. 그런데도 이 여자는 나를 환영해줄까? 아니면 그 눈에 있는 것은 거절의 빛일까?

"진仁 씨." 여자가 말했다. 가가야의 이름을 그렇게 부르는 사람은 세상에 몇 명 되지 않는다. 이 나카미치 마리를 포함해서.

우치보리가 기쁜 얼굴로 말했다.

"마담도 역시 몰랐군."

"진 씨." 여자가 다시 한 번 불렀다. 눈을 깜빡거린다. 지금 망막에 비치는 상대를 아직 믿지 못하겠다는 표정이었다.

가가야가 말했다.

"오랜만이야."

다른 손님은 없었다. 우치보리는 아직 그대로 서 있었다.

여자가 말했다.

"어서 와요. 언제부터 도쿄에?"

"사흘 전."

"일 때문에?"

"경시청에 복직했어."

"복직!" 한순간이지만 여자의 얼굴이 환하게 빛나 보였다. "다시 경찰이 된 거예요?"

"그래. 당신은 언제 그만뒀어?"

"그 후 바로. 앉아요, 천천히 쉬다 가요."

우치보리가 유쾌한 얼굴로 가가야에게 말했다.

"뭐, 이게 오늘 최고의 정보였을지도 모르겠군. 그럼 난 이만. 밖에 있겠네."

우치보리는 마리에게 고개를 살짝 숙이고 밖으로 나갔다.

가가야는 우치보리를 쫓아가며 마리에게 말했다.

"금방 돌아올게."

가게 밖으로 나가자 우치보리가 몸을 돌리고 기다리고 있었다. 이번에야말로, 하고 기대에 찬 눈빛이었다.

가가야는 지갑에서 삼만 엔을 꺼냈다. 남은 돈은 이만 엔가량. 충분하려나?

삼만 엔을 우치보리에게 건네자 그는 당연하다는 표정으로 받아들며 말했다.

"그럭저럭 도움이 된 모양이군. 봤지? 내 귀는 믿어도 돼. 아무 때나 전화하라고."

우치보리는 돈을 바지 주머니에 넣고 방금 왔던 방향으로 걸어갔다.

가게로 돌아가자 마리의 얼굴에는 감격과 환영이 뚜렷이 드러나 있었다. 눈이 빛나고 있었다.

"진 씨, 저를 만나려고 온 게 아니었군요."

"우치보리는 아무 말도 안 했어. 좋은 정보를 주겠다고만."

"좋은 정보였나요?"

"뜻밖에도."

"시간 괜찮아요? 마시고 가도 돼요?"

"조금은."

"지금 어디 살아요? 복직했다니, 경부라는 말이에요? 본부?"

"찬찬히 얘기하지. 일단 숨 좀 돌리고."

"뭐 마실래요? 돔 페리뇽이라도 딸까."

"맥주는 됐고, 스카치 스트레이트로 주겠어?"

"예전처럼 맥캘란으로?"

"아무거나."

"조금 말랐어요?"

"아니, 체중은 그대로야."

"얼굴이 홀쭉하네."

"바닷바람을 맞아서 그래."

"미우라 반도에서?"

"그 정도 소문은 들었나 보군."

"우연히, 어쩌다 보니까요."

마리가 카운터 안에서 술을 만들기 시작했다. 가가야는 그 모습을 가만히 지켜보았다. 수사4과 서무계에 있던 경시청 여직원. 그 무렵 사귀었던 여자들 중 하나. 아니, 사귀었던 여자들 중에서 가장 오랜 시간을 함께 보냈던 여자. 가가야의 화려한 여성 편력에도 군소리 한마디 없이 조용히 인내했다. 그 문제로 불평한 적도 없다. 그런 점이 못 견디게 애처롭게 느껴질 때도 있었다. 그녀가 어디까지 견딜 수 있는지, 일부러 눈에 띄게 다른 여자와 어울린 적도 있었다.

용모는 수수했지만 그 후로 구 년, 마리는 나이에 걸맞게 성숙한 여성이 되어 지금 눈앞에 있다. 기름한 외까풀 눈, 섬세한 콧날, 일자로 다문 얇은 입술. 수수했던 생김새는 이제 우아함으로 바뀌었다. 하얀 셔츠에 검은 조끼. 밑에는 치마일까, 아니면 바지? 머리카락은 짧게 가다듬었다. 보브 스타일이라는 걸까. 염색은 하지 않았다. 물장사를 하는 사람이라기보다는 여성 바텐더, 혹은 여성 소믈리에 같은 인상이다. 말하자면 요식업계의 전문직.

마리가 고개를 들었다.

"뭘 뚫어져라 보는 거예요?"

"그리워서."

"훌쩍 가버려놓고."

비난 어린 목소리였다. 하지만 농담 같기도 했다.

"어쩔 수 없었어."

"석방된 후에도."

"무직, 형사 피고인이었어."

"무죄로 확정되었잖아요."

"도쿄를 떠났으니까."

"연락은 할 수 있었잖아요."

동그란 얼음이 들어간 텀블러가 나왔다. 가가야는 텀블러를 가까이 끌어당기며 말했다.

"안 마실 거야?"

"마셔야죠."

마리는 작은 글라스에 화이트와인을 따랐다.

"복귀 축하한다고 해도 되는 거예요?"

"스스로 결정했어."

"축하해요."

마리가 가가야를 바라보며 글라스를 들었다. 가가야도 텀블러를 들어 마리의 글라스에 가볍게 부딪혔다.

가가야는 한 모금 마시고 물었다.

"어떻게 지냈어?"

마리는 미소를 지었다.

"많은 일이 있었죠. 경시청에는 있을 수 없었어요. 당신이 술을 가르쳐주었으니 이쪽 길로 먹고살기로 했죠. 긴자 쪽 가게에서 일하다가 사년 전부터 여기서."

마리가 말한 이력 속에 결혼 이야기는 없었다. 독신이리라.

"당신 가게야?"

"그래요. 보다시피 이 시간에도 차나 파는 가게지만."

"좋네."

가가야는 가게 안을 둘러보았다. 카운터에 스툴 여덟 개가 전부인 바였다. 특별한 인테리어를 한 것도 아니지만 정면의 벽에 유럽의 하얀 가면. 가게 이름을 본뜬 것이리라. 가면무도회. 작은 음량으로 흘러나오는 것은 오페라인지 클래식 전문 유선방송 같았다. 마침 라 트라비아타 전주곡이 나오고 있었다.

마리는 가가야를 똑바로 쳐다보며 한 모금 마시더니 문득 생각났다는 듯이 말했다.

"오늘은 그만 문 닫아야겠네."

마리는 카운터에 글라스를 내려놓고 몸을 돌려 벽의 스위치를 하나 내렸다. 외부 간판의 전원을 끈 것이리라. 가가야는 손목시계를 보았다. 밤 10시가 막 지났다. 폐점하기에는 이른 시간이다. 마리는 카운터에서 나와 안에서 문을 잠갔다.

가가야가 물었다.

"나는 손님인가?"

"무슨 뜻이에요?"

"돈이 별로 없어."

마리가 웃음을 터뜨렸다.

"바보네."

맥캘란을 한 모금 더 머금어 천천히 목을 축였다.

마리가 물었다.

"4과로 돌아간 거예요? 아니다, 지금은 조직범죄대책부라고 하나?"

"조직범죄대책부. 특별수사대야."

"일은 전에 하던 그대로?"

"그러려고 돌아왔어."

"집은?"

"도미사카 경찰서 독신자 기숙사."

"좁을 텐데."

"어차피 아무것도 없어. 텅 빈 방에 침대 하나뿐이야."

마리는 질문을 멈추고 다시 가가야를 바라보았다. 이목구비 하나하나, 피부, 안색, 그리고 이마 끝 머리털까지 뜯어보고 있는 게 틀림없다. 그것이 기억과 일치하는지, 다르다면 어느 부분인지, 무의식적으로 생각하면서.

"설마." 목소리가 바뀌었다. "그런 차림으로 일해요?"

가가야는 몸에 걸친 재킷을 보았다. 낚시용 아웃도어 재킷. 그 밑에 요코스카 양판점에서 산 면직 상의. 면바지.

가가야가 말했다.

"뭘 입어도 할 수 있는 일이야."

"설마, 무엇 때문에 경찰한테 제복이 있다고 생각해요?"

“제복을 입는 일이 아니라니까.”

“당신이 하는 일에는 그 일을 위한 드레스코드가 있잖아요. 당신이 한 말 아니던가요? 체형이 바뀐 건가?”

“전혀.”

“집에 아직 당신이 입던 양복도 셔츠도 있어요. 가져가요.”

과거에 그녀의 집에도 여분의 옷을 몇 벌 갖다두었다. 거기에서 출근하던 시기도 있었다.

“챙겨뒀나.”

“버리려고 한데 모아놨거든요.”

“나중에 보내줘.”

“그만 귀찮게 해요.”

“어쩌란 말이야?”

“우리 집, 가까워요.” 마리는 자기가 엄청난 제안이라도 하는 것처럼 불안한 기색으로 말했다. “만약에 와준다면, 그대로 돌려줄게요.”

가가야는 마리를 바라보며, 그 말뜻을 음미하고 고개를 끄덕였다.

/ 10 /

가가야가 도미사카 청사에 도착한 것은 오전 10시가 넘어서였다.

이미 사와지마와 하치오지에서 체포한 네 명에 대해 신문이 시작되었다. 이란인 두 명은 본청에서 페르시아어 통역을 붙여 신문을 하고 있을 터였다.

5과가 사용하는 층에는 신문에 관여하지 않는 몇몇 젊은 수사원들이 아직 탐문 수사에 나가지 않고 서류 작업을 하고 있었다. 가가야가 들어가자 다들 고개를 들더니 눈을 휘둥그레 떴다.

오늘 아침, 나카타 마리의 집에서 그녀가 옷장 속에 보관해두었던 셔츠와 양복으로 갈아입었다. 원단도 재단도 좋은 고급품인 덕에 전혀 마모된 기색이 없었다. 낡은 옷을 걸친 인상이 없었다. 또한 디자인도 체포 당시에 비하면 제법 차분했다. 다만 어제까지 아웃도어 재킷을 입고 있었으니, 5과 젊은 수사원들은 가가야의 갑작스러운 변모에 놀란 것이리라.

인사에 짤막하게 답하면서 책상 위를 보았다. 메모지가 두 개 놓여 있다.

하나는 5과장의 연락.

내일 본청 5과 계장 회의에 참석하라는 내용이었다.

또 하나는 경무부 사이토의 연락이었다.

전언의 내용은 이러했다.

가까운 시일 내에 다시 경찰 병원에. 공제조합 요청 사항.

그때 7계장 오시마가 다가왔다. 할 말이 있는 눈치였다. 가가야는 오시마의 말을 기다렸다.

"아직 다들 입을 다물고 있습니다." 오시마는 가가야에게 존댓말을 썼다. "하치오지에서 체포한 네 명에게 너무 겁을 준 모양입니다. 미나가와와의 관계를 일절 부정하고 있습니다. 잔뜩 겁에 질려 무슨 말을 해도 불리해진다고 생각하는지 조개처럼 입을 다물고 있어요."

"그 네 명, 신원은 알아냈나?"

"넷 다 전과는 없습니다. 어린 녀석 하나만 소년원에 있었는데 어디 조직 구성원이었던 건 아닙니다. 심부름꾼 노릇을 한 것 같지도 않고

요. 오히려 양아치 출신인지……."

"각성제에는 아마추어다?"

"예. 폭력조직과도 거리가 멀고요. 적어도 진급 코스를 밟은 녀석들은 아닙니다."

"그럼 오히려 미나가와가 잠입 수사원을 총으로 쏴 죽였다는 사실에 겁을 먹고 있다는 뜻이야. 그보다 더한 위협은 없겠지."

"진술하면 죽이겠다?"

"데라와키를 좋은 협박 재료로 써먹었군."

"그리 되면 사쿠마를 붙잡은 1과가 먼저 미나가와를 잡을지도 모릅니다."

"사쿠마란 놈도 쉽게 다룰 수는 없을 거야." 가가야는 오시마에게 물었다. "지난 2월, 아카사카에서 세이케이카이와 사쿠라이구미가 부딪칠 뻔했다던데. 오해였던 걸로 금방 해결됐다고 들었는데, 알고 있나?"

"2월에 아카사카에서? 아니요, 왜 그러십니까?"

"그때 미나가와란 이름이 나왔다. 결투의 불씨가 될 뻔한 남자야."

"같은 놈일까요?"

"이제부터 조사해야지."

"젊은 녀석을 하나 붙여드릴까요?"

"내 몸 건사하기도 벅차."

가가야는 메모를 웃옷 안주머니에 넣고 사무실을 둘러보았다.

컴퓨터 모니터를 보며 작업하는 젊은 수사원이 있었다. 가가야는 그 수사원에게 다가가 말했다.

"뭐 좀 하나 조사해주겠나?"

고개를 든 수사원은 상대가 가가야라는 것을 알자 기쁜 표정으로 말했다.

"뭐든지 말씀하십시오."

"트렌트라는 클럽이 롯폰기에 있다. 모회사 사무소가 어디에 있는지 알아봐줘."

"당장 조사하겠습니다."

수사원은 작업하던 창을 일단 최소화하고 인터넷에 접속했다.

가즈야는 그날 아침, 일단 본청으로 가서 1과장 마쓰바라에게 사쿠마의 신문 진행 상황을 보고했다.

보고를 들은 마쓰바라가 입을 열었다.

"5과는 하치오지에서 체포한 네 명을 신문하는 데 상당히 공을 들이고 있는 모양이더군. 데라와키 살해범 체포에 모든 계를 동원하고 있다. 5과보다 먼저 미나가와를 체포해. 오명을 씻을 길은 그것뿐이다."

오명이라는 표현에 거부감을 느꼈지만 가즈야는 잠자코 물러났다.

제2방면본부에 도착해 2계가 쓰는 사무실로 들어가니 오전 11시를 바라보고 있었다.

절반 정도가 사무실에 있었다. 일부 수사원에게는 이날 쉬라고 지시했다.

오가와라가 보고했다.

"사쿠마 말입니다만, 여전합니다. 완전히 시간 끌기에 들어갔습니다."

"잡담은 못하겠다 이 말입니까?"

"당분간 머리를 좀 식히고 싶답니다. 아직 혼란스럽다나요. 지금 입을 열면 저희가 만든 스토리를 그대로 답습할 거라면서."

"저희를 특수검찰로 착각하는 걸까요."

"꼭 진술해야 한다면, 다른 사람들보다 나중에 입을 열 심산이겠지요. 5과가 하치오지에서 체포한 네 명이 먼저 입을 열기를 기다리는 겁니다."

"본인이 그렇게 말했습니까?"

"아니요. 다만 그쪽 네 명이 어떻게 진술했는지 신경쓰더군요."

"꾀를 부리면 석방하겠다고 말하십시오."

"허풍이라고 생각하는 모양입니다. 아니면 뭔가 보험을 들어놔서 뻗대는 건지."

"변호사가 언제까지 입을 다물고 있으라고 지시한 걸까요?"

"입 딱 다물고 버텨도 된다고 했거나."

"5과의 신문 결과가 마음에 걸리는군요."

가즈야는 화이트보드를 바라보았다. 아직 관계자 상관도에서 의문점은 풀리지 않았다. 배후에 있는 자의 모습도 보이지 않는다. 붉은 선으로 묶어놓은 체포자 네 명의 사진이 오늘따라 유독 눈에 띄었다. 가즈야는 잠시 상관도를 바라보다가 한 가지 결단을 내렸다.

"석방합시다. 유치 기간 동안 최대한 조사하고 구류 청구는 하지 않겠습니다. 허풍이 아니라 정말 석방하는 겁니다. 어쨌든 입국관리법 위반은 형식범이니 입건은 단념, 송치하지 않고 석방으로 끝내겠습니다."

수사원들의 시선이 가즈야에게 쏠렸다.

세나미가 눈을 깜빡거렸다. 어쩔 셈이냐고 묻는 눈이었다.

가즈야가 설명했다.

"행동을 감시합시다. 놈은 쉽게 풀려나면 배후 세력에게 해명할 필요가 있으니 접촉할 겁니다. 그 선에서 사쿠마의 배후를, 그리고 배후 세력의 정체를 통해 미나가와가 있는 곳을 알아낼 수 있을 겁니다."

가리베가 동의할 수 없다는 듯이 말했다.

"체포하자마자 석방하다니 아무리 생각해도 굴욕적입니다."

오가와라가 물었다.

"그렇다면 체포하지 않는 게 더 나았다는 겁니까? 어제 작전이 무의미했다는 말씀입니까?"

"아닙니다." 가즈야는 고개를 저었다. "저희는 사쿠마의 동향을 완벽하게 파악했습니다. 상대에게 그 점을 알려줄 수 있었고, 체포하고 바로 석방함으로써 사쿠마와 거래했다는 의혹을 던져줄 수도 있습니다. 체포는 필요한 일이었습니다."

"석방은 지나치게 이례적인 일입니다."

"알고 있습니다. 이례적인 일이기에 상대가 볼 때는 이번 체포에 의혹만 쌓일 겁니다. 헛된 수고가 아닙니다."

가리베가 또 말했다.

"일단 석방하면 다시 붙잡기가 까다롭습니다."

"사기죄로 체포 영장은 언제든지 받을 수 있습니다." 가즈야는 오가와라와 가리베를 번갈아 바라보며 말했다. "5과와 저희, 누가 더 빠른지 경쟁이 붙었습니다. 현재 최우선 과제는 데라와키를 살해한 미나가와의 체포입니다. 남은 이십이 일 동안 느긋하게 신문하고 있을 수가 없어요."

1과장 마쓰바라도 똑같이 반박할 것이다. 이 대답으로 마쓰바라를 이해시킬 수 있을까?

오가와라가 이해했다는 표정으로 고개를 끄덕였다.

"하지만 놈도 어째서 석방해줬는지 알 겁니다. 저희가 자기를 감시해서 배후를 알아낼 거라 생각하겠지요. 한동안 얌전히 있을 텐데요."

"아니, 놈은 반드시 배후 세력과 접촉할 겁니다. 자기는 배신하지 않았고, 스파이도 아니라고 해명하기 위해서. 그것도 시급하게."

"사쿠마로 보나, 뒤에 버티고 있을 조직으로 보나 일단은 시간을 조금 두는 게 안전하지 않을까요?"

"만일 사쿠마가 거래했다고 생각할 경우, 바로 일제 검거에 들어갈 테니 배후 세력은 사실을 확인하려고 혈안이 될 겁니다."

"거래가 있었다는 전제로 배후 세력이 숨어버리는 건 아닐까요? 사쿠마와 접촉하지 않고."

"거래를 전제로 한다면 배신한 사쿠마를 죽일 겁니다. 가장 흉악한 미나가와가 도주중입니다. 이유는 모르겠지만 놈은 내통이나 잠입에 극단적으로 반응하는 타입입니다. 미나가와가 사쿠마에게 접촉할 겁니다."

"사쿠마를 저희 미끼로 쓰는 거군요."

"미나가와가 납치를 시도하겠지요. 그 순간이 최초이자 최고의 찬스입니다."

"만일 납치당한다면?" 가리베가 물었다.

"고문하겠지요. 그 경우 히구치나 와카바야시처럼 먼저 손가락을 부러뜨릴 겁니다."

"윗선에서 그렇게까지는 못하게 말리지 않을까요?"

세나미가 말했다.

"아마 그놈의 폭주는 이제 보스도 못 막을 거야."

오가와라가 말했다.

"지난번에는 사쿠마의 감시와 추적에 실패했습니다."

가즈야는 그 말에 비난이 묻어 있는지 고민했다. 하지만 오가와라의 눈은 단지 사실을 말한 것으로 보였다. 다른 의미는 없는 듯했다.

"이번에는 괜찮습니다. 저희는 놈의 행동 패턴을 상당 부분 파악하고 있습니다. 놈을 앞설 수도 있어요. 잘만 풀리면 사쿠마는 조직의 처분을 두려워해 반대로 저희 쪽으로 도망쳐오겠지요."

그것이 가장 바람직한 경우다. 석방은 지금 사쿠마에게 무엇보다 두려운 사태다. 그가 나름대로 현명하다면 그 길을 선택할 것이다. 경찰서로 달아나 전부 진술한다. 오늘, 신문을 하면서 그리 되기 전에 털어놓으라고 몇 번이나 설득해야 할 것이다.

가리베가 물었다.

"석방할 경우, 5과와의 조정은?"

"석방 직전에 연락하겠습니다. 다시 체포하지 말아달라는 저희의 의도를 이해할 겁니다. 일부러 풀어놓은 줄 알겠지요."

세나미가 걱정스러운 눈빛으로 말했다.

"너무 위험합니다. 석방한 사쿠마가 만일 살해당하기라도 하면 계장님은 처분을 피할 수 없어요."

가즈야는 말했다.

"알고 있습니다. 그 경우 면직도 각오하고 있습니다. 하지만 5과보다 먼저 미나가와를 잡으려는 데 이 방법 말고 달리 좋은 수가 있습니까?"

가리베가 수사원들을 돌아보며 말했다.

"좋다, 정신 바짝 차리자! 사쿠마는 석방, 놈을 이용해 미나가와 다카오를 체포한다!"

"전 반대입니다." 단호한 목소리가 나왔다.

수사원들이 일제히 그 목소리의 주인을 쳐다보았다. 가즈야도 그 수사원의 얼굴을 보았다. 그때까지 잠자코 있던 구리타 히로키였다.

구리타가 결코 승복할 수 없다는 눈으로 말했다.

"전 반대입니다. 무엇을 위한 체포였습니까? 미나가와가 숨은 장소는 신문으로 알아낼 수 있어요. 5과에 지지 않을 겁니다."

그때, 가즈야의 휴대전화가 울렸다. 전화기를 꺼내보니 오가와라 팀

구가 다이키의 연락이었다.

구가가 조금 가쁜 숨을 몰아쉬며 말했다.

"다케이 쇼타, 위치 확인했습니다."

다케이는 고탄다에서 사쿠마와 접촉했던 말단 판매상이다. 하치오지 체포극 이후 모습을 감추었다. 가즈야는 구가와 모로타 두 수사원에게 그의 추적을 지시했다.

"잠깐 기다려." 가즈야는 휴대전화를 귀에서 떼고 부하 수사원들에게 말했다. "판매상 다케이 쇼타를 찾았다."

모든 수사원들이 반응했다. 모두의 얼굴에 강렬한 빛이 스쳐지나간 것처럼 보였다.

안조 가즈야는 실내에 있는 수사원들의 시선을 의식하면서 전화기 너머의 구가 다이키에게 말했다.

"상세히 설명하게."

구가가 말했다.

"그 후로 잠복하고 있다가 오늘 움직였습니다. 방금 전 휴대전화에 딱 한 번, 전화가 들어왔습니다."

가즈야는 책상에 놓인 컴퓨터 쪽으로 고개를 돌렸다. 참고인들의 휴대전화 위치 정보를 감시하는 설비다. 다케이의 주변 사람들을 조사하면서 그의 휴대전화 번호도 파악했다. 그때부터 다케이의 휴대전화도 감시 대상이었다.

하라구치 다카시가 모니터 앞으로 다가가 화면을 바꾸었다. 도쿄 도내의 소축척 지도가 떠 있지만 지금은 표시점이 없다. 다시 전원을 끈 것이리라.

"장소는?"

"가마타 역 동쪽 출구 PC방입니다. 그쪽으로 가고 있습니다."

"가마타 역 동쪽 출구." 가즈야는 수사원들에게도 들리도록 되풀이했다. 어제, 사쿠마 신이치를 체포한 것도 가마타 역 근처였다. "도착까지 얼마나 걸리겠나?"

"오 분이면 도착합니다."

"지원팀을 보내겠다."

"영장이 없는데요."

"일단 임의 수사를. 신체검사로 약물이 나오면 그때 현행범으로 체포한다."

"그런 사건이 있은 뒤니 약물은 이미 처분했을 겁니다."

"말단 판매상이니 슬슬 밑천이 떨어졌겠지. 손에 쥔 물건을 파는 수밖에 없다. 휴대전화에 전원이 들어온 것은 구매자와 접촉하느라 그런 거겠지. 지원팀이 도착할 때까지 그 PC방에 돌입하지는 말고 대기해."

"알겠습니다."

전화를 끊고 가즈야는 수사원들에게 지금 구가가 전한 보고 내용을 알렸다. 다케이는 말단 판매상이며, 하치오지 사건과는 직접적인 관계가 없다. 하지만 사쿠마와 접촉한 인물이다. 사쿠마에게도 중요한 거래 상대 중 하나다. 미나가와가 있는 곳을 알아내려는 이때 손에 쥐고 있어 손해 볼 일은 없는 카드였다.

가즈야는 오가와라에게 지시했다.

"구가를 지원해주십시오. 신병 확보를 부탁드립니다."

"맡겨만 주십시오." 오가와라가 대답했다.

가즈야는 가리베 쪽을 돌아보았다.

"다케이 쇼타 앞으로 체포 영장을 받을 만한 사안이 없는지 서둘러 조사해주십시오. 사쿠마와 마찬가지로 아파트 입주 서류에 허위 기재 사실 정도면 충분합니다."

가리베가 대답했다.

"당장 시작하겠습니다."

가즈야는 이어서 구리타 히로키를 불렀다.

"다시 한 번 사쿠마를 신문해줄 수 있겠나?"

구리타는 약간 어리둥절한 기색으로 말했다.

"기꺼이 하겠습니다만."

말꼬리가 올라갔다. 무슨 조건이라도 있느냐는 의미인 걸까? 지금 이의를 제기한 것에 대한 페널티인지 의심하는 것이다.

가즈야는 말했다.

"석방을 보류하는 대신 일 분이라도 빨리 미나가와 체포에 도움이 되는 정보가 필요해."

"연극이라도 할까요?"

"설득이 안 된다면."

"입국관리법 위반에 대해서는 조서를 받아내도 되는 거지요?"

"조서를 받아내서 곧 석방할 거라고 착각하게 만드는 게 좋을지도 모르겠군. 아니, 그건 내가 전하도록 하지."

세나미가 말했다.

"사쿠마에게는 지금 저희를 설득할 때 하신 말씀을 하시면 됩니다."

"어제도 똑같은 소리를 했는데요."

"사정이 달라졌으니까요. 그 뒤에 변호사가 접견했잖습니까."

가즈야는 눈을 깜빡거리며 세나미를 바라보았다.

"무슨 뜻입니까?"

"변호사는 놈에게 두 가지 이야기를 했을 겁니다. 입국관리법은 시인하고, 쓸데없는 소리는 하지 말고 묵비권을 행사하라고 했겠지요. 입국관리법 위반은 형식범이니 입건되지 않거나, 공판이 열려도 단기로 집행유예가 붙는다고요. 즉 나카자와는 자기들에게 조금만 더 시간을 벌어달라고 말했을 겁니다."

가즈야는 납득했다. 검사 출신이라는 그 변호사의 말을 역으로 이용 가능하다.

세나미가 말했다.

"어제 역할대로 저하고 구리타가 맡겠습니다."

"먼저 제가 한 번 더 설득해보겠습니다. 두 분이 취조실로 돌아가면 곧바로 따라 들어가겠습니다."

두 사람이 고개를 끄덕였다.

취조실에 있던 수사원은 이즈카였다. 벽에 기대어 사쿠마를 노려보고 있었다.

아침 9시부터 시작된 신문도 잠시 휴식에 들어간 참이었다. 사쿠마는 취조실의 파이프의자 위에 앉아 팔짱을 끼고 다리를 뻗고 있었다. 가즈야는 옆방 유리창 너머로 실내를 주시했다.

세나미와 구리타가 들어갔는데도 사쿠마는 자세를 바꾸지 않았다. 뻔뻔한 표정 그대로였다.

구리타가 파이프의자를 걷어찼다. 사쿠마가 요란한 소리를 내며 뒤로 자빠졌다.

세나미가 당황한 기색으로 외쳤다.

"멈춰! 어리석은 짓은 하지 마!"

사쿠마도 어지간히 놀랐는지 창백한 얼굴로 일어났다.

"무슨 짓입니까? 이건 폭행입니다!"

구리타가 사쿠마의 코앞까지 다가가 멱살을 잡았다.

"폭행? 이게? 우리는 동료를 잃었어. 와카바야시까지. 진짜 폭행이

뭔지 보여줄까?"

세나미가 끼어들었다.

"그만둬. 여기서 피의자가 죽으면 훈계로 끝나지 않아."

"훈계든 경고든 무슨 상관이랍니까."

지금이다.

가즈야는 옆방에서 나와 취조실 문을 열었다.

구리타가 황급히 사쿠마의 멱살에서 손을 뗐다. 세나미가 파이프의자를 들어 테이블 앞에 돌려놓았다.

"신경쓰지 마." 가즈야는 뒷손으로 문을 닫으며 말했다. "계속해."

구리타가 말했다.

"아니, 이제 괜찮습니다. 저희 마음은 알아들었을 겁니다."

사쿠마는 셔츠 옷깃을 가다듬으며 입술을 비죽였다.

"공판에서 신문중에 폭행당했다고 주장할 겁니다."

"지금 그게 폭행이라고?"

구리타가 사쿠마에게 한 걸음 다가갔다.

"아직 부족했나 보군."

가즈야는 구리타를 손으로 막으며 사쿠마에게 말했다.

"우리 마음은 알았겠지?"

"어떤 마음 말이야?"

"어제는 이해하는 것 같더니."

구리타가 말했다.

"변호사가 잔꾀를 가르쳐준 모양입니다."

세나미가 테이블 맞은편 의자에 걸터앉아 사쿠마에게도 앉으라고 권했다. 사쿠마는 옆에 선 구리타를 노려보고 의자에 앉았다.

가즈야의 휴대전화가 울렸다. 미리 약속한 대로다. 가즈야는 벽 쪽으로 가서 휴대전화를 귀에 대고 대답했다.

"안조입니다."

"하라구치입니다. 이렇게 하면 됩니까?"

"예, 변호사도 강하게 나오는 데다, 확실히 장기 구류는 어렵습니다. 그렇지 않아도 어떻게 할지 여쭤보려 했습니다."

"맞장구만 치겠습니다."

"그게 좋을 것 같습니다. 일손도 부족하고, 이 사안으로 체포 영장을 받아내지 못한 참고인에 대해서는 증거를 모아 다시 붙잡는 방침을 취하는 게 좋을 것 같습니다. 이미 도망칠 곳도 없는 처지니."

"예."

"그렇습니다. 예. 알겠습니다."

휴대전화를 끊고 사쿠마 쪽으로 몸을 돌렸다. 사쿠마는 지금 가즈야가 한 말에 신경을 곤두세우고 있었을 것이다. 말뿐인 협박이 아니라 실제로 석방 쪽으로 흘러가고 있다고 상상했을 것이다.

가즈야는 세나미 옆에 파이프의자를 등받이 쪽으로 돌려놓고 앉아서 사쿠마에게 말했다.

"본인 상황이 어떤지 이해한 줄 알았는데."

사쿠마는 고개를 저었다.

"안됐지만 하룻밤 자고 났더니 정신이 들어서."

"그 변호사는 전부터 아는 사이였나?"

"왜 물어?"

"정말 신뢰하는지 궁금해서. 조직이 붙여준 놈이지? 여차할 때는 그 사람을 부르라고."

사쿠마는 입을 다물었다. 정곡을 찔렸을 것이다. 그 거물 검사 출신 변호사는 이런 초라한 악당의 변호는 맡지 않는다. 거물이거나, 거물이 관련된 조직에서 의뢰했을 때만 변호를 맡는다. 사쿠마 정도의 범죄자가 가볍게 변호를 부탁할 상대가 아니다.

가즈야는 말을 이었다.

"그놈이 어째서 면식도 없는 네놈을 만나러 한달음에 달려왔을 것 같나? 네놈을 구하고 싶어서 그랬을까? 변호비가 얼만지 말하던가? 만일 네놈한테 수임료를 청구하지 않는다면 대신 누가 내주지? 나카자와의 의뢰인은 결국 그 사람이야. 나카자와는 그 인간을 구하기 위해 움직이지. 네놈을 구하려는 게 아니야."

사쿠마는 잠자코 있었다.

가즈야는 더욱 몰아세웠다.

"나카자와가 뭐라고 조언했는지는 안 봐도 뻔해. 입국관리법 위반 혐의는 형식범이니 미죄微罪지. 공판에서도 분명 집행유예가 붙을 거야. 그러니 피의 사실만 시인하고, 나머지는 묵비, 일체 입을 다물라고 했겠지? 우리가 다른 사건에 대해 질문하면 무시하라고 하면서, 아니야?"

사쿠마는 한 번 눈을 깜빡였지만 목소리는 나오지 않았다.

"네가 묵비권을 행사하는 사이 나카자와는, 아니, 나카자와의 진짜 의뢰인은 뭘 할 것 같나? 네가 그렇게 시간을 벌어줬으니 위장 공작을 할 수 있어. 네가 살해를 지시했다는 줄거리를 짜서 증거도 날조하겠지. 아직 체포되지 않은 관계자들을 불러 입을 맞출 거야. 이럴 때 실행범 미나가와가 누군가에게 살해당하면, 넌 변명할 여지도 없어. 공범 관계의 정범으로 기소되겠지. 미나가와는 두 사람을 죽였다. 어떤 판결이 나올지, 짐작이 가지?"

사쿠마가 겨우 입을 열었다.

"네놈들은 나를 살인범으로 날조할 셈이냐?"

"아니, 날조하는 건 네 뒤에 있는 놈들이지. 그러기 위해 지금 너한테 입을 다물고 있으라고 지시한 거야. 나카자와가 하는 말은 감언이설이야. 네가 입을 다물고 있는 동안 네가 미나가와에게 살인을 명령했다는 증거가 완성되겠지. 그사이 미나가와가 죽으면, 그건 사실이 아니라고 증언해줄 사람은 이 세상에 아무도 없어."

사쿠마의 뺨이 굳었다. 눈도 치켜올라간 것처럼 보였다.

누가 취조실 문을 두드렸다.

가즈야가 뒤를 돌아보니 하라구치 다카시였다.

"구가에게 연락이 왔습니다."

"지금 가지."

가즈야는 일어나서 구리타에게 말했다.

"너무 거칠게 굴지 마." 굳이 상사답게 신중한 목소리로. "사고라도 나면 곤란해."

예, 하고 구리타가 대답했다.

복도로 나가자 하라구치가 이어폰 마이크를 내밀었다. 가즈야는 걸어가면서 이어폰 마이크를 머리에 썼다.

"구가입니다. 가마타 PC방, 출입구를 포위했습니다."

"몇 명이지?"

"네 명입니다."

"다케이는?"

"안쪽 방에 있습니다. 방금 전까지는 자고 있었는데 일어난 것 같습니다."

"일어나서 밖으로 나오면 불심검문, 소지품 검사를 시행해. 다케이가 사용한 컴퓨터는 가게에 임의 제공을 요청하도록 하고, 열람 이력과 메일을 확인해."

"예. 그리고 한 가지 더, 놈의 자동차도 근처 유료 주차장에서 발견했습니다."

"임의동행을 요구하고 다케이의 입회하에 내부를 조사하도록. 나도 가겠다."

"예."

가즈야는 야마모토에게 세나미와 신문을 교대하도록 지시했다. 세나미에게는 다케이 쇼타 검거에 동행을 부탁할 생각이었다.

가가야 히토시는 세단을 목적한 빌딩 정면에 세우고 글러브박스에서 주차 허가 차량 표시를 꺼내 대시보드 위에 얹었다.

인도에 내려서서 올려다보자 그 빌딩은 육칠층은 되어 보였다. 아직 준공된 지 얼마 지나지 않은 모양이다. 가가야가 경시청을 비운 십 년 사이 순조롭게 업적을 올린 듯했다. 롯폰기 골목의 복합 빌딩에서 가이엔니시 길에 접한 오피스 빌딩으로 옮겨올 만큼.

그 빌딩의 오른쪽 옆에는 눈에 익은 초라한 빌딩이 있었다. 과거에는 일층에 요릿집이 있었는데 지금은 양과자점이었다. 이층 위로는 원룸맨션이다. 하지만 수상쩍은 소규모 사무소가 대부분을 차지하고 있을 터였다. 이층의 한 창문에 익숙한 로고가 붙어 있었다.

서양 점성술과 타로 루미의 저택

예전에 두어 번 이곳 점성술사를 신문한 적이 있다. 본인은 복용하지 않지만 어디에 가면 약을 살 수 있는지, 그에 관한 정보를 부업 삼아 팔고 있었다.

가가야는 인도를 가로질러 새로 생긴 빌딩 입구로 들어갔다. 경비원은 없었다. 접수처도 없었다.

안내판으로 트렌트의 모회사 사무소를 찾았다. 아이작스 코퍼레이션. 삼층부터 오층까지 쓰고 있다. 삼층에는 '(주)I&G 점포 계획'이라는 표시도 있었다. 자회사이리라. 그밖에 클럽 사업이 포함되어 있을 법한 부서나 자회사 표시는 보이지 않았다. 이곳일 것이다.

엘리베이터를 타고 삼층으로 올라가자 바로 사무실 안으로 연결되었다. 경시청과 달리 회색 사무용 책상은 찾아볼 수 없는, 밝게 정리된 공간이었다. 책상은 각자 하얀 파티션으로 나뉘어 있었다. 눈앞에 카운터가 있다. 그 안에서 하얀 셔츠를 입은 젊은 여성이 가가야에게 미소를 보냈다.

"어서 오세요. 미리 약속하셨나요?"

가가야는 경찰수첩을 내밀며 말했다.

"트렌트라는 클럽 사무소가 여기 맞습니까?"

"모회사입니다."

"책임자와 이야기를 나누고 싶습니다."

"무슨 용건이신가요?"

"종업원 문제로."

"잠시 기다리세요."

여자는 일단 일어나서 사무실 안으로 걸어갔다. 일하던 몇몇 사람이 가가야에게 시선을 던졌다.

잠시 후 여자는 말쑥하게 양복을 차려입은 남자를 데리고 돌아왔다. 남자는 마흔 안팎, 유흥업소나 술집 관계자라기보다 첨단산업 분야의 영업사원처럼 보였다.

남자가 말했다.

"부장 야마기시라고 합니다. 자, 이쪽 응접실로 들어가시죠."

야마기시는 여자에게 커피 두 잔을 부탁하고 가까운 문을 열었다.

텔레비전과 응접세트가 있는 작은 방이었다. 가가야는 권해주는 대로 소파에 앉았다.

야마기시가 명함을 꺼냈다. 가가야는 명함을 힐끗 보고 물었다.

"롯폰기에 있는 트렌트라는 클럽은 이쪽에서 경영하고 있죠?"

"예." 야마기시가 대답했다. "저희가 소유한 클럽 중 하나입니다. 플래그십 매장이지요."

"이쪽에서 가게 매니저라고 하면 점장을 가리키는 게 맞습니까?"

"예. 매니저라고 부릅니다."

"가게에는 한 명뿐입니까?"

야마기시는 조금 말을 흐렸다.

"아, 예……."

가가야는 그대로 야마기시를 지그시 쳐다보았다.

"저기." 야마기시가 말을 바꾸었다. "특수한 고객을 상대로 하는 장사라 매니저라는 직함을 가진 종업원이 꼭 한 명인 것은 아닙니다."

"점장이 여럿이다?"

"그게, 점장에 해당하는 관리직은 한 명뿐이지만 매니저라는 직함으로 이런저런 일을 분담하는 경우도 있습니다."

"그럼 트렌트는 매니저가 여러 명이라는 말입니까?"

"예. 그게, 대외적으로는 그렇습니다."

"고객과 트러블이 생겼을 때 나서는 담당자도 매니저라고 부르죠?"

"꼭 트러블 전문은 아니지만, 그게, 이런 장사에서는 매니저가 직접 대응하면 기뻐하는 고객들이 계셔서."

"이름은 아무래도 좋습니다. 트러블 담당, 혹은 불만 처리 담당 매니저도 있습니까?"

"뭐, 일단 클럽이라는 사업을 하니까요."

"정사원입니까?"

야마기시가 한층 곤혹스러운 표정을 지었다. 형사가 찾아왔다는 말에 각오는 했겠지만 가가야의 질문이 상상 이상으로 덮어두고 싶은 부분을 찌른 모양이다.

"그게, 전문 업자에게 맡기고 있습니다."

다시 말해 이 회사와 트렌트라는 클럽은 폭력조직에게 상납금을 바치고 경호원을 부린다는 뜻이다. 그것을 경찰관 앞에서는 인정하고 싶지 않겠지만.

"그 트러블 담당 매니저를 만나고 싶습니다만, 귀사 정사원이 아니란 말씀이지요?"

"가게에서 어떻게 대응할지는 현장 재량에 맡기는 터라, 저는 아는 바가 없습니다."

"그럼 점장을 만나보고 싶은데, 이 시간이면 가게에 있습니까?"

야마기시는 곤혹스러운 얼굴 그대로 벽시계를 보고 말했다.

"아직 출근 전입니다. 2시에 나옵니다."

"점장의 이름과 연락처 좀 알려주시지요."

"지금 당장?"

"2시까지 기다릴 수가 없거든요."

그때 카운터에 있던 여성이 들어왔다. 쟁반에 종이컵이 두 개 얹혀 있다.

야마기시가 말했다.

"트렌트 인사 파일 좀 갖다줘."

"예. 저……."

"내 책상 위에 있어."

"예."

여성은 바로 두꺼운 서류철을 가지고 돌아왔다. 야마기시는 서류철을 손에 들고 문서를 뒤적이며 말했다.

"나카가와 요지라는 남자입니다. 연락처라면 주소를 알려달라는 말씀인가요?"

"휴대전화 번호라도 상관없습니다."

"그쪽 정보는 없네요. 아는 사람이 있으려나."

"가게는 2시부터 연다고 했지요?"

"예. 나카가와가 가장 먼저 출근합니다."

"올해 2월에도 그 나카가와라는 사람이 매니저였나요?"

"네? 2월 말입니까?"

"올해 2월."

"나카가와는 삼 년 전에 입사했고 작년 10월부터 점장으로 일하고 있습니다."

인사 문서의 얼굴 사진도 보여달라고 했다. 호스트처럼 머리카락을 기른 남자였다. 아직 젊다. 삼십대 안팎일까.

가가야는 서류철을 야마기시에게 돌려주고 일어섰다.

"시간을 빼앗았군요."

"도움이 되었습니까?"

"예."

빌딩에서 나온 가가야는 세단 옆에서 걸음을 멈췄다.

지금 다녀온 아이작스 코퍼레이션 자체는 멀쩡한 기업일 것이다. 다만 클럽이라는 업종은 술집과는 다르다. 아무래도 미묘하게 뒷세계와 연결되는 부분이 있다. 뒷세계와 연결되어 있거나, 연결을 피하기 위한 작업이 필요하다. 모회사가 깨끗하다고 해도 가게 현장에서는 현실에 맞는 대응을 한다. 그것은 지금 야마기시도 시인한 바였다. 가게 안에서 고객들 사이에 트러블이 발생하는 경우처럼, 일반 종업원만으로는 대처할 수 없을 때도 있는 것이다.

가게 차원에서 롯폰기 폭력조직에게 상납금을 내고 있거나, 혹은 경시청 조직범죄대책부 OB를 고문으로 영입했거나.

가가야는 십 년 전 지식은 도움이 되지 않는다는 사실을 의식했다. 트렌트와 아이작스 코퍼레이션을 잘 아는 사람과 접촉할 필요가 있었다.

가가야는 휴대전화를 꺼내 등록된 번호를 하나 찾았다. 사무소 일반 전화 번호였다. 번호는 십 년 전 그대로일 터였다.

가가야는 전화를 받은 남자에게 이름을 밝혔다.

"경시청의 가가야다. 에토는 있나?"

잠깐이지만 침묵이 흘렀다. 어떻게 대응해야 하나 상대가 망설이는 건지도 모른다. 어디서 보스의 이름을 멋대로 부르냐고 윽박지를 수도 있고, 가가야의 신분 자체를 의심할 만도 하다. 침묵 끝에 상대는 입을 열었다.

"잠깐 기다리십시오."

작은 잡음이 흐른 뒤에 며칠 전에도 말을 나누었던 남자의 목소리가 들렸다.

"안녕하십니까, 가가야 씨. 방금 전에야 돌아왔습니다. 오늘 밤, 한 자리 마련하지요."

"접대는 필요 없고, 얘기나 들려줘."

"그때 말씀하신 건 때문이지요? 조금 조사해뒀습니다. 얘기가 길어질까요?"

"정보에 따라서는."

"내일이면 안 되겠습니까?"

"늦어."

"그럼 6시에 참석해야 하는 파티가 하나 있는데, 거기서 만나면 어떻겠습니까?"

에토는 에비스에 있다는 외국계 호텔 이름을 대면서 그곳 지하에 있는 연회장을 지정했다.

어느 자기계발 세미나 주최자의 세미나 창설 오 주년 기념 파티라고 했다.

주최자는 귀에 낯선 이름이었다. 하지만 에토와 얽혀 있다면 멀쩡한 장사는 아닐 것이다. 사기까지는 아니더라도 교묘하게 체계화된 갈취 행위다.

에토가 말했다.

"회장에는 경찰수첩으로 들어갈 수 있겠지요. 저희 애들이 가가야 씨를 찾을 겁니다. 그만 나가봐야 하니, 거기서 만납시다."

"그러지."

"빈말이 아니라, 위로연 자리 좀 마련하게 해주십시오. 샤토 무통, 발튀스 라벨을 두 병 손에 넣었습니다."

"6시."

가가야는 휴대전화를 끊었다.

전화를 끊을 때, 인도 쪽에서 빌딩 주차장 입구로 들어오는 자동차가 있었다. 가가야는 옆으로 피했다. 독일제 은색 세단이었다. 이 등급의 세단치고는 드물게 스모크글라스가 아니었다. 뒷좌석에는 중년 남자와 젊은 여자가 앉아 있었다. 중년 남자와 한순간 시선이 마주쳤다. 실업가 분위기의 남자로, 가가야는 그 얼굴이 낯설지 않았다. 바로 트렌트 모회사, 아이작스 코퍼레이션 사장 구마가이 후유키라는 남자임을 깨달았다. 아마 잡지 기사 따위에 실린 사진을 기억하고 있었던 것이리라.

세단이 지나간 다음 가가야는 지금 나온 빌딩 옆 건물로 향했다. 여기에도 귀가 밝은 여자가 있다.

남자는 이십대 중반일까. 자세는 좋지 않지만 그럭저럭 키가 컸다. 주머니가 잔뜩 달린 면 재킷에 넉넉한 워크팬츠, 하프부츠. 모자를 살짝 비틀어 쓰고 캔버스 숄더백을 어깨에 메고 있었다. 스케이트보드를 들고 있어도 어울릴 차림이었다. 다케이 쇼타였다.

가마타 역 동쪽 출구, 음식점 거리 안에 있는 PC방 앞의 인도였다. 가게 좌우에 수사원들이 두 사람씩 배치되어 있다. 가즈야가 탄 수사 차량은 반대 차선, 가게 정면에서 약 10미터 떨어진 위치에 서 있었다.

하치오지 사건 이후 다케이는 모습을 감추었다. 2계는 다케이가 고탄다에서 사쿠마와 접촉했을 때 자동차 번호판을 확인했고, 그 번호로 딜러를 찾아내 주소와 주차장을 알아냈다. 그리고 다케이를 담당했던 영업사원에게 휴대전화 번호를 받아 하치오지 사건 이후로 계속 그 번호를 감시하고 있었다. 다케이도 신상이 위태롭다고 예상했는지, 지난 엿새 동안 휴대전화를 켜지 않았다. 하지만 겨우 오늘 아침에야 전원이 들어왔다. 2계는 그 잠깐 사이에 발신된 전파로 이 은신처를 찾아냈다.

다케이는 가게 앞에서 길 양옆을 주의 깊게 살핀 뒤에 가마타 역 쪽으로 걸음을 뗐다.

5미터는 걸었을까, 두 명의 수사원이 다케이의 앞을 막아섰다. 구가와 모로타다. 다케이는 퍼뜩 뒤를 돌아보았다. 하지만 바로 뒤에는 오가와라와 야오이타. 네 명의 수사원이 바로 다케이를 에워쌌다. 수사원들은 인도에서 조금 들어간 빌딩과 빌딩 사이로 다케이를 유도했다.

가즈야는 휴대전화로 구가에게 지시했다.

"가게 컴퓨터를 압수하십시오."

"알겠습니다." 구가가 대답했다.

다케이를 에워싼 네 명의 수사원 중 두 명이 빠져나갔다. PC방 안으로 들어가려는 것이다.

가즈야는 조수석에서 길 반대편의 수사원들을 바라보았다. 다케이의 얼굴이 보였다. 잔뜩 당황했는지 창백하게 질려 있었다.

가즈야는 운전석의 세나미에게 물었다.

"가지고 있을까요?"

세나미는 다케이와 수사원들에게서 시선을 떼지 않고 대답했다.

"경계는 했겠지만, 움직인 걸 보니 팔 작정이었겠지요."

그때, 다케이가 갑자기 그 자리에서 몸부림을 쳤다. 야오이타가 재빨리 앞을 막아섰지만, 다케이가 야오이타를 들이받고 비틀거렸다. 오가와라가 다케이의 뒤에서 어깨를 붙들었다. 다케이는 몸을 돌려 숄더백으로 오가와라를 후려쳤다. 오가와라는 한 손으로 가방을 붙잡고 다케이의 발을 걸었다. 다케이는 그 자리에 엉덩방아를 찧었다. 오가와라가 다케이를 위에서 찍어눌렀다.

세나미가 웃으며 말했다.

"수고를 덜었네요. 공무집행 방해. 현행범 체포입니다."

가즈야도 쓴웃음을 지었다.

"두 시간은 눈싸움할 각오를 하고 있었는데 말입니다."

"확실하게 갖고 있겠군요."

가즈야는 세나미와 함께 차에서 내렸다.

두 수사원은 다케이의 양쪽 팔을 붙들고 근처에 세워둔 왜건 차량으로 끌고 갔다. 수갑이 팔에 끼는지 다케이는 등을 구부리고 고개를 세

차게 저으며 걸어갔다.

가가야는 인터폰에 이름을 대고 빌딩의 계단을 올랐다.

가이엔니시 길을 바라보는 방의 손잡이를 돌리자 문은 금세 열렸다.

"오랜만이네." 진한 향수 냄새와 함께 나른한 여자 목소리가 들려왔다. "십 년 만인가?"

가가야는 방 안까지 똑바로 걸어가 여자가 있는 책상 앞 의자에 멋대로 걸터앉았다.

여자는 서른에서 예순 사이라면, 몇 살이라고 해도 통할 듯한 인상이었다. 화장 밑의 맨얼굴이 어떨지 짐작도 되지 않는다. 머리에는 어느 민족의상 같은 스카프를 두르고 있었다. 그리고 검은 드레스 차림.

책상 위에는 타로 카드가 가지런히 놓여 있었다.

"소문은 들었어." 여자, 가와바타 루미가 말했다. "경시청으로 복귀했다던데, 진짜야?"

"사실이야."

"징계면직 아니었어?"

"아니야. 의원퇴직한 뒤에 체포되었으니까. 무죄 판결이었어."

"오늘은 복귀 후 운세라도 보시려고?"

"필요 없어. 하치오지 사건을 아나?"

"형사가 총에 맞아 죽었다는 그거?"

"내 부하가 살해당했어."

"무서워라. 형사에게 손을 대는 야쿠자가 나오다니, 말세야."

"얼마나 알고 있지?"

"뭘?" 루미는 타로 카드를 두 손으로 섞더니 모서리를 가지런히 맞춰 테이블 위에 내려놓았다. "오늘은 별점보다 이게 낫겠네. 둘로 나눠

봐."

가가야는 한데 쌓인 카드에서 위쪽을 덜어내 원래 있던 카드 옆에 내려놓았다.

"약을 둘러싼 업계 사정."

"언제 복귀했어?"

루미는 말하면서 가가야가 덜어낸 카드 위에 원래 있던 카드 뭉치를 얹었다. 위아래가 절반씩 섞였다.

"이틀 전."

루미는 테이블 옆에 펼쳐놓은 책을 쳐다보았다. 무슨 환산표라도 인쇄되어 있는 걸까?

"올봄쯤이었나. 그때까지 있던 루트가 엉망으로 무너져서 일부에서 난리가 났지."

"판매상이 사라졌지?"

루미는 카드 뭉치를 손에 들고 나서 뒷면이 위로 오도록 부채꼴로 펼쳤다.

"마음에 드는 카드를 뽑아."

가가야는 시키는 대로 타로 카드 한 장을 뽑았다.

"좋은 손님을 가지고 있다는 애들만. 말하자면 영업사원을 스카우트한 셈이지. 카드, 이리 줘."

"어디 사람을 데려갔지?"

가가야는 질문하면서 카드를 루미 앞으로 밀었다.

루미는 그 카드를 가까이 끌어당겨 표를 보았다. 루미는 카드를 바라보면서 가가야에게는 눈길도 주지 않고 말했다.

"몰라."

묘하게 굳은 목소리였다.

루미는 그 카드를 왼손에 든 카드 뭉치 속에 끼우고 다시 카드를 섞었다.

“토미란 남자를 알아?”

“도미타? 도미타 유키야 말인가?”

벌써 예순이 넘은 판매상이다. 과거에 연예계 주변을 어슬렁거렸고, 체포 이력이 두 번 있다. 두번째 체포되었을 때는 삼 년 육 개월 실형 판결을 받고 복역했다.

“토미는 한 번 사라졌다가 다시 돌아왔어. 한 장 더 뽑아.”

또 카드를 부채꼴로 펼쳤다.

“뽑아서 이리 줘.”

가가야는 다시 카드를 뽑아 루미 앞에 내밀었다.

“스카우트됐던 거군?”

“사라진 동안 이즈에서 실컷 골프를 쳤다는 말도 들었어.”

“그게 언제지?”

“1월이었나. 아니, 2월쯤인가.”

“연락처는 알아?”

“아니, 8월에 전직 아이돌 부부가 체포된 후로 바꾼 모양이야. 지금은 몰라.” 루미는 카드를 바라보며 고개를 갸웃거렸다. “오늘은 잡념이 많네.”

가가야는 손을 뻗어 루미가 들고 있는 카드를 잡아당겼다. 루미는 순간 저항했지만 바로 카드에서 손을 뗐다.

늙은 수도승 그림처럼 보였다. 왼손으로 지팡이를 짚고, 오른손에 칸델라인지 램프인지를 들고 있다. 왼손은 다치기라도 했는지 헝겊으로 고정되어 있다.

“이게 무슨 뜻이지?”

"은둔자. 가가야 씨의 현재는 아니야."

"방금 전 카드는?"

"아아." 루미는 고개를 저으며 말했다. "아무것도 아냐. 실수였어."

가가야는 일어섰다.

"고마워."

다케이 쇼타의 숄더백에는 비밀주머니가 있었다. 솜씨가 어찌나 어설프던지 있으나 마나였다. 안에서 여덟 봉지로 잘게 나눈 약물이 나왔다. 간이 검사를 통해 각성제로 판명, 체포 혐의를 공무집행 방해죄에서 각성제 단속법 위반으로 변경했다. 유료 주차장에 있던 다케이의 자가용 토요타 알리온에서도 마찬가지로 각성제 약 10그램이 발견되었다.

신문에 앞서 구류 절차가 필요했다. 현재 조직범죄대책부가 체포, 구류한 용의자들과의 형평을 고려해 다케이는 가마타 경찰서 유치장에 넣기로 했다.

다케이를 연행하는 구가 일행의 왜건을 뒤따라 가즈야도 제2방면본부로 들어갔다. 이층 2계 사무실로 돌아가자 마침 구리타가 취조실에서 나오는 참이었다.

"때마침 잘 오셨습니다." 구리타가 밝은 목소리로 말했다. "사쿠마가 입을 열 모양입니다."

"미나가와가 숨은 장소를?"

"정확한 지점은 모르지만 알고 있는 사실은 전부 털어놓겠답니다. 지금은 잠깐 쉬라고 했습니다."

"그럼 이제부터?"

"예."

"이쪽은 다케이 쇼타를 체포했다. 10그램 이상 가지고 있었어."

"상황만 이렇지 않으면 일단 풀어줘서 단골 고객을 모조리 찾아냈을 텐데요."

"미나가와 체포가 최우선이니까."

가즈야는 오 분 뒤에 구리타, 세나미와 함께 취조실로 들어갔다. 사쿠마는 한 시름 던 표정이었다. 테이블에는 커피가 든 종이컵이 놓여 있다.

가즈야는 사쿠마의 정면에 놓인 파이프의자에 걸터앉았다.

"마음이 바뀌었다면서?"

사쿠마가 코웃음 치며 말했다.

"형사 살해로 기소되면 억울하니까."

"질문에는 명확하게 대답해. 우리도 시간 여유가 없으니까. 시간 낭비에 어울릴 생각은 없다."

"안다니까."

"너희는 어느 조직의 파벌이지?"

"어디하고도 관계없어. 나는 스카우트된 거야. 한낱 영업 매니저지."

"미나가와가 스카우트했나?"

"미나가와는 소개받았어."

"누구한테?"

"방콕에서, 정체 모를 일본인에게."

구리타가 테이블을 힘껏 내리쳤다. 사쿠마는 움찔 몸을 뒤로 뺐다.

구리타가 낮은 목소리로 물었다.

"그리고 수수께끼의 중국인도 등장하시나?"

"정말 몰라. 그게 누군지 아직도 모른다니까."

가즈야가 질문을 계속했다.

"미나가와가 속한 조직은 어디지?"

"몰라. 물어본 적은 있지만 미나가와가 얼버무렸어. 캐물으면 재미없을 줄 알라고 협박하기도 했고."

"그 장사는 조직의 도움 없이는 불가능해."

"그러니까 난 그냥 스카우트되었을 뿐이라고 하잖아. 그쪽 방면에서 문제가 생기면 미나가와가 나가는 규칙이었어."

"조직 이름을 대면 간단하잖아?"

"나한테 물어봤자야. 이름을 대기 싫은 사정이라도 있었나 보지."

"미나가와가 네 녀석 보스라고 보면 되는 건가?"

"당연하지. 놈은 살인도 대수롭지 않게 여기는 녀석이야. 나 따위야 졸개일 게 빤하잖아."

진지하게 받아들일 수는 없었지만 가즈야는 굳이 지적하지 않았다.

"미나가와 위에 있는 건 누구지?"

"몰라. ……음."

"누구야?"

"소개해준 남자가 보스일지도 모르겠지만, 잘은 몰라."

그게 누구인지도 알아내야 하지만 가즈야는 우선순위가 높은 질문을 먼저 했다.

"미나가와는 지금 어디에 있나?"

"있을 법한 곳은 두어 군데 있지만 짐작일 뿐이야."

"전부 불어."

"놈의 집은 어딘지 알아?"

"아직 못 찾아냈어."

"하치오지 공터는 놈이 알고 있던 장소였어. 그 땅 소유주가 알지 않을까?"

"조사하고 있다."

"여자가 있었어. 신주쿠 클럽에서 일했는데."

"사오리를 말하는 건가?"

"사오리란 여자도 있어? 그쪽 말고 다니구치 미나란 여자야."

"거주지. 연락처는?"

사쿠마의 대답을 곧바로 받아쓴 하라구치가 취조실에서 나갔다.

"그밖에는?"

"미우라 반도에 은신처가 있다는 소리를 했어. 난 가본 적 없지만."

"단서는?"

"거품경제 시절에 세운 별장. 바다가 보인다나? 분지인지 물굽이인지 모르겠지만 주변에 다른 인가는 보이지 않는다고 하더군."

구리타가 버럭 고함을 질렀다.

"그러면 아무 말도 안 한 거나 마찬가지잖아!"

사쿠마는 구리타에게 시선을 돌리더니 비웃듯 말했다.

"마음에 안 들어?"

가즈야는 온화하게 말했다.

"단서가 더 필요해."

"미우라라고 했어. 그러니까 요코스카도, 하야마도, 즈시도 아니라는 뜻이겠지."

"어떻게 다녔는지 아나?"

"미우라 종관도로를 쓰는 것 같았어. 그게 제일 좋은 지름길인가봐."

"미나가와 소유의 별장인가?"

"아니겠지. 놈이 속한 조직의 물건이야."

"조금 더 기억해내. 도쿄에서 위험할 때, 놈은 거기에 숨는 거지?"

"거기에서 위험한 작업을 한다고 했으니, 숨기에도 좋다는 뜻 아니겠어?"

"건물은 크겠지?"

"난 가본 적 없다니까."

"바다에 맞닿아 있나?"

"바다가 보이는 것뿐일지도 몰라. 자세한 묘사는 기억이 안 나. 아, 차고가 넓다고 했던가, 지하실이 넓다고 했던가. 거기가 작업장인 것 같았어."

"평소에는 아무도 안 사는 곳이겠지?"

"모른다니까. 누구 관리인이라도 있을지 모르지."

"달리 생각나는 건?"

"일단은 이 정도야."

"가급적 빨리, 전부 기억해내는 게 신상에 좋을 거야. 알고 있겠지?"

"끈질기네."

"오 분간 휴식."

가즈야는 취조실에서 나왔다. 지금 대화는 모니터링되고 있다. 2계 사무실로 들어가자 가리베와 오가와라가 고개를 끄덕였다. 전부 들었다는 표정이다.

가즈야는 오가와라 일행에게 지시했다.

"지금 조건으로 미우라의 별장, 특히 독립가옥을 중점적으로 조사해주십시오. 폭력조직 관계자가 소유한 부동산이라면 어느 정도 가나가와 현경도 파악하고 있을 겁니다. 미우라 종관도로를 사용하는 게 지름길이라면 범위를 꽤 좁힐 수 있어요."

가리베가 고개를 끄덕이며 나갔다. 가나가와 현경이 실시한 미우라 반도 수색 작전의 정보를 이용할 수 있을 것이다.

가즈야는 오가와라에게 물었다.

"다케이 쇼타 쪽은 어떻습니까?"

"아직 한마디도. 다만 사태가 심각하다는 건 아는 눈치입니다."

"변호사는 선임했습니까?"

"아니요. 도와줄 사람이 없다니 국선변호인이 붙을 겁니다."

"놈은 일회용 요원이군요. 그렇다면 미나가와의 은신처는 모르려나."

"휴대전화에는 삼백 건 이상의 전화번호가 등록되어 있었습니다. 미나가와라는 이름은 없었지만 번호로 계약자를 조사하고 있습니다. 사쿠마 쪽은 어떻습니까?"

"이제부터 배후 세력을 캐낼 겁니다. 배후가 밝혀지면 잠복 후보지를 또 걸러낼 수 있겠지요."

가즈야는 자동판매기에서 커피를 뽑아 사쿠마가 있는 취조실로 돌아갔다.

"미나가와를 소개해준 남자가 누군지 말해. 언제, 어디에서, 어떻게 만났고, 어떤 경위로 미나가와를 소개받았는지. 네가 말하는 영업 매니저에게 스카우트된 건가?"

사쿠마는 다소 자포자기한 기색으로 말했다.

"방콕이야. 골프장에서 상대가 먼저 말을 걸어왔어."

열 달 전, 작년 12월이었다고 한다. 사쿠마가 방콕 업자와 태국인 호스티스 알선 문제로 협상하러 갔을 때였다. 그쪽 야쿠자와 근교 알파인 골프클럽에 갔을 때, 그 남자도 우연히 그 골프장에 와 있었다.

나이는 오십대 중반쯤, 야외활동으로 그을린 얼굴이 늠름한 남자였다. 눈썹이 옅고 머리카락은 정발료를 발라 뒤로 넘겼다. 한눈에 보기에도 일반인이 아니었다. 조직폭력배로 확신할 정도는 아니었지만 적어도 매년 정직하게 소득신고를 하며 살아가는 부류의 인간은 아닐 것 같았다.

남자는 태국인 야쿠자와는 면식이 있었다. 태국인들은 그 남자를 '대니 씨'라고 불렀는데 당연히 본명일 리 없다. 그 남자는 레스토랑에서 함께 앉아도 되는지 묻고는 이십 분가량 이야기를 했다. 남자는 스스로를 투자가로 소개했다. 유망한 사업에 출자해 그 배당으로 먹고산다고.

남자는 사쿠마의 사업에 관심을 보이며 자기도 무역 사업에 투자할 생각이라고 말했다. 듣자하니 남자가 말하는 무역이란 불법적인 물품을 다루는 밀무역인 것 같았다. 다시 말해 약물 아니면 권총, 사쿠마의 사업과 같은 여자라는 뜻이다. 사쿠마는 그 시점에서는 약물이나 권총 밀수입에 관여할 마음이 없었다. 위험이 너무 크다. 하지만 외국인 호스티스 알선 사업은 해마다 재미가 줄고 있었다. 사쿠마는 최근 위태로운 빚이 삼백만 엔도 넘었다. 몇 달 안에 갚아야 했다. 단숨에 털어낼 수만 있다면 한 번쯤 위험한 다리를 건널 수도 있겠다 싶었다.

대니라는 남자는 어쩌면 사쿠마의 주머니 사정까지 어느 정도는 짐작하고 있었는지도 모른다.

대니는 말했다.

'지금 투자하려는 사업도 채산성이 굉장히 좋습니다. 다만 일본 국내의 영업 루트가 약해요. 당신처럼 수출입 경험이 풍부한 분이 판매 네트워크 조성을 도와준다면 이 투자는 정말 짭짤해질 겁니다.'

남자는 사쿠마의 망설임을 꿰뚫어본 것처럼 말을 이었다.

'당신은 수입 상품을 직접 건드릴 필요가 없어요. 그쪽 실무는 전문가가 담당할 겁니다. 당신이 할 일은 좋은 영업사원을 찾아내 새로운 판매망을 구축하는 겁니다. 그 사업에 진출하려는 기업은 유감스럽게도 사람들 앞에서 설명하거나 말로 설득하는 데 익숙하지 않아요. 당신

같은 사람이 필요합니다.

물론 안정된 판매망이 완성된 뒤에는 당신이 한 레벨 높은 일, 이윤도 한층 크다는 뜻인데, 그 업무를 맡으면 됩니다.'

다단계인가. 사쿠마는 생각했다. 설마 불법 제품을 다단계로 파는 장사가 있다니 상상도 못 했는데, 시스템의 본바탕은 똑같을지도 모른다. 영업사원을 모집하느냐 하지 않느냐의 차이다.

사쿠마는 확인했다.

'위험 요소가 큰가요?'

남자는 대답했다.

'수익은 투자에 비례합니다. 판매망만 만든다면 위험은 적죠. 단지 큰 수익도 바랄 수 없습니다.'

'수익이 낮으면 굳이 할 생각이 없는데요.' 그렇게 말하자 남자가 웃었다.

'그래도 수입은 태국인 호스티스 알선 사업보다 좋을 겁니다. 세 배나 네 배, 혹은 그 이상.'

사쿠마가 계속 입을 다물고 있자 남자는 혹시 관심 있으면 일본에서 그 사업을 하려는 인물을 만나보면 어떻겠느냐고 권했다. '명함을 주시면 그 남자더러 연락하라고 하겠습니다.'

사쿠마는 명함을 건넸다. 대니라는 남자는 본인 명함을 가지고 다니지 않는다며 주지 않았다.

그가 클럽하우스에서 나갈 때는 누가 봐도 야쿠자로 보이는 태국인 남자들이 그를 에워쌌다. 태국의 그쪽 업계에서도 남자는 제법 거물로 대접받는 듯했다.

남자의 말이 머릿속에서 메아리쳤다.

수입 상품을 건드릴 필요는 없다. 판매망만 만들면 된다. 수입은 세

배, 네 배…….

귀국하고 이틀째 되는 날, 낯선 번호로 전화가 왔다. 그것이 미나가와였다.

미나가와는 시나가와의 호텔 카페에서 만나자고 했다.

'당장 판매원이 열 명은 필요해. 상품은 얼마든지 있어. 좋은 단골을 가진 판매원을 스카우트해주지 않겠나?'

미나가와의 외모는 아무리 봐도 그쪽 업계 사람이었다. 물건을 팔거나 접객하는 업무에는 도저히 어울릴 것 같지 않다. 미나가와가 신규 사업의 중심에 있다면 확실히 그 업계에는 좋은 영업 매니저와 판매원이 필요할 것 같았다. 싹싹하고, 온화한 태도와 교묘한 말로 물건을 팔 줄 아는 사람들이.

사쿠마는 다루는 상품이 무엇인지 확인했다.

'제대로 말해주지 않겠어? 물건이 뭐야?'

'묻지 마.' 미나가와가 말했다. '당신이 상상하는 그거야.'

사쿠마는 결국 제 입으로 그 이름을 꺼냈다. '각성제인가?'

미나가와는 목구멍으로 웃으며 고개를 끄덕였다.

"그러니까." 사쿠마가 가즈야에게 말했다. "난 미나가와가 어느 조직 사람인지, 그런 건 전혀 몰라. 물건 거래도 직접 하지는 않았어."

가즈야가 말했다.

"미나가와 본인은 그 사업에서 완전히 아마추어였다는 뜻이군."

"그렇게 성격이 불같은데 판매원은 무리야. 판매원을 부리는 쪽이지. 물건 떼어오는 일에는 관여했을지도 모르지만."

"미나가와 이외의 멤버들은 네가 스카우트한 건가?"

"아니, 원래 데리고 있던 동생들일 거야. 판매원은 내가 끌어들이고, 미나가와가 최종 면접을 봐서 결정했지만."

"네 운전기사는?"

"미나가와가 붙인 놈이야. 나를 감시했던 건지도 모르지."

"그 후로 대니라는 남자는 만났나?"

"아니, 그때가 끝이야."

"나중에 사진을 좀 봐줘야겠어."

"그래, 얼마든지. 어쨌든 나는 미나가와가 하는 사업에서 심부름꾼에 지나지 않아. 하물며 살인에는 관여도 안 했어. 그걸 알아줘."

"그에 비해서는 지나치게 밀착해 있고, 적극적인 데다 씀씀이도 좋은데?"

"착수금도 받았으니까. 판매원 한 명 스카우트할 때마다 삼십만 엔을 받았어."

"확실히 고수익이군."

사쿠마는 코웃음을 쳤다.

"리스크가 크기도 했고. 온갖 조직하고 부딪쳤고, 그때마다 미나가와가 나서서 수습했어. 하지만 스파이가 이 정도로 접근했다니, 미나가와도 계산을 그르쳤던 게 아닐까?"

"그 배후에 있는 투자가도 그랬겠지."

말해놓고 깨달았다. 이 사업에 신규 진입할 때 다른 조직과 알력 다툼이 발생하지 않는다고 생각한다면 이상하다. 경찰이 주목하리라는 예상도 못 했던 걸까? 설마, 그렇게 어설픈 놈들이 이 사업에 진입할 리 없다. 하지만…….

의문은 뚜렷한 형태를 갖추기 전에 가슴속으로 돌아갔다.

"결국 몇 명이나 뽑았어?"

"열다섯인가, 스물인가. 그중 몇 명이 채용시험에 붙었는지는 몰라."

가즈야는 테이블 옆에 선 구리타에게 지시했다.

"사진을 보여주고 태국에서 만났다는 그 투자가를 찾아내도록."

거점으로 사용하는 사무실로 돌아간 가즈야는 회의용 테이블 앞에 앉아 지금 남아 있는 수사원들을 불렀다.

"모두 들었을 겁니다. 사쿠마의 말을 믿어도 될지, 기탄없이 말씀해 주시겠습니까?"

오가와라를 비롯해 그 자리에 있던 수사원들이 회의용 테이블을 에워싸듯 앉았다.

오가와라가 수첩을 펼치고 눈길을 떨어뜨리며 말했다.

"사쿠마는 전과는 있지만 폭력배는 아니었습니다. 사쿠마 본인이 배후를 모를 가능성은 있을 수 있습니다."

"그런 것치고 사쿠마는 미나가와가 살인을 저질렀는데도 겁을 먹지 않았습니다. 완전히 아마추어 같지도 않은데."

"역할을 분담했다고 하더군요. 적어도 하치오지 공터에 사쿠마는 없었습니다. 거의 사실이겠지요."

"미나가와 쪽은 관계가 어떻습니까?"

"이쪽도 애초에 히라즈카의 우키타구미는 미나가와가 복역중에 해산해 졸개들은 뿔뿔이 흩어졌습니다. 미나가와와 접촉한 흔적이 있는 자들은 찾아내지 못했습니다. 출소 후 미나가와와 폭력조직 사이의 연결 고리는 보이지 않네요. 지금 같은 시기에 복역한 야마가타 형무소 수감자들을 찾고 있습니다만."

형무소는 폭력조직에게 중요한 기업 설명회 자리다. 징역형을 받은 폭력배는 형무소 안에서 얼마나 벌이가 좋았는지, 얼마나 요란하고 화려한 생활을 했는지 살을 붙여 떠벌린다. 하루에 유흥비로 얼마를 썼는지, 얼마나 여자에게 인기가 있었는지, 얼마나 쾌락삼매경에 빠져 살았는지 자랑한다. 그리고 눈여겨 본 죄수에게 출소 후에 뒤를 봐주겠다고 말을 건다. 수감자들 중에는 그러면 폭력배로 살아야겠다고 결심하는 자들이 반드시 나온다. 폭력배로서의 '자격'은 국가가 보증해준다. 폭력조직에서도 안심하고 부릴 수 있다. 하물며 조직이 해산해 오갈 데 없는 폭력배라면 대환영이다. 바로 써먹을 수 있다. 이 업계에서도 신원이 확실한 경험자는 우대받는다.

미나가와가 형무소에 있는 동안 그가 구성원으로 속해 있던 우키타구미는 해산했다. 이 소식을 안 미나가와가 다른 조직에 의탁하려고 생각하는 것은 자연스러운 일이다.

가즈야는 물었다.

"같은 시기 야마가타에 폭력배가 있었습니까?"

"알아낸 건 일단 이것뿐입니다."

오가와라는 여섯 명의 기록이 든 파일을 가즈야에게 건넸다.

"간사이 출신이 셋. 도쿄가 둘. 규슈가 하나. 미나가와는 지금 도쿄에서 버티고 있으니 간사이 폭력조직은 무시해도 될 겁니다."

"새로 끼어든 조직입니다. 오히려 도쿄의 폭력조직이 아니라고 생각해야 하지 않을까요?"

"만약 그렇다면 미나가와 곁에는 간사이 사람이 한두 명 붙어 있어야 맞습니다. 아직은 보이지 않습니다."

가즈야는 한참 파일을 바라보았다. 방금 사쿠마와 나눈 대화를 떠올리다가 한 가지 정리된 정보가 있었다.

"매매에 신규로 진입할 수 있었다는 건 밀수입이나 밀조, 어느 쪽이든 안정된 공급원을 가지고 있다는 뜻입니다. 기존 세력과는 거래가 없었던 공급원이겠지요."

가리베가 옆에서 파일을 들여다보며 말했다.

"5과는 국내 공장의 가능성도 수사하고 있었습니다."

오가와라가 웃었다.

"그게 이란인 감기약 실험실이었지."

"해외입니다." 가즈야는 자신의 판단을 말했다. "대량으로 제조할 수 있는 곳. 지금까지 5과도 시야에 넣지 않았던 곳. 그쪽 조직과 도쿄의 조직이 최근에 연합한 겁니다."

오가와라가 불쑥 고개를 들고 말했다.

"러시아인가……?"

스스로도 그런 생각을 했다는 사실이 의외라는 표정이었다.

옳다구나 하고 가리베가 오가와라를 가리키며 말했다.

"러시아 루트는 사 년 전에 한 번 끊겼어. 그게 부활한 걸까?"

"그건가." 가즈야도 납득이 갔다. "니가타의 이나가키구미입니까?"

가리베가 대답했다.

"맞습니다. 하지만 보스를 비롯해 간부는 대부분 체포했습니다. 지금은 근근이 상납금으로 버티고 있습니다."

가즈야도 그 건에 대해서는 조금 들은 바가 있었다. 사 년 전, 경찰청이 직접 지휘하는 수사로 러시아 블라디보스토크에서 들어오는 밀수입 루트의 존재가 만천하에 드러난 사건이다. 2과에 있을 당시였으니 그리 상세한 사정을 들은 것은 아니었다. 귀에 들어오는 범위에서는 함정수사였다고 한다. 수입하는 니가타의 이나가키구미가 수사의 손길이 뻗쳐온 것을 알아차리고 루트를 접었다. 경찰청은 이나가키구미의 보스를 비롯해 주된 조직원 다섯 명을 체포했지만 러시아 쪽 조직의 실태까지 해명하지는 못했다. 다시 말해 러시아 조직은 아직 살아 있는 것이다.

가리베가 말했다.

"상대도 이번에는 거래처를 신중하게 골랐을 겁니다. 5과가 눈여겨 보지 않는 조직과 손을 잡은 걸까요? 잠입이나 내통에 이상하리만치 신경질적인 것도 그 때문일지 모릅니다."

"당시의 수사 보고서는 어디에 있을까요?"

"경찰청이 직접 지휘한 안건이었으니 우리 쪽에는 없을 겁니다. 하지만 듣자하니 그때는 120킬로그램의 각성제를 놓쳤다고 하더군요. 협력자가 한 명 행방불명되었고. 경찰청 입장에서는 크게 실패한 사안입니다. 보고서는 안 나올 겁니다."

그렇다고 해도 러시아 루트의 부활이라니. 이 가설은 흥미롭다.

가즈야는 말했다.

"어쨌든 판매원을 스카우트했다는 건 여태까지 각성제 사업에는 관여하지 않았던 조직입니다. 물건은 마련할 수 있게 되었지만 그걸 팔아줄 판매원이 없었다, 미나가와의 배후에 있는 건 이 두 가지 조건을 충족시키는 조직입니다."

오가와라가 야마가타 형무소 수감자 파일을 다시 가까이 끌어당기며 말했다.

"그렇다면 간사이 조바야의 사이토, 도쿄에서는 가미야구미神谷組의 이케다는 빼야겠군요. 둘 다 각성제가 주된 돈줄입니다. 조바야는 한국에 강력한 끈이 있고요."

가리베가 말했다.

"하카타의 우치무라内村도 빼도 됩니다. 도쿄에 진출할 만한 규모의 조직이 아닙니다. 우치무라와 미나가와는 수감 기간도 한 달밖에 안 겹치고."

"나머지 세 사람."

하라구치가 일어나 화이트보드에 세 명의 이름과 조직을 기록했다.

다카하시 가즈야, 도쿄 세이케이카이.

가쓰라기 구키, 오사카 이누카이구미犬飼組.

아키야마 가즈오, 나라 하야타구미早田組.

오가와라가 화이트보드를 보며 말했다.

"나라의 하야타구미는 보스가 아직 복역중입니다. 괴멸 직전이니 불가능해요."

"다카하시도 아닙니다." 가리베가 말했다. "세이케이카이가 움직였다면 저희가 모를 리 없는데, 기척도 없습니다."

가즈야도 화이트보드를 보며 말했다.

"남은 건 이누카이구미."

"싸움꾼들입니다." 오가와라가 덧붙였다. "진출한다면 더 요란하게 했을 겁니다."

"경찰을 죽였으니 충분히 요란합니다."

"그전 단계에서 그렇다는 말입니다. 이누카이만큼은 도쿄에 들여놓지 않겠다는 조직이 많아요. 소문만 돌아도 도쿄 조직들이 똘똘 뭉칠 겁니다."

퍼뜩 떠오른 생각이 있었다.

"변호사다."

"예?" 수사원들의 시선이 가즈야에게 쏠렸다.

"검사 출신 나카자와 다쓰오 변호사." 가즈야는 말했다. "사쿠마는 여차할 때 나카자와를 부르라는 지시를 받았습니다. 직접 지시한 건 미나가와일지도 모르지만 나카자와를 잘 아는 인물이 배후에 있습니다. 나카자와의 단골 고객 가운데 있는 겁니다."

"검사 출신으로는 유명하지만……." 오가와라가 말했다.

"여느 범죄자가 아는 이름이 아닙니다. 비록 이름을 안다 해도 그것만으로는 사쿠마도 선임할 수 없는 거물이에요."

하라구치가 화이트보드 앞에서 말했다.

"나카자와가 검사를 그만둔 게 칠 년 전입니다."

"그가 다룬 사건을 전부 훑어봅시다."

"그러고 보니 세이케이카이의 이노우에 공갈 사건 때도 나카자와가 나왔었는데……."

"요즘에는 누구 탤런트 변호도 맡았지?"

하라구치가 말했다.

"제가 조사하겠습니다."

"부탁해." 가즈야가 말했다. "폭력배로 한정하지 말고 변호를 한 인물, 고문을 맡고 있는 기업, 전부 뽑아."

하라구치가 손수건으로 손을 닦으며 화이트보드 앞에서 떠났다.

그 호텔의 대연회장은 삼사백 명쯤 되는 남녀로 가득 찼다. 남성 고객은 구 할 이상이 양복을 입고 있다. 나머지 일 할 미만은 기모노 차림의 스모 선수들, 모자를 쓴 아티스트, 클럽 DJ 차림의 사람들이다. 여성 고객은 전체의 삼분의 일 정도일까. 삼십대 여성이 중심 같아 보였지만 사십대, 오십대도 적지 않다. 가가야에게는 기괴하게만 보이는 옷차림의 젊은 여성들은 모델이나 여배우, 즉 연예계 사람들이리라. 한 사람, 기모노 차림의 여성 엔카 가수만 겨우 알아볼 수 있었다.

가가야는 우롱차 글라스를 들고 잠시 입구 옆에 서 있었다.

무대 위에서는 자기계발 세미나 주최자라는 오십대 남자가 지루한 연설을 하고 있다. 짙은 감색의 더블슈트에 하얀 장발. 남성미가 넘치는 외모에 나직하고 풍부한 목소리. 보아하니 이 남자라면 유명 신문

사설만 읽어줘도 눈앞에 있는 사람들의 마음을 휘어잡을 수 있을 것 같았다. 그는 자기 세미나가 얼마나 유명하며 그 단체가 급성장을 이루었는지, 숫자를 섞어가며 자랑하고 있었다.

가가야는 회장을 둘러보며 참석자들 가운데서 그가 아는 얼굴을 찾았다. 순수한 폭력조직 관계자는 보이지 않았지만 범죄 관련으로 매스컴에 나왔던 남자들은 몇 명 보였다. 다단계로 복역한 남자, 도산한 영어학교의 전직 오너로 미국에 자산을 은닉한 혐의가 있는 실업가. 사기죄로 여동생과 함께 실형 판결을 받은 전직 국회의원.

방금 전에 만난 인물도 있었다. 클럽 트렌트의 모회사 대표다. 구마가이 후유키. 주위에 있는 젊은 여성들은 화려한 분위기로 보건대 여배우들이리라. 구마가이의 뒤에 선 장신의 미녀는 비서일까?

어쨌든, 하고 가가야는 납득했다. 이 자기계발 세미나의 주최자가 사는 세상은 가가야에게 익숙한 업계다. 이름도 모르는 나머지 구십몇 퍼센트도 그쪽 업계 관계자이거나, 그 주변 업계 사람들, 혹은 업계에 접근하려는 사람들로 짐작해볼 수 있다.

연설이 끝나고 긴 박수가 일었다. 이어서 사회자로 중견 개그맨이 등장했다. 주최자를 칭송하는 낯간지러운 찬사를 늘어놓으며 편히 환담을 나누라는 말로 마무리했다. 회장 안이 수런거리더니 손님들은 거침없이 글라스를 기울이며 떠들기 시작했다.

한 남자가 슬그머니 다가왔다.

며칠 전, 가가야를 에토의 사무소에서 도미사카까지 배웅해준 남자다. 노지마라고 했던가? 그쪽 업계 사람 같지 않은, 검은 양복이 잘 어울리는 남자.

"가가야 경부님." 노지마가 말했다. "사장님이 저쪽에 계십니다. 가시지요."

가가야가 말했다.

"다른 사람 귀가 없는 게 좋을 텐데."

"바로 이동할 겁니다. 그 계기를 만들어야 하니까요."

그렇게 말하면 갈 수밖에 없다. 가가야는 노지마의 뒤를 따라 손님들 사이를 빠져나갔다.

대여섯 명의 중년 남자들 사이에 묻힌 에토는 기분이 좋아 보였다. 그중 한 사람은 유명 파친코 체인점의 2대 사장이었다.

에토는 글라스를 테이블에 내려놓더니 두 손을 활짝 펼치더니 호들갑을 떨었다.

"가가야 경부님. 복귀, 축하드립니다. 기다리고 있었습니다."

에토는 재빨리 다가와 가가야의 두 팔을 붙잡더니 가볍게 두드렸다. 친한 사람들이 나누는 가벼운 허그. 그리고 오른손을 내민다. 가가야는 오른손에 글라스를 들고 있었다. 가가야가 손을 내밀지 않자 에토는 바로 오른손을 거두었다.

"반드시 돌아오실 줄 알았습니다."

다들 에토의 얼굴만 바라보고 있었으니 악수를 거절당한 것처럼 보이지는 않았으리라.

파친코 체인점의 2대 사장을 포함해 그 자리에 있는 남자들의 눈이 호기심으로 빛났다. 에토가 방금 전까지 가가야를 이야깃거리로 삼았는지도 모른다. 경시청에 복귀한, 전직 조폭 전문 형사가 온다고. 각성제 단속법 위반으로 체포되었지만 신문에서도 공판에서도 중요한 정보는 끝내 말하지 않고 최종적으로는 무죄 판결을 거머쥔 남자라는 말도 덧붙였을지 모른다.

에토는 주위에도 똑똑히 들리는 목소리로 물었다.

"근무처는 예전 그대로 본청이지요? 계급은 경시정?"

"경부." 그렇게 대답할 수밖에 없었다. "할 얘기가?"

에토는 자연스러운 태도로 주위에 있던 남자들에게 말했다.

"오 분 후에 돌아오겠습니다. 실례."

가가야는 연회장 출입구를 향해 걸었다.

로비로 나가 뒤를 돌아보자 에토는 얼굴에서 미소를 싹 거두었다.

"도움이 되면 좋겠습니다만."

가가야는 물었다.

"어디야?"

"사실인지 아닌지 모르겠습니다."

"상관없어."

"사쿠라이구미의 그림자가 어른거린다는 말을 여럿에게 들었습니다. 미나가와란 남자의 뒤에 버티고 있는 건 사쿠라이구미라고."

처음 듣는 정보였다. 어제 우치보리의 정보로는 아카사카에서 금년 2월에 터졌다는 사건은 사쿠라이구미와 세이케이카이의 트러블이었다고 했다. 하지만 미나가와의 배후에 사쿠라이구미가 있다면 트렌트의 매니저가 신병을 인수하러 갔다는 정보와 맞아떨어지지 않는다.

"사쿠라이구미는 전부터 약을 취급하고 있었지?"

"가짜를 내세워 대대적으로 시작한 게 아닐까요? 조직범죄대책부가 조바심이 나서 8월에 연예인 부부를 체포했잖습니까. 그 덕분에 다른 조직들은 모두 자숙 분위기였죠. 사쿠라이 쪽 가짜 조직은 한층 일하기 쉬워진 겁니다."

"미나가와를 부리는 건 누구지?"

사쿠라이의 간부 이름은 알고 있었지만 십 년 전 정보다. 지금은 다를 것이다.

"거기까지는 조사하지 않았는데, 알아볼까요?"

"그래."

"알 만한 곳을 떠보겠습니다."

보답도 기대한다는 말이다. 위험한 정보, 혹은 입수에 돈이 드는 정보라는 뜻이다.

가가야는 고개를 끄덕인 뒤에 한 가지 더 물었다.

"트렌트라는 클럽을 아나?"

"아뇨." 에토는 곧바로 대답을 바꾸었다. "아니, 아아, 롯폰기의 클럽이죠?"

"모회사가 아이작스지?"

"그럴 겁니다."

"사장하고는 친한가?"

"아뇨. 친하지는 않은데……."

"이 자리에 와 있지?"

"아아, 그러고 보니 있더군요."

"여자는 누구야?"

"글쎄요, 모르겠습니다."

그 대답으로 알 수 있었다. 에토는 구마가이가 여자와 함께 있었다는 사실을 의식에 담아두고 있었다. 사진으로 구마가이의 얼굴을 아는 것 이상의 관계라는 뜻이다.

"아이작스는 뒤에서 어디랑 붙어 있나?"

"거긴 멀쩡한 회사입니다. 사장은 가벼워 보여도."

"트러블까지 직접 처리하진 않겠지."

"자세히는 모르지만 경시청 OB일 겁니다."

뒤에 서 있던 노지마가 에토에게 귀엣말을 했다.

"가가야 씨." 에토는 몸을 반쯤 틀면서 말했다. "진짜 오늘, 어떠십니까? 세 시간 안에 알아낼 수 있는 건 조사해놓겠습니다. 9시에는 롯폰기 가게에 가 있겠습니다. 클럽 피에몬테."

가가야는 대답했다.

"접대라면 필요 없어."

"새로운 정보가 없을 때는 전화하겠습니다. 연락이 없을 때는 꼭 와 주십시오."

에토는 노지마를 거느리고 연회장으로 돌아갔다.

그날 밤 다케이를 가마타 서에, 사쿠마를 시나가와 서에 호송한 뒤, 가즈야 일행은 한 대의 왜건으로 본청에 돌아갔다. 가즈야를 비롯한 네 명의 수사원들이 그 차량에 탔다. 운전은 하라구치가 맡았다. 가즈야는 문제의 무대가 된 구역을 지나 본청으로 향하도록 지시했다.

고탄다를 빠져나간 뒤, 사쿠라다 길을 이쿠라 교차점에서 좌회전해 가이엔히가시 길로 들어갔다.

이쿠라카타마치 교차점을 통과하고 조금 지났을 때 조수석에서 세나미가 말했다.

"저 사람은 가가야 경부 아닙니까?"

가즈야는 세나미의 시선이 향한 곳을 바라보았다.

롯폰기 5가 교차점 앞이다. 진행 방향이 적색 신호라 수사 차량은 마침 횡단보도 앞에서 멈춰 있었다. 시간이 오후 9시라 거리에 음식점 네온사인이 번쩍거려 인도 위가 제법 밝았다.

그 교차점 오른쪽, 반대쪽 차선의 인도 옆에 은색 독일제 세단이 서 있었다. 그 맞은편, 입구 조명 밑에 남자가 서 있다. 가가야다.

데라와키의 장례식 때 보았던 모습과는 달리, 오늘은 양복 차림이었다. 그 양복도 가즈야가 아는 가가야의 취향과는 달랐다. 예전처럼 화려한 인상은 없다. 색은 짙은 감색인가. 검은색은 아니다. 고급 관료라고 해도 그대로 믿을 만한 옷차림이었다.

가가야가 인도에 서서 좌우를 살폈다. 눈앞의 빌딩 입구에서 검은 양복을 입은 젊은 남자가 나와 가가야에게 고개를 숙였다. 젊은 남자는 바로 지금 가가야가 내린 세단 운전석에 올라탔다. 가가야는 그 빌딩 입구로 들어갔다.

가즈야는 빌딩을 올려다보았다. 눈에 익은 빌딩이다. 가가야가 몇 번, 에토구미의 에토에게 접대를 받았던 클럽이 있다. 피에몬테라는 이름이 아니었던가?

에토를 만나러 왔나?

세나미가 말했다.

"변하지 않았군요. 외제차에 고급 양복. 설마 경시청이 자금을 댔을 리도 없을 텐데."

맞는 말이다. 저 독일 차는 어떻게 된 걸까? 미우라 반도의 비샤몬만에서 낚싯배 장사로 근근이 살던 남자가 저런 차를 전부터 몰고 다녔을 리 없다. 새 차나 다름없어 보였고, 본인 차량이라면 최근에 샀을 것이다. 그에게 그만한 돈이 있었나? 아니면 가가야는 새로운 일에 필요하다는 이유로 저 양복과 세단을 마련했나? 과거 가즈야에게 무리해서라도 좋은 양복을 입으라고 명령했을 때와 마찬가지로, 스스로도 무리를 감내하고 있나? 혹은 누군가가 자금을 대주고 있나?

신호가 바뀌자 하라구치가 차를 발진시켰다.

차 안에서는 한동안 아무도 입을 열지 않았다.

클럽 피에몬테 내부는 기억 속 모습과 그리 다르지 않았다. 다만 이 시간치고는 손님이 적었다. 호스티스가 열 명쯤 있는데 손님 수도 비슷했다. 과거에는 호스티스도 손님도 두 배쯤 되는 게 보통이었는데. 그 호스티스 중 세 명은 백인이었다. 얼굴이 갸름한 두 명의 아시아인은 중국인일지도 모른다.

에토는 안쪽 자리에 있었다. 양복 차림의 중년 남자 두 명이 그 맞은편에 앉아 담배를 피우고 있다. 둘 다 방금 전 파티에 있던 손님들과 같은 부류이리라. 두 사람은 가가야를 알아보고는 호화로운 요리라도 보는 듯한 시선을 던졌다.

가가야는 테이블 앞에서 걸음을 멈추고 에토에게 말했다.

"시간이 없어."

에토는 남자들을 쳐다보더니 유감스럽다는 표정으로 일어섰다.

"위로 파티를 해야죠."

"오늘은 날이 아니야."

"언젠가 꼭."

가가야는 통로로 되돌아가 입구 근처 바 카운터에 기댔다.

에토가 가가야의 왼편에 팔꿈치를 괴고 가가야의 얼굴을 들여다보며 말했다.

"뜻밖의 정보를 들었습니다."

"어머니라도 얽혀 있어?"

에토는 살짝 얼굴을 찌푸렸다.

"역시 사쿠라이구미였어요. 하지만 수사를 우려해 조직과는 아무 관계없는 것처럼 위장하고 있죠. 사쿠라이 료조가 직접 지휘한다는 소문입니다."

"보스인 사쿠라이가 그렇게 위험한 짓을 할까?"

"거래액에 따르겠지요. 그런 장사는 결국 사람들, 남자들 사이의 거래 아닙니까? 서로 상대를 신용할 수 있는지 없는지 따지는 거죠. 상대의 얼굴을 본다는 건 보험을 든다는 의미고."

"상대는 어디야?"

"거기까진 알아내지 못했습니다. 하지만 일반적으로 생각해보면 빤하겠지요."

가가야는 카운터에서 몸을 뗐다.

에토가 황급히 말했다.

"한 가지 더."

가가야가 고개를 돌리자 에토는 목소리를 조금 낮추었다.

"최근 대규모 거래가 있다는 정보도 들었습니다. 지금까지는 소위 말하는 테스트 기간이었다는 거죠. 다른 곳이 움츠리고 있는 동안 왜, 단숨에 시장 점유율을 높이려는 속셈 아니겠습니까?"

"다들 어엿한 사업가 놀이라도 하는 건가?"

"예?"

"아니, 거래 정보를 좀 더 자세히 얘기해줘. 당사자, 일시, 장소."

"좋습니다. 최대한 조사해보죠. 그럼, 제 부탁도 들어주실 수 있습니까? 사소한 일입니다."

"뭐야?"

"저희 거래 상대에게 가가야 씨를 소개하고 싶습니다."

"뭐라고 소개하려고?"

"이런 훌륭한 형사님과 가까이 지낸다고 자랑하고 싶을 뿐입니다."

"상대는?"

"저희 투자처 경영자들입니다. 거기에서 부디 복귀 파티를 열게 해주십시오. 부담은 드리지 않겠습니다. 즐겨만 주신다면 저는 영광입니다."

"정보와 교환 조건인가."

"그럴 생각은 전혀 없습니다."
"어쨌든 거래에 대해 보다 상세한 정보를……."
"벌써 돌아가시게요?"
"그래."
"차를 대기시키겠습니다. 모실까요?"
"됐어."
가가야가 가게에서 나와 엘리베이터를 타고 빌딩에서 나가자 마침 에토가 제공해준 세단이 빌딩 앞에 들어오는 참이었다.
운전석에서 노지마가 내려 가가야에게 고개를 숙였다. 클럽 종업원 출신인가 싶은, 늘씬한 몸에 반반한 얼굴.
가가야는 운전석 문을 잡으며 문득 떠오른 의문을 노지마에게 물었다.
"트렌트에는 결국 얼마나 있었지?"
직감에 의존한 유도 질문이었다.
노지마가 대답했다.
"상주한 건 석 달 정도입니다."
"지금은 누가?"
"그때마다 다릅니다. 이제 폭력적인 다툼은 싹 사라졌으니까요."
"위협이 잘 먹혔군."
"매너가 퍼졌다는 뜻이겠지요. 손님에게도, 업계 쪽에도."
무심코 웃음이 새어나왔다. 가가야는 노지마의 시선에서 그 웃음을 숨기고 운전석에 올라탔다.

세단을 몰아 사쿠라다 길로 들어간 가가야는 휴대전화를 꺼냈다. 세단을 도로 옆에 세우고 어제도 만났던 전직 경시청 직원에게 연락했다.
상대가 받자 가가야는 말했다.

"지금 만날 수 있습니까?"

우치보리는 예상치 못한 기쁜 소식이라도 들은 것처럼 굴었다.

"가가야 씨가 만나고 싶다면야……."

"어제 그 초밥집은 어떻습니까?"

"시간은?"

"삼십 분 뒤."

실제로는 오 분 일찍 도착했다. 우치보리는 벌써 어제와 같은 테이블에 앉아 맥주를 마시고 있었다.

가가야는 맞은편 의자에 걸터앉아 말했다.

"좋은 정보였습니다."

"그렇지?" 우치보리는 싱글벙글했다. "경시청을 그만둬도 그쪽 세계 정보는 들어온다 이거야."

"이왕 한 김에 조사해주셨으면 하는 일이 있는데."

"얼마든지 말해. 그에 합당한 요금은 받겠지만."

"롯폰기나 니시아자부에서 연예인 상대로 약을 팔던 판매원이 있습니다. 도미타라는 남자인데, 들어본 적 있습니까?"

"아니."

"통칭은 토미. 이 녀석과 접촉하고 싶습니다. 찾아봐주시겠습니까?"

"도미타라."

"롯폰기와 니시아자부가 놈의 구역입니다."

"형사가 총을 맞는 세상인데."

가가야는 지갑을 꺼내 만 엔짜리 지폐를 세 장, 우치보리 앞에 내밀었다.

"어제 몫도 포함해서."

"이 범위 안에서 알아보라고 받아들이면 되나?"

"경비는 따로 고려하죠."

우치보리는 지폐를 주머니에 넣고 물었다.

"도미타가 어디 있는지만 알아내면 돼?"

"도미타를 둘러싼 여러 정보도 들을 수 있겠지요. 그것도 포함해서."

"가능한 한."

"시급히."

"당장 알아보지."

가가야는 테이블에서 계산서를 들고 일어섰다.

/ 11 /

그날, 가즈야가 제2방면본부 2계 임시 거점에 도착한 것은 정오 직전이었다. 본청 1과 계장 회의에 참석해 수사 상황을 보고하고 왔다.

커피를 사서 방에 들어가자 예닐곱 명의 수사원들이 회의용 테이블을 에워싸고 있었다. 사쿠마와 다케이 쇼타의 신문도 재개되고 있을 터였다.

하라구치가 가즈야에게 파일을 건네며 말했다.

"나카자와 변호사의 고객 리스트입니다. 방금 전까지 조사한 범위에서."

"눈에 띄는 인물이 있던가?"

"총회꾼, 우익부터 사기꾼까지. 조폭이 얽힌 사건은 계열을 가리지 않고 맡았더군요. 세이케이카이도 사쿠라이구미도. 에토구미도 있습니다."

에토구미. 가즈야는 민감하게 반응하지 않으려고 스스로를 억눌렀다. 검사 출신 변호사의 의뢰인을 조사하면 그 이름이 나와도 이상할 건 없다.

하라구치가 말을 이었다.

“그 실업가, 구마가이 후유키의 회사에서도 고문변호사를 맡고 있습니다.”

“자네가 쫓겨났다던 곳인가?”

“저하고 세나미 씨를 문전박대한 그놈입니다.”

파일을 들고 테이블에 앉자 세나미가 물었다.

“계장 회의에서 5과 수사 방향 얘기는 나왔습니까?”

가즈야는 고개를 저었다.

“마쓰바라 과장님께 들었습니다. 5과는 사와지마와 이란인 신문을 속행하고 있다는 보고밖에 하지 않았다더군요.”

“숨기고 있군요.”

“저희가 지금 상상할 수 있는 사항은 5과도 당연히 검토하고 있겠지요. 이쪽은?”

“사쿠마는 어제 그 이상은 기억이 나지 않는답니다. 태도는 협조적인데…….”

“다케이는 어떤가요?”

“곧 점심때니 구가가 보고하러 올 겁니다.”

그 말이 끝나기도 전에 문이 벌컥 열리더니 구가가 안으로 들어왔다. 메모를 들고 있었다.

구가는 가즈야에게 인사하고 이어서 말했다.

“미나가와의 휴대전화 번호, 진술했습니다. 또한 다케이는 사쿠마의 소개로 시나가와의 호텔에서 미나가와를 만났다고 합니다. 약물은 미나가와, 또는 그 수하와 만나 받곤 했답니다.”

"미나가와의 아지트는 알고 있던가?"

"아니요. 다만 잡담하던 중에 미우라 반도라는 얘기가 몇 번 나왔답니다. 그쪽 지역을 잘 안다는 느낌을 받았다고 합니다."

"미우라 반도라……."

사쿠마도 어제, 미나가와의 잠복지로 그 지명을 들었다. 두 사람의 진술이 일치한다는 것은 상당히 진실에 가깝다는 뜻인가? 하지만 사쿠마와 다케이가 하치오지 사건 이후로 체포되기 전에 미리 입을 맞췄을 가능성도 없지는 않다. 그들은 둘 다 가마타에서 몸을 숨기고 있었다.

과연 믿어도 되는 정보일까?

세나미가 말했다.

"가가야 경부가 은거하고 있던 곳도 미우라 반도였습니다. 비샤몬 만. 단순한 우연이겠지만."

물론 우연일 것이다. 의미는 없다. 미우라 반도는 넓고, 미우라 종관도로 출구와 비샤몬 만은 방향이 다르다.

단지 어젯밤 보았던 광경. 에토가 소유한 클럽 피에몬테 앞에 가가야가 있었다는 사실. 에토구미는 각성제는 취급하지 않지만 조직이다. 비샤몬 만에 살던 가가야가 경시청에 복귀하자마자 에토와 가까이 지낸다는 사실에 다른 의미는 없을까? 아니면 가가야와 에토는 복귀 전부터 계속 교류가 있었나? 비샤몬 만의 낚싯배 가게 개업 자금도 적은 금액은 아니었을 것이다. 그 자금의 출처는 어디인가?

가가야는 경시청에서 퇴직한 뒤 그쪽에 붙었던 건가?

가즈야는 그 생각을 근거 없는 의혹으로 가슴속에 눌러담았다.

"미나가와와 미우라 반도의 부동산의 접점을 알 수 있다면 좋을 텐데."

이즈카가 고개를 번쩍 들었다. 뭔가 떠오른 얼굴이다.

수사원들이 이즈카를 보았다. 그는 늘 과묵하다. 최소한으로 필요한 말도 하지 않는다는 소리를 듣는다. 조직범죄대책부 수사원 가운데 흔한, 격투기에 어울리는 체격을 갖고 있었다.

그 이즈카가 자신 없는 목소리로 말했다.

"지금 나카자와 단골에 사쿠라이구미 이름이 나왔지요? 사쿠라이구미는 거품경제 말기에 어느 부동산 회사 사장에게서 미우라 반도의 별장을 하나 빼앗았습니다. 공갈 혐의로 수사했지만 입건하지 못했던 사안입니다. 사쿠라이 료조가 징역형을 받기 직전, 놈은 부인에게 그 별장을 증여한 다음 이혼했습니다."

세나미가 씨익 웃으며 말했다.

"이거, 연결 고리를 찾은 건가?"

오가와라가 말했다.

"자산 보전을 위한 형식적인 이혼인가?"

이즈카가 말을 이었다.

"부인은 결혼 전 성으로 돌아갔을 겁니다. 그 이름이 바로 생각나지 않는데."

가즈야는 의문을 입에 담았다.

"사쿠라이구미는 각성제 거래에 이미 손을 담고 있어. 신규 진입이 아니야."

"본격적으로 시작했는지도 모릅니다. 조직과는 아무 상관없는 미나가와라는 남자를 이용해서요. 있을 수 없는 이야기도 아니에요."

가즈야는 납득하고 지시를 내렸다.

"사쿠라이구미의 각성제 거래 실태. 오가와라 씨, 가리베 씨, 이즈카 씨. 그쪽 정보 수집을 부탁합니다. 또 한 가지, 사쿠라이 료조의 전처 이름과 소유 부동산의 조사. 조금 번거로운 수사입니다만."

그때, 사무실 입구 쪽에서 목소리가 났다.

"걱정 끼쳐드렸습니다."

히구치 마사토의 목소리였다.

가즈야를 비롯해 사무실에 있던 모두가 입구로 고개를 돌렸다. 히구치가 조금 쑥스러운 표정으로 서 있다. 양복 차림이고 오른손 손가락에는 붕대를 감고 있다. 눈 밑이 가무스름했지만 그렇게 쇠약한 기색은 아니었다.

모두 벌떡 일어나 히구치를 에워쌌다.

이제 괜찮은 거야? 좀 더 쉬어도 되는데. 무리하지 마.

모두가 동시에 비슷한 소리를 쏟아냈다.

가즈야는 다가가서 다소 거친 몸짓으로 어깨에 팔을 둘러 가까이 끌어당겼다. 히구치는 거부하지 않았다. 움찔거리지도 않았으니, 몸이 거절 반응을 드러내는 것 같지도 않다.

가즈야는 히구치의 어깨를 얼싸 끌어안고 흔들며 물었다.

"완전히 퇴원한 건가?"

"다음 주에 병원에 갑니다. 일주일에 한 번은 심리 치료도 하고."

"약은?"

"진통제를 먹고 있습니다."

"그럼 역시 아직 일하긴 어려울 테지. 완치한 다음에 나와."

"머리는 멀쩡합니다. 할 수 있는 일이 있겠지요."

"무리하지 말라니까."

"저도 수사에 참여할 권리가 있습니다."

히구치에게는 입원 후 사흘째 되던 날, 약간의 대화가 허락되어 이야기를 들었다. 그도 미나가와의 배후에 있는 조직에 대해서는 아무 정보도 파악하지 못했다. 사쿠마와 미나가와의 역할 분담과 상하 관계를 알아냈을 뿐이다. 히구치는 그날 하치오지에서 체포한 일당에 대해서도 그리 오래 알고 지낸 사이는 아닌 것 같았다고 대답했다. 제일 젊은 남자는 미나가와를 만난 게 그날이 두번째가 아닌가 싶었다고.

히구치가 말했다.

"하라구치 씨를 돕겠습니다."

"부탁해." 가즈야는 히구치를 향해 고개를 끄덕였다.

그 정도 업무는 지금의 히구치에게도 부담이 되지 않을 것이다. 가즈야는 오늘 회의를 그쯤에서 마무리 짓기로 했다. 마침 점심때였다.

가즈야가 화장실에 가자 조금 늦게 히구치도 들어왔다.

히구치는 달리 빈자리도 있는데 가즈야 옆의 소변기 앞에 섰다.

"오전에 경찰병원에 다녀왔어." 히구치가 말했다. 부하가 아니라 경찰학교 동기의 말투였다. "가가야 경부를 봤어."

가즈야는 고개를 돌려 히구치를 보았다. 무슨 말을 하려는 건지 이해할 수 없었다.

히구치가 말했다.

"엑스레이 촬영실에서 나와 호흡기 진료실 쪽으로 걸어가더군."

"건강검진인가?"

"아마 그렇겠지."

"가가야하고 면식이?"

"없어. 상대도 내 얼굴은 눈여겨보지도 않았고."

가즈야는 볼일을 마치고 세면대로 이동했다. 히구치도 약간 늦게 세면대로 따라왔다. 가즈야 옆이었다.

"경찰병원에서 나와 본청에서 서류 작업을 처리하고 왔는데, 식당에서 5과 수사원을 만났어."

"누구?"

"좀 아는 사람."

이름은 묻지 말라는 뜻 같았다.

"그 사람이 왜?"

"가가야가 하치오지 사건으로 이런 말을 했다더군. 제대로 키웠어야 했다고."

"살해당한 데라와키를 말하는 건가?"

"그렇겠지. 아꼈던 모양이야."

"직속 상사는 아니었는데."

"난 가가야가 널 아끼는 줄 알았어."

"어째서?"

"네게 들은 가가야의 이야기나, 이런저런 들은 풍문으로."

"경시청에서 내 이야기가 제법 오르내렸나?"

"당시에는 가가야가 언제나 소문을 몰고 다녔지."

가즈야는 건조기 밑에 두 손을 넣고 손바닥을 세게 문지르며 말했다.

"딱히 날 아껴주지는 않았어."

스스로도 뜻밖일 정도로 울컥한 목소리가 튀어나왔다.

오전 11시 20분, 가가야 히토시는 경시청 본청 건물 5과 사무실에 들어갔다.

마침 5과 수사원들이 스무 명쯤 긴장한 얼굴로 자리에서 일어나는 참이었다. 웃옷을 걸치는 몇몇 수사원의 옆구리에 권총집이 보였다.

가가야와 같은 또래인 계장이 그 수사원들을 둘러보며 말했다.

"준비됐나? 가자!"

수사원들은 일제히 자리를 떴다. 가가야의 정면을 가로질러 복도로

나가려 했다. 가가야는 선 채로 옆으로 비켜 길을 터주었다.

수사원들이 가가야에게 묵례하고 옆을 지나 복도로 나갔다. 마지막이 7계장 오시마 이사오였다. 오시마도 가가야에게 눈짓으로 인사했다.

가가야는 물었다.

"무슨 일이야?"

오시마는 걸음을 멈추고 대답했다.

"조바야를 검거할 겁니다."

가가야는 깜짝 놀라 물었다.

"어째서?"

"사와지마에게 약물을 대주는 공급원입니다. 경부님이 진술을 받아냈다고 들었습니다만."

"내가? 언제 그런 얘기가?"

"계장 회의 때 보고가 나왔습니다. 이렇게 빨리 입을 열게 하다니 역시 대단하다고."

"계장 회의는 끝났나?"

"회의실에 아직 몇 명 남아 있습니다."

오시마는 가가야에게 한 번 더 고개를 숙이고 일 초가 아쉽다는 듯이 가가야의 옆을 빠져나갔다.

가가야는 의심스러운 마음으로 회의실로 향했다.

내가 사와지마에게서 진술을 끌어냈다? 사와지마에게 각성제를 공급한 것이 조바야였다? 분명 사와지마에게 말이 아닌 형태로 그런 정보를 끌어내긴 했지만 조서를 받은 것은 아니다. 다시 말해 그는 그 정보를 조직에 보고하지 않았다. 그런데…….

회의실에 들어가자 5과장 기자키 히로시와 관리관이 팔짱을 끼고 심각한 얼굴로 마주 앉아 있었다. 다른 5과 계장들의 모습은 없었다.

회의는 완전히 끝난 모양이다.

회의실 안에 들어가자 기자키가 가가야를 꾸짖듯 말했다.

"늦었어, 가가야."

가가야는 기자키를 쳐다보며 입을 열었다.

"30분부터라고 들었습니다만."

"앞당겼다. 연락했을 텐데. 어디에 있었나?"

"경찰병원에 있었습니다. 전원을 꺼두었던 터라."

그렇게 대답하면서 가가야는 휴대전화를 꺼내 화면을 보았다. 부재중 전화 기록이 두 건 있었다. 하나는 등록되지 않은 번호였다. 이게 5과 사무실 전화이리라. 다른 한 건은 우치보리의 연락이었다.

가가야는 물었다.

"조바야를 검거하신다고요?"

"사와지마가 실토했잖아? 공을 세웠군."

"조서도 쓰지 않았습니다."

"자네가 들은 이상 혐의는 확실해. 나시모토와 이나다 앞으로는 체포 영장을 받았다."

이나다라는 조직원의 이름은 알고 있다. 이나다 다케마사. 전에 접촉한 적이 있다. 상해로 전과 2범, 요즘 세상에 보기 드문 흉악한 타입의 폭력배였던 걸로 기억한다. 오사카에 있었을 때 라이벌 조직의 남자를 죽였다는 소문이 그쪽 패거리들 사이에 나돌고 있었다.

기자키가 말했다.

"7계는 지금 출동했어."

"저는 못 들었다고 했습니다."

"걱정 마. 다른 정보도 모아두었어. 자네가 받아낸 진술이 마지막 방아쇠였지."

"조서도 없는데."

"만들면 그만이야. 날짜, 시각은 오늘 아침으로."

"사와지마를 공판 증언대에 내세울 셈입니까?"

"조바야를 기소하면 당연히 그렇게 되겠지."

"거듭 말씀드리지만, 저는 그런 진술을 못 받았습니다."

"사정은 알고 있으니 염려 말게. 그보다 새로운 정보는?"

"아직은 딱히. 회의는 어떤 내용이었습니까?"

"지금 말한 조바야 건. 그리고 사쿠라이구미. 세이케이카이, 도도 연합의 동향 보고."

"체포한 네 명은?"

"아직 쓸 만한 진술이 안 나왔어. 정말로 자기 조직에 대해 거의 아는 게 없을지도 몰라."

"미나가와의 거처는?"

"아직 유력한 정보는 없다. 자네에게 기대하고 있어. 1과도 오명을 씻기 위해 필사적이야. 두 명을 체포했으니, 이대로 가면 그 애송이가 실점을 만회할 거다. 두고 볼 수 없겠지?"

가가야는 기자키의 질문에는 대답하지 않고 말했다.

"지금 조바야를 검거하는 건 현명한 판단이 아닙니다."

"그건 내가 판단한다."

"지금 막무가내로 체포자만 늘려도."

"수사원이 한 명 죽었어. 몇십 명을 체포해도 좋다. 조직범죄대책부가 진심이라는 것을 보여줘야 해."

"아무도 진심이 아니라고 생각하지 않습니다."

"수사 방침에 참견 마라. 조직범죄대책부가 자네를 복직시킨 데는 이유가 있다. 그 기대에만 부응하면 돼."

기자키는 몸을 휙 돌리더니 가가야의 옆을 지나 복도로 나갔다. 관리관도 그 뒤를 따랐다.

두 사람이 나가자 가가야는 휴대전화를 꺼내 우치보리에게 전화를 걸었다.

가가야는 중국인 여성의 뒤를 따라 복도를 걸었다. 여자는 제일 안쪽의 집 앞에서 멈춰섰다. 문도 닫혀 있고, 유리창에도 안에서 커튼이 쳐져 있었다.

중국인 여성은 여전히 난처한 표정으로 가가야를 바라보았다. 가가야는 여성에게 안심하라는 듯이 고개를 끄덕였다.

여자는 문을 살며시 잡아당겨 안을 들여다보았다. 입술이 달싹거렸다. 안에 있는 젊은 여성 마사지사에게 뭐라 지시한 것 같았다. 실내는 조용했다. 누가 허둥거리는 기색도 없다. 건전한 서비스를 제공하고 있을 뿐이다.

잠시 후 문 안쪽에서 젊은 여성이 나왔다. 하얀 비키니 수영복 상의에 짧은 반바지 차림이다. 가가야를 본 여성의 얼굴이 굳었다. 그녀도 가가야를 입국관리국 직원으로 착각했을지 모른다. 지금 안내해준 여성 매니저가 처음에 그랬듯이.

가가야는 두 사람 사이를 지나 안으로 들어갔다. 마사지 침대가 복판에 놓여 있는 좁은 공간이다. 폭은 고작 2미터도 되지 않았다. 깊이는 마사지 침대보다 조금 긴 정도. 창문은 없고 구석에 수건걸이와 수납함이 있다. 거기에 여자가 없다면 유치장보다 못한 공간이었다.

남자가 마사지 침대 위에 엎드려 있었다. 허리에는 목욕수건이 덮여 있었다.

"왜 그래?" 남자가 말했다. "벌써 끝났어?"

가가야는 마사지 침대 오른쪽으로 파고들어 위에서 남자의 머리를 오른손으로 짓눌렀다.

남자가 깜짝 놀라 고개를 들려 했다. 가가야는 그 얼굴을 마사지 침대의 얼굴 구멍에 처박았다.

"경찰이다. 얌전히 굴어."

남자가 딱딱하게 얼어붙었다. 모처럼 풀렸던 근육이 다시 수축해 굳어버렸을 것이다.

가가야는 남자의 허리에 덮여 있던 목욕수건을 걷어치웠다. 예상대로 몸에 실오라기 하나 걸치지 않았다. 남자가 엉덩이를 실룩거리는 게 보였다.

남자는 보통 벌거숭이가 되면 공격의 의지가 꺾인다. 자기를 벌거벗긴 상대에게 순종하게 된다. 지금 이 남자는 체포되어 취조실에 처박힌 상태나 다름없다는 뜻이다. 완전한 무방비 상태로 매달릴 상대도, 몸을 지킬 수단도 없다. 신문을 위한 기초 공사가 끝난 셈이다.

가가야는 마사지 침대 옆으로 늘어진 도미타의 팔을 재빨리 잡아당겨 등 뒤로 꺾었다. 남자가 윽 하고 짧은 신음을 흘렸다.

"들리나?"

잠시 후 남자가 탁한 목소리로 말했다.

"들려."

"도미타. 판매원 토미지?"

"도미타 유키야를 찾는 거라면 나다."

"대낮부터 마사지라니, 우아하시군."

"허리가 안 좋아. 경찰이라고?"

"그래. 몇 가지 질문 좀 하자."

"불심검문이야? 그럼 경찰수첩을 보여줘."

"그렇게 되면 네가 벗은 옷가지나 짐까지 검사해야 하는데. 나를 믿고 대답한다면 마사지를 계속 받을 수 있지. 어느 쪽이 좋나?"

도미타가 잠시 침묵하다가 말했다.

"하다못해 이름만이라도."

"가가야. 본청 조직범죄대책부의 가가야다."

도미타의 근육이 순간 딱딱해졌다.

"그 가가야, 씨?"

"그래."

"불심검문이 아니군요."

"정보 수집이지. 대답할 마음이 생겼나?"

말이 없다. 질문을 듣겠다고 받아들여도 될까?

"지금 어디에서 물건을 받지?"

"예?"

도미타가 고개를 움찔 치켜들었다. 가가야는 다시 머리를 마사지 침대에 처박았다.

"들리는 것 아니었나?"

"들립니다, 들리는데."

"질문에 답해."

"질문을 다시 한 번."

"약을 어디서 받아오느냐고."

"몰라요."

"조사는 다 끝났어. 널 체포하러 온 게 아니야. 급히 확인만 하고 싶은 거지. 공급원은?"

대답이 없기에 가가야는 꺾은 팔에 약간 힘을 가했다.

도미타가 작은 비명을 지르며 말했다.

"말할게요, 말하겠습니다. 고이즈미."

"풀 네임은?"

도미타는 몇 년 전까지 총리대신이었던 남자의 이름을 댔다. 그 이름은 데라와키가 잠입 수사 때 보고한 내용에도 나왔다. 미나가와가 처음에 그 이름으로 접근했다고 했다. 그렇다면 도미타의 공급원은 미나가와란 말인가?

가가야의 침묵을 분노로 받아들였는지 도미타가 황급히 말했다.

"정말입니다. 농담이 아닙니다. 그렇게 말했습니다."

가가야는 왼손으로 재킷 주머니에서 미나가와의 수배 사진을 꺼냈다. 오 년 전 체포 당시의 사진이다.

가가야는 도미타의 뒷머리를 붙잡아 쿡 잡아당기며 그 사진을 도미타의 얼굴 앞에 들이밀었다.

"이 녀석이냐?"

"예예, 고이즈미입니다."

가가야는 도미타의 머리에서 손을 뗐다.

"가장 최근에 만난 건?"

"여드레 전인가."

"하치오지 사건을 알고 있나?"

"조폭 전문 형사가 총에 맞은 사건 말입니까? 다 붙잡혔잖아요?"

"한 놈 달아났어. 고이즈미 이놈이다."

도미타가 침묵했다.

가가야는 두번째 질문을 던졌다.

"고이즈미는 어느 조직 소속이지?"

"잘 모르겠는데요."

"잘 생각해."

"아마도, 어쩌면 그렇지 않을까 하는 제 상상이긴 하지만……."

"어디야?"

"도도 연합."

그 이름은 예상하지 못한 바가 아니었다. 경찰이 소위 별동대로 분류하는 그룹. 옛날 양아치나 불량소년 출신들이 모인 느슨한 연합이다. 폭력조직만큼 엄격한 결속도 없고, 숫자는 '멤버'의 정의에 따라 스무 명도, 백 명도 될 수 있었다. 고정된 집단이 아니다. 생업을 가진 자도 있다. 하지만 주요 멤버는 각기 다른 계열의 폭력조직 구성원이니, 단일 조직은 아니지만 전체로는 폭력조직이라는 견해도 틀린 말은 아니다.

조직체로서의 결속력은 약하지만 중심 멤버가 하는 짓은 폭력조직의 돈벌이와 겹친다. 마약 매매, 매춘 알선, 위법 DVD 제작 판매, 사기, 공갈 등등. 단지 조직이 소위 아메바처럼 부정형이기 때문에 수사하기 어려운 상대였다. 복귀한 후에 들은 소문으로는 5과는 그 그룹에도 연예인과 가까이 지내는 판매원들을 풀어 내탐하고 있었다고 한다. 하지만 지휘 계통이 다른 자동차 경비대의 과도한 의욕으로 협력자의 정체가 탄로나 미끼 수사 자체를 중지했다. 중지 결정은 경시청 수뇌에 가까운 선에서 지시했다고 한다. 그것은 즉 더 윗선인 경찰청 간부 또는 OB의 의향이 움직였다고 상상해볼 수도 있는 사태였다.

다만 도도 연합도 각성제 거래에 대해서는 소위 기성 조직이다. 게다가 굳이 외부에서 판매원을 스카우트해가면서 사업을 확대할 리는 없다.

가가야는 물었다.

"아마도, 라는 건 무슨 뜻이지?"

"조직 배지를 직접 보지는 못했습니다. 자기소개도 제대로 하지 않았고."

"그래서 도도 연합이라고 판단한 근거는?"

"만난 장소가 장소라서요."

"어디였나?"

"니시아자부입니다."

도미타가 말한 것은 롯폰기 길에 접한 음식점 빌딩의 이름이었다. 가가야가 수사4과 시절부터 수상쩍기 짝이 없는 빌딩으로 유명했다. 도도 연합의 중심인물들이 뭉쳐서 그 빌딩 안에 바나 유흥주점을 가지고 있다. 어느 가게나 손님은 연예계나 그 주변 사람들로, 몇몇 가게는 당시 객실 승무원이 놀러 오는 가게로 유명했다. 그때부터 약물 매매나 매춘 알선에 얽힌 소문이 끊이지 않았다. 하지만 아자부 경찰서가 중점 감시한다고 해서 다른 관할서는 물론, 본청 조직범죄대책부도 그 빌딩에는 손을 댈 수 없었다. 레코드 회사도 경영하는 빌딩 주인이 자기 회사에 경찰청이나 경시청 전직 간부를 영입했기 때문이라는 말도 있다. 관계가 있는지는 모르겠지만 지금도 아자부 경찰서가 매년 실시하는 범죄 소탕 캠페인에서는 그 레코드 회사 소속의 젊은 여가수가 무보수로 일일 서장이 되어 애교를 떨고 있을 것이다.

가가야는 물었다.

"그곳은 원래 네 노점 아니었나?"

"이따금 손님이 전화를 하면 가지고 나갔을 뿐입니다."

"그 빌딩 어디에서 만났어?"

"삼층, 당구대가 있는 바였어요. 거기에서 말을 걸어왔거든요."

"고이즈미가?"

"아니, 정확히는 사쿠마란 남자를 먼저 만났고, 그 자리에 고이즈미가 불려왔습니다."

"자기네 판매원이 되라고?"

"아니, 아무리 그래도 장소는 옮겼지요. 옮겨서 그런 얘기를 꺼내더군요. 전 이제 와서 위험한 짓은 하기 싫다고 거절했어요. 고이즈미한테도 꽤나 위험한 분위기가 감돌았고."

"그래서 골프 접대를 받았나?"

도미타는 대답하지 않았다. 정곡을 찔린 것이다.

"이즈에서 골프를 치면서 조건을 논의했겠지. 아니야?"

"그렇게 됐습니다."

정말로, 가가야는 생각했다. 이 조직은 다단계 회사가 신규 회원을 끌어들일 때 쓰는 수법을 그대로 쓰고 있지 않은가? 격리해서 설득, 세뇌. 접대 공세로 상대의 죄책감 양성. 결과적으로 회원의 사기는 향상되고 조직체에 대한 충성심도 고양된다. 물론 그렇게까지 해봤자 어차피 불법적인 사업이다. 일단 위험해지면 조직은 순식간에 와해된다.

"거기에서도 누가 뒤를 봐주는지 말 안 하던가?"

"도도 연합 쪽이라고 믿고 있었습니다."

가가야는 넌지시 떠보았다.

"골프장은 이즈 컨트리클럽이었지?"

"슈젠지 컨트리클럽이었습니다."

"언제 갔는지 기억하나?"

"2월 초였는데."

"주말? 평일?"

"평일이었습니다."

"거기 묵었지?"

"슈젠지 온천에."

"그때 고이즈미 외에 누가 함께 있었나?"

"방금 말씀드린 사쿠마. 그리고 후지시마인가, 약간 이바라키 억양이 있는 젊은 남자도 와 있었습니다. 골프는 처음이라더군요."

"그 네 명이서 상담을?"

"그날 따로 돌던 팀에 전무라 불리는 남자가 있었습니다. 그 남자가 배후인 줄 알았어요. 이름은 모릅니다. 함께 돌던 녀석들도. 아마 저하고 마찬가지로 스카우트된 판매원이겠지요."

"전무란 남자의 나이는?"

"삼십대 중반일까요."

"도도 연합치고는 나이가 많지 않나?"

"윗선이라면 그 정도 아니겠습니까?"

그럴지도 모른다. 하지만 그 남자가 전무라고 불렸다면 진짜 흑막은 그 자리에 없었을지도 모른다.

"그전 공급원은 어디였지?"

"꼭 말해야 합니까?"

가가야는 도미타의 벌거벗은 볼기짝을 후려쳤다.

"취조실이라야 입을 열겠어?"

도미타는 요란스럽게 한숨을 쉬고 나서 대답했다.

"사쿠라이구미였습니다."

"공급원을 바꿨는데 사쿠라이구미가 화를 내지 않던가?"

"제가 고객이니까요. 조금이라도 매입가가 싼 곳에서 사는 건 당연한 권리입니다."

"사쿠라이의 누구지?"

"고즈라는 사내."

"쭉 그쪽에서 받았나?"

"삼사 년은 다른 양아치 녀석하고 거래했는데, 갑자기 별장에 가더니 소식이 끊겼습니다. 전 달리 아는 루트도 없어 도리가 없었지요. 그 뒤에 고즈가 뒤를 이었다면서 찾아왔고, 그 후로 쭉 이어졌습니다."

"네가 사쿠라이구미를 등진 이유는?"

"그게." 도미타는 말하기 거북하다는 듯이 대답했다. "경찰 단속이 엄격해질 때마다 거기는 물건이 자주 막히거든요. 도도 연합 쪽이면 윗분들에게 콧김이 통하는지 거의 막히는 일이 없다는 소문을 들었습니다. 대량으로 거래하기는 어렵지만요."

"하지만 그 전무라는 남자도 자기가 도도 연합이라고 말하지는 않았을 테지?"

"고이즈미라는 남자의 후원자라고 자기소개를 하더군요. 서로 필요 이상으로 알 이유가 없다는 말도."

"그 설명으로 만족했나?"

"거래 가격도 사쿠라이구미보다 편의를 봐주겠다고 했습니다. 어쨌든 좋은 고객을 가진 좋은 영업사원이 필요하다는 말을 되풀이했어요. 실적에 따라서는 제게 지역을 하나 맡길 수도 있다고."

"맡기던가?"

"전 이제 그런 욕심은 사라졌습니다. 소박하게 먹고살 수 있으면 족해요."

"소박하게 일 박 이 일 골프라."

"뭐 그런 이유로 그 고이즈미와 거래하기로 했습니다. 이건 그냥 지껄이는 소리입니다. 똑같은 소리를 경찰에서 다시 한 번 말하라고 해도 기억 못 하니 그런 줄 아세요."

그때 가가야의 재킷 안주머니에서 휴대전화가 부르르 떨렸다. 가가야가 꺼내서 화면을 보니 5과장 기자키였다.

"예."

상대가 말했다.

"당장 와주게. 조바야의 이나다를 체포하다가 문제가 생겼어."

"일단 끊고 다시 걸겠습니다."

"바로 연락해."

"예."

전화를 끊은 가가야는 도미타의 벌거벗은 볼기를 후려치며 말했다.

"지금 네가 한 말은 잊어라. 그렇지 않으면 네가 밀고자라는 정보가 새어나갈 테니까."

"예."

가가야는 마사지 침대에서 떨어져 문을 열고 복도로 나갔다. 방금 전 여성 매니저가 복도 끝에 서서 걱정스러운 눈빛으로 가가야를 바라보았다. 가가야는 여성에게 아무 걱정 말라는 듯 고개를 끄덕이고 걸음을 뗐다.

엘리베이터 앞까지 걸어가 다시 휴대전화를 꺼냈다.

"방금 전에는 실례했습니다. 이나다 때문에 문제가 생겼다고요?"

"유시마에 있는 놈의 집에서 우리 수사원을 쐈다."

"권총을?"

"그래. 이쪽에 부상자는 없어. 이나다는 뒤편 창문으로 도망쳐 러브호텔로 달아났다. 여성 손님을 인질로 잡고 있어."

"약이라도 한 겁니까?"

"모르겠지만 가능성은 있다. 인질이 위험해. 이리로 와."

"한창 정보제공자를 만나고 있는 중입니다만."

"이쪽이 급선무야. 이나다가 자네를 데려오라고 요구하고 있다."

"저를 찾는다고요?"

"자네가 오면 이쪽 이야기를 듣겠다는군. 아는 사이인가?"

"딱 한 번, 접촉한 적이 있습니다."

"자네하고 가까운 것처럼 굴던데."

"그럴 리가요."

"어쨌든 바로 유시마로 와. 사람을 보내지. 어디에 있나?"

"신바시입니다. 제 차로 가겠습니다."

"늦어질 거야. 본청 앞에서 차를 바꿔 타. 대기시키겠네."

전화가 끊겼다.

이나다가 나를 찾는다? 그것은 협상가로 나서라는 뜻이 아닐 것이다. 인질을 대신하라는 뜻이 아닐까? 기자키도 가가야에게 그 역할을 맡길 셈으로 긴급히 호출한 것일까?

그나저나, 가가야는 생각했다. 이나다의 혐의는 아마도 각성제 단속법 위반. 매매로 기소된다 해도 살인이나 강도와는 다르다. 경관을 향해 발포하고 달아나다니 어리석은 짓이다. 죄가 가중되어 형벌도 무거워진다. 얌전히 수갑을 차는 편이 훨씬 영리한 대응이었을 터. 그 판단조차 못할 정도로 각성제에 중독되었거나, 몇 퍼센트의 도주 성공 가능성에 운을 걸어야 할 정도로 중범죄를 저질렀거나. 체포되면 그 자리에서 발각될 죄를.

어쨌든 인질을 잡고 농성하는 이상, 도망칠 수 있는 가능성은 이미 사라졌다고 봐도 된다. 조직범죄대책부장은 경시총감에게 발포 허가를 요청했으리라. 며칠 전, 수사원이 총에 맞아 죽은 사건은 아직 경시청 직원들 모두의 기억에 뚜렷하다. 5과 수사원도, 특수급습부대도, 피의자 사살에 대한 심리적 허들이 한껏 내려가 있다. 이나다가 만일 심야까지 인질을 풀어주고 투항하지 않을 경우, 그는 사건 발생 이튿날을 맞이하지 못하고 사살당할 것이다. 그 점을 비난하는 목소리도 지금 도쿄 도민들 사이에는 거의 없다. 기자키는 아마도 그 조건을 갖추기 위해 가가야를 투입하려는 것이다.

시계를 보았다. 오후 5시 20분이었다.

차로 돌아간 가가야는 제5방면본부에 있는 5과의 젊은 수사원에게 전화를 걸었다. 며칠 전에도 트렌트라는 클럽의 모회사에 대해 신속하게 조사해주었다. 하세가와라는 순사장이다.

"하세가와입니다." 상대가 받았다.

"가가야다. 또 부탁 좀 해도 될까?"

"아, 예. 말씀하십시오."

"이즈에 슈젠지 컨트리클럽이라는 골프장이 있어. 거기 고객 리스트를 얻어주겠나? 올해 2월 초. 평일에 두 팀. 혹은 그 이상으로 예약해서 플레이한 손님이 있다. 그 녀석 이름을 알고 싶어."

"당장 조사하겠습니다."

"부탁해."

가가야는 휴대전화를 끊고 나서 신바시 외딴 골목에서 세단을 출발시켰다.

가즈야가 사무실 회의용 테이블에 앉자 바로 수사원들이 모여들었다. 대부분 밖에서 탐문 수사 중이었지만 일단 뭐라도 정보를 얻은 사람은 이 제2방면본부 임시 거점으로 돌아와 있었다.

먼저 입을 연 사람은 오가와라였다.

"사쿠라이구미 사무소를 살펴보고 왔습니다."

야마모토와 함께 아카사카 트윈타워 서쪽에 있는 사쿠라이구미 사무소를 찾아갔는데, 보스 사쿠라이 료조는 자리를 비웠고 젊은 졸개와 만났다고 한다.

"사쿠라이구미도 겉으로는 각성제를 금지하고 있고, 그쪽 문제는 한사코 부인했지만 간부 녀석들의 동향을 조금 파악했습니다. 제 S가 알려준 정보도 있습니다."

대부분의 폭력조직과 마찬가지로 사쿠라이구미도 각성제 밀매를 구성원에게 금하고 있다. 하지만 거대한 이익을 낳는 사업이며, 구역 안에서 아마추어나 외국인이 멋대로 굴게 내버려둘 만큼 허술한 조직은 없다. 준조직원에게 일을 시키고 그 뒤를 봐준다. 상납금을 조직이 빨아들인다. 사쿠라이구미도 지금까지는 그랬다.

오가와라는 수첩을 보며 말했다.

"거기는 부회장이 이 년 전에 복역, 그 후 넘버 스리 고즈 히데야란 녀석이 세력을 장악하고 있는데, 이 녀석이 수완가입니다. 이 녀석이 전통적인 장사에 그치지 않고 조직 안에서 각성제 판매 부문을 강화하고 있는지도 모릅니다."

수사원들이 슬그머니 웃었다. 오가와라의 '각성제 판매 부문'이라는 표현이 우스웠을 것이다. 하지만 최근 폭력조직의 동향을 분석할 때, 확실히 경영학 용어를 사용하면 이해하기 쉬운 일면이 있음을 가즈야도 느꼈다. 도박꾼이나 사기꾼, 별동대로 파악하면 그 사업의 실태를 놓친다. 이제 그들의 핵심 사업은 금융이나 유통, M&A로 이행하고 있다. 다루는 상품과 하는 짓거리가 불법이고 위법 행위일 뿐이다.

정작 오가와라는 진지한 얼굴로 말을 이었다.

"고즈는 조직 안에서는 유독 해외여행 이력이 많습니다. 한국, 태국, 타이완, 홍콩, 필리핀. 일 년에 스무 번은 아시아 어딘가에 가 있어요. 해외의 불법 회사와 엮여 있다는 소문입니다."

가즈야가 물었다.

"가령?"

"홍콩의 쩡스위안이 도쿄에 왔을 때 나흘간 밀착 접대한 게 고즈입니다."

쩡스위안은 태국 헤로인을 홍콩에 대량 밀수입한 것으로 유명한 남자다. 작년 광저우에서 체포되어 반년 뒤 사형당했다.

"고즈는 사흘 전에도 방콕에 다녀왔다고 합니다."

수사원들의 시선이 오가와라에게 쏠렸다. 방콕이라는 지명이 나왔기 때문이다. 체포한 사쿠마 신이치도 방콕에서 수수께끼의 남자에게 스카우트되었다고 했다.

오가와라가 말했다.

"해변에서 살을 태우러 일 년에 스무 번이나 해외에 갈 리는 없어요. 비즈니스입니다."

"미나가와와의 접점은?"

"그게 도통 찾을 수 없습니다. 더 조사해보겠습니다."

"고즈의 동향을 감시해주십시오. 접촉 상대를 전부 파악해서, 미나가와 패거리와 겹치는 핵심 인물을 찾아냅시다."

가즈야는 모로타와 야오이타에게 감시를 지시했다.

이어서 구리타가 인쇄물을 손에 들고 발언했다.

"사쿠라이 료조가 차지한 미우라 반도의 별장은 오가미초에 있는 것으로 밝혀졌습니다. 사쿠라이 료조의 전처는 옛날 성으로 돌아가 지금은 하야시 사나에. 현재 그녀 명의의 부동산을 찾고 있습니다."

"데이터베이스로?"

"예."

"현장으로 가. 못 찾아내면 그 별장 상황에 대해 탐문하고. 소분 작업을 하는 장소일지도 모른다."

가즈야는 회의용 테이블을 둘러보고 호리우치에게 구리타와 팀을 짜도록 지시했다.

"예." 호리우치가 대답했다.

가즈야는 구리타에게 물었다.

"하야시 사나에는 지금 어디에 있나?"

"아카사카에 있습니다. 회원제 클럽을 운영합니다. 정치가, 연예계 관계자들. 접대부 질이 높다고 평판이 난 가게입니다."

"사쿠라이 료조하고는 동거하고 있나?"

"따로 삽니다만, 미나미아오야마의 맨션에서 바로 이웃집입니다."

오가와라가 말했다.

"사쿠라이 료조 본인에 대한 정보입니다만, 이나즈미카이 부회장 자리를 노리고 있습니다. 5대 회장이 지금 일흔. 부회장 보좌인 사쿠라이가 몇 년 안에 부회장으로 취임하면 그가 6대 회장이 될 가능성이 농후합니다."

"지금 부회장은?"

"복역중입니다. 앞으로 삼 년은 나오지 못할 텐데, 형무소에서 위암이 발견되었다나요. 이르면 일 년 안에 새 부회장을 정할 겁니다."

"이나즈미카이에서 사쿠라이의 서열은?"

"아마도 다섯번째."

"위에 라이벌이 둘 있군요."

"그렇습니다. 사쿠라이가 부회장이 되려면 환심을 사는 데 상당한 자금을 들여야 합니다. 사쿠라이는 돈이 될 만한 이야기를 들으면 눈빛이 변한다더군요. 고즈에게 이런저런 일을 시키는 것도 그 때문일 겁니다."

"사쿠라이 료조가 각성제 밀매에 적극적으로 나서는 이유가 있다는 말이군요." 가즈야는 가리베 쪽으로 고개를 돌리고 말했다. "사쿠라이도 감시하십시오."

"예." 가리베가 대답했다.

그때 세나미가 들어왔다. 그는 계속 사쿠마를 신문하고 있었다. 방콕에서 만났다는 인물이 도쿄의 폭력조직 간부 중에 있는지, 방대한 파일을 사쿠마에게 보여주고 있었다. 두 권짜리 서류철을 두 팔로 끌어안고 있다.

"어떻습니까?"

세나미는 고개를 저으며 테이블에 서류철을 내려놓고 의자에 걸터앉았다.

"도쿄의 보스, 부회장들의 사진을 보여주었는데, 곁에서 봐도 처음 스무 명이 넘어가니 집중력이 떨어지더군요. 나머지는 거의 똑같은 얼굴로 보이는 것 같았습니다."

"후보자가 전혀 없었습니까?"

"비슷하다는 남자를 네 명 찍었습니다."

세나미는 노란 서류철을 잡아당겨 찌지를 붙인 페이지를 펼쳤다. 한 권에 두 장씩 붙어 있었다.

첫번째 사진은 세이케이카이의 노부타 고조. 두번째는 조바야의 다나카 가쓰미. 세번째는 에토구미의 에토 아키라. 네번째는 야마가타구미山県組의 아키야마 도루였다. 모두 체포 당시 촬영한 사진이라 현재의 얼굴과는 다소 분위기가 다를 터였다. 하지만 확실히 넷 다 분위기가 흡사했다.

그쪽 업계 사람들은 의식적으로 자기가 그 세계 사람이라는 사실을 외모로 강조한다. 머리 모양, 옷차림, 말투, 자동차까지, 주위 사람들이 절대 오해하지 않도록 외모에 기호를 넣는다. 필연적으로 표정도 닮게 되고, 이윽고 얼굴 자체도 업계 표준에 이른다. 그런 남자들의 사진을 몇 백 장씩 보고 그 안에서 누구 한 사람을 찾아내기란 상당히 어려운 일이었다.

그래도 네 사람 가운데 에토가 있다는 사실이 마음에 걸렸다. 에토구미도 각성제는 취급하지 않는다. 구 년 전, 가가야가 각성제를 조달해야 했을 때도 에토구미에서는 돈만 빌려주고 약 자체는 지바의 폭력조직에게 구입했다.

에토 아키라. 최근 가가야는 롯폰기의 한 빌딩으로 들어갔다. 그 빌딩에는 에토가 가진 클럽이 있었다. 그 사실 자체는 도쿄의 현재 각성제 유통 사정과는 아무 상관도 없겠지만.

가즈야는 세나미에게 말했다.

"사쿠마에게 사쿠라이 료조와 고즈 히데야의 사진을 보여주십시오."

오가와라가 자기 앞에 있는 서류철 안에서 문서 두 개를 꺼내 세나미 쪽으로 밀었다.

그때 히구치가 들어왔다. 왼손에 휴대전화를 들고 있다. 뭔가 긴급히 보고할 내용이라도 있는 표정이었다. 가즈야는 말하라고 재촉했다.

히구치가 말했다.

"5과가 조바야를 검거하다가 실수했습니다. 이나다 다케마사라는 남자가 총을 쏘고 도주, 유시마에서 인질을 잡고 농성중입니다."

사무실 안이 술렁거렸다.

가리베가 리모컨을 조작해 텔레비전을 켰다.

채널을 하나, 둘 바꾸자 현장 중계방송이 흘러나왔다. 빌딩 높은 곳에서 유시마 러브호텔 거리를 부감해 찍고 있다. 통제선 뒤쪽일 테니 성능 좋은 망원렌즈로 찍은 것이다. 고감도 촬영인지 화면 입자가 거칠었다. 건물 사잇길이 화면 앞에서 안쪽으로 뻗어 있다. 인적 없는 길을 기동대 수송차가 막고, 그 뒤에서 제복 경관과 기동대원들이 일사분란하게 움직이고 있었다.

사무실에 있던 수사원들 모두 텔레비전 앞으로 모여들었다.

오가와라가 말했다.

"미나가와가 조바야 조직원이었다는 뜻인가? 처음 듣는 정보인데."

가리베가 팔짱을 끼고 말했다.

"체포하러 가서 놓치다니. 실수도 이만저만이 아니네."

"만약 이러다가 시민에게 피해라도 가면 우리 실수가 묻히겠군."

사무실 공기가 순식간에 얼어붙었다.

오가와라가 그만 본심을 흘린 것이다. 가즈야의 지난날 수사 지휘는 그 정도로 큰 실수였다는 뜻이다.

오가와라도 자기가 한 말이 주위를 얼어붙게 만들었다는 사실을 깨달은 눈치였다. 슬쩍 가즈야를 살펴보고는 아무 말 없이 팔짱을 꼈다.

가가야는 사쿠라다 길을 지나 경시청 주차장 출입구 앞에서 멈췄다. 입구 앞에 두 명의 사복 수사원이 서 있었다. 5과의 젊은 형사들이다.

한 명이 문을 열고 묵례한 뒤 말했다.

"다른 차를 준비해두었습니다. 그쪽 차량에 타시지요. 이쪽은 주차장에 넣어두겠습니다."

가가야는 차에서 내리며 물었다.

"상황은 어떤가?"

"교착중입니다. 지금은 경부님의 도착을 기다리고 있습니다."

"세 시간쯤 됐나?"

"이제 곧 네 시간이 됩니다."

바로 가가야와 수사원들 앞에 붉은 경고등이 깜빡거리는 경찰차가 다가와 멈췄다.

수사원 한 명과 함께 가가야는 뒷좌석에 올라탔다. 경찰차는 바로 사이렌을 울리며 출발했다.

함께 탄 젊은 형사는 미즈시마라는 순사부장이었다. 5과에서 흔히 볼 수 있는 짧은 머리 남자였다. 아마 그도 무슨 격투기든 검은 띠를 땄을 것이다.

히비야 길에 접어들자 미즈시마가 말했다.

"계장님은 역시 그쪽 녀석들한테도 유명하시군요."

가가야가 물었다.

"어째서 내 이름이 나왔지?"

"7계 오시마 계장님이 인질 석방 협상에 나섰는데, 그때 상대가 가가야 계장을 부르라고 요구했습니다."

"내가 가면 인질을 풀어주겠다고?"

"가가야 계장님하고 얘기하겠다더군요. 다른 경관과는 협상하지 않겠답니다."

"이나다하고는 사무소에서 한 번 만났을 뿐인데."

"상당히 인상이 강렬했나 보네요."

"인질이 여성이라고 했나?"

"예. 신원을 알아냈습니다. 이십일 세, 음식점 점원."

"우연히 거기에 있었나?"

"예. 연인과 러브호텔에서 나오던 참에 이나다에게 인질로 붙잡혔습니다. 이나다와 인질은 일층 사무소에 있습니다."

"다른 손님은?"

"비상구로 달아났습니다. 지금 호텔 안에 손님은 없습니다."

"이나다의 요구는 그뿐인가?"

"다른 말은 없었습니다."

"이나다의 권총은?"

"9밀리미터 반자동인 것 같습니다."

"약을 한 것 같나?"

"저는 모르겠습니다."

사이렌을 울리며 달리는 경찰차는 일단 소토보리 길로 꺾어 쇼헤이바시 길로 들어갔다. 유시마가 가까워지자 경찰차는 사이렌을 껐다.

호텔로 통하는 길은 기동대 수송차로 앞뒤를 막아놓았다. 회색 철상자로 길을 막아 통행을 제한하고 있다. 주차되어 있는 차는 있지만 운전자는 이미 대피했을 것이다.

가가야가 도착했을 때, 도로 남쪽의 쇼헤이바시 길에 특수부대 수송차와 경시청 현장 지휘 차량이 서 있었다. 쇼헤이바시 길은 통행을 규제하고 있어 한쪽으로 교행중이었다. 통행인이 멀찍이서 도로 입구를 바라보고 있다. 스무 명 남짓한 기동대원이 이나다가 틀어박힌 호텔 사각지대에 대기하고 있다. 그밖에도 5과의 사복 수사원들이 열 명 남짓. 다들 웃옷 밑단을 허리춤에 찔러넣어, 권총집 장비를 드러내고 있었다.

7계장 오시마 이사오가 가가야 쪽으로 성큼성큼 다가왔다. 손에는 휴대전화를 쥐고 있었다.

가가야가 말했다.

"사정은 대강 들었어. 그 후로는?"

"움직임은 없습니다."

"요구는?"

"가가야 씨만 찾습니다."

"방침은?"

"인질 석방이 최우선. 그때까지는 자극하지 않을 겁니다. 특수부대가 빌딩을 에워싸고 있습니다. 여차하면 발포할 수 있는 태세입니다."

"이나다는 일층 사무소에 있다고 했지?"

"예. 바깥 창문은 두꺼운 커튼이 쳐져 있습니다. 로비 쪽에는 작은 창구가 있습니다. 복도, 통용문, 비상계단에는 감시 카메라가 있어 사무실 모니터에 영상이 전부 뜹니다. 이나다 녀석, 좋은 곳에 숨었습니다."

오시마는 도면 한 장을 펼쳤다. 호텔 일층의 평면도였다. 사무실과 리넨실•, 개수대, 화장실. 그리고 로비. 사무실 정면에 엘리베이터와 계단이 나란히 있다. 로비 정면에 현관이 있고 그 반대편, 계단 옆에는 통용문이 있어 앞길로 나갈 수 있다. 비상계단이 건물 밖, 통용문 남쪽에 있었다.

"협상은 휴대전화로?"

"놈의 휴대전화 번호를 조직으로부터 알아냈습니다. 세 번 걸었는데 경부님을 부르라는 말뿐입니다. 경부님이 오기 전에는 말할 생각이 없다고요."

"걸어봐."

오시마는 고개를 끄덕이고 휴대전화를 펼쳤다. 케이블이 뻗어 있다. 케이블 반대쪽 끝은 뒤쪽에 있는 부하가 든 작은 가방으로 이어졌다. 방청과 녹음을 위한 장비이리라.

"오시마다. 가가야가 왔다. 바꿔주겠다."

가가야는 건네받은 휴대전화를 귀에 대고 말했다.

"가가야다. 내게 무슨 용건인가?"

"날 기억하나?" 상대가 물었다. 간사이 사투리로 옛날 야쿠자들에게 흔한 쉰 목소리. 기억난다. "우리 사무소에 한 번 왔었잖아."

"기억해."

목소리를 기억해내자 얼굴도 선명하게 되살아났다. 곱슬곱슬한 파

• 호텔이나 병원 등에서 침구, 시트, 타월 등을 수납하는 방.

마머리, 눈두덩이 부은 남자였다. 그 눈 때문에 감정을 읽어내기 어려웠다. 감정을 알기 쉬운 얼굴보다 어떤 의미로는 무서운 인상이었다.

이나다가 말했다.

"이런 짓을 할 작정은 아니었어."

"알아. 인질을 풀어주고 권총을 버리고 나와."

"두 발이나 쐈는데, 경관은 어떻게 됐지?"

"무사해. 부상은 없어."

"정말로?"

"정말이야. 인질은?"

"아무 짓도 안 했어. 질질 울고는 있지만."

잠시 후 이나다가 말했다.

"당신이 여기로 오면 인질은 풀어주지."

가가야는 오시마를 쳐다보았다. 그는 지금 이어폰을 귀에 끼고 있다. 요구를 받아들여도 상관없는지 가가야는 눈짓으로 물었다. 오시마는 고개를 끄덕였다.

"좋다. 내가 대신 가마."

"정문으로 들어와. 권총은 없이. 마이크도 안 돼. 수갑도 빼놓고 맨손으로 와. 약속할 수 있나?"

이번에는 오시마가 가가야를 쳐다보았다. 그래도 되겠느냐고 묻는 눈빛이다. 가가야는 오시마에게 고개를 끄덕였다.

"약속하지. 일 분 뒤, 현관 앞으로 가겠다."

"난 감시 카메라를 보고 있어. 혼자 와."

"내가 안에 들어가는 동시에 인질을 내보내."

"당신이 완전히 들어온 다음 내보낼 거야."

휴대전화를 끊자 오시마가 말했다.

"약물중독으로 착란 상태일지도 모릅니다. 위험해요."

이제 와서 때늦은 걱정이다.

가가야는 무시하고 말했다.

"인질에게는 구급차가 필요할지도 모르니 수배를 부탁하네."

"준비하겠습니다."

"간다. 나머지는 꼼짝 말고 있어."

"예."

가가야가 길 쪽으로 난 입구로 걸어가자 뒤에서 오시마가 덧붙였다.

"경부님을 믿습니다."

가가야는 수송차와 전봇대 사이의 틈새를 지나 도로로 들어갔다. 러브호텔이 즐비한 거리다. 상점은 없다. 그 러브호텔은 도로 중간쯤에 있었다. 인기척은 전혀 없고, 이 주변에서 흔히 보이는 길고양이의 모습도 지금은 없었다. 하지만 맞은편 러브호텔에는 특수부대가 진을 치고 있을 터였다.

호텔 줄리엣.

그것이 호텔 이름이었다. 간판은 꺼져 있었지만 글자는 보였다.

줄리엣 정면의 현관 앞으로 다가가 스모크 유리문에서 1미터쯤 떨어진 위치에 서서 감시 카메라를 찾았다. 문 오른쪽 위다. 가가야는 상의를 벗어 왼손에 들고, 천천히 몸을 한 바퀴 돌렸다. 일단 권총집을 차고 있지 않다는 건 전해졌으리라.

텔레비전 화면과 함께 리포터의 긴장한 목소리가 들려왔다.

"움직임이 있습니다. 한 사람, 사복형사일까요? 현장으로 향하는 것 같습니다. 지금, 호텔 입구 쪽으로 걸어가고 있습니다."

화면 앞에 검은 그림자가 어른거렸다. 거무스름한 양복을 입은 중년 남자로 보였다. 손을 높이 쳐들고 있었다. 그 실루엣을 본 가즈야는 순간 숨이 멎을 뻔했다.

저건, 가가야? 가가야 히토시 경부인가?

그 남자는 도로 중간까지 걸어가더니 멈춰서 웃옷을 벗고 한 바퀴 돌았다. 얼굴은 알아볼 수 없었지만 이미 가즈야의 눈은 그 실루엣을 판별하고 있었다. 틀림없다, 가가야다. 지금 이 사무실에서 그가 가가야라는 걸 알아보는 사람은 아무도 없겠지만.

가가야는 도로에서 그 빌딩 현관으로 들어갔다.

"협상이 시작된 것 같습니다. 경시청 형사로 추정되는 인물이 협상을 위해 현장으로 향했습니다."

가즈야는 심장이 오그라드는 느낌이었다. 가슴이 답답했다. 기시감이 든다. 뭘까? 이 장면, 이 상황을 기억한다. 뭔가 어둡고 고통스러운 사실과 엮인 기억이다. 언제, 무엇에 대한 기억일까?

화면 안에서 가가야는 빌딩 현관을 바라보고 섰다. 두 손은 들고 있었다. 이다음, 분명 그의 기억으로는.

가슴이 답답해서 더는 서 있을 수조차 없었다. 가즈야는 가까이 있던 의자를 잡아당겨 주저앉았다.

한참 동안 가가야는 두 손을 들고 있었다. 오른손에는 경찰수첩. 하지만 이 호텔의 감시 카메라가 아무리 고해상도를 자랑해도 신분증명서의 세세한 부분까지 모니터로 읽을 수는 없을 것이다. 경시청 배지만 보일 뿐이다.

가가야가 그대로 서 있자 유리문 뒤에서 뭔가 움직이는 모습이 보였다. 여자였다. 그 뒤에 남자가 있다. 남자는 여자의 오른팔을 뒤로 꺾어 목덜미에 권총을 들이대고 있었다.

가가야가 이나다에게 말했다.

"조직범죄대책부의 가가야다."

유리문 너머라 그의 목소리가 똑똑하게 들렸는지는 알 길이 없다.

하지만 권총을 쥔 이나다의 손이 들어오라는 듯이 움직였다.

가가야는 천천히 문으로 다가갔다. 자동문이 열렸다. 안쪽에도 유리문이 있고, 1미터쯤 열린 유리문 너머에 여자와 이나다가 있었다. 여자는 창백한 얼굴로 바들바들 떨고 있었다. 걸음을 멈추자 뒤에서 바깥쪽 유리문이 닫혔다.

"들어와." 이나다가 말했다.

가가야는 안쪽 문으로 들어갔다.

"안으로." 이나다가 권총을 흔들며 가리켰다.

가가야는 이나다와 인질 옆을 지나 로비 끝까지 걸어갔다. 유선방송일까, 평온한 음악이 나직하게 흘러나오고 있다.

뒤를 돌아보자 이나다는 여자를 붙잡은 채로 가가야를 향해 몸을 돌렸다. 거무스름한 운동복 상하의를 입고 있다. 이나다는 가가야가 정말 맨손인지, 마이크라도 숨기고 있지는 않은지, 아직 믿지 못하겠다는 표정이었다. 하지만 착란 상태인 것 같지도 않고, 도를 넘어선 것 같지도 않았다.

"약속했잖아." 가가야는 이나다에게 말했다. "여자를 풀어줘."

이나다는 권총을 가가야에게 겨누더니 왼손으로 여자를 떠밀었다.

인질 여성이 순간 비척거렸고, 곧바로 바깥쪽 유리문이 열렸다. 외부 도로의 가로등이나 간판 조명 때문에 현관이 밝아졌다. 여자는 자세를 바로잡더니 비명을 지르며 도로 쪽으로 달려갔다.

리포터가 외쳤다.

"아, 여성입니다! 인질일지도 모릅니다!"

현관에서 젊은 여자가 뛰쳐나왔다. 여자는 비틀거리며 도로 중앙까지 달려오다가 얼굴을 가리고 우뚝 멈췄다. 그 양옆으로 두 남자가 재빨리 달려갔다. 잠복해 있던 형사들이리라. 두 남자는 풀려난 여성을 보호하듯 등을 감싸고 화면 쪽으로 다가왔다. 화면 오른쪽에서 방패를 쥔 기동대원 대여섯 명이 뛰어나가 여성의 뒤에 방패 벽을 만들었다. 여성도 형사들도, 그리고 기동대원들도 바로 화면에서 사라졌다.

리포터가 잔뜩 흥분했다.

"풀려났습니다. 여성 인질이 풀려났습니다. 제가 본 바로는 큰 부상은 없는 것 같습니다. 무사히 석방되었다고 볼 수 있겠습니다. 사복 경찰이 인질 대신 붙잡힌 모양입니다."

기시감의 정체를 겨우 깨달았다. 기억 밑바닥에 봉인해두었던 사건. 떠올리기도 싫은, 아버지가 순직하던 날의 일. 덴노지 주재소에 배속된 아버지의 마지막 하루. 그날, 아버지는 이웃에서 발생한 소녀 인질 농성 사건 소식을 듣고 휴일인데 제복을 입고 현장으로 향했다. 관할 구역에서 일어난 일이라는 이유로.

가즈야는 아버지가 출동하는 순간을 보았다. 그때 아버지의 얼굴은 오랜 잠입 수사 끝에 신경장애에 시달리던 시기의 모습으로 돌아가 있었다. 황폐하고, 감정도 행복도 결여된, 공포심마저 잃어버린 남자의 얼굴. 그는 그런 아버지의 얼굴을 보고 그 자리에 얼어붙었다. 그 얼굴은 어린 시절의 공포로 가득한 기억과도 겹치기 때문이었다.

그리고 삼십 분도 채 지나지 않아 아버지는 각성제 중독 살인범의 총을 맞고 숨졌다. 인질로 잡혔던 소녀가 풀려난 직후였다. 경시청 경찰관으로서 순직한 것이다. 아마도 인질을 대신하려 했을 때, 그 현장에서는 지금 텔레비전에 비치는 것과 똑같은 광경이 있었으리라. 두 손을 들고 아무 무기도 없이 흉악범 앞으로 걸어가는 아버지.

가즈야는 자리에서 일어나 텔레비전에서 떨어졌다. 몇몇 수사원들이 의아한 눈으로 가즈야를 바라보았다. 가즈야는 고개를 돌리고 밖으로 나갔다. 수사원들에게 얼굴을 보이고 싶지 않았다.

화장실로 들어가 타일 벽에 한손을 짚고, 가즈야는 가슴속으로 중얼거렸다.

아버지, 어째서 죽었습니까?

언젠가 아버지에게 본때를 보여주겠다고 맹세했는데. 어머니에게 폭력을 휘두른 아버지에게, 어느 날 언젠가 손가락질을 하며 이제 당신이 폭군으로 군림할 수 있는 자리는 없다고 통고해줄 작정이었는데. 아버지로서의 권위를 상실했다는 사실에 당신이 충격을 받고, 입술을 부들부들 떨며, 눈길을 떨어뜨리고, 몸을 작게 움츠릴 날을 기대했는데. 언젠가 그날을 맞이하기 위해 그 괴로운 사춘기를 가출도 하지 않고, 어머니를 지키며 참아냈는데.

그런데 아버지, 당신은 그 기회를 내게 주지도 않고, 멋대로 떠나버렸어요. 우리 가족 중 누구 하나 마음의 준비도 하기 전에. 마지막 순간까지 이기적으로 가족도 돌아보지 않고, 당신은 가족들 앞에서 사라진 겁니다.

아버지, 당신은 내게 아버지는 쓰레기라고 말할 기회도 주지 않았어요. 그 정도로, 쓰레기였어. 쓰레기 같은 아버지였어…….

이나다가 로비 안으로 돌아왔다. 바깥쪽 유리문이 닫히고, 이어서 안쪽 유리문도 닫혔다. 유리문 너머 외부 도로도 어두워져 광원의 위치만 겨우 알 수 있었다.

이나다가 말했다.

"두 손 들고, 사무소로 들어가."

가가야는 시키는 대로 웃옷을 왼손에 든 채로 사무소 문으로 다가갔다. 문은 열려 있었다. 내부 면적은 다다미 여섯 장쯤 될까? 잿빛 사무용 책상이 두 개, 서류 선반과 사물함이 보였다. 가가야는 안쪽 사물함 앞까지 걸어가 뒤를 돌아보았다.

때마침 이나다가 사무소 안으로 들어와 뒷손으로 문을 잠갔다.

"아무 데나 앉아." 이나다가 말했다.

그는 가로로 길쭉한 작은 창문 앞에 놓인 의자에 앉았다. 계산대 안쪽이다. 보통 호텔 매니저가 있는 자리다. 출입하는 손님에게 얼굴을 보이지 않고 감시할 수 있는 위치. 이 호텔의 계산 시스템이 어떤지는 모르겠지만 아마 이 창구에서 요금 정산은 하지 않을 것이다. 손님이 호텔 종업원과 절대 얼굴을 마주치지 않고, 목소리도 섞는 일 없이 이용할 수 있는 구조일 것이다. 안쪽 책상 왼편에 감시 카메라 모니터가 설치되어 있다. 이나다는 권총을 쥔 오른손을 책상 위에 얹었다.

가가야는 가까이 있던 사무용 의자를 잡아당겨 등받이를 이나다 쪽으로 돌렸다. 그 의자에 걸터앉듯 거꾸로 앉아 등받이에 손을 얹었다.

가가야가 물었다.

"어째서 나를?"

이나다가 맥없이 말했다.

"달리 말이 통하는 경찰을 몰라서."

"조폭 전문 형사는 나 말고도 많아. 모두 기꺼이 인질을 대신하겠다고 나섰을 텐데."

"그런 뜻이 아니야. 당신, 십이 년 전에 내게 빚을 졌어. 기억하지?"

확실히 그는 그때, 이나다에게 정보를 하나 얻었다. 도쿄 도내에서 발생한 총격 사건에 대해 뒷세계에서 도는 소문을 들려준 것이다. 빚이라고 하면 확실히 빚이다. 그리고 이나다가 속한 사회에서는 빚은 반드시 빌려준 쪽이 원하는 형태로 갚아야만 한다. 그 경우 셈이 맞지 않는다고 거부할 수 없다. 상대가 변제 방법을 지정하면 거기에 응할 수밖에 없는 것이다. 빚 하나에 보답 하나. 그들 사회에서 그것은 예를 들어 전화번호 하나의 정보라도 한 사람의 목숨으로 갚아야 할 때가 있다.

"기억해."

"그 후에 한 번 경시청에서 잘렸다고 들었어."

또 그 얘긴가. 다소 지긋지긋한 마음으로 가가야는 대답했다.

"거기에도 오해가 많아."

"끝까지 입을 다물었다면서?"

"그야."

"복직했다고?"

"보다시피."

"계속 형무소에 있었나?"

"아니, 무죄가 확정될 때까지 구치소에 있었지."

"구치소라고 해도 그런 곳에 들어간 경험이 있는 형사는 드문 것 아니야?"

"보통은 그 시점에 이미 경찰이 아니지."

"그런데 복직했다고 들었어. 그래서 오늘 당신 이름을 떠올린 거지."

"요구 사항이라도 있나?"

"바깥은 어때?"

"앞쪽 도로는 완전히 막혔어. 아마 이 건물 주변에도 형사나 특수부대가 수십 명은 깔렸겠지."

"달아날 수 없을까?"

"불가능해."

"하다못해 후쿠오카까지라도. 후쿠오카까지 갈 수만 있으면 어떻게든 돼."

"경시청은 관할서에서 당신을 내보내지 않을 거야. 아니, 이 길에서도 내보내지 않겠지."

"경찰차로 하네다까지 데려다달라고 요구한다면?"

"듣는 척만 하겠지."

"당신을 인질로 삼아도?"

"상관없어."

"죽이겠다고 위협해도?"

"안 듣겠지."

"다른 방법은 없어?"

"없어. 투항하는 수밖에."

"거래는?"

"이미 늦었어." 가가야는 거꾸로 물었다. "왜 달아났지?"

이나다는 고개를 저었다. 말해도 이해 못 할 거라는 표정이었다.

"영문을 알 수가 없었어. 일단 사정을 알기까지는 체포당할 수 없었지. 대체 어떻게 된 거야?"

"뭐가?"

"오늘 우리 쪽을 검거한 것 말이야. 사와지마 요시오가 불었나?"

"아니야. 왜 그렇게 생각하지?"

"며칠 전, 사와지마가 체포되었을 때 당신도 그 자리에 있었잖아. 금세 소문이 퍼졌어. 가가야가 돌아왔다고."

"돌아왔으니까."

"당신이 사와지마를 신문했던 것 아닌가?"

"잠깐은. 하지만 녀석은 아무 말도 안 했어. 오늘 검거는 사와지마의 조사와는 아무 상관도 없다."

"정말?"

이나다가 가가야를 똑바로 쳐다보았다.

가가야는 이나다의 시선을 받으며 대답했다.

"정말이야."

이나다는 잠시 가가야를 바라보고 있었다. 가가야는 시선을 피하지 않았다. 결국 이나다가 눈을 떼고, 왼손으로 휴대전화를 꺼냈다.

잠자코 지켜보자 이나다는 누군가의 번호를 호출해 휴대전화를 귀에 댔다.

"나다. 아니야. 사와지마가 아니야."

조직의 누군가에게 보고하는 모양이다. 그것도 오사카 조직 본부의 누군가다. 간사이 억양을 거리낌 없이 드러내고 있다.

"누구냐니, 가가야라니까. 조직범죄대책부로 돌아온 가가야 히토시 경부. 놈이 내 눈앞에 있어. 믿어도 돼. 권총을 들이대고 있으니 어지간한 배짱이 아니고서야 거짓말은 못 하겠지. 그래, 아니라니까. 사와지마가 아니야. 사와지마는 배신하지 않았어. 그래. 알아. 알아서 해결할게. 그거면 됐지? 그래."

이나다가 전화를 끊었다.

"그게 마음에 걸렸나?" 가가야가 물었다.

이나다가 고개를 끄덕였다.

"이 바닥은 서로 신용이 제일이니까."

이나다의 간사이 억양이 또 조금 사라졌다.

"놈은 아무 말도 하지 않았어."

"알았으니까 됐어. 하나만 더 알려줘. 난 징역 몇 년이나 될까?"

"약은 가지고 있었나?"

“압수당했을 거야. 500그램 조금 넘게.”

“그리고 총도법 위반, 발포죄. 인질강요죄도 붙겠지. 최소 칠 년 내지 팔 년.”

“칠 년이라.” 이나다는 살짝 분한 표정을 지었다. “칠 년이라…….”

가가야의 시선을 받으며 이나다가 말했다.

“출소하면 예순셋이야.”

“새로 출발할 수 있어.”

이나다는 코웃음을 쳤다.

“타코야키나 팔라고?”

“뭐가 부족해?”

“난 조바야의 이나다야.”

“칠 년 후면 자식은 몇 살이지?”

“내 가족을 알아?”

“아니, 하지만 그 나이라면 있어도 이상할 건 없지.”

“열대여섯 살 된 아들이 있어. 얼굴은 갓난아이 때 본 게 전부지만.”

“어른이 된 아이를 만날 수도 있어.”

“엇나갈 게 틀림없어. 아니, 벌써 엇나간 모양이야. 그런 녀석이 어른이 된 모습이라.”

이나다는 혀를 차더니 시선을 옆으로 돌렸다. 그 시선을 따라가자 냉장고가 있었다.

“오늘 이럴 줄 알았으면 어제 맛난 술이라도 마시는 건데.”

“속세로 나온 뒤에 마시는 술도 훌륭하더군.”

“칠 년 후에나?”

이나다는 왼손에 권총을 들고 일어섰다. 가가야는 의자에 앉은 채로 몸을 굳혔다. 이나다는 사무소 옆에 놓인 소형 냉장고 앞으로 걸어갔다.

"아까 봤는데 맥주가 있더군. 당신, 마시나?"

"아니."

"어차피 난 철창신세야. 한 잔 어울려줘."

"한 캔 비우면 투항할 텐가?"

"그래."

"함께하지."

이나다는 냉장고를 열고 캔 맥주를 꺼내 가가야에게 하나를 던졌다. 가가야는 캔을 받아 옆쪽 책상 위에 내려놓았다.

"여섯 조각짜리 치즈가 있네. 어때?"

"들지."

치즈도 툭 던진다.

이나다는 자기 몫의 캔 맥주와 치즈를 꺼내더니 계산대 앞으로 돌아와 권총을 내려놓았다.

"자식이 있나?" 이나다가 물었다.

"아니."

"안 낳았어?"

"키우는 데 실패했어."

"사고라도?"

"그래."

"괜한 걸 물었네."

이나다는 꼭지를 따고 캔을 입으로 가져갔다.

가가야도 따라서 꼭지를 땄지만 맥주로 입술만 축이는 데 그쳤다.

이나다는 맥주를 몇 모금 목구멍에 털어넣고 말했다.

"아들은 내가 조바야의 이나다인 걸 알아."

"제대로 만난 적은 없어?"

"젖먹이 때밖에 몰라. 헤어진 마누라는 그 뒤로 사진 한 장 안 보내줘."

"지금 어디 살지?"

"고베. 지금쯤 텔레비전으로 여기 중계를 보고 있을지도 모르지."

"자넨 도쿄로 나온 지 오래 됐지?"

"그래. 선봉으로 도쿄로 가라더군. 특공대 같은 거였어. 하지만 결투도 없이 그대로 눌러앉았지."

"아이하고 살고 싶다는 생각은 안 했나?"

"보스 명령이었으니까. 거역할 수 없었어."

이나다는 또 맥주를 삼키고 가가야를 돌아보았다. 아직도 안 마셨느냐고 타박하는 눈빛이었다. 가가야는 캔 맥주를 들었다.

이나다가 물었다.

"당신, 아버지도 경찰이야?"

"아니, 왜 그렇게 생각하지?"

"뭔가 이유가 있어서 경찰이 된 줄 알았어."

"딱히 없어."

"도쿄 출신인가?"

"니가타. 자네 아버님은?"

"야쿠자였어. 어중간한 문신을 새긴, 어중간한 야쿠자. 어린 눈에도 한심한 야쿠자였지."

"소속은?"

"옛날에." 이나다가 입에 담은 것은 지금은 히로시마 폭력조직 산하에 들어간 오사카의 유력 조직이었다. 사기꾼 폭력조직이다. "졸개 소리나 들으면 다행이지. 나잇살은 먹어서, 동네 축제에서 초등학생 상대로 사격게임 장사나 했어."

"지금은?"

"죽은 지 한참 됐어. 술을 억수로 퍼마셨거든."

"아버지 영향으로 자네도?"

"그런 야쿠자는 되기 싫었거든. 어차피 야쿠자로 살 수밖에 없다면 나름대로 위로 올라가려고 했지."

이나다는 손목시계에 시선을 떨어뜨리며 말을 이었다.

"당신, 격투기 좀 해?"

"아니, 경찰학교에서 배운 체포술이 전부야."

"난 가라테를 해. 이래봬도 검은 띠야."

"그렇게 보여."

"중학교 때도 고등학교 때도, 가라테 연습만은 빠지지 않았어. 조직에서 아껴준 건 그 덕분이기도 해."

이나다의 몸 어딘가에서 진동음이 들렸다. 이나다가 운동복 바지 주머니에서 휴대전화를 꺼냈다.

"경찰이야. 아까 그자."

이나다는 왼손으로 휴대전화를 귀에 대고 말했다.

"시끄러워. 난 여자를 풀어줬어. 지금은 사나이끼리 대화를 나누고 있으니 좀 내버려둬. 몰라. 조금도 못 기다려? 우리는…… 끊는다. 용건이 있으면 이쪽에서 걸 테니 그리 알아."

휴대전화를 끊고 이나다는 가가야를 돌아보았다.

"어디든 간부란 녀석들은 시끄럽군. 그렇지?"

"뭐래?"

"당신 상황이 어떤지 묻더군. 요구가 있으면 말하라는 소리도."

"정말 요구 사항이 없나?"

"변호사라도 부를까? 거래도 안 받아준다면서?"

"불가능해."

"칠 년이라." 이나다는 책상에 놓인 권총을 바라보더니 작게 한숨을 쉬었다. "예순셋이야."

"발포죄는 어떻게 될지도 몰라. 총을 쏜 게 아니라 폭발한 거라고 주장할 수 있어."

"됐어. 맥주나 비워."

"난 됐어."

이나다는 자기 캔 맥주에 또 입을 대면서 가가야에게 물었다.

"지난번에는 사와지마 흥업, 오늘은 우리. 조직범죄대책부는 무슨 꿍꿍이야? 하치오지 사건으로 열 받아서 야쿠자하고 전면전쟁이라도 벌이려는 건가?"

"수사원을 살해한 남자를 쫓고 있어."

"미나가와란 놈 말인가?"

"알아?"

"아니. 조직범죄대책부가 쫓고 있다는 소문은 들었어."

"미나가와는 어느 조직이야? 조직범죄대책부는 그걸 알아내고 싶은 거야."

"짐작도 못 하고 있어?"

"사쿠라이구미인가?"

"아니야. 그쪽도 의아해하고 있어."

"도도 연합이란 말도 들었어."

이나다는 웃었다.

"개들은 빗나가다 만 양아치들이야. 경찰을 죽일 엄두는 못 내. 하지만 그 미나가와란 놈은 일부러 자기를 사쿠라이구미나 도도 연합으로 오해하게 만들려는 것 같군."

"어째서 그런 짓을?"

"서로 의심하다가 파멸하도록 그러는 것 아닐까? 사업 경쟁자가 사라진 도쿄에서 혼자만 끝까지 남아 군림하려고 그러는 거지. 실제로 조직범죄대책부도 별것 아닌 혐의로 사와지마 흥업이나 우리를 체포하러 왔잖아."

"어디야?"

"지금까지 약물에는 손을 대지 않았던 조직이겠지."

가가야의 휴대전화가 울렸다. 이나다가 마음대로 하라는 듯 턱짓을 했다. 가가야는 휴대전화를 꺼내 귀에 댔다.

"상황이 어떻습니까?" 오시마다. "요구 사항도 없답니까?"

"설득하고 있어. 요구 사항은 없다는군."

"설득할 수 있겠습니까?"

"노력하고 있어."

이나다가 권총을 들고 일어나 다가왔다.

"바꿔."

손을 내밀기에 가가야는 말했다.

"바꿔주지."

이나다는 가가야의 휴대전화를 받아들고 오시마에게 말했다.

"가가야 씨 말을 듣겠다. 지금부터 밖으로 나갈 거야. 언론도 모여 있어? 그래. 난동은 부리지 않겠다. 총을 내려놓고 나가면, 총도법 위반은 눈감아주겠나? 그렇다면 안 돼. 삼 분 뒤, 가가야 씨를 앞장세워서 나가겠다. 발포하지 마."

이나다가 휴대전화를 끊었다. 그 모습을 보고 가가야는 물었다.

"투항할 거지?"

"함께 나가면 당신의 공적이 되겠지?"

"점수는 따겠지."

"부탁 하나만 해도 될까?" 이나다는 바지 주머니에서 가죽 지갑을 꺼내더니 그 안에서 카드를 한 장 뽑았다. 은행 현금카드다. "이걸, 헤어진 마누라한테 전해줄 수 없을까?"

"고베에 있다는?"

"스마 구에 살아. 성은 이나다 그대로야. 이나다 구미코久美子. 오래오래 아름다운 사람이라는 뜻이지. 한신 전철 매점에서 일해. 내가 체포되면 주소를 조사해 되도록 빨리 전해줘."

"어째서 내게 부탁하는 거지?"

"못 해?"

"아니, 투항하면 그 정도 부탁은 들어줄 수도 있어."

"당신 평판은 많이 들었어. 믿을 만한 사람이니까."

가가야는 현금카드를 받아 셔츠 가슴주머니에 넣었다. 비밀번호는 묻지 않았다. 카드 뒤에 적혀 있거나, 상대도 잘 아는 번호를 썼을 것이다.

가가야가 말했다.

"권총은 여기 두고 가."

"내가 쏠까봐 무서워?"

"포위하고 있는 경찰들이 우려하는 게 그거다."

"괜찮아. 자, 가지."

이나다는 가가야의 대답을 기다리지 않고 사무실 문으로 다가갔다.

가가야가 웃옷을 입으며 로비로 나가자 이나다가 계산대 앞에서 권총 탄창을 빼서 작은 선반 위에 내려놓고 있었다. 이나다는 다시 노리쇠를 밀어 약실에 들어 있던 카트리지도 빼냈다.

가가야의 시선을 알아차린 이나다가 말했다.

"뒤에서 쏠 염려는 없다 이거야."

"밖에 있는 경찰들은 몰라."

"괜찮아. 앞장서."

"나갈 때는 두 손을 들어. 천천히."

"안다니까."

가가야는 안쪽 문 사이를 지나 바깥쪽 문이 완전히 열리기를 기다려 밖으로 걸음을 뗐다. 들어왔을 때보다 주위가 훨씬 밝았다. 투광기의 빛이 이 호텔 앞에 집중되어 있는 듯했다. 가가야는 두 손을 머리 위로 크게 벌리고 두 걸음 나가다가 멈췄다.

몹시 긴장하고 있었다. 아무리 밝다 해도 그를 이나다로 오인할 가능성은 있다. 더군다나 그가 달아나거나 발포할 것 같다고 판단하면 현장에 배치된 저격수는 비정하게 방아쇠를 당길 것이다. 그 가능성은 십 퍼센트 이상은 확실히 존재했다.

앞쪽 도로에 경관의 모습은 보이지 않았다. 정면 건물 옆에도, 길 양옆에도. 하지만 길 앞쪽, 러브호텔 건물 양쪽 모퉁이에는 권총을 쥔 수사원들이 몸을 숨기고 있을 터였다. 길가로 나온 이나다를 뒤에서 진압하기 위해서다. 맞은편 건물 옥상이나 고층 창문 안쪽에는 특수부대의 저격수들이 있다.

가가야는 등 뒤에서 이나다의 기척을 느꼈다. 현관의 바깥쪽 문이 열린 것이다.

가가야는 신중하게 도로로 걸음을 내디뎠다. 도로 중앙, 사방에 완전히 노출되는 위치까지 걸어갔다.

사무실 안이 온통 술렁거렸다.

"가가야다."

"5과 가가야잖아?"

얼굴이 방송 카메라 쪽을 향하자, 이윽고 다른 수사원들도 그 사람이 가가야 히토시 경부임을 깨달았다.

이나다가 가가야의 뒤에서 말했다.
"가가야 씨."
가가야는 걸음을 멈추고 뒤를 돌아보았다. 이나다가 두 손을 머리 위에 얹은 채로 다리를 한껏 벌리고 서 있었다. 이나다가 말했다.
"고마워."
그의 두 손이 머리에서 천천히 떨어졌다. 오른손에는 권총을 쥔 채였다.
이나다가 말했다.
"에토다."
이나다가 두 팔을 가슴 앞에서 쭉 뻗었다. 권총이 가가야를 향하고 있다. 그 너머에, 붓기 어린 두 눈.
무슨 짓을 할 셈이지?
의아하게 여긴 순간. 가가야의 등 뒤, 조금 높은 위치에서 총성이 울렸다. 또 한 번, 도로 반대편에서도. 두 손으로 권총을 쥐고 있던 이나다가 풀썩 무릎을 꿇었다. 그 가슴께에 뭔가가 튀었다.
"이나다!"
말을 채 마치기도 전에 이나다는 길바닥에 쓰러졌다. 대번에 거무죽죽한 그림자가 도로 위에 몇 개나 나타났다. 그림자가 이나다 쪽으로 몰려가 한데 엉켰다. 가가야는 떠밀려나왔다.
그림자 하나가 일어서더니 큰 소리로 외쳤다.
"체포! 체포! 체포!"
누가 가가야의 팔을 강하게 끌어당겼다. 등 뒤로 손을 꺾어 짓누르는 사람도 있다.

"계장님, 이쪽으로."

5과 수사원들 같았다. 가가야는 이나다 쪽을 돌아보며 아연한 마음으로 그 자리를 떴다.

오시마가 달려왔다.

"무사하십니까?"

"그래." 가가야는 대답했다.

"경부님을 쏘기 일보 직전이었어요. 아슬아슬했습니다."

"탄환은 없었어."

"설마."

"사실이야. 내 눈앞에서 전부 뺐어."

오시마가 지금 이나다가 쓰러진 쪽을 쳐다보았다. 가가야도 그 시선이 향한 곳을 보았다. 방탄조끼를 입은 수사원 십여 명이 그곳에 모여 쓰러진 이나다를 에워싸고 있다. 모두 오른손에 권총을 쥐고 있었다. 중심에서는 쓰러진 이나다의 얼굴을 확인하고, 흉기 소지를 확인하고 있으리라. 이나다의 용태는 어떨까. 가슴에 총알을 두 발 맞았다. 즉사라 해도 이상하지 않다. 아니면 목숨은 건졌을까?

오시마가 말했다.

"일을 번거롭게 만들지 맙시다. 총알을 빼는 모습은 못 본 걸로 해주십시오."

"번거롭다니?"

"발포가 정당했는지, 잔소리를 듣고 싶지 않다는 말입니다."

이나다를 에워싼 수사원들 사이에서 목소리가 들렸다.

"소용없어."

"포기해."

도로 오른편에서 들것을 밀며 구급대원이 달려왔다.

가가야는 '수어사이드 바이 캅'이라는 영어를 떠올렸다. 경찰을 이용한 자살이라는 뜻이다. 미국에 흔한 범죄 경향이라 한다. 일본에서도 최근의 무차별 사건이 이에 해당한다. 죽고 싶으니 죽여달라는 동기로 중대범죄를 저지른다. 흉악범이 경찰관 앞에 몸을 던진다.

하지만 이나다의 경우 자살할 이유가 있었을까? 자살하려고 도주, 발포, 인질을 잡아 농성한 건가? 대화 속에서는 그런 생각을 감지할 수 없었다. 그가 만일 농성 어느 시점에서 자살을 결심했다면, 그건 언제인가? 그 이유는?

가가야는 퍼뜩 깨달았다.

설마 녀석은, 몸을 바쳐 비뚤어진 아들을 가르치려 한 건가?

리포터는 완전히 흥분 상태였다.

"총에 맞았습니다! 범인이 총에 맞았습니다! 쓰러졌습니다! 경찰이 에워싸고 있습니다! 인질 대신 잡혔던 사복 경찰은 무사한 것 같습니다. 총에 맞기 직전에 경찰부대가 발포했습니다. 인질을 대신했던 사복 경찰은 무사합니다!"

사무실에 안도의 한숨이 흘렀다. 총에 맞기 전에 경찰을 구해냈다는 소식에 모두 안심한 것이다. 그것이 5과 수사원이라 해도 역시 순수하게 기뻐할 만한 결말이었다. 이나다에 대한 발포 자체는 그 상황에서 부득이한 일이다. 그는 경찰부대의 포위 속에서 무기도 없는 경관에게 총을 들이댔다. 발포는 당연했다. 세간도 비난하지 않을 것이다. 총을 쏘는 장면이 텔레비전으로 중계되고 말았으니 경시청은 유감 성명을 발표할지도 모르지만.

사무실 안의 공기도 누그러졌다.

가즈야는 몹시 당혹스러워하는 자신을 깨달았다. 이게 결말인가? 내가 아는 비극과는 완전히 다른 라스트. 이 사태는 이렇게 수습될 일인가? 이런 라스트를 당사자가 모두 예측했나? 지금 이 순간까지 그가 느꼈던 숨 막히는 긴장은 결말을 맞이한 뒤에도 사라지지 않았다. 어중간했다. 먹이를 빼앗긴 개가 된 기분. 그렇다고 이 자리에서 인정할 수 없다고 외칠 수도 없다.

가리베가 정말 감탄스럽다는 듯이 말했다.

"가가야, 대단하네."

아마 그것은 지금 이 사무실에 있는 1과 2계 수사원들 모두의 마음일 것이다.

그때, 가즈야의 휴대전화가 울렸다. 모로타였다.

"고즈를 감시하고 있습니다. 지금 게이요 도로입니다. 나리타로 가는 모양입니다. 벤츠 두 대. 누군가 마중하러 가는지도 모릅니다. 돌아올 때는 차를 바꾸는 게 낫겠습니다."

가즈야는 전화를 끊고 모로타의 보고를 수사원들에게 전했다.

오가와라가 말했다.

"거물이 납시는군."

"오가와라 씨, 모로타 씨를 지원해주십시오. 차량 한 대, 서둘러 나리타로."

"예." 오가와라는 자리에서 일어나 야마모토에게 말했다. "가자."

그때 다시 가즈야의 휴대전화가 울렸다.

구리타였다.

"하야시 사나에의 별장, 알아냈습니다. 아부라쓰보라고 해야 하나, 모로이소 만에 접한 언덕 위입니다. 반도 끄트머리에 있는 호화 별장이라고 합니다."

"수상한 점은?"

"아직은 딱히 들은 바가 없습니다만, 등기를 확인하러 간 요코스카 신용금고에서 흥미로운 정보를 들었습니다."

"어떤?"

"하야시 사나에는 며칠 전부터 이 별장을 담보로 융자를 신청했습니다. 사천만 엔을 빌려주기로 결정이 나서 신용금고가 내일 현금을 별장에 들고 갈 예정이라고 합니다."

"내일?"

"내일이요. 현금으로 가져와달라고 했답니다."

"그대로 탐문을 속행해."

가즈야는 지금 구리타의 보고를 다시 수사원들에게 전했다. 다들 눈을 빛냈다.

가리베가 말했다.

"거래다. 책임자가 오는 거야."

그 예상이 틀림없을 것이다. 움직이는 자금도 하야시 사나에가 신용금고에서 조달했다는 사천만 엔이 전부가 아니다. 더 큰 현금이 준비되어 있을 것이다.

오가와라가 말했다.

"약물을 직접 운반할 리는 없을 텐데."

가리베가 말했다.

"약물은 이미 국내에 밀수입된 거야. 내일은 현금하고 맞교환하는 거지."

이즈카가 사무실로 돌아왔다. 그는 지금 사쿠마의 신문을 담당하고 있다.

"사쿠마가 한 가지 사실을 떠올렸습니다. 시나가와 호텔에서 미나가와를 만났을 때, 미나가와가 휴대전화로 통화했던 상대의 이름이 고즈라고 합니다."

수사원들이 서로 얼굴을 마주 보았다. 고즈. 그렇다면 고즈 히데야란 뜻이다. 미나가와의 배후에 사쿠라이구미가 있다는 예측에 근거가 하나 더 생겼다.

가즈야가 가리베에게 지시했다.

"고즈 히데야의 범죄 혐의 및 신변을 속히 수사해주십시오. 공갈, 위력업무방해, 공문서허위기재. 그 정도면 충분합니다. 피해 신고가 있다면 체포 영장을 청구합시다."

"알겠습니다."

"내일, 거래 장소를 치겠습니다. 미나가와도 아마 그 모로이소 별장에 잠복하고 있겠지요."

그때까지 잠자코 있던 세나미가 다소 자신 없는 목소리로 말했다.

"시간 차가 있는 게 마음에 걸립니다. 도쿄의 약물 시장 판도가 묘하게 바뀐 것은 올봄부터인데, 사쿠라이구미는 어째서 지금까지 가만히 있었던 걸까요?"

가리베가 세나미를 돌아보며 말했다.

"지금까지는 상황을 관찰한 거지. 마침내 사쿠라이구미도 승부에 나선 거야. 조직의 힘과 자본력을 보여주려고 외국 조직의 간부를 부른 거지."

가즈야는 그때까지 가슴에 묻어두었던 안개 같은 기분을 간신히 속에 눌러담았다.

"저는 마쓰바라 과장님께 보고하겠습니다. 내일은 대규모 검거 작전이 될 겁니다."

수사원 모두가 고개를 끄덕였다.

가가야 히토시가 5과 동료의 주재로 사정청취를 마친 것은 오후 7시가 넘어서였다. 사정청취는 농성 현장에 가까운 관할서, 우에노 경찰서에서 이루어졌다.

마지막으로 서명하고 형사과를 나서는데 방금 본청에서 유시마까지 데려다준 수사원 미즈시마가 서 있었다. 5과장이 기다린다며 본청까지 모시겠다고 한다.

가가야는 먼저 도미사카 청사에 들러달라고 했다. 수사 차량은 우에노 경찰서 앞에서 도미사카 방면으로 달렸다.

도미사카 청사에 도착해 5과가 사용하는 층에 들어가자 거기 있던 대여섯 명이 일제히 가가야를 쳐다보았다. 그들은 며칠 전 체포한 사와지마와 이란인을 수사하고 있다. 오늘 조바야 일가의 적발은 담당하지 않은 수사원들이다.

가장 연배 높은 수사원이 그 자리를 대표하기라도 하듯 다가와서 말했다.

"중계를 봤습니다. 경부님, 고생하셨습니다. 부상은 없으신가요?"

"없어." 가가야는 그렇게 대답하고 뭔가 더 말하고 싶은 눈치를 보이는 그 수사원 앞을 지나갔다.

책상 앞으로 다가가자 하세가와가 일어나서 고개를 숙였다.

가가야는 물었다.

"알아냈나?"

하세가와는 인쇄물을 들고 말했다.

"2월 첫째 주, 둘째 주, 슈젠지 컨트리클럽을 찾은 사람들의 리스트입니다."

인쇄물을 받아든 가가야는 하세가와 옆쪽 의자를 잡아당겨 걸터앉아 리스트를 훑어보았다.

"신경쓰이는 이름이라도 있던가?"

이름을 잘 살펴보라는 지시는 따로 하지 않았다.

하지만 하세가와는 대답했다.

"폭력배 이름은 보이지 않았습니다."

"전혀?"

"적어도 지정폭력조직 간부는요. 다만."

하세가와는 제 의자에 걸터앉더니 리스트를 가리켰다. 노란 형광펜 자국이 있다.

"2월 5일 법인회원 예약입니다. 호신 흥업이 마음에 걸려 조사했습니다."

"어디 기업의 조직인가?"

"에토구미입니다."

하세가와가 대답했다.

가가야는 하세가와를 바라보았다.

"확실해?"

"예. 칠 년 전에 설립했는데, 에토구미의 에토가 대표입니다."

"뭘 하는 회사지?"

"일단은 부동산업. 도쿄에서 발행한 면허도 갖고 있습니다. 사무소는 니시아자부."

"누가 간부야?"

"전무가 가타오카 사치오. 전과는 없습니다. 아는 사람입니까?"

"에토구미의 조직원이다. 증권회사 출신이었어. 마음에 걸리는 건 그것뿐인가?"

"예."

"가타오카의 사진을 찾아줘. 찾으면 연락하고."

"예." 하세가와는 리스트를 받아들고 고개를 끄덕였다.

"한 가지 더. 이나다의 전처가 사는 곳과 연락처를 조사해줘. 고베에 살고, 한신 전철 매점에서 일한다더군."

하세가와가 의아한 표정을 짓기에 덧붙였다.

"부의를 보내려고 그래."

"아, 그런 이유군요."

가가야는 이나다 구미코라는 이름을 알려주었다.

"금방 알아낼 수 있을 겁니다."

"메모해줘."

가가야는 사무실을 빠져나가 엘리베이터로 향했다. 본청에서 용건이 기다리고 있다.

본청에 돌아와 있던 가즈야 곁으로 가리베와 세나미가 달려온 것은 오후 7시 40분이었다.

본청 2계가 쓰는 공간에는 가즈야 외에 히구치밖에 없었다. 거의 제2방면본부 전선 거점에서 대기하고 있었다. 가즈야는 오후 6시에 체포자들의 신문을 중단하고 원래 구금해두었던 경찰서로 분산해서 돌려보냈다. 이제 고즈의 체포 영장만 기다리면 된다. 그 영장을 받으면, 내일 적발의 최종 지시를 내릴 생각이었다.

안쪽의 5과 사무실에는 아직 이삼십 명의 수사원들이 남아 있었다. 왠지 술렁거린다. 조바야의 이나다를 사살했기 때문인가. 아마도 5과는 이나다를 체포하지 못한 것을 실패로 여기지 않을 것이다. 인질을 구했고, 대신 붙잡힌 수사원까지 한 끗 차이로 구출했다. 각성제를 다루는 폭력배의 흉악한 모습도 텔레비전 중계로 전 국민에게 전할 수 있었다. 오늘 적발은 대성공으로 끝난 것이다.

성큼성큼 다가온 가리베가 5과 쪽을 흘긋 쳐다보았다. 5과의 분위기를 알아차린 듯했는데, 그도 입가에 웃음이 서려 있었다. 여유 넘치는 미소다. 오른손에는 크라프트지 봉투.

가리베가 가즈야의 책상 앞에 서서 말했다.

"피해 신고, 받아냈습니다. 위력업무방해."

그것은 가리베 일행이 고즈 히데야 주변에서 발견한 범죄 중 하나였다. 고즈가 그가 사는 집합주택 앞에 고급 승용차를 불법 주차해 빌딩 일층에 있는 양과자점의 영업을 방해한 것이다. 양과자점 주인이 항의했을 때, 고즈는 오히려 심술을 부려 부하들 자동차까지 써서 가게 앞을 완전히 봉쇄했다. 봉쇄는 하루 종일 이어졌지만 결국 신고를 받은 시부야 경찰서 지역과가 고즈 패거리를 몰아냈다. 하지만 그 뒤에도 그쪽 사람들로 보이는 남자들이 가게 앞에 어슬렁거리는 바람에 주인은 끝내 가게를 접었다. 넉 달 전의 일이다.

가게를 접었다는 구체적인 피해가 있다. 가리베는 주인에게 사정을 듣고 피해 신고서를 제출하라고 설득해 지금 서류를 받아낸 것이다.

가즈야는 가리베에게 받은 피해 신고서를 읽고 자리에서 일어섰다.

"이걸로 내일 적발 근거는 갖췄습니다. 체포 영장을 청구하지요. 마쓰바라 과장님께 양해를 구하겠습니다."

과장실을 보았다. 책상 위에는 이미 미결 서류 하나 없다. 일찌감치 퇴청한 것이다. 하지만 만나려면 만날 수는 있다. 분명 긴자나 신바시 근처에 있을 것이다. 혹시 만나지 못해도 영장 청구 허락은 전화로 받을 수도 있다. 서류와 인감은 늘 준비되어 있다.

그때 가즈야의 휴대전화가 울렸다. 가즈야는 휴대전화를 꺼내 발신자를 확인했다. 오가와라였다.

"고즈 일행이 탄 벤츠가 지금 니혼바시 호텔에 멈췄습니다." 오가와라는 홍콩 자본의 유명 호텔 이름을 말했다. 올해 갓 도쿄에 진출한 호텔이다. "나리타에서 탑승한 세 명이 차에서 내렸습니다. 아직 어떤 놈들인지 확인은 못 했습니다만."

"오가와라 씨는 지금 어디 계십니까?"

"입구 주차장 앞인데, 이대로 떠나겠습니다. 뒤는 모로타 팀에게 맡기겠습니다."

"모로타 씨에게 프런트에서 확인하라고 지시하겠습니다."

"한 가지 마음에 걸리는 일이……."

"뭡니까?"

"저희하고 별개로 미행하는 차량이 있습니다. 나리타부터 계속 일정한 거리로 따라왔는데, 그쪽도 마찬가지로 호텔 입구 주차장에 정차하더군요. 미행이 확실합니다."

"조폭 수사반일까요?"

"자동차는 수수한 닛산이었습니다. 5과일지도 모릅니다."

5과. 그들도 사쿠라이구미의 꼬리를 잡았나? 혹은 전부터 감시하고 있었나? 그렇다면 혹시 이란인 밀조단이나 사와지마 흥업, 조바야 적발도 진짜를 덮치기 위해 주변부터 공략했던 건가? 그렇지 않으면 진짜를 방심하게 만들기 위한 양동작전인가?

가즈야가 입을 다물자 오가와라가 말했다.

"일단 끊겠습니다."

"알겠습니다. 고즈의 미행은 다시 모로타 씨 쪽에 맡기고 복귀하십시오."

가즈야는 전화를 끊고 가리베에게 말했다.

"오가와라 씨 연락이었습니다. 나리타에서 마중한 남자 셋을 니혼바시 호텔로 데려갔다는군요."

가리베가 말했다.

"내일 거래할 게 분명하군요."

"다만 어딘가 다른 부서도 고즈 패거리의 차를 감시하고 있었던 모양입니다."

"5과?"

"그럴 가능성이 있어요."

"고즈의 체포 영장 청구, 오늘 안에 해야겠군요. 먼저 받은 쪽에 우선권이 있습니다."

"전 이제부터 마쓰바라 과장님을 만나러 갑니다. 허락을 받으면 바로 지방재판소에 고즈의 체포 영장을 청구하겠습니다."

"계장님이 지방재판소에 가시겠다고요?"

이미 밤이 늦었다. 영장 당번 판사에게는 가즈야가 직접 설명하는 게 낫다. 물론 체포 영장 청구권자는 경부 이상 계급으로 과장 이상 간부 경찰관으로 한정된다. 하지만 청구수속에는 그 아래 계급의 경찰관이 가는 경우도 많았다. 다만 정시 이후의 영장 청구에 대해서는 당번 판사도 소명 자료를 철저히 살펴본다. 젊은 수사원은 법률 조문을 속사포처럼 쏟아내는 판사의 심술궂은 질문에 우물거릴 때도 많다. 이런 경우에는 법률 관련 응수에도 익숙하고 해당 사안의 사정을 완벽하게 파악하고 있는 경부급 직원이 가는 게 가장 좋다.

"가리베 씨는 오이로 돌아가서 전화를 기다려주십시오. 내일은 틀림없이 사쿠라이구미와 홍콩 조직 간에 대규모 거래가 있을 겁니다. 장소는 미우라 반도에 있는 사쿠라이 료조의 별장으로 추정됩니다. 저희는 그 현장을 급습해 각성제를 압수하고, 고즈를 비롯한 관계자를 체포할 겁니다. 고즈와 사쿠라이는 오늘 밤부터 두 팀 체재로 감시. 다른 수사원들은 내일 현장에 먼저 보낼 예정입니다."

가리베가 물었다.

"지원은?"

가즈야는 대답했다.

"마쓰바라 과장님이 두세 팀 지원을 붙이라고 판단하시겠지요."

"가나가와 현경에는." 가리베가 그렇게 말했다가 고개를 저었다. "아니, 실없는 소리를 했습니다."

"1과 단독으로 합니다."

가즈야는 방금 유시마 농성 사건의 중계 영상을 보았을 때를 떠올렸다. 그 영상에 그가 격렬하게 동요하고 당황했던 것을. 가둬두었던 기억이 되살아나 평정심을 잃었던 것을. 그것은 그도 상상하지 못했던 반응이었다. 그가 그 일에 그토록 지독하게 사로잡혀 있다는 사실, 그것이 상처라는 사실을 그 자신은 몰랐으므로.

이성을 잃은 그 순간을 부하들에게 들켰을지도 모른다는 생각에 전율했다. 그랬다면 아마 상사로서의 신뢰가 실추되었을 게 확실하다. 위기 앞에서 패닉에 빠지는 남자라고 생각할지도 모른다. 폭력조직 단속을 임무로 하는 부서의 간부에게 부하들의 그런 평가는 치명적이다. 그러니 내일은 하치오지 수사 때의 지휘 실패는 잊고 최대한 침착하고 냉정해야만 한다. 1과 2계가 경시청 안에서 다시 한 번 믿음직하고 유능한 조직으로 인정받기 위해서라도.

정신을 차리고 보니 세 사람이 그를 바라보고 있었다. 가즈야의 다음 지시를 기다리고 있다. 가즈야는 자기가 얼마나 오래 침묵했는지 불안하게 여기면서 지시했다.

"내일 준비 지시는 가리베 씨에게 맡기겠습니다. 세나미 씨와 히구치도 오이에서 제 전화를 기다려주십시오."

세 사람은 가즈야의 책상 앞에서 물러났다.

가즈야는 1과장 마쓰바라 유스케에게 전화를 걸었다.

마쓰바라는 곧바로 받았다.

"무슨 일이야?"

가즈야가 말했다.

"데라와키 살해범 배후 관련 정보입니다. 사쿠라이구미라는 확증을 얻었습니다. 내일, 미우라 반도에서 대규모 거래가 있습니다. 그 현장을 덮치고 싶습니다."

"근거는 있겠지?"

"예. 사쿠라이구미의 고즈 히데야 앞으로 체포 영장 청구를 위한 피해 신고서를 받았습니다. 위력업무방해죄가 성립합니다. 영장 청구를 허가해주시겠습니까?"

"와서 설명해. 지금 히비야에 있다." 마쓰바라는 하루미 길 도로변의 홍콩계 호텔 이름을 댔다. 그곳 이층, 중화요리점에서 회식을 하고 있다고 했다. "도착하면 다시 전화해. 로비로 내려가겠다. 오이에 있지?"

"아니요, 지금 본청으로 돌아와 있으니 십 분이면 도착할 겁니다."

차를 수배하느니 걸어가는 게 빠른 거리다.

마쓰바라의 회식 장소가 니혼바시에 있는 홍콩계 호텔이 아닌 게 다행이었다. 당장 급한 업무 때문이라고 해도 그쪽 호텔에 가기는 꺼려졌다. 고즈나 홍콩 폭력조직 간부와 마주치지 말라는 법이 없다. 그에게도 이미 폭력조직을 상대하는 공무원의 분위기와 냄새가 몸에 배었다. 상대는 대번에 가즈야의 정체를 간파할 것이다. 그리고 거래 실행을 경계하리라.

마쓰바라가 말했다.

"본청 분위기를 봤나?"

"무슨 말씀이신지?"

"5과는 잔칫집이더군. 조폭, 권총, 각성제 3종 세트로 화려한 무대를 전국에 보여주었다. 오늘 사건으로 조직폭력배 적발의 최전선에서 몸 바쳐 일하는 게 5과라는 평가가 굳었어."

마쓰바라의 말에 분하면서도 짜증스러운 기색이 묻어났다. 원래 그 영광은 1과와 자기가 손에 넣었어야 했다고 생각하는 것이다.

"지금은 조용합니다." 가즈야는 말했다. "바로 가겠습니다."

가즈야는 피해 신고서가 든 봉투를 들고 자리에서 일어나 엘리베이터로 향했다.

조직범죄대책부 층으로 올라가자 5과장 기자키와 7계장 오시마가 요란한 웃음으로 가가야를 맞이했다.

"완벽했습니다." 오시마가 말했다. "훌륭했어요."

기자키는 친한 척 어깨를 감쌌다.

"자네를 복귀시킨 게 정답이었어."

5과 사무실에는 스무 명 남짓한 수사원들이 있었다. 이 자리에 있는 대다수가 텔레비전으로 중계된 자초지종을 목격했으리라. 소리 없이 박수치는 시늉을 하는 나이 많은 수사원들이 있었다. 한편으로 가가야를 흘깃 쳐다보기만 하고 통화를 계속하는 이들도 몇 명 있다. 진지한 얼굴이다. 미우라 반도, 가나가와 현경이라는 말이 들렸다. 지금 이 층에 남아 있는 5과 수사원들은 오늘 조바야 검거와는 다른 수사를 맡고 있는 듯했다.

기자키가 자기 책상으로 가가야를 불렀다. 책상 앞 응접세트에서 그때의 상황을 보고하라는 뜻이리라.

가가야는 다가가며 물었다.

"무슨 일입니까?"

"새로운 정보야. 미나가와는 아무래도 사쿠라이 쪽 조직원인 듯하다. 미우라 반도에 숨어 있는 모양이야."

"미나가와가 사쿠라이구미?"

"자네는 그런 정보는 듣지 못했나?"

"금시초문입니다."

"지금 이쪽 정보를 확인하고 있네. 사쿠라이구미가 내일 외국 조직과 큰 거래를 한다는 정보도 있어. 드디어 본진이 보이는군."

오시마가 말했다.

"내일 또 수사원을 대량 투입해 적발하게 될 것 같습니다. 그래도 가가야 씨는 내일은 쉬시지요. 현장에 나올 필요 없습니다."

기자키가 손목시계를 슬쩍 보고 말했다.

"한 턱 쏘지. 긴자로 가세."

가가야는 고개를 저었다.

"오늘은 이대로 S를 만나야 합니다."

"내버려둬. 다른 날에 만나도 되잖아?"

"서두르는 게 나을 겁니다. 이 사태를 풀 열쇠가 되는 정보인 것 같습니다."

기자키가 흥이 깨졌다는 표정을 지었다.

오시마가 옆에서 수습하듯 말했다.

"가가야 씨는 그런 자리를 불편해하는 분이니까요. 이런 날은 오히려 혼자 조용히 스카치를 즐기는 타입 아니겠습니까?"

기자키는 입을 비죽이면서도 이렇게 말했다.

"일단락되면 한잔하지. 부장님도 모실까 하는데, 상관없겠지?"

"예, 일단락되면."

"내일 사쿠라이구미를 적발하면 전모가 드러나겠지. 그 자리에서 미나가와도 체포할 수 있다면 일단 마무리되는 거야. 1과는 완전히 짐짝이었다는 걸 알게 되겠지."

"짐짝?"

"1과 마쓰바라가 부장님께 조직개혁이 어쩌니 허황된 소리를 했더군. 그것도 이제 설득력이 없어. 게다가 가장 중요한 것은 조직의 규율 회복이다. 애송이가 계급을 초월해 건방진 행동을 하거나, 상사를 배신하는 짓은 허락하지 않는 조직이 된다. 안조 같은 놈의 미래는 이제 사라지는 거야."

"그리고." 오시마가 뒷말을 받았다. "가가야 씨, 당신 같은 형사가 제대로 대우받는 경시청이 될 겁니다. 적어도 조직폭력배 관련 부서는 그렇게 되어야지요."

그 5과 사무실에 수사원이 한 명 들어왔다. 나이는 서른 초반일까. 밝은 색 양복에 검은 셔츠 차림이다.

그는 가가야를 보자마자 큰 소리로 말했다.

"가가야 경부님, 방송으로 봤습니다. 최고였습니다!"

그 자리의 수사원들이 모두 고개를 들었다.

그는 말을 이었다.

"지금 1과 안조 계장과 마주쳤습니다. 터덜터덜 사쿠라다 길을 건너가더군요. 자리에 있기 민망해서 모습을 감춘 것 아닐까요?"

이번에는 수사원들 사이에서 웃음이 흘러나왔다.

"안조 계장 팀은 본청에서 사라진 지 며칠 됐습니다. 오이마치에서 궁상을 떨고 있는 모양이던데."

가가야는 기자키와 오시마를 돌아보았다.

"피곤하니 오늘은 그만 실례하겠습니다."

가가야는 걸음을 돌려 휴대전화를 꺼내더니 잰걸음으로 5과에서 벗어났다.

엘리베이터 문 앞에 서자 5과 수사원 한 명이 다가왔다. 목이 굵은 중년 남자다. 데라와키의 장례식장에서 안조 가즈야에게 달려들었던 남자. 사와지마 요시오의 신문도 맡고 있었다. 야스나카라는 수사원이다.

"경부님." 야스나카는 작은 목소리로 가가야를 불렀다.

가가야가 고개를 돌리자 야스나카가 머뭇거리면서 말했다.

"수고 많으셨습니다. 다음에는 제가 대신하겠습니다. 염려 말고 불러주십시오."

문이 열렸다. 가가야는 작게 고개를 끄덕이고 휴대전화를 오른손에 든 채로 엘리베이터에 올라탔다.

도쿄 지방재판소 서기관은 가즈야가 제출한 서류를 하나씩 살펴보면서 고개를 갸웃거렸다.

"고즈 히데야?"

도쿄 지방재판소 영장부 접수처였다. 사쿠라다 길을 사이에 두고 경시청과 비스듬히 마주 보고 있는 기관이다. 지금 가즈야는 1과장의 허락을 얻어 과장 명의로 청구서를 작성해 지방재판소 영장부인 형사 14부에 와 있었다. 청구 서류는 판사에게 가져가기 전에 먼저 서기관이 부족한 점이 없는지 점검한다.

척 보기에도 꼼꼼해 보이는 오십대 서기관이 말했다.

"이 피의자에게는 이미 체포 영장이 나와 있는데요."

가즈야는 눈을 끔쩍거리며 물었다.

"언제 말입니까?"

"오늘이요. 그것도 방금 전이었습니다. 아직 삼십 분도 채 지나지 않았어요."

"이 고즈 히데야가 분명합니까?"

"예." 서기관은 서류 한 장을 들여다보며 말했다. "조직범죄대책부 5과장 명의로 청구했군요."

5과가, 삼십 분 전에?

"혐의는요?"

"공갈."

"그쪽과 별개로, 저희는 위력업무방해입니다. 이 혐의로 청구할 수는 없습니까?"

"같은 피의자 앞으로 같은 날에 체포 영장을 두 번 발행하란 말입니까?" 서기관이 고개를 갸웃거렸다. "그것도 같은 조직범죄대책부인데요? 이거 내부 조정에 착오가 있었던 것 아닙니까? 사실은 한 통으로 끝날 일이……."

"다른 사안입니다."

그때 가즈야의 가슴주머니에서 휴대전화가 울렸다.

1과장 마쓰바라였다. 가즈야가 전화를 받자마자 마쓰바라는 다급한 목소리로 말했다.

"멈춰. 사안이 겹쳤다. 부장님께 보고했더니 5과가 이미 청구했다는군. 아직 본청에 있지?"

가즈야는 대답했다.

"지방재판소에 있습니다. 지금 이곳 서기관도 그 점을 지적했습니다. 어떻게 할까요?"

"제출했나?"

"서기관 단계입니다."

"취하해. 1과는 고즈와 사쿠라이구미에서 손을 떼라는 지시다."

"사쿠라이구미에서도?"

"5과가 대규모 적발 준비에 들어갔어. 혹시나 동향을 눈치채면 물거품이 된다. 사쿠라이구미는 일절 건드리지 말라는 지시니 그렇게 해. 알겠지?"

"예."

전화가 끊겼다.

"어떻게 하시겠습니까?"

서기관의 목소리에 가즈야는 서류를 전부 끌어모으며 말했다.

"나중에 다시 오겠습니다."

영장부 사무실 밖으로 나와 복도에서 잠시 멈춰섰다.

귀신에 홀린 기분이었다. 그들 1과가 5과보다 앞서 수사를 진행했는데. 하지만 5과도 베테랑 수사관이 많은 똑같은 조직범죄대책부다. 같은 결론에 도달해 같은 사실을 파악하는 것은 시간 문제였다. 다만 그렇다고 해도 삼십 분 차이라니. 겨우 삼십 분 차이로 사쿠라이구미를 적발할 수 없다니. 지난 일 년 동안, 도쿄 도내에서 계속된 각성제 거래를 둘러싼 시장 격변과 거듭된 살인 사건. 흑막이 아무래도 사쿠라이구미 같다는 사실을 겨우 알아냈는데, 그 조직에 손을 대지 말라는 명령이 내려왔다. 손발을 묶인 것이다, 경쟁 부서의 수사가 겨우 삼십 분 앞섰다는 이유로. 공동으로 표적을 분담해 맞서는 것도 허락되지 않았다.

납득할 수 없었다.

하지만 이 지시만큼은 조속히 2계 수사원들에게 전해야 했다. 가즈야는 휴대전화로 가리베에게 연락했다.

"고즈의 체포 영장, 5과가 먼저 받아냈습니다. 저희는 사쿠라이구미에 일절 손대지 말라는 지시입니다."

“예?” 가리베가 소리를 질렀다. “그게 무슨 말씀입니까?”

“5과는 사쿠라이구미도 대대적으로 적발할 준비를 하고 있는 모양입니다. 눈치채면 헛수고가 되니 꼼짝도 말라는 지시가 내려왔습니다.”

“어디에서요? 설마 마쓰바라 과장님은 아니겠지요?”

“부장님입니다.”

후우, 가리베가 한숨을 쉬었다.

“꼼짝도 말라는 말입니까.”

“감시, 미행도 위험합니다.”

“오가와라에게 바로 연락하겠습니다. 아니면 계장님이 직접 하시겠습니까?”

“제가 알리겠습니다.”

“여기까지 왔는데 퇴각 나팔이라니, 허탈하네요. 이런 일이 처음은 아니지만요. 이쪽 녀석들에게는 제가 전하겠습니다. 내일은 어떻게 할까요?”

“사쿠마 쪽 신문에 집중합시다.”

“알겠습니다.”

오가와라의 반응은 가리베보다 산뜻했다.

“그랬습니까. 한발 늦었나요.”

“미행은 중지입니다. 물러나주세요.”

“알겠습니다.”

가즈야는 휴대전화를 주머니에 넣고 엘리베이터 쪽으로 걸어갔다.

마침 엘리베이터 한 대에서 사람이 내렸다. 내려가는 엘리베이터 같았다. 가즈야는 열 걸음 정도 되는 거리를 뛰어 닫히려는 문틈으로 엘리베이터에 뛰어들었다.

먼저 탄 사람이 있었다. 여성이었다. 가즈야는 그 얼굴을 보고 얼어붙었다. 헤어진 아내였다. 그녀가 업무로 도쿄 지방재판소 건물에 오는 것은 이상한 일이 아니다.

한때는 안조 미치라는 이름이었다. 하지만 그녀가 그 이름으로 산 것은 삼 년 남짓한 짧은 세월이었다. 그 후 옛날 성으로 돌아갔다.

이과 연구원처럼 보이기도 하는 서늘한 생김새로, 화장기가 옅다. 뿔테 안경. 이마를 드러내 뒤로 묶은 머리. 예전 그대로다. 아니, 조금 살이 붙었을까.

미치가 당혹스러운 표정을 보인 것은 한순간이었다. 바로 조심스럽게 미소를 지었다.

"오랜만이야. 일 때문에?"

"응. 영장 청구 건으로." 가즈야는 엘리베이터 반대편에 서서 물었다. "당신도?"

"맞아. 이 위에."

지방재판소 어느 부서에 일 때문에 볼일이 있어 왔다는 뜻이리라. 서류를 전했거나, 혹은 받았거나. 아마 지금도 같은 일을 하고 있을 것이다.

결혼했을 때, 그녀는 변호사 사무실에서 일하고 있었다. 애초에 처음 만난 곳도 이 도쿄 지방재판소였다. 가즈야가 담당했던 사건의 피고 측 변호사가 미치를 비서인지 조수처럼 데리고 있었다. 폐정 후, 일층 로비에서 그 얼굴을 기억했다. 그다음 주, 역시 이 빌딩 지하에 있는 직원 식당에서 그녀를 보았다. 변호사 배지를 단 중년 남자와 함께 점심을 먹고 있었다. 가즈야가 인사를 하자 미치가 아, 하는 표정을 지었다. 그것이 사귀는 계기가 되었다. 일 년 반 뒤에 두 사람은 결혼했다.

서로 알고 나서 결혼에 이르기까지 너무 짧다는 말을 들은 적이 있다. 하지만 결혼을 늦추면 관계가 끝날 것 같아 불안했다. 결혼하려면 두 사람의 마음이 뜨거울 때 해야 한다고 생각했으니까. 가즈야의 다소 서툴고 성급한 구혼을 미치가 받아들였고, 두 사람은 결혼했던 것이다.

"잘 지내?" 미치가 물었다.

"그래. 당신은?"

"잘 지내." 미치는 잠시 입을 다물었다가 곁눈질로 가즈야를 쳐다보며 말했다. "재혼했어."

가즈야는 깜짝 놀라 미치를 바라보았다. 미치는 가즈야의 시선을 받고 다시금 미소를 지었다. 건강하고, 행복하다고 말하는 표정이었다.

"몰랐어."

"당신은?"

"혼자야."

"아직 2과?"

다시 말해 그녀는 그 후 가즈야의 소식을 궁금해하지도 않았다는 뜻이다. 생활권이 이렇게 가까운데. 물론 그것은 가즈야도 마찬가지일지 모른다. 전처가 그 뒤에 어떻게 지냈는지, 친구에게 넌지시 물어보는 노력조차 하지 않았다.

가즈야가 대답했다.

"지금은 조직범죄대책부."

"아, 형사가 총에 맞은?"

"나도 관여했던 사안이야."

"위험한 직장이네."

엘리베이터 문이 열렸다. 가즈야는 미치를 먼저 내리게 한 후에 출입구를 향해 지방재판소 일층 로비를 나란히 걸었다.

곁눈질로 미치의 모습을 보았다. 얇은 코트 위로도 아랫배가 볼록해 보였다. 살이 찐 게 아니다.

가즈야의 시선을 눈치챈 미치가 말했다.

"임신했어."

"아……."

그러고는 말이 나오지 않았다. 재혼한 전처에게 임신 소식을 듣고 전남편은 어떻게 반응해야 할지, 상상해본 적도 없었다.

"축하해." 겨우 말했다.

"고마워."

"지금 성은?"

처음 들어보는 이름이었다.

"내가 아는 사람?"

"아마 모를 거야."

"정말 축하해."

"응."

출입구를 빠져나가 사쿠라다 길 인도로 나가자 미치는 왼손으로 지하철 가스미가세키 역 방향을 가리키며 말했다.

"당신도 잘 지내. 그럼 이만."

"그래."

가즈야는 그 자리에 서서 전처의 모습이 지하철 역 입구로 사라질 때까지 지켜보았다. 예상할 수 있는 일이기는 했지만, 미치는 뒤도 돌아보지 않았다. 조금 빠른 걸음으로 인도를 또각또각 걸어가 지하로 사라졌다.

엘리베이터 문이 열리자 노지마가 기다리고 있었다.

노지마는 깊숙이 고개를 숙이고 말했다.

"봤습니다. 가가야 씨는 역시 대단하십니다."

시오도메에 있는 호텔 최상층이다. 가가야가 전에 경시청에 있던 시절에는 없었던 호텔. 방금 전 전화로 에토가 약속 장소로 정할 때까지, 그 이름도 몰랐던 호텔이었다. 최근 삼사 년 사이에 생겼으리라.

노지마 뒤에서 검은 정장을 입은 여성이 안으로 안내했다. 가게 종업원인 것 같았다. 가가야는 노지마와 나란히 그 여성의 뒤를 따랐다.

가게 안은 전체 조명이 어둡고 내부 인테리어에 유리를 많이 사용했다. 천장도 높다. 프렌치 레스토랑이라던데, 일류급이다. 가격도 그에 상응하리라.

종업원이 안쪽 룸으로 안내했다. 도쿄 만의 워터프런트와 간척지 부근의 야경이 전면에 펼쳐져 있다. 조망이 탁월한 방이었다. 중앙에 하얀 테이블 덮개를 깐 4인용 테이블이 있다.

앞쪽에 에토가 서 있었다. 그 옆에 있는 사람은 에토구미의 간부, 가타기리였다. 오늘 하세가와가 조사한 회사의 전무. 두 사람 다 정장을 입고 있어, 이런 가게에 있어도 격이 눌리지 않았다. 일반인으로 보이지는 않지만, 그럭저럭 가게 분위기에 맞았다.

에토와 가타기리는 두 손을 바지 주름선에 정확히 맞추어 45도 각도의 꼿꼿한 자세로 허리를 굽혔다.

에토가 말했다.

"고생 많으셨습니다. 무사하셔서 다행입니다."

가가야는 세 사람의 얼굴을 훑어보았다. 이 세 사람이 현재 에토구미의 사실상 넘버 원, 투, 스리인 셈인가. 조직 차원에서 가가야의 오늘 활약을 치하할 때 에토가 소집한 사람들이다. 노지마는 조직 안에서도 아직 젊은 축일 텐데.

가가야는 그런 생각을 감추고 말했다.

"갑작스럽게 미안하군."

"괜찮습니다. 이런 날이니 저희가 가가야 씨를 위로해드릴 수 있다는 것만으로도 영광이지요. 가타기리는 알고 계셨습니까?"

"얼굴만 알아."

가타기리가 살짝 고개를 숙였다.

에토가 가가야에게 자리를 권하고 자기는 그 옆자리에 앉았다. 가타기리와 노지마도 자리에 앉았다.

"때마침 잘 오셨습니다." 에토가 말했다. "저희도 지금 막 도착해서, 식전주만 마셨어요. 뭘 드시겠습니까?"

"아무거나."

"역시 이런 날은 거품이 있어야겠죠."

에토는 가게 여성에게 샴페인을 한 병 가져오라고 주문했다.

여성이 방에서 나가자 에토가 말했다.

"자칫 한 끗 차이로 목숨이 위태로울 뻔했지요?"

"봤잖아."

"놈이 권총을 들이댔는데도 전혀 동요하지 않으시더군요. 대단합니다. 가가야 씨는 경시청 최강의 형사입니다. 오늘은 끝까지 함께해주시겠지요?"

"그럴 작정으로 왔어."

"입맛은 알고 있는 터라 요리는 이미 주문해뒀습니다. 이차도 맡겨만 주십시오. 그나저나 무슨 이유로 마음이 바뀌셨는지……?"

"괜히 술 생각이 나더군."

"이해합니다. 그런 일이 있었던 날이니까요."

"나인 줄 용케 알아봤군."

"실루엣만 보고도 알았습니다. 지원했던 겁니까?"

"설마." 가가야는 코로 숨을 토했다. "콕 집어서 부르더군."

"조직범죄대책부에서?"

"이나다가 내 이름을 댔어."

"그 마음은 이해가 갑니다만."

"이럴 때를 위한 복직이었던 거지."

"아직 예민하시군요."

"가시가 박힌 기분이야."

"진정하시죠."

그때 남성 소믈리에가 샴페인 병을 들고 찾아왔다. 에토가 의자 위에서 앉은 자세를 가다듬었다. 소믈리에는 익숙한 손짓으로 마개를 땄다. 퐁, 가벼운 파열음이 났다.

세 사람의 잔에 황금색 샴페인이 채워졌지만 노지마만 사양했다. 그의 앞에는 페리에가 놓여 있었다.

에토가 잔을 들며 말했다.

"가가야 경부님의 복직과, 오늘의 활약에, 건배!"

가타기리와 노지마가 작게 건배, 하고 복창했다. 가가야는 잠자코 잔을 입가로 가져갔다.

가타기리와 노지마가 거듭 유시마 인질극을 화제로 삼았다. 인질을 대신하다니, 배짱이 대단하다, 그런 행동을 할 수 있는 사람은 사만 명이나 되는 경시청 경찰들 중에서도 가가야 한 사람뿐이라고 칭찬을 늘어놓는다. 가가야는 잠자코 샴페인 글라스를 비웠다.

에토가 두 잔째 샴페인을 비우고 물었다.

"이나다는 왜 거기서 가가야 씨를 쏘려고 한 겁니까?"

"글쎄."

"안에서 무슨 트러블이라도?"

"아니."

"오사카에서도 한 명 죽였다는 소문이 있는 야쿠자니, 성미는 불같았겠지만."

에토는 직접 자기 잔에 샴페인을 따랐다. 이어서 노지마가 가가야의 잔에 샴페인을 더 따라주었다.

"정말이지, 가가야 씨 조직은 당신을 일회용처럼 부리고, 또다시 똑같은 짓을 하는군요. 나쁜 말은 하지 않겠습니다. 그만큼 몸 바쳤으면 됐잖아요. 앞으로는 일회용 취급을 당하지 않도록, 다르게 살아야지요."

"가령?"

"당신은 이미 오늘 일로 절대적인 명성을 얻었습니다. 경시청 안에서도, 야쿠자 사이에서도, 함부로 볼 수 없는 남자가 되었다 이겁니다."

가타기리도 거들었다.

"구경만 하던 사람들도 가가야 경부님 이름을 알게 될 겁니다."

"경시청에서는 이름을 발표하지 않았어."

"금방 퍼질 겁니다."

"글쎄."

"가가야 씨가 경시청에서 계속 일하고 싶다면 그것도 나름대로 괜찮겠지요. 하지만 저는 당신의 정년 이후까지 염려해서 하는 말입니다. 저를 도와주지 않겠습니까?"

"난 경관으로 돌아왔어."

"복귀하기 전의 당신이라면 저도 이런 말은 안 했을 겁니다. 경시청에 복귀한 지금의 당신이니까 함께 일하고 싶다는 겁니다. 지금의 당신, 경시청 사람들 모두가 한 걸음 물러나 경례하는 가가야 히토시 경부를 모시고 싶다는 말입니다. 당신은 이미 십 년 전의 몇 배나 되는 힘을 가진 형사예요."

"설마."

"아니, 오늘 활약도 있었으니 당신을 우러르는 형사가 몇 명, 몇십 명은 생길 겁니다. 가가야 씨는 경시청 안에서 마음껏 부릴 수 있는 비밀결사를 만들 수 있어요. 제가 응원하겠습니다. 부하들을 키우는 데 필요한 자금도 대겠습니다."

"그런 건 불가능해."

"당신에게는 그만한 힘이 있어요."

"경찰은 계급사회다. 상부 명령이 절대적이야."

"현장에서 몸으로 일하는 경찰들의 본심은 다릅니다."

"당신은 경찰을 몰라."

"압니다. 개인적인 교류도 있고요."

"어떤 식으로 도와달란 말인가?"

"고문 자격으로 저희를 돌봐주셨으면 좋겠습니다. 더 솔직히 말하면 까다로운 협상이나 계약을 할 때 입회해주셨으면 합니다. 그 자리에 계시는 것만으로도 충분해요."

고문 자격. 고문으로서 입회. 위험한 거래 현장에 가가야가 동석한다는 것은 현장 경찰관을 대표해 그 계약을 뒷받침한다는 의미를 갖는다고 생각하는지도 모른다. 에토가 가가야에게 그만한 영향력이 있다고 믿는다면, 우스운 얘기지만.

그래도 가가야는 물었다.

"대가는?"

에토가 가가야의 눈을 들여다보았다. 얼굴이 진지하다.

"조건에 따라서는 받아들이겠다는 말씀이지요?"

"속을 털어놔."

"십 년 전 당신이 누렸던 생활을 보장하겠습니다. 메구로의 맨션. 외제 차. 일류 가게의 술과 음식. 정년 후에도."

"고작해야 고문인데 어째서 그렇게 우대하지?"
"가가야 씨를 형제라고 부르고 싶으니까."
테이블 반대편에서 노지마가 고개를 들었다. 순간 시선이 마주쳤지만 노지마의 표정은 읽을 수 없었다. 노지마는 바로 시선을 거두었다.
에토가 말을 이었다.
"정년 후에도 당신이 경찰 내 비밀조직을 움직여준다면 계속 뒤를 봐드리겠습니다. 정년퇴직한 뒤에 비샤몬 만의 낚싯배가 아니라 유쓰보 마리나의 크루저를 타면 안 되는 이유라도 있답니까?"
가가야가 잠자코 있자 에토가 몰아붙였다.
"내일, 잔을 나누지 않겠습니까? 마침 저는 중요한 회식에 갈 예정인데 형제들, 외국 거래처도 올 겁니다. 먼저 결속 의식을 치른 뒤에 당신을 소개하지요. 앞으로 다가올 도쿄의 밤을 지배할 인물이 저라는 사실을 사람들에게 보여주는 겁니다."
"어떤 의식을?"
"극히 형식적인 겁니다."
"그렇게까지 해가며 나를 부르고 싶은가?"
에토가 일어나서 방 유리로 다가갔다. 그 너머에는 무기질적인 도쿄 만의 야경이 있다. 수많은 빌딩과 자동차 전용도로, 운하, 해수면, 달리는 자동차의 불빛…… 생활감도 현실감도 사라진 그 풍경은 언뜻 컴퓨터로 만들어 투사한 영상처럼 보이기도 했다.
에토가 유리를 등지고 가가야를 향해 몸을 돌렸다.
"예를 들어볼까. 봐, 이 도쿄 만에 언젠가 카지노 특구가 들어설 거다. 아시아를 대표하는, 어른들을 위한 거대한 테마파크가 생기는 거지. 도쿄와 경시청이 벌써부터 그 이권을 노리고 열심히 줄다리기를 하고 있어."

제안을 받아들이는 쪽으로 가가야의 마음이 기울었다고 생각했는지, 에토의 어조는 완전히 대등한 사이의 그것이었다. 아니, 이미 고용주의 기분인지도 모른다.

"놈들은 자기네가 법률로 조례를 만들면 카지노 특구가 생겨 금세 성공하는 줄 알아. 아니지. 그럴 리 있나. 도박장을 실제로 관리할 줄 아는 조직이 없으면 카지노 특구는 성립하지 않아. 그리고 일단 카지노 특구가 생기면 도쿄 번화가의 이권이 갖는 가치는 코딱지만도 못 해."

웨이터가 두 명 들어왔다. 요리를 가지고 온 것이다. 에토가 일단 입을 다물었다.

전채 접시가 나오고 웨이터가 요리를 설명하려 했다. 에토가 됐다고 물리쳤다. 웨이터가 설명을 멈추고 방에서 나가자 에토가 말을 이었다.

"아시아 곳곳에서 돈 많은 관광객을 모아 도박을 하게 하면 특구가 성립될까? 거금을 주머니에 넣고 놀러 오는 어른에게 그 이외의 재미는 제공하지 않을 건가? 물론 공공연하게 제공할 수 없는 서비스도 있지. 하지만 그런 것도 없이 손님이 온다고 상정하는 쪽이 멍청한 거야. 누구든 일단은 비합법적인 거라도 팔아야 해. 그것도 도청 낙하산 관료나 경찰 관료는 할 수 없는 일이지. 도박장을 관리하고, 여자와 그 외 적당한 편의를 봐줄 사람이 필요해. 그 경험도 능력도 있는 누군가가. 그게 누굴까? 사와지마 흥업? 조바야? 사쿠라이구미?"

사쿠라이구미의 이름이 나왔다. 가가야는 표정을 유지하려 애썼다.

"아니야." 에토가 고개를 저었다. "조직 사무소에 간판만 그럴싸하게 걸어놓고, 몇 푼 안 되는 상납금이나 걷고, 성인 DVD나 파는 놈들이 할 수 있을까? 자칫하면 외국 조직하고도 치열하게 한판 붙어야 할 때, 헬로하고 하우머치밖에 말할 줄 모르는 야쿠자가 뭘 할 수 있지?"

전채 그릇에는 족편 같은 요리가 있었다. 가가야는 에토를 쳐다보며 그 음식을 입으로 가져갔다. 돼지고기 테린느였다.

에토가 말했다.

"이 특구의 카지노 경영을 맡아주겠다는 실업가가 있어. 지금 싱가포르에 엄청난 규모의 카지노를 건설하고 있는데, 그곳 운영회사하고도 협업하기로 했어. 사원 연수로 카지노 운영 노하우를 배우는 거지. 이삼 년 후에는 카지노 특구를 어느 기업에 맡길지 관료들이 막상 고민할 때, 일본 자본으로 하려면 그 회사밖에 떠오르지 않게 될 거야. 조만간 그 대표를 소개할 날이 있겠지."

가가야는 어제 에비스 호텔 연회장에서 본 구마가이라는 실업가를 떠올렸다. 그를 말하는 것인가?

에토가 말을 이었다.

"카지노의 표면적인 부분은 이 회사가 관리해. 하지만 아무리 깔끔한 척해도 결국은 도박장이야. 뒤에서 하는 일이 나오지. 특구 안에도 뒷세계는 생기니까. 그걸 내가 맡는 거야. 아시아의 다른 조직과도 원만한 관계를 이루면서. 우리가 카지노 특구를 관리하면 그곳은 일본에서 가장 안전한, 치안이 좋은 구역이 될 거야. 라스베이거스가 미국에서 가장 안전한 거리인 것과 똑같은 이유야. 도쿄도 경시청도 얼씨 좋다 하겠지."

에토가 가가야를 바라보았다. 어떻게 생각하는지 묻는 얼굴이다.

가가야는 전채 요리를 삼키고 물었다.

"그만한 이권을 다른 조직이 잠자코 구경만 할까?"

에토가 입 끝을 비죽거리며 웃었다.

"일본항공도 파산하는 세상이야. 고루한 야쿠자는 이제 끝났어. 살아남을 수 없어."

"결투가 벌어지면 약소한 자네 조직이 이길 수 있을까?"

"우리 조직이 약소해?" 에토가 코웃음을 쳤다. "당신이 미우라 반도에 처박혀 있는 동안 얼마나 성장했는지 모르지?"

"공교롭게도."

"우리는 이제 약소하지도 않고, 결투에서도 이길 수 있어. 아니, 다른 조직이 도태되는 거지. 탈락하는 거야." 에토는 간토의 도박 집단, 사기 집단, 거기에 고베가 본거지인 광역 폭력조직의 이름을 들었다. "놈들은 공룡 같은 존재야. 아니, 집단이 너무 커진 하이에나인가. 어쨌든 기후도 변했고 환경도 격변했어. 멸망할 거야. 마지막에 남는 건 우리다. 새로운 시대에 적응할 수 있는, 에토 그룹. 이런 걸 적자생존의 법칙이라 하지 않던가?"

"자연도태하지는 않을 텐데."

"안락사는 거들어줘야지."

"거들어?"

"경찰도 기뻐하는 형태로."

"조바야도, 사쿠라이구미도 잠자코 있지 않을 텐데."

에토는 웃었다.

"사쿠라이구미는 내일 끝장나."

"내일?"

"조직범죄대책부에서 못 들었나?"

내일 적발 작전을 말하는 건가? 하지만 그것을 어떻게 에토가 알고 있지? 조직범죄대책부5과에서 정보가 새어나갔나?

아니, 생각을 고쳤다. 안락사는 거든다는 지금 에토의 표현……. 에토가 사쿠라이구미의 정보를 흘린 것인가?

가가야는 말했다.

"난 계속 우에노 경찰서에서 사정청취를 받고 있었으니까."

"그런가. 당신은 조바야 담당이었지."

"떠올리기도 싫군."

그때 다시 웨이터가 들어왔다. 이번에는 하얀 나비넥타이였다. 포타주 위로 굴이 보였다.

웨이터가 물러나자 가가야가 입을 열었다.

"미나가와는 사쿠라이구미였나?"

"아니." 에토는 일단 단호하게 부정하더니 말을 바꾸었다. "몰라. 궁금한가?"

"예전 부하가 죽었으니."

"그렇군. 복수인가."

가가야는 포타주를 한 입 먹었다.

에토가 물었다.

"가시가 박힌 것 같다는 기분은 좀 어때?"

가가야는 대답했다.

"아직 그대로야."

"지금 말한 조건, 어떤가?"

"하루만 시간을 줘."

"긍정적인 검토로 받아들여도 되나?"

"내가 왜 오늘 술을 사달라고 했다고 생각하지?"

"글쎄. 귀찮게 달려들어서 당신 마음을 백지로 돌리긴 싫으니, 다음은 화이트와인으로 할까?"

"마음대로."

에토는 테이블 위에 놓인 와인리스트를 들어 눈앞에 펼쳤다.

"생선 요리가 송어니, 루아르 상세르 어때?"

"전문가가 다 됐군."

"사교 범위가 넓어졌으니까. 요즘은 러시아 마피아도 와인에 까다로워. 와인 선택에는 신경을 써야 하지."

"러시아인하고도 관계가 있나?"

"앞으로 도쿄에서 살아남고 싶다면 중국인, 러시아인하고는 친하게 지내야지. 내일 오는 손님도 러시아인이야."

"그 거래 때문에?"

"그래. 그 자리에 당신이 있어준다면 내일 미팅은 완벽해."

"어떤 내용이기에?"

"계약 갱신. 보다 긴밀한 업무제휴. 그리고 뭐, 이것저것."

문 가까이 있던 노지마가 웨이터를 불렀다.

바로 들어온 웨이터에게 에토는 화이트와인을 주문했다.

가가야는 샴페인 글라스를 기울이면서 에토를 관찰했다. 샴페인으로 이미 얼굴이 붉다. 기분이 좋아 보인다. 내일, 5과의 관심이 사쿠라이구미에 집중되어 있을 때, 그는 도내 어디선가 러시아 마피아와 커다란 미팅을 마무리 짓는다. 그 미팅이 끝나면 에토의 기분은 더욱 좋아질 것이다.

"술이 맛있군." 가가야는 글라스를 입에서 떼며 말했다. "마시려면 이런 술을 마셔야지."

에토가 동의하는 것처럼 실눈을 떴다.

"이 차에도 좋은 술과 안주를 마련해뒀어."

/ 12 /

가가야는 본청 5과 쪽으로 들어가 야스나카를 찾았다. 오전 10시

45분이었다.

그는 마침 책상에 앉아 서류철에서 고개를 드는 찰나였다.

가가야는 야스나카에게 다가가 물었다.

"1과 2계에서 베테랑 형사면 누구지?"

야스나카는 조금 당황하는 기색이었다.

"2계라니, 그 안조가 맡고 있는 부서 말입니까?"

"그래. 조폭 쪽으로 경험이 풍부한 형사는?"

"경부보 급이라면 가리베나 오가와라일까요. 아, 세나미라는 순사부장도 있습니다. 이케부쿠로 경찰서에서 온 베테랑입니다."

"그 세나미라는 남자의 휴대전화 번호, 알아볼 수 있나?"

"무슨 일이라도?"

"직접 묻고 싶은 게 있어."

"1과 문제로 말입니까?"

"아니, 그런 게 아니야."

지금 대답으로 그 이상 묻지 말라는 뜻은 전달되었을 것이다.

"오 분만 시간을 주십시오. 두어 군데 물어보겠습니다." 야스나카가 대답했다.

"내가 궁금해한다는 말은 말고."

"알겠습니다."

"알아내면 내 휴대전화로 연락해줘."

야스나카의 휴대전화에 제 번호를 등록시킨 뒤에 가가야는 주차장으로 내려갔다.

야스나카의 전화는 가가야가 도미사카 청사로 향하고 있을 때 걸려왔다.

"세나미 순사부장의 휴대전화 번호, 알아냈습니다. 주임 가리베의 번호도요."

가가야는 세단을 황궁 앞 히비야 길 옆에 세우고 야스나카가 알려준 두 개의 번호를 메모했다.

세나미에게 연락하자 "예?" 하고 미심쩍어하는 대답이 돌아왔다. 목소리의 인상으로는 나이가 지긋할 것 같았다. 정년이 가까운 수사원이리라.

"가가야라고 합니다." 가가야는 이름을 밝혔다. "얼마 전 조직범죄대책부에 배속된 가가야입니다."

"아……." 세나미가 당혹해하는 기색이 느껴졌다. "그?"

"그렇습니다. 5과를 통해 이 번호를 받았습니다. 잠시 통화 괜찮으시겠습니까?"

"아아. 아니, 괜찮긴 합니다만."

"사쿠라이구미 검거에서 1과는 빠지라는 지시가 내려왔다고 들었습니다. 다만 저는 독자적으로 이번 흑막에 대해 다른 정보를 얻었습니다. 세나미 씨에게 말씀드리고 싶은데, 잠깐 만날 수 있을까요?"

"가가야 씨가 제게 정보를 주시겠다고요?"

"그렇다고 할까, 정보 교환을 원합니다."

"어째서?"

"전모를 알고 싶습니다. 정보를 맞춰보면 눈에 보이는 게 있겠지요."

"5과하고 하면 되는 것 아닙니까?"

"5과는 지금 귀가 꽉 막혀 있습니다."

"지금 요점만이라도 말씀해주실 수 없겠습니까? 직접 만날지는 그 정보를 들은 후에 판단하고 싶습니다."

"지금, 옆에 누구 있습니까?"

"아니요."

"사쿠라이구미는 무관합니다. 다른 조직이 있습니다."

"다른 조직이라니, 어딥니까?"

"직접 만나서."

"당신이 원하는 정보는?"

"1과가 가진 정보."

세나미가 코웃음을 쳤다.

"가가야 씨, 솔직히 1과는 당신이 이미 에토구미에 넘어갔다는 걸 알고 있어요. 당신 정보를 곧이곧대로 믿을 수는 없군요."

가가야는 깜짝 놀랐다. 에토구미에 이미 넘어갔다? 어제 에토와 함께 술자리를 나눴다는 이야기가 1과에 들어갔나? 아니, 그 자리에 있던 것은 그들 외에는 가타기리와 노지마 둘뿐이었다. 에토가 신뢰하는 부하들이다. 거기서 1과에 정보가 샐 리는 없다.

가가야는 구 년 전 일을 떠올렸다. 그가 경시청을 의원퇴직하게 된 그 경위.

복귀한 시점부터 내 행동은 다시 경무부의 감시 대상이었나?

그런 의혹은 곧 지워버렸다. 그를 복귀시키려던 경무부의 사이토나 이시하라의 노력은 진심이었다. 감찰할 작정이었다면 애초에 복직을 권하지도 않았으리라.

혹시 1과가 나를 내사했나? 안조 가즈야가 나를 미행 감시한 걸까? 가가야는 있을 수 있는 일이라고 생각했다. 아마도 가즈야는 그가 복귀한 직접적인 이유가 궁금할 것이다. 신경을 쓰고 있다. 부하에게 내사를 명령했을 수도 있다. 며칠 전 롯폰기 에토 클럽에 갔을 때, 혹은 어젯밤 1과가 그 전후를 감시하고 있었다면 거기에서 가가야가 에토구미에 매수당했다는 결론을 도출했다 해도 이상하지는 않다.

가가야가 잠자코 있자 세나미가 말했다.

"사정이 그러니, 가가야 씨, 만나도 의미가 없을 겁니다."

동정 어린 기색이었다.

가가야가 다음 말을 찾는데 세나미가 "실례" 하더니 전화를 끊었다.

가가야는 휴대전화를 귀에서 떼고 잠시 앞 유리 너머로 황궁 앞 풍경을 바라보았다. 도쿄의 하늘은 흐려서 구름이 조금 낮은 상공에서 동쪽으로 흘러가고 있었다. 황궁 주변 가로수의 잎사귀가 살짝 흔들리는 것처럼 보였다. 바람이 부는 모양이다.

가가야는 휴대전화를 고쳐쥐고 다른 번호를 찾았다.

"여보세요." 상대가 바로 받았다.

"오늘, 당장 만날 수 있습니까?"

"좋지." 우치보리가 기대에 찬 목소리로 대답했다.

가리베가 헐레벌떡 뛰어 들어왔다. 수사원들 모두 가리베를 쳐다보았다.

"계장님, 잠시 괜찮습니까?"

"물론."

가리베는 약 두 시간 전에 황급히 협력자를 만나야 한다며 이 전선 기지를 떠났다.

회의 테이블 맞은편에 걸터앉은 가리베가 숨을 고르고 말했다.

"가가야가 얽혀 있습니다. 제 S의 정보입니다."

그 자리에 있는 모든 이들의 눈이 가리베에게 집중되었다.

가즈야가 물었다.

"조직범죄대책부로 돌아온 그 가가야 경부를 말하는 겁니까?"

"그 가가야가 맞습니다. 어제, 이나다 다케마사에게 총을 맞을 뻔한."

"얽혀 있다는 게 무슨 뜻입니까?"

"이번 일련의 각성제 문제에 얽혀 있습니다. 배후에 있는 게 사쿠라이구미라고 믿도록, 저희를 교묘하게 유도한 겁니다. 사쿠라이구미를 없애려고 정보가 전부 그쪽을 향하도록 꾸민 겁니다."

"진짜 흑막은?"

"S의 정보로는 에토구미. 사쿠마와 미나가와의 배후에 있는 건 에토입니다. 배후를 감춘 채 각성제 판로를 새로 만들어, 혹시나 수사 대상이 될 경우 다른 쪽이 추궁당하도록 꾸민 거지요. 가가야도 눈속임 목적으로 조직범죄대책부에 복귀한 겁니다."

오가와라가 이해할 수 없다는 듯이 물었다.

"가가야는 경무부의 복귀 요청을 오래도록 거절했다고 들었는데."

"미나가와가 데라와키를 살해했어. 그 실수 때문에 조직범죄대책부가 에토구미를 눈여겨볼 수도 있었지. 그래서 에토가 급히 가가야에게 복귀 요청을 받아들이도록 지시했다는 거야."

구리타가 고개를 갸웃거리며 가즈야를 쳐다보았다.

"가가야는 예전부터 에토구미와 유착이 있었습니까?"

가즈야는 구 년 전의 내사를 떠올리며 대답했다.

"에토는 정보원 중 하나였어. 돈도 빌렸을 텐데, 가가야는 공판 때는 그 사실을 인정하지 않았다."

"그 말은 곧, 에토구미를 감쌌다는 겁니까? 자신의 배후에 대해 묵비함으로써?"

그렇게 해석할 수도 있구나. 지금까지 경시청에서 가가야는 상사의 관여 사실에 대해 침묵함으로써 경찰제도 전체를 지켰다는 평가를 받아왔건만.

가리베가 끝까지 말 좀 하자는 듯이 헛기침을 했다.

"S의 정보에 따르면 사쿠라이구미의 오늘 거래 뒤에 숨어, 에토 역시 커다란 거래를 끝낼 거라는군요. 에토구미는 조직범죄대책부가 사쿠라이구미와 사와지마 흥업, 조바야를 적발하는 동안 혼자 살아남을 속셈이랍니다."

가즈야는 물었다.

"에토는 거래를 어디에서?"

"S도 거기까지는 파악하지 못했습니다. 다만 가가야가 고문으로 그 자리에 입회한답니다. 가가야를 추적하면 거래 현장을 찾아낼 수 있습니다."

"정보 신빙성은 어떻습니까?"

"충분합니다. 증거를 보여준 건 아니지만."

그때 세나미가 머뭇거리며 말했다.

"실은 아까, 가가야가 제게도 접촉해왔습니다."

수사원들의 눈이 이번에는 모조리 세나미에게 쏠렸다.

세나미가 잠자코 있었던 것을 사과하듯 말했다.

"가가야가 전화를 했습니다. 정보를 교환하고 싶다고요. 가가야가 에토와 유착해 있다는 건 알고 있었으니, 뭔가 가짜 정보를 흘릴 거라는 감이 딱 왔습니다. 가가야가 만나고 싶다고 했지만 거절했습니다."

가즈야는 물었다.

"몇 시쯤이었습니까?"

"11시쯤이었습니다."

가즈야는 손목시계를 보았다. 네 시간 전이다.

"세나미 씨는 어떤 식으로 거절했습니까?"

"당신이 에토하고 손잡았다는 건 다 아는 사실이니 정보 교환은 할 수 없다고."

가즈야는 가리베와 오가와라를 돌아보며 말했다.

"며칠 전, 롯폰기를 지날 때 저와 세나미 씨는 가가야의 모습을 목격했습니다. 피에몬테라는 에토의 클럽이 있는 빌딩 앞에서."

오가와라가 말했다.

"또 좋은 차를 몰고 다닌다는 말도 들었지요. 전처럼 독일제 차라더군요."

가리베가 거들었다.

"경부 월급으로는 불가능해."

세나미가 말했다.

"스폰서가 있는 거지요. 이미 그게 누군지 조사할 필요도 없습니다."

가즈야는 가리베에게 물었다.

"가리베 씨의 그 S는 믿을 만한 사람입니까?"

가리베는 좌우의 수사원들 얼굴을 둘러보고 대답했다.

"이름을 말 못 하는 점은 이해해주십시오. 전직 경찰입니다. 조폭 담당으로, 불상사를 일으켜 징계면직. 그쪽 세계에 빠삭해요."

"그 정보를 믿으려면 뭔가 방증이나 근거가 필요합니다."

"그 자가 돈을 요구했습니다. 어떤 S든 돈을 요구할 때는 그 정보의 정확도가 높아요. 믿을 수 있습니다."

"얼마나 줬습니까?"

"사실이라면 주겠다고 했습니다. 십만 엔."

정보 제공료치고는 상당한 금액이다. 하지만 수사비를 변통해 지불처를 여럿으로 나누면 못 낼 액수도 아니다. 그리고 그런 회계 조작은 가즈야가 할 역할이다.

가즈야의 휴대전화에 연락이 들어왔다.

1과장 마쓰바라였다. 가즈야는 수사원들에게 잠시 기다리라는 의미로 손바닥을 펼쳐 보이며 대답했다.

"예."

마쓰바라가 말했다.

"방금 전 미우라 반도 사쿠라이구미의 아지트를 5과가 급습했다. 헤로인 4킬로그램, 각성제 15킬로그램을 압수, 보스인 사쿠라이, 넘버 스리 고즈를 체포했다는군. 부장님이 알려주셨다. 쩡즈창이라는 중국인도 체포했다."

역시.

대대적인 거래가 있다는 짐작은 틀리지 않았던 것이다.

그나저나, 가즈야는 생각했다. 5과의 활약상은 눈부실 정도다. 마치 산더미처럼 쌓인 보석처럼 찬란했다. 1과는 이미 오명을 씻겠다는 말을 할 여지도 없다. 어떻게 오명을 씻는다 해도 5과의 찬란한 활약 앞에서 그들은 빛바랜 응회암에 지나지 않는다.

마쓰바라가 덧붙였다.

"현장에 미나가와는 없었다. 데라와키 살해는 해결되지 않았어. 아직 우리에게 역전의 기회는 있다."

전화가 끊긴 뒤, 가즈야는 잠시 마쓰바라의 말을 반추했다. 역전의 기회는 있다. 데라와키 다쿠 순사부장 살해 사건은 해결되지 않았다. 사살범인 미나가와 다카오는 현장에 없었다…….

가즈야는 다시 수사원들을 돌아보며 지금 마쓰바라가 한 말을 요약해서 전했다.

"미나가와는 없었나." 오가와라가 중얼거렸다.

가리베가 말했다.

"S의 정보를 뒷받침하는 내용이군."

가즈야는 결단을 내리고 말했다.

"가가야를 쫓겠습니다. 그 S의 정보는 믿을 수 있을 것 같군요. 오늘 에토구미의 거래 현장에 가가야가 동석한다, 보스가 있고, 고문이 있고, 거래 상대가 있습니다. 그곳에 불법적인 문제도 있을 겁니다."

세나미가 말했다.

"각성제가 있다면 이번에야말로 가가야도 끝장입니다."

"거래 현장을 덮칠 법적 근거는?" 구리타가 물었다.

"에토의 체포 영장을 받읍시다. 사쿠마나 고즈와 마찬가지로 미죄라도 좋습니다. 주차 요금 연체든, 사기 미수든. 이렇다 할 정보는 없습니까?"

세나미가 대답했다.

"맡겨만 주십시오. 한 시간 안에 확실하게 영장을 받을 수 있는 증거를 챙기겠습니다."

"짐작 가는 게 있습니까?"

"그 작자라면 조직범죄대책부에서 분명 뭔가 가지고 있을 겁니다. 소행이 깔끔할 리 없어요. 똑같은 조폭이라도 놈은 필요 이상으로 현장 형사들을 적으로 만드는 남자입니다. 찾아내겠습니다."

세나미의 마음은 이해할 수 있었다. 조폭 담당 형사는 똑같은 조직폭력배라도 포악하기만 한 단순한 사내들에게 같은 프로야구단의 라이벌 팀 선수와 비슷한 친근감을 느낄 때가 있다. 같은 현장에서 싸우는 상대인 것이다. 하지만 에토처럼 실업가 행세를 하는 야쿠자는 사는 세상이 다른 상대였다. 그 씀씀이, 생활수준, 미의식 하나하나가 현장 수사원들의 신경을 긁는다. 말하자면 조폭 담당 수사원들에게 에토 같은 야쿠자는 IT 부자나 투자 고문 같은 존재였다. 범죄나 위법 행위를 저지르지 않았다면 무관한 상대지만, 일단 뭔가 저지르면 철저하게 끌어내리고 말겠다고 결심하게 만드는 놈들이다. 만일 지금 당장은 적당한 재료가 없다 해도 세나미는 조직범죄대책부의 네트워크를 통해 확실하게 에토의 체포 영장을 받아낼 근거를 가져올 것이다.

"세나미 씨에게 맡기겠습니다. 가가야의 휴대전화 번호는 남아 있습니까?"

"예, 휴대전화로 걸었더군요." 세나미가 대답했다.

가리베도 말했다.

"저도 파악하고 있습니다."

"그럼 2계, 전원 출동입니다. 준비를."

수사원들이 서로 얼굴을 마주 보며 일어섰다. 모두 얼굴에 의욕이 넘쳤다. 가즈야는 수사원들이 그가 내린 지시의 어디에 반응했는지 알 수 없었다. 역전할 수 있다는 부분인가? 미나가와 체포의 가능성이 나왔다는 점인가? 그렇지 않으면, 가가야를 추적한다는 부분일까?

—

하늘은 이미 해가 저물어 어스름하니 어두웠다. 바람이 아까보다 사납다. 날씨가 험해지고 있었다.

가가야가 차를 세우고 내리자 세단이 통로에 매끄럽게 다가왔다. 국산 은색 고급차였다.

조수석 차창이 내려가더니 노지마가 안에서 말했다.

"타시지요."

가가야는 조수석 문을 직접 열고 좌석에 깊숙이 앉았다. 세단은 조용히 다시 출발했다.

호텔 야외 주차장에서 빠져나가자 가가야는 노지마에게 물었다.

"왜 이렇게 번거롭게 굴지? 장소를 알려주면 직접 갔을 텐데."

노지마는 정면을 바라보며 대답했다.

"가가야 씨가 술을 드시길 바라기 때문이겠지요."

"그 자리에서 다짜고짜 술판이 벌어지나?"
"사장님께서 술잔을 나누자고 하지 않으셨습니까?"
"의식이라면 한 모금으로 족할 텐데."
"뭐, 운전 때문에 불편해하실까봐 그러셨겠지요."
가가야는 입을 다물고 팔짱을 꼈다.

가즈야는 도쿄 지방재판소에서 나와 사쿠라다 길에 주차해놓은 왜건 차량으로 돌아갔다.
오늘 다시 현장 지휘소 역할을 맡은 이 왜건 차량은 구리타가 운전하고, 히구치가 뒤쪽 짐칸에 설치된 컴퓨터로 가가야의 휴대전화를 감시하고 있다. 세나미도 비좁은 뒷좌석에 앉아 있었다.
세나미가 뒷좌석에서 물었다.
"받으셨지요?"
"재료가 좋았습니다. 사기죄라니."
그것은 세나미가 3과 수사원에게 **빌린** 건수였다. 넉 달 전, 에토는 추돌 사고 피해자였다. 상대는 유명 택시 회사라 차량에 일일이 임의 보험을 들지는 않았다. 보험회사를 통해 병원 치료비를 지불하지 못하고, 합의로 치료비와 손해배상액을 정하게 되었다. 그때 에토는 경추 염좌로 입원 이 주, 전치 일 년이라는 의사 진단서로 가해자 측과 합의해 일천이백만 엔을 뜯어냈다.
에토 입장에서야 푼돈벌이에 지나지 않았겠지만, 자신이 법적으로 틀림없는 피해자라면 돈을 받아내지 않고서는 못 배겼을 것이다.
하지만 진단서는 완전히 엉터리였다. 에토는 단 하루도 입원하지 않았다. 변호사 사무실이 그것을 알아차려 택시 회사는 3과 폭력조직 배제 담당 1계 수사원에게 의논했다. 1계의 계장은 그 사안을 보류해두었다. 별건 체포가 필요할 때 써먹을 수 있는 재료였기 때문이다. 3과에서 그 정보를 받은 세나미는 즉시 택시 회사에 피해 신고서를 제출하도록 했다. 변호사 사무실에서도 서류는 이미 준비해놓은 상태였다. 가즈야가 마쓰바라에게 보고해 승인을 받고, 지금 체포 영장이 나오기까지 한 시간 삼십 분밖에 걸리지 않았다. 세나미는 3과 1계에 대한 빚을 다른 폭력조직원이 얽힌 건수의 정보로 갚을 것이다.

세나미에게 물었다.

"에토의 동향은?"

세나미는 손목시계를 보고 대답했다.

"모로타 팀이 사무소 앞을 감시하고 있었는데, 십오 분 전에 나갔다고 합니다. 부하가 운전하는 차량이고, 미행은 붙이지 않았습니다."

"에토의 휴대전화 번호는 아직 모릅니까?"

"수배중입니다만 아직입니다. 연락을 기다리는 중입니다."

그때, 뒷좌석 모니터 앞에서 히구치가 큰 소리로 외쳤다.

"가가야가 움직였다!"

"움직였다?"

가즈야는 히구치의 어깨 너머로 모니터를 들여다보았다.

히구치가 모니터를 가리키며 말했다.

"도쿄 프린스에서 일단 멈췄는데, 다시 움직였습니다. 장소가 주차장이니, 차를 바꿔 탄 것 같습니다."

"추적을 경계하고 있군. 미행 팀은?"

"바로 옆에 가리베, 호리우치 팀. 그 외 두 팀, 근처에 있습니다."

가즈야는 모니터 화면의 지도를 확인했다. 가가야는 히비야 길을 남쪽으로 내려가고 있었다. 아직 어디로 향하는지는 알 수 없다. 하지만 이런 시각이니, 거래를 하려고 이제부터 도쿄를 떠나 원격지로 향할 리는 없다. 도쿄 남쪽인가. 혹은 완간湾岸 어디쯤일까?

가즈야는 운전석의 구리타에게 말했다.

"우리도 가가야를 추적한다. 출발합시다."

히비야 길을 삼 분쯤 달렸을까, 히구치가 뒤에서 말했다.

"가가야는 시바 공원에서 수도고속도로를 탔습니다."

가즈야는 수도고속도로 노선도를 떠올리며 말했다.

"긴자 방향으로 돌아가는 걸까."

"하지만 가가야는 도미사카에서 나와 시바 공원에 왔습니다. 돌아가다니, 약간 부자연스럽습니다."

가즈야는 이어폰 마이크에 대고 말했다.

"가리베 씨, 호리우치 씨, 가가야를 추적하세요. 하마자키바시 나들목을 통과하면 다시 지시하겠습니다. 오가와라 씨는 수도고속도로를 타고 하네다 방향으로 가십시오."

알겠습니다, 라는 대답이 연속으로 돌아왔다.

세단은 하마자키바시 나들목에서 수도고속도로 하네다 선으로 들어갔다.

가가야는 왼쪽 측벽 너머, 도쿄 만의 무기질적인 차가운 빛의 흐름을 바라보며 물었다.

"아직 멀었나?"

"아니, 금방입니다."

노지마는 그렇게 대답하며 룸미러를 쳐다보았다. 신경이 조금 곤두서 있는 것 같았다.

십 분 뒤, 표시점이 옆으로 슥 움직였다. 가가야가 탄 자동차가 수도

고속도로 하네다 선을 달리다가 헤이와지마에서 내린 것처럼 보였다. 그대로 318번, 즉 간조環狀 7번 도로를 동쪽으로 달리는 듯했다.

히구치가 의아하다는 듯이 말했다.

"공항으로 가는 건가?"

"아니." 가즈야는 모니터를 보며 말했다. "공항이라면 중간에 공항선을 탔겠지. 완간 어딘가다."

가즈야 일행이 탄 왜건은 지금 오이 분기점을 통과한 참이었다.

세나미가 말했다.

"완간에서 에토가 거래에 쓸 만한 장소라면……."

가즈야는 이어폰 마이크로 제2방면본부 거점을 호출했다. 그쪽에는 지금 2계 직원 두 명이 후방 지원 요원으로 대기하고 있었다.

"야오이타 씨, 에토구미가 관계된 하청기업 중에 이쪽에 사무소를 둔 곳이 있는지 당장 조사해주십시오."

세나미가 옆에서 말했다.

"이쪽은 클럽 같은 건 구경할 수도 없는 곳입니다."

구리타가 운전하면서 말했다.

"게이힌지마라면 산업폐기물 처리업자가 출입합니다. 그런 하청기업일지도."

히구치가 말했다.

"청소 공장이 있습니다. 그 부근은 해체업자들 작업장도 많아요."

그렇다.

가즈야는 지시에 덧붙였다.

"오타 구, 도쿄 완간 쪽 산업폐기물 처리업자, 해체업자도 찾아봐주십시오. 에토구미와 겹치는 곳이 없는지, 있다면 그 사업소 소재지도."

"알겠습니다." 야오이타가 대답했다.

히구치가 또 말했다.

"게이힌 운하를 건너갑니다."

구리타가 말했다.

"완간 도로를 타고 신키바나 가사이 쪽으로 가려는 걸지도 모릅니다."

"너무 멀리 돌아."

"미행을 피하려는 속셈 아닐까?"

히구치에게 물었다.

"가리베 팀의 위치는?"

"현재 게이힌 운하." 히구치가 대답했다. "후방 150미터. 아, 가가야, 이번에는 우회전. 완간 도로로 들어갔습니다."

"오가와라 씨는?"

"하네다, 제1터미널 앞."

"그대로 대기하도록."

가즈야가 지켜보는 가운데 가가야의 위치 정보를 나타내는 표시점이 정지했다.

히구치가 말했다.

"도로 옆에서 멈췄군요."

"오타 시장?"

"아니, 그 직전입니다."

가즈야는 가리베에게 지시했다.

"가리베 씨, 우회전하면 바로 가가야가 탄 차가 나옵니다. 그대로 속도를 늦추지 말고 통과하십시오."

가리베가 물었다.

"들켰습니까?"

"아니, 단순히 신경이 곤두선 거겠지요. 게이힌지마로 건너가 첫번째 교차점에서 좌회전. 거기서 다음 지시를 기다리십시오."

"알겠습니다. 지금 완간 도로를 우회전합니다." 그 뒤 가리베가 호리우치에게 지시를 내리는 소리가 들렸다. "똑바로, 속도를 유지하면서 추월해."

구리타가 물었다.

"저희는 어쩔까요? 이대로 접근할까요?"

"근처까지." 가즈야는 대답했다. "완간 도로 진입 직전까지."

"예."

구리타가 가속 페달을 살짝 힘주어 밟았다.

세단이 완간 도로 왼쪽 가장자리, 버스 정류장 가까이에 정지했다.

가가야는 노지마의 얼굴을 보며 물었다.

"무슨 일이야?"

노지마는 룸미러와 오른쪽 사이드미러를 보고 나서 말했다.

"아니, 조금."

세단 옆을 대형 트럭과 승용차가 상당한 속도로 통과했다. 하늘은 벌써 완전히 밤이라 해도 될 만큼 어두웠다. 지나가는 자동차의 차종을 일일이 판별하기는 어려웠다.

가가야는 두리번거리지 않고 잠자코 있었다.

삼십 초쯤 지나자 노지마가 가가야 쪽으로 고개를 돌렸다.

"휴대전화, 가지고 계시죠?"

가가야는 재킷 안주머니에 넣어두었던 휴대전화를 꺼냈다.

노지마는 가가야의 손에서 눈을 떼지 않았다.

"휴대전화가 왜?"

"괜찮으시면 전원을 꺼주실 수 없겠습니까?"

"뭘 걱정하는 거지?"

"오늘 밤은 중요한 거래가 있으니까요."

"미행?" 가가야는 조수석에서 몸을 틀어 뒷 유리창 쪽을 보았다. "지금 있나?"

"아니, 조금 예민해졌는지도 모르겠습니다. 잠시만 전원을 꺼주시겠습니까?"

"오늘 밤 거래가 그 정도로 중요한가?"

"사장님도 훼방은 원하지 않습니다."

가가야는 휴대전화를 가슴 앞으로 꺼내 전원 버튼을 눌렀다.

"이제 됐나?"

노지마가 가가야의 가슴께에서 시선을 떼지 않고 물었다.

"그 체인은 뭡니까?"

안주머니에 은색 체인이 힐끗 보였다. 방금 휴대전화를 꺼냈을 때 옷에 걸린 모양이다.

"이거?" 가가야는 체인과 함께 그 끝에 달린 물건을 꺼냈다. "호루라기다."

노지마에게 보여주자 그는 쓴웃음을 흘렸다.

"뭐에 쓰는 겁니까?"

"딱히. 경관의 필수 휴대품일 뿐이야."

"권총처럼 말입니까?"

"권총은 휴대품이 아니야."

"실례했습니다." 노지마는 고개를 숙였다. "여기서 일이 분만 더 기다리겠습니다."

가가야는 호루라기를 셔츠 가슴주머니에 바꿔넣었다.

노지마가 자기 휴대전화를 꺼내 전화를 걸더니 상대에게 말했다.

"접니다. 예, 그렇습니다만, 오 분 뒤에 전화해주시겠습니까? 그렇습니다. 정확히 오 분 뒤에."

노지마는 가가야에게 시선을 돌리지 않고 전화를 끊었다.

히구치가 보고했다.

"사라졌습니다."

가즈야도 알고 있었다. 도쿄 도의 도매 시장, 통칭 오타 시장 옆에서 멈춰 있던 표시점이 사라진 것이다. 표시점은 그 위치에서 움직이지 않았다. 자동차가 정지한 위치에서 그대로 표시점이 모니터 화면에서 소멸했다.

가즈야는 말했다.

"미행을 알아차렸군."

구리타가 물었다.

"저희는?"

"헤이와지마 나들목으로 빠진다. 완간 도로 교차점 직전에서 일단 정지."

"예."

가리베의 보고가 들어왔다.

"지금 오타 시장 앞을 통과했습니다. 입구 바로 앞에 세단이 서 있었습니다. 흰색, 아니면 은색. 남자가 두 명 타고 있었습니다."

"방금 지시한 지점까지 가서 대기해주세요."

이번에는 모로타가 지시를 청했다.

"지금 헤이와지마에서 빠져나왔습니다. 어쩔까요?"

"완간 도로를 건너가세요. 바로 유턴. 언제든지 완간 도로로 꺾을 수 있도록 대기."

"알겠습니다."

히구치와 세나미가 시선을 던졌다. 미행은 이미 실패한 것 아니냐고 묻는 표정이다.

가즈야는 고개를 저었다.

"일을 벌일 때는 상대도 신중해집니다. 목적지를 앞두고 돌다리도 두드려보는 거겠지요."

그때 다시 이어폰에 목소리가 들려왔다. 야오이타였다.

"조사 가능한 범위에서는 에토구미의 하청기업 중 완간 주변에 사업소를 가진 곳을 찾을 수 없었습니다."

"산업폐기물 처리업자, 해체업자 중 에토와 관계있는 곳은?"

"그쪽도 없습니다."

가즈야가 낙담하려는 순간, 야오이타가 말을 이었다.

"다만 그 하치오지 공터를 소유한 회사가 게이힌지마에도 공터를 가지고 있습니다. 게이힌지마 사업소를 전부 살펴보는데 그 마에하라 홍산 명의의 공터가 있었습니다."

그 공터의 소유주가? 하치오지 공터를 소유한 기업에 대해 조직범죄대책부는 당연히 그 배후는 물론 미나가와 패거리와의 관계도 조사했다. 소유 회사의 사장은 수상쩍은 업자와 관계는 있었지만 조폭 조직원은 아니라서 어느 조직의 하청기업이라고 판단하기 어려웠다. 또한 공터에는 밤에도 산업폐기물이나 폐차가 반입되는 경우가 많아, 출입문 열쇠는 몇몇 산업폐기물 처리업자와 운송업자에게 맡겨두었다고 한다. 거기에서 또 하청업자에게 여분 열쇠를 건넸을 테니 이 소유주와 미나가와 사이의 관계를 증명하기도 불가능했다.

"그 공터의 위치는?"

"게이힌지마 2번가."

야오이타는 상세한 번지수도 불러주었다. 히구치가 모니터에 게이힌지마 지도를 띄웠다.

"이곳입니다." 히구치가 가리켰다. "오타 청소 공장 남쪽. 센슈 전기 부지 동쪽 옆."

주변 일대가 공터 천지라고 해도 될 법한 지역이었다. 미술품이나 하이테크 제품을 거래하기에는 너무 살풍경한 장소지만, 반대로 다른 일에는 적합한 공간이라 할 수 있다. 처리하기 까다로운 것을 해체하거나 소각하거나, 물에 흘려보내기 쉽게 처리하는 일 말이다. 작업할 때 소음이나 찌꺼기가 발생하는 시설도 많으니, 부지를 강판으로 에워싼 사업소도 적지 않다.

"여기다." 가즈야는 직감했다. "야오이타 씨, 이 공터 주변의 지도나 항공사진을 입수할 수 있는지 확인해주십시오."

"예."

가즈야는 지도를 보며 거듭 지시를 내렸다.

"모로타 씨는 지금 어디 있습니까?"

"현재 완간 도로를 건넜습니다. 오른편 오타 시장 앞, 확인했습니다만 정차해 있는 세단은 없었습니다."

출발한 것이다.

"유턴으로 완간 도로를 좌회전. 게이힌지마로 들어가 마에하라 홍산 공터 뒤편, 부두 쪽 도로에서 대기해주십시오."

"섬 반대편 말씀이지요?"

"동쪽입니다. 공항 쪽."

"예."

"가리베 씨. 출발해서 게이힌지마로. 오타 청소 공장 안으로 들어가십시오. 출입문 부근에서 마에하라 흥산 공터를 감시하세요."
"알겠습니다."
구리타가 물었다.
"저희는?"
"마에하라 흥산 공터 서쪽 옆으로. 센슈 전기에 협력을 요청한다."
시계를 보았다. 오후 6시 10분. 하늘은 이미 어두워 환락가가 깨어나는 시간이다. 하지만 이곳 완간 부근의 사무소는 아직 대부분 영업 중일 터였다.

다시 출발한 세단은 하네다 공항 쪽으로 달리고 있다. 기억이 맞는다면 이 완간 도로는 게이힌지마에서 터널로 이어져 하네다 공항 터미널 빌딩 앞으로 나온다. 거기에서 우회전하면 가마타 방면으로 통한다. 똑바로 수도고속도로 완간 선을 타면 가와사키 방면이다.
게이힌지마로 넘어가는 다리를 통과하자 앞쪽에 교차점이 보였다. 노지마가 룸미러를 보더니 왼쪽 방향등을 켜고 살짝 감속했다. 하네다 공항까지는 가지 않을 눈치다.
이 게이힌지마에는 오타 청소 공장이나 자원 재활용 시설, 불연성 폐기물 처리 시설 등이 모여 있었다. 그밖에 철공소나 강재 공장을 비롯해 운송 회사, 기업 창고 등이 있다. 시설 배치도 기능성을 최우선하고, 대형 트럭이 널찍한 도로를 오가는 완전한 산업 구획이다. 에토가 좋아하는 레스토랑이나 클럽은 한 채도 없다. 섬을 구석구석 비추는 조명은 하나같이 열기를 느낄 수 없는 메마른 빛뿐이었다. 사람을 끌어들이는 조명이 아니라, 그곳에 가봤자 마음을 달래줄 것은 하나도 없다는 사실을 나타내는 불빛이다.
길은 한쪽이 삼 차선으로, 그 넓은 간척지에서 도쿄 만 방향으로 뻗어 있다. 도로 끝의 도쿄 만에는 몇 척, 몇 십 척이나 되는 대형 화물선이 보였다. 간척지 좌우의 항만 시설이 조명을 받는 것처럼 밝은 빛 속에 떠 있었다. 더욱이 그 너머 수평선 가까이에 늘어선 것은 지바 콤비나트의 불빛이었다.

도로 왼편에는 오타 청소 공장이 있었다. 꽤 널찍한 부지를 가진 시설이다. 오른편에도 쓰레기 처리 시설이 즐비했다. 민간 공장, 창고들도 있었다.

세단은 간척지의 널찍한 도로 끝까지 가서 막다른 곳에서 오른쪽으로 꺾더니 다시 방금 달려온 도로의 반대편 차선으로 들어갔다.

세단의 속도가 떨어졌다. 왼편은 거무스름한 강판에 에워싸인 사업소였다. 민간 쓰레기 처리 시설일지도 모른다. 대형 트럭이 들어갈 만한 크기의 커다란 철제 출입문이 달려 있다. 그 오른쪽 옆에 사람이 출입할 수 있는 통용구. 철문에는 마에하라 흥산이라는 회사명이 큼직하게 적혀 있었다.

노지마는 직각으로 꺾어 세단을 그 출입문 앞으로 몰았다. 출입문 좌우에 달린 감시 카메라가 보였다. 오른쪽 카메라는 좌우로 돌아가고 있었다. 사업소 안에서 작동을 제어하는 듯했다.

문이 천천히 좌우로 열렸다. 내부는 완전히 포장된 널찍한 주차장이었다. 조명이 있어 밝았다. 안쪽에 승용차 두 대가 서 있었다. 왼편에는 크레인이 달린 대형 트럭이 있었고, 붉은 드럼통도 산더미처럼 쌓여 있다. 승용차 맞은편에는 창고처럼 생긴 칙칙한 회색 건물이 있었다. 일층 창문에 불이 켜져 있다.

"여긴가?" 가가야는 물었다.

"예."

"의식을 치를 만한 장소인가?"

노지마는 대답하지 않고 세단을 천천히 몰아 부지 안으로 들어갔다. 뒤에서 문이 자동으로 닫혔다.

가가야는 그곳이 뭔가 특수한 산업폐기물의 1차 처리 시설일 거라 짐작했다. 이곳에서 해체 등 1차 처리 과정을 거친 무언가가 부품의 화학적인 성질에 따라 주변의 2차 처리 시설로 운반될 것이다. 그리고 그 산업폐기물은 일반 기업이 손대기 어려운 성질의 물건이 틀림없다. 거꾸로 말하면 그것이 커다란 이점이 있는 사업이기 때문에 에토구미가 얽혀 있는 것이다. 세단 지붕 위, 밖에서 굉음이 들려왔다. 비행기가 상당히 저공을 나는 것 같았다.

세단은 건물 앞, 두 대의 승용차 뒤에 섰다.

건물의 문이 열리더니 에토가 모습을 드러냈다. 뒤에는 거무스름한 양복 차림의 젊은 남자가 두 명. 얼굴은 모르겠지만 에토구미의 막내들이리라. 수습사원들인가.

가가야는 조수석에서 주차장으로 내려섰다.

에토가 문 앞에서 말했다.

"안 올까봐 걱정했어."

가가야는 두 손을 주머니에 찔러넣고 주위를 둘러보며 말했다.

"여기서 술잔을 나누자고?"

"뭐, 그걸 대신할 의식이지."

가까운 곳에서 휴대전화가 울렸다. 오른쪽을 보니 운전석에서 내린 노지마가 휴대전화를 귀에 대는 참이었다. 에토가 희미하게 흥이 깨진 표정을 지었다.

"무슨 일입니까?" 노지마는 두어 마디 나누더니 휴대전화를 에토에게 내밀며 말했다. "형님이십니다."

에토가 노지마의 휴대전화를 받아 귀에 댔다.

"아아. 그래. 꼭 그래야 돼? 알겠어."

에토가 휴대전화를 노지마에게 돌려주며 짧게 말했다.

"다녀와."

"예."

노지마는 다시 세단 운전석에 올라타 주차장에서 방향을 바꾸더니 공터에서 나갔다.

"들어와." 에토가 말했다. "안쪽이야."

"손님들도 여기로 오나?"

"그건 또 다른 곳이야. 좋은 와인이 나오는 곳."

가가야는 에토를 따라 문으로 다가갔다. 에토의 두 부하가 가가야의 뒤에 따라붙었다.

왜건 차량은 운하를 가로지르는 다리를 건넜다. 다리 건너편은 게이힌지마다. 또 그 너머는 하네다 공항이었다. 마침 왼쪽에서 대형 여객기 한 대가 활주로를 향해 저공에서 진입하는 참이었다.

"얼마 안 남았습니다." 구리타가 운전하면서 말했다. "다음 교차점에서 좌회전입니다."

세나미가 휴대전화를 꺼내 귀에 댔다.

"잠깐, 받아쓸게."

히구치가 오른손에 볼펜을 쥐고 세나미를 향해 고개를 끄덕였다.

세나미가 말했다.

"공, 구, 공……."

휴대전화 번호를 부르는 모양이다.

세나미는 짧은 통화를 마치고 말했다.

"에토의 휴대전화 번호, 알아냈습니다. 삼 년 전, 졸개를 공갈로 체포했을 때 그놈 휴대전화에서 뽑은 데이터라고 합니다만."

"삼 년 전인가. 히구치, 입력해."

"했습니다." 히구치가 대답했다. "아."

가즈야는 히구치 앞에 놓인 모니터를 들여다보았다. 표시된 지도는 완간 대축척 지도였다.

그곳에 표시점이 있었다.

"게이힌지마 2번가. 에토가 바로 그 공터에 있습니다."

세나미가 드물게 흥분한 목소리로 말했다.

"가가야가 있는 것도 확실하겠군요."

왜건의 속도를 줄여 완만한 각도로 왼쪽으로 꺾었다. 몸이 살짝 오른쪽으로 쏠렸다.

구리타가 다시 입을 뗐다.

"앞으로 약 1킬로미터입니다."

가즈야는 구리타에게 지시했다.

"앞쪽 센슈 전기 부지로 들어가게."

"예."

"모로타 씨, 상황은?"

모로타의 목소리가 이어폰에 들어왔다.

"뒤편에 정차했습니다."

"가리베 씨."

"청소 공장입니다." 가리베가 대답했다. "지금 출입문 바로 안쪽에 있습니다. 지시하시면 아마 삼십 초 안에 공터 앞에 도착할 겁니다."

"오가와라 씨는?"

"하네다, 대기중."

"에토의 위치를 알아냈습니다. 아마 가가야도 같은 곳에 있겠지요.

게이힌지마까지 돌아와 합류하십시오. 센슈 전기입니다."

"알겠습니다."

세나미가 '저희는?' 하고 눈으로 물었다.

가즈야는 말했다.

"오가와라 씨와 합류해 공터 앞으로 이동하세요. 출입문을 사이에 두고 다소 옥신각신하겠지만, 에토를 체포하겠습니다."

세나미가 고개를 끄덕였다.

가즈야는 자리에서 살짝 엉덩이를 들었다. 기분이 고조되었다. 진정시키려면 심호흡이 필요했다. 두 번 심호흡을 하고 가즈야는 옆구리에 찬 권총집을 확인했다. 설마 필요하지는 않겠지만, 어제 유시마 인질 농성 사건의 사례도 있다. 필요하다면 언제든지 사용하겠다는 마음의 준비를 늦출 수는 없었다. 인간은, 마음으로 준비하지 못한 일을 순간적인 반응으로 해낼 재주가 없다.

가가야는 에토를 따라 건물 안으로 들어갔다.

역시 뭔가 커다란 기계 따위를 분해하는 공장 같았다. 대형 용접기와 컴프레서로 보이는 기계가 늘어서 있고, 건물 중앙 부분은 널찍한 작업 공간이다. 천장에는 호이스트크레인이 설치되어 있었다. 드럼통이 건물 안에도 스무 개쯤 즐비하게 놓여 있다.

에토는 건물 안을 가로질러 깊숙이 들어갔다. 왼편 중이층에 사무실 같은 공간이 있었다. 그 아래는 바닥보다 조금 낮았는데, 그늘 속에 문이 있었다. 그곳에 반지하가 있는 듯했다.

에토가 반지하 앞에서 멈추더니 부하 두 명을 보며 지시했다.

"끌고 와."

두 사람은 반지하로 내려갔다.

"누구를?" 가가야는 물었다.

"선물이야." 에토가 대답했다.

문이 열리더니 부하들이 덩치 좋은 남자 하나를 양쪽에서 붙들고 나왔다.

남자는 부상을 당한 듯했다. 얼굴에 퍼런 멍이 있고, 걸음도 휘청거렸다. 짧은 머리, 뼈가 굵고 각진 이목구비의 남자였다. 괴로워 보였다. 고통을 참고 있는 듯했다. 거무스름한 운동복 상하의는 지저분하기 짝이 없었다. 팔은 뒤로 꺾여 묶여 있었다.

에토가 말했다.

"미나가와 다카오다. 하치오지에서 당신 부하를 죽인 놈이지."

가가야는 깜짝 놀라 미나가와를 쳐다보았다. 에토가 이 남자를 데리고 있으리라는 예상은 했다. 하지만 그는 린치라도 당한 꼬락서니였다. 에토구미의 소중한 싸움꾼으로 보이지는 않았다. 에토는 미나가와를 잘라낼 셈인가?

그런 생각이 얼굴에 드러난 모양이다.

에토가 변명하듯 말했다.

"명령도 하지 않았는데 경찰을 죽였어. 도를 넘었어. 손에 벅차. 그렇게까지 요란한 짓을 벌일 생각은 없었어."

"자네가 쓰던 사람이잖아?"

"쓸 수 있을 줄 알았는데 오산이었지."

에토는 두 부하에게 말했다.

"그쪽 크레인에 묶어서 세워둬."

두 부하는 미나가와를 몰아세워 호이스트크레인 밑으로 끌고 갔다. 에토가 벽으로 다가가 천장에서 늘어진 케이블에 손을 뻗었다. 기다란 상자 모양의 컨트롤러가 달려 있었다. 에토가 버튼을 하나 누르자 금속

와이어가 내려왔다. 끝에는 커다란 갈고리가 달려 있다. 부하들이 미나가와의 손목에 묶인 밧줄을 그 갈고리에 걸었다. 에토가 다시 버튼을 누르자 와이어가 팽팽히 당겨지며 미나가와가 상체를 젖혔다. 다리는 바닥에 붙어 있다. 부하들이 미나가와에게서 떨어졌다.

에토가 말했다.

"가가야 씨, 당신하고 한 팀이 된다는 게 기뻐. 이제 난 경시청에 강력한 형제가 생긴 셈이지. 도쿄의 조직들 사이에서 한 걸음, 아니, 열 걸음, 스무 걸음은 앞설 거야. 그러니 내 선물을 받아. 아끼던 부하의 원수를 갚으라고."

"어쩌란 거야?"

에토가 부하 한 명을 돌아보았다. 그 부하가 에토에게 다가오더니 주머니에서 손수건에 싼 검은 물건을 꺼냈다. 에토는 손수건을 풀지 않고 물건을 받았다. 권총이다. 큼직한 반자동 권총.

"이 녀석을 처리해도 돼. 아니, 꼭 처리해줘. 이제 우리는 형제야. 우리는 이익도 위험도 함께 나눈다. 한 배를 탄 처지야. 그 서약서 대신 이놈을 처리해. 나하고 형제가 되겠다는 당신 말이 진심이라는 걸 이 자리에서 보여줘."

가가야는 에토와 미나가와를 번갈아 쳐다보다가, 다시 에토의 손에 들린 권총을 쳐다보았다. 에토의 부하들이 가가야를 주시하고 있었다. 가가야의 반응에 따라서는 이 두 사람이 어떤 조치를 할 것이다. 그에 필요한 도구도 준비해두었을 것이다.

"자." 에토가 권총을 내밀었다. "뭘 망설이는 거지?"

수사원들은 왜건 차량 밖에 있었다.

센슈 전기 부지 안의 주차장이었다. 사무소에는 아직 사람이 있었지만 그들에게는 경찰 수사에 대한 협력을 요청하고, 잠시 사무소 안에서 나오지 말라고 부탁했다. 사원들은 사무소 안에서 흥미진진한 시선을 보냈지만, 거추장스러울 정도의 호기심은 보이지 않았다.

사업소장이 마에하라 흥산의 부지로 통하는 작은 통용구를 알려주었다. 긴급 시 서로 피난할 수 있도록 부지 주변의 담에는 탈출구도 있다고 했다. 평소에는 강화수지판으로 막혀 있지만, 필요할 경우 손도끼나 망치로 간단히 부술 수 있다.

가즈야는 그 위치도 확인했다. 탈출구는 센슈 전기 사무동 동쪽, 마에하라 흥산의 작업장 건물 서쪽 비상구로 연결되었다. 알루미늄 재질의 그 비상구 문에는 실린더 자물쇠가 달려 있었다. 역시 손쉽게 부수고 열 수 있다.

가즈야는 손목시계를 보았다.

오후 6시 15분. 앞으로 일이 분이면 오가와라가 도착할 것이다.

가가야는 에토가 내미는 권총을 받지 않고 한 걸음 물러서며 말했다.

"잠깐 기다려."

안주머니에서 휴대전화를 꺼내자, 에토가 의아한 표정을 지었다.

"어디에 걸 셈이야?"

"가족한테 거는 거니 신경쓰지 마."

가가야는 전원을 넣고 기계가 켜지길 기다리면서 에토에게 물었다.

"노지마는 어디 갔지?"

"접대를 준비하고 있어."

"형님이라는 건 누구지?"

"몰라도 돼."

에토의 표정에 언뜻 의혹의 그림자가 스쳤다.

"그 녀석이 여기에 없어도 되는 건가? 노지마는 왜 사라졌지? 이유를 모르나?"

히구치가 모니터를 보고 외쳤다.
"가가야다!"
가즈야는 히구치의 시선이 향한 곳을 보았다. 지도 위에 표시점이 또 하나 떠 있다. 가가야의 휴대전화에 전원이 들어온 것이다. 에토의 휴대전화 위치를 나타내는 표시점과 거의 겹쳐 있다. 장소는 바로 옆, 마에하라 흥산 공터 안이다.
센슈 전기 출입문 밖에서 수사 차량이 급정차했다. 조수석에 오가와라의 얼굴이 보였다.
가즈야는 왜건 차량 밖에 서 있는 세나미와 부하들에게 말했다.
"갑시다. 정면으로."
세나미가 물었다.
"플래시뱅을 쓸까요?"
"면적이 넓어 쓸모가 없으니 권총만 가져갑시다. 우선은 투항을 권고하지요."

가가야는 몇 걸음 더 물러나면서 오늘 오후에 갓 등록한 전화번호 하나를 호출했다. 에토는 눈을 껌뻑거리고 있다. 그 뒤에서 미나가와가 몸을 뒤틀었다. 어째선지 미나가와는 끌려나왔을 때보다 기운을 차린 것처럼 보였다.
가가야는 전화를 받은 상대에게 말했다.
"5과 가가야다. 지금 위치는 어디지?"
"뭐?" 상대가 경악하는 기색이 느껴졌다. "가가야?"

"게이힌지마에 와 있나? 시간이 없어, 대답해."
"아니, 그게……."
"근처에 있지?"
"그래."
"당장 덤벼. 미나가와가 있다."
"미나가와가?"
"여기에 있어."
에토가 권총에 오른손을 뻗는 게 보였다.
"어이!" 에토가 외쳤다.

가리베의 목소리가 이어폰으로 들어왔다. 가즈야를 향한 통신이 아니다. 가리베가 휴대전화를 사용하는 것 같았다.
"뭐?"
"아니, 그게."
"미나가와가?"
가즈야는 멈춰서서 이어폰 마이크에 의식을 집중했다. 무슨 일이 벌어진 것이다.

에토의 부하 두 명이 한 걸음 앞으로 나섰다. 가가야에게 돌진할 태세였다. 한 명은 가슴에 손을 넣고 있다. 권총 아니면 단도다.
에토 바로 뒤에서 미나가와가 갈고리에서 빠져나와 움직였다. 갈고리에 걸어놓았던 탓에 밧줄이 헐거워져 손이 빠진 것이다. 에토를 비롯한 세 명은 미나가와의 움직임을 눈치채지 못했다.
가가야는 휴대전화를 든 채로 뒷걸음질을 치며 두 손을 펼쳤다.
"쏠 텐가? 에토, 나를 쏠 셈인가?"

에토가 부하들에게 말했다.

"붙잡아."

부하 하나가 단도를 빼들고 덤벼들었다. 몸을 틀어 돌격을 피한 가가야는 휴대전화로 단도를 쥔 상대의 손을 후려쳤다. 휴대전화가 부서졌다. 상대는 신음을 하며 몸을 웅크렸다. 단도가 바닥에 떨어졌다. 가가야는 주먹으로 상대의 뒷덜미를 내리쳤다. 그가 앞으로 풀썩 쓰러졌다. 나머지 부하 하나가 곧바로 가가야를 머리로 들이받았다. 가가야는 그대로 튕겨나가듯 뒤로 밀려났다.

시야 구석에서 에토의 등 뒤에 달려드는 미나가와의 모습이 보였다. 에토가 쥔 권총이 번쩍였다.

"계장님." 가리베가 불렀다. "지금 가가야가 전화를 걸어왔습니다. 미나가와가 있으니, 당장 덤비랍니다."

"덤비라고?"

"예. 저희가 미행하는 줄 아는 것 같았습니다."

"덤비라는 말은 무슨?"

작은 파열음이 들렸다.

아, 하고 세나미가 옆에서 작은 소리를 질렀다.

탁한 소리였다. 가까운 곳, 건물 안에서 난 소리다. 경찰관이 아니라면 이 산업 지구에서 끊임없이 나는 소음 중 하나로 흘려들었을지도 모른다.

가즈야는 세나미를 쳐다보았다. 세나미가 담 너머, 마에하라 흥산 공터 쪽을 바라보고 있다. 구리타도, 왜건 차량에서 내린 히구치도, 눈을 부릅뜨고 같은 방향을 쳐다보고 있었다.

또다시 파열음. 이번에는 두 번 이어졌다. 한 박자 늦게 또 한 번.

총싸움인가? 하지만 누구와 누가 어떤 이유로? 가가야와 에토? 아니, 가가야와 미나가와인가? 미나가와를 포함한 에토구미와, 누군가인가? 내부 분열이란 뜻인가?

또 하나의 가능성이 떠올랐다.

린치?

어찌되었든 여기에서 또 사망자가 나올 것이다. 그런 사태만은 반드시 피해야 한다.

가즈야는 이어폰 마이크를 향해 큰 소리로 지시했다.

"가리베 씨, 마에하라 흥산 공터로 가세요! 오가와라 씨와 함께 정면에서 돌입합니다! 오가와라 씨, 들었습니까?"

"알겠습니다."

"권총을 사용하고 있으니 조심하십시오."

"예."

세나미 팀이 지시를 청하는 표정으로 가즈야를 쳐다보았다.

"저희는 이쪽 비상구로."

가즈야는 이어폰 마이크를 벗어 왜건 차량 안에 던졌다. 구리타가 차량에 장비된 망치를, 세나미는 대형 금속 절단기를 꺼냈다. 히구치는 투광기를 들고 있다.

"갑시다."

가즈야는 권총집에서 권총을 빼들고 미리 파악해둔 비상구로 달려갔다. 세나미를 비롯한 세 사람이 뒤를 따랐다.

부서진 문으로 가즈야가 제일 먼저 뛰어들었다.

"경찰이다!" 가즈야는 목청껏 외쳤다. "여기는 포위됐다. 저항하지 마라!"

내부는 어두웠지만 비상등이 몇 개 켜져 있었다. 완전한 어둠은 아니었다.

안쪽에서 인기척이 났다. 여러 명의 발소리가 들렸다. 달아나려는 것이다. 히구치가 투광기를 비추었다. 빛 속에서 언뜻 검은 그림자가 보였다. 건물 안쪽 설비인지 기계 뒤로 몸을 숨긴 듯했다.

체육관만 한 크기의 공간이었다. 벽을 따라 드럼통과 대형 폐품운반용 컨테이너가 쌓여 있다. 소형 트럭만 한 크기의, 용도를 알 수 없는 기계들도 늘어서 있었다. 정면 벽, 중이층에 사무실이 있는지 창문이 보였다.

가즈야는 두 손으로 권총을 거머쥐고 신중히 통로를 걸어갔다. 구리타와 세나미가 좌우를 경계하면서 따라왔다.

"에토!" 가즈야는 진입하면서 외쳤다. "체포 영장을 갖고 있다. 나와!"

반응은 없었다. 또다시 발소리. 히구치가 소리가 난 쪽으로 투광기를 돌렸다.

"미나가와, 네가 있다는 사실도 알고 있다. 나와라!"

대답은 없다. 가즈야는 거듭 전진했다.

눈이 차츰 어둠에 길들었다. 앞쪽은 아무것도 없는 텅 빈 공간이었다. 천장에서 크레인 와이어와 갈고리. 그 주변에 사람이 몇 명 쓰러져 있는 것처럼 보였다. 역시 내부 분열로 총싸움을 벌였나?

가즈야는 걸음을 멈추고 허리를 굽혔다. 섣불리 접근해서는 안 된다.

그때, 왼쪽의 거대한 셔터 옆에서 문이 조금 열리더니 틈새로 목소리가 흘러나왔다.

"경찰이다. 모두 꼼짝 마라!" 가리베의 목소리였다.

한 박자 늦게 문이 활짝 열리더니 두 개의 그림자가 안으로 뛰어들었다. 한 사람은 회중전등을 들고 있었다.

"조심해!" 가즈야는 외쳤다. "두세 명, 숨어 있다!"

그때 오른쪽의 기계 뒤에서 또다시 그림자가 움직였다. 뒤쪽 통용구를 열려고 하는 것 같았다. 바깥의 조명이 건물 안으로 새어 들어왔다.

"멈춰!" 구리타가 외쳤다.

그림자가 총을 쏘았다. 가즈야 옆쪽, 컴프레서로 보이는 기계에서 불똥이 튀었다. 가즈야는 급히 머리를 숙였다.

구리타가 그림자를 향해 두 발 연사했다. 그림자가 벽에 쿵 부딪혔고, 히구치가 그 그림자에 빛을 비추었다. 남자가 바닥에 천천히 쓰러지고 있었다.

구리타는 가즈야 옆을 지나 권총을 거머쥔 채로 전진했다. 세나미와 히구치가 구리타의 뒤를 쫓았다.

다시 왼쪽 문에서 두 명이 뛰어 들어왔다. 오가와라 팀 같았다.

앞쪽, 중이층으로 올라가는 계단 밑에서 검은 그림자가 튀어나왔다.

"쏘지 마! 항복하겠다. 쏘지 마!"

젊은 남자의 목소리였다. 회중전등의 불빛이 그 남자를 훑었다. 손을 들고 있다. 검은 양복을 입은 남자였다.

오가와라와 야마모토가 그 남자에게 다가갔다.

"손을 머리 위로 올려! 무릎 꿇어!"

남자는 순순히 그 자리에 꿇어앉았다. 가리베 팀이 남자 뒤쪽으로 돌아갔다. 수갑을 채우는 소리가 났다. 야마모토가 그 뒤쪽 계단을 올라갔다.

가즈야는 중앙의 빈 공간으로 걸어가며 큰 소리로 외쳤다.

"중앙에 몇 사람 쓰러져 있다. 붙잡아!"

"예!"

천장에서 빛이 깜빡였다. 바로 환하게 형광등이 켜지더니 건물 내부 전체가 밝아졌다. 수사원 하나가 셔터 옆의 조명 스위치를 찾아 불을 켠 것이다.

양복 차림의 남자가 세 명 쓰러져 있었다. 가즈야는 권총을 쥔 채로 신중히 제일 가까운 곳에 쓰러진 사람 앞으로 다가갔다. 반듯하게 누워 있는 남자는 에토였다. 눈을 부릅뜨고, 숨을 헐떡이고 있다. 가슴이 오르내렸다.

또 한 사람은 검은 양복을 입은 젊은 남자였다. 배를 부여잡고 신음하고 있다. 세 사람 다 손에 권총은 없었다. 총을 쏜 건 미나가와인가.

"에토, 체포했습니다!" 오가와라가 말했다.

비상구 쪽에서 히구치의 목소리가 들렸다.

"미나가와입니다! 체포했습니다!"

구리타의 목소리가 이어졌다.

"이쪽 젊은 녀석도."

중이층 계단 위에서 야마모토가 말했다.

"사무실, 상황 종료됐습니다."

가리베가 셔터 옆에 쓰러져 있는 남자 옆에 무릎을 꿇으며 말했다.

"계장님, 가가야입니다."

가즈야는 건물 안을 다시 둘러보았다. 이미 수사원 여덟 명에 의해 내부는 진압되었다. 달아난 자가 있을지도 모르지만 일단 건물 안에서 위험은 사라졌다. 쓰러져 있는 사람들은 미나가와를 포함해 네 명. 부상 없이 체포한 게 두 명인가?

가즈야는 가가야 곁으로 다가갔다. 가가야의 가슴께가 피에 물들어 있었다. 거무스름한 양복은 축축하게 젖었고, 셔츠는 새빨갰다. 지금도 심장 쪽에서 박동을 타고 피가 흘러나오고 있다. 오른손이 배 위에 얹혀 있었다.

가즈야는 가가야 옆에 무릎을 꿇고 외상을 살피며 가리베에게 물었다.

"아까 그 대화는 뭐였습니까? 영문을 모르겠던데요."

가리베는 곤혹스러운 얼굴로 말했다.

"처음부터 저희가 미행하는 줄 알고 있는 눈치였습니다. 미나가와가 있다, 당장 덤벼, 그렇게 말했습니다. 계장님께 그대로 전한 겁니다."

"덤벼라……."

미행하던 1과에 대한 욕설이었을까? 미나가와라는 흉악한 남자도 있으니, 총알이라도 한 방 먹여보란 뜻인가?

가가야의 얼굴을 보았다. 눈을 뜨고 있지만 초점은 어디에도 맺혀 있지 않았다. 허공을 바라보고 있다. 벌어진 입술 사이로 고통스러운 숨이 새어나왔다. 중태다. 살 수 있을지 없을지, 미묘하다.

가즈야는 가가야의 멱살을 붙잡고 욕설을 퍼부어주고 싶은 심정이었다. 모처럼 경관으로 복직했으면서, 이리도 손쉽게 폭력조직에 넘어가다니. 이런 곳에서 부패한 경관으로 총에 맞아, 쓰러져서, 동료들에게 멸시당하며. 당신이란 사람은…….

"구급차를."

"예." 가리베가 대답했다.

세나미와 히구치가 가즈야 쪽으로 다가왔다.

"미나가와는 중태인가?"

"아니요." 세나미가 권총집에 권총을 넣으며 대답했다. "목숨에 지장이 갈 만한 부상은 아닙니다. 송치할 수 있습니다. 권총을 갖고 있었습니다."

"무슨 일이 있었던 걸까요?"

"미나가와는 감금되어 있었다고 합니다. 린치를 당했겠지요. 달아나려다가 에토 패거리를 쏜 것 아니겠습니까?"

"가가야도 미나가와를 죽이려 했을까요."

"그래서 총에 맞은 걸까요? 모처럼 복직했는데 이런 꼴로."

가가야가 꿈틀거렸다. 목이 좌우로 흔들렸다. 배 위에 얹힌 오른손이 바닥에 툭 떨어졌다. 손에 뭔가 쥐고 있었다. 하얀 끈 같은 것이 보였다.

가즈야는 다시 가가야 옆에 무릎을 꿇고, 주먹 쥔 그 손을 폈다. 손안에 있던 것은, 호루라기였다.

호루라기.

가즈야는 곤봉으로 등을 얻어맞은 것처럼 심한 충격을 받았다.

호루라기. 그렇다면 가가야는 경찰을, 동료를 부르려 한 것인가? 그는 경관으로 이곳에 있었다? 경관으로서, 이곳에 지원을 불렀다는 뜻인가?

가리베에게 건 전화. 미행을 알고 있었다. 미나가와가 있다, 덤벼라.

가즈야는 무심코 재킷 가슴께로 손을 뻗었다. 안쪽에 호루라기의 감촉. 그것은 할아버지의 억울한 죽음 뒤에 아버지가 이어받은, 구식 호루라기였다. 녹슨 호루라기. 경관의 증표. 부적처럼 자신의 핏줄, 자신의 직업이 갖는 의미를 결코 잊지 않도록 몸에 지니고 다니는 호루라기.

가가야도.

"아니야." 세나미가 말했다. 그 말은 마치 가즈야의 입에서 흘러나온 것처럼 들렸다.

세나미가 아연한 얼굴로 가즈야를 바라보았다. 그도, 전부 깨달은 것이다.

"가가야는 경관으로서 에토를 추적한 거다. 가가야는……."

가즈야는 뒷말을 받아 말했다.

"경관으로서, 우리를 이곳으로 유도한 겁니다."

주위에 수사원들이 모여들었다. 모두 놀란 얼굴이었다. 폭력조직에 넘어간 부패 형사를 쫓고 있는 줄 알았는데, 가가야는 살인범을, 각성제 밀매 조직의 우두머리를 쫓고 있었나? 가가야는 경관이었나? 떳떳한 경관으로, 그들을 이곳으로 불러들인 것인가?

그런 가가야를 쏜 남자가 있다. 방금 전 발포한 남자, 미나가와. 그는 히구치의 손가락을 부러뜨려 고문하고, 데라와키라는 5과의 수사원을 쏘아 죽였다. 쓰러져 있기는 하지만 살아서 검찰에 넘어갈 수준의 부상.

가즈야는 권총집에 손을 뻗어, 권총을 꺼냈다. 주위가 긴장하는 것이 느껴졌다. 모두, 가즈야가 취하려는 행동을 짐작한 것이다.

가즈야는 권총을 오른손에 쥐고, 미나가와를 향해 걸음을 뗐다.

"계장님!"

세나미가 팔을 붙잡으려 했지만 뿌리쳤다.

다섯 걸음이나 갔을까, 수사원 하나가 막아섰다. 오른손에 권총을 쥔 채로 두 손을 펼치고 있다. 이즈카였다. 하치오지 사건 때도 5과의 야스나카라는 수사원의 보복을 말렸던 남자.

이즈카가 고개를 저으며 말했다.

"안 됩니다, 계장님."

"비켜."

그대로 밀고 나갔지만, 이즈카는 비키지 않았다. 가즈야는 이즈카를 힘껏 들이받는 꼴이 되었다. 그때 오른팔을 붙들렸다. 히구치가 바로 옆에서 왼팔을 뻗은 것이다.

"멈춰." 히구치가 필사적인 목소리로 말했다. "안 돼, 안조."

이즈카도 꼼짝하지 않았다. 정면에서 가즈야의 어깨를 붙들었다. 거기에 세나미가 달려와, 이즈카와 가즈야 사이에 끼어들었다.

"안 됩니다." 세나미도 말했다. "우리는 경관입니다. 안 됩니다."

세나미는 완전히 가즈야를 끌어안다시피 매달렸다.

한 번 더 힘을 줘어짜, 이 남자들을 떨쳐내고…….

숨을 한껏 들이마셔 근육에 힘을 모았다. 하지만 그 숨을 내뱉을 때, 문득 분노가 사라졌다. 지금 그의 정신을 빼앗은 감정, 이성을 앗아간 감정이 소멸했다.

우리는 경관…… 우리. 그도, 가가야도. 오로지 경관일 뿐이다.

불현듯 가즈야의 근육이 전부 풀렸다.

몸에서 힘을 빼자 세 사람도 가즈야에게서 떨어졌다. 가즈야는 권총을 왼손에 바꿔 쥐고 몸을 돌려 가가야 곁으로 돌아갔다.

가즈야는 가가야 왼쪽에 무릎을 꿇고 그의 얼굴을 바라보았다. 가가야가 눈을 꿈틀거렸다. 망막에, 의식에, 가즈야의 얼굴이 비친 듯했다. 시선이 맞았다.

가즈야는 고개를 숙여 그 시선을 마주하며 말했다.

"대부님."

가가야의 눈이 희미하게 벌어졌다. 입이 바르르 떨렸다. 뭔가 말하고 싶은 눈치였다.

"예?"

가가야의 표정이 일그러졌다. 고통스러운 것 같기도, 안타까운 것 같기도 했다.

가가야가 갈라진 목소리로 말했다.

"속 썩이기는."

가가야의 눈꺼풀이 천천히 덮였다. 눈은 완전히 감겼다.

가즈야는 무심코 가가야의 오른손을 움켜쥐었다. 가슴의 상처를 보았지만, 이미 피는 흘러나오지 않았다. 손가락으로 손목을 잡고 맥을 짚어보았다. 맥박은 없었다. 적어도 손가락으로 느낄 수 있는 박동은.

뒤에서 입구 셔터가 올라갔다. 수사원이 셔터 스위치를 누른 것이다. 밖은 너른 주차장이었다. 그 건너편에는 철제 담벼락이 있고, 담 너머로 길게 뻗은 게이힌지마의 가로등이 보였다. 정면에는 청소 공장 시설들.

가즈야는 가가야가 쥐고 있던 호루라기를 오른손에 들고, 일어섰다. 수사원들이 모두 가즈야를 바라보았다.

가즈야는 숨을 한껏 삼켜 호루라기를 입에 물고, 바깥 밤하늘을 올려다보며 불었다. 호루라기 소리는, 공터 시설에 짧게 부딪혔다가 바로 밤하늘로 빨려들어갔다. 가즈야는 다시 숨을 들이쉬어 또 한 번 불었다. 두번째 호루라기 소리는 마치 오열처럼 흔들리며, 길게 뻗어나갔다.

멀리서 경찰차 사이렌 소리가 났다. 사이렌 소리가 마치 호루라기 소리에 응답하는 것처럼 들렸다. 두 대, 세 대……. 경찰차가 이 공터를 향해 달려오고 있다.

가즈야는 호루라기를 다시 물고, 숨을 깊이 마셨다가 한 번 더 불었다. 호루라기 소리는 이제 울리지 않았다.

경시청• 조직도

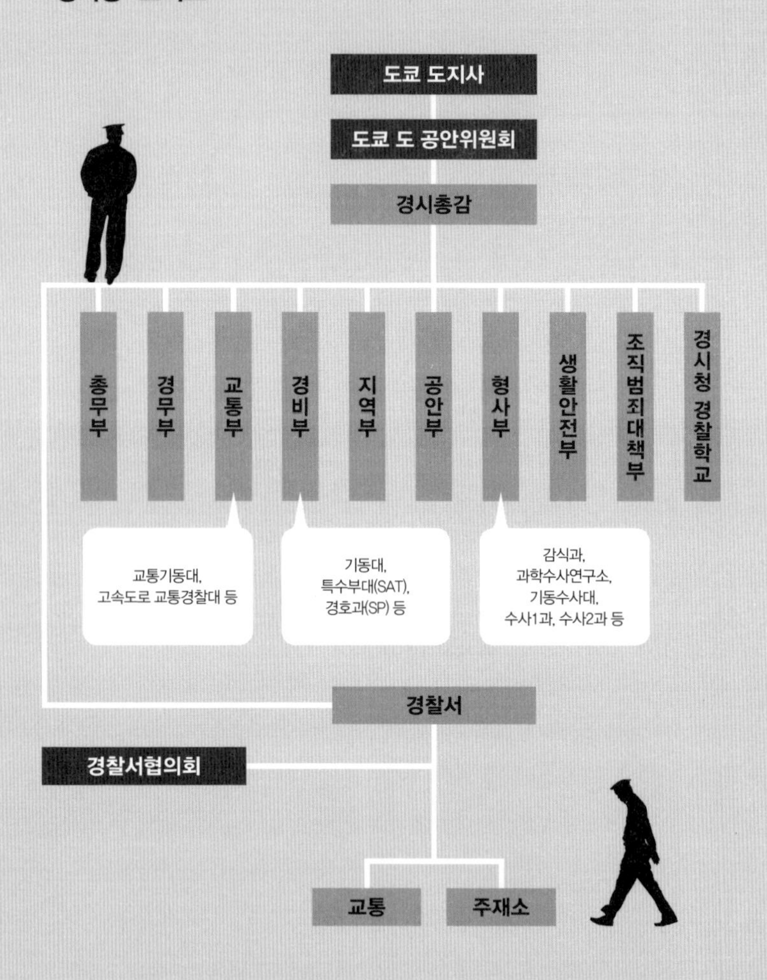

• 일본 도쿄 도가 관할하는 수도 경찰조직으로, 우리나라 서울지방경찰청에 해당한다. 세부 조직도는 각 도부현에 따라 상이하나, 공안부는 경시청에만 존재한다. 경찰청 소속은 국가공무원, 경시청 소속은 도쿄 지방공무원이 된다.

총무부	일반 기업의 총무부에 해당. 경찰 업무를 지원하는 부서.	
경무부	경찰관의 인사, 복리후생, 교육 등을 담당. 또한 경찰 내부에서 발생하는 범죄 조사, 감찰 등 강력한 권한을 지닌 부서.	
교통부	지역 범죄, 범죄 예방, 검거, 경계 활동, 교통법 위반 대상자의 단속 등을 행하는 부서.	
경비부	공공의 안전과 질서 유지를 목적으로 하는 부서. 테러나 특수조직범죄, 요인 경호 등도 맡음.	
지역부	시민생활과 가장 밀접한 관계가 있는 순찰 또는 파출소나 주재소 등을 운용하고 관리하는 부서.	
공안부	스파이나 사상범, 또는 사상이나 종교와 관련된 조직범죄와 같은 특수한 범죄를 다루는 부서. 경찰이라기보다 정보기관에 가까움.	
형사부	형사사건을 수사하는 부서.	
	수사1과	살인, 강도, 폭력, 상해, 유괴, 인질극, 강간, 방화 등의 흉악범죄를 담당.
	수사2과	지능범, 뇌물수수, 선거법 위반, 지폐위조, 사기, 횡령, 배임, 기업 공갈, 탈세, 부정거래 등의 금전범죄, 경제범죄, 기업범죄를 담당.
	수사3과	절도, 빈집털이, 날치기 등을 담당.
생활안전부	소년범죄, 불법취업, 총도법 위반, 도박, 유흥업 등을 담당하는 부서.	
조직범죄 대책부	2003년 4월에 형사부 수사4과, 폭력조직대책과, 생활안전부의 총기대책과, 약물대책과가 통합되어 신설된 부서. 주로 폭력조직과 총기, 마약 등을 담당.	

경시청의 계급 및 담당 업무

경시총감	시청의 '경시총감'(직위이자 직책).
경시감	경시청의 '부총감', 본부의 '본부장' 등.
경시장	본부의 '본부장', 대규모 경찰서의 '서장' 등. 조직 관리를 담당.
경시정	
경시	본부의 '과장''이사관'. 경찰서의 '서장''부서장' 및 '과장' 등에 해당. 조직과 업무를 장악하고 부하를 지휘 감독함.
경부	경찰서의 '과장대리' 등. 업무 관리의 중추적 역할 및 부하의 지휘 감독을 담당.
경부보	경찰 조직의 중간 간부. 경찰서 '계장'으로 '계'를 맡고 현장 책임자로서 활동.
순사부장	경찰서 '주임'과 같이 경찰 조직 안에서 가장 일차적인 간부에 해당.
순사장	근무를 담당하는 순사의 실무 지휘를 맡음.
순사	경찰학교 입학과 동시에 달게 되는 계급으로, 졸업 후에는 각 경찰서에 배속됨.

경관의 조건 블랙&화이트 070

1판 1쇄 발행 2016년 6월 1일 **1판 3쇄 발행** 2022년 3월 10일

지은이 사사키 조 **옮긴이** 김선영
펴낸이 고세규
편집 장선정 **디자인** 안희정

발행처 김영사
주소 경기도 파주시 문발로 197(문발동) 우편번호10881
등록 1979년 5월 17일(제406-2003-036호)
구입 문의 전화 031)955-3100 **팩스** 031)955-3111
편집부 전화 02)3668-3295 **팩스** 02)745-4827 **전자우편** literature@gimmyoung.com
비채 카페 cafe.naver.com/vichebooks **인스타그램** @drviche **카카오톡** @비채책
트위터 @vichebook **페이스북** http://www.facebook.com/vichebook
ISBN 978-89-349-7449-9 03830 책값은 뒤표지에 있습니다.

비채는 김영사의 문학 브랜드입니다.

이 도서의 국립중앙도서관 출판시도서목록(CIP)은 서지정보유통지원시스템 홈페이지
(http://seoji.nl.go.kr)와 국가자료공동목록시스템(http://www.nl.go.kr/kolisnet)에서
이용하실 수 있습니다. (CIP제어번호: CIP2016012300)